BEST 嚴選

奇幻基地出版

魚夜

喬・蘭斯代爾小說精選集

The Best of Joe R. Lansdale

喬・蘭斯代爾 著
葉旻臻 譯

Joe R. Lansdale

獻給亞當·寇茲（Adam Coats）

推薦序

粗俗中的詩意、恐怖裡的堅毅，還有偶爾以血肉橫飛展示的人性

——出前一廷（城堡岩小鎮粉絲頁創立人）

你或許沒讀過喬．蘭斯代爾的小說，但卻可能透過Netflix大受歡迎的動畫影集《愛╳死╳機器人》，看過自他作品改編的〈魚夜〉、〈掩埋場〉與〈高草〉這三則故事。

曾九度拿下恐怖小說最具代表性獎項的布蘭姆．史鐸克獎的他，被視爲「濺血龐克」這項恐怖次文類的旗手之一，毫不吝惜在他的恐怖小說裡描繪各種血肉橫飛的景象，藉此透過讀者的想像力，達成一種怵目驚心，甚至是帶著點冒犯的恐怖效果。

然而，當你讀完《魚夜：喬．蘭斯代爾小說精選集》時會發現，雖然他的恐怖小說以此聞名，但卻不受限於這樣的表現手法，照樣能透過諷刺、懸疑、奇幻、犯罪與黑色幽默等各種元素，帶來令人意想不到的衝突效果。

首先是文字。喬．蘭斯代爾的文筆粗厲直接，看似不假修飾，完全不走文藝那套，但卻具有奇特的吸引力，彷彿讓你覺得自己不是在看書，而是在聽你最會鬼扯閒聊的好友，又或者談起往日時光最具吸引力的長輩，正向你述說一段不可思議的精采故事，而且有時還會在絲毫不畏懼粗俗的描述裡，

閃現一股奇特詩意。

再來則是觀點。不管是角色的背景設定，或是第一人稱的內心想法及人物對白，喬·蘭斯代爾都以極爲貼地的方式呈現，藉此在看似難以置信的各種故事裡，爲角色帶來驚人的眞實質感。

不過，就算他筆下的人物或怪獸可能粗俗無禮、自私自利，甚至還會用埃及象形文字大罵髒話，但卻在足以令衛道人士大皺眉頭的同時，竟也顯得出奇三觀端正，有時甚至還會以反英雄的姿態，試圖保護遭遇種族、性別或社經地位歧視的人們，就此彰顯出來自社會底層的人性正義，同時也讓那些歧視不時變成小說內的危機來源，就此展現出一種更接地氣的恐怖形式。

此外，就連收錄在《魚夜：喬·蘭斯代爾小說精選集》的短篇之間，也在風格上具有一種有趣的衝突性質。

其中有些短篇是荒謬無稽的黑色幽默路線，感覺就算被改編爲《辛普森家庭》或《蓋酷家庭》這類諷刺動畫的其中一集也不奇怪。

但在此同時，書裡也有幾則鄉野奇譚風格的故事，活靈活現地寫出了二十世紀初期的故事背景，讓驚人的生命力、怒火、困惑與哀傷交織其中，以一種像是逞著強，假裝不屑一顧的態度娓娓述說，讓人在彷彿滿不在乎的語氣裡，照樣能感受到隱藏其中的脆弱，以及人性表裡的種種矛盾。

這樣的各式衝突，正是你會在《魚夜：喬·蘭斯代爾小說精選集》裡讀到的東西。那是在粗俗中流淌的詩意、於恐怖裡反映的堅毅，以及透過偶爾潑灑而出的血肉或腦漿，就此構成的一幅幅人性潑墨畫。

想走入喬·蘭斯代爾的這條畫廊，你只需要翻開書頁。

推薦序

你不知道兩個宇宙撞在一起時會發生什麼有趣的事

——龍貓大王通信（影評人）

恐怖電影類型，一直是影壇最有創意的電影類型。二〇〇二年的《打鬼王》（*Bubba Ho-Tep*）就是一個好例子，這部電影從未引進台灣，當年恐怖電影迷只能網購美版DVD，買一次美國亞馬遜，運費也不便宜，但這部電影仍然在電影迷的小圈子引起一陣小波瀾。爲什麼？看看《打鬼王》的電影簡介就能理解：被認爲已死的貓王，與被暗殺的美國總統約翰・甘迺迪，其實一直隱居在養老院裡，而他們在那遇上了復活的千年木乃伊，因此兩位美國驕傲要大戰鬼王。

喔不，這腦洞開得太大了，快，我要下單。

是誰開了這麼大的腦洞？可能是《打鬼王》的導演唐・柯斯卡萊利，這位恐怖界傳奇導演的代表作，是詭異科幻恐怖的《鬼追人》系列。《鬼追人》有殺人飛天鋼球，有屍體被壓縮成侏儒的殭屍奴隸，主角不斷在夢境與現實，以及不同次元維度間穿梭，這些都讓《鬼追人》系列與其他恐怖電影大相逕庭。但是，《打鬼王》與《鬼追人》仍然有點不同，它們都很出人意外，可是《鬼追人》純然是一個原創的天外幻想虛構故事，但《打鬼王》明顯「更接地氣」一點：躺在養老院的貓王，不時想起他最愛的炸花生醬香蕉三明治；而甘迺迪總統持續怨恨著，他的大腦被美國政府藏起來了，而他們換給他一腦袋的沙子，害他再也無法聰穎過人。

《打鬼王》巧妙地將大家熟悉的貓王與甘迺迪生平，與一個宛如B級電影的打鬼套路硬是串接在一起，組合出「南拳北腿孫中山」一般的錯置顛覆感，想出這故事的人不僅腦洞要夠大，還要對當代娛樂文化與歷史典故有一定了解。而電影導演唐·柯斯卡萊利怎麼突然變成流行文化專家了？事實是，柯斯卡萊利的《打鬼王》劇本，是改編自喬·蘭斯代爾的同名中篇小說。

翻開蘭斯代爾近來在台灣出版的小說《魚夜》，你會發現自己有如《鬼追人》的主角，突然被轉移到次元的狹縫之中，而兩個風馬牛不相干的宇宙，正用力地想要一起塞進你小小的腦袋中。在這本中短篇小說集裡，貓王打鬼反倒是比較平凡無奇的故事（如果你知道貓王是眞的曾經擔任過政府密探的經歷）。在〈哥吉拉的十二步驟戒癮療程〉裡，哥吉拉正在經歷牠的十二步驟戒癮療程——天知道牠有多懷念腳掌把人類踩成軟泥的「踩屎感」；在〈救火犬〉裡，消防隊要找一條新狗作爲新任救火犬，而一位應徵消防員未果的男子，成功成爲了「消防犬」。你讀完這本書，大概會理解蘭斯代爾最拿手的本領是什麼：他不太滿意我們這個蒼白空乏的世界，他喜歡拿釘書機將另一個宇宙與我們這個宇宙釘在一起。

很多小說家都有這種黏合不同宇宙的功力，《魚夜》讀起來像史蒂芬·金或是恰克·帕拉尼克的小說，但這本小說集裡的故事更精簡、更粗暴、更放肆、甚至有時更言之有物一點——這些小故事的寓意都淺顯易懂，前提是你沒有被蘭斯代爾直捅骯髒的筆法嚇到的話。性自然是蘭斯代爾小說裡常見的配菜，暴力、種族歧視與有毒的男子氣概更是躲在文字的每個角落裡。但問題是，你仍然不知道眼前這個故事會帶你去哪裡：一個施暴成性、視黑人與女人爲渣滓的壯碩拳手，準備在擂臺上「合法處決」某個厲害的黑人拳手，他當然是壞蛋……但蘭斯代爾有本事扭轉你的成見。

《魚夜》裡許多故事都被改編成影視作品，那是因爲這些故事幾乎都是紙上電影，它們有滿滿的視覺描寫、鮮明的角色、還有好萊塢的絕招……逆轉。蘭斯代爾不是刻意以暴力與情色作爲賣點，這只是他奇思妙想的另一層僞裝。食色性也，但在食色之下，我們眞正的本質又是什麼？那躲在骨肉與血液裡的微小光芒是什麼東西？蘭斯代爾用一種扭曲的方式把它扯出來，讓你恍然大悟，原來靈魂是這麼一回事。

但不要誤會這本書是什麼新型態心靈雞湯，還是有貓王打鬼、紅色彗星劃過天際並讓汽車電影院變成一座吃人煉獄、深海裡的陰影在月夜衝出海面……你永遠猜不到蘭斯代爾會在《魚夜》裡會給你什麼。

前言

被釘上十字架的夢

——喬・蘭斯代爾（本書作者）

我將帶領你，在我腦中的顏料攪拌機裡旋轉，沾浸於我混搭式風格的念舊情懷，最終我們會切入重點，但暫且還不是時候。現在，我要無拘無束地說故事，不經任何過濾，充滿瘋狂異想。思緒，就像蚱蜢般在時間與空間裡跳躍著——

在五〇和六〇年代早期，也就是我的童年時期，世界上充滿了魔法，但並非每個人都能看見。對某些人而言，世上只是一片灰暗，對我而言原本可能也是如此，但我的腦袋正好轉向了正確的角度，在我的宇宙中尋覓到一道明亮的裂隙，使我或能窺進另一個充滿色彩、動態與驚奇的世界。

是我的母親首先打開了那扇祕密之門，讓我看見還有其他世界存在。接著，她便退到一旁，留我自己穿過門扉到處探索。她用的方式是讀書給我聽，她讀了童話和漫畫書裡的趣味動物故事等各式各樣的兒童讀物，很快地，我早在學齡前就學會自己閱讀。基於無法解釋的理由，我一旦學會閱讀、了解自己所讀到的內容是由字母所構成，我就想要造出字母、找出它們的規律，再造出單字、句子、段落，一頁一頁最後變成故事和書本。

然而，我首先懷抱強烈熱忱而讀、想寫（並且也想畫）的文類是漫畫。我尤其喜愛DC（注1）的漫畫，因為其中有來自其他宇宙的難民，色彩鮮豔的畫格裡有偉大的英雄、火箭、怪物，以及對我而言最重要的，想要以誠實善良讓周遭世界變得更好的人們。

所以，我要再慎重地說一次：我愛漫畫，它們不僅讓我認識了更鮮麗奇異的世界，更讓不同的世界有所交集。西部冒險有時混雜了恐怖、科幻、動作和懸疑；我心目中的英雄，例如蝙蝠俠（Batman），偶爾會穿越時空，或是跟我最喜歡的外星人——超人（Superman）一起廝混。漫畫裡有綠光戰警（Green Lantern）這類慷慨給予他人力量的角色，因為他們善良、正直且勇敢。天啊，就為了這個緣故，我也試著當個善良、正直且勇敢的人，希望某個因火箭事故垂死的外星人會交給我一枚超能力戒指，以及一個充電專用燈。

就是那些「在最明亮的白晝和最陰暗的黑夜（注2）」等等的臺詞。我準備齊全，等待著我的外星人降臨。

有時，我但願自己能意外找到某種化學藥劑配方，只要嚐上一口或是被它沾上（也許會有閃電打進我的房間窗戶、擊中我的化學實驗器材組），就會發展出讓我可以高速奔跑的超能力，速度快到我必須穿上一套平常縮小收納在一枚戒指裡的特製紅色英雄服。我可以自稱為閃電俠（The Flash）。我可以用震波形式穿過固體、飛簷走壁、不沾一滴水地飛躍大洋、突破音障也突破時間的藩籬。如果真走運的話，我還能跟一頭智能超群的巨大猩猩（牠和別的猩猩一起住在一座隱形的城市）戰鬥。天啊，那些無限的可能性。

至於神力女超人（Wonder Woman）嘛，我希望自己夠有英雄風範，能夠博得她的青睞。當時的我，想跟她共乘隱形飛機，飛向她的隱祕島嶼。我那時尚未發覺她有其他特色吸引著我：例如那身火辣的裝束，還有裝束下的東西，以及她的島嶼是多麼隱祕。

但我最喜歡的英雄還是蝙蝠俠。他是個普通人，但學習了各式各樣的知識，這不止因爲他氣憤自己的父母遭人謀殺，更因爲他是個天才。他研讀了化學、天文學等各種科學；他是體操運動員、是武術專家，精通柔道、柔術、空手道、拳擊和摔角（這些幾乎就是當時的大眾讀者知道的所有武術類別了）；他還有好看的長相、有萬貫家財，傾慕他魅力的女人多到要排隊。

是啊寶貝，我就想當蝙蝠俠。

我沒有萬貫家財，雖然覺得自己長相還可以，但是絕不可能在慈善宴會上穿著燕尾服酷帥出場。其實，我根本沒親眼看過穿燕尾服的人，甚至沒見過任何人想要穿。我對慈善活動唯一的認知，就是我們家是受救助的對象。我們比俗話說的教堂老鼠還窮（注3），而且還有呼吸道問題。我的確以一個小小孩的方式讀了蝙蝠俠讀過的每一個學科。我看了關於化學、礦石、天文學、昆蟲和人體的讀物，也看了僅僅一本我找得到關於重量訓練、運動和防身術的書，然後發現我爸其實也是個出色的摔角選手、不錯的拳擊手，還曾是個保家衛國的戰士。

我不記得那本運動書的書名，但內容主要是關於健身和舉重，最後還有幾招防身術技巧。我可能是在拜訪親戚的途中從格拉德沃特（Gladewater）公共圖書館借的，等我爸媽後來經過那個方向時再還

注1 美國漫畫書出版社，隸屬於華納兄弟探索公司（Warner Bros. Discovery）。

注2 參考自綠光戰警的誓詞：「In brightest day, in blackest night⋯」。

注3 英文俚語中有as poor as a church mouse的說法，常用來形容極度貧困，強調一個人或家庭的財務狀況非常困難。

書。我爸很常這樣幫我還書，他當時在一間叫做汪達石油（Wanda Petroleum）的公司（現已倒閉）擔任疑難排解維修員。

不過，我這樣兜兜轉轉、東繞西繞地想要告訴你的事情是，我想當蝙蝠俠，而且眞的努力試過。即使時至今日，這個角色仍然影響著我的生活，引發我對知識的渴望。我從不曾把蝙蝠俠熟知的那些學科融會貫通，我的化學程度在發現如何讓小蘇打粉冒泡之後就碰壁了。至於數學，我數完手指和腳趾就宣告放棄。我還是會仰望星斗，但除了「喔，好漂亮」之外便沒有多少記憶。

但蝙蝠俠對我的影響，在於讓我明白這個世界比我所知的範圍更大，除了離開高中校園、上班工作、等待退休之外還有別的事可做。我想要變得特別，就像蝙蝠俠一樣。

而且，如果我能學會怎麼丟蝙蝠鏢的話，那也是挺酷的。

各位先生女士，我保證這是最後一次了，我要站上屋頂大喊：我愛漫畫書！

我們小鎮上碩果僅存的雜貨店由梅依和彼特．葛林經營，他們固定用十分錢的價格賣漫畫給我，那些漫畫都是全彩的，充滿了五〇和六〇年代初期那種緊身衣之類的英雄裝束。那就像小孩子的極致毒品。雜貨店後面有賣不出去的庫存漫畫，封面都被裁掉一半，其實不應該再繼續販售了，但被拿來用每本五分錢的價格出清。裡面也有一些舊的廉價刊物，和大量的《大眾科學》（*Popular Science*）及《大眾力學》（*Popular Mechanics*）雜誌。我覺得這間商店就像天堂的小小一隅，我只要用幾枚硬幣就能換到鑰匙。

而我的母親啊，願上天保佑她的好心，她會幫我縫製蝙蝠裝，用硬紙板撐在耳朵裡面，雖然當時這等巧思無法避免蝙蝠耳往下垂，讓我看起來像是一隻剪過耳、有便祕問題的可憐杜賓犬。她還縫了一件羅賓的道具服給跟我年紀相仿的姪子（我哥哥在我出生時已經十七歲，且不久後就結婚了），我們看起來酷得要命，並且在企業山鎮（Mt. Enterprise）（注1）等待犯罪事件發生。

我們可有得等了。當時國內的這個地區根本沒有多少犯罪事件，至少我們知道的不多。雖然我們的銀行有次偶然遭搶，我也記得自己聽過這消息，於是回想，所以案發當時我們人到底在哪個地方鬼混？我們非但不像蝙蝠俠總是在剛好的時機出外巡邏、能夠知道搶案發生，而且就算知情，我們的道具服也不在手邊。搶案事發時間是中午——顯然不是蝙蝠英雄出動的典型時間——但沒有人發出信號或任何訊息，整件事一下就結束了；同時，我們人在家裡享受暑假時光，要不是在看電視，就是在院子裡摔角、把蘋果樹當成太空船爬上去。該死，這件事發生的時候，我的蝙蝠裝還在洗呢，除了面罩的部分以外。

我開始懷疑打擊犯罪的英雄生涯恐怕行不通了。

但是寫作這回事，創作故事這回事，我倒開始懷疑是它選擇了我，而不是我選擇了它。它就像個嚴厲凶狠但令人愉悅的女暴君，爲我的世界持續地注入繽紛色彩。

超級英雄漫畫也帶領我閱讀其他類型的漫畫——我想你也可以說是更成熟的漫畫，例如《經典畫報》（*Classics Illustrated*）雜誌，精巧、寫實且美觀的文學經典名著彩色插畫本。他們選的書目令人驚訝，從H．G．威爾斯到狄更斯（注2），還有介於兩者之間各式各樣的作品，換作今天的小孩根本不會

注1 位於德州臘斯克郡（Rusk County）的小鎮，人口稀少。

注2 即被譽為「科幻小說之父」的英國作家赫伯特．喬治．威爾斯（Herbert George Wells），以及英國大文豪查爾斯．狄更斯（Charles Dickens），其以描寫生活在英國社會底層的小人物和社會不公著稱。

費神去看，甚至可能聽都沒聽過。

當我有機會接觸到書籍時，我便在《經典畫報》的引導下去讀那些插畫故事的原作。在德州東部的小鎮上，要弄到書並不容易。雖然我在格拉德沃特市出生，但童年之初其實是在人口僅有一百五十人左右的企業山鎮度過。那座小鎮上沒什麼企業可言，但在我心中充滿愉快回憶，是個適合孩子長大的好地方。我感覺自己就像哈克貝利・芬恩（Huckleberry Finn）（注），只是我並不介意待在家。事實上，我喜歡晚上窩在房間裡，或者偷偷溜到客廳看深夜電影，科幻片尤佳，要是有外星異形就更棒了。最讚的是，如果那些外星生物恐怖嚇人、非常火大，對地球毫不友善，那麼故事會更精采，比起那些「其實它們沒有惡意」的外星人更吸引我。不過在某種程度上，這類型的電影我全都喜歡。

《禁忌星球》（*Forbidden Planet*）、《外太空來客》（*It Came from Outer Space*）、《飛碟征空》（*This Island Earth*）、《當地球停止轉動》（*The Day the Earth Stood Still*），還有其他好多部片，包括特別噁心驚悚的原版《火星人入侵記》（*Invaders from Mars*）。

當時我的房間就讓我聯想到《火星人入侵記》。房裡有一扇後窗對著後院，不遠處就是一片樹林，這也讓我想起故事內容。那部電影是在某天深夜播出，頻道是當時僅有的三個電視臺之一——其中一臺還要天氣剛好時才收得到訊號，你得固定好正確的角度開口，並將螺帽移到另一側，徒手調整天線。

我是溜進客廳偷看那部電影的，它把我嚇得魂不附體，雖然沒在心中留下創傷的疤痕，卻用濃豔、鮮明的想像力作爲墨水爲我刺上紋身；那些彩墨包含了彩虹的所有顏色，其中還帶有一團團、一塊塊迷人的恐懼感，是那種隨著日光乍現、時移日往、注意力轉移就能擺脫的恐懼。我喜歡這種刺激。

我後來重看過那部片，仍然覺得它很酷，但它眞正出色之處是開頭的二十分鐘左右，還有結尾的幾分鐘。中間有外星人出場的時數，恐怖程度比我記憶中低了一點點。如今的我能看出道具服上的拉鏈，火星人看起來就只是穿著戲服的人類，而邪惡的首腦——一顆放在玻璃罐裡、長出觸手、具備心電感應能力的頭顱——像是一隻在與憂鬱症對抗的傷心章魚。當然，片中還有一部分看起來就像從國民警衛隊（National Guard）的廣告擷取出來的畫面。從前，我們都相信美國陸軍能戰勝任何人、任何東西，包括一群穿拉鏈戲服的火星人和它們長著觸手的首腦。

不過我仍然很愛那部電影。心靈營造出的力量是如此強大，少有其他事物能夠比擬。那部片裡沒有《星際大戰》（*Star Wars*）式的奇炫特效，只有簡單的暗示和幢幢陰影。現在回想起來，畫面雖然是彩色，卻帶有一股美妙的黑色電影感。這種超現實的氛圍，常常滲入我的作品之中。

過了一段時間，我年紀稍長之後，黑白原版的《天外魔花》（*Invasion of the Body Snatchers*）讓我再度受到同樣的衝擊。這次，時間的推移沒有減損它的效果，反而使它更顯驚悚。

哇！我得喘口氣。這些回憶就像浸淬過鄉愁的利箭，直直射穿心扉。

企業山鎮上沒有圖書館，直到我們搬走前不久才蓋了一間，部分是因爲要服務像我母親那樣的本地婦女，另一原因是某位有錢人士的善心捐獻。但在圖書館設立之前，我只能偶爾拿到別人送我或借我的書，或者在極爲稀罕的狀況之下，有人在這購書不易的小鎮上買書給我。其中像是《聖經》，我從頭到尾都讀遍了，愛不釋手，但很快就發現它跟我更喜愛的希臘神話一樣只是幻想故事。幻想故事

注 兒童文學《頑童歷險記》（*Adventures of Huckleberry Finn*）的主角。

當然很棒，但是宗教嘛……讓我心存懷疑。我十七歲時已經把《聖經》從頭到尾讀過許多遍，我喜愛它輕快的語言節奏，就如同我喜愛莎士比亞的作品一樣，但是它在我眼中很顯然並沒有多少眞實性可言。我喜歡其中應用的暴力、恐怖和道德劇元素，但對我而言，它遠不如荷馬（Homer）的史詩那般具有魅力且令人滿意。荷馬這個失明的老人講出了最棒的故事，關於卑劣、受傷、不完美的人類與諸神的故事，比《聖經》更棒，比莎士比亞更棒。荷馬太讚了。

我活在書本的世界裡——例如哈迪兄弟和南西・德魯（注1），對街的一位女士借給我的——在書中世界度日，那些角色彷彿是活生生的，跟我合爲一體。我尤其喜歡週六早晨，對小孩而言，那是魔力十足的日子。週六我總會早起，如果睡晚、錯過這一週之內最美妙的時光，可就太令人失望了。我會從床上跳起來，母親會幫我做雞蛋三明治，有時還加上培根；我會看電視上的《寶馬神童》（*Fury*），那是關於一匹馬和一個珍愛牠的男孩的故事；或是更棒的《飛天大戰》（*Flash Gordon*）和《地球保衛戰》（*Buck Rogers*），兩部都由巴斯特・克拉布（Buster Crabbe）帶著不同髮色演出；還有最棒的泰山（Tarzan）。我後來就像熱愛蝙蝠俠一般熱愛泰山。

泰山有許多代演員，由強尼・維斯穆勒（Johnny Weissmuller）飾演的那一版是我的最愛，毫無疑問。不過任何版本的泰山我都來者不拒——戈登・史考特（Gordon Scott）、巴斯特・克拉布（沒錯，就是演過《飛天大戰》和《地球保衛戰》及其他許多英雄電影的那位）。總之，週六早上電視播出的任何演員主演的泰山電影都行。如今，我很難再帶著跟當時同樣的眼光看待這些電影。本來是黑白的影片，在我當時的腦海中是鮮豔的彩色，叢林茂密而眞實，充滿野性。對我而言，泰山是眞實的，他住在很酷的樹屋裡，養了一隻好玩的猩猩當寵物，取名爲奇塔（Cheeta），他還有個超正的老婆，叫做珍（Jane）。我針對那間樹屋和珍做過一些有趣的夢。我得趕緊強調，猩猩奇塔沒有出現在我那些夢裡。

然後還有獨行俠（Lone Ranger）和湯頭（Tonto）（注2），我眞是愛死他們了。我一直想當湯頭，也許是因爲我聽說我們家族有印地安血統，我至今仍不知道是否屬實，但這一直是我們家流傳的軼事之一，所以可能是眞的吧。我可能是切羅基人、奇克索人，而科曼奇族的偉大戰爭領袖夸納・帕克（Quanah Parker）可能是我的姻親。

或者可能不是。但這都是我們家族軼事的一部分，還有其他拓荒冒險故事，說我們的親戚搭著馬拉的篷車，被豹追、被蛇咬，奮力對抗自然環境和好戰份子。話說回來，我們家族有些人自己可能就是最鐵桿的好戰份子。

然後，鎮上的圖書館蓋起來了。我讀了忠犬的故事，裡面說狗高貴、眞誠、忠心、善良，我深信不疑。我讀了冒險、懸疑、恐怖故事，最後終於讀到了艾格・萊斯・布洛（Edgar Rice Burroughs）（注3）。我的世界這下眞是開天闢地了，我看見了歪斜倒轉的次元，跳上魔法的迴旋輪；相形之下，我從前見過的魔法，就像生日蛋糕上的燭光般微弱黯淡。他筆下的世界實在無與倫比，女孩子全都美若天仙，還會裸體，而男人都帶著劍，怪物被殺得落花流水，故事都是簡單明瞭的道德寓言。對男孩子來說，劍、裸女、簡單的觀念都酷得很。我剛剛是不是提到裸女的部分？

注1 哈迪兄弟是青少年懸疑小說系列《哈迪兄弟》（*The Hardy Boys*）裡的兩位業餘少年偵探；南西・德魯是由多位作家共同執筆的《南西・德魯神祕故事》（*Nancy Drew Mystery Stories*）系列中的少女偵探。

注2 西部片《獨行俠》的同名主角和美洲原住民伙伴。

注3 《泰山》的原著作者，此外也著有諸多科幻小說與冒險故事。

你應該懂我意思了。我整個人完全沉浸在英雄的概念裡，高貴正直之人可以對抗所有的不義之事，好人只需要抬頭挺胸大步邁進，惡霸都只是懦夫，狗狗是你的摯友。一切都歸結到是與非、善與惡、美國與其他人。

然後，六〇年代從地平線上冒出了頭，長髮飄飄、滿腦子懷疑論，於是一切都亂了套。我學到了寶貴的一課：過去別人教我的簡單對錯概念和美國式的觀點，並不盡然絕對正確。有些夢境和幻想被釘在現實的十字架上，雖然某些夢想就算受了點傷，仍能活生生地從十字架上爬下來，但也有些夢想死了就是死了，不會復活，不會重生。就像耶穌一樣——我或許可以補充這麼一句。

所以我就像獨行俠般，騎向時代變遷的陰影之中，也就是一九六〇年代。我從陰影裡出來時，已經判若兩人；仍然蒙著面、騎著馬，但身上衣衫破爛，帽子不翼而飛，留著長髮的頭低低垂下，馬兒也疲累不堪。但是，不管經過多少試煉折磨，我對狗狗的看法都不曾改變，牠們還是超酷的。我想我也得提一下貓咪，我對牠們心懷祝福，包括我的兩隻貓，但我從不曾爲牠們瘋狂著迷。

倒帶一下。

六〇年代的風在約翰·甘迺迪（John F. Kennedy）（注1）死後吹起，他曾經給了我們這個國家好大一份對於智識、教育和長髮造型的希望與尊重。隨著他的離去，空間和時間之中出現了一道裂隙，有個東西從別的次元裡爬了進來，我們只能在一天裡光線剛好對了（或不對）的時刻用眼角餘光瞥見——那個東西就是現實。

就算是好人也會死掉。

就算是年輕人也會死掉。

就算你在勞動節之後還穿白衣服也不會出什麼事。（注2）

我開始讀海明威（Hemingway）、費茲傑羅（Fitzgerald）、福克納（Faulkner）（注3）、芙蘭納莉・歐康納（Flannery O'Connor；祝福她那顆暴烈的心）、卡森・麥卡勒斯（Carson McCullers）、威廉・布洛斯（William S. Burroughs；挺有趣，但我不是他的粉絲），以及許多其他作者；他們觸動了我，因爲他們作品的重心是人、是思想。然後還有錢德勒（Chandler）、漢密特（Hammett）和凱恩（Cain）（注4），他們筆下的人物說起話來就跟我認識的人一樣。複雜的故事不必然更好，但確實有一番不同的風貌。在我的心裡，文學和廉價小說之間的界線模糊了，漫畫和彼德・馬克斯（Peter Max）（注5）、雷明頓（Remington）（注6）、達利（Dalí）畫作中馬背上的人和融化的時鐘，也彼此溶混。

一陣風開始吹起，氣息逐漸酸腐而灼熱，而且越吹越強。一開始，這陣風只是吹來了紮染T恤、比甘迺迪還長的髮型、一些有著響亮吉他伴奏的酷音樂，還有披頭四（The Beatles）——老天爺啊——這陣強風帶來了一些好東西，例如民權運動，而且也讓大眾意識到，越戰也許不是美國的正義之戰。有那麼一段短短的浪漫時刻，這個世界彷彿就要改頭換面，我們都有可能成爲漫畫書裡夢想的那些勇

注1 美國前總統，一九六三年遇刺身亡，被視為美國自由主義的代表人物。

注2 美國勞動節是在九月的第一個星期一，也被視為夏季的結束，故傳統上認為過節之後不應再穿屬於夏裝的白色衣物。

注3 指美國南方文學代表作家威廉・福克納。

注4 這三位皆是美國犯罪推理代表性作家，分別為雷蒙・錢德勒、達許・漢密特和詹姆斯・凱恩。

注5 美國普普藝術畫家。

注6 美國畫家及雕塑家弗雷德里克・雷明頓，以擅長描繪美國早期西部的景象而深植人心。

敢、善良、英雄式人物……但就只有那麼一刻。那扇門關上了，隨後而來的是太多的失望，是濫用藥物的愚行，最後是雙方的互相憎恨，起初的那陣風變成了一場迷惑混亂的龍捲風。我們的國家分裂成正常人和怪胎、自由派和保守派，和目前有點像，只是狀況更糟。

我從大學輟學。

我被徵召入伍。

我拒絕從軍。

有人說我會因此坐牢。

結果我沒有。謝天謝地。

最後他們給我分了一個叫做「1—Y」的等級，意思是我的徵召順位被排在罪犯後面。我的思想不正確。我不符合要求。據他們所言，我的腦袋出了問題。我反對美國堅定無疑的正義立場。不是因爲我喪失了從我心目中英雄身上學到的價值倫理，而是猛然發現我們的國家——不是全體皆然，但有許多部分、許多層面——並不遵守那些倫理，並不依循漫畫和電視上呈現的善良德行。我震驚地發現，眞實人生更加複雜，充滿了騙子和在人背後捅刀的混帳，不是只有外表明顯的壞蛋，還有些是我們原本應該尊敬的人物。

我從母親身上學到，種族仇恨是錯誤的，也學到女人可以經由訓練而勝任男人所做的事，她們不同於男人，但並非次等。我父親教我當個懷疑論者，不是要當偏執狂，而是要無懼於質疑所謂的「事實」。我輟學，沒有喝酒也沒有嗑藥，找了個地方務農、放鬆，與世隔絕了一陣子。我帶著一疊書和一位完美的妻子回到那片農地。我愛我的國家，但不是盲目地愛。我盲目地愛著的是我的妻子、我的家庭，當然，還有狗狗。

我開始寫作。我發現這是應對眞實人生的最佳方法，我的憤怒和失望全都灌注到作品之中；這解釋了爲什麼我的許多作品是如此暴力又怪異，親愛的讀者們。

人生、文學、影視、漫畫和種族關係，還有我對說謊的政客、愚蠢的戰爭和仇異排外心理的痛恨，全都打包起來與我嶄新的興趣熔於一爐：人類學、考古學、社會學、心理學、超現實主義、實驗性思想。而一開始從這之中誕生的，只是先前舊東西的重新排列，然後在某個時間點，傷口上的結痂剝落，「我」像膿液般從中流出，創造出了……

……故事，好多好多的故事。眞難相信那些都是我寫出來的，或者說是某個版本的我，在當下那個時間點的我。

抱歉帶你們走了這麼長一段路才來到這裡，因爲我想對你們說說我熱愛的事物，是它們讓我爲那些被釘上十字架的夢想寫下了這些故事。我早年深信的許多眞理已遭毀壞，但並未完全消失。其中有些仍像殘破的船隻漂浮於水面，而在呼嘯的風暴中，四周只有惡魔和又深又藍的大海。

這些是我的破船遺留的殘骸，用漁網拖了回來。我孩提時代的熱情只餘碎片，有些成了破裂的船帆，即使是尚稱完整的船身，也不無污點。這些是我過去三十五年的作品概覽(注)。最早期的作品很少出現，但是此處收錄的所有創作，都受到那些歲月留下的經驗影響。這些故事是我的全部，我也是它

注 本篇前言寫於二〇一〇年。

們全部的總和。它們不是我人生的全體，卻是我人生的一部分，而我的人生也常常在其中得到表述，即便只是隱喻和象徵式的呈現。我希望至少其中一些能夠吸引你們，也希望不時會有火花綻現，成爲你們內燃引擎的燃料。我希望其中或許能產生某種洞見，偶然形成某些深義；如果不能，我希望這些故事至少爲你們帶來了娛樂，不管對任何故事而言，這都是最重要的一點。

這些故事只是我產出作品之中的些許，除此之外還有許多，有的不錯，有的頗爲出色，還有一些非常之好（請包涵我這麼說），還有一些就像你連認都不想認的討厭親戚。不過，我們選出了這些故事，讓對我的作品感興趣的讀者能夠綜觀全貌。你們應該對這些故事有何感想？顯然這要交給你們自己決定。我希望你們會喜歡，進而去找我的其他故事來讀，我也希望未來還會有更多故事誕生。

就這樣，我的顏料攪拌機漸漸停下來，懷舊之情終於蒸乾，到頭來，我寫下的這一切也許不過是關於聲音與憤怒的陳腔濫調，毫無意義。

但那是屬於我的毫無意義。

喬·蘭斯代爾
小說精選集

魚夜
Fish Night

The Best of Joe R. Lansdale

目錄

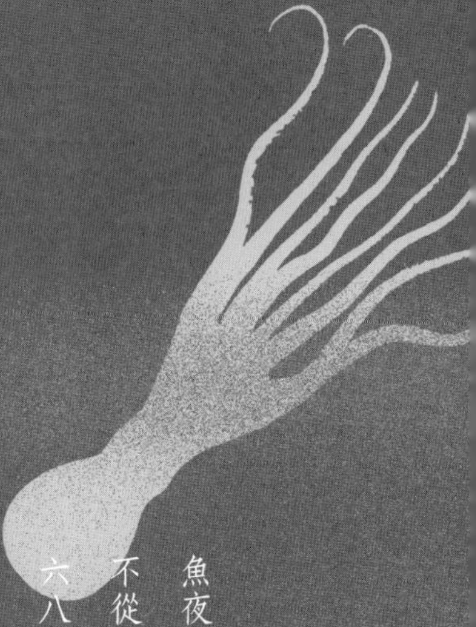

瘋狗之夏

Mad Dog Summer

新聞不同於謠言，它過往傳播的方式和現在並不相同。它並非透過廣播或報紙，至少在德州東部不是如此。當時的年代與現今十分不同。別的國家發生之事，往往就只留在那個國家裡。世界新聞就只是那樣，對我們所有人來說，只是個具有某種重要性的東西。我們不需要知道哪裡發生了恐怖事件，只要那些事沒影響到奧瑞岡郡畢吉沃特鎮的我們、或是德州另一端的艾爾帕索、或是州北的罪惡之地阿馬里洛。

但如果是發生了某樁謀殺案，只要它的過程夠恐怖，或是當週的其他新聞很平淡而命案報導鋪天蓋地，我們就會徹徹底底摸清案件中的血腥細節，哪怕被謀殺的只是緬因州的一個雜貨店店員，跟我們八竿子打不著關係。

以前的三〇年代，發生在好幾個郡以外的殺人案你可能連聽都不會聽說，除非你跟案情有關係。因為，就像我說過的，當時的新聞傳播得比較慢，執法單位也都只顧著處理自家事。

但另一方面，有些時候，若是新聞傳得快一點、或至少能傳遞出去，帶來的結果也許會比較好。如果我們能事先知道某些事，或許我和家人就能避免掉某些恐怖的遭遇。

然而木已成舟。將近八十年前的那些往事，對我而言仍是歷歷如昨，即使如今我已是八旬老人，小腿裡埋了一根導管，躺在養老院裡，只能等待著被搗成糊狀、毫無滋味的下一餐，而房間裡充滿我身體朽壞的氣味，電視上播著一檔全是白癡的脫口秀。

那些事發生在一九三一和一九三二年。

我猜當時鎮上某些人算是有錢的，但我們家不在其列。經濟大恐慌仍在持續，而就算我們是有錢人家，當地也沒什麼東西好買，就只有豬、雞、蔬菜和日用品，而前三者我們都是自己畜養種植，會買的就只剩日用品了。

我爸爸種了些田，開了一間只休週日和週一的理髮廳，並且擔任社區警官。

我們住在一棟位於薩賓河畔的濃密森林後方、我們出生前我爸就已蓋好的三房格局白屋裡。我們的屋頂會漏水，沒有電力可用，燒柴的爐子煙很大，穀倉搖搖欲墜，還有一間獨立主屋之外、容易遭蛇入侵的外屋廁所。

我們用煤油燈照明，從井裡汲水，常常打獵釣魚來加菜。我們在林間有約莫四畝大的田地，此外還有二十五畝的硬木林和松樹林。我們用一頭名叫「紅背莎莉」的騾子來耕種那土質多沙的四畝田地。我們有一台車，但爸通常只開來處理警務，還有週日開去上教堂。其餘時間我們就是走路，或者我跟我妹會騎紅背莎莉代步。

我們擁有的那片樹林，還有周圍的數百畝林地上，都是滿滿的野生動物、恙蟎和跳蚤。當時在德州東部，大片的森林尚未開發，也並非全部都是有主地，仍然存在著許多參天巨樹，森林裡的河邊也有眾多無人涉足的神祕地帶。

野外有野豬、松鼠、兔子、浣熊、負鼠、一些犰狳、各式各樣的鳥類和許許多多的蛇。有時候，你可以看到成群的水蝮蛇在河裡游動，邪惡的蛇頭就像樹幹上的節瘤般突出水面。誰要是這時跌進河裡就慘了，那些以為潛到蛇底下游泳就會沒事的傻子也可憐得很；那些傻子以為蝮蛇不能在水裡咬人，但事實上牠們不但能，而且完全會那樣做。

鹿群也會在森林裡晃蕩。數量也許比現在少，因為如今鹿被當成作物一樣繁殖，人們會在打獵季節裡的三天醉酒狂歡期間躲在獵篷裡，用強大火力的來福槍收割牠們。現在的鹿是用玉米餵養的，經過訓練後就像寵物一樣，好讓獵人能輕鬆正中目標，讓自己彷彿有一番貨眞價實的狩獵成就。射殺一頭鹿、騎在牠的屍體上、把鹿頭高舉起來，如此活動的花費比去店裡買等重的牛排還要貴。他們獵殺之後，還會把鹿血塗在臉上拍照，彷彿那樣就能把自己變成某種戰士。

但我這會兒不是在講故事，而是在說教了。我本來是在說我們以前是怎麼過日子的，還有那些動物。當時還有個山羊人（Goat Man）——半羊半人，喜歡在我們所謂的吊橋附近出沒。我從沒看過它，但偶爾晚上出去獵負鼠時，我會覺得自己似乎聽見了它的聲音，就在顫巍巍懸於河上的橋邊嚎叫和呻吟。吊橋在月光下的風中搖晃，金屬纜索上舞動的光線就像繩子上的小精靈。

據說它會偷走牲畜和小孩，雖然我沒聽說過任何小孩被吃掉，但有些農人堅稱山羊人偷了他們的牲口，我認識的一些孩子也聲稱他們有親戚被山羊人抓走，再也沒出現過。

傳言說，它的活動範圍不會越過大路，因爲浸信會的傳道人員經常在那裡徒步或開車行動、輪班講道，因此那條路是神聖的。也有人說，它不會走出薩賓河谷的森林，因爲它無法忍受高地。它的雙腳——也就是蹄子——底下需要有又濕又厚的落葉。

爸則說世上根本沒有山羊人，那只是整個南方都在口耳相傳的迷信故事。他說我在外面聽到的是水聲和動物的聲音。但我要告訴你，那些聲音眞會令人起滿雞皮疙瘩，而且的確讓人聯想到受傷的山羊。和我爸一起在理髮廳工作的塞西爾・錢伯斯先生說，那可能是豹的叫聲。他說森林深處時不時會有豹出現，牠們可以發出像女人似的尖叫。

我和妹妹湯姆——其實是湯瑪絲娜，但我們都叫她湯姆，因爲那樣比較好記，而且她確實很男孩子氣——從早到晚都在森林裡跑跳。我們養了一隻名叫托比的狗，牠有獵犬和㹴犬的血統，還有一部分血統我們姑且說是混種小型犬吧。

托比是打獵好手，但是一九三一那年夏天，當牠在一棵樹下人立起來、對牠追趕的松鼠吠叫時，那棵橡樹的一根腐爛枝條掉下來，重重壓在牠背上，牠的後腿和尾巴再也動不了。我把牠抱在懷裡帶回家，牠哀哀呻吟，我和湯姆哭了出來。

當時爸帶莎莉在外面耕田，拖著犁具繞著一株仍在田裡的樹樁。爸時不時會用斧頭砍樹樁的根部，也放火燒過它，但它仍頑固地待在原地。

爸看到我們時便停下工作，拿下肩上的一環環繩子扔在地上，把還掛著犁具的莎莉留在田裡。他走過半塊田地來跟我們會合，我們把托比抱給他，將牠放在犁過的軟土上，讓爸幫牠檢查。爸來回移動托比的四隻腳，試圖把托比的背部復位，但是他動手的時候托比哀叫得好慘。

過了一會兒，他似乎考慮過了所有的可能，然後叫我跟湯姆去拿槍來，把可憐的托比帶到樹林裡，幫牠從痛苦中解脫。

「這不是我想要你們做的事，」爸說：「但這是非做不可的事。」

「是的，先生。」我說。

這種事在今日聽來也許殘忍，但從前沒有幾個獸醫，就算我們想，也沒錢帶一隻狗去看診。而且獸醫也只會做我們打算要做的同一件事。

還有一點和現在不同，就是你打從很小就會學習到像是死亡這類事情。這是免不了的。你會養雞養豬、殺雞殺豬，還有打獵和捕魚，所以你隨時都會面對死亡。儘管如此，我認爲當時的我們比現在某些人更尊重生命，不會坐視無謂的受苦不管。

而在托比這樣的例子裡，人家通常會期待你親自動手，不能推卸責任。雖然沒有明說，但大家都很清楚托比是我們的狗，因此就是我們的責任。這也是學習的一部分。

我們哭了一會兒，然後推了手推車過來，把托比放上去。我身上已經有拿來射松鼠的點二二手槍，但為了托比，我進屋換成一把十六口徑的單發散彈槍，好讓牠走得沒有痛苦。想到要對著托比的後腦開一槍，打得牠腦袋開花，我實在不想要這種事發生。

無論托比是不是我們的責任，那年我十三歲，湯姆則只有九歲。我告訴她可以待在屋裡，但她不肯，她說她要跟我一起去。她知道我需要有人在身邊幫助我堅強起來。

湯姆拿了鏟子扛在肩上，準備埋葬托比，我們用推車推著牠前進，而牠哀鳴了一下子，之後就不再出聲。牠就只是躺在推車上，讓我們沿小徑推著牠走。牠的背部稍稍抽動幾下，抬起了頭在空氣中嗅聞。

沒過多久，牠嗅得愈來愈用力，我們看出牠是聞到松鼠的氣味了。托比聞到松鼠時，總會用一種特別的方式轉過來朝著人看，然後把頭轉向想去的方向，接著起步奔跑，用低沉的聲音吠叫。爸說，這是為了讓我們在牠跑出視線範圍之前知道氣味的方向。嗯，牠現在就是把頭那樣轉過來。雖然我知道自己有任務在身，但還是決定先讓托比想做什麼就做什麼，藉此拖延那件事的到來。

我們把推車往牠想去的方向推去，很快地，我們就奔馳在一條落滿松針的窄徑上，托比吠得像發瘋似的。最後，我們的推車撞上了一棵山胡桃樹。

高高的樹枝上有兩隻肥肥的大松鼠嬉戲著，彷彿在嘲笑我們。我把兩隻都射了下來，扔進推車裡跟托比待在一起，但牠又開始吠叫著指出方向。

在布滿殘枝、落葉和松針而高高低低的地上，推著車前進並不容易，但我們辦到了，而且把原本應該為托比做的事拋諸腦後。

等到托比終於不再追蹤松鼠氣味時，夜幕已快要降臨。我們帶著六隻松鼠——眞是大豐收——來到了森林的深處，累得精疲力盡。

托比雖然癱了腿，但我從沒看過牠像現在這樣找獵物找得這麼好。感覺就像是牠知道即將來臨的命運，想藉著獵松鼠拖延一點時間。

我們坐在一棵高大的老楓香樹下，把托比和松鼠留在推車裡。太陽在樹林間沉落，像一顆即將摔碎的飽滿大李子。我們四周漸漸布滿黑影，宛如陰暗的人形。我們沒有帶打獵照明燈，只有尚未完全升起的月亮提供光亮。

「哈利，」湯姆問：「托比怎麼辦？」

我也在考慮這件事。

「牠看起來沒有什麼痛苦，」我感嘆道：「而且牠發現了六隻松鼠呢，要命。」

「是啊，」湯姆說：「但牠的背還是斷的。」

「我想也是。」我說。

「也許我們可以把牠藏在這裡，每天過來，餵牠吃喝。」

「我不這麼想。這樣不管什麼東西跑過來，牠都只能任其宰割。該死的恙蟎和跳蚤會把牠活活吃掉的。」我會想到這點，是因爲我已經能感覺到全身正被蟲咬。今晚勢必得在燈下拿著鑷子之類的工具從身上各處抓蟲，用煤油洗過全身後再沖水洗淨。夏天的時候，我和湯姆幾乎每晚都得進行這道手續。

「天要黑了。」湯姆說。

「我知道。」

「我不覺得托比現在有那麼痛苦了。」

「牠看起來的確好了些，」我表示：「但這不代表牠的背沒有斷。」

「爸爸要我們射死牠，讓牠從痛苦中解脫。在我看來牠沒有那麼痛苦。如果牠不痛苦的話，我們射死牠就不對了，對吧？」

我看往托比的方向，基本上只能看到一團東西躺在被黑暗掩蓋的推車裡。我看過去時，牠抬起頭，尾巴在推車的木頭底部拍了兩下。

「我不認為我辦得到。」我說：「我覺得我們該帶牠回去找爸，讓他看到傷勢改善了。牠的背也許斷了，但是已經不像剛才那麼痛苦。牠的頭可以動，現在連尾巴也動得了，所以全身還沒有壞死。牠不需要被殺掉。」

「不過，爸爸的看法可能不會是這樣。」

「可能吧，但是我不能連個機會都不給牠，就把牠射死。要命，牠可是獵到了六隻松鼠呢。媽看到那些松鼠會很開心的。我們就把托比帶回去吧。」

於是我們起身要出發，這時才意會過來——我們迷路了。因為忙著跟隨托比指的方向追松鼠，跑到了森林深處完全不認得的地方。當然，我們並不害怕，至少當下不怕。我們整天都在森林裡探險，但是天色已經暗下來，附近的環境並不熟悉。

月亮已升得更高了些，我便用它來認路。「我們要朝這個方向走，」我說：「最後就會通往家裡，或是馬路上。」

我們推著推車出發了。樹根、轍痕和掉落的樹枝讓我們腳步踉蹌，推車和我們自己都跟樹撞來撞去。附近可以聽見野生動物活動的聲響。我想到錢伯斯先生說的豹，還想到野豬，擔心我們會不會遇到一隻正好在挖橡實。我還記起錢伯斯先生也說過，今年狂犬病鬧得很嚴重，很多動物都有感染上。這個念頭讓我緊張地伸手進口袋裡摸索彈藥。子彈還剩下三發。

我們愈往前走，身邊的動靜就愈多，而過了一會兒，我開始發覺有某個東西在跟我們同步行進。我們放慢速度時，它也慢下來。我們加速時，它也跟著加速。而且那種模樣不像動物，甚至不像鞭蛇有時候追著人跑的方式。這個跟蹤我們的東西比蛇還大，像是一頭豹，或是一個人。

我們一邊走，托比一邊低吼；牠昂起頭，後頸的毛倒豎起來。

我看向湯姆，月光恰好能穿過樹林，讓我看見她的臉和害怕的程度。我知道她也和我想到了相同的結論。

我想說些什麼，想對樹叢裡的不知名生物大吼，但我怕那會像某種開戰信號，惹得它出手攻擊我們。

稍早，爲了安全起見，我關上散彈槍的保險，把槍跟托比、鏟子和松鼠一起放在推車裡推著走。現在我停下腳步，拿出槍，確定裡面塡了彈藥，然後打開保險，拇指放在扳機上。

托比開始發出明顯的噪音，低吼變成了狂吠。

我看向湯姆，她抓住手推車開始推。我看得出來她在軟軟的林地上推得困難重重，但我別無選擇，只能拿好槍；而且我們不能丟下托比，在牠遭遇了如此折磨之後。

樹叢裡的不知名生物跟了我們一下子，然後就不再出聲。我們加快速度，沒再聽到聲音，也不再感覺到它的存在。稍早之前的經歷，感覺就像有魔鬼在一旁同行。

我終於鼓起勇氣關上散彈槍的保險，將槍放回推車裡，然後重新接手去推車子。

「那是什麼？」湯姆問。

「我不知道。」我說。

「聽起來是很大的東西。」

「是啊。」

「是山羊人嗎？」

「爸說根本沒有山羊人。」

「是啊，但他有時候也會說錯，對吧？」

「他幾乎沒有說錯過。」我說。

我們再往前走了一下，發現河道有個地方比較窄，於是七手八腳地帶著推車渡河。我們不應該渡河的，但是地點正合適，而且跟蹤我們的那個人或東西嚇到了我，我只想要在我們和跟蹤者之間隔開一點距離。

走了更久一段路之後，我們最後碰到一堆在樹木之間糾結生長的刺藤，尖刺和藤莖形成了一道荊棘之牆。是一面野薔薇樹籬。上面有些藤蔓粗得像井邊吊水桶的繩索，棘刺尖得像釘子，開的花在晚風中聞起來濃香甜美，簡直就像熬煮中的高粱糖漿。

這片刺藤左右各延伸了一段距離，我們四面八方都被包圍住。我們走進了一片荊棘迷宮，牆太寬太厚而無法穿過，太高太刺而無法翻越，不但有低垂的藤莖交織在一起，頭頂上也有一片天花板似的藤蔓。我想到故事裡的布雷爾兔（Brer Rabbit）（注）和荊棘叢，但我和布雷爾兔不一樣，我不是在荊棘叢裡出生長大，也不想要待在那種地方。

我的手伸進口袋，找到一根火柴，是我和湯姆試著把玉米鬚和葡萄藤捲成菸抽時留下來的。我用拇指劃了火柴，拿著它四下晃晃，看到刺藤之間有一道很寬的空隙；不需要什麼本領就能看出，原本被切斷的小徑就在那個空隙後方。我彎下身子把火柴往前湊，看到藤蔓形成了一條大約長寬各六呎的隧道。我看不出隧道有多長，但肯定延伸得頗遠。

我趁火柴燒到手之前把火揮熄，並對湯姆說：「我們可以回頭，或是可以走這條隧道。」

湯姆看向左邊，只見又厚又密的刺藤，而前方也有一堵藤牆。「我不想回頭，因爲有那個不知道是什麼的東西。我也不想走隧道。我們會像管線裡的老鼠一樣。也許那個東西知道我們會被困在裡面，它就在陷阱的另一頭等著我們，就像爸爸讀給我們聽的那個故事。一部分是人、一部分是牛的那個。」

「一半是公牛，一半是人類，」我說。「牛頭人（Minotaur）。」

「對，就是牛頭人。它可能在等著我們，哈利。」

我當然有想過這一點。「我覺得我們應該走隧道，那樣它就沒辦法從旁邊襲擊我們，一定得從隧道的前面或後面進來。」

「裡面會不會有其他條隧道？」

這我倒沒想到。裡面可能到處都有像這樣的出入口。

「我有槍。」我表示：「如果妳可以負責推車，托比就能幫我們留意四周，讓我們知道有沒有東西在靠近。要是有什麼突然冒出來，我就一槍把它打成兩半。」

「這些選項我都不喜歡。」

我拾起槍、做好準備，湯姆抓住推車把手。我走了進去，湯姆跟在我背後。

注 早期美國南方黑奴間流傳的故事角色，源於非洲的動物寓言。這些故事通常以布雷爾兔作為主角，描述他機智聰明地應對困境並躲避敵人的陷阱。

野薔薇的香氣濃郁襲人，令我作嘔。藤蔓上不時有棘刺突出，在黑暗中你根本看不見。那些荊棘勾住我的舊襯衫，劃傷我的手臂和臉龐。我聽得見湯姆在我背後，被刮傷時輕輕咒罵。我很高興托比沒有出聲，讓我某種程度上感到輕鬆了些。

藤蔓隧道延伸了好一段距離，然後我聽到一陣陣急促的聲音，接著隧道變寬了——走出隧道之後，我們面對著流聲濤濤的薩賓河岸。上方的林木枝葉間有些空隙，明亮的月光從中穿過，照亮萬物，一切看起來都是黃澄澄的顏色，像快要發酸的牛奶般濃稠。先前跟蹤我們的不知名生物似乎消失不見了。

我對著月亮端詳了一會兒，然後想到那條河。我說：「我們走偏得有點遠了，但我看得出來我們該往哪裡去。我們可以跟著河水走一段路，雖然不是正確方向，但我想吊橋離這裡不遠了。我們過了吊橋，就會回到大路上，到時候就可以走回家。」

「吊橋？」

「對啊。」我說。

「你覺得爸爸媽媽是不是在擔心我們？」湯姆問。

「對啊。」我回答：「我想是。希望他們看到這幾隻松鼠時，會跟我預期的一樣高興。」

「那托比怎麼辦？」

「我們只能等著瞧了。」

河岸往下斜，沿著水邊有一條小小的步道。

「我想我們得抱著托比走下去，再把推車帶著，妳可以把車往前推，我會在前面扶好。」

我小心翼翼把細聲呻吟的托比抱起來，然而得意忘形的湯姆一推車子，整台車就連著松鼠、散彈槍和鏟子一起翻倒在河邊。

「靠北喔，湯姆。」我說。

「對不起啦，」她說：「它滑走了。我要告訴媽媽你罵髒話。」

「妳要是打小報告，我就把妳揍扁喔。再說，我剛剛也聽到妳罵了一堆髒話。」

我把托比交給湯姆抱，往下走了一段，找到一個踏腳處，再把牠抱回來。

我沿河滑下，碰到水邊一棵高大的橡樹才停下來。刺藤也沿著河往下生長，纏住了這棵樹。我繞過去，伸手扶著樹支撐身體，然後猛然抽回了手——我碰到的不是樹幹，甚至也不是荊棘，而是某種軟軟的東西。

我定睛一看，有個灰色物體懸在刺藤之間，月光閃耀在水面上，也照到了那個物體的臉——或者本來是臉的部位，但現在看起來更像萬聖節南瓜燈籠，又圓又腫，眼睛是兩個黑窟窿。它的頭上有一叢頭髮，像一團黑羊毛，身體腫脹而扭曲，沒有穿衣服。是個女人。

傑克·史德寧給我看過一、兩張有裸女的畫卡。他總是拿得出這種東西，因爲他爸爸是個巡迴推銷員，賣的不止有菸草，還兼賣所謂的「珍奇藝品」。

但這個女人跟畫卡上的不一樣。畫卡上那些圖片以一種我不了解的方式觸動我，但仍讓我感到某種甜滋滋的滿足。然而我現在受到的觸動則非常易懂，就是驚怖和恐懼。

她的胸部皮開肉綻，像腐爛的瓜果在太陽下裂開。藤蔓緊緊纏住她腫脹的皮肉，皮膚像菸灰一樣灰。她的腳沒有著地，整個人被刺藤綁在樹上。在月光下，她看起來就像個被帶刺鐵絲綁在大柱子上的胖巫婆，準備遭受火刑。

「靠！」我說。

「你又罵髒話了。」湯姆說。

我沿河岸往上爬了一小段，從湯姆手裡接過托比，將牠放在河邊鬆軟的地面，然後再多看了看那具屍體。湯姆也滑下來，看到了我所看見的景象。

「這是山羊人嗎？」她問。

「不，」我回答：「是個死掉的女人。」

「她沒有穿衣服耶。」

「對，她沒有穿。別看她，湯姆。」

「我忍不住。」

「我們要回家告訴爸。」

「點根火柴吧，哈利。我們看清楚點。」

我考慮了一下，最後翻了翻口袋。「我只剩一根了。」

「那就拿來用啊。」

我用拇指劃亮火柴，把它往外拿；我的手不斷顫抖，火光也隨之搖晃。我在自己能忍受的範圍內盡量靠近。屍體在火柴的光線下顯得更加恐怖。

「我覺得這女的是個有色人種。」我說。

火柴熄滅了。我將推車扶正，抖掉散彈槍末端的泥巴，把槍和松鼠和托比一起放進推車。我找不到鏟子，它應該是往下滑進河裡流走了。這損失可不小。

「我們得繼續走。」我說。

湯姆仍站在河邊看著那具屍體，看得目不轉睛。

「快來！」

湯姆強迫自己離開。我們沿河岸走，我盡力推著推車，讓它在軟泥裡顛簸前進，直到再也推不動爲止。我用湯姆身上帶的細繩把松鼠的腳綁在一起，掛在我腰上。

「湯姆，妳來拿槍，我來抱托比。」

湯姆接過了槍，我抱起托比，我們啓程往傳說中住著山羊人的吊橋走去。

我和朋友們通常都會避開吊橋，只有傑克除外。傑克什麼也不怕。但話說回來，傑克也沒有聰明到知道該害怕。人家都說，他和他老子就算少了腦袋也不可能再更笨了。

傑克說，你聽到那些關於吊橋的故事，都是我們爸媽編來爲了騙我們離橋遠一點，因爲那座橋很危險。也許他說的是眞的。

那座橋其實就是幾條綁在岸上高處、橫過薩賓河上方的纜繩，再用生鏽的鐵釘和爛掉的繩子固定著幾塊長條木板。我不知道橋是誰建造的，也許它曾經是一座很不錯的橋，但現在很多塊木板不翼而飛，剩下的也腐朽崩裂；兩端河岸上用來固定纜繩的生鏽金屬樁埋得很深，可是在河水沖刷岸邊的地方，你可以看到一部分的固定樁已從泥土裡裸露出來。經過足夠的時間和水力累積，整座橋遲早會掉進河裡。

風吹起的時候，吊橋就隨之搖晃，颳大風時更是不得了。我之前只走過一次，是在平靜無風的白天，而那就已經夠嚇人了。你每踏一步，橋都會晃動，像是要把你甩下去。木板嘎吱呻吟，彷彿痛苦不已。有時腐朽的木片會鬆脫，掉進下方的河水。我就再多說一句，這座橋下剛好是深水區，流速很快的河水沖打在岩石上，會形成一道小瀑布，瀉進又寬又深的河裡。

現在，我們在夜裡往下看著長長的吊橋，想著山羊人、我們發現的屍體、托比，還有想到時間已經多晚了，想到我們的爸媽正在擔心。

「我們要過橋嗎，哈利？」湯姆問。

「要，」我堅定地說：「我覺得要。我會帶路，妳要看好我腳踩的地方。如果木板承受得住我的重量，也就撐得住妳。」

吊橋在流聲濤濤的河水上方嘎吱作響，被纜繩懸著，擺動得非常輕微，就像一條鑽過高草的蛇。

兩隻手抓著纜繩過橋時已經夠可怕了，但現在我得抱著托比，而且時間是晚上，旁邊又跟著試圖把槍拿好的湯姆……嗯，一切看起來不怎麼樂觀。

另一個選擇是循原路回頭，或者嘗試另一條路，走到河水變淺的地方橫渡過去，再走回馬路和我們的家。但是河要在好幾哩之後才會變淺，樹林裡環境嚴苛，天色又暗，托比抱起來很重，外面還有個不知名的東西在追蹤我們。除了過橋之外我想不到別的出路。

我做了個深呼吸，牢牢抱住托比，踏出腳步到第一塊木板上。

腳一踏上，吊橋頓時狠狠往左晃去，然後更用力地晃回來。

我懷裡抱著托比，所以唯一能做的就是彎曲雙腿，試圖抵銷吊橋的晃動。橋搖晃了很久才停止，我踏出的下一步更加小心，這次橋晃得沒有那麼厲害了。我找到某種踏步的節奏。

我往後對湯姆叫道：「妳要踩在木板的中間！這樣橋才不會晃得太厲害。」

「哈利，我好怕。」

「沒關係，」我說：「我們會沒事的。」

我踏到一塊木板上，它頓時裂開。我連忙將腳抽回。木板的一部分鬆脫了，掉往下方的河裡，激起一陣水花；碎片落入水中，被月光照亮了一下，接著就被河水沖走，在棕色的水裡攪動，流過小瀑布後消失不見。

我站在原地，感覺肚子無限地往下墜。我緊抱住托比，邁出一大步跨過缺掉的木板，踩到下一片上。成功了！但吊橋搖來晃去，我聽到湯姆在尖叫。我轉頭看到她弄掉了散彈槍，手正在抓著纜繩。槍掉得很遠，卡在兩條低處的纜繩之間。吊橋劇烈搖晃，甩得我撞到一側的纜繩，然後又被甩到對面。我當下只覺得自己必死無疑。

吊橋逐漸靜止時，我壓低身子，單膝跪在木板上，轉身看向湯姆。「放輕鬆。」我說。

「我太害怕了，不敢放手。」湯姆說。

「妳得放手，妳得去拿槍。」

過了好長一段時間，湯姆終於彎腰去撿槍。重重喘了幾口氣之後，我們再度起步。就在那時，我們聽見下方傳來的聲響，看到陰影裡的那個東西。

它在我們對面的河岸邊移動，離水很近，就在橋下。但其實看不清楚，因爲它不在月光照射的範圍內，而是躲在陰影中。它的頭很大，上面好像長了犄角，其他部分則像煤桶一樣黑。它往前探了一點點，彷彿想仔細看看我們，而我看見了它的眼白和粉筆似的牙齒在月光下閃耀。

「天啊，哈利，」湯姆說：「是山羊人。我們怎麼辦？」

我想到要回頭。這樣我們跟它就會有一河之隔，但如此一來得要走好幾哩、穿過整座森林。如果它在某個地方渡河，我們又會被它跟蹤——現在我很確定，稍早在刺藤叢裡跟著我們的就是它。

如果繼續過橋，我們就會位於它上方的高岸，離馬路也不會太遠。大家都說山羊人不會到馬路上去，那裡是它的禁地。它被困在森林裡和薩賓河的岸邊，傳道士行動的路線讓它無法靠近馬路。

「我們得繼續走。」我說。我朝那雙眼白和那口白牙再看一眼，開始往前推進。吊橋搖晃起來，但我現在有了更強的動力，前進得相當順利，湯姆也是。

接近對岸時，我往下一看，但沒有再看到山羊人。不知是角度的關係，還是它已經離開了。我一直有種感覺，等我們到河的另一邊時，它已經爬到岸上在等著我們。

但我們抵達時，岸上只有那道將森林分成左右兩塊的步道，在月光下十分醒目。步道上什麼也沒有。

我們開始順著步道走。托比很重，我努力地不要太晃動到牠，但我害怕極了，控制得不太好。牠發出幾聲哀鳴。

走了一段距離後，步道彎進了一片陰影裡，林木伸出的枝葉擋住了月光，彷彿將地面擁抱進它們黑暗的臂彎裡。

「我覺得，如果它要埋伏偷襲我們，」我表示：「一定就是在這裡。」

「那我們就不要過去吧。」

「妳想回去再過一次橋嗎？」

「我不想。」

「那我們就得繼續走。也不知道它到底有沒有跟來。」

「你有看到它頭上的角嗎？」

「我有看到些什麼。我覺得，我們應該做的是換手，至少等過了有樹林的這段路再交換回來。妳來抱托比，讓我來拿散彈槍。」

「我喜歡拿槍。」

「對，但是我才能拿它發射，而且不會被它震倒。彈藥也在我這裡。」

湯姆考慮了一下。「好吧。」她說。

她將槍放在地上，我把托比抱給她，接著拾起槍，然後我們起步走上陰暗的彎道。

我在白天走過這條步道很多次，走去吊橋那邊；但在此之前，我只走上橋一次過。我也曾在晚上來過森林裡，但從未走到如此深處，而且通常是跟爸爸一起來。

在步道上，我們走到陰影深處時，沒有任何東西跳出來突襲或是咬人，但當我們漸漸靠近有月光的路段時，聽見森林裡有東西在動。是跟之前在刺藤叢聽到的同一種聲響。與我們同步移動，算計得恰到好處。

我們終於來到月光下，這才感覺好許多。雖然沒什麼理由可言，就只是一種感覺而已。月光並沒有帶來什麼改變。我轉頭往後看，望進我們剛剛離開的一片黑暗。在步道的中央，我看見了被陰影籠罩的它，站在那裡凝視著。

我沒告訴湯姆，只說：「現在換妳拿槍，我來抱托比。然後，我要妳使盡全力往馬路的方向跑。」

湯姆可不笨，而且我的眼神可能也露了餡，所以她轉過頭來往陰影裡看去。她也看到了那東西。它越過步道進了森林裡。她轉回來，立刻把托比抱給我，拿起散彈槍，用閃電般的速度起跑。我緊跟在她後面狂奔，可憐的托比被晃來晃去，綁起來的松鼠也不斷拍到我腿上。托比發出哀鳴、呻吟和低吠。步道逐漸變寬，月光也愈漸明亮，紅土馬路出現了，我們跑上路面，往後一看。

沒有東西在追我們。森林裡沒有傳來任何動靜。

「沒事了嗎？」湯姆問。

「應該吧。大家都說它不能跑到路上來。」

「要是它其實可以呢？」

「這個嘛，它就是不能……我覺得它不能。」

「你覺得是它殺了那個女人嗎？」

「我猜是它殺的沒錯。」

「她怎麼會變成那個樣子？」

「死掉的東西都會像那樣發脹。」

「她的傷是怎麼來的？被它的角刺的嗎？」

「我不知道，湯姆。」

我們在馬路上繼續走。過了不久，在停下休息幾次、幫托比抬高尾巴和腿讓牠上廁所之後，我們在夜最深的時刻回到家。

我們的歸來並不完全是個歡樂場面。天上逐漸雲層密布，月光不再明亮。你可以聽見蟬聲和來自某個低窪處的蛙鳴。我們抱著托比走進院子時，爸爸的說話聲從陰影中傳來，同時有一隻受驚嚇的貓頭鷹飛離了橡樹，在稍微變亮的天際短暫現出剪影。

「我要狠狠揍你們一頓屁股。」爸爸說。

「對不起，先生。」我說。

爸坐在院子裡橡樹下的椅子上。那棵樹算是我們的聚會點，夏天時，我們會坐在那裡聊天和剝豆子。他正在抽菸斗，這個習慣日後會要了他的命。他用火柴的小火點燃菸絲時，我看見菸斗的火光。

菸斗發出的氣味在我聞來帶著木質調，而且酸酸的。

我們過去站在橡樹下，他的椅子旁邊。

「你們的媽媽嚇壞了。」他說：「哈利，你應該知道不能像這樣在外面亂跑，特別是還帶著你妹妹。你應該要照顧她的。」

「是的，先生。」

「我看到你還帶著托比。」

「是的。我覺得牠好一點了。」

「背都斷了能好到哪裡去。」

「牠獵到了六隻松鼠。」我說。我拿出小刀，割斷繞在腰際的細繩，把那些松鼠拿給他看。他在黑暗中看了看，然後放到椅子旁邊。

「你有什麼理由要交代嗎？」他說。

「有。」我應答。

「好，那麼，」他說：「湯姆，妳進屋去拿澡盆放水。今天晚上水夠暖了，不用加熱。妳洗個澡，然後用煤油驅蟲，事情做完就上床睡覺。」

「是的，」她說：「但是爸爸……」

「進屋裡去，湯姆。」爸爸說。

湯姆看看我，將槍放在地上，然後就進屋去了。

爸吸了一口菸。「你說你有理由要交代。」

「是的。我去獵了松鼠，但是還有別的事。河邊有一具屍體。」

他從椅子上往前一探。「什麼？」

我把發生的一切都告訴了他，包括我們被跟蹤、遇到刺藤叢、還有那具屍體和山羊人。我講完之後，他說：「山羊人不存在，哈利。但是你看到的那個人，他可能就是凶手。你們像這樣在外面跑，遭殃的也可能是你或湯姆。」

「是的，先生。」

「我想我一早得去看一看。你覺得你還能找到她的位置嗎？」

「找得到，但是我不想。」

「我懂，可是我需要你的幫忙。現在進屋去吧，等湯姆弄好，你就去洗澡和驅蟲。我知道你一定弄得滿身都是。幫我把槍拿來，托比交給我就好。」

我開口想講些話，但不知該說什麼。爸爸站起身來，把托比抱在懷裡，我將槍交到他手中。

「這麼條好狗遇到這種事眞是他媽的爛。」他說。

爸爸開始走向位於我們屋後田地邊的小穀倉。

「爸，」我說：「我做不到。別這樣對托比。」

「沒事的，孩子。」他說完便往穀倉走去。

我進屋的時候，湯姆在後門廊上的浴盆裡，媽媽靠著掛在椽上的提燈光線努力幫她刷洗。當我走過去，跪在地上的媽媽轉過頭來看我。她的金髮束成一個圓鼓鼓的髮髻，一縷髮絲鬆脫了，垂在她的額頭和眼睛前。她用一隻沾了肥皂的手將頭髮撥開。「你應該知道不能在外面混到這麼晚，還編什麼看到屍體的故事來嚇湯姆。」

「媽，那不是編故事。」我說。

我簡短地告訴了她。

我說完之後，她安靜了半晌。「你爸爸呢？」

「他帶著托比去穀倉。托比的背被壓斷了。」

「我聽說了。我眞的很難過。」

我豎起耳朵準備聽散彈槍擊發的巨響，但十五分鐘後，槍聲依舊沒有響起。然後我聽到爸爸從穀倉回來，很快地，他就從暗處走出，踏進提燈的光暈，手裡拿著槍。

「我想牠不需要被殺掉。」爸爸說。我感覺我的心輕飄飄的。我看向湯姆，媽媽在用鹼皀幫她洗頭，她的視線從媽媽手臂下偷望出來。「牠的後腿動得了一點點，尾巴舉得起來。你可能說對了，哈利。牠也許會好轉。而且，你本來要做的事，換我來做也不會比較容易，孩子。牠既然從鬼門關前回來，那麼……照顧牠就是你和湯姆的責任。你們要餵牠吃飯喝水，還要設法讓牠做到分內的事。」

「是的，」我說：「謝謝爸。」

爸爸坐在門廊上，腿上放著槍。「你說那個女人是有色人種？」

「是的。」

爸爸嘆了口氣。「這就讓事情比較難辦了。」他說。

隔天早上，我帶著爸爸走上馬路和步道前往吊橋邊。我不想再走一次吊橋了。我從河岸邊指出對面河下游的地點，屍體就在那裡。

「好，」爸爸說：「我會接手處理。你回家去。這樣吧，你幫我去鎮上打開理髮廳的門。塞西爾一定在納悶我跑哪去了。」

我回到家，先去穀倉看托比的狀況。牠肚子朝下趴著，後腿扭動了一下下。我把餵食和其他工作留給湯姆，然後拿了理髮廳的鑰匙，幫紅背莎莉裝上鞍，騎了五哩的路去鎮上。

當時的馬佛溪鎮不太能算是一個眞正的城鎮，現在當然也不怎麼樣，但那時它幾乎就只有僅僅兩條街，主街和西街。西街有一排房子，主街有一間雜貨店、法院、郵局、診所、我爸的理髮廳，還有一、兩家其他的商號，偶爾還會有老克里騰頓的重型機車隊出現。

理髮廳很小，是一間單房白屋，蓋在兩棵橡樹下，裡面的空間擺得下一張貨眞價實的理髮椅，和一張椅面椅背各自加上軟墊的普通椅子。爸爸用那張理髮椅，塞西爾用的則是另一張。

夏天時店門維持敞開，有道紗門會幫你隔開蒼蠅。蒼蠅們喜歡聚集在紗網上，一群一群的好像葡萄。風常常是熱的。

我到的時候，塞西爾正坐在臺階上，讀著《泰勒晨報》。我把莎莉綁在其中一棵橡樹上，一面打開門鎖，一面對塞西爾簡述了一下爸爸在忙的事。

塞西爾聽了搖搖頭，咂舌一陣，然後我們就進門去了。

我喜歡理髮廳的香味，裡面可以聞到酒精、消毒液和髮油。一排瓶子被擺在理髮椅後方的架子上，裡面的液體五顏六色，有紅、有黃、有藍，聞起來有淡淡的椰子味。

靠近門口的牆邊有張長椅，和一張堆著雜誌的桌子。那些雜誌封面鮮豔，大部分是偵探故事。我只要逮到機會就會翻來看，有時爸爸也會把翻舊的雜誌帶回家。

店裡沒客人時，塞西爾也會看雜誌，坐在長椅上，叼著手捲菸，看起來就像雜誌故事裡的角色：老練、自在、效率高超。

塞西爾是個高大的男人，根據鎮上的傳言和我間接聽到爸爸的說法，女士們都覺得他長得很英俊。他有一頭精心打理的紅髮，好看的臉上有著深邃又明亮的眼眸。他是個理髮師，大約兩個月前來到馬佛溪鎮謀職。爸爸發覺自己可能要有競爭對手了，便加了一張椅子給他用，給他分紅。

爸爸對這個決定半是後悔。問題不在於塞西爾不是個好員工，也不在於爸爸不喜歡他，而是塞西爾太出色了。他眞的懂得剪髮，很快地，有愈來愈多客人專門等著排塞西爾的隊。愈來愈多媽媽帶著兒子來，在他幫她們兒子剪髮時跟他聊天，塞西爾還會捏捏那些孩子的臉頰、逗他們笑。他就是這樣的人，不管是跟誰都能一下就熟絡起來。

雖然爸爸從不承認，但我看得出來他心裡介意，有那麼點嫉妒。而且，媽媽來店裡的時候，塞西爾的目光總是會讓她畏縮且臉紅。就算他說的話沒那麼有趣，她也會笑。

塞西爾在爸爸忙的時候幫我剪過幾次頭髮，老實說，那眞是很棒的體驗。塞西爾愛講話，會拿他去過的地方講精采的故事。他的足跡遍及全美國、全世界。他參加過第一次世界大戰，見識過一些惡劣無比的戰役。除此之外，他對於那些戰事不願多說，似乎甚感痛苦。有次，他倒是給我看了他用一條細鏈子掛在頸上的法國硬幣。硬幣被子彈打到，凹了一塊。當時那個硬幣放在他的襯衫口袋裡，他將救命之恩歸功於它。

他對戰爭的話題很沉默，但對於其他所有的事都是個大嘴巴。他拿女孩子的事跟我開玩笑，有時開得太過火還會招來爸爸斜眼一瞪，我可以在長椅前面給客人看剪髮過程的鏡子裡看到。塞西爾會對上爸爸的眼神，眨眨眼，然後換個話題。但塞西爾似乎老是會繞回來談起這類事，對我可能交到的女朋友深感興趣，儘管我連一個也沒交過。他這樣說的時候，讓我覺得自己好像長大了，參與了成年男人的儀式和思考。

湯姆也喜歡他，有時，她來理髮廳就只是爲了繞著他打轉，聽他說的好話、開的玩笑。他很愛讓她坐在自己腿上，跟她講各式各樣的故事。我說不準湯姆對那些故事有沒有興趣，但對塞西爾肯定是有。他對我們兄妹倆而言，就像一位率性不羈的叔叔。

但塞西爾最不可思議的，還是他剪髮的方式。他的剪刀就像他本人的延伸，手腕稍稍一動，剪刀就能瞬間移位、轉向、開合。我坐在他的椅子上時，修剪下來的頭髮四散在我周圍，宛如被太陽照出的一圈光暈，我的頭變成了一件雕塑，從一團亂髮化為藝術品。塞西爾從不失手，絕不會用剪刀的刀尖刺到你（換成爸爸就無法保證了），大功告成之後，他會在你的頭皮抹上香料油，幫你梳頭分邊，而當你轉過去看著座椅後方比較近的鏡子，會發現自己和先前判若兩人。他幫我理完頭時，我覺得自己看起來更加老成、更有男人味，也許還變得有點像雜誌封面上的那些人物。

當這同一件事換成爸爸來做，幫我梳頭分邊、抹油，送我下理髮椅時（他從不會像對成人顧客那樣讓我轉個圈確認看看），我仍舊只是個小孩，一個剪過頭髮的小孩。

這天爸爸不在，因爲我可以免費理髮，我便問塞西爾能不能幫我剪。他幫我理了頭，最後還用手打的刮鬍泡和剃刀修掉我耳邊太難用剪刀對付的雜毛。塞西爾用手幫我的頭皮抹上油，還幫用手指幫我按摩後頭；這種感覺很溫暖，在暑熱中又有點刺刺的，令我昏昏欲睡。

我才剛爬下椅子，老奈遜就駕著騾車帶兩個兒子過來了。伊森·奈遜是個穿連身工作服的大漢，耳朵裡長了幾簇毛，鼻毛也跑出鼻孔外。他的兒子們都是他的翻版——個頭高大、滿頭紅髮，還長了招風耳。他們父子老是嚼著菸草，牙齒呈棕色，說話的時候會吐口水。他們的對話總是少不了當時還不常見的髒字。他們一向不來剪頭髮，都是拿碗和剪刀自己剪。他們喜歡就那樣坐在椅子上，讀讀雜誌裡他們認得的幾個字，談論時局有多糟糕。

塞西爾跟他們雖然不算朋友，但仍盡力保持禮貌，而且就像爸常說的，他是個愛講話的人，就算談話的對象是魔鬼也照講不誤。

老奈遜一入座，塞西爾就說：「哈利說有一場謀殺案發生了呢。」彷彿這是個他樂於四處傳播的消息，但我自己剛才也是迫不及待地告訴他、忍不住要說出去，所以怪不了他。

消息既然傳了出去，我也只能把事情徹底交代清楚。嗯，幾乎啦。出於某種原因，我略過了山羊人的部分沒說。我不知確切的理由，但我就是沒說。

我講完之後，奈遜先生說：「這個嘛，少了個黑鬼婊子對這世界也沒啥損失。我在河谷下面也遇過一個那種爆炸頭女人，誰知道呢，我自己也可能不介意幹掉她。就是她們在生小黑鬼，把嬰兒拉出來的樣子就像我們拉屎似的。但我可能會想要她先讓我爽一把，你懂我意思吧。我是說，她們是黑鬼沒錯，但只要她們裡面也是粉粉嫩嫩的、讓你享受個五分鐘，那也不錯。」

他的兩個兒子露出獰笑。「講話注意點啊。」塞西爾說，頭往我的方向點了一下。

「抱歉啦，小子。」奈遜先生對我說：「你爸在調查這件事對吧？」

「是的。」我說。

「嗯，他可能挺難過的。他老是在爲黑鬼擔心。小子，那只是黑鬼又在自相殘殺罷了，他應該放著別管，就讓他們繼續把彼此殺個精光，我們其他人就不用操煩了。」

在那一刻，我遭遇了某種改變。我從來不曾對我父親的個人理念多做思考，但突然間，我明白他的立場和奈遜先生是相反的，而奈遜先生儘管喜歡來我們的理髮廳殺時間、大發議論、看雜誌，但他並不眞的欣賞我爸爸。而他對我爸的不喜歡、還有我爸跟他意見相左的事實，這都讓我感到驕傲。

不久，傳道士強森先生進來店裡，奈遜先生感到壓力，就帶著兒子駕車上路煩別人去了。當天稍晚，爸爸回來了，塞西爾向他問起謀殺案時，爸看了我一眼，我這才知道自己應該守緊口風的。

爸爸把我告訴他的事轉述給塞西爾，並說他認為那個女人不是被高漲的河水沖過來，而是被人——據他猜測就是凶手本人——用刺藤綁在那裡，像在展示一般。除此之外他沒多講什麼。

當晚回家之後，我躺在床上，耳朵貼著牆壁。湯姆在對面睡著了，我專心傾聽。我們家牆壁很薄，四下安靜無聲時，我能隔牆聽到爸媽說話。

「鎮上的醫生甚至不肯去看她。」爸爸說。

「因為她是有色人種嗎？」

「對。我得載她去密遜溪鎮的有色人種區找醫生。」

「她進過我們的車裡？」

「不礙事的。哈利帶我去她的所在地點之後，我就回來開車去比利·高德他家。他們兄弟倆跟我一起下去，幫我用油布包好她，把她搬出來抬上車。」

「醫生怎麼說？」

「他推測她遭到強暴。她的乳房從上到下被割成兩半。」

「噢，我的天啊。」

「沒錯。還有更糟的。醫生還沒辦法確定，但他詳細檢查、解剖、看過她的肺部之後，認為她也許是在還活著時被扔進河裡溺死，過了一天左右才被沖到岸上，而某個人——很可能就是凶手——找到了她。也許是意外發現，也許是刻意，然後那人用刺藤把她綁在樹上。」

「誰會做這種事？」

「我不知道。我一點頭緒也沒有。」

「那位醫生認得她嗎？」

「不，但他找來了那裡的黑人牧師，貝爾先生。他認得她。她名叫潔達・梅・賽克斯。他說她是當地的娼妓，時不時會上教堂跟他談到自己想要從良。他說她一個月大概會良心發現一次，其他時候都在沉淪。她在沿河的幾間黑人酒吧工作，偶爾也接一點白人的生意。」

「所以沒人想得到可能是誰幹的？」

「那裡沒有半個人在乎，瑪莉琳。完全沒有。黑人對她沒什麼好印象，白人的執法機關則是馬上表明那個轄區超出我的職權。或者用他們的話來說：『我們自己的黑鬼自己管。』當然，意思就是他們根本沒有要管。」

「如果那裡超出你的職權，你就得罷手了。」

「把她載到密遜溪鎮確實超出了我的職權，但她被發現的地點還在我的轄區內。那裡的警察推測是鐵路流民在附近下了車，在她身上找完樂子，就把她丟進河裡，自己搭下一班火車走了。他們猜的可能沒錯，但若是那樣，又是誰把她綁在樹上的？」

「也可能是其他人綁的，不是嗎？」

「我想也是，但想到世界上有這麼多殘酷的暴行，我就擔心不已。再說，我不相信這個猜測。我認爲殺掉她和把她綁起來展示的是同一人。我去密遜溪鎮時稍微打聽了一下，我在那裡認識一個記者，卡爾・費爾茲。」

「就是那個娶了嫩妻的老頭？老婆很漂亮的？」

「沒錯。他是個好人。對了，他太太跟一個鼓手跑了，不過他不怎麼難過，現在交了個新女友。他跟我說了些有意思的事。他說，這已經是一年半來那地方的第三起謀殺案了。那些命案沒有上報，主要是因爲太過血腥，但也是因爲死者都是黑人，他的讀者並不在乎。被殺的都是娼妓，有一件案子就發生在密遜溪鎮那裡。她的屍體被塞進河邊一條很大的舊排水管裡，兩條腿被弄斷往上拉，交折在頭上。」

「老天爺。」

「卡爾說他才剛聽到關於另一個案子的傳言。他給了我一個黑人報紙編輯的名字，是個叫做麥克斯·葛林的傢伙，我去找他談了談。他們做過一篇報導，並給了我一份過期報紙。第一個被害人是去年一月遭到毒手，地點在密遜溪鎮外再北一點。他們也是在河裡發現她。她的私處被割了下來，塞到她嘴裡。」

「我的天啊。但這些謀殺案中間各隔了好幾個月，不會是同一個人做的吧？」

「希望如此。我說了，我實在不喜歡想到外面有兩、三個那樣的傢伙跑來跑去。那些屍體被蹂躪、展示，被做出極端下流的事情，我覺得是同一個人幹的。」

「葛林的看法是，凶手喜歡把被害人溺死。就連排水管裡發現的那具屍體也是泡在水裡。那邊的警察倒是說對了一件事，就是凶手可能是靠鐵路移動的。每個棄屍地點都靠近鐵軌，附近有小車站、酒吧和應召女郎。但那也不代表他就是流浪漢或是常出外的人。他可能就只是搭火車前往行凶地點而已。」

「哈利發現的那具屍體，後來怎麼樣了？給誰帶走了？」

「沒有人。親愛的，我付了錢把她葬在那裡的黑人墓園。我知道我們沒錢，但是……」

「別說了，沒關係的，你做了件好事。」

他們安靜下來。我翻身仰躺，盯著天花板。一閉上眼睛，我就看到那個女人被割毀的腫脹屍體，藤蔓和荊棘將她固定在樹上。我還看到長角的山羊人，陰暗的臉上有明亮的眼睛和白白的牙齒。我記得自己轉頭看見山羊人站在森林步道中間的黑影裡，凝視著我。

最後，我在夢裡走到了馬路邊，然後陷入沉睡。

過了一陣子，我和湯姆的生活慢慢回歸正常。時間就是這樣運作的，特別在你年紀小的時候。時間可以修復許多事物，而修不好的那些就會被你淡忘，或至少被你壓抑下來，只有特定的時機才會重現。我就是這樣，時不時在深夜時分、睡意來臨之前想起那天的場景。最後，一切都成了遙遠的回憶。

爸爸到處在找山羊人，找了一段時間，但除了岸邊的一些足跡、有人在附近採集搜刮的跡象之外，他完全沒找到任何人。但我聽到他跟媽媽描述他有被人盯著看的感覺，還說他猜測那裡有個人跟動物一樣很熟悉森林。

但是，謀生的重要性勝過任何調查，而我爸本來也就不是什麼查案的警探。他只是個小鎮警官，主要負責遞送法院傳票、和治安官一起載送遺體；如果死者是有色人種，他就會單獨負責，沒有治安官陪同。所以，過了不久，謀殺案和山羊人就成為過往雲煙。

到了那年冬天，托比真的又能重新開始走路了。牠的背沒斷，但是樹枝壓傷造成了某種神經受損。牠沒有完全復元，但是可以用稍顯僵硬的姿態到處走動，而牠的腰部三不五時會癱掉，只能拖著下半身走。大多時候牠都很好，雖然跑起來有點跛，速度也不快，但還是全郡最厲害的松鼠獵犬。

到了十月下旬、距離萬聖節只剩一週時，天氣轉涼，夜裡乾爽清朗，南瓜般的月亮高掛空中。我和湯姆玩到很晚，一下追螢火蟲，一下追著對方跑。爸爸去執行警官勤務，媽媽在屋裡縫紉，我和湯姆玩累之後，就坐在橡樹下天南地北閒聊。然後我們突然打住，我有一種冷颼颼的感覺。我不知道人是不是真的有第六感，也許那是來自一些你無意識中注意到的小事、眼角餘光瞥見的動靜、側面聽見的談話。但我當時有了爸爸說過的那種感覺，被盯著看的感覺。

我不再聽湯姆談這談那，改而慢慢把頭轉向森林。就在那裡、兩棵樹中間的陰影裡，有道被光線照出清楚輪廓的長角身影，盯著我們看。

湯姆發現我沒在聽她說話，出聲喊我：「嘿。」

「湯姆，」我立刻說：「安靜一下，往我看的方向看。」

「我什麼也沒看——」然後她安靜下來，過了一會兒悄聲說：「是它……是山羊人。」

那個身影猛然轉過去，踩斷了一根樹枝、攪動了一些落葉，然後就消失了。我們沒有告訴爸爸或媽媽。我不知道究竟為什麼，但我們就是沒說。這件事只有我和湯姆知情，而到了隔天我們就幾乎不再談起。

過了一週，珍妮絲·簡·魏曼死了。

我們在萬聖夜聽到消息。當時鎮上辦了個小派對，給小孩和任何想來的人參加。這個派對不發邀請函，但大家都知道派對每年都會舉行，誰都可以到場。女人會各帶一道菜赴會，男人則會帶一點私釀酒加進飲料裡。

派對辦在凱納登太太家。她是個寡婦，家裡有藏書，像是某種圖書館。她會讓我們去借書，或是可以在她家坐著看，甚或她會讀給我們聽。她總是備有餅乾和檸檬水，也不介意聽我們說自己的故事、談自己的問題。她是個臉蛋甜美、胸部豐滿的女士，鎮上的很多男人都喜歡她，覺得她長得很美。

每年她都會為孩子們辦一場萬聖節小派對，供應蘋果、南瓜派等等。家裡買得起備用枕頭套的人會扮成鬼，幾個年紀較大的男孩則是溜到西街去，拿肥皂在窗戶上塗鴉。萬聖節差不多就是這樣而已，但在當時感覺可是很棒的。

爸爸帶我們去派對。那又是個天氣良好且涼爽的夜晚，有許多螢火蟲，蟋蟀鳴聲不斷。我跟湯姆和其他小孩一起玩躲貓貓，當鬼的人在數數時，我們就找地方躲起來。我躲在凱納登太太家的前門門廊底下。我還沒藏好，湯姆就爬進來躲在我旁邊。

「欸，」我悄聲說：「自己去找地方躲。」

「我又不知道你在這下面。現在去找別的地方太晚了。」

「那就安靜。」我說。

我們坐在那裡，不久，一雙雙穿著鞋子和長褲的腿在我們眼前爬上門廊的階梯。那些是剛才在外面院子抽菸的男人，他們這會兒聚在門廊上聊天，我認出其中一雙靴子是爸爸的。接在走動聲之後的，是搖椅的嘎吱聲，還有椅子拉來拉去的聲音，然後我聽到塞西爾說話。

「她死多久了？」

「我猜一週左右吧。」爸爸說。

「是我們認識的人嗎？」

「是個妓女，」爸爸說：「珍妮絲．簡．魏曼。她住在密遜溪鎮外面那些黑人酒吧附近。她挑錯客人，最後就躺在河裡了。」

「她是溺死的嗎？」另外有個人問。

「應該是。但她死前還受了不少苦。」

「你知道是誰幹的嗎？」塞西爾問：「有沒有線索？」

「沒有。不算有。」

「黑鬼。」我認得那個聲音，是老奈遜。不管哪裡有東西吃、可能有酒喝，他都會出現，而且自己從來不帶菜或酒。「黑鬼在河谷下面發現一個白女人，就把她給抓去了。」

「是啊。」我聽到一個聲音說：「而且白女人爲什麼要跑到那裡去亂晃？」

「也許是他把她帶去那裡的，」奈遜先生說：「黑鬼只要逮到機會就會佔白女人的便宜。該死，如果你是個黑鬼，你難道不會這樣做嗎？想想看，對隨便哪個黑鬼來說，白女人都是份大獎。然後如果你是個黑鬼，對她做了那檔事之後，你就得殺了她，才不會被別人知道。任何一個自重的白女人遇到那種事，也都不會想活了。」

「說夠了吧。」爸爸說。

「你是在威脅我嗎？」奈遜先生說。

「我是說我們不需要講這種話，」爸爸說：「凶手是白人或黑人都有可能。」

「肯定是個黑鬼。」奈遜先生下結論：「你走著瞧。」

「聽說你找到一個嫌疑犯？」塞西爾問。

「不算是。」爸爸說。

「我聽說是個有色人種。」賽西爾說。

「我就知道，」奈遜說：「天殺的黑鬼。」

「我找了個人來問話，就這樣而已。」

「他在哪裡？」奈遜問。

「你知道嗎，」爸爸說：「我想我要去拿塊派來吃了。」

門廊發出嘎吱聲。紗門被打開，我們聽見靴子踏進屋裡。

「死愛黑鬼的。」奈遜說。

「鬧夠了沒有。」塞西爾出聲。

「你是跟我說話嗎，老兄？」奈遜先生說。

「對，而且我說你鬧夠了。」

門廊傳來一陣騷動，接著突然響起一記撞擊聲，奈遜先生倒在我們前面的地上。我們可以從階梯之間看見他。他的臉轉往我們的方向，但我不覺得他有看到我們。屋子底下很暗，而且他的心思在別的事情上。他迅速爬起，帽子留在地上，然後我們聽到門廊上有人移動，爸爸的聲音傳來：「伊森，別再上來了，回家吧。」

「你以爲你是誰，敢指揮我？」奈遜先生說。

「現在就回去。我是警官，如果你再上到門廊這裡、再做一件惹我不爽的事，我就逮捕你。」

「還有誰跟你一夥？」

「就只有我。」

「那他呢？他打我。你跟他站在同一陣線，就因爲他肯挺你。」

「我跟他站同一陣線，是因爲你這個大嘴巴掃了其他人的興。你喝太多了。回家睡一睡醒酒吧，伊森。別讓這件事失控了。」

奈遜先生垂下手，把帽子撿起來。他說：「你可眞是高高在上又偉大啊？」

「爲這種蠢事打架沒有意義。」爸爸說。

「你自己小心點，愛黑鬼的。」奈遜先生說。

「別再來理髮廳了。」爸爸說。

「誰還想去，愛黑鬼的。」

然後奈遜先生轉身，我們看著他走遠。

爸爸說：「塞西爾，你太多嘴了。」

「是啊，我知道。」塞西爾說。

「好了，我現在要去吃塊派。」爸爸說：「我進屋一下，等我出來後，我們再換個其他無關的話題吧？」

「我贊成。」某個人表示。接著我聽見紗門再度打開。片刻之間，我以爲他們全都進去了，然後才發覺爸爸和塞西爾還在門廊上，爸爸在跟塞西爾說話。

「我不該跟你那樣說話的。」爸爸說。

「沒關係。你說得對，我太多嘴了。」

「我們忘了這回事吧。」

「當然……雅各，那個嫌疑犯，你覺得是他幹的嗎？」

「不，我不覺得。」

「他安全嗎？」

「目前安全。我可能會把他放了，永遠不讓人知道他的身分。現在比爾·史穆特在幫我處理他的事。」

「我還是很抱歉，雅各。」

「不要緊。我們去吃點派吧。」

坐車回家的路上，我們滿肚子都是蘋果、派和檸檬水。車窗搖了下來，十月的清爽涼風帶著林木的氣味。我們沿著通往家裡的泥土路蜿蜒穿過森林時，我開始昏昏欲睡。

湯姆已經在打盹了。我靠在車子側邊，漸漸陷入半睡半醒的狀態。不久，我發覺爸爸和媽媽在說話。

「他拿了她的皮包？」媽媽說。

「是啊。」爸爸說：「他拿走了，也拿了裡面的錢。」

「會是他幹的嗎？」

「他說他去釣魚，看到她的皮包和洋裝浮在水上，就用釣線把皮包勾過來。他看到裡面有錢，就直接拿走了。他說他認爲掉到河裡的皮包也不會有人想找，上面也沒名字，總不能讓五塊錢白白浪費掉。他說他甚至沒想到有人被殺害。情況可能就是那樣沒錯。我個人相信他。我認識老摩西一輩子了，就是他教我釣魚的。他可以說是靠著他那艘船住在河上，連蒼蠅都不忍心打。再說，他已經七十歲了，身體也不怎麼好。他這輩子過得很辛苦，老婆四十年前跑了，他一直無法接受，兒子在他年輕時也失蹤了。不管是誰強暴了那個女人，身體一定都很健壯。她還年輕，而且從屍體的狀況看來，她反抗得相當激烈。犯案的人一定要夠有力氣才可以……嗯，她被割得很慘，跟其他那些女人一樣，胸部上被劃了幾刀。她的一隻手從腕部被剁下來，我們沒有找到。」

「噢天啊。」

「對不起，親愛的。我不是故意讓妳聽了心情不好。」

「你怎麼會發現那個皮包？」

「我去看摩西，每次去河邊我都會順路找他。皮包就放在他那破屋子裡的桌上。我當時不得不逮捕他。現在我不知道自己是否眞的應該那樣做。也許我應該拿走皮包就好，就說是我找到的。我是說，我相信他，但不管怎麼樣，我都沒有證據。」

「親愛的，摩西以前不是惹過一些麻煩嗎？」

「他老婆跑掉的時候，有些人覺得是他殺了她。傳言說她不太檢點。這事後來不了了之。」

「但有可能是他下的手？」

「我想是有可能。」

「而且他兒子不是也有些事嗎？」

「那孩子叫泰利，腦袋不太靈光。摩西說他老婆就是因爲這樣才跑掉的，嫌那笨孩子讓她丟臉。小孩失蹤是在那之後四、五年的事，摩西從來不談。有些人覺得小孩也被他殺了。但那只是謠言而已。白人老是這樣說有色人種的閒話。我相信他老婆是自己走人的，他兒子腦袋不大管用，可能也是跑不見的，那男孩喜歡在森林和河邊亂晃，可能溺水或是跌進哪個洞裡，再也出不來。」

「但這一切都讓摩西顯得不太光彩，對吧？」

「對，的確如此。」

「你要怎麼辦，雅各？」

「我不知道。我不敢把他關在法院。那不算是眞正的監獄，只要消息傳出去說有有色人種涉案，大家就再也不會認眞思考了。我說服比爾・史穆特，讓我把摩西關在他的釣具行。」

「摩西不會跑走嗎？」

「我覺得有可能。但他身體不好，親愛的。而且他相信我會好好調查，還他清白。就是這一點讓我緊張。我不知道該怎麼做。我想去跟密遜溪鎮的警察談，他們比較有經驗，但也有點衝動行事的傾向。傳言說那裡的警長是三Ｋ黨（注），或是曾經參加過。坦白說，我不知道該怎麼辦。」

我再度開始神遊。我想到摩西。他是個有色人種老頭，平常在岸時就拄著拐杖走動。他有白人血統，頭髮帶點紅，眼睛綠得像春天的葉子。大部分時候看到他，都是在小船上釣魚。他住在河邊的一間小棚屋裡，離我們家不到三哩遠。他靠著自己釣到的魚和獵到的松鼠維生。有時，在我們打獵或捕魚大豐收的日子，爸爸會過去分給摩西一隻松鼠或幾條魚。摩西看到我們總是很高興，至少看起來是如此。直到一年前，我都還會跟他一起去釣魚。但當時傑克跟我說我不該去，說我整天這樣跟黑鬼混在一起是不對的。

回想起來，我感到一陣反胃，心裡很困惑。摩西教過我爸釣魚，我本來也一直跟他去釣，而我突然間就因為傑克說的話而棄他不顧。

我又想到了山羊人。回想起它站在吊橋下，穿過陰影往上看向我。我想到它在我們家附近盯梢著。我知道是山羊人殺了那些女人，摩西卻要為它做的事揹黑鍋。

我坐在車上，十月的涼風撲面而來。我開始構思一個計畫：找到山羊人，放摩西自由。我之後又思考了好幾天，覺得也許想到了某個對我而言看起來挺好的主意——實際上可能並不好，畢竟只是個十三歲小孩的計畫。但這不是重點。過了不久，事態又再度惡化。

兩天後是星期一，爸爸那天放假不在理髮廳。他一早就起來餵了牲口，當曙光穿過林木時，他便來叫我起床去井邊汲水回家。媽媽在廚房裡煮玉米粥、烤餅乾，還有煎肥豬肉當早餐。

注 Ku Klux Klan，美國奉行基督教和白人至上主義的民間激進團體。

我和爸爸各提了一桶水，正在回家路上。我開口問：「爸，你有想到該拿老摩西怎麼辦嗎？」

他一下子停住腳步。「你怎麼知道這事的？」

「我聽到你跟媽講的話。」

他點點頭，然後我們繼續走。「我不能一直放他這個樣子，會有人介入的。我想我要嘛得帶他去法院，要嘛就放他走。沒有實質證據可以指控他，都是間接的。但是一個有色人種的男人、一個白人女性，再加上一點點疑心兜在一起……他永遠不可能得到公平的審判。我自己必須確定他沒有犯案。」

「你不確定嗎？」

我們現在爬上後門門廊，爸爸放下他的水桶，也把我的放下。「你知道嗎，我想我是確定的。如果從來沒人知道我逮捕的是誰，他就可以繼續照常過日子。我一點證據也沒有，不算有。如果有別的線索出現，有眞正的證據對他不利，那我也知道該上哪找他。」

「摩西不可能殺掉那些女人。他連走路都成問題了，爸。」

我看到他臉紅了。「沒錯，你說得對。」

他提起兩個水桶進去屋裡。媽媽把早餐擺上桌，湯姆睡眼惺忪地坐在那裡，看起來好像隨時可能臉朝下栽進她的玉米粥裡。通常這時候我們得去上學，但是學校老師辭職了，他們還沒找到替補，所以我和湯姆今天無處可去。

我想那是爸在早餐後叫我跟他一起走的部分原因。此外，我猜他也想要有人陪著。他告訴我，他決定去放摩西走。

我們開車去比爾．史穆特的店。比爾在河邊開了一家冰店（注），其實就只是一間很大的房間，地上鋪了木屑，裡面賣冰，客人會開車或從河上駕船來買。他的生意不錯。店後面有一間小房子，比爾和他太太及兩個女兒住在那裡。兩個女兒醜得像是從一棵樹上掉下來，沿路每條樹枝都撞遍了，然後直接砸到硬泥地上。她們兩個總是對著我笑，讓我緊張得很。

史穆特的房子後面是穀倉，但更像是間很大的舊棚屋。爸爸說摩西就被留置在這裡。我們在史穆特先生的河邊商店前停車時，看到空地上滿是汽車、篷車、馬、騾子和人群。當時還是清晨，穿透樹木間的陽光宛如聖誕裝飾品，河水被朝陽照得一片紅，空地上的人也都被染上了一抹和河水一樣的紅光。

一開始，我以爲史穆特先生的店只是一如以往地生意興隆，但我們一走近，就看到有一群人從穀倉走來。那群人是奈遜先生、他的兩個兒子，還有其他一些我在鎮上看過卻不認得的人。摩西被他們架在中間，不是用走的，而是被他們拖行過來。我聽到奈遜先生的大嗓門喊了些「該死的黑鬼」之類的話，接著爸爸就下了車，推擠穿過群眾。

一個穿印花洋裝和方頭鞋、頭髮挽在頭頂的大個子女人喊道：「下地獄去吧你，雅各，竟然把做了那種事的黑鬼藏起來。」

這時我才意識到，我們處在人群的中央，他們逐漸靠攏逼近，只留下一個開口，讓奈遜先生和他的同黨把摩西拖進圓圈。

摩西看起來老邁萎弱，像泡在鹽水裡的舊牛皮般皺縮起來。他的頭在流血，眼睛腫了起來，嘴唇有裂傷。他已經被打了一頓。

注 icehouse，為德州特有的商店形式，一開始是在電冰箱發明之前販售保冷用的冰塊，後來兼賣牛奶、冷飲和其他雜貨。

摩西一看到爸爸，那雙綠眼睛便亮起來。「雅各先生，別讓他們這樣。我沒傷害任何人。」

「沒事的，摩西。」爸爸說，然後瞪著奈遜先生。「奈遜，這不關你的事。」

「這是我們大家的事。」奈遜先生說：「我們的女眷若是走在外面還要擔心被哪個黑鬼拖走，那就是我們大家的事。」

群眾中傳來一陣附和。

「我抓他來，只是因爲他可能知道一些能指出凶手的線索，」爸爸說：「我是來放他走的。我發現他什麼也不知道。」

「比爾說他拿了那女人的皮包。」奈遜說。

爸爸轉過去看向史穆特先生，對方沒有回應他的眼神。史穆特先生只低聲說：「我沒有告訴他們他在這裡，雅各。他們知道。我只是告訴他們，你把他留在這裡的原因。我想說給他們聽，但是他們不肯聽。」

爸爸盯著史穆特先生看了許久。然後，他轉頭對奈遜說：「放他走。」

「在過去的日子裡，我們處理壞黑鬼是很快的。」奈遜先生說：「我們也很快就搞懂一個道理：要是一個黑鬼傷害了白人男女，你就吊死他，他就再也傷不了任何人。處理黑鬼的問題就是要手腳俐落，不然這裡每個黑鬼都會以爲自己可以隨意姦殺白女人。」

爸爸冷靜地說：「他應該得到公平的審判。我們不能在這裡懲罰任何人。」

「才怪。」某個人說。

群眾在我們周圍擠得更緊。我轉身尋找史穆特先生，但他已不在視線範圍內。

奈遜先生說：「你現在可沒法那麼高高在上了吧，雅各？你這個愛黑鬼的傢伙，你那一套在這裡行不通的。」

「把人交出來。」爸爸說：「我會帶他去法院，確保他得到公平審判。」

「你剛說你要放他走。」奈遜說。

「沒錯，我是有想過。」

「不能放他走，除非是把他綁了絞索往下放。」

「你該不會要吊死這個人？」爸爸說。

「眞有意思，」奈遜說：「我想這正是我們的打算。」

「這裡不是西部蠻荒。」爸爸說。

「沒錯，」奈遜說：「這裡是長了樹的河岸，我們有一條繩子，和一個壞黑鬼。」

奈遜先生的其中一個兒子在他和爸爸講話時溜走了，回來的時候拿著一條綁成絞索的繩子。他把繩圈套到摩西頭上。

爸爸往前一跨，把摩西身上的繩子扯掉。眾人發出一陣像動物哀鳴的聲音，然後朝爸爸一擁而上，拳打腳踢。我試圖反擊，但他們連我也打，接下來我只知道自己倒在地上，不斷有腳朝我們踹，然後我聽見摩西尖叫著找我爸爸——我抬頭一看，他們往他脖子上套了繩索，開始在地上拖行。

一個男人抓住繩索末端，將繩子抛過一棵橡樹的粗枝，眾人齊力抓住繩子開始拉扯，把摩西吊起來。摩西用雙手抓著繩子，雙腳亂踢。

爸爸撐起身子，踉蹌地向前抓住摩西的雙腿，把頭彎在摩西身下，將他舉起來。但奈遜先生從旁偷襲，踢了爸爸的肋骨一腳。爸爸倒地時，摩西隨著一記斷裂聲墜落下來，開始踢腳掙扎、口吐白沫。爸爸試圖起身，但有男有女的這群人開始對他又踢又打。我爬起來要跑去找他。有人在我後頭敲了一下，而等我醒來的時候，所有人都離開了，只剩下我和依然不省人事的爸爸。摩西被吊在我們上方，舌頭又長又黑又粗，像一隻塞滿紙團的襪子。他的綠眼從頭顱突出，像兩顆小小的綠柿子。

我手腳著地，吐了出來，吐到感覺體內再也沒有東西為止。有一雙手抓住我的身側，我以為又要挨打了，但接著聽見史穆特先生的聲音：「放輕鬆，孩子，放輕鬆。」

他試著幫我起身，但我站不起來。他留我坐在地上，過去查看爸爸的狀況。他將爸爸翻身過來，撐開他的一邊眼皮。

我說：「他是不是……？」

「沒有。他沒事的，只是被打得很慘。」

爸爸動了一下。史穆特先生攙扶他坐起來。爸爸抬起視線看向摩西。他最後說：「看在老天的份上，比爾，割了繩子把他放下來吧。」

摩西被葬在我們的土地上，就在穀倉和田地之間。爸爸幫他架了個木十字架，上面刻了「摩西」，並且發誓如果有錢，就會幫他立座石碑。

之後，爸爸變得和以前不同了。他想辭掉警官的職務，但是那份工作帶來的微薄收入不無小補，所以他沒辭，只發誓說要是再發生這種事他就眞的不幹了。

秋去冬來，謀殺案沒有再發生。那些參與了私刑的人，在他們自以為是的正義感之中取暖。幹掉了一個壞黑鬼，再也沒有女人會送命——尤其是白人女人。

那天在場的人，很多原本是爸爸理髮店的顧客，事後我們就不曾在店裡看到他們了。至於其他客人，大部分是由塞西爾負責。爸爸愈來愈少幫人理髮，最後他給了塞西爾一把鑰匙和更豐厚的分紅，自己只是偶爾來店裡。他將注意力轉向農事和漁獵。

春天來了，爸爸一如往常種下新作物，但他不像以前那樣常談到農務，我也不常聽到他和媽媽說話，但有時我會在深夜裡隔著牆聽見他在哭。聽見自己的父親哭泣，是一種難以言喻的心痛。

那年春天，學校找來了一位新老師，但是開學的時間決定延後到秋天，也就是田裡的作物都收成之後。塞西爾開始教我剪髮技術，我甚至能在店裡做一點點生意，大部分是幫跟我差不多年紀的小孩剪，他們喜歡看我做這件事。我把錢帶回家交給媽媽的時候，她幾乎每次都會哭出來。

這是我此生第一次，無比眞實地感受到經濟大蕭條。湯姆和我還是會一起打獵釣魚，但是我們之間的年齡差距愈來愈明顯。我即將滿十四歲，感覺自己就跟摩西一樣老。

隔年春天來了又走，還算是相當怡人，但隨後而來的夏季十分惡劣，炎熱如煉獄，河水的水位降低，魚兒不肯咬餌，那個時節的松鼠和兔子身上又容易長蟲，所以也派不上用場。作物大都焦乾而死，而且彷彿這樣還不夠慘似的，七月份更爆發了一波嚴重的狂犬病疫情。森林裡的野生動物和家養的犬貓統統深受其害。疫情相當恐怖，導致眾人看到野狗就予以槍殺。我們把托比留在家附近的陰涼處，因爲當時認爲狂犬病不僅透過患病動物的咬傷感染，也會透過熱天的空氣傳播。

大家因此把那年夏天叫做「瘋狗之夏」，後來事實證明，這個說法不止適用於一個方面。

克蘭．桑普遜住在和我們家同一條馬路上、相隔十哩遠的地方，那裡有條小路從當時的主幹道公路分岔出去。以現在的眼光來看，你不會把那條路稱作公路，但當時那就是主要道路。如果你轉彎離開路面，試圖切過我們家這一帶，前往泰勒鎭，那麼你就會途經位於河畔的桑普遜家。

克蘭家的外屋廁所蓋在河邊，如此一來他和家人的排泄物就可以直接流進河裡。很多人都會那樣做，雖然也有些人，像是我爸爸，對此反感至極。那個地方、那個時代對污水管的概念就是那樣。排泄物會掉進一個傾斜的洞孔，流到河邊，當河水水位升高，就會把穢物帶走。河水尚未漲起時，一堆堆黑壓壓的穢物裡就會生滿蒼蠅，就像腐壞的巧克力裡有寶石在閃閃發光。

克蘭經營了一個小小的路邊攤，時不時賣些蔬菜。我現在說的這個日子十分炎熱，當天他突然犯了輕微的腹痛，要去清清腸子，於是留他的兒子威爾森負責顧攤。

完事之後，克蘭捲了一根菸，到廁所外看了看那個生滿蒼蠅的糞堆，也許心裡希望河水能沖走一些穢物。然而天候乾燥，穢物愈積愈大堆，河水的水位仍舊低，而且糞堆裡有某個顏色蒼白的東西面朝下倒著。

克蘭乍看以為那是一隻肚子朝天、又大又鼓的鯰魚，就是那種巨大的底棲魚類，有些人說牠們能吞掉小型犬和嬰兒。

但是鯰魚沒有腳。

克蘭事後追述，他連看到那雙腿的時候，都還沒意會過來那是人類，因為它看起來太腫脹、太怪異，怎麼看都不像個人。

但是當他小心翼翼從山丘側邊爬下、留意避免踩進他全家人一整個夏天在河邊累積的穢物裡時，他看見的是一具浮腫的女屍。女屍面朝下倒在一堆潮濕的黑色污泥裡，蒼蠅對這具屍體如同對排泄物一樣喜聞樂見。

過了一會兒，克蘭騎了匹馬到我們家的院子來。當時不比現在，沒有法醫會趕到現場，也沒有警察到處測量、採指紋和拍照。我父親和克蘭將屍體從糞堆裡拉出來，浸在河裡洗淨了一下。此時，爸爸在那團浮腫的血肉中看出了瑪拉·凱納登的臉，她的一隻眼睛死睜著，彷彿在擠眉弄眼。

她的屍體包在油布裡，運到我們家。我爸和克蘭將屍體搬下車，移到穀倉去。我和湯姆在大樹下玩著某些遊戲，他們經過時，我們都能聞到那股恐怖的屍臭穿透油布襲來。乾燥的天氣裡一點風也沒有，臭味直奔進我的鼻孔，令我陣陣作嘔。

爸爸和克蘭從穀倉裡出來的時候，手裡拿了一把斧柄。他快步走向車子，我聽見克蘭在跟他爭執：「別這麼做，雅各。這不值得。」

我們跑到車子那邊，同時媽媽也從屋裡出來了。爸爸冷靜地將斧柄放在前座，克蘭站在一旁搖頭。媽媽爬進車裡，開始對爸爸說：「雅各，我知道你在想什麼。你不能那樣做。」

爸爸發動車子。媽媽放聲喊道：「孩子們，上車。我不要把你們留在這。」

我們聽話照辦，車子立刻呼嘯而去，留下克蘭瞠目結舌地站在院子裡。媽媽一下激動、一下嚷叫、一下哀求，但爸爸一言不發，就這麼一路駛到奈遜先生家。我們在他家院子停車時，奈遜先生的妻子在屋外鋤著一畦奄奄一息的小園子，奈遜先生和兩個兒子則坐在樹下搖搖晃晃的椅子上。

爸爸拿著他的斧柄下車，起步往奈遜先生那邊走。媽媽拉住他的手臂，但他扯開了。他直接從奈遜太太身旁走過，她停下動作，訝異地抬頭一看。

奈遜先生和兩個兒子看到我爸爸走來，奈遜先生緩緩從椅子上起身。「你拿著那把斧柄是要幹嘛？」他問。

爸爸沒有回答，但下一刻，他拿斧柄的用處就很明顯了。那把斧柄像箭矢般呼咻穿過早晨炎熱的空氣，打中奈遜先生的頭側，大約就是下顎和耳朵交界的地方；如果輕描淡寫地說，那記重擊聲就像來福槍的槍響。

奈遜先生像一尊被風吹翻的稻草人，應聲倒地。爸爸居高臨下站在他旁邊，手裡晃著斧柄，奈遜先生一面嚷嚷，一面可笑地舉起手臂。那兩個兒子過來對付我爸，一個被他轉身放倒，另一個出手擒住他。出於直覺，我開始踢那個男生，而他放開我爸、撲到我身上，但當下爸爸已經起身，揮著斧柄呼咻一聲，那個男生就被打昏過去。另一個男生意識還清醒，他手腳並用在地上爬，活像一隻跛腳的蜈蚣。等他終於直起身子，就立刻往房屋的方向跑去。

奈遜先生試了幾次想爬起來，但每一次都被飛來的斧柄再度擊倒。爸爸朝奈遜先生的身側、背部和雙腿猛力痛打，打得他自己也精疲力盡。最後他不得不退後，倚靠在打裂的斧柄上。

奈遜挨了頓揍，肋骨肯定斷了，嘴唇裂傷，還被打掉了牙。他看著我爸爸，但沒再試圖爬起來。爸爸恢復力氣之後說：「他們在河邊發現了瑪拉·凱納登，死了，身上的割傷跟之前的一模一樣。你跟你兒子還有那些暴民成事不足，就只吊死了一個無辜的人。」

「現在法律難道就是你說了算？」奈遜說。

「假如法律是我說了算，你對摩西做的事早就讓我把你逮捕起來了。但那樣也無濟於事，這裡沒有人會定你的罪，奈遜。他們怕你，但我不怕。我不怕。你要是再擋我的路，我對上帝發誓，我會殺了你。」

爸爸將斧柄往旁邊一丟，說了聲「走吧」，我們就全都回車上去了。我們經過奈遜太太身邊時，她抬起視線，身子靠在鋤頭上。她一隻眼睛烏青，嘴唇腫著，臉頰上還有些舊瘀傷。她對我們微笑。

我們全都參加了凱納登太太的葬禮。我和家人站在前排，塞西爾也在。幾乎全鎮每個人都到場了，除了奈遜一家，還有當天聚眾暴動吊死摩西的其中一些人。

一週之內，爸爸理髮廳的客人紛紛回來，其中有些人是參與私刑的當事者，而且大部分人都指名爸爸來操刀剪髮。他不得不回去規律地工作，替那些揍過他、害死摩西的人理髮。我不知道他對此有何感受，但他就只是剪了他們的頭髮、收了他們的錢。也許爸爸將這當成一種復仇，又或許我們只是需要這筆錢。

媽媽在鎮上的法院找了份工作。因為學校還沒恢復上課，就剩我照顧湯姆。雖然我們理應遠離森林，尤其是當外面還有個尚未落網的殺手，但我們小孩子就是熱愛冒險又容易無聊。

某天早上，我、湯姆和托比到河邊去，沿著河岸走，想在吊橋旁邊找個可以涉水渡河的地方。我們兩個都不想再走一次吊橋，宣稱的理由是托比沒辦法過橋，但那就只是個藉口罷了。

我們想去看那天晚上害我們迷路的荊棘隧道，但是又不想走吊橋過去，於是繞了一段遠路，終於到了摩西生前住的棚屋。我們就只是站在那裡看著。那屋子原本就簡陋得很，只是個用木頭、鐵皮和焦油紙搭起的棚寮。摩西以前大都坐在屋外的一張舊椅子，就在一棵俯瞰河流的柳樹底下。

屋子的門大大敞開，我們往裡面看時，可以看出曾有動物闖進去活動。一個麵粉鐵罐翻倒了，爬滿蟲子；其他的食物已經辨認不出原樣，就只是泥地上結的一層硬塊。幾樣寒酸的雜物四處散落，架子上有一件木製玩具放在一幀模糊褪色的照片旁，照片裡是一位膚色極深的黑人女子，可能就是摩西的太太。

這個地方令我感到一陣抑鬱。托比跑進屋去，到處嗅嗅，在麵粉堆裡打滾，被我們叫喚之後才出來。我們在屋子裡面和屋外的椅子附近四處走動，而就在那時，我回望屋子的方向，注意到外牆的一根釘子上吊了個什麼東西。是一條鐵鍊，上面掛著幾具魚骨，還有一條新鮮的魚。

我們過去查看。新鮮的那條魚非常新鮮，表面甚至還是濕潤的，有人剛把它掛上去不久。其他的魚骨則顯示有人定期把魚拿來這裡掛著，已持續了這個習慣好一段時間，就像是獻上貢品給摩西。但這份貢品他已經收不到了。

旁邊的另一根釘子上，有一雙舊鞋用綁在一起的鞋帶吊著，應該是從河裡撈出來的，上方還有一條泡過水的皮帶。那根掛鞋的釘子下方地面上，有一個鐵盤、一塊亮藍色的卵石、一只廣口玻璃罐，一一被排放好，彷彿禮物一般。

我不知道自己爲何這麼做，但我拿下了那條死魚，還有其他的舊魚骨，將它們扔進河裡，再將鐵鍊掛回釘子上。我把鞋子、皮帶、盤子、石頭和玻璃罐也往河裡丟。我不是出於惡意，而是這樣一來，那些禮物就會顯得像是有人收下了。

摩西的舊船仍架高在屋旁的岩石上，以免接觸地面導致船身受潮腐爛。船底放著一支槳，我們決定把船搬下來，用它往上游划到荊棘隧道所在的地點。我們把托比放上船，推船入水啓程。我們漂流了頗長一段距離，終於回到吊橋處；經過橋下時，我們的視線搜尋著山羊人，就像故事裡三隻過橋的羊（注）一樣，看它是否還在下面那裡等待。

橋下的河岸、深深的黑影裡，有一處陰暗的凹洞，像座洞窟。我想像山羊人就住在那裡，等待獵物經過。我們輕輕將船划向當初發現女屍被綁在樹上的那處河岸，她當然早就不在那裡了，原先用來綑綁她的藤蔓也不在原處。

我們將船拉到布滿泥土和礫石的岸上留置著，然後往高處走，經過那具女屍原本所在的那棵樹，走進刺藤叢裡。隧道依舊如昔，而在白天可以清楚看見，這條通道是被人從刺藤叢裡砍出來的，正如我們的懷疑。隧道不像那晚看起來那麼大、那麼長，它拓寬之後形成的大隧道，也比我們原先想像得更短、更狹小。四周的刺藤上吊掛著一小塊、一小塊的彩色布料，還有西爾斯百貨目錄上穿內衣的女人圖片，以及幾張像我先前看到的那種撲克牌。這些東西我們在那天晚上並沒有看到，但我猜它們一直都在這裡。

有人曾在隧道的中間生了一堆火。我們上方往下低垂的刺藤盤繞得非常緊密糾結，你可以想像得到，就算在暴風雨中，這個地點也能保持幾近完全乾燥的狀態。

托比竭力拖著受傷的背跟後腿，到處又跑又嗅。

「這裡好像是某種巢穴，」湯姆說：「山羊人的巢穴。」

登時，我全身起了一陣顫慄。我突然想到，如果它的巢穴不在橋下的洞窟，而是在這裡，那麼它隨時有可能會回來。我如此告訴湯姆，接著我們就喚來托比、離開隧道，試圖重新將船划向上游，但是沒有成功。

我們最後只好下船，設法抬著船沿河岸行進，然而船太重了，我們只能放棄，把船留在河邊。徒步走了很遠一段路、繞過吊橋後，我們才找到一座沙州藉以渡河回家。趁爸媽下班開車回到家之前，我們做完了家事、把自己和托比身上洗乾淨。

隔天早晨，爸媽去鎮上工作時，我、湯姆和托比又循原路走了回去。我對摩西的老屋有個直覺的猜想，打算驗證看看。但我的直覺是錯的。釘子上和牆邊沒有出現任何新的東西。但有件事很不尋常：被我們留在河邊的船又回到了岩石上本來的位置，船裡放著槳。

就在那晚，我躺在床上，聽到媽媽和爸爸在講話。爸爸拿斧柄揍了奈遜父子一頓之後，精神就恢

注 Billy Goat Gruff，出自挪威民間故事〈三隻山羊嘎啦嘎啦嘎啦〉（The Three Billy Goats Gruff），講述三隻山羊要智取住在橋下的巨魔，過橋抵達覓食地。

復了。我聽到他對媽媽說：「有件事我想了一陣子，親愛的。也許凶手就是想讓大家以爲是摩西幹的，所以他故意把事情鬧大，掩蓋自己的罪證。也許他當時想要停手，但是做不到。妳知道的，就像那種妳以爲已經痊癒、卻又突然復發的病。」

「你指的就是奈遜先生，對吧？」媽媽說。

「這個嘛，只是個想法罷了。我也想到或許是他其中一個兒子，伊薩或烏瑞亞。烏瑞亞有點問題，很多傳言說他會虐待小動物什麼的，把抓到的魚放在岸上踩死，就只因爲他想那樣做。」

「那不代表那幾個女人就是他殺的。」

「沒錯。但他喜歡把別的東西弄傷、切開來。還有另外那個兒子，伊薩，他會縱火，不是像某些小孩那樣玩玩，而是時常再犯。他以前就因此惹過麻煩，這種人就是讓我擔心。」

「這仍然不代表他們就是殺人凶手啊。」

「沒錯。但如果奈遜做得出這種事，那麼把罪名怪到黑人頭上，也像是他會有的行爲。附近地區的大多數人很容易接受這種說法。我聽過兩個警察說，如果你不知道壞事是誰幹的，出去抓個黑鬼就是了，既能平息眾怒，又能除掉一個黑鬼。」

「這太可怕了。」

「當然可怕。但就是有這種人。如果奈遜自己沒有下手，但知道是他那兩個不成材的兒子涉案，那麼他有可能幫他們掩蓋。」

「你眞的覺得這是有可能的嗎，雅各？」

「我覺得有可能。我不知道可能性有多大，但我會好好盯著他們。」

爸爸對奈遜先生和他兒子的說法是有道理的。爸爸去揍人的那天之後，我見過奈遜先生幾次，他對我投來的眼神簡直能讓石頭也著火，但接著就走他的路去了。有天，伊薩甚至在主街上一臉陰沉凶狠地跟了我一段路，但我抵達理髮廳之後，他就轉身走向兩棟樓房中間，離開了我的視線。

但撇開這一切，我還是賭眞凶是山羊人。它接近過我和湯姆發現的屍體，還跟蹤我們到馬路上，彷彿要把我們變成它的下一組受害者。而且我認爲，只有某些不那麼像人類的生物，才有辦法對那些女人施加如此暴行。

可憐的凱納登太太，她生前是那麼善良，借大家那些藏書、舉辦那些年的萬聖節派對，而且笑容總是那麼和藹。

神遊陷入夢鄉之際，我想到要告訴爸爸我們在刺藤隧道裡看到的百貨目錄照片、彩色布塊等等東西，但以我當時的小小年紀，我更害怕因爲去了不該去的地方而惹上麻煩，所以我保持沉默。其實，如今回想起來，不管我說不說都無關緊要了。

那年夏天，我和湯姆三不五時會溜去摩西的舊屋子。釘子上偶爾會掛上一條魚，或是其他從河裡拿來的怪東西，所以我的直覺始終是對的。有人把這些禮物帶來送給摩西，也許根本不知道他已經死了，又或者，是因爲其他緣故而放東西在那裡。我們規律地將禮物拿下來拋回河裡，也好奇那些東西是不是山羊人拿來的。但是當我們尋找它的蹤跡時，只發現某個穿著大尺寸鞋子的人留下的腳印，沒有蹄印。

時序繼續邁入盛夏，氣溫愈來愈炎熱，就像有一條毯子在你頭上包了兩層，中午的時候簡直令人動也不想動。有一段時間裡，我們不再下去河邊，都逗留在家附近。

那年國慶日，我們這座小鎭決定辦一場慶祝活動。我和湯姆很興奮，因爲活動上會有鞭炮、筒狀煙火彈和各式各樣的煙火，當然也會有家家戶戶帶來的餐點。

鎮民十分警戒，覺得殺人犯仍躲在外面某處。眾人原本大都認爲是某個旅行經過的外地人，現在則轉而覺得凶手就在我們自己人之中。

事實上，這類事沒人見過、甚至沒人聽說過，只聽過開膛手傑克。我們都以爲這種殺人案只會發生在遙遠的大城市裡。

全鎮的人在傍晚天黑前聚集起來。主街被整條封住，因爲當時車流量稀少，影響也不大；街上擺了桌子，放著加蓋的菜盤和西瓜。一位傳道士致詞了幾句之後，大家就拿起盤子到處拿菜。我記得我每道菜都吃了一點，主攻肉汁薯泥、肉餡餅、蘋果和梨子派。湯姆只吃了派、蛋糕和塞西爾幫她切的西瓜。桌子中間擺了一圈椅子，後面搭了一座臨時舞臺，幾個帶著吉他和提琴的傢伙在臺上唱歌演奏，男男女女就在街道中間隨著旋律共舞。我們的爸媽也去跳舞了，湯姆則坐在塞西爾腿上，他跟著音樂節拍鼓掌，把她上下搖晃。

我一直覺得奈遜先生和他兒子會出現，因爲只要有免費食物、有機會喝到酒，他們就從來不會缺席；但是他們這次沒有到場。我猜是因爲爸爸的關係。奈遜先生或許外表強悍、又愛大放厥詞，但還是被那把斧柄打怕了。

夜愈來愈深，音樂停止了，煙火開始點燃。鞭炮劈劈啪啪響，爆竹在主街上方綻出繽紛多樣的色彩，飛向夜空，然後散開、淡去、消退。我記得自己看見一道特別鮮豔的彩光，它沒有立刻消失，而是像流星般墜向地面。當我目送它下墜、沉入塞西爾和湯姆後方時，在最後綻放的光芒中，我看見湯姆微笑的臉龐，還有將手放在她肩上的塞西爾。他的嘴微張、臉上滲著滴滴汗水，儘管音樂早已停了，他的雙腿仍在將她一上一下地輕輕搖晃。他們倆抬起頭，等待更多鮮豔的煙火。

對於命案、對於凶手藏身在我們之間的擔憂，已經萎縮消亡。在那一刻，世界上的一切都正常和諧。

我們當晚回家時都興奮得很，在屋外的大橡樹下坐了一陣子、喝了些蘋果酒。我們玩得很開心，但是我一直有那種被人監視的不舒服感。我掃視森林，卻什麼也沒看到。湯姆似乎沒有發現異狀，我爸媽也是。稍後，一隻負鼠從森林邊緣現身，旁觀我們的慶祝活動，然後就消失回到黑暗中。

爸爸撥彈著舊吉他，跟媽媽唱了幾首歌，然後講了些故事，有幾個故事挺嚇人的。然後我們輪流去上外屋的廁所，最後上床睡覺。

湯姆和我聊了下天，然後我幫她打開床邊的窗戶，溫暖的氣流帶著即將下雨的氣味吹了進來。

那晚，我躺在床上，耳朵貼著牆壁，聽到媽媽說：「小孩會聽到啦，親愛的。這牆薄得跟紙一樣。」

「妳不想嗎？」

「當然想啊。」

「牆一直都是這麼薄嘛。」

「但你不是一直都像今天晚上一樣。你知道你這種時候都是什麼樣子。」

「我是什麼樣子？」

媽媽笑道：「很大聲。」

「聽我說，親愛的。妳知道，我真的很有需求。而且我想大聲點。妳說我們開車出去一下如何？我知道有個地方。」

「雅各，要是有人過來怎麼辦？」

「我知道有個地方，不會有人來。眞的是很隱密的地方。」

「嗯，我們不用跑出去，在這裡就可以了。只是得小聲一點。」

「我不想小聲一點。而且不管如何，這是很棒的一夜，我還不想睡。」

「孩子們怎麼辦？」

「那地方就在路上前面一點點的位置，親愛的。會很好玩的。」

「好吧……好吧，有何不可？」

我躺著，納悶爸媽到底吃錯了什麼藥，然後聽見車子被發動引擎，在路上慢速駛離。

他們會跑到哪裡去？

又是爲了什麼？

過了幾年，我才眞正了解當時發生了什麼事。當時的情況對我而言十分神祕，我思考了一會兒，就漸漸睡著了，即將襲來的雨爲窗外溫暖的風降了溫。稍後，我被托比的吠叫聲吵醒，但吠聲不久就停了，我又再度入睡。再之後，我聽到一陣敲擊聲，就像某種鳥類在堅硬的表面上啄玉米。我慢慢張開眼睛，在床上翻了個身，透過敞開的窗戶看到一道人影。窗簾被吹開時，我看到那人影站在那裡往屋裡看。那個黑色的身影頭上有犄角，一隻手用長長的指甲敲著窗框。山羊人發出了某種悶哼聲。

我在床上猛然坐直，背靠著牆壁。

「滾開！」我說。

但是那道人影仍在原地，悶哼聲變成了嗚咽。窗簾被吹進又吹出，接著人影就消失了。然後我發現湯姆位於窗戶下的床鋪空無一人。

那扇窗是我幫忙開的。

我爬到她的床上往外窺伺。我看到山羊人在外面的森林邊。它舉起手招我過去。

我遲疑了。我跑到爸媽的房間，但是他們不在。我依稀記得他們在我入睡前開車走了，天曉得是爲了什麼原因。湯姆不見了，可能是被山羊人偷偷帶走，而它還招手要我跟過去，就像是某種嘲諷、某種遊戲。

我往窗外看去，山羊人還在那裡。我拿了散彈槍和一些彈藥，套上褲子、紮好睡衣、穿了鞋子。我回到窗邊向外看。山羊人還在森林邊緣的位置。我溜出窗戶追上去。它一看到我的槍，就躲進了陰影裡。

我一面跑，一面喊著媽媽、爸爸和湯姆。但是沒有人回應。我絆了一跤，倒在地上。我用膝蓋爬起來時，發現自己絆到的東西是托比。牠靜止地躺在地上，我放下槍，把牠拉起來。牠的頭癱軟地垂向一側，脖子斷了。

喔，天啊。托比死了。牠經歷了這麼多磨難，最後被人謀殺了。牠剛才還吠叫過，警告我山羊人出現。現在牠死了，湯姆失蹤了，爸媽開車不知去了哪裡，山羊人也不見蹤影。

我輕輕將托比放下來，忍住眼淚，拾起散彈槍，盲目地奔向森林裡。我沿著山羊人走過的窄徑跑，心裡覺得隨時有可能會被湯姆的屍體絆倒，看到她跟托比一樣斷了脖子。

但事情並沒有如我預期地發生。

月光只容我看到眼前的去路，讓四周所有的暗影看起來都像在埋伏、等待出擊的山羊人。風在林間嘆息，夾雜著幾縷冰涼的雨絲。

我不知道應該是要繼續往前，或是回頭去找爸媽。我感覺不管自己怎麼做，寶貴的時間都在流失。誰也不知道山羊人對可憐的湯姆做了什麼事。它可能把她綁在森林的邊緣，然後回來窗邊對我挑釁。或許它也想抓走我。我想到那些可憐女人遭遇的暴行，然後想到湯姆，體內不禁湧起一股噁心感。我跑得更快，決定還是應該繼續前進，希望能追上那頭怪物、給它一槍，及時拯救湯姆。

就在那時，我在步道中間看到有個怪東西。是一條被切下的樹枝，插在地上，末端被削尖，往右邊斜，就像一支指出方向的箭頭。

山羊人在戲弄我。我斷定自己別無選擇，只能朝著箭頭指的方向前進，走上一條比原本更窄的小徑。

我走在小徑上，路中間再度出現一根樹枝，更加草率地被摘下來插在地上，中間折彎，又是往右邊指。

那根樹枝指的方向甚至連一條小徑都沒有，就只是林木之間被清出幾處通道。我走過去，頭髮纏上了蜘蛛網，臉不斷被樹枝拍打；一個不注意，我雙腳就踩了個空，順著一道堤岸往下滑——我一屁股坐在地上時，人已經滑到馬路上，就是傳道士走的那條路。山羊人帶我藉著這條捷徑直接來到路上，我眼前路面的泥土上畫著一個箭頭。如果它能跨過馬路或是沿路而行，就代表它想去哪都行，沒有任何安全的地方能躲避山羊人。

我沿路往前跑，沒有再找路標。我知道自己正往吊橋前進，還有橋對面的刺藤隧道，我猜山羊人就是把她帶到那裡去了。那裡是它的地盤。我知道它就是在那些隧道裡對那些女人恣意施暴，再把她們丟進河裡。它把那個黑女人的屍體擺在那裡，是在嘲弄我們所有人，它不但展示給我們看殺人現場，更帶我們看到那些所有謀殺案共同的發生地點。在這個地點，它可以好整以暇，不管想花多少時間對她們為所欲為都行。

我抵達吊橋時，強風吹起、雨勢漸大，橋身來回搖晃。最終，我決定還是下到摩西的小屋，用他的船來渡河。

我盡快往下跑去河岸邊，跑到小屋時喘得身體兩側發痛。我將槍丟到船上，把船從石塊上推下來，讓它滑向河邊。船卡在河邊的沙岸上，深深陷進軟質的沙子裡，我又推又拉，它還是文風不動。我哭了起來。我應該走吊橋的。

我從船上抓起槍，起步跑回吊橋，但是當我爬上山丘往小屋方向走時，看到那裡的釘子上有個東西。我狠狠嚇了一跳。

釘子上有一條鍊子，鍊上掛著一隻手，還有連著的局部手腕。我不禁作嘔。湯姆，天啊，湯姆。

我慢慢走過去，往前靠過去一看。那隻手太大了，不可能是湯姆的，而且大部分已經腐爛，只剩下一點點皮肉。在陰影下，那隻手乍看完整，但其實已經面目全非。鍊條不是綁在那隻手上，而是穿過半握成拳的手指間。手掌攤開的那部分握著一枚硬幣，一枚有凹洞的法國硬幣。是塞西爾的硬幣。

我知道應該快點趕路，但當下我就像被棍子敲了一記。凶手曾把其中一個被害人的手剁下來，我記得這件事。我判斷是那個女人抓住了凶手，於是凶手就拿了某種大而鋒利的凶器朝她剁去，那隻手就這樣斷了。

這個想法也讓我滿腹疑問。塞西爾的硬幣怎麼會握在那隻手裡，手又怎麼會出現在這裡？這些所有的東西是誰拿來的，又是爲了什麼原因？是山羊人拿的嗎？

接著，有一隻手按上了我的肩膀。

我的頭往後一扭，同時拿起散彈槍，但是另一隻手倏地伸出來把我的槍搶走，我眼前直直望著的就是山羊人的臉。

月亮從一片雨雲後面露出臉來，月光照得山羊人的雙眼閃閃發亮，我這才發覺它的眼睛是綠色，跟老摩西的眼睛一樣綠。

山羊人發出一聲輕輕的咕噥，然後拍拍我的肩膀。我看到它的羊角其實根本不是角，而是一頂爛掉的草帽，前方破了個洞，像是被什麼東西咬了一口，因此兩旁留下的部分就像是角。但其實就只是頂老爺草帽，不是羊角。而那雙眼睛活脫脫就像老摩西的眼睛。

在那一瞬間，我明白了。山羊人才不是什麼半羊半人。他是摩西的兒子，那個腦筋不正常、大家以爲已經死掉的男孩。這些年來他一直都住在森林裡，由摩西照顧，兒子則將河裡找來的禮物帶給摩西作爲回報，即使現在摩西過世不在了，他還是繼續帶禮物來。他只是一個遲鈍的大塊頭男孩，住在成年男子的身體裡，穿著破爛的衣服和半解體的鞋子在森林裡遊蕩。

山羊人轉過身，指向河的上游。我明白過來，他沒有殺人，也沒有抓走湯姆。他是來警告我，要讓我知道湯姆被帶走了，現在他在幫我指路。我就是知道。我不曉得他是怎麼拿到那隻手、或是塞西爾的鍊子和硬幣，但我就是知道山羊人沒有殺人。他一直在監視我們的房子，看到了發生的事情，現在他想要幫助我。

我掙脫他，跑回船邊，再度嘗試把它推出沙岸。山羊人跟著我過去，將槍放在船上，抓住船將它推出沙堆、送進河裡，並且幫我爬上船。他涉水把船往外推，直到我在船上順流漂行。我看著他涉水回去岸上、走向小屋。我拿起槳開始賣力划，盡量不要太去想湯姆可能遭到什麼樣的對待。

烏雲不時飄過月亮，雨點也愈發頻繁地落下，微冷的風勢帶著濕氣。我使勁划船，背部和肩膀都開始痠痛，但還好我順著水流的方向，河水拉著我迅速前進。我經過一整群在黑暗中游動的水蝮蛇，深怕牠們會想爬上船來，就像牠們平常會把船當成浮木、要上來休息那樣。

我快速划過去，把那群蛇驅散，有一條蛇的確試圖爬上船側，但被我用船槳重重打下去。牠掉回水裡，生死不明。

我划過一處河彎時，看到那裡長著野生的荊棘刺藤，當下有股心一沉的感覺。不是因爲害怕會在刺藤隧道裡找到什麼，而是怕什麼發現也沒有，怕我完全搞錯了，怕眞的是山羊人抓走了湯姆。也許他把她關在摩西的小屋裡，等我離開視線。但如果眞是那樣，他爲什麼要把槍還給我？可話說回來，他腦袋不靈光。他就像浣熊或負鼠，是森林裡的生物，而不是一般人。

這些念頭全衝往我腦子裡、迴旋盤繞，與我自己的恐懼糾纏不清；我還想著，要如何拿散彈槍眞正消滅一個人。我感覺自己像身處夢中，就像前一年得流感時，夢中的一切都繞成漩渦，爸媽的聲音都像遙遠的回音，四周黑影幢幢，都在試著抓住我、把我拉向不知名的地方。

我划到岸邊，下了船，盡力將船拉到岸上。此刻我已划船划得精疲力盡，不太拉得動船，只希望它可以安全留在那裡。

我拿出槍，悄悄爬上山丘，找到樹旁的隧道出入口。那就是我、湯姆和托比那晚爬出來的地方。刺藤叢裡很暗，月亮被雲層遮蔽，風吹得刺藤沙沙作響，穿過藤蔓的雨滴混合著我髮間的汗水流下臉龐，令我顫抖。時值七月四日，我卻全身發冷。

我溜進隧道時，一抹橘色微光搖曳跳動，我還聽到一陣劈啪聲。我顫抖著向前，來到隧道的末端，然後整個人呆住了。我無法讓自己轉彎走進另一條隧道，雙腳就像在地上生了根。

我把散彈槍的擊錘往後拉，臉湊到刺藤叢的邊緣看過去。

隧道的中央有一堆火，就在我和湯姆那天看到燃燒痕跡的地方，我可以看見湯姆躺在地上，衣服脫下來散落在旁，有個男人俯身在她上方，手在她身上摸來摸去，發出像動物挨餓許久後大快朵頤的聲音。他的手在她身上到處游移，彷彿在彈鋼琴。她雙眼圓睜、盈滿淚水，嘴巴上被綁了一條厚手帕，手腳被繩子綑住。那個男人起身時，我看到他的褲子脫了下來，他握著自己的私處，在火堆後方來回踱步，低頭看著湯姆喊道：「我不想做這種事。是妳逼我的。妳知道嗎，這是妳的錯。是妳活該，活該。」

他的音量很大，但不像我聽過的任何聲音。那個聲音裡蘊含著所有來自河底的黑暗和陰濕，還有污泥裡可能埋藏的一切。

我無法清楚看到他的臉，但從他的體態和被火光照亮的頭髮，看起來是奈遜先生的兒子烏瑞亞。然後他微微轉身。根本不是烏瑞亞，只是因爲他的體型和烏瑞亞相似我才那樣覺得，但根本不是同一個人。

我整個人踏進隧道，說：「塞西爾？」

我雖然沒有打算，那幾個字卻就這麼脫口而出。塞西爾現在轉過身，當他看見我，他的表情就像稍早他抱著湯姆在腿上搖晃、煙火在他後方綻開時那樣。他的嘴一樣微張，臉上一樣冒出汗珠。他的手放開自己的私處，讓他的性器就那樣垂著讓我看見，彷彿他引以爲傲，覺得我也該有同感。

「噢，孩子，」他說，聲音依然沙啞而帶著獸性。「這一切都是個錯誤。我不想要非抓湯姆來不可。但是她在成熟呢，就在我眼前，每次看到她，我都在心裡說，不行，兔子不吃窩邊草。可是她愈來愈熟，我想著要去你們家，如果能的話就偷看一眼。我就看到她在那裡，垂手可得，我知道今晚我非擁有她不可。沒有別條路了。」

「爲什麼？」

「噢，孩子，沒有爲什麼。我就是非做不可。我非擁有她們每個人不可。我告訴自己我不會這麼做，但我就是做了，就是做了。」

他朝我靠近。

我舉起散彈槍對著他。

「聽著，孩子，」他說：「你不會想對我開槍的。」

「是的，我會。」

「這不是我能控制的事。聽我說，我會放她走，我們就忘了這回事吧。你也該回家了，我會離開這裡，我藏了一艘船，我會划船順河而下，到可以搭火車的地方。我的本領很好，你都還沒發覺時，我就會消失了。」

「你怕了。」我說。

他那話兒已經垂軟下去。

塞西爾低頭一看。「沒錯。」

他一面拉起褲子扣好，一面說：「聽著，我沒有要傷害她。我只是想感覺她一下，只是想沾沾手指。我會離開的，一切就會沒事了。」

「你只會到下游去，再做一樣的事，」我說：「就像你順著河來到我們這裡做的事。你不會停手的，對吧？」

「我無話可說，哈利。有時候這種事就是會不受控制。」

「你的鍊子跟硬幣呢，塞西爾？」

他摸摸脖子。「弄丟了。」

「手被剁下來的那個女人抓住了你的鍊子，對不對？」

「我猜是吧。」

「往左邊那裡走，塞西爾。」

他往左移動，指著那把砍刀。「她抓我，我拿那把刀剁她，她的手就斷了。眞是要命。我把她帶到這裡後她逃跑了，我去追她，然後她抓住我反擊。她的手被我剁下來，掉進河裡。你能想像嗎……你是怎麼知道的？」

「山羊人會去找河裡的東西，掛在摩西的屋子。」

「山羊人？」

「你就是眞正的山羊人。」

「你這話一點道理也沒有，孩子。」

「過去，到旁邊那裡。」

我要他離開另一側的出入口，也就是我和湯姆發現屍體那晚誤入的通道口。

塞西爾移向我的左邊，我則往右邊走。我們像在繞著彼此打轉。我到湯姆身邊蹲下，槍依然指著塞西爾。

「我可以永遠離開，」塞西爾說：「只要你放我走。」

我伸出一隻手，將手帕上綁的結扯鬆。嘴上的手帕一鬆脫，湯姆立刻說：「開槍！開槍！他把手指伸到我裡面。開槍！他把我從窗戶抓出來，然後把手指伸到我裡面。」

「噓，湯姆，」我說：「妳先冷靜一點。」

「幫我鬆綁。把槍給我，我要射死他。」

「你一直都在把女人帶來這裡殺掉，對不對？」我問塞西爾。

「這裡是完美的地點，早已被流浪漢布置好了。一旦我挑中哪個女人，我總是可以輕鬆制伏她，也總是事先把船準備好。沿著河，幾乎任何地方都能去。鐵軌離這裡不遠，有很多火車經過，移動起來非常方便。我偶爾還會借台車來開呢。你猜是跟誰借的？就是凱納登太太。有天晚上她借車給我，我嘛，就問她要不要陪我開一段路、辦點雜事。她喜歡我呢，我就是無法自制。我只需要把她們帶到這裡來，完事之後把垃圾丟掉。」

「爸爸那麼相信你。是你把摩西的下落說出去，是你告訴奈遜先生的。」

「不過是個黑鬼罷了。我終究得要隱藏自己的行跡，你懂的，我又沒讓世上損失了個正直的公民。」

「我們還把你當成朋友。」我說。

「我是你們的朋友，我眞的是。但有時朋友就是會惹你生氣，不是嗎？他們會做錯事，但並不是故意的。」

「我們說的可不是小偷小摸的事。你比那些得了狂犬病的狗還糟糕，你比牠們還不如。牠們是無法控制自己。」

「我也是。」

火堆發出劈啪聲，在他的臉上映著一抹血紅。幾滴雨從濃密的荊棘藤蔓和樹枝間滲了下來，打在火焰上，引起一陣嘶嘶響。「你就像你爸爸一樣啊？自以爲是。」

「我想是吧。」

我一手握著散彈槍，一面讓槍靠在身上，一面蹲下去解開湯姆手上被綁的結。我解繩結解得不太順利，所以從褲子口袋拿出小刀，割斷她手腳的綑綁。

我站起來舉著槍，他瑟縮了一下，但我無法取他性命。我就是做不到，即使他已經嘗試對我們伸出魔掌。

我不知該拿他怎麼辦。我判斷自己別無選擇，只能先放他走，再告訴爸爸、讓他們去追捕他。在湯姆穿好衣服的同時，我說：「你終究會得到報應的。」

「說得好，小子。」

「你給我待在那裡，我們要出去了。」

他舉起雙手。「這樣才聰明。」

湯姆說：「你沒辦法射死他，但我可以。」

「走吧，湯姆。」

她不喜歡這個發展，但還是轉身走出隧道。塞西爾說：「你要記得，孩子，我們有過愉快的時光。」

「我們什麼都沒有過。我們沒有一起做過什麼事，就只有你幫我剪頭髮。何況你也根本不懂怎麼剪男孩子的頭髮。」我轉身走出隧道口。「而且光爲你對托比下的手，我就應該開槍廢了你一條腿。」

我們沒有走通往森林的那一個隧道口，因爲我想要循原路回到船上。一旦我們漂到河上，他想追蹤我們就難了。

我們來到河邊，但船因爲沒有確實拖到岸上放好，已經被河水沖走。我看見它隨流水愈漂愈遠。

「該死。」我說。

「那是摩西的船嗎？」湯姆問。

「我們得從岸上走，到吊橋去。」

「那樣路很遠呢。」我聽到塞西爾說。

我轉過身，他在岸上的高處那裡，就在我和湯姆發現屍體的那棵樹旁。他在樹的旁邊看起來只是一道巨大的黑影，讓我聯想到破土而出的惡魔，黑暗、邪惡、滿口誑語。「你們要走的路可遠了呢，孩子。很遠的。」

我將散彈槍指向他，他躲到樹後面我看不見的地方說：「很遠的。」

我當下就知道自己應該殺了他。現在沒有了船，他可以輕而易舉尾隨我們回到森林裡，而我們根本看不見他。我和湯姆開始沿河岸疾行，同時可以聽見塞西爾在我們上方的森林裡移動，走到最後，我們終於沒再聽見他的聲音。就像在隧道內外聽到聲響的那天晚上一樣。我猜當時就是他，也許是過去查看他在樹上弄的作品，十分欣賞，想要讓別人也看到。也許他一弄完，我們就抵達了那裡。他可能一直在跟蹤我們，或是跟蹤湯姆。他一直都想要湯姆。

我們走得很快，湯姆大半路途上都在咒罵，說著塞西爾用他的手指做了什麼，這整件事都令我噁心想吐。

「閉嘴好嗎，湯姆。閉嘴。」

她哭了起來。我停下腳步，單膝跪著，把槍擺在身旁，伸出雙手抱住她的肩膀。

「對不起，湯姆，眞的對不起。我也很害怕。我們得振作起來，妳有聽懂嗎？」

「聽懂了。」她說。

「我們要堅持下去。我有槍，他沒有。他可能已經放棄了。」

「他沒有放棄，你知道的。」

「我們得繼續走。」

湯姆點頭，我們再次出發。不久後，吊橋狹長而黑暗的影子就在河面上清晰可見。風很大，吹得吊橋來回搖晃，像生鏽的門鉸鍊般嘎吱呻吟。

「還有很遠的路要走，湯姆，我認為我們應該從這裡過橋。這樣比較快，我們可以更早回到家。」

「我好怕，哈利。」

「我也是。」

「妳可以嗎？」

湯姆緊咬著上嘴唇，點點頭。「可以。」

我們爬到吊橋起點所在的那一岸，往下看著橋來回搖晃。我俯瞰著河水，白色泡沫隨黑暗的水面捲起，往前流動，衝向小瀑布，落入更寬、更深、流速更慢的河段。雨淋得我們滿身，風冷颼颼的，四周的森林一片安靜，卻又充滿了某種無以名狀的東西。儘管下著雨，雲層仍偶爾會散開，讓看起來有點油膩的月光照在我們身上。

我決定打頭陣，這樣如果哪片木板支撐不住，湯姆就會先知道。我踏上吊橋，風勢加上我的體重讓橋身一陣猛搖，讓我幾乎要跌進水裡。我伸手去抓纜繩時，不小心鬆開了槍。槍掉進水中，沒有發出半點聲音，就在瞬間消失了。

「你把它弄掉了，哈利！」湯姆在岸上大喊。

「過來吧，抓緊纜繩就是了。」

湯姆踏上吊橋，橋身再度劇烈搖晃，差點整個傾倒。

「我們得放輕腳步，」我說：「而且要一起走。我跨步的時候，妳也跟著前進一步，但如果木板鬆了，或是我掉下去，妳會及時看到。」

「如果你摔下去了，我要怎麼辦？」

「妳要繼續走到對岸，湯姆。」

我們開始過橋，動作似乎對了，因爲搖晃的程度不再那麼嚴重，我們很快就走完一半路程。

我轉頭，視線越過湯姆望向長長的橋身，沒有看到任何人嘗試跟過來。

這段路走得很慢，但過了不久，我們就來到離頭尾兩端各六呎遠的中點。我開始鬆了一口氣，然後發覺我們還要走好好一陣子才會到寬徑和馬路上。現在我知道，沒有哪條路會讓塞西爾或任何人止步，路就只是路。就算我們走了那麼遠，離目標還是有段距離，而且塞西爾仍然知道我們往哪個方向走，爸媽可能也尙未回到家。

我在想，如果到了馬路上，我可能會設法騙過他、走相反的方向，但那樣要走很遠才到得了有人住的房子；如果他看穿我們的計畫，我們的麻煩就更大了。

最後我判斷只能往家的方向走、保持警戒。但就在我心裡想著這些事、我們即將抵達對岸的同時，有個影子從灌木和泥土間分離出來，變成了塞西爾的樣貌。

他的手裡握著砍刀。他微笑著將刀插入土裡，自己站在堅實的地面上，但手抓住固定吊橋的纜繩。他說：「我比你先過橋，小子，我就在這等著。現在呢，你和小湯姆得下去泡泡水了。我並不想這樣做，但現實就是如此。你也懂吧？我想要的只是湯姆。你把她交給我隨意處置，你就可以走。等你到家的時候，我跟她就上路了。」

「你休想。」我說。

塞西爾抓緊纜繩開始搖晃。橋身從我腳下甩離，我只見自己雙腳懸空，剩下雙臂攀著一條纜繩作爲支撐。我看到湯姆跌倒了，抓著一塊木板，腐朽的木頭已經開始散裂，木板和湯姆將會一起掉下去。

塞西爾再度搖晃纜繩，但我緊緊抓穩，湯姆抓著的木板也還沒鬆脫。我望向塞西爾，看到另一個形體從陰影中出現，是個魁梧的身影，頭上有著像是羊角的東西。

是摩西的兒子，泰利。

泰利抓住塞西爾的脖子，把他往後拽，而塞西爾轉身掙脫，往對方的肚子揍。他們就這樣纏鬥了一陣子，然後塞西爾抓到砍刀，往泰利的胸前一劃——泰利發出一聲公牛般的低吼，朝塞西爾撲過去，兩人一起飛墜到吊橋上。他們撞上橋面時，木板應聲碎裂，整座橋往一側高高晃起，隨著「啪」的一聲，其中一條纜繩斷成兩半，從我們面前倏地落進水裡。塞西爾和泰利掠過我們身邊，墜入了薩賓河。我和湯姆在僅存的纜繩上撐了一會兒，接著那條繩子終於斷掉，我們跟在他們後面掉進湍急的河水中。

我下沉得很深，浮起來時撞到了湯姆。她尖叫，我也尖叫；我連忙抓住她，河水在我們身下再度翻湧。我一面抓緊湯姆的衣領，一面奮力往上游。冒出水面時，我看到塞西爾和泰利纏扭成一團，順著薩賓河的急流越過小瀑布，流往較深、較平靜的水域。

接著，我意識到一件事：我們也越過了瀑布，跟他們一樣被帶到水流較深較慢的河段。我抓穩湯姆，試著開始往岸邊游。我們衣服濕透又疲累不堪，游起來非常吃力；我還得抓著無力自救的湯姆，更是難上加難。

我終於游到了腳可以觸及沙子和礫石的地方，拉著身邊的湯姆涉水上岸。她翻過身吐了出來。

我望向河水。雨已經停了，天空暫時恢復清朗；月光雖然微弱，但仍然在薩賓河抹上一層油亮，宛如平底鍋上開始加熱的油脂。我可以看見湯姆和塞西爾互抓著對方，時不時伸起一隻手要出擊，同時，他們身邊還圍繞著別的東西。在月光下，那像是十幾個浮起來的銀球，接著迅速地伸展開來，一次又一次向那兩人襲擊。

塞西爾和泰利被沖進了那個水蝮蛇堆（或是其他類似的蛇群），驚動了那些蛇。牠們就像趕牛的鞭子般從水面揚起，接連不斷地打向他們兩人。

他們和那群蛇一起被沖過一處河彎，消失在視野中。

我終於能站起身來，發現自己掉了一隻鞋。我扶住湯姆，將她繼續拉上河岸。附近的地面粗糙不平、滿布荊棘，我赤裸的那隻腳吃足了苦頭。但我們走出了那裡，回到馬路上，終於回到了家。爸媽站在院子裡呼喊著我們的名字。

隔天早上，塞西爾在一處沙洲上被人發現，他身軀鼓脹，因泡水和蛇咬而紅腫。爸爸說他的脖子斷了。泰利在蛇咬他之前就解決了他。

泰利則被纏在河岸邊的一些植物根鬚裡，敞開的手臂和雙腳上繞著藤蔓。砍刀造成的傷口撕裂了他的胸口和身側。爸爸說，泰利仍戴著那頂傻氣的帽子，跟他的頭髮糾纏在一起。看起來像羊角的那部分被水沖下來、蓋住他的眼睛，像一雙巨大的眼瞼。

我不知道泰利，或者說山羊人，是發了什麼瘋。他幫我指路脫身、救到湯姆，但他本來並沒有想要幫忙阻擋塞西爾。也許他害怕。但我們在吊橋上、塞西爾佔了上風時，他出手襲擊。

究竟是因爲他想幫我們，還是因爲剛好在場的他受到驚嚇？我永遠無法知道。我想到可憐的泰利一直住在森林裡，只有他爸爸知道他的存在。也許是爲了避免其他人來打擾他、因他腦袋遲鈍而欺侮他，摩西才守著這個祕密。

到頭來，這整件事成了一場恐怖的體驗。我主要記得的，只有事後在床上躺了兩天，讓腳上的刺傷痊癒、恢復體力。光想到湯姆差點遭遇的命運我就全身發軟。

媽媽在我們身邊守了兩天，只有煮湯的時候離開。爸爸整夜坐著陪我們。當我驚醒過來、以爲自己還在吊橋上時，他就在我身邊，微笑著伸出手摸摸我的頭，於是我又躺回去睡著。

過了幾年，我們東聽一點、西聽一點，得知了像我們附近發生的這種命案，在以往還有更多，從阿肯色州、奧克拉荷馬州到北德州都有。當時沒人懷疑這些案子都是同一名殺手所爲。那個年代的警察沒有這種概念，連環殺手的眞相尚不爲人所知。如果當時的資訊更流通、知識更普及，也許那久遠以前發生的某些——或是所有——慘劇就能夠避免。

或許也未必。反正一九三一和三二年的那些陳年往事，現在都是木已成舟。

如今，我躺在這裡，在世的時間所剩不多。我也無意流連，不想讓生命再多延長一刻，帶著腿上的導管臥床等人餵食豆子泥、玉米，或是只能勉強算是肉類的某種噁心東西。我回想當時，躺在森林旁小房子裡的床上，想起醒來時總是有爸爸或媽媽在身邊，那感覺是多麼安心。

所以，現在我閉上眼睛，帶著來自那兩年、那酷熱又恐怖的瘋狗之夏的回憶。我希望這次我醒來的時候，人已不在這個世界上；希望我會見到爸爸、媽媽，還有不幸車禍早逝的湯姆等待著我。或許摩西和山羊人、還有忠實的老狗托比也會在呢。

獵鴨

Duck Hunt

三個獵人帶著三條獵犬。獵人有著擦亮的槍、溫暖的衣服和充足的彈藥。獵犬身上有大塊的黑藍斑點，狡猾靈活，隨時準備起跑。沒有一隻鴨子是安全的。

獵人分別是克萊德．巴洛、詹姆斯．柯洛弗，以及年僅十五歲的小佛雷迪．柯洛弗，這趟被帶來令他無比興奮。然而，佛雷迪並不真的想看到鴨子，更別說開槍獵鴨。他沒有殺死過任何生物，除了用ＢＢ槍打過一隻麻雀，而那已經讓他很不舒服。但當時他才九歲，現在的他已經準備要變成男人了。他父親是這麼告訴他的。

跟來這趟打獵，讓他覺得像加入了一個祕密組織，裡面充滿菸草的味道和威士忌的酒氣，耳邊聽得到罵髒話的聲音，談論哪個女人好不好的話題，還有關於來福槍與散彈槍射程和速度的討論，也有人談獵刀的刀刃、談冬天打獵最適合的帽子和耳罩。

在泥溪這地方，男人要靠打獵來成就自己。

打從九歲那年，佛雷迪就懷著濃厚的興趣觀察到，泥溪的男孩滿十五歲時都會被邀請去狩獵俱樂部，參與一場男性限定的談話。下一階段就是出獵，而當那個男孩打獵回來，就不再是男孩了，他會用低沉的聲音說話，用篤定的步伐走路，下巴冒出短鬚，不再受人取笑，會罵髒話、會抽菸、會偷看女人的屁股。

佛雷迪也想變成男人。他臉上長著青春痘，沒有陰毛可言（他在學校沖澡總是快手快腳，以躲避關於器官大小和包皮厚度的冷嘲熱諷），腿活像兩根竹竿，又灰又小的水淋淋眼睛看起來像白色太空中旋轉的醜陋星球。

而且坦白說，比起槍，佛雷迪更喜歡書。

但是，佛雷迪終究滿十五歲了。那天他父親從俱樂部回家，菸酒味像飢餓的跳蚤般緊攀在他身上，蓄著鬍子的臉有點暗沉，因通宵打牌而顯露疲態。

他進到佛雷迪的房間，大步走向床鋪，一把抽走佛雷迪正在閱讀的漫畫《索爾》（*Thor*），扔到房間另一頭去，漫畫內頁飛過空中時就像一道彩虹。

「別再看書了，」他父親說：「加入俱樂部的時候到了。」

佛雷迪去了俱樂部，聽那些男人談論野鴨、槍枝，還有涼爽晨風裡煙和血的味道。他們告訴他，殺戮就是評價一個男人的標準。他們給他看了牆壁上的獸首。他們叫他跟父親回家，明天早早過來，準備迎接他的第一趟打獵。

佛雷迪的父親帶他進城，給他買了法蘭絨襯衫（黑紅兩色相間）、厚夾克（內裡鋪絨毛）、帽子（附了耳罩）和靴子（是防水的）。他帶佛雷迪回家，把散彈槍從槍架上拿下來，給了佛雷迪一盒子彈，帶著他走到後面的靶場要他練習；同時，他在一旁跟兒子述說打獵和戰爭的事，說人和野鴨死的時候都是一樣的。

隔天早上，太陽還沒上山，佛雷迪和父親吃了早餐，母親沒有與他們共餐，佛雷迪也沒問爲什麼。他們在俱樂部跟克萊德會合，搭著他的吉普車開過泥巴路、硬土路和山徑，穿過灌木和荊棘，來到一片蘆葦和香蒲，那些植物長得像日本竹子般又密又高。

他們下車用走的，一面走一面推開蘆葦和香蒲，腳下的地面變成沼澤土的質地。獵犬紛紛往前跑去。日出兩個小時後，他們來到蘆葦叢中的一小片空地，越過蘆葦，佛雷迪可以看見一座呈勿忘我藍的晶亮湖泊。在湖面上，他看到一隻野鴨正在降落。

「如何呢，小子？」佛雷迪的父親說。

「很漂亮。」佛雷迪說。

「漂亮個頭。你準備好了嗎？」

「好了。」

他們繼續走，獵犬現在已經領先他們一段路，最後他們站在離湖不到十哩處。佛雷迪正在學著他聽說的方法，蹲著躲進埋伏處時，此時，一群野鴨從湖裡的蘆葦叢突然飛出。佛雷迪對抗著肚子裡一股直往下沉的感覺，用槍管追蹤著鴨群，知道自己必須怎麼做才能變成男人。

他父親的手抓住槍管往下壓。「還不到時候。」他說。

「啊？」佛雷迪說。

「不是那些野鴨。」克萊德說。

佛雷迪看著克萊德和他父親往右轉頭，朝向獵犬又是伸爪又是猛嗅的地方——是一處矮樹叢。克萊德和他父親迅速命令獵犬待在原地，接著帶領佛雷迪走進樹叢，穿越迷宮般的荊棘。穿越出去後就是一片空地，狩獵俱樂部的成員全在那裡等著。

空地的中央有一隻巨大的假鴨，看起來非常老舊，上面刻滿了圖紋符號。佛雷迪辨識不出它是陶土、鐵或是木頭做的。它的背部挖空呈碗狀，凹陷部位的中間有一根桿子，上面綁著一個骨瘦如柴的男人。他的頭上都是結塊的紅泥，泥裡插著鴨羽毛，看起來就像一頂奇怪的帽子。他的頭上被粗橡皮筋綁了一個形狀可笑的木製鴨嘴，屁股則突出一把鴨羽毛，脖子上掛了一個牌子寫著「鴨子」。

男人的雙眼因爲驚恐而睜大，試著要說話或喊叫，但是鴨嘴綁的方式讓他最多只能發出模糊的咕噥聲。

佛雷迪感覺到他父親的手放在他肩膀上。「動手吧，」他說：「他不是我們認識的人。當個眞男人吧。」

「動手！動手！動手！」狩獵俱樂部成員紛紛喊道。

佛雷迪感覺冰冷的空氣在他喉嚨裡變成一顆硬球。他的竹竿腿發抖起來。他看著父親和狩獵俱樂部的人。他們看起來全都剛強、堅毅又充滿男子氣概。

「難道你一輩子都想當個乳臭未乾的小鬼？」他父親說。

這話讓佛雷迪鐵了心。他用袖背抹了下眼睛，接著穩住槍管，指向那個假鴨頭。

「動手！」喊叫聲響起。「動手！動手！動手！」

在那一瞬間，他扣下了扳機。狩獵俱樂部響起一陣歡呼，同時清冷的天空吹來一陣藍色北風（注），隨風飛來一群野鴨。野鴨陸續停在巨大的假鴨和那男人身上，有幾隻還將嘴喙伸到男人身上濕潤的地方。

當假鴨和陌生人完全被鴨群包圍之際，狩獵俱樂部的眾人舉起了槍紛紛開火。

空氣中充滿硝煙、子彈和漫天飛舞的羽毛。

槍聲停歇、野鴨死光之後，狩獵俱樂部的成員上前爬到假鴨身上，做了他們必須做的事。他們抬起頭時，臉上的笑容是血紅的。他們用袖子草草擦了嘴巴，將野鴨放進獵物袋直到袋子塞滿。地上仍然躺著許多鳥屍。

佛雷迪的父親給他一根菸，克萊德幫他點著。

「射得好，小子。」佛雷迪的父親說，像兄弟似地拍拍他的背。

注 Blue Norther，一種常見於美國中西部快速移動的冷鋒，會導致溫度迅速下降、颳大風、天色變成深藍或黑色。

「是啊，」佛雷迪一面說一面搔抓胯下。「正中那個王八蛋兩眼中間，完美得不得了。」

他們都放聲大笑。

天空變亮了，擾動蘆葦叢、吹動鴨羽的藍色北風瞬間散開。那群男人徒步離開，用低沉的聲音說話，用篤定的步伐走路，下巴冒出短鬚。他們保證，今晚會幫佛雷迪找個女人。

哥吉拉的十二步驟戒癮療程

Godzilla's Twelve-Step Program

一、**誠實勞動**

哥吉拉（Godzilla）在前往鑄造廠上班途中，看到一棟龐大的樓房，似乎主要是用閃亮的銅金屬和深色的鏡面太陽能玻璃板蓋成。他在玻璃表面上看見自己的影像，回想起舊時光。踩扁這座樓房、對它噴火、用他灼熱的吹息將窗戶燻黑，然後在冒煙的廢墟裡狂舞，那會是怎樣的感覺？他好奇著。

一步一步來，他告訴自己。一步一步來。

哥吉拉強迫自己緊緊盯著那棟樓。他走過大樓，前往鑄造廠。他戴上安全帽。他將呼出的火焰吐向一大堆廢棄汽車零件，使之變成熔化的金屬。金屬經過管路，流進新的鑄模裡，做成新的零件，車門、車頂等等。

哥吉拉覺得體內的緊繃消解了一部分。

二、**娛樂**

下班之後，哥吉拉遠離了市區。他感到緊張。下班後很難忍住不吐火。他去了「大型怪獸娛樂中心」。

格果（Gorgo）在那裡，一如往常，已經喝油污海水喝得醉醺醺。格果老愛講古，她就是這樣，講來講去都是古早的事。

他們去到中心後面，把他們的吐息吹在每天補充的碎瓦礫上。金剛（Kong）也在後面，醉得像隻猴子，在玩芭比娃娃。他老是這樣。最後，他把芭比娃娃放進大衣口袋，撐著助行器，搖搖晃晃地從哥吉拉和格果身邊走過。

格果說：「自從摔了那一下，他就不行了。而且他拿著那個塑膠娘們是怎樣？他不知道世界上有眞正的女人嗎？」

格果目送金剛靠著助行器走遠，哥吉拉覺得她看著人家屁股的眼神有點太深情款款了。他相信自己在格果眼裡看到了淚光。

哥吉拉把一些瓦礫碎片燒成灰，聊以自娛，但效果不怎麼好。畢竟他一整天都在吐火，而這最多也只是讓他的強迫衝動紓緩了一點點。現在這樣還不如在鑄造廠吐火令他滿意。他回家去了。

三、性與毀滅

那天晚上，電視上播了一部怪獸電影，很尋常的一部：大怪獸摧毀一座又一座城市，把行人踩扁在腳下。

哥吉拉看看自己的右腳腳底，那裡有他踏平車子後留下的疤痕。他還記得把活人在腳趾之間擠扁是什麼感覺。他思考著這一切，然後轉了臺。他看了二十分鐘的《艾德先生》（*Mr. Ed*），關掉電視，一面想著城市燃燒和人肉壓扁的畫面一面自慰。

稍後在深夜裡，他帶著滿身冷汗醒來。他去廁所，迅速用肥皂雕刻出粗糙的人形，將肥皂放在腳趾之間擠碎，閉上眼睛想像，試著記得。

四、海灘之旅與大海龜

星期六，哥吉拉去海邊。一頭狀似巨大海龜的醉醺醺怪物飛了過去，撞到哥吉拉。海龜對哥吉拉罵了句難聽話，挑釁想打架。哥吉拉記得那隻海龜叫做卡美拉（Gamera）。

卡美拉一直是麻煩人物。沒人喜歡卡美拉。那隻海龜眞的是個大混帳。

哥吉拉咬著牙，憋住嘴裡的火焰。他轉身走向海灘。他喃喃唸著療程輔導員教他的口訣。那隻大海龜跟在後面繼續叫罵他。

哥吉拉收拾起自己的海灘裝備回家去。他仍聽見海龜在背後不停咒罵。他只能忍住不跟那個大混球回嘴。他只能忍。哥吉拉知道那隻海龜明天就會上新聞。那傢伙會毀掉些什麼東西，或是會毀掉他自己。

哥吉拉覺得自己也許該試著跟那隻海龜談談，勸他加入十二步驟療程。幫助別人，這就是你該做的事。也許海龜可以找到一點平靜。

但話說回來，你只幫得了願意自救的人。哥吉拉意識到，他拯救不了全世界的怪獸。他們得幫自己做決定。但他在心裡決定，從此以後都要記得隨身帶著十二步驟療程的介紹小冊。

稍後，他打電話給他的輔導員，說他今天過得很糟，說他想燒掉樓房、跟大海龜打架。史前異形（Reptilicus）告訴哥吉拉這沒關係，他也遇過這樣的日子，以後也會再遇上。

一日爲怪獸，終生爲怪獸。但他現在是一頭洗心革面的怪獸。一步一步慢慢來，這是在世上快樂生活的唯一法門。焚燒、殺害、嚼食人類和他們的創造物，不可能不讓你付出罪惡感和多重砲擊傷口作爲代價。

哥吉拉向史前異形道謝，掛斷電話。有那麼一會兒，他感覺好些了，但是他的內心深處納悶，自己究竟有多少罪惡感可言。他覺得自己眞正痛恨的，是砲彈和射出火箭砲的噴射機，而不是罪惡感。

五、破戒

事情發生得很突然，他就這麼破戒了。下班途中，他看到一間小小的狗屋，有一隻睡著的狗半身露出屋外。四下無人。那隻狗看起來很老了，繫著狗鏈，可能本來就過得很悲慘。水碗裡空蕩蕩，這隻狗的狗生毫無價值，被狗鏈綁著，百無聊賴，還無水可喝。

哥吉拉跳了起來，然後降落在狗屋上，徹底壓扁那隻狗。他猛吐一口火，燒了狗屋僅剩的部分。他跳著踮起腳尖，繞著殘骸轉圈。黑色的灰燼和燒熟的狗肉滑過他的腳趾之間，令他想起舊時光。

他快速離開現場。沒有人看到他。他感覺喜孜孜的，陶醉得簡直走不了路。他打給史前異形，卻被轉接到答錄機。「我現在不在家，在外面做好事。但請留個話，我會盡快回電。」

答錄機「嗶」了一聲。哥吉拉說：「救命。」

六、他的輔導員

翌日，那間狗屋在他腦子裡打轉了一整天。工作的時候，他就想著那隻狗和牠被燒焦的樣子。他想著那間小小的狗屋和它垮掉的景象。他想著自己在廢墟裡跳的舞。

那一天拖得好長好長。他想等工作做完之後，也許會找到另一間狗屋、另一條狗。

回家路上他放亮了眼睛，但是沒看到狗屋也沒看到狗。

到了家裡，他的答錄機燈號在閃爍，是史前異形留了言。史前異形的聲音說：「打給我。」

哥吉拉照做。他說：「史前異形，原諒我，我犯了罪。」

七、幻滅。失望。

史前異形的話沒有幫上多少忙。哥吉拉把十二步驟療程的小冊子全給撕了，拿其中兩張紙來擦屁股，然後扔到窗外去。剩下的被他放在水槽裡，吹了一口氣點火燒掉。他燒了一張咖啡桌和一張椅子，燒完之後感覺很糟。他知道女房東會要他買新家具來替換。

他打開收音機，躺在床上聽一個放老歌的懷舊電臺。過了一會兒，他聽著瑪莎與凡德拉合唱團（Martha and the Vandellas）的〈熱浪〉（Heat Wave）入睡。

八、失業

哥吉拉做了夢。夢中，上帝隨著熊熊烈火朝他而來，告訴哥吉拉說祂對他很失望，說他應該表現得更好。哥吉拉滿身冷汗地醒來，房裡別無他人。

哥吉拉感到內疚。他隱約記得自己醒來，出門破壞了城市裡的某個區域。他很努力回想，但記不得自己做的每件事。也許之後他會在報紙上看到。他發覺自己身上的味道像是碳化的木材和熔化的塑膠，腳趾之間有黏黏的泥狀物，出於某種原因，他知道那不是肥皂。

他想宰了自己。他去找槍，但是醉得找不著。他在地板上昏了過去，這次他夢見魔鬼。祂看起來就跟上帝一樣，只不過兩眼上方的眉毛連成一條線。魔鬼說祂找上哥吉拉了。

哥吉拉一面呻吟一面反擊。他夢到自己起身對魔鬼出手，徒勞無功地吐著火焰。

隔天，哥吉拉宿醉睡過頭。他還記得那個夢。他打電話請了病假，當天大部分時間都在睡覺。傍晚，他在報紙上讀到關於他的報導。他造成的破壞眞的不小。城裡好大一片區域濃煙密布，有張非常清楚的照片拍到他咬掉一個女人的頭。

當晚，他接到工廠經理的電話。經理看到了報紙，通知哥吉拉他被炒魷魚了。

九、引誘

隔天，有一些人類出現。他們穿著黑西裝和白襯衫，皮鞋擦亮，身上別了徽章，而且還帶著槍。其中一人說：「你造成了問題。我們政府要把你送回日本。」

「那裡的人討厭我，」哥吉拉說：「我把東京燒掉了。」

「你在這裡做的事也不怎麼好。所幸你燒掉的是有色人種住的城區，不然我們要你吃不完兜著走。總之，我們有個工作機會要給你。」

「什麼？」哥吉拉問。

「你幫我們，我們幫你。」然後那些人跟他說了他們的想法。

十、選擇

那天晚上，哥吉拉睡得很不好。他爬起來用小錄音機播放〈怪獸混搭組曲〉（Monster Mash）。他在房間裡四處跳舞，好像很開心的樣子，但他知道自己並不開心。他去大型怪獸娛樂中心，在那裡看到金剛坐在一張高凳上，把其中一個芭比娃娃的衣服脫了，用手指撫弄她雙腿間光滑的部位。他看到金剛在那個部位畫了一道縫，像是陰道。那似乎是用藍色墨水筆畫上去的，在中間那條線兩邊，還畫了一絲一絲的陰毛。哥吉拉覺得他應該找別人來幫他畫，他畫得實在不太自然。

老天爺，他可不想淪落到像金剛一樣，變成一具呆滯恍惚的空殼。話說回來，如果他可以弄些娃娃來熔化掉，也許有助於他放鬆。

不。有過貨眞價實的體驗之後，芭比算什麼？只能算是某種低酒精啤酒吧。娛樂中心後面的瓦礫堆也是低酒精啤酒，還有鑄造廠、十二步驟戒癮療程，全都是低酒精啤酒。

十一、爲政府服務

哥吉拉罵政府是混帳。「好吧，」他說：「我做。」

「很好，」政府的代表人員說：「我們就覺得你會接受。你去看看信箱，地圖和工作指示已經在裡面了。」

哥吉拉到門外查看信箱，裡面有個公文信封，裝著他的工作指示，上面寫道：「把地圖上你看到的這些地點全都燒光。完成之後，我們會再找其他地點。你不會受到處罰，只需要確保無人逃脫。若有任何反抗，就把他們解決了，任何男人、女人、小孩都不能留活口。」

哥吉拉展開地圖，上面有些紅色記號，記號上方有文字標示：**黑鬼鎮。中國佬的村子。垃圾白人巢穴。同性戀聚集點。民主黨多數區。**

哥吉拉思考他現在能做什麼事。他不受束縛，他可以不帶罪惡感地大燒特燒、大踩特踩。不僅如此，他們還會付他薪水。收留他的這個國家雇用了他，要他清除他們眼中的不良地點。

十二、最後一步

哥吉拉停在清單上第一個地點附近：黑鬼鎮。他看到小孩在街上玩耍，人類抬頭看著他，納悶他在這裡幹什麼。

哥吉拉突然覺得體內產生某種動搖。他知道他被利用了。他轉身走開，朝著鎮上的政府機關區域而去。他從州長官邸開始大肆地破壞，他們搬出了砲彈，但沒有用處。他像以前一樣瘋狂肆虐。

史前異形拿著一個擴音機出現，試圖把哥吉拉從紀念大廈上面勸下來，但哥吉拉不肯聽。他吹一口氣燒掉了大廈的頂層，然後往下移動，燒掉更多樓層，再往下繼續燒，一路爬到地面。

金剛現身爲他喝采。金剛扔開助行器，腹部著地爬過路面，移動到一棟大樓旁，拉著自己開始往上攀，巨大的猿猴身體四周都是子彈的閃光。

哥吉拉看著金剛爬到大樓最高點，一隻手抓著建築物，另一隻握著芭比娃娃的手不斷揮舞。

金剛用牙齒咬著芭比娃娃，然後伸手進外套裡拿出一個赤裸的肯尼娃娃。哥吉拉看到金剛用橡膠黏土之類的東西幫肯尼做了一根和腿一樣粗的陰莖。

金剛在大吼：「對，就是這樣，就是這樣。我是AC/DC，你們這些王八羔子。」

噴射機出現了，朝著金剛盤旋而下。這隻巨猿張牙咬住一發火箭砲，一時之間，芭比娃娃、牙齒和腦漿飛灑在轉灰的天空。金剛一墜而下。

格果從群眾中跑出來，跪在巨猿身邊，將他抱在懷裡痛哭。金剛的手緩緩張開，露出掌中斷了陰莖的肯尼。

會飛的海龜跑出來，想要搶走哥吉拉的雷電，但是哥吉拉才不讓他稱心如意。他將金剛稍早爬上去的大樓屋頂折下來，對著卡美拉猛打。連警察和軍隊都大聲叫好。

哥吉拉對著那隻海龜打了又打，打得龜肉到處飛濺，猶如微波爐裡加熱過度的食物。一些快步經過的行人蒐集了海龜肉塊帶回家煮，因爲傳言說海龜肉吃起來就像雞肉一樣。

哥吉拉胸口連中了三發火箭砲，他踉蹌倒下，坦克車聚集在他周圍。

哥吉拉張開血淋淋的嘴巴大笑。他心想：如果我要在這裡完蛋，那麼黑人也要完蛋了。黃種人、白人垃圾和同性戀也要完蛋了。我是機會均等的毀滅者。管十二步驟去死。管人類去死。

然後哥吉拉死了，在街上留下一團混亂。軍人在周圍踮起腳尖、捏緊鼻子。

稍後，格果帶著金剛的遺體離開了。

被電視臺記者採訪的史前異形說：「哥吉拉差一點就做到了啊，就差一點。如果能完成療程，他就會好好的。但是社會的壓力對他來說太沉重了。社會把他變成這個樣子，你不能責怪他。」

回家路上，史前異形想著那些令人興奮的種種：起火燃燒的大樓、槍林彈雨，就像他、哥吉拉和那隻瘋海龜年輕時一樣。

史前異形想到金剛勇敢不屈地揮舞著肯尼娃娃、咬著芭比。他想到大笑著死去的哥吉拉。

史前異形發覺好多的往日情懷湧上心頭，令他難以抗拒。他找到一個四下無人的地點、一間暗暗的屋子，對著打開的窗戶撒尿，然後就回家去了。

山路驚魂

Incident On and Off a Mountain Road

愛倫來到了月光照耀的山路彎道，她原本因煩惱而飄忽游移的思緒現在穩定下來，並且突然發覺自己開車的速度實在太快。彎道上的標示牌寫著限速三十哩，而她現在開到五十了。

她知道這時不該猛踩煞車，所以選擇保持車速與彎道一搏，她覺得自己可以辦到。月光很強，能見度相當好，她知道她的雪佛蘭性能優良、容易駕馭，而且她車開得不錯。

但就在她小心行駛彎道時，一輛藍色別克轎車彷彿從前方的地上憑空出現，停在彎道弧端的路肩，車頭往外多突出了一呎（約三十公分），車尾則倚靠灑滿銀色月光的護欄，彎道和山崖之間就靠著這道護欄隔開。

如果她的車速適當，要閃開那輛別克並不成問題，但是目前的速度讓她太往右偏，和那輛車連成一線，因此終究不得不踩了煞車。她一踩煞車，後輪便瞬間打滑——煞車發出呻吟，雪佛蘭的車頭撞上別克，一陣爆炸般的聲音傳來。就在頭昏眼花的那一瞬間，她覺得自己彷彿置身於烘乾機內。擋風玻璃外出現了月光、黑暗、然後又是月光。

雪佛蘭高高彈起、猛然翻滾，然後回到正位靜止下來。引擎已熄火，車身右側撞擊到護欄。要是車子多彈跳一吋，或撞擊護欄的力道更大，那就會萬劫不復了。

愛倫感覺腿上傳來銳利的痛楚，她伸手往下摸，發現她的腿在車子翻滾時撞到了某個東西，也許是排檔桿；她的褲襪和皮肉都被劃破，血流進了鞋子裡。她謹慎地用手指在腿上探了探，判斷傷勢並不嚴重，身體其他部位也都運作正常。

她解開安全帶，習慣性地找到自己的皮包，將背帶掛在肩上。她從雪佛蘭車上下來，感覺搖搖晃晃，繞到車前就看見引擎蓋、保險桿和車頂都被撞得歪七扭八。扭曲引擎蓋下的水箱嘶嘶冒出一縷蒸氣，升入月光中消散不見。

她的注意力轉向那輛別克，車尾現在轉到她這個方向，她繞過去，看見別克的左前車身受損嚴重。她往車裡看，深怕自己會看見什麼。

月光穿過後擋風玻璃，像聚光燈般明亮，顯示出車上空無一人，但後座沾滿了暗色的濕潤液體，表面光滑。一股惡臭透過半搖下的車窗傳出。那是一股溫熱的紅銅氣味，鑽向她的鼻孔，讓她肚子發疼。

天啊，有人受傷了，也許是被拋出車外，或可能逃出來爬走了。但是在什麼時候？她坐在雪佛蘭裡只離地了短短片刻，車子不再翻滾之後她就立刻下車。如果有人從別克車上下來，她肯定會看到，而且如果有人因撞擊被拋出車外，不是應該至少有一扇車門會是開著的嗎？就算車門被撞得關回去，那也不太可能鎖上。然而這輛別克的車門全都鎖著，窗玻璃也仍完好，只有她這一側的窗戶搖下，上面有一道裂痕，足以讓血腥味逸出，但不夠讓一個人溜出來，除非這個人的身體和羽毛一樣薄而軟。

在別克車的另一側，介於後車門和護欄之間的地面上，有拖行的痕跡和一道粗粗的血跡，護欄上面又有另一抹血，在月光下微微發亮，猶如帶有放射性的糖蜜。

愛倫謹慎地往護欄移動，往欄外看。

沒有人受傷流血、肚破腸流地躺在地上。地形看起來沒她想像中那麼惡劣危險，地面布滿卵石，坡度平緩向外延伸，有一條山徑沿坡而下。那條山徑有點蜿蜒，越往深山走，兩側的植被越茂密。最後，路徑彎彎曲曲地通往下方一座森林裡的陰暗灌木叢，而從那座森林裡，隨風傳來了松節油般的強烈松樹氣味，還有另一股沒那麼清新、難以辨識的味道。

接著，她看到下面那裡有人在移動。那人從森林裡緩緩浮出，宛如幽靈，白色的臉被銀光（也許是牙套）一分爲二。從對方移動的姿態，她看得出那是個男人。她看著他爬上山徑，走到了可以仔細看清楚的距離內。他似乎在小心打量著她，一如她小心觀察著他。

這人會是那輛別克的駕駛嗎？

隨著對方逐漸接近，愛倫發現自己判讀不出他臉上的表情，不是喜悅、不是憤怒、不是恐懼、不是疲倦也不是痛苦，似乎包含以上所有，但又像不帶任何情緒。

他來到離她十呎遠的距離，仍在抬頭往上看，帶著同一副詭異的表情，她聽得見他的呼吸聲。他的呼吸很吃力，但還不到讓人覺得他脫力或受傷的程度。那是忙著做某件事的人會有的呼吸聲。

她朝下方喊：「你受傷了嗎？」

他用一種怪異的方式將頭轉過來，像一隻試圖理解指令的狗，愛倫於是想到，他也許撞到了頭以致於神志不清。

「是我撞到你的車，」她繼續說：「你還好嗎？」

對方的表情變了，這次愛倫看得清清楚楚，他既驚訝又生氣。他快速走上山徑，抓住最上面的護欄，手指沾上了那抹血，然後翻身到石子路面上。

愛倫退開，隔一段距離看著他。這個人令她緊張。就算這麼近，他看起來仍像是某種鬼怪幽魂。他稍微看看她，瞥了那輛雪佛蘭一眼，再轉頭看著別克轎車。

「是我的錯。」愛倫說。

他沒有回應，但是目光回到她身上，並且繼續用那種像好奇小狗的姿態昂著頭。

愛倫發現他有一邊衣袖染了血，長褲的膝蓋部位也有血跡，但他表現出的樣子卻完全不像有負傷。他伸手進褲子口袋，拿出某樣東西握在手上晃了一下。是一把摺疊刀。他把刀舉在面前、像拿鑰匙開鎖般晃動時，薄薄的刀刃吸滿了月光，吐出一片扇形的銀霧。他朝她走近，一面走，嘴唇一面咧出笑容——露出的不是牙套，而是鑲了金屬牙冠的牙齒，與刀鋒相輝映。

她想到自己可以衝向她的那輛雪佛蘭，但就在這念頭掠過腦海的電光石火之間，她意識到自己根本來不及跑到車上。

於是愛倫整個人撲向護欄，她躍過去的時候，眼角餘光看到那把刀砍向她原本所在的位置，被月光照亮，反射出光線。然後刀鋒離開了她的視野，她腹部著地，腳先頭後地滑到狹窄的山徑上。礫石和樹根撕裂了她的洋裝前襟，磨破了尼龍絲襪，挖鑿她的皮肉。她滑落得愈來愈快，痛苦地哭叫出聲。她抬起頭，看到那個男人正在爬越護欄，跌跌撞撞朝她跑來，舉在面前的刀子像把魔杖。

愛倫停住之後，用手推著地繼續滑動，她不知道這樣做對不對，但是山徑在右邊形成一道陡坡，若是往那個方向稍微滑過去，她就可以躲進黑暗中。但不知爲何，結果她一路沿著山徑滑行，甚至轉過一個彎，停下來時頭下腳上，皮包都卡到了牙齒間。

她爬起來，頭也不回直跑進森林，皮包在身側拍拍打打。她盡可能跑得離山徑愈遠愈好，一路上對抗著存心要甩她巴掌或卡住她的樹枝，還有試圖纏住或絆倒她的藤蔓和灌木。

她聽得見那個男人正在她後面追趕，他的呼吸現在十分粗重，並不是喘不過氣，但是急促地粗喘。好幾個月來的第一次，她對布魯斯和他的野外求生狂熱心懷感激。他如此瘋狂地要她一起鍛鍊健身，現在終於派上用場。大量的慢跑讓她的肺活量媲美公牛，也讓她的雙腿和腳踝健壯有力。布魯斯的某一本野外求生書籍中的句子浮現她腦海：**動作要出其不意**。

她在松林間發現一條小徑，跑了上去，然後又突然從小徑上跑回樹叢裡。在樹叢裡行動比較困難，但她猜想追她的人會以爲她沿著小徑走。

松林愈來愈茂密，她不得不用雙手雙膝貼在地上爬行，以便容易穿過。過了一會兒，她停下來，靠著一棵松樹坐下側耳傾聽。她合理地覺得自己在枝條低垂碰地的松樹之間藏得頗爲隱密。她做了幾次深呼吸，每一口氣都閉了很久才呼出來。

她的呼吸慢慢恢復平穩。在上方，她可以聽見那個男人從山徑的方向跑過來，越跑越近。她屏住氣息。

跑步的聲音中斷了一、兩次，她可以想像那男人怪異而蒼白的臉龐左看右看，想要知道她怎麼了。然後奔跑聲再度開始，他繼續沿著山徑向下移動。

愛倫考慮要偷偷繞出來，起步走回山徑，回去車上開車離開。雖然車子受了損傷，但她覺得車還能跑。只是她不太願意離開藏身處、走到月光下。不管怎麼說，這個計畫總比一直在這乾等好。如果她毫無行動，那男人隨時可以回到坡上，在那裡等她出現。下方這座覆蓋了好幾畝土地的森林，要花好幾天才走得出去，若沒有食物、飲水，又不熟地形，她可能永遠無法逃出生天，或是只能連日兜圈子。

她再度想起布魯斯的野外求生準則。她想起他曾在一堂防身術課程上，對著一群期待阿共入侵、好讓自己有機會大顯身手的紅脖子老粗說：「手邊有什麼就用什麼。檢視你身上有什麼東西，以及能夠如何利用。」

她心想：好吧，好吧，布魯斯你這王八蛋，我就來看看我手邊有什麼。

她確定自己有的其中一樣東西是小手電筒。它沒什麼厲害的，但可以讓她檢查皮包裡的物品。她輕而易舉找到手電筒，直接將它在皮包裡按開而沒有取出。她將打開的皮包湊近自己的臉，看看裡面有什麼。她先想起自己的修甲工具包，然後找到了它。工具包裡除了一小瓶去光水，還有一支磨砂棒和兩把金屬銼刀。銼刀就是重點，可以拿來當武器，雖然威力不大但聊勝於無。

她還有一把非常小的指甲剪刀放在工具包外，刀刃不長於四分之一吋（約零點六公分）。這個功用不大，但她還是記下來，在腦中爲這項物品建檔編目。

她找到工具包後關掉手電筒，拿出一把銼刀，將剩下的東西放回皮包。她緊握著銼刀，做出小小的戳刺動作。它看起來又輕又單薄，無足輕重。

她之前都習慣將皮包掛在單側肩膀上，現在爲了避免皮包弄掉，她將背帶繞過脖子，再把一隻手臂穿出去。

她緊握銼刀，在松枝底下爬行，向山徑那邊的空地探出頭。她先往下看，那個男人就在離她不到十碼處——他將刀拿在身側，正往山徑上方看。男人的臉在月光下冷冰冰的，被風吹動的樹枝在其臉上投下搖曳的陰影。她就像站在游泳池畔，往下看著池底的人，又或是看著他的臉在池面的倒影。

她立刻發覺對方已經走完了那條山徑，對她竟有本事如此迅速地消失一事感到懷疑，回頭思量她可能去了哪裡。而她就像在回應他一樣，探頭進入了他的視野。

他們雙方在原地定格了片刻，然後那男人往山徑跨了一步，而在他起步奔跑之際，愛倫手腳並用地退回松林裡。

才跑不到十呎，她就碰上一根靠近地面的粗樹枝，擋住她的去路。她整個人趴在地上，從樹枝底擠過去，而她的頭鑽入時，看到那個月亮臉男人也正爬進樹叢，迅速趕上；他突然往前衝，越過了他們之間一半的距離，刀子只以分毫之差錯過她。

愛倫往後退縮，感覺腳下踩空了。她鬆開銼刀，抓住樹枝，樹枝被她的體重拉彎往下，低到讓她的腳能碰到地面。她頓時鬆了一口氣，發現自己不是摔下山崖，而是掉進侵蝕作用造成的一處窪地。

在她上方，那個男人站在陰影裡，幾絲月光透過松枝的縫隙灑下。那口鑲了金屬牙冠的牙齒被月光照得閃閃發亮。他將一隻手放在她抓著的樹枝上，彷彿要彎下身，於是她鬆開樹枝——

樹枝發出一聲細響，從她面前消失，重重甩上他的臉，把他打得往後退。

愛倫沒有停下來觀察對方受傷程度，她立刻轉身，看見窪地的盡頭是一座斜坡，布滿茂密的樹木就像一支支帶羽長矛插在山側。

她開始下坡，讓坡度推著她移動，她沿路抓著樹枝和樹幹以減緩下滑的速度並維持平衡。愛倫可以聽見那男人也爬下來追她，但她沒有回頭看。只見前方的坡度愈來愈陡，如果繼續下滑，她就會幾乎垂直墜落，除了樹木，再也沒其他支撐物可以抓握；若要從這棵樹上放手換抓另一棵樹，她就得像猩猩一樣在枝幹之間飛來盪去。這不是個令人愉快的念頭。

唯一的慰藉是右手邊的那棵樹，它生長的方向往背後的山丘扭轉，長得像癌細胞一樣肥厚。她往那個方向移動，再度開始吃力地往上爬，試圖重新藏身於森林。

她爬進松林之前匆匆回頭一看，看到那個被她在心裡叫做「月亮臉」的男人已經跟她隔開一段距離。

她在林木間穿梭，讓自己跟森林融為一體，她越往前走，樹枝垂得離地面越近，樹木也長得越茂密，一棵棵纏扭在一起，像毛絨絨的菸斗通條。她雙手雙膝著地，在枝幹之間爬行，試圖藏匿其間。如果月亮臉要跟上她，就得採取一樣的做法。一開始，她還能在背後聽到他的聲音，但過了一會兒，便只剩下她自己造成的聲響。她停下來傾聽。

沒有聲音。

她望向來時路，看見的是自己爬過的虯結枝條，還有穿透其間的月光；她聽到的是自己短促的呼吸和心跳，但沒有發現任何月亮臉的蹤跡。她做出判斷，自己拉開的距離、到處穿梭的路線，以及松林的遮蔽都已經擾亂了他，至少暫時成功了。

她想到，如果她停下來聽，他可能也在這麼做。不知對方聽不聽得見她重重的心跳聲。她深吸一口氣、閉住氣，然後再緩緩從鼻子呼出，然後再重複一次。現在她的呼吸正常多了，儘管心跳依然狂亂，但至少感覺已回來好好待在胸腔裡該在的位置。

她將背部靠在樹幹上放鬆，坐著傾聽周遭，留意尋找那張怪異的臉。那張臉彷彿隨時會從樹叢中冒出來，露出那口恐怖的牙齒，或者更糟的是，他可能會從她背後突襲，拿著刀伸手越過樹幹，在血淋淋的一瞬之間解決掉她。

她查看了一下，看到皮包還在。她打開皮包，憑觸覺拿到工具包，取出最後一把銼刀，下定決心要讓它發揮比上一把更好的功用。她對於用刀沒有疑慮，也知道自己遲早會這麼做，但這會有多少效果？那個男人明顯比她壯碩，而且十分瘋狂。

她再度想起了布魯斯。換作他處在這種狀況，他會怎麼做？他肯定會如魚得水，再適合不過。他可能會跟月亮臉在山崖邊單挑，就算只拿著一把指甲銼刀，也有自信能取勝。

愛倫想著自己對布魯斯有多麼痛恨，就算現在已擺脫了他，她的恨意依舊強烈。她到底一開始怎麼會跟那頭腦簡單、四肢發達的王八蛋搞在一起？他起初看起來很迷人，強壯、自信、能幹。他的野外求生興趣是有點瘋，但當時看來也不比沉迷高爾夫球或迷信占星術還要古怪。也許，如果她知道他對這回事有多認眞，一開始就不會受他吸引了。

不，那也不會有任何差別。她被他迷得團團轉，因爲他的長相、身材和體力。她只能怪罪自己的欲望與愚蠢。更糟的是，當他們關係生變，她還是遲遲不離開，任其每況愈下。他們有過美好的時光，但也很快被布魯斯的執著給吞蝕。他執著於爲他所謂的「大日子」做準備，他知道時間逐漸迫近，雖然他對於帶來「大日子」的人是誰總是模糊其詞，但總之是說某個人會挑起某種戰爭，也許是核戰、巷戰，屆時只有老練的野外求生者能靠著充足的裝備和訓練，以及堅強的體魄和意智，活過第一波攻擊。這些倖存者接著會展開游擊戰，用打帶跑的戰術打敗……某個敵人，贏回自己的國家。如果無法復國，至少也能過著某種不受極權控制的生活。

這眞是太蠢了，每個小男孩都會這樣幻想，靠著刀槍和自己的智謀求生，還帶著一個屬於他的女人。她曾經就是那樣一個女人。一開始布魯斯人很好，頗爲尊重她。他顯然是比較偏沙文主義的大男人，起初似乎還無傷大雅，帶有一種老派的魅力。但是他主導他們搬家到山區時，魅力變成了支配欲，而他的精神狀態本來只有小小的裂痕，開始逐漸擴大，變成黑暗的深溝。

她存在的目的只是爲他持家和暖床，她任何與他相左的意見都被斥爲愚蠢。他整天在讀野外求生的書，對她朗讀書中摘句，也叫她去讀，以準備悍然面對即將來襲的攻擊者。

最後他完全失控，過著野人般的生活。他對她呼來喚去，眼睛左看右看地懷疑著她的一舉一動，隨時期待在短波廣播上聽到第三次世界大戰爆發、種族暴動推翻美國，或是載滿侵略者和雷射槍的閃亮外星探測機降落在白宮前草坪。當時，她已經被困在他的山中木屋裡，她的雪佛蘭和他的吉普車鑰匙都由他掌控。

她一度害怕他會偏執到把她想成「壞人」的一員，朝她的胸口轟一發點三五七子彈。但是現在她擺脫了他，逃離了那一切……卻被另一個男人所威脅：這個有著月亮臉和銀牙齒的帶刀怪物。

她再度回到那個問題：布魯斯會怎麼做？除了跟月亮臉近身單挑之外？最好的機會是避過他偷偷溜回雪佛蘭車上。若要達成這目標，布魯斯會使用游擊技巧。他總是說：「手邊有什麼就用什麼。」

這個嘛，她已經看過手邊有什麼，就是兩把指甲銼刀，其中一把還遺落在山上。

不過，也許她思考的方式不對。她打不贏月亮臉，但或許能智取對方。她就智取了布魯斯，虧他還自認是策略和戰備大師呢。

她試圖站在月亮臉的角度思考。他在想什麼？他把她當成獵物，一隻逃跑的受驚野獸。經歷過樹枝的那一招，他可能會更加警戒，但更可能將之視為意外——大致上來說的確是……但如果獵物對他反擊呢？

突然一陣劈啪聲傳來，愛倫往聲音的來源爬了幾呎，輕輕移開一條樹枝。她透過一團糾結的樹枝，在一段距離外看到光線、偵測到動態，她知道那是月亮臉。劈啪聲可能是他踩在樹枝上發出的。

他低頭站著，看向地面，拿著一支口袋型手電筒到處探照，顯然是在檢視她進入松樹叢時留下的爬行痕跡。

她看著他的身形和光線在枝幹間變形扭曲，逐漸逼近。她想要跑，但不知道該跑去哪裡。

她心想：好了，好了，放輕鬆。動腦想一想。

她迅速做出決定。她拿出皮包裡的剪刀，脫鞋後褪下褲襪，再把鞋穿回去。

她趕緊從破損的尼龍褲襪上剪下三條長條，一起綁成布魯斯教她打的水手結。她在聽著月亮臉接近的同時，繼續把褲襪剪成更多條，全部用來綁住她的銼刀，刀尖往外指，刀身穩穩綁在一根細小而有彈性的松枝尖端。然後她將尼龍長條繩繞過那條松枝，位置就在銼刀下方，接著她往後爬，拉著松枝將它深深拗折。她往回爬到盡可能遠之後，死命抓住長條繩，用它讓松枝繃緊。她爬著繞過一棵小松樹的樹幹，將長條繩繞在上面，然後越過自己爬行的痕跡，在對面的一棵樹苗上打了個滑結。她用褲襪的最後一段綁在滑結的圈套處，再小心地將剩下的部分拉過山徑，綁在另一棵樹苗上。

如果這個機關順利運作，他跟著她爬過樹叢時，他的手或膝蓋就會碰到長條繩、拉開滑結，樹枝會往前飛，讓銼刀插到他身上。如果走運的話，就會捅進他眼睛。

她再次停下來往樹枝之間探看。只見月亮臉趴著，正穿過厚厚的樹葉爬向她。她只剩下一點點時間了。

她把松針推過去蓋住布條，然後匍匐著從翹起的樹苗下爬開，不再擔心行動時弄出聲音，反而希望那些聲響能趕快把月亮臉引來。

她一路沿著山坡往上爬，直到林木不再那麼密集，讓她能夠恢復站立。她用剪刀從褲襪上剪下兩條長長的尼龍布條，綁在兩棵樹中間約莫腳踝的高度。

如果這個機關奏效，肯定會惹惱他，但下一個才是眞正的重頭戲。

她沿著小徑往上，用剩下的尼龍布條綁在兩棵樹苗中間，然後抓住一根細而短的樹枝拗下來，再抵著膝蓋將樹枝折斷，一端的斷口形成一個尖刺。她在心中迅速估量，然後將樹枝的一頭插進軟土裡，有刺的那端留在上方。

就在那一刻，她的第一個陷阱的效果得到了證實——樹枝往前彈時發出響亮的「咻」聲，然後是一聲疼痛的哭喊，接著月亮臉一面哀號、一面從樹叢裡爬到小徑上。他慢慢站起來，一隻手摀著臉，在瞪視她的同時移開了手。他的臉頰被銼刀刺中，滿是鮮血。月亮臉指著自己沾血的手給她看，尖聲控訴她，那聲音恐怖得讓她不禁迅速往山徑上撤退。她可以聽見月亮臉奔跑的腳步聲從背後傳來。

蜿蜒向上的山徑突然拐彎，她跟著彎路走，回頭看見月亮臉被她綁的第一條尼龍布絆得應聲倒地，並且爬起來的時候更爲生氣，用加倍猛烈的步伐往上衝。但是第二條尼龍布也絆住了他，讓他的雙手往外甩，插在山徑上的尖樹枝刺到了他的喉嚨下部。

愛倫怔怔站在山徑頂端，同時月亮臉撐地以單膝跪起，一隻手摀住喉嚨。即使隔著這麼遠的距離、只有月光照明，她仍能看見他的傷口十分恐怖。

很好。

月亮臉抬起視線，開始起身，目光如利刃向她刺來。愛倫轉身就跑。她在山徑上左彎右拐，地勢逐漸拔高，她判斷自己是跑在最一開始滑下來的那條路上。

但是希望破滅了：松林逐漸稀疏，山徑先是下坡、然後轉平，盡頭處什麼也沒有。她還來不及減速，就發現自己身在山丘外一塊半島狀的突起上，彷彿腳下是一塊不規則形狀的跳水板，一跳下去就是永恆的黑夜。

山徑兩側原本長滿松樹的位置，現在是眾多架在長竿上的稻草人，在那塊半島狀突出的邊緣，則有個完全不像跳水板的東西，是一間用樹枝、泥巴和刺藤搭建成的小屋。

愛倫停下來深吸了幾口氣，仔細一看，發現道路兩旁的根本不是稻草人。那些都是人。

都是死人。她聞得出來。

左右兩旁至少各有十幾具屍體，被安在竿子上，雙腳著地，膝蓋微彎，身上都穿著完整的衣服，腐敗程度各自不同。他們的後腦都被穿了洞，位置和空空的眼窩相對應，月光就照進洞裡，從眼窩射出。愛倫湧出一股溫熱的懼意，看到一具穿著白色夏日洋裝和膠鞋的屍體，透過對方頭上的空洞可以看見星空。那具屍體的手指上有一只婚戒，戴戒的手指早已消瘦萎縮，戒指只靠著指骨關節懸在原處。

在她隔壁的男屍比較新鮮。他一樣沒了眼珠，頭骨被兩個洞貫穿，但還戴著他的眼鏡，身上也還有肉。他的大衣口袋裡有鋼筆和鉛筆各一枝，腳上只穿了一隻鞋。

有一具骷髏穿著連身工作服，齒間叼著一根乾癟的雪茄。一具新鮮的ＵＰＳ快遞員屍體頭上有頂鴨舌帽，斜戴成俏皮的角度，月光照穿他的頭顱，而他的手上還用細繩被綁了一個寫字夾板，雙腿被擺成像在步行的姿態。還有個家庭主婦手臂下夾著一個又舊又皺、近乎解體的購物袋，袋裡的物品早已從受潮破爛的袋底掉出來，散落在她腳邊，堆成一落褪色的盒子和碎玻璃。有一具萎縮的屍體穿著芭蕾舞蓬裙和舞鞋，胸前被綁上假裝成乳房的葡萄柚已經朽爛，她的雙腿擺成舞蹈中的姿勢，踮起腳尖，彷彿即將躍起或旋轉。

眞正恐怖的是其中那些孩子。有個可憐的小男孩，屍體的皮肉仍然飽滿，彎起的手肘抱著一隻泰迪熊，腳邊有一輛金屬製的玩具牽引機和塑膠卡車，只有被挖空的眼睛顯示他已死亡。

還有一個小女孩，戴著紅色的橡膠製小丑鼻子，和一頂有螺旋槳的彩色帽子，肩膀掛著綠色的塑膠皮包，手掌被黑色電氣絕緣膠帶跟一具洋娃娃的腿綁在一起，那娃娃上下顚倒，塑膠材質的頭顱跟主人一樣被鑽了兩個洞。

線索開始拼湊起來。愛倫明白月亮臉一開始在這裡是做什麼了。她撞到那輛別克轎車時，他並不在車上。他是在棄屍。他是個殺手，將他的被害人帶來這裡，放在小徑兩旁，擺成他們生前的姿勢，挖除他們的眼睛，鑽孔貫穿頭顱，透過那些洞孔看見世界。

愛倫麻木地發覺時間悄悄流逝，月亮臉正在趕來，她得找到路回去車上。但她轉身要跑時，卻愣住了。

三十呎外，山徑和最後一部分的松林連接處，有個人手臂撐著膝頭蹲在中間，一手鬆鬆地拿著刀子，正是月亮臉。儘管臉頰上有那麼大一條已經凝血的劃傷，喉嚨上的傷口有氣流通過時還發出咻咻聲，但他一派平靜，模樣近乎顯得愉悅。

他似乎正在竊喜，想像著自己要如何對她的眼睛下刀，挖穿眼後的灰色腦組織和顱骨。

一個想像的畫面出現了：她的屍體被架在那個抱泰迪熊的小孩、或是那個已成白骨的芭蕾舞伶旁邊，月光從她空洞的頭顱灑落，融入了小徑。

她感覺到一陣憤怒，在內心不斷沸騰。她決定不讓月亮臉輕易奪得她這個戰利品，他若要這麼做，就得好好努力。

來自布魯斯書裡的另一句話浮現在她腦海。

考慮替代方案。

她瞬間考慮了一下。替代方案並不樂觀。她可以試圖衝過月亮臉身邊、或是假裝要跑的樣子，然後閃進松林裡。但是她不太可能在被他趕上以前抵達林中。她可以嘗試繞到山徑的側邊往下爬，但是坡度太陡了，她會馬上摔下去。她也可以跑向小屋，找些能夠用以反擊的東西。她直覺最後一個點子是對的，是布魯斯會採取的選項。他是怎麼說的？「如果無法逃脫，就回去用妳能取得的工具戰鬥。」

她匆匆跑向小屋，時不時往後查看月亮臉是否追來。他沒有移動。他絲毫不慌不忙，依舊冷靜地觀察她。

她即將穿過小屋那道沒有門的入口時，回頭看了他最後一眼。他還在原處看著，刀子隨意地靠在腿上。她知道，他覺得她就在最理想的地點。她正是要讓對方這麼想。她唯一的機會就是意外突襲，只希望能找到某個能突襲他的武器。

她匆匆進屋，不禁地粗聲喘了一口氣。

這間屋子臭味薰天，理由十分明顯。小屋的中間有一張摺疊牌桌和幾把椅子，其中一把椅子上坐著一個女人，腐爛的血肉像燭蠟般從頭骨上滴落，眼窩空洞，後腦有兩個窟窿。她的手臂靠在桌上，一隻手緊握著一瓶打開的威士忌。在她的旁邊，有個男人被屋頂垂下的鐵絲吊成站姿。他剛被殺害不久，體格高大，穿著卡其褲、襯衫和工作鞋。他的一隻手上用膠帶黏了一條雙股皮帶，鐵絲將他的手臂往後拉，像是要準備揮鞭。他的嘴唇上也穿了鐵絲往後腦拉緊，讓他看起來像露出邪笑。他的牙齒上貼著口香糖的錫箔紙，在穿過屋頂開孔的月光底下，看起來就像月亮臉鑲的金屬牙冠。

愛倫感到一陣不適，但是努力壓下那感覺。還有其他事比屍體更值得她擔心，她得避免自己也變成一具屍體。

她迅速掃視整個空間。在她左邊有一張床框生鏽的摺疊床，上面鋪著髒污的薄床墊，遠處的牆邊有一座搖籃，野炊爐上有個小平底鍋。

她快快往小屋入口瞥了一眼，看到月亮臉已走在那條有屍體左右夾道的小徑上。他走得非常慢，偶爾抬起頭，彷彿在欣賞星空。

她的心跳又漏了一拍。

她在屋裡走動，尋找武器。

那個平底鍋。

她抓起鍋子，同時看了看搖籃裡有什麼。是個嬰兒，一個死嬰，只有幾個月大，皮膚薄透得像塑膠，綳緊在可憐的細小肋骨上；小嬰兒的眼睛也沒了，頭上被鑽洞，發黑的腳趾之間夾著燒完的火柴棒，身上穿著尿布，裡面發出屎尿的臭味，傳進她的鼻腔。搖籃的底座旁放著一只波浪鼓。一道駭人的頓悟突然湧現。嬰兒被那個瘋子帶走時還活著，是到了這裡之後才受盡飢餓和折磨而死。她緊抓平底鍋，力道強得讓她手泛疼起來。

她的腳碰到了某個東西。

她往下一看。地上堆了一堆大人的骨頭——遭廢棄的媽咪和爹地。她現在明白那些屍體代表的是什麼了。人骨中間有什麼東西在閃閃發亮。是個金色打火機。

她從小屋入口看見月亮臉已經走到小徑的一半。他停下來隨手調整快遞員的寫字夾板。這個怪胎在這裡建立了屬於他自己的社區、自己的家庭，裡面都是他能夠應付的人——也就是死人。而且，很明顯地，他也計劃要把愛倫變成他創造的這個團體的一部分。

愛倫考慮要在月亮臉進屋之際用平底鍋給他一記迎頭痛擊，但目前狀況證明，即使臉頰被銼刀戳穿、喉嚨被樹枝刺中，他都撐下來了，而且儘管喉嚨的傷勢嚴重，他還是繼續前進。他很有可能仍有力氣擺平她和她的鍋子。

要有備用計畫。這又是布魯斯的名言。她回想起大學時代，有個朋友卡蘿會用三角褲當彈弓，瞄準綁在椅子上的泰迪熊射擊，再進階到瞄準熊頭上放的蘋果。後來愛倫和其他室友也都加入，她們隨時在門邊準備一盒彈性良好的新內褲和當作彈藥的彈珠，熊和蘋果也一直擺在目標位置。過了不久，愛倫便成爲全寢室最厲害的神射手。但那已是十年前的事了，她早就忘了那手技術，甚至不曾偶爾拿出來小試身手，不過……

愛倫將平底鍋放回爐子上，掀起洋裝，拉下三角褲，並且撿起骨堆中的打火機。她將打火機放在內褲的襠部，手指穿過左右兩個褲口，形成叉子狀，然後隔著布料抓住打火機向後拉，說服自己相信內褲的彈性足以把投射物拋擲出去。

很好。這是個開始。

她拿下皮包扔到一旁，好讓月亮臉不能抓著背帶逮住她。她拿走屍體手中的酒瓶，在爐子上把瓶底敲碎，威士忌和玻璃碎片到處飛濺。她得到了一個有著鋒利鋸齒、可以用來刺擊的武器。她將敲破的瓶子放在爐子上的平底鍋旁。

外面，月亮臉慢步走向小屋，像是準備拜訪約會對象的害羞少年。

只剩下片刻時間了。愛倫環視室內，瘋狂地希望自己能在最後一秒找到逃脫路線，但事與願違。汗水從她的額頭滴下、流進眼睛，她眨眼把汗弄掉，然後把內褲彈弓裡的金色彈丸往後拉到一半。她知道這項臨時拼湊的武器沒有多大的殺傷力，但也許可以聲東擊西爲她爭取到一點時間，讓她有機會用酒瓶攻擊對方。如果直接拿著酒瓶往他衝去，他肯定會奪下她的武器、迅速解決掉她，但如果她能趁他不設防時動手……

她放低手臂，將克難的彈弓拿在面前，隨時準備舉起來發射。

月亮臉低頭穿過門口，帶進來一股酸臭的汗味。他脖子上的傷口對著她發出咻咻聲，像一只快要煮沸的茶壺。她看出他的個子比她一開始想的還要魁梧，高大、寬肩、壯碩。

他看著她，臉上又出現了那個特殊的表情。月光從屋頂上的洞照進來，照亮他的眼睛和牙齒，猶如他能量的來源。他吸飽了氣，看起來彷彿又高了整整兩吋。他看著椅子上的女屍還有用鐵絲吊起的男屍，又望了望遊戲床。

他對著愛倫微笑，發出的聲音比起說話更像是吱叫。「哥哥回來了，小妹。」

愛倫心想：我不是你的小妹。還不是。

月亮臉開始繞著牌桌移動，愛倫發出一聲足以讓血液凝固的尖叫，使他高高抬起頭，像隻被車頭燈驚動的兔子。她抓著那條內褲往後一拉，將打火機拋射出去——它飛出之後掉落在牌桌的正中央，發出「匡」的一聲。

月亮臉低頭往那一看。

愛倫一度癱軟得無法移動，但接著她立刻往前一踏，使盡全力踢翻牌桌。桌子倒在月亮臉的身上，撞擊他的腰部。他吃了一驚，但沒有傷到他。

就是現在！愛倫一面想，一面抓起她的武器。**就是現在！**

她衝向他，一手握著敲破的酒瓶，一手拿著平底鍋。她揮出酒瓶，直直打在他臉正中央。月亮臉驚叫一聲，碎玻璃和血滴從他身上飛出，而在同一瞬間，愛倫看到對方的鼻子被割成了兩半，她自己的手則感到一股強烈搏動的疼痛。酒瓶在她手裡碎裂，割傷了她。

她顧不得疼痛，當月亮臉咆哮著拿刀揮向她、劃破她的洋裝卻未傷及皮肉時，她狠狠一甩平底鍋、擊中他的手肘，他的刀高高飛到屋內另一頭，掉在摺疊床後方。

月亮臉愣住不動，呆望著刀子掉落的方向。沒了刀子，他似乎變得空虛又茫然。

愛倫再次揮出平底鍋。但月亮臉抓住她的手腕，把她扭開，而她弄掉了鍋子，被推得倒在床墊上。床打滑撞穿了樹枝築成的薄牆，一支床腳陷進山下的漆黑深淵，整張床搖晃不穩。愛倫翻身滾下床，跌到了月亮臉的腳邊。他屈膝要向她伸出手時，她往後滾到床下，手剛好碰到了床底的刀子。她握住刀，滾回月亮臉腳邊，迅速出手將刀刺進他的一隻鞋，使盡全身力氣往下捅——

月亮臉猛然發出一聲低吼。他那隻腳往後一跳，把刀子也一起帶走。他尖叫道：「小妹，妳弄傷我了！」

月亮臉彎身將刀拔出來，愛倫看到他的腳往前踏、輕輕鬆鬆抓起了那張摺疊床，摔到搖籃上，讓嬰兒摔出來滾到地上，波浪鼓跟在後面叮叮咚咚翻滾。他抓住愛倫的洋裝後背，拖著她起身，把她轉過來面對自己，一手掐著她的喉嚨，另一手拿著刀逼近她的臉，彷彿要切開她仔細檢查。刀刃反射的月光像眨眼般一明一滅。

她看到刀刃後方他的臉，可悲、痛苦而慘白。他的呼吸聲像刀一樣尖銳，令她委頓。他脖子上的傷口隨著呼吸仍發出輕輕的呼咻聲，鼻子殘餘的部分濕濕紅紅地懸在上唇和臉頰邊，獰笑時金屬尖牙映著月光，代表她將與這世界的告別。

她知道一切都結束了，但這時，布魯斯的話語又重新湧現於她的腦海。「看似落敗又走頭無路的時候，不管什麼方法都試它一試。」

她再度扭動掙扎，伸出手戳向他的眼睛——終於戳中！他吃痛地鬆手扔下她、踉蹌後退。但是他只鬆手一剎那。緊接著，他往前衝來，愛倫連忙彎腰抓住那個死嬰的腳踝，拿它當成棍子朝月亮臉揮打，一次打在他臉上，一次打中軀幹。腐爛的嬰屍碎成一團脫水的肉塊和內臟，她將殘腿拋向月亮臉，然後繞過摺疊床，試圖跑向門口。月亮臉在床另一頭的看到她的動作，在她往門口跑時跳出來擋住她的路，使她不得不往後一跳回到床尾的位置。他笑著回到自己站的那一頭，等著她的下一招。

她再度往門口方向踉蹌前進，月亮臉擋住去路，她後退時，他也跟著後退，但這次她彎腰抓住床尾，整個人靠過去。床撞上了月亮臉的膝蓋，而他跌倒時，床從他身上壓過；他鬆手掉了刀子，伸出手試圖擋住床。床的衝勢推著他滑過狹小的泥土地面，他的頭撞上屋子另一端的牆，築屋的樹枝應聲碎裂、落入黑暗中，而月亮臉和那張床也隨後下墜，但途中被卡在山崖邊，床的輪子陷進泥地動彈不得。

愛倫推得太用力，整個人面朝下趴倒。她抬頭時，只見床懸在山崖邊搖晃，床墊已經鬆脫，即將滑落掉進一片虛無。

忽然，月亮臉的手閃進她的視野裡，抓著床框的邊緣。愛倫倒抽一口氣。他就要爬上來了，床的輪子會撐住他。

她靠著一邊膝蓋撐起自己的身體，然後往前猛衝，兩隻手狠狠推向那張床——輪子脫離了泥地，整張床飛進黑暗的虛空。

愛倫用膝蓋爬行過去，望向山崖外。黑暗中，可以瞥見一塊正在墜落的床墊和一個顏色蒼白的物體，像一顆有著銀色脈紋的褪色星球，飛過寒冷廣闊的太空。接著床墊和人臉都消失了，只剩下黑暗，以及遠方傳來一聲像水球爆開的聲音。

愛倫往後癱坐，喘了一大口氣。當力氣恢復、心臟不再跳得像要破胸而出時，她站起來，環視屋內。她花了很長一段時間消化自己看見的景象。

她找回了皮包和內褲，走出屋外、步上山徑，轉錯了幾個彎之後，才終於找到沿著山側蜿蜒向上、通往她停車處的路。她攀過路緣護欄時，整個人已是精疲力盡。

一切都如原狀。她不知道有沒有人看到這兩輛車；有沒有人停下來之後，又判斷這件事無關緊要。總之現在這裡四下無人，重要的就是這一點。

她從皮包拿出車鑰匙，試著啓動引擎。引擎順利發動，眞令人鬆了口氣。

她將車子熄火，下車繞到後面，打開雪佛蘭的後車廂，低頭看著布魯斯的屍體。他的臉看起來就像一大片的瘀青，嘴唇腫得像臘腸。見他這副模樣就令她開心。

她得到了一股新的力量。她雙手勾住他的腋下，把他拉出後車廂，移動到護欄邊，再抓著他的腿讓他翻過護欄，掉到山徑上。她抓著他的一隻手，拉著他在小徑上拖行，讓地勢幫助她前進。她感覺非常好，覺得自己強而有力。布魯斯想要控制她、威嚇她，覺得她因爲是個女人所以軟弱不堪。有天晚上，在他掌摑她、強暴她、醉得睡著之後，她拿毯子緊緊裹住他，用繩子上下繞了床鋪一圈，用他教她的繩結把他綁牢。

然後，她從爐子拿了一段柴薪開始毆打他，直到累得腿軟倒地。她不是故意要殺他，只是想懲罰他的施暴，而打完之後，才發現他已經死了。

她沒有爲此感到不安。接下來要做的，就是找個地方處理掉屍體，開車回市區，聲稱他拋棄了她，一去不回。這個理由很薄弱，但是她別無他法。直到現在。

愛倫停下來喘氣幾次，一度躺下仰望星空，然後她終於將布魯斯拖進小屋。她用手臂架在他腋下，讓他坐上其中一把空椅子。她盡可能把東西整理好，將嬰兒較大的屍塊放回搖籃。她從地上撿起月亮臉的刀，看看它、再看看布魯斯。他的眼睛圓睜，月光穿過屋頂，照得那雙眼像刮痕滿布的玻璃般毫無光采。

她彎身靠向他的臉，開始處理他的眼睛。完工之後，她將他的頭往前推，把刀當成鑽子來用，一直鑽到她滿意爲止。現在，如果警察發現山上的那輛別克，走下山徑來巡查，發現路通往這裡，看到屋裡的景象，布魯斯就會融入月亮臉手下的其他被害人之中。警察可能會推斷，跟「家人」一起睡在這裡的月亮臉把床放得離崖邊太近，弄破了那道薄牆，於是墜崖而死。

她喜歡這個主意。

她抬起布魯斯的下巴，檢視自己的傑作。

「你就當布魯斯叔叔吧。」她說著，拍了一下布魯斯的肩膀。

「謝謝你的建議和幫忙，布魯斯叔叔，我就是靠著這個活過來的。」她又拍了一下。

她在小屋另一頭找到一件襯衫——也許是月亮臉的、也許是某個被害人的——就放在一小箱羅曼史小說旁邊。她用那件襯衫擦拭刀子、平底鍋和她碰觸過的所有物品，抹掉指紋，然後走了出去，回到她的車上。

夾在羅曼史裡的裸照之衍生事件

The Events Concerning a Nude Fold-Out
Found in a Harlequin Romance

回想起來，我原本真是料想不到，這整件如此怪異、充滿純粹巧合的事情，會是從一個爛馬戲團開始。但事件的開端確實是如此，至少對我而言。

當時我的運氣每況愈下，然後更是糟到不能再糟，墜到了谷底。我在鋁椅工廠的工作沒了，也沒有富翁親戚死掉留錢給我。事實上，我不覺得我們這些姓庫克的——至少是跟我有親戚關係的這些——能有幾個錢，最多只是週六晚上拿來投點唱機的幾枚二十五分硬幣，以及花在椒鹽捲餅和啤酒上的幾塊大洋。

我呢，連買啤酒和投點唱機的錢都沒有。我領著一小筆失業救濟金，出去兜著圈子找工作，但泥溪鎮這個地方似乎沒有多少工作可言。我甚至沒辦法在農畜用品店搬肥料和種子，儘管那工作連十六歲的小鬼都能勝任。

看起來我得搬出泥溪鎮去找工作，雖然搬家這個點子對我來說不痛不癢，但我正值青春期的女兒潔絲敏還在這裡。她還要再一年才讀完高中，然後去納科多奇斯市的史蒂芬奧斯汀州立大學（注）攻讀人類學，我計劃要跟她一起過去，就近找個住處，增進親子關係，雖然我們的關係本來就挺不錯。我只是想跟她有多點時間相處。

當時，潔絲敏跟她媽媽一起住，而她媽才不管我的死活。她想嫁個大人物；相信我，我也曾經想當個大人物，但她嫁到的偏是個生雞卵無、放雞屎有的傢伙。我不管做什麼，結果都跟屎一樣。我這輩子最接近一次有活著的感覺，是十歲那年跌倒摔斷腳踝的時候。好吧，也許還有另一件事算得上好，而且沒讓我弄斷骨頭：那就是潔絲敏，她聰明、漂亮、有抱負，是我一生的所愛。

但我的婚姻問題和一生的挫折並不是重點。我剛剛在說的是馬戲團。

當時是六月中旬，我試過去兩、三個地方找工作，但一無所獲，然後去了就業服務處跟那裡的人談話，拿找不到工作一事來害自己難爲情。他們也表示對我愛莫能助，樣子倒是一點也不難爲情。你和就業服務處（其實更應該叫「失業服務處」）打交道時，難爲情這種感覺就是一條單行道。他們幾乎是用驕傲的態度在告訴你，你可以領的救濟金還剩下多少，讓那個數字變得猶如懸在你頭頂上的鐵砧。

所以，我表現得很誠懇，謝過他們，然後就回家去了；相信我，這可不好玩。

我家就是間小公寓，跟大型加油站的洗手間差不多大小，但沒有那麼高級，也沒裝空調。窗外就是主街，有車駛過便會震得窗戶晃動不止，這是我大多時候都把窗開著的原因之一，而另一個原因是，我希望微風能攪動一下室內死寂悶熱的空氣。這間公寓位在一家名叫「瑪莎書屋」的二手書店樓上；如果你喜歡兇八婆，那麼瑪莎就是一位還不錯的女士。她脾氣暴躁，感覺有五百歲那麼老，體重依拳擊比賽量級來算是兩百五十磅（約一百一十三公斤）。她慣穿男裝，有一條腿不管用了，長著淡淡的黑鬍髭，正好搭配她不論季節都戴著的黑羊毛滑雪帽——她的頭頂無毛，光溜得像河裡的石子。我覺得她戴帽子這件事假掰得有點奇怪，因爲她反而完全沒想要處理臉上的小鬍子。不過，她的指甲總是塗成粉紅色，還會抽那種細長形的女用菸，也許是覺得造型優雅的香菸就不會害人罹癌吧。

還有一點：因爲那條不管用的腿，瑪莎走路跛跛的，於是她用一支高爾夫球桿充當拐杖，桿頭的部分朝上作爲把手。要是難得看到她從街上走來，你一定會覺得她整個人已經浮誇到不行，只有在她屁股上加些鮮豔的羽毛尾巴、或是找幾個人跟在她後面敲鑼打鼓，才能再添幾分俗麗。

我喜歡時不時下去瑪莎的店裡瀏覽書籍，如果我有點零錢可花，偶爾也會眞的買些書，或是買一

注　Stephen F. Austin State University，美國德州的知名公立大學之一。

點給潔絲敏。我特別喜歡偵探推理類的書籍，而潔絲敏喜歡禾林出版社（注）的那種羅曼史，願神保佑她那顆少女心。她沒在跟男孩子約會的時候，一個週末可以讀上四、五本；她現在約會挺頻繁的，所以閱讀量通常減少到每週末一、兩本。但她還是讀得太多了。我一直希望她長大戒掉這種習慣——羅曼史小說和約會。我深怕她會跟某個嚼著菸草的牛仔墜入愛河，還沒到可以投票的年紀就得忙著熨西部襯衫和擦嬰兒屁股。

總之，我既沒有找到工作，也沒有死人留給我遺產，於是回家消沉了一會兒，然後下樓去瑪莎的店裡找書。

潔絲敏列給我一張她想蒐集的書單，我去店裡時就帶著，因爲可能會剛好遇到她要的書。如果遇到了，我想我會買下來，也順便帶一本偵探那類的書，跟羅曼史一起交給她，也許她就會看了。我這麼做過幾次，目前就我所知，她還是沒有讀任何一本非羅曼史的小說。其他那些書可能被拿去墊在震動的冰箱下面了。但我照試不誤。

我家的樓梯往下就直接通向街上，樓梯底端的左邊是瑪莎的店，店面在前、她的住處在後。夏天時，店門在營業時間內都開著，因爲就算她的半間店是吊著牛肉的冰箱，瑪莎也不肯在店裡裝冷氣。她太吝嗇了。她寧可鬍鬚上滴著汗珠，帽子下的光頭熱得發紅。整間店裡都是書的味道，以及一股淡淡的水煮包心菜味，或者也可能是發酸發臭的衣服堆在某處。我一直覺得那兩種味道挺相似的。這裡是我所知唯一比我的公寓更熱更髒的地方，但這裡有書，很多的書。

我進入店裡，看到牆上有一張傳單在宣傳當天下午三點的馬戲團表演。瑪莎把這面舊布告板掛在店門內側，讓有需要的人在上面釘傳單，有時她會把傳單留在板子上一整天，最後撕下來在紙背面寫當天的收支報表，用的是一枝短短的、被舌頭舔過的鉛筆。我認爲她放那面布告板給人貼傳單的唯一原因，是因爲想要有免費的便條紙能用。

那張傳單上的馬戲團叫做「吉姆．丹迪大馬戲團」，這種名字應該會勾起我的印象，但其實沒有。老實說，我一向不喜歡馬戲團，看了就覺得心情低落。那些動物和在那裡工作的人，都給我一種絕望的感覺，彷彿他們活在懸崖邊緣，而懸崖即將崩落。但我看到那張傳單時，想到了潔絲敏。

她小時候超愛馬戲團。她媽媽和我會帶她去看表演，我還記得那些快樂的回憶。潔絲敏會對著小丑大笑，笑到你得提醒她閉嘴，而野生動物表演的時候，她會用手遮住眼睛，只敢從指縫偷看。

當時的一切相當順遂，她媽媽甚至還算喜歡我，坦白說，我當時也覺得自己這個人挺不錯的。我以爲我抓住了世界這頭猛獸的尾巴，過了幾年我才明白，我最多也就只是黏在它屁股邊毛上的一塊屎。最近這些日子裡，我感覺自己是世上最沒價值的王八蛋。雖然我猜這麼講既不新潮、也不政治正確，但對我而言，一個男人沒有工作，就等於沒了卵蛋。

一想到我的問題，就增加了我去看馬戲團的意願。那樣我不止有機會和潔絲敏相處，還可以暫時從自己的麻煩上分神。

我拿出皮夾，打開來看到裡面只有寥寥幾張心酸的紙鈔，但我覺得是夠去看場馬戲團表演的，也許還能付得起在表演之後吃頓晚餐，如果潔絲敏想吃熱狗和蘇打冰棒的話。如果她想吃更好一點，她就得請我吃晚餐了，我也會讓她請，畢竟錢都是她老媽、也就是我前妻康妮付的——願她頭下腳上在地裡埋成一株倒栽蔥。

注　Harlequin，加拿大多倫多的出版公司，主要出版女性及愛情小說。

這位老媽近期似乎一點也不缺錢，因爲她可是讓鑽油工老傑洛每天晚上鑽她的小油井呢。

我對這回事——或者其他的事——並沒有怨言。不管是他跟我前妻搞在一起，或是體格媲美泰山的他到了四十歲都沒有掉髮問題，這些事都一點也不令我煩心。

我把皮夾放回去，轉身看到瑪莎在櫃檯後面盯著我。她坐在凳子上轉了個圈，然後說：「你找到工作沒？」

我眞是愛死小鎭了。你一放屁，全鎭的人就都往你看，還搧起風來。

「沒，還沒。」我說。

「你是想做某種特定的職業嗎？」

「我只是在找工作。」

「哪種工作都行？」

「沒錯，現在都行。妳有什麼差事給我做嗎？」

「沒。我連房租都快付不出了。」

「妳就只是好奇問問？」

「對。你想去看那個馬戲團是嗎？」

「我不知道，可能想吧。這也是陷阱題嗎？」

「那個貼傳單的傢伙給了我兩張票，因爲我在布告板上給了他一塊空間。如果你幫我整理一些書，我就把票送你。我實在不想。」

「不想整理書還是不想送我票？」

「都不想。但如果你幫我把那些羅曼史整理上架，我就送你票。」

我看向自己的手腕，那裡原本戴著錶，但我後來把錶拿去典當了。「妳知道現在幾點嗎？」

她看看錶。「兩點鐘。」

「成交。」我說：「但是馬戲團表演三點就要開始了，我想帶我女兒去。」

瑪莎抖出一根造型優雅的細菸，將其點著，並且打量我。這讓我覺得有種古怪感，彷彿我成了實驗室玻片上的一抹糞便樣本。在此之前，我跟她有過的對話就只是詢問新到的偵探小說放在哪裡，而她會抱怨一堆之後才終於告訴我，好像那是個她想要保守的祕密。

「我跟你說，」瑪莎說：「我現在把票給你，你明天早上再來幫我整理書。」

「妳人眞好。」我說。

「沒多好。我知道你住哪，如果你明天沒來幫我整理言情小說，我會把你揪出來宰了。」

我尋找著她臉上的笑容，但是一絲笑意也沒見著。

「妳做生意的方式眞特別。」我說。

「這是唯一的方式。來。」她打開抽屜，拿出票，我過去接下。「對了，小子你叫什麼名字？我老是在這看到你，但是不知道你姓啥名誰。」

小子？她是在跟我講話嗎？

「普雷賓．庫克。」我說：「我想妳就是叫瑪莎？」

「瑪莎這名字不怎麼樣，但還是比普雷賓強。普雷賓爛透了。我要是被取了這名字，一定會去改名，不管改叫什麼，都會比普雷賓好。」

「我會跟我那灰髮蒼蒼、又老又窮的母親轉達妳的意見。」

「你一定是意外出生的，她才會這樣幫你命名。你有哥哥或姊姊嗎？」

「有個哥哥。」

「比你大幾歲？」

這兩張票還真是得來不易。「十六歲。」

「他叫什麼名字？」

「吉姆。」

「這就對了。你是個意外。吉姆是個正常名字，她幫你取名叫普雷賓是一種無意識的復仇。你進來的時候，我剛好在一本心理學書裡讀到這類的事。那本書叫《了解你的遭遇為何發生》（*Know Why Things Happen to You*）。你應該看看。它會叫你去改個正常的名字。名字對了，就會讓你用截然不同的眼光看待自己。」

我幻想自己把那兩張馬戲團票塞進她的喉嚨，但看在潔絲敏的份上，我克制住了。「真的啊？好吧，我們明天見。」

「八點整見。你要是九點以後整理書，這裡會熱到讓你昏倒。有個來探親的北佬就是這樣。我要打烊了才在歷史和哥德羅曼史區發現他，還得叫救護車來載。他出去的時候手裡還拿著一本我的哥德小說，一毛錢都沒付。」

「別人還以為這門生意很好做呢。」

「他們就是不懂。」瑪莎說。

我說了謝謝、再見，起步轉身要走。

「嘿，」瑪莎說：「你如果決定要改名，法院那邊會幫忙辦理這種事。」

「我會記得的。」我說。

我不想再看到瑪莎，所以走去藥局用公共電話打給潔絲敏。接聽的人是她老媽。

「嗨，康妮。」我說。

「找到工作沒？」

「沒，」我說：「但是我漸漸找到一些工作機會了。」

「當然囉。你想幹嘛？」

「潔絲敏在嗎？」

「你要跟她講話？」

我心裡想回答：**沒有喔，我就無聊打來問問**。但我說：「麻煩妳了。」

話筒被用力摔在某件硬物上，我感覺那力道比正常所需的更猛一些。過了片刻，潔絲敏來到電話另一頭。「爸。」

「嗨，小寶貝。想去看馬戲團嗎？」

「馬戲團？」

「吉姆．丹迪馬戲團到鎮上來了，我有票。」

「是喔，眞的假的？」她的語氣聽起來好像我在問她要不要去洗牙。

「妳以前很喜歡馬戲團。」

「那是我十歲的時候。」

「也不過才七年前。」

「那已經很久了。」

「只是因爲妳十七歲才覺得那很久。妳想不想去啦？我搞不好還可以請吃個熱狗喔。」
「你知道熱狗都是用什麼東西做的嗎？」
「我盡量不去想。我覺得只要加點辣醬，不管狗身上本來有什麼，應該都會被辣死。」
「我猜你是要我過去接你對吧？」
「那樣就太好了。馬戲團表演三點開始，剩不到一小時了。」
「好吧。但是，爸？」
「是。」
「不要在公開場合叫我小寶貝。會有人聽到的。」
「這事還眞不能給人知道呢。」
「我是說眞的，爸。我就快要是個大人了。這樣……我不知道……有點……」
「噁心？」
「沒錯。」
「我懂啦。」

這個馬戲團不在大帳篷裡，而是在泥溪展覽中心，泥溪鎭需要這個場所，就如同我需要第二根老二。我的第一根用起來不如以往了。噢，我還是會拿它來尿尿，但你懂我的意思。

馬戲團表演從一開始就滿沒勁的，但潔絲敏似乎看得挺開心。上場演出的熊老得要命，我差點以爲觀眾得下去扶牠們從籠子裡出來。老虎秀很嚇人，但那些老虎看起來完全在控制之中。胖子馬戲班主平安逃出生天，接著大象出場，牠們又老又皺，看起來像穿著垮褲的醉鬼。最精采的部分就是這樣。然後，由華多大師主持的狗狗表演失控了，他的貴賓狗群演出了限制級場面，這下子可眞的是全場大亂。

某個白癡馴獸師顯然誤把一隻發情的母狗抓來上工，於是公狗紛紛往她身上跳、開始推推磨磨，最大隻的公狗贏得了這份榮耀，其他五隻狗像是失了魂般亂跑。

華多大師有點發狂了，開始踢那兩隻正在交配的狗，但牠們就是不肯分開。公狗就算被華多踢得後腿離地，也叫都不叫一聲，仍讓牠的那話兒堅守崗位。

我聽到我們後面有個小孩說：「媽咪，狗狗在做什麼？」

媽咪不慌不忙地回答：「牠們在耍把戲，親愛的。」

場內的小孩尖叫聲四起。華多開始對著剩下的狗一視同仁地猛踹，牠們紛紛閃避尋找掩護。馬戲團團員們跑向華多大師，全場到處都是難過又受傷的狗狗在奔跑哀鳴。華多回到那隻發情的公狗旁邊，再一次試圖阻止牠。他的靴子眞的踢到了狗身上，但是那條狗堅持不動。我有點爲牠感到驕傲。其他的狗之中有一隻很無辜，搞不清楚狀況，屁股扭來扭去，還晃著一根形似口紅的小屌；牠搞混了方向，跑到華多旁邊空幹，結果屁股被踹了一腳。

牠高高飛向觀眾看臺，身上的跳蚤都要開起雞尾酒餐會了。牠像炸彈一樣降落，落在觀眾席裡的一個縫隙裡，發出一聲哀鳴。我沒有看到牠爬出來，牠也沒有再吠。

我後面的小男孩說：「這也是耍把戲嗎？」

「對，」他的媽咪回答：「牠不會受傷。牠知道該怎麼降落。」

我衷心希望如此。

並非所有人都跟這男孩的母親一樣泰然處之。有些愛狗人士從看臺上憤而跑出來打架，兩個牛仔開始想讓華多嘗嘗他對貴賓狗施加的拳腳。

在此同時，那兩條慾火焚身的狗還在後面幹得起勁，公狗不顧一切地火力全開。是呢，眞是適合帶我女兒共度下午的愉快馬戲團之旅。又是一場慘敗，我的運氣就是這麼背，連免費的馬戲團票都可以變成一場災難。

我和潔絲敏離場了，此時有個從看臺上跑出來的牛仔把華多大師當成沙包打，一隻不知感恩的貴賓狗卻死咬著那個牛仔的靴子。

我和潔絲敏沒吃熱狗，最後跑去了一間墨西哥餐廳，由她付帳。吃到一半，潔絲敏抬起頭，皺著眉頭看我。

「爸，跟你出來總是好戲不斷呢。」

「嘿，」我說：「票是免費的，妳還期待什麼？玲玲馬戲團(注)嗎？」

「我是說眞的，爸。我很喜歡。怪事總是跟著你。在媽媽家除了看電視根本沒事可做，媽和傑洛每天都九點就上床，眞是沒趣。」

「我想也是。」我一面說，一面覺得九點睡覺未免太早。希望那個混帳有好好伺候她。

吃完晚餐，潔絲敏送我回去。隔天早上我下樓去瑪莎店裡，她對我嘀咕幾句，帶我看了待整理的羅曼史小說，還有它們應該按字母排列上架的位置，於是我就開工了。過了一小時左右，天氣熱了起來，我不得不停下工作，說服瑪莎讓我去藥局買罐可樂。

我帶著可樂回來時，店裡有個男的，帶著一箱禾林羅曼史。他又高又瘦，長相不難看，不過有一道細細的鬍碴，像是刮鬍子時漏掉了，又或是喝巧克力牛奶沾到唇周。他的臉上詭異地毫無紋路線條，彷彿一點歲月痕跡也沒留下，但是有一隻眼睛烏青了。我覺得他看起來很眼熟，過了片刻才想起，他就是馬戲團裡那個指揮狗表演的傢伙。他沒穿金色緞面緊身褲，所以我才沒認出來。不過現在我可以清楚回想起他一腳抬高、把貴賓狗踢飛的樣子。他就是華多大師。

他在瑪莎面前的櫃檯上放了一箱書，全都是羅曼史。他伸手用指頭拂過書背。「我眞的很捨不得這些書。」他對瑪莎說，嗓音猶如斑鳩的鳥囀。「眞的很捨不得，可是我現在失業了，任何的進帳哪怕再少，都是不可或缺。而且我看過的這些書，都已經滿到我的拖車屋擺不下了。我跟妳說，要割捨這些書眞是讓我心痛，光是看到它們放在架子上就能讓我打起精神……我對這些書是愛到心坎裡。如果人生可以像這些書裡寫的一樣，那會是多麼美好啊，偏偏總是有人搗亂。」他摸摸那些書。「眞愛。浪漫戀曲。圓滿結局。你知道，一切就該是那樣的。我們的存在眞是可悲。我們——」

「嘿，」瑪莎說：「坦白講，我一點都不鳥你爲什麼想賣書。如果人生眞的像羅曼史，我寧可飲彈自盡。這些垃圾你到底是想不想賣？」

瑪莎待客總是如此親切。我猜她可能在哪裡藏著一筆信託基金，而她生在世上的任務就是讓愈多人日子難過愈好。不過，這席話就算以她的標準而言都太魯莽了。

「好吧，」華多說：「我只是在抒發內心的感想罷了。我可以拿到別的地方賣。」

「那我也沒損失，」瑪莎說：「你要是眞那麼想，那邊那個男的可以幫你把這些破爛搬回車上。」

注 Ringling Brothers，美國的著名大型馬戲團，表演節目華麗壯觀，自一八七一年創立便廣受歡迎，二〇一七年才宣告解散。

華多看看我。我紅著臉點頭，又喝了些可樂。

他看回瑪莎。「很好。就賣給妳吧，但只是因爲我趕著脫手。要不然，就算妳出兩倍的價錢我都不賣。」

「這位混帳先生，」瑪莎說：「這是你自找的。我只給你平常收購金額的一半，不要拉倒。」

華多這位混帳先生停頓了一會兒，審視著瑪莎。我可以看見他的側臉，他被打黑的眼睛下方扭曲了一下，就只有那麼一下，然後他的臉龐又恢復了平整光滑。

「好吧，那我們一手交錢一手交貨。」他說。

瑪莎點算了那批書，打開收銀機，交給華多一疊紙鈔。「雖然這有違我的心意，但我給你的是全額。」

「我到底是哪裡惹到妳了？」被稱作混帳先生的華多大師說道。他看起來幾乎是眞心感到受傷。這很難判斷，我從沒看過這麼平滑、這麼缺乏表情的一張臉，眞令人不安。

「你還在呼吸，」瑪莎說：「這就夠冒犯到我了。」聽了這句話後，混帳先生華多便頭也不回地走出店門。

「那是妳的朋友？」我問。

「是啊，」瑪莎說：「我跟他打得火熱咧。」

「我以爲你們感情挺好的。」

「我不知道，我眞不敢相信。」

「妳不像平常那麼親切呢。」

「這種事無法解釋。你遇過嗎？一碰到某個人，立刻就不喜歡對方，也不知是什麼緣故。」

「我通常是直接開槍射他們，省去許多廢話。」

她不理我。「就像是化學作用之類的。那傢伙一進來，我感覺就像有人開車經過門口，把一條響尾蛇往門裡丟。我一看到他就不喜歡。有時候我覺得某些人是掠食者，就算沒有明顯的動作，我們其他人還是能辨認出來，並且做出反應。又或者我才是混帳。」

「是有可能，」我說：「我是指妳才是混帳的這點。但我可以告訴妳，我也不怎麼喜歡他。他那張沒有紋路的臉有點讓我起雞皮疙瘩。」

我跟她說了馬戲團和表演犬的事。

「我一點都不意外，」瑪莎說：「我是說，任何人都可能失控。我自己也踹過狗——」

「真是令人難以置信呢。」

「——但我告訴你，那個傢伙就是不正常，我感覺得出來。過來，把書上架，馬戲團票可不是讓你白拿的。」

我喝完可樂，拿了華多帶來的那箱小說，搬到羅曼史書區的地上。我拿出一本，打算檢查作者的姓名，這時，有東西從書頁裡掉了出來。是一張摺起來的紙。我把紙撿起來攤開。

那是一張雜誌上的裸女照片摺頁，廉價色情雜誌裡的那種。裸女的乳房只比西瓜小一點，她雙手抓著腳踝，腿張開成大鵬展翅的姿勢，彷彿等待著某個不疑有他的過客掉進陷阱。她的脖子、腹部、手肘、手腕、腰部、膝蓋和腳踝上都被用力畫上粗粗的黑線，眼睛被奇異筆塗黑，看起來像骷髏頭上兩個巨大空洞的眼窩。她的陰道周圍被畫了一個圈，正中間畫著一個大黑點，像是靶心。我把紙張翻面，背面的印刷字體之上有人用篤定的筆跡寫了一行黑字：**沒有真正的天生一對。人生中沒有羅曼史。**

看著那張照片和上面畫的線，我萌生一股怪異感。我把紙摺回原狀，準備夾回書裡，然後又想到也許該扔了那張紙。但最終，好奇心讓我決定留著它。

我把紙張塞進後口袋，整理完那些書之後準備接著離開。我要離開時，瑪莎說：「如果你想在這裡做整理書的工作，我可以找你每週來五天、每次做半天，週一到週五，好讓我不靈光的腿少受點罪。我可以付你一點錢，不怎麼多，但我想你在我看來也沒多少價值。」

「眞是個貼心的提議，瑪莎，但我不確定呢。」

「你說你想工作。」

「我想，但是只做半天不夠。」

「總比你現在好，而且我會付你現金。不用繳稅，不用跟就業服務處廢話。」

「好吧，」我回答：「那就這麼說定了。」

「明天開始上工。」

我光溜溜地躺在床上，只開夜燈，讀著一本冷硬派懸疑小說。窗戶照常開著，而且眞的有陣相當怡人的微風吹進來。我感覺自己像十二歲的時候，熬夜躲在被窩裡拿著手電筒偷看書，那時也有一陣涼涼的春風從窗子吹進來，爸媽在隔壁房間，我深受關愛和保護，可以永遠這麼活下去，多麼幸福。

門上傳來了敲門聲。

還眞是不意外。

我從床上起來，穿上睡褲和浴袍走去應門。是潔絲敏。她烏黑的長髮綁成馬尾，穿著牛仔褲和釦子扣錯的襯衫，手裡提著一個行李箱。

「又是康妮？」

「她和那個男人，」潔絲敏一面進門一面說：「我討厭他們。」

「妳沒有討厭妳媽。她很混帳，但是妳沒有討厭她。」

「我就是討厭她。」

「那不一樣。」

「我可以在你這裡待一陣子嗎？」

「可以啊，這裡的空間差不多剛好塞得下我，我相信妳也會覺得很舒適喔。」

「你看到我難道不開心嗎？」

「當然開心，我看到妳總是很開心。但這樣行不通的。妳看看這地方有多小。而且，妳以前也來過這招，好幾次了。妳跑來把我的穀片吃光光，然後想念起舒服的生活，然後就回家了。」

「這次不會。」

「好吧，這次不會。妳會餓嗎？」

「我真的沒有想吃穀片。」

「我這次有些火腿，雖然不太新鮮了。」

「聽起來很可口啊。」

我做了兩份三明治，給我們倆倒了些略微變質的牛奶。我們聊了一會兒，然後潔絲敏看到櫃子上那張摺頁，拿了起來。我回家後就把它從口袋拿出來擱在那裡。

她攤開那張紙看了看，然後對著我微笑。就像她媽媽施展魅力時的同一副笑容，但也能讓我感覺自己渺小到穿得進娃娃的衣服。

「天啊，爸！」

「我只是剛好發現。」

「是啊，當然囉。」

「別鬧了。這是我今天整理其中一本書裡夾著的。我覺得很奇怪，就把它塞進了口袋。我應該要丟掉的。」

潔絲敏對著我笑，並仔細檢視那張摺頁。「爸，男人喜歡這樣的女人嗎？我是說，這麼大的？」

「是啊，有些人喜歡。」

「那你呢？」

「當然不會。」

「這些黑線是怎麼回事？」

「我也不確定，但那就是我感到奇怪的地方，我一直想不透。」

「你是說，就像玩『如果這樣』的遊戲一樣嗎？」

「如果這樣」是潔絲敏小時候我跟她發明的遊戲，我們一直樂此不疲，但過去幾年一起玩的機會大幅銳減就是了。這遊戲是脫胎自我想當作家的志向。我看到某些東西，就會延伸去做推想。例如，有次我看到一輛舊車，某人在後車廂蓋積的灰塵上用手指寫了：**後車廂裡有屍體**。

嗯，接著我會思考著這個畫面，努力從中想出故事。假設後車廂裡眞的有具屍體吧，屍體是怎麼進到後車廂裡的？開車的女駕駛知道它的存在嗎？是她殺了人嗎？諸如此類的問題。然後我會試著寫一則短篇。在寫了五十篇左右的故事、累積了三倍的退稿紀錄之後，我放棄寫作，而潔絲敏開始和我交換各自的點子腦力激盪，作爲娛樂。如此一來，我還是能培養想像力，但可以不必再騙自己有寫作的才能。而且，這遊戲也讓潔絲敏玩得很開心。

「要來玩嗎，爸？」

「好吧。我來開頭。看到那張摺頁上亂畫的線，我就在想，爲什麼要畫那些線？」

「因爲那些線條看起來就像割痕，」潔絲敏說：「你知道，就像屠夫切肉用的。」

「我就是這麼想。然後我又覺得，那只是張照片，可能做那些記號的人沒有什麼眞正的動機，只是不經大腦地塗鴉。或者，畫線的也可能是個不喜歡女人的傢伙，這是某種想像式的復仇，他在心中把女人變成肉塊，消去她們的人性。」

「或者，那也可能代表了他眞正做過的事，或是計畫要做的事。哇！也許我們眞發現了謎團呢。」

「我上一個遇到的眞正謎團，是妳媽跟我究竟是怎麼玩完的。」

而罪魁禍首就是後車廂裡的屍體那件事。我之前講的還不是全部。我對那個情境太過投入，於是打給我在警局的朋友山姆，叫他調查某輛車後車廂裡的一具屍體。我講得很詳細，包含了編造的細節，而我根本沒察覺那是自己編造的。我眞的無法自拔，變得有點難以區分眞實和虛構。或者我當時本來就是那樣，不過現在再也不是了。

最後山姆去追查了，後車廂裡唯一的東西是備用輪胎。山姆對我有點不高興，警局對他也有點不高興。我老婆終於受夠了我的胡思亂想，把我趕出家門，找那個鑽油工人好上了。他不編故事，好好賺錢，頭髮茂密得像隻水牛。

「但是爸，假設我們認識那個在照片上畫線的人，假如我們觀察他，來看看——」

「我們確實認識他。算是。」

我告訴她華多大師的書，還有瑪莎的反應。

「這更怪了，」潔絲敏說：「開書店的那位小姐——」

「瑪莎。」

「——她看人很準嗎？」

「幾乎每個人她都討厭，我覺得。」

「好吧，那在『如果這樣』遊戲裡，姑且假設她看人很準好了，然後這傢伙真的精神不正常。他在摺頁上這樣畫，是因爲……嗯……例如……」

「他想要人生過得就像在羅曼史裡一樣，但事與願違。女人並不總是符合他心目中應有的形象——像他讀的書裡那些女人的形象。」

「噢，說得好，爸，眞的。他發神經不是因爲暴力的影片，而是因爲對愛情產生了扭曲的觀念。這我喜歡。」

「這道理就好比某個人自稱因爲看了恐怖電影或小說，而拿斧頭砍了全家，在那背後肯定還有更深的原因，像是糟糕的童年、遺傳因素。大部分看人恐怖小說、羅曼史，或是不管什麼類型的東西，都是透過這些媒介間接獲得刺激。這是一種情感宣洩。但是同樣地，某個本來就已經不正常、蓄勢待發的人，可能會被恐怖電影或小說觸發，就像我們說的這個人受到羅曼史的影響。他對眞實人生的認識太少，期望現實世界可以跟羅曼史一樣，或者說他是一心一意地如此希望，而當期待落空，他的挫折感就逐漸累積，然後——」

「他就去殺女人，在她們身上切切割割，然後棄屍。眞是精采，太精采了。」

「這只是個傻想法。衣櫃裡有個睡袋，妳睏的時候就把它拿出來吧。我呢，要上床去了。我在樓下瑪莎的店找了份打工，明天開始。」

「那就太好了，爸。媽還說你永遠也找不到工作呢。」

我聽了立刻爬上床睡覺。

隔天早上，我下樓去瑪莎店裡開始工作。她有滿滿一間儲藏室的書。有些已經堆積多年，有些長滿蠹蟲。身爲一個愛書狂人，看到這番景象眞令我心疼。我把爛掉的書丟到店面後方的垃圾堆，然後把書況好的幾箱放在手推車上，推出去按照分類書區和字母順序上架。

九點左右，潔絲敏下樓來，我聽到她跟瑪莎說了些話，然後繞過轉角的偵探小說區，對著我微笑。她長得實在太像她媽媽，讓我不禁心痛。她的頭髮往後梳，在後頸處綁起來，脖子已經熱得冒汗。她穿著寬鬆的紅色T恤、涼鞋和白色短褲，如果你問我的話，我認爲褲管剪得有點太短了。她拿著一本黃色便條本和鉛筆。

「妳在做什麼？」我問。

「搞清楚華多大師在打什麼主意。我一起床就在想，做了一大堆筆記呢。」

「妳早餐吃什麼？」

「我想是跟你一樣吧。就一罐可樂。」

「好吧，飲食營養可是很重要的，小寶貝。」

「你到底想不想聽華多的事？」

「想，跟我說吧，他在打什麼主意？」

「他在找工作。」

「因爲他搞出了踢狗那件事，被炒魷魚了？」

「對。所以呢，他暫住在這附近的拖車公園，正在找工作。或者他可能有一點積蓄，可以賦閒一陣子再重新出發。我們姑且說這都是『如果這樣』遊戲裡的假設好了。」

「好喔，然後呢？」

「就當是爲了好玩，我們去拖車公園看看他是不是眞的住在那裡吧。如果他在那裡，我們應該找得到他。他養了那麼多狗，一定會有些跡象的，你覺得呢？」

「等等，妳不會打算眞的去查吧？」

「只是爲了『如果這樣』的遊戲。」

「就像我說的，他可能已經繼續上路了。」

「去了就知道囉。然後，我們可以去拖車公園四處瞧瞧，扮演一下偵探。」

「這樣玩太大了吧。」

「怎麼會？只是個遊戲嘛，我們不會去打擾他。」

「我不知道，我覺得不太行。」

「爲啥不行？」這話是瑪莎說的。她繞過書架角落，拄著高爾夫球桿。「只是玩個遊戲而已。」

「妳不是應該在數錢什麼的嗎？」我對瑪莎說：「或是去儲藏室裡殺幾隻蟑螂，球桿正好適合派上用場。」

「我碰巧聽到你們的對話，因爲我就靠在書架的另一邊聽著。」瑪莎說。

「那也難怪。」我說著把一本米基·史畢蘭(注)的小說放上書架。

「我們剛剛有說過話，但我想我們還沒正式互相介紹，」潔絲敏對瑪莎說：「我是他女兒。」

「有這種爸爸一定很難以啓齒吧。」瑪莎說。

潔絲敏和瑪莎互視微笑，握了握手。

「我們何不今晚就去？」瑪莎說：「我需要一點事做。」

「去拖車公園嗎？」我問。

「當然。」瑪莎說。

「別了吧，」我說：「偵探這一套我已經玩夠了，不管是幻想的或是別的。除非天下紅雨，否則我都不要再跟這種事扯上關係，任何形式、任何狀態的都不要。我是說眞的。」

那天晚上，也許眞的天下紅雨了，九點半左右，我們開車到泥溪鎮唯一的拖車公園查看。華多沒有離開。我們這幫幹練的偵探立刻就找到了他的拖車，車身是亮藍色，側邊用紅色的字體寫著：**華多大師與他的神奇靈犬**。拖車旁邊是一輛附拖車聯結器的皮卡車，拖車裡的燈亮著。

我們坐在瑪莎的老道奇廂型車裡，開到華多的拖車旁，在公園裡繞了一圈之後出去。瑪莎開了一小段路，然後轉上一條沿著溪流蜿蜒的夯土路，穿過一片樹林，最後來到拖車公園的後方，位置大概和華多的拖車平行。

雖然隔著一點距離，但你可以透過公園周圍的林木枝葉看到他的拖車。瑪莎將車停在路邊，對潔絲敏說：「親愛的，把置物箱裡的望遠鏡拿給我一下。」

潔絲敏照做。

注 Mickey Spillane，一九一八～二〇〇六年，美國冷硬派推理作家。

「這是紅外線望遠鏡，」瑪莎說：「連在颳暴風雪的深夜裡都看到得到蚊子屁股上的斑點。」

「所以妳究竟怎麼會有這種東西？」我問。

「我在休士頓的一間私家偵探社做過跟監，離職時就把這東西借走了。要知道，若不是老闆那麼爛，那份工作我就會繼續做下去了。我眞是天生吃那行飯的。」

「聽起來好刺激喔。」潔絲敏說。

「我告訴妳，那比起吸舊書上的灰塵好多了。」瑪莎搖下車窗，將望遠鏡舉到面前，對準華多的拖車。

「他在窗邊。」她說。

「我們也玩得夠大了吧，」我說：「我們不該這麼做的，這是侵犯隱私。」

「放心啦。他又沒有露鳥什麼的，」瑪莎表示：「我倒還希望他有露。他是挺混帳的，但長得倒不難看。不知道他下面那裡怎麼樣呢。」

我看向潔絲敏，她顯得有點震驚。「嘿，」我說：「我女兒還在場。」

「少廢話，」瑪莎反駁：「你這老屁股才給我聽著。她已經大到可以知道男人身上有屌，還有知道屌長什麼樣子。」

潔絲敏咧開一個虛弱的微笑。「這個嘛，我當然知道。」

「好吧，所以我們的生物學程度都不錯，」我說：「這樣可以走了吧。我還有一本好書在家等著我看呢。」

「給我等著，」瑪莎說：「他從拖車出來了。」

我看過去，只見華多的輪廓出現在拖車的門口，有一隻貴賓狗從他後面跑過來，而他看也不看，往後踹了那隻狗一腳，接著走下金屬階梯，將拖車門關上鎖好，坐上皮卡車開走了。

「他走了。」瑪莎說。

「是啊，可能去吃炸雞吧。」我說。

瑪莎放下望遠鏡，從她的座位上看向我。「可以別再掃興了嗎？我們這會兒是在玩『如果這樣』的遊戲。」

瑪莎說完便發動廂型車，沿著夯土路彎出公園，開到街上往右轉。過了一會兒，我們就看到華多的皮卡車車尾。他一隻手伸出車窗外，手指夾著一根菸，火花從菸上散落到黑夜裡，爍爍發亮。

「護林熊（注）要來找他算帳囉。」瑪莎說。

我們一路跟著他到路底，來到大街上（至少在泥溪這種地方算是大街）。他在一間炸雞店前面停下車。

「看吧。」我說。

「殺人犯也得填飽肚子。」瑪莎說著繼續往前開。

我的計畫是當場結束這件事，但計畫並沒有順利進行。我最後放棄，讓瑪莎和潔絲敏接下來一整個星期繼續玩這個『如果這樣』的遊戲。她們把那張摺頁釘在我的公寓裡，針對華多是什麼人、做過什麼事等等，寫下各種可能推測。她們晚上開車到他住處附近，發現他的作息十分怪異，晚上老是往

注　Smokey Bear，美國林務局宣導森林防火用的卡通人物。

外跑。她們也發現，他每晚會放貴賓狗出去便溺兩次，犬隻的數目比馬戲團表演時少了一隻。我想，那個告訴小孩貴賓狗知道怎麼降落的母親說錯了。

看到潔絲敏和瑪莎這樣交上朋友，感覺有點奇怪。瑪莎在我的印象中沒啥想像力可言，但在她粗魯的外在表現和大剌剌的言詞之下，她竟是個粗魯又大嘴巴的幻想家。

我也懷疑，她說付不出房租可能是在撒謊。書店的收入沒有多少，但她似乎從來不缺錢。店裡逐漸變成我一個人全職看管，我不僅整理書，也負責接待客人，晚上收店打烊。瑪莎付給我的薪水不錯，所以我不太抱怨，但是當她和潔絲敏一面從我的公寓下樓來、一面聊著她們「殺手」之類的話題，我總會有點吃醋。潔絲敏搬來跟我住了，我女兒雖然回到我身邊，卻整天和一位光頭、有鬍鬚的女士膩在一起，那位女士還碰巧是她爸的老闆。

更糟的是，康妮一直拿潔絲敏的事纏著我，質疑我的獨生女怎麼會住在這麼個破爛地方，身邊盡是些壞榜樣。最壞的榜樣當然就是我。她來過公寓一、兩次跟我鬧這些事，並且試圖把潔絲敏帶回家。

我告訴她，潔絲敏自己想何時回家都行，潔絲敏則說明自己沒有回家的意願。她喜歡躺睡袋，老爸還讓她喝可樂當早餐。我有點希望她不要提到可樂的部分，畢竟就只有那一次，而且她明知這樣會惹毛她媽。果不其然，現在康妮又多了一樁罪名來指控我，竟然沒給唯一的孩子提供足夠營養。

總之，有一天我在店裡工作——好吧，其實就只是在看偵探小說——瑪莎和潔絲敏走了進來。

「你的臭腳別給我放在櫃檯上。」瑪莎說。

「眞高興見到妳喔。」我說著把腳放下去，在書裡夾上書籤。

「滾下我的凳子，」瑪莎說：「別再看書了，去整架。」

我從凳子下來。「妳們今天還愉快嗎，瑪莎大人？」

「你吃屎吧，普雷賓。」瑪莎說著把她的高爾夫球桿靠在櫃檯，爬上凳子。

「爸，瑪莎跟我在查案呢。你聽聽我們查到什麼。瑪莎想到要去拉波德的報社查過期報紙——」

「拉波德？」我問。

「人家城鎮比較大，報紙也辦得大。」瑪莎說，拿起一根細菸放到嘴邊點燃。

「我們翻了些舊報紙，」潔絲敏說：「因爲拉波德報紙的報導範圍包含這附近許多的小鎮。我們在好幾份舊報紙上都有找到吉姆．丹迪馬戲團的廣告，能夠在地圖上畫出馬戲團來到泥溪以前的移動路線。最新的報紙顯示，他們的下一站是馬佛溪鎮，然後——」

「慢著點，」我說：「馬戲團跟妳們所謂的調查有什麼關係？」

「你看了報紙，就知道馬戲團去過哪些鎮，」瑪莎繼續說：「而這每一座鎮上，都發生過女人或是小女孩失蹤的事件。其中兩樁案子有找到屍體。有時是在馬戲團到鎮上之後一星期左右才發現，但大部分的報導都說，那些失蹤女子是在馬戲團來的時候不見的。」

「當然，這點是我們去確認的，不是透過報紙。」潔絲敏說：「我們建立出馬戲團和屍體之間的連結關係。」

「至於屍體，兩具都是在馬戲團離開後才發現，」瑪莎接著說：「但根據報上提供的估計死亡時間，我們能推斷她們是在馬戲團停留期間被殺的。而就我猜測，其他的失蹤女子也死了，凶手都是同一人。」

「是華多？」我說。

「沒錯。」瑪莎回答。

我思量著這一切。

潔絲敏說：「說巧也太巧了，你不覺得嗎？」

「呃，好吧，」我說：「但那也不代表——」

「而且那兩個死者都被毀屍。」瑪莎說。她靠向櫃檯，從襯衫口袋裡拿出我發現的那張摺頁，放在桌面上攤平。「屍體有些部位不見了。我打賭屍體還被切割過，就像這摺頁上做的記號一樣。我猜，不見的部位是眼睛和陰部，就是他畫起來塗黑的地方。」

「妳別講得這麼直白。」我對瑪莎說。

但似乎沒什麼人在意我。

「屍體是在鎮上的垃圾場發現的。」潔絲敏說。

「這確實令人好奇。」我承認：「但這樣仍然是在用間接證據指控一個男人犯下謀殺。」

「還有一點，」瑪莎說：「兩具屍體上都有黑色顏料的殘留，就好像凶手先在想要下刀的部位做記號，而我猜他也就眞的照著記號割了下去。這天殺的證據可眞是很間接呢，對不對啊？」

「値得讓我們繼續盯緊華多了。」潔絲敏說。

我得承認，當時即使聽到那些描述，我也沒有眞的把華多大師想成殺人凶手。我認爲，命案和失蹤案隨時都在發生，如果仔細詳讀拉波德鎮的報紙，可能會發現在馬戲團到鎮上的前後時間，這兩類案件的發生數量也都不少，尤其是失蹤案。我是說，那份報紙的報導範圍內有很多的小鎮和小社區，而拉波德本身又是規模頗大的城鎮，其實可算是個小城市了。大部分的失蹤案，到頭來都只是某個人離家幾天去玩，沒告訴別人；而大部分的謀殺都是受害者的朋友或親屬所犯下，跟馬戲團或是畫了記號的摺頁毫無關係。

當然，那兩具被發現的屍體受到破壞，是讓我猶豫了一下，但還不足以讓我去報警。之前就是這種半吊子的餿主意害我闖了大禍。

不過，當天晚上，我還是跟著瑪莎和潔絲敏去拖車公園。那晚烏雲密布，鋸齒狀的閃電不時劈穿雲層，雷聲隆隆，雨點落在瑪莎的廂型車擋風玻璃上。

我們在天黑時分開到公園後方的路上，隔著車窗從樹木間的空隙探看。雨夜裡，公園的幾盞路燈朦朦朧朧，像垂死的螢火蟲般可憐。微弱又濕濡的燈光穿過樹木，在風中搖擺的樹枝彷彿瘋人抽動的手，積在枝條上水珠被燈照出細小的彩虹光。霧霧的虹光往外照射了一小段距離，超出光源範圍之後，美麗的色彩就被黑夜給吞噬。

瑪莎拿出望遠鏡，而坐在前座乘客位子的潔絲敏則手持便條本和鉛筆，準備記錄瑪莎的任何指示。她們覺得，留下愈多紀錄，愈容易說服警方相信華多是殺人凶手。

我在她們後面的座位上，雙腿伸直，背靠著車身，視線大部分時間都避開拖車，心裡納悶自己怎麼會捲進這件事。到了午夜，我開始覺得又睏又蠢。我打開一根巧克力棒吃了起來。

「你不要在後面該死地嚼嚼嚼，」瑪莎說：「會害我緊張。」

「眞是對不起喔。」我一面說，一面把包裝紙揉出響亮的噪音，扔在地板上。

「爸，你別鬧了好嗎？」潔絲敏說。

「這才像話。」瑪莎說。

我坐直起來看看四周。公園裡的其他拖車都沒有燈光，只有華多的拖車亮著；一種髒髒的橘色微光從他的一扇車窗透出來，像新切的煙燻起司。除此之外，就只有路燈差強人意的光線，那些由昏暗光源和雨滴製造出的小小彩虹。沒有望遠鏡，就無法仔細觀察到什麼東西，因爲我們的位置和華多的拖車隔了相當遠，但我還是看到他走出了門，把門扶住，後面跟來一整群的貴賓狗。

「該死，」瑪莎說：「那箱子裡有條女人的腿。」

「讓我看看。」我說。

「你現在看不到，」她說：「被放到卡車的貨斗裡了。」

她還是把望遠鏡交給我，我看了看。她說得沒錯。我看不到貨斗裡放的東西。「他不會就這麼把一條女人的腿放在皮卡車後面。」我說。

「嗯，他就是放了。」瑪莎說。

「天啊。」潔絲敏說著打開筆型手電筒，看著錶，開始在便條本上振筆疾書，邊寫邊說話。「十二點零五分，華多把女人的腿放在卡車貨斗裡。噢，要命，你們覺得那會是誰？」

「只好希望那是郡書記處那個該死的婊子了，」瑪莎說：「我一直在等她遭遇不測。」

「瑪莎！」潔絲敏說。

「只是開玩笑啦，」瑪莎說：「算是吧。」

拖車門又開了，我把望遠鏡緊貼著臉，這什麼紅外線的玩意讓我看得非常清楚。華多搬著另一個箱子走出來，他步下階梯時，箱子略微搖晃，箱頂因此被微微弄開。我很清楚地看到裡面的東西。

「是顆女人的頭。」我說，聲音聽起來細小且幼稚。

「耶穌基督啊，」瑪莎說：「我本來眞的、眞的沒有想到他是個殺人凶手。」

華多回到拖車裡，片刻後再度出現，這回雙臂下各夾著一具較小的箱子。

「讓我看看。」潔絲敏說。

「不，」我說：「妳不用看。」

「可是……」潔絲敏開口。

「聽妳爸的。」瑪莎說。

我把望遠鏡還給瑪莎，她沒有再拿起來看。我們沒去看別的箱子裡裝了什麼。我們已經知道了，就是華多被害人的其餘殘骸。

華多在皮卡車後面攤開一塊油布，在貨斗上撐開，四角一一綁好，然後他上車發動引擎。

「我們現在要去找警察嗎？」潔絲敏說。

「先去看看他要把屍體載去哪裡。」瑪莎說。

「妳說得對，」我說：「不然他會把證據都丟棄掉，我們就無憑無據了。」我也想起自己在警察局留下的紀錄。當然，僅靠我的一面之詞不足以讓他們展開調查。

瑪莎發動廂型車，打開車燈，開始慢慢跟車，給華多足夠時間開出拖車公園，領先我們一段路。

「我對他要去的地方有個十拿九穩的想法，」瑪莎說：「我敢說他一到鎮上就先把環境摸熟了。」

「是垃圾場，」潔絲敏說：「其他案件的屍體是在垃圾場被發現的。」

我們把車開到街上，看見華多正往垃圾場的方向前進。他的皮卡車在前方路上駛遠一段距離之後，瑪莎打開廂型車的頭燈，跟了上去。我們放緩地行駛，讓他領先在前。出了鎮以後，他轉彎開向垃圾場，我們開過去轉到一條農產運輸道路上，在一道刺網柵欄旁停車。我們下車翻過柵欄，穿越一座牧場，爬了一段坡，小心翼翼地探頭俯瞰垃圾場。

那裡有幾處冒著煙，燒過的垃圾被掩埋起來，熏得空氣中充滿惡臭。這座垃圾場一直是這副德性。小時候，我父親會帶我來這裡丟棄家庭垃圾，就算是大白天，這地方也讓我感到陰森，像某種屬於藍領階級窮鬼小孩的地獄。我爸說，這裡的火從來沒有熄過，就算是垃圾和泥土的重量、冬天的冰霜和春天的暴雨，都無法將火滅掉，不管用上什麼方法，火都照燒不誤。也許是有甲烷。垃圾堆裡的所有東西加熱之後就像堆肥，製造出某種自燃化學反應。

在垃圾場裡，一大片刮耙過的土地邊緣，有兩座大型油井鐵架塔都還在運作，巨大的抽油泵不分日夜一上一下地運轉。我總覺得在兩座開採中的油井旁邊，放一座永遠有火在燃燒的垃圾場，是個很蠢的選擇。但垃圾場依然在這裡，油井也依然在鑽。市政府曾試圖關閉、遷移舊垃圾場，但目前還沒有任何行動。原因之一是他們一直沒辦法把火滅掉。我感覺時間對垃圾場和油井是不利的。出來混，或者說是出來鑽油，遲早要還的。總有一天，垃圾場裡的火勢會失控、引燃油井，導致的爆炸會把泥溪鎮和周邊的河流與林地全都轟到冥王星以北的某處。

而在晚上，這地方看起來就更古怪了。火舌從廢棄物底下伸出，雨水滲入火源，引起嘶嘶作響的白煙，宛如惡龍的吐息。兩座鐵架塔在黑夜中聳立，閃電在其中一座塔周圍亮成一圈閃亮的王冠，然後消失不見。在那一刻，閃電下的塔頂看起來就像火星的外星機械。鐵架塔裡的抽油泵仍在運作，一起一伏地降下黑色的金屬錘頭，然後又再度抬起，上上下下、上上下下。這一起一落的同時，四周是被雨打濕的陰影和垃圾堆的火光。

華多的卡車停在路旁，靠著一堆高達一層樓的垃圾。他已經將貨斗的油布拆下並收起來，接著將箱子一一下貨，搬到靠近其中一座鐵架塔的位置，整齊地排列好，彷彿會有人給他的作品打分數。箱子都搬完之後，華多背對我們站著，看著抽油泵一升一降，持續了許久，彷彿它的運轉讓他感到驚奇，又或是受辱。

過了一陣子，他突然轉身，踢了其中一個箱子，箱裡的人頭如墨西哥跳豆般彈起，又落回箱內。

華多做了個深呼吸，像是準備賽跑起步，然後回到卡車上調頭開走。

「他甚至懶得把屍塊埋起來。」潔絲敏說，就算光線不佳，我仍看得出她臉色蒼白得像雪人。

「也許他就是想要屍體被找到，」瑪莎表示：「我們這下知道屍體在哪了。我們有證據，也親眼看到他棄屍。我想我們現在可以去找警察了。」

我們開車回鎮上，從瑪莎的書店打電話給山姆。在電話響到第五聲時，電話被接起，山姆的聲音聽起來像嘴裡含了一團襪子。

「怎樣？」

「山姆，我是普雷賓。我需要你幫忙。」

「你把車開進溝裡了？打去叫拖吊，老兄，我累死了。」

「不是那樣。是關於謀殺案的事。」

「啊，該死，普雷賓。你是傻了還是怎麼著？我們不是談過了嗎。你打去找個瘋人院的醫生吧，我需要睡覺。這一天已經過得夠糟了，我不需要你現在還來跟我講什麼謀殺案的故事。睡眠不足害我家庭都出問題了。」

「這次不一樣。我有兩個證人，垃圾場這裡有一具屍體。我們看到有人棄屍，是個被分屍的女人，我沒開玩笑。下手的是個叫華多的傢伙，以前在馬戲團裡指揮狗狗表演。」

「馬戲團？」

「沒錯。」

「而且他負責狗狗表演。」

「以前是。他把一個女人分屍了，然後載到垃圾場。」

「普雷賓？」

「是？」

「如果我出門過去，結果現場沒有屍體，我現在的心情就會讓我在那裡弄出一具屍體，你懂我意思嗎？」

「來垃圾場跟我們會合就是了。」

「『我們』是誰？」

我跟他說明，針對華多向他做了些背景介紹，並解釋瑪莎和潔絲敏在拉波德報紙上的發現，然後掛斷電話，和我的偵探伙伴一起開車回垃圾場。

我們坐在瑪莎的廂型車上，在垃圾場外等山姆駕著他的藍色福特出現。我們向他招手，發動廂型車，帶路領他開進垃圾場。抵達那個靠近鐵架塔的地方後，我們紛紛下車，但沒人走到箱子旁邊探看，也沒人開口說話。我們聽著抽油泵在鐵架塔裡運轉。鏗匡、鏗匡、鏗匡。

山姆在我們後面停車走出來。他穿著藍色牛仔褲和網球鞋，上半身是睡衣。他看看我、潔絲敏和瑪莎。事實上，他盯著瑪莎瞧了許久。

「你是想要我寄張照片給你還是怎樣？」瑪莎說。山姆一言不發，將視線從瑪莎身上別開，對我說：「好了，屍體在哪？」

「有點分散，」我邊說邊指。「在那些箱子裡。從那邊小的那個開始，那個是她的頭。」

山姆往箱子裡看，我看到他小小驚跳了一下。然後他靜止下來，彎腰向前拉著那個女人的頭髮將頭抓了起來，舉到面前一看。他轉過來，猛然把頭丟向我。我出於反射動作接住，然後又驚得弄掉它。它落地的時候，我感覺自己眞是天字第一號大蠢蛋。

那不是人頭，是個假人模特兒的頭顱，從脖子處被鋸斷，斷口沾滿了黑色顏料的殘跡。

「過來，潔絲敏，」山姆說：「這條腿給妳拿。」然後他從另一個箱子裡拿出一條假腿丟給她。她嚇得尖叫閃開，假腿掉落在地。「還有要寄給我照片的這位，妳拿條手臂吧。」他從又一個箱子裡拉出一條假手臂，丟給瑪莎，她用她的球桿拐杖在空中把它打飛。

山姆轉身把另一個箱子朝我踢過來，裡面是一堆刷子和舊油漆罐，以及一條假腿與假手臂。

「去你的，普雷賓，」他說：「你又來了。」他過來站在我面前。「老兄，你眞是瘋了，徹頭徹尾的瘋子。」

「不是只有普雷賓，」瑪莎說：「我們也都那樣以爲。那個把這些東西弄來這裡的傢伙就是個怪胎，我們一直在監視他。」

「是嗎？」山姆說：「你們在玩偵探遊戲吧？眞可愛，可愛極了。普雷賓，你過來一下好嗎？」我過去站在他旁邊。他伸出一隻手臂搭住我的肩，帶我從潔絲敏和瑪莎身邊走遠，悄聲對我說話。

「普雷賓，你還眞是學不會教訓。一點也學不乖。你不止搞砸你的人生，連我的生活都被你亂搞了。聽我說，我跟我老婆最近處得不太好。」

「聽到這件事我很遺憾。童妮她人一直那麼好。」

「是啊，很好，她很會吃醋。你知道的。」

「噢對，一直都是。」

「就是說。她現在變本加厲了。你看看，我這麼長時間不在家，作息不正常，也沒回家睡覺。你懂我的意思嗎？」

「懂。」

他把我拉近，用另一隻手拍拍我胸前。「很好。糟糕的不止是我常不在家，該睡覺時不在床上，而且我最近累死了，小兄弟抬不起頭來，沒了骨氣，像條義大利麵一樣不中用。你懂我在說什麼嗎。」

「你想硬起來，就得多清清槍吧。」我說。

「但我清得不夠，因爲我沒得休息。而你知道童妮怎麼想嗎？她覺得是因爲我在外面拈花惹草。你知道我的意思嗎？她以爲我在外面大幹特幹。」

「嘿，我很抱歉，山姆，但是……」

「所以現在我又有睡眠不足的問題了。我現在超累，體力不像以前那麼容易恢復。我要是沒睡滿八小時，嘿，眞的就硬不起來。我要是太累，一整天過得很糟，都會讓我硬不起來。連拉屎的感覺不對，也會讓我硬不起來。上了年紀後對什麼都敏感得要命，不管什麼事都會影響到我的老二。童妮準備好要跟我盡夫妻義務的時候，你猜怎麼著？」

「你太累了，硬不起來。」

「賓果。我的老強森就像隻空空的襪子。我硬不起來的時候，你猜童妮怎麼想？」

「她覺得你在外面亂搞？」

「沒錯。現在，彷彿我爲了正當理由勞累還不夠似的，你和你女兒還有那個科學怪人老太太看到箱子裡的假人，也要來把我整得累個半死。你們跟蹤無辜平民，想要害人家背上謀殺罪，但根本就沒有人被殺。你明白我的意思嗎？」

「山姆，那傢伙看起來就像殺人犯，行爲也像。馬戲團去過的地方都有謀殺案發生……」

「普雷賓老弟，閉上你的嘴好嗎？給我聽好。我現在要回家了。我要上床睡覺了。你要是再把我吵醒，我就開卡車撞死你。我沒有卡車，但我會特別去借一輛。懂了沒？」

「懂。」

「好了，晚安。」他的手臂離開我的肩膀，走回車邊打開車門，要上車時又直起腰來，越過車頂看著我。「下禮拜過來吃頓晚飯吧。童妮做的炸雞牛排還是很棒。她也一陣子沒看到你了。」

「我會記得的。替我向她問好。」

「好。還有，普雷賓，不要再打來跟我講謀殺案了好嗎？你的想像力很豐富，但是當起偵探來糟糕透頂。」他看著潔絲敏。「潔絲敏，妳好好跟妳媽待在一起吧。」他上了車，倒車開走。

我過去和我的偵探伙伴站在一起，垂下視線看著假人的頭，抓著它的頭髮拿起來檢視。「我想我要把這東西掛起來，」我說：「好提醒我自己是怎樣的一個廢物。」

回到公寓裡，我坐在床上，窗子開著，假人頭放在我旁邊的枕頭上。潔絲敏坐在梳妝椅上，瑪莎則在一張搖搖晃晃的廚房椅上反坐著，雙臂交疊在椅背，羊毛帽下汗水涔涔，流到了鬍髭上。

「我還是覺得有些怪事在發生。」潔絲敏說。

「噢，閉嘴。」我說。

「我們知道有些怪事在發生。」瑪莎說。

「『我們』指的是妳們兩個，」我表示：「別把我算進去。我什麼都不知道，只知道我把自己搞得像個白癡，以及山姆的性生活出了問題，或者也許他告訴我那件事算是某種寓言。」

「性生活，」潔絲敏問：「他跟你說了什麼？」

「當我沒說。」我說。

「山姆這個警察有夠遜的，」瑪莎說：「他至少應該調查調查華多。在假人身上塗油漆、切切割割的傢伙可不是每天都遇得上。我敢打賭，他對假人這麼做，只是因爲他還沒找到受害者，這是他在尚未鎖定目標時滿足自己的方式，就像手淫之於眞正的性行爲。」

「要是我們可以進去他的拖車看看，」潔絲敏說：「我相信一定會找到比假人更多的證據。也許是過往犯行的證據。」

「我受夠了，」我說：「潔絲敏，妳也夠了。還有瑪莎，妳要是聰明的話，也該到此爲止了。」

瑪莎拿出了一根細小的香菸。

「別在這裡點菸。」我說。

她拿出一小盒火柴。

「我受不了菸味。」我說。

她抽出一跟火柴，在褲子上劃燃，然後吸了一口菸，凝視著天花板。

「把菸熄了，瑪莎。這裡是我家。」

她把煙吹向天花板。「我覺得潔絲敏說得對，」她說：「如果我們可以引開他，讓他離開拖車，我們就可以進去看看、尋找證據，然後也許就能說服你那個白癡小鎭警察朋友。」

「華多不會把眞正的人頭放在拖車裡面的。」我表示。

「他可能會，」瑪莎說：「這種事有發生過。或者也可能找到受害者的所有物。這類凶手會保留死者的紀念品，讓他們可以幻想和回味。」

「我們可以明天去他那邊監視，」潔絲敏說：「如果他出門，我們就溜進去看看。要是找到某些罪證、某些確切的證據，就可以讓警方介入，即使是像山姆那樣頑固又愚蠢的警察。」

「我相信華多會鎖門。」我說。

「不成問題，」瑪莎說：「連天堂大門的鎖我都撬得開。」

「妳眞的是多才多藝啊。」我說。

「我幾年前幫一間財產回收公司（注）做過事，」瑪莎說：「學會用開鎖器、萬能鑰匙和撥針對付車門和車庫門。不管哪種門，我都撬得開，只需要一下下工夫。」

「妳們兩個聽著，」我說：「別管了吧。我們並不知道這傢伙有沒有做過什麼壞事，而如果他眞的是殺人凶手，妳們肯定不該在他周圍打探，免得變成下一個被害人。我們繼續過自己的人生吧。」

「像你我的這種人生嗎？」瑪莎說：「我們還有什麼好期待的？賣幾本書？遇見眞命天子？像我這種拄著高爾夫球桿的醜八怪？」

「瑪莎，別這麼說。」潔絲敏說。

「不，我們有什麼就說什麼。」瑪莎說。她摘下羊毛帽，露出了光頭。我之前偶然瞥見過她的頭一、兩次，但這是我首次看清楚它汗濕泛紅的模樣。「我憑什麼吸引伴侶？我美麗的秀髮嗎？我二十幾歲就開始掉頭髮，沒有男人會看我第二眼，而且我醜得要命，還長了鬍子。」

「伴侶不代表一切。」我說。

「但還是代表了一些意義，」瑪莎繼續說：「我考慮過，不騙你。但那是不可能的。我見過世

注 repo company，此種公司於貸款或租金積欠違約時，會代表債權人收回房屋、車輛等財產。

面，做過一些有意思的工作。但我並沒有真的開創出自己的人生，至少感覺上沒有。你知道嗎，這麼多年來，你和潔絲敏是我僅有的真心朋友。有你這種朋友，普雷賓，並不算是什麼成就。」

「謝謝喔。」我說。

「妳可以戴假髮嘛。」潔絲敏說。

「我也可以處理掉鬍鬚，」瑪莎說：「但我仍然是個廢了一條腿的胖子。不，我在外表這方面是沒指望的，除非能跟哪個金髮美女交換身體。既然這種事不可能發生，我就只能好好把握人生中的體驗了，比如這樁神祕事件，我看它是個眞正的謎團呢。如果華多眞的是凶手，我們難道要讓他再去下一座城鎭、找上又一個受害者嗎？甚或他離開之前就可能在這裡找到了獵物？

「我們要抓到這傢伙，證明他有罪，這樣我們的人生就算眞的做過一些重要的事了。我的人生不止是這家書店。普雷賓，你的人生也不止是爛名字加上失業補助支票。至於……潔絲敏，妳的人生當然不止如此，妳漂亮又聰明，未來有大好前程。但是對我們所有人而言，逮住殺人凶手，難道不都是一件不虛此生的好事嗎？」

「如果他眞的是凶手的話。」我表示：「但也許他只是討厭假人模特兒，因爲它們穿起衣服比他好看。」

「女人的衣服？」潔絲敏說。

「也許他就喜歡穿女人衣服，」我說：「那樣的話，我們的笑話就鬧大了，搞不好還得坐牢。」

「我會賭一把。」潔絲敏說。

「沒有的事，」我對她說：「這件事對妳來說到此爲止了，潔絲敏。瑪莎想怎麼做都行，但妳跟我要退出。」

瑪莎走人了。

潔絲敏拿出睡袋攤開，然後去浴室刷牙。我努力保持清醒，等著浴室輪到我用，但是已累到精神不支。我躺在床上，隱約注意到打在公寓屋頂上的雨聲停了，接著立刻陷入熟睡。

當晚稍後——其實已經是清晨了——我醒過來，聞到捲土重來的雨水氣味，翻身時看到西邊出現閃電的亮光。

西邊。垃圾場的方向。彷彿有一道風暴在那裡成形，往鎮上移動。

眞是太戲劇化了，我超愛。

我翻身轉頭看著床邊的桌子，而閃電亮起時，我看到桌上的假人頭。人頭的臉朝向我，詭異的假眼被西邊的閃電照亮。在那樣的光線下，假人脖子上的一圈顏料看起來非常濕黏，猶如鮮血。

我從被單下伸出腿，過去拿起那顆頭。它脖子上的顏料被水氣溶化，拿在手裡感覺濕濕的。我把它放到地上，免得一直看到它，然後起身去浴室洗手。

潔絲敏的睡袋在地上，但她人不在睡袋裡。我走進廁所，但她也不在那裡。我打開燈，洗了手，感覺有點虛弱。這間公寓裡也沒別的地方可以待了。我四下看看她是否收拾了東西回家，但也沒有。通往樓梯的門關著，不過沒上鎖。

毫無疑問，她跑出去了。

對於她跑去哪，我有個想法，一想到就直打冷顫。我穿好衣服，下樓去猛敲書店的門，臉貼著窗戶，但看不到裡面有燈光或動靜。我繞到樓房後面用力敲後門，想叫醒私宅裡的瑪莎，但是一到門前我就放棄了。瑪莎的廂型車不見蹤影，潔絲敏的車還在原處。

我回公寓裡，在梳妝臺上找到潔絲敏的車鑰匙，考慮要打電話報警，然後又打消了念頭。警方對我報案後車廂有屍體一事念念不忘，出動時間可能會延誤，或是完全把這當成放羊的孩子又一次惡作劇。就算打給山姆，結果可能也好不到哪去。一天晚上吵醒他兩次，他應該會想殺我多於幫我。比起潛在的殺手，他更掛心他的老二，而且他到時也可能毫無作爲。

然後我提醒自己，這只是一場「如果這樣」的遊戲，沒有什麼非做不可，沒有什麼需要害怕。我告訴自己，最糟的狀況就只是潔絲敏和瑪莎打擾了華多，鬧了個笑話，然後這一切就會永遠結束了。

但是不管我多麼努力接受自己的說詞，這些想法仍然幫助不大。我發覺自己驚醒的原因並不止是雨天和濕氣。我一直在想瑪莎說的話。她說，我們如果不阻止華多，他會再挑上新的被害人；她說，那些假人只是爲他眞正想做、要做的事情暖身。

這不再只是一場遊戲了。雖然沒有確切證據，但潔絲敏和瑪莎相信的事，我現在也相信了。

華多大師是個殺人犯。

我開著潔絲敏的車去拖車公園，停在我們之前的車位。果然，瑪莎的廂型車也在那裡。我繞過廂型車後停下來，怒氣沖沖地下了車，走到廂型車旁拉開駕駛座車門。車裡空無一人。我轉身在拖車公園周邊的樹叢到處尋找。閃電往西邊移動，像是煙火在振動的弦上跳躍，照亮了拖車公園，使原本就清晰的景象更加鮮明得令人難以承受。

華多的卡車和拖車不見了，原地除了輪胎痕之外空空如也。

我奮力撥開樹叢，推開黑莓藤蔓，抵達華多原本停靠拖車的地方。

我像個白癡似地在那裡兜圈子，試著思考，試著搞清楚發生了什麼事。

我想像出可能的狀況：瑪莎和潔絲敏跑來監視華多，而作息不正常的華多出門了，潔絲敏和瑪莎逮到機會就跑到拖車裡去。

也許華多突然調頭回來，想起自己忘了拿菸或拿錢之類的，然後發現潔絲敏和瑪莎偷溜進去。

如果他是個殺人犯，他發現了她們，而她們又找到能將他入罪的證據……

然後呢？

他會對她們怎樣？

我瞬間想通了。

垃圾場，棄屍的垃圾場。

天啊，屍體。

我的胃裡泛出酸意，雙膝顫抖。我循著枝葉糾結的原路跑回潔絲敏的車旁。我繞過廂型車，轉了一圈，衝到拖車公園前的路上，高速往垃圾場方向駛去。要是被警察看到，那很好，就讓他追著我一起去垃圾場。

轉上垃圾場所在的那條路時，雨滴開始落下，閃電更迅速也更猛烈地在天際交叉出現，雷聲隆隆響起。

我關掉車燈，慢速駛入垃圾場，靠著閃電的光芒看路，而橫在前方擋住通道的，正是華多的拖車。連接著拖車的卡車偏離路面，車頭稍微朝我這邊轉向，似乎準備駛離垃圾場。我沒看到半點動靜。唯一的聲音只有轟雷隆隆、閃電嘶鳴。雨下得愈來愈急了。

我扭了個彎，停在拖車前方並下車跑過去，然後遲疑了。我四下張望，看到一堆垃圾上躺著一截木材。我把木材拖出來，跑回拖車邊將門撞開。空氣中充滿濃濃的狗臭味。

閃電照亮了拖車門口，而隔著薄薄的窗簾，我看到瑪莎面朝下倒在地上，下背部插了一把切肉刀。我看到書架上放滿禾林羅曼史，其下的層架釘了某些奇怪的片狀物體，在閃電中看起來像是帶毛的皮草。

黑暗。

一下震動。

閃電亮起。

我環顧四周，華多沒有拿著另一把切肉刀躲在暗處。

黑暗重臨。

我過去跪在瑪莎旁邊，碰碰她的肩膀。她抬起頭，試圖翻身抓住我的手，但是虛弱得動不了。

「王八蛋……」她說。

「是我。」我說。

「普雷賓，」她說：「華多砍了我幾次……以爲我死了……他抓走潔絲敏。我想阻止他……但沒辦法……你得快去。他們在……外面。」

我抓著切肉刀，從她背上拔出來，扔到地上。

「該死……」瑪莎說，她幾乎要從地上把自己撐起來了，但又躺回去。「眞可恨……潔絲敏，那個瘋子把她抓走了。你快去啊！」

瑪莎閉上眼，靜靜躺著。我摸摸她的脖子，還有脈搏。但我現在無技可施。我得找到潔絲敏，但願那個混帳還沒對她下手。

我走出拖車，繞到另一側遠望垃圾場。光線不太足，但我還是立刻就看到了他們。潔絲敏背對著我，頭下腳上、赤身裸體被綁在最近的一座鐵架塔上，猶如待宰的羊。華多站在一側，面對著她，手上拿著某個東西。

閃電一明一暗，雷聲轟隆響起。貴賓犬四處亂跑，又叫又跳，其中兩隻吐著舌頭在鐵架塔旁邊幹了起來。抽油泵的大型黑色鑽頭升升降降。廢棄物底下冒起火光，倒映在鐵架塔和抽油泵的金屬桿上。雨水打著被垃圾覆蓋的火苗時，白煙飄散出來，像巨大的棉花球隨風吹動，飄過潔絲敏和華多，然後飄遠消失。

華多對著潔絲敏揮了揮他手上的東西，打中她的脖子。她的身體一陣抽動。我大喊一聲，但聲音被突然響起的一陣轟雷與劈下的閃電吞沒。

我起步奔跑，邊跑邊叫。

華多再次往潔絲敏身上揮擊，然後聽見了我的叫喊。他往旁踏了一步，驚訝地盯著我。趁他還沒反應過來，我跑上通往鐵架塔、微微隆高的地帶。就在我低頭閃過鐵架塔的橫桿時，他弄掉了手裡的東西。

是一把長形油漆刷。

油漆刷掉在一罐深色顏料旁邊，雨水滴進了顏料，一點一點的顏料被彈起來，然後再度落回罐裡。其中一條狗出於我無法理解的緣故弄倒了顏料，接著跑進雨中。

潔絲敏發出像是窒息般的咳嗽聲。我從眼角餘光瞥見她的嘴上貼著一條厚厚的灰色膠帶，華多用刷子在她脖子上劃了一道，顏料被雨水溶散，而她的頭部、臉頰、眼睛和頭髮也都流淌著顏料，猶如黑白電影裡的血。

華多的手伸到背後，拿出一把刀。刀鋒反射著閃電的亮光，邪惡地眨了一下眼。這回，華多的臉表情相當豐富，彷彿他把所有的激動情緒都蓄積到此刻、一湧而出。

「來啊，混帳！」我大喊：「來啊，來砍我啊！」

他非常迅速地往前一躍。我向後跳，頭卻撞到了鐵架塔的金屬滑槽，同時他揮出的刀刃劃過我胸前。該死。我感覺胸膛上有什麼溫熱的東西。我真的很不想被他砍中，這小王八蛋速度還挺快的。

我不再等他重新出擊。

我豎起手上拿的木材，讓他靠近到我就要恐懼得無法承受的距離，然後彎腰鑽到金屬滑槽下。他也跟著鑽過來，拿著刀直直往前刺。

我拿著木材往他甩，木材可能已經被蟲蛀爛，從靠近我手的位置裂開，碎片飛向垃圾場另一頭。

華多和我一起看著木片墜落在鐵架塔旁的泥土地上，綻裂成十幾塊小碎片。

他的注意力再度轉回我身上，微笑著迅速衝來。我往後一跳，雙腳打滑，聽到犬隻的嗚吠。是那兩隻正在溫存的狗，我後退時踩到了牠們。我從自己腿間看過去，看到兩隻狗屁股對著屁股，亢奮得很；接著我抬頭，看到的則是華多和他的刀。我翻滾起身，抓了放有某種東西的濕紙箱丟過去，打中華多胸口——紙箱的內容物飛出來，掉在潮濕的地面。是假人的半截軀幹。

「一切都被你毀了。」華多說。

我往下看，看到山姆先前從箱子裡拿出來亂丟的一隻假人腿。我抓起那條腿，抵在肩膀處直握，像拿球棒一樣。

「來啊，混球！」我說：「來啊，看看我能不能把你打出界。」

他發狂地撲向我，伸出的刀子移動迅速、影像模糊。我使勁揮棒，打中了他的手臂，他持刀的手張開，刀子飛進一堆垃圾裡失去了蹤影。

華多和我再次一起看著刀子消失的位置。

我們對視，這次換我露出笑容。

他踉蹌退後，我跟上去，手裡轉著那條假腿，小心評估出擊的風險。

他往右邊衝，彎下腰，挺身時握著一條假人手臂。他握著它的手肘處，面帶微笑。他旋轉它的方式就跟我轉那條假腿一樣。我們纏打成一團，一個揮腿、一個揮臂。他打向我的頭，我用假腿擋住，然後揮打他的膝蓋。他跳起來躲開，在空中來了記漂亮的飛踢，踢中我的下巴，我的頭隨之往後仰——但沒有倒下。

四隻貴賓狗不知從哪冒了出來，在我們旁邊又跳又吠，其中一隻咬住我的褲腳，開始拉扯。我打了牠，牠發出哀鳴。華多用假手臂擊中我的肩膀，我用假腿回擊，抬腳把貴賓狗踢開。

華多見狀大笑。

但另一隻貴賓狗咬住了他的褲腳。

華多笑不下去了。「不是我，你這笨畜生！」

華多用假手臂狠敲那隻貴賓狗，牠隨即鬆口，跑到遠處，做出桀驁不馴的樣子大聲吠叫。

就在此時，我打中了華多——這一記打得很好，結實準確，還伴隨著美妙的氣流聲，但他拱起肩膀擋住，只有一小截襯衫袖子被打得開花。

「喂，這件襯衫是新買的。」他說。

我往他的頭高高揮出一棒，整個人以腳跟為支點轉了一圈，轉回原位時，我將打擊點壓低，打中他的肋骨。他低吼一聲，被某樣東西絆倒在地，假人手臂也掉了。三隻貴賓狗跳到他胸膛上，一隻則巴著他的腳踝不放。在他後方，剛才那兩條狗依舊激動地吐著舌頭，彷彿要不慌不忙等到季節變換、等到下一次冰河期牠們都不在乎。

我逼近華多，準備使出致命一擊。他揮開胸前的狗，抓著假人手臂粗的那一端，在我出擊時朝我打來。假人的指尖戳到了我的子孫袋，一股痛楚瞬間傳遍我全身，只比被卡車撞輕微一點。即使如此，我還是使盡吃奶的力氣往他的頭打下去。假腿在我手中解體，華多尖叫一聲，翻滾之後爬起來撲向我，鮮血流下額頭。一隻貴賓狗仍死命咬著他的褲腳。那條狗一直巴著他，即使他往前躍來、抓著我的膝蓋用頭往我腹部撞，把我撞倒在一堆冒煙的垃圾上。濃煙在我們四周升起，包圍住我們，一股臭味隨之而來，讓我的膽汁湧到喉嚨。我的背熱燙無比，還碰到某種像玻璃般銳利的物體。我大叫著，跟華多一起翻滾到旁邊，眼角餘光還瞄到那隻低吼的貴賓狗。滾到半途的時候，我看到另一隻貴賓狗被垃圾堆裡的火燒著，奔跑的樣子就像低飛的彗星。我們一圈又一圈滾過了更多的垃圾，而當我回過神來，華多已然脫身，爬起來居高臨下看著我，手裡握著一塊六呎長、末端露出兩根鐵釘的木板。

「晚安囉。」華多說。

木板飛甩過來，鐵釘的尖端反射火光，像動物的眼睛般在黑暗中發亮。那道同樣的火光讓華多看起來猶如魔鬼。然後，我的頸側彷彿爆炸開來，痛楚和衝擊像寄生的動物般鑽進體內，掌控了我。我躺在原地動彈不得，木板卡在我脖子上，華多出手拉扯，但木板仍未鬆脫。他一腳踩在我胸前，來回扭著木板要把它拔出來，而刺進我脖子的鐵釘發出像是缺牙的人要吹口哨時的氣音。我試圖舉起手抓住木板，但力氣太過微弱。我的手在身側微微抽動，彷彿拍撫著地面。隨著華多的施力，我的頭前後搖晃，而他的影像在我眼中變得模糊，他緊咬牙關，唇間冒出唾沫。

我發覺自己的眼神飄向鐵架塔的頂端，也許是在等待天堂的唱詩班降臨吧。遠處的閃電是玫瑰紅和汗漬般的黃色。我看回華多，看著他使勁。我的身體開始像通電般顫抖。

終於，華多將鐵釘拔出我的脖子。他往後站並不斷喘氣，拔出木板費了他不少力氣。我心不在焉地發現那隻貴賓狗終於鬆開他的腳踝，跑走了。我感覺血液從脖子上湧出，大概就像油井裡的石油一樣。我悲傷地想著潔絲敏即將遭遇的命運。

我的眼皮沉重，簡直要睜不開。一隻貴賓狗跑過來嗅我的臉。華多終於緩過氣來，騎在我身上，舉起木板，做出打擊的姿勢；他現在臉龐上表情無比豐富，我直想往他胯下踹、打他的卵蛋，但這無非只是春秋大夢。

「你要被拿去餵狗囉。」華多說。就在他揮打之際，我的眼睛像電影淡出畫面的攝影機般失焦，但還是捕捉到他背後模糊的動態。有一條銀蛇從空中躍來，咬住他的頭顱側邊，然後他就像被繩子拉走般遠離了我。

我的眼睛再度聚焦，出現在眼前的是腳步搖晃的瑪莎，她手握高爾夫球桿，停留在揮桿最後一步驟的姿勢，簡直標準得可以拍照，桿頭襯著漆黑的夜空特別好看。她的鬍鬚滲滿汗水，映著火光和偶發的閃電，我從來不曾覺得那鬍鬚是如此漂亮。

瑪莎垂下球桿，靠在上面。我們今晚都累翻了。

瑪莎看著趴倒在垃圾堆裡動也不動的華多。他的手緩緩放開了木板，像垂死的章魚鬆開用觸手抓住的沉船殘骸。

「去你媽的。」她說，然後倚著球桿跪倒下來。她的羊毛帽下流出了血。我的視線再度模糊。我閉上眼，左側華多的拖車所在位置綻出一團紅光。雨愈下愈大了，一隻貴賓狗舔著我流血的脖子。

在醫院裡醒來時，我感到全身僵硬，肩膀有點灼痛。不過那裡一塊肉也沒少，傷勢只類似輕微的曬傷。我虛弱地舉起手摸摸頭上的繃帶，然後又放下。光是這個動作就幾乎耗盡我的力氣。

潔絲敏、瑪莎和山姆稍後走了進來。瑪莎拄著拐杖，頭上沒戴羊毛帽，而是綁著繃帶，她的鬍鬚乾淨整齊，像是用牙刷理順過。

「小子，你感覺怎麼樣？」山姆說。

「你聽說了吧，本來不會這麼慘的。」我說。

「是啦，這個嘛，人家說放羊的孩子沒人信。」山姆說。

「潔絲敏，寶貝，」我說：「妳還好嗎？」

「我沒事，沒留傷疤，是瑪莎救我們出來的。」

「我得休息一陣子，」瑪莎說：「但是只要結果好就行了。你倒是差點失血而死。」

「妳呢？」我問：「妳經歷這一切之後看起來倒是挺不錯的。」

「嘿，」瑪莎說：「我身上的脂肪和肌肉還受得住切肉刀砍個幾下。他得開輛卡車碾過我才要得了我的命。他逮到我們在他的拖車旁邊鬼鬼祟祟，從背後用切肉刀敲了我的頭一記。他趁我還沒發現他時下手，不然我肯定把他往死裡揍。他打了我的頭，讓我倒地之後又補了幾刀。他應該往頭上砍的，砍我的背只是讓我無力了一下子而已。」

「爸，拖車裡有好多恐怖的東西，照片什麼的……還有女人的身體部位。」

「陰部，」瑪莎說：「他用剝製皮革的方式把那個部位保存下來，有一個還串在皮帶上，我想他時不時就會拿出來繫上。他就是那種變態。」

「華多現在怎樣了？」我問。

「我把那王八蛋打了個一桿進洞，」瑪莎說：「但看起來他還是會復元。雖然拖車燒掉了，留下來的證據還是夠他吃不完兜著走。如果我們走運，他會挨毒針的（注）。對吧，山姆？」

「沒錯。」山姆附和。

「哇，」我說：「拖車又是怎麼燒掉的？」

「有隻貴賓狗在垃圾堆裡著火了，」潔絲敏說：「可憐的東西。牠跑回拖車，門開著，牠就跑進去跳到床上，那一半的拖車都被燒掉。」

「燒毀了一堆禾林羅曼史，」瑪莎說：「要是那個小混帳把那些書拿來賣就好了，搞不好還能讓我們賺幾個錢。總之，大部分的照片和做成皮革的女陰都沒被燒掉，所以我們是抓到這王八蛋的小辮子了。」

我看著潔絲敏，露出微笑。

她也報以笑容，伸手拍拍我的肩膀。「噢對了，」她說著打開皮包，拿出一個信封。「這個給你。是媽給的。」

「打開吧。」我說。

潔絲敏打開信封交給我。我接過來，裡面是一張早日康復慰問卡，是她某個朋友不知何時寄給她的，她劃掉朋友和原寄件人的名字，在罐頭祝福語下面寫著：**不要太快好起來**。

「我開始覺得妳媽和我不會重修舊好了。」我說。

「恐怕不會。」潔絲敏說。

注 即注射死刑。

「那就有個搬家的好理由了。」瑪莎說：「我要搬出這個狗屎小鎮了。老實跟你說，我有一小筆遺產供我度日，某個叔伯留給我的。他在遺囑裡說我是全家族最醜的，所以會需要這筆財產。」

「太爛了，」潔絲敏說：「別信他的話。」

「才不爛，」瑪莎表示：「要是沒有那筆錢，我和那些該死的書就要流落街頭了。長得醜也會有補償的。我決定在拉波德開一家書店，還要順便開一間偵探事務所。是個不錯的搭配吧？讀點書、查點案。如果你們兩個想要的話，可以當我的員工。普雷賓做全職，潔絲敏妳呢，上大學之後可以來打工。你們覺得如何？」

「我們買平裝書有折扣嗎？」我問。

瑪莎考慮了一下。「我想沒有。」她說。

「冷氣呢？」

「我想也沒有。」

「讓我考慮考慮。」我說。

突然間，我睜不開眼睛。

潔絲敏溫柔地將手放在我手臂上。「先休息吧。」她說。

我聽她的話照做。

牛仔

Cowboy

我在亞特蘭大下了飛機，坐上接駁車，本以爲目的地就是我的下榻飯店，但是有些地方搞錯了，結果去的根本不是我的飯店。他們告訴我，可以去路邊搭另一班接駁車，會載我到他們連鎖的另一間飯店，從那裡到我要去的地方只須走一小段路。我想這樣也成，畢竟一開始是我搭錯了車。

我坐在那間飯店外的長椅上等車。當時是十月，天氣有點涼，但尚稱舒適，空氣感覺有點潮濕。

我帶了一本平裝西部小說，從外套口袋裡拿出來讀了幾頁，時不時抬頭看車來了沒，再看看錶，然後又回去看書。這本西部小說實在不怎麼樣。

我坐在那裡時，有個溜滑板的黑人小男孩，腰上繫了個空的玩具手槍槍套，經過時看著我。他頭剃得乾乾淨淨，身上的按釦式牛仔襯衫前襟扯破了。我猜他大約十一歲。

我的視線回到書上，繼續閱讀，然後聽見他的滑板溜到我面前。我抬起頭，見他看著我的書籍封面上的圖片。

「那是牛仔的書嗎？」他說。

我跟他說是。

「好看嗎？」

「我不怎麼中意。跟之前看的三、四本有點太像了。」

「我喜歡牛仔的書和電影，但有些東西它們老是演得不對。」

「我也喜歡。」

「我就是牛仔。」他說，語調中帶著點桀驁。

「是嗎？」

「你覺得黑鬼不能當牛仔是吧。」

「我沒那樣想。你別這麼說自己。」

「黑鬼？我自己說沒關係啊。如果是你說，我就不喜歡了。」

「我不會說。」

「誰要是說了就是挑釁我跟他打架。」

「我不想打架。你的手槍上哪去了？」

他沒回答。「黑人小孩可以當牛仔，你知道吧。」

「我相信。」

「他們不是只能當廚子。」

「當然不是。」

「電影裡和書裡演的就是那樣。那本書裡有黑人牛仔嗎？」

「目前還沒有。」

「會有嗎？」

「我不知道。」我說。但其實我知道，我讀的牛仔書夠多了。

「學校裡的白人小孩說，世上沒有黑人牛仔。他們說沒有黑鬼牛仔，說我們不能跟印地安人打。」

「別聽他們胡說。」

「我不會聽他們的。我去學校遊樂場的時候，他們拿走我的手槍。他們一共有三個人。」

我這才明白過來。所以他的襯衫被扯破，槍也沒了。

「我很遺憾，那樣太糟了。」

「他們說黑鬼不需要牛仔的槍，說我需要的是煎鍋或是掃把。我以前可是會在牧場騎馬、揮套索呢。他們懂什麼。」

「你在牧場玩的只有套索嗎？」

「牛仔做的事我全都會，全都做過。」

「工作是不是很辛苦？」

「辛苦到你不敢相信。那些事我全都做過。牛仔不會管人叫黑鬼。」

「你媽媽和爸爸也跟你一起在牧場工作嗎？」

「沒有，我媽媽有別的工作，她專門打掃。我爸爸在越南死掉了，拿到些勳章什麼的。他跟我不一樣，不是牛仔。」

我抬頭，看到接駁車，提了行李箱站起來。

「我得走了，」我說：「希望你能把槍拿回來。很多厲害的牛仔打架也偶爾會輸。」

「他們有三個人。」

「這個給你。再會了。」我一時想到，把那本西部小說遞給他。

「裡面一定沒有黑人牛仔，」他表示，然後把書遞還給我。「我想要有黑人牛仔的書。如果書裡面都沒有黑人牛仔，我就再也不要看書了。」

「我相信一定有的。」我說。

「一定要有。」

我上了接駁車，去到另一間飯店。我下車步行到該去的地點，途中把那本書放進街邊一個由鐵絲編成的垃圾桶裡。

魚夜

Fish Night

這是一個熱到能把骨頭曬得褪色的下午，空中萬里無雲，陽光張牙舞爪。空氣像果凍狀培養基一樣波浪狀地抖動。

一片熱氣中開來一輛老舊的黑色普利茅斯汽車，從引擎蓋下咳出白煙。它發出了兩次喘吁吁的噴氣聲，然後隨著一聲巨響，逆火拋錨在路邊。

駕駛下車繞到引擎蓋前。他是個步入中老年的男人，長著乾枯的棕髮，頂著一大個啤酒肚。他的襯衫只扣到肚臍，袖子捲到手肘以上，胸前和手臂上的體毛都是灰的。

另一個比較年輕的男人從乘客座出來，也繞到車子前面去。他的白襯衫腋下有泛黃的汗斑，脖子上掛著沒繫緊的條紋領帶，像一條死在睡夢中的寵物蛇。

「怎樣？」年輕的那個男人問。

老人什麼也沒說，打開了引擎蓋。散熱器冒出一股白色的蒸氣，往天空飄去，然後消散了。

「該死。」老人說著踹了踹普利茅斯的保險桿，就像在踹某個死對頭的牙齒。這個動作沒帶給他多少滿足，倒是在他褐色的鞋尖留下一道難看的刮痕，腳踝也痛得要命。

「怎樣？」年輕人又問一次。

「什麼怎樣？你覺得呢？跟這週的開罐器生意一樣死透了。死得更徹底。散熱器上都是洞。」

「也許會有人經過，幫我們一把。」

「當然囉。」

「至少載我們一程。」

「繼續作夢吧，大學生。」

「一定會有人經過的。」年輕人說。

「也許會，也許不會。誰會走這種小路？大家都在主幹公路上，不會跑來走這種鳥不生蛋的捷徑。」他說到最後瞪著年輕人。

「又不是我叫你走的，」年輕人斥道：「它就在地圖上，我只是跟你說而已。這是你選的。是你決定要開這條路的，又不是我的錯。再說，誰想得到車子說死就死？」

「我有叫你檢查水箱，不是嗎？不是在艾爾帕索就叫你檢查了嗎？」

「我檢查了，那時候還有水。我跟你說過，不是我的錯。從亞利桑納州一路開車的都是你。」

「對啦，對啦。」老人說，彷彿不想再聽這些事了，他於是轉頭看向公路。小的車、大的車都沒有，只有熱浪和舉目所及好幾哩長、空無一物的水泥路面。

他們坐在燙熱的地上，背靠著車子，讓它提供一點遮蔭——雖然幫助不大。他們小口地喝著一瓶從普利茅斯車上拿出來、已變成常溫的水，彼此沒說什麼話，直到太陽下山。到了那時，他們都才放鬆了些。沙地的熱氣已經消散，沙漠的涼意漸濃。稍早的高溫讓他們脾氣暴躁，寒意則拉近了他們的距離。

老人扣上襯衫，把捲高的袖子放下來，年輕人則從後座翻出一件毛衣。他穿了毛衣，坐回地上。

「對這件事我很抱歉。」他突然說。

「不是你的錯。不是任何人的錯。我只是有時會大吼大叫，把開罐器公司的問題怪在所有人頭上，就是不怪公司本身和我自己。挨家挨戶推銷的年代已經結束了，孩子。」

「我還以爲自己找了一份輕鬆的暑假工作呢。」年輕人說。

老人笑了出來。「可不是嗎。他們很會說服人，對吧？」

「眞的！」

「聽起來好像能賺大錢，但是根本沒錢可賺了，孩子。世上沒有那麼簡單的事。唯一賺到錢的就只有公司。我們只會愈來愈老、愈來愈累，鞋子上的破洞愈來愈多。我要是有點腦子，幾年前就該辭職了。你就只做這個暑假——」

「也許不會到那麼久。」

「嗯，總之我知道的就是這樣，一個鎮接著一個鎮，一間汽車旅館接著下一間，拜訪一戶又一戶人家，看著紗門後方對你搖頭的人。連那些廉價汽旅裡的蟑螂看起來都似曾相識，好像牠們也是上門拜訪的推銷員，得在外面租房間住。」

年輕人輕聲地笑出來。「你說的有點道理。」

他們靜靜坐了一會兒。夜色籠罩了整片沙漠，巨大的金色月亮和億萬顆星星從亙古之外發出瑩白的微光。

風吹了起來，沙子隨之飄動，降落在新的地點。沙漠的緩慢波動令人想起午夜的海洋，曾經坐船橫渡大西洋的年輕人這麼說。

「海洋？」老人回答：「是啊，是啊，就像那樣。我也有同感。這就是它讓我不安的一部分原因，讓我今天下午暴躁起來的一部分原因。不止是因爲天熱。我在這裡有一些回憶，」他對著沙漠點了一下頭。「它們現在又回來了。」

年輕人扮了個鬼臉。「我不懂。」

「你不會懂。你不該懂。你會覺得我瘋了。」

「我已經覺得你瘋了。就跟我說吧。」

老人露出微笑。「好吧，但你不准笑。」

「我不會的。」

他們之間沉默了片刻。最後，老人開口：「今晚是魚之夜，孩子。今晚是滿月，當初就是在沙漠裡的這個地方，如果我沒記錯，而且這裡感覺也對——我是說，這個夜晚感覺就像是用某種柔軟的布料做成的，跟一般的晚上不同，感覺就像在一個又大又黑的袋子裡，袋身灑滿了亮粉，袋口打了一盞聚光燈，就像月亮，對不對？」

「你把我搞糊塗了。」

老人嘆了口氣。「但感覺起來不一樣。對不對？你也有感覺到吧？」

「應該吧。本來覺得只是因爲沙漠裡的空氣。我從來沒在沙漠裡這樣露宿，所以我猜感覺本來就會不同吧。」

「好吧，是不同。你看，這就是我二十年前受困的同一條路。我一開始還不知道，至少沒有清楚意識到。但是在內心深處，我一定在開上這條路時就曉得了，主動朝著命運而去。這就像足球賽那樣，像一種即時重播（注）。」

「我還是不懂魚之夜的事。你說你以前來過是什麼意思？」

「不是來過這個確切地點，是這座沙漠裡的某處。那時的路比現在還不成樣子，大概只有納瓦荷族會走。我的車壞了，就像今天這輛，但我沒有在原地等，而是開始用走的。我啓程的同時，魚出現

注 instant replay，體育賽事的轉播上，會針對精彩畫面或爭議部分重播數秒或數分鐘前的直播片段。

了。魚在星光裡游動，有好多好多，漂亮得不得了，包括了彩虹的每一種顏色，有大有小、有胖有瘦。牠們直接朝我游過來……**直接穿過了我！**舉目所見到處都是魚，從頭頂上到地上都是。

「等等，小子。別那樣看著我。聽我說：你是個大學生，你懂得不少。我是說，你懂得這世界上在我們出現之前有過什麼，在我們爬出大海、產生了足夠的變化、開始自稱爲人類之前。我們也曾經是水中生物，和那些會游泳的東西是兄弟，不是嗎？」

「我想是吧，但是——」

「好幾百萬年前，這片沙漠曾經是海底。也許還是人類的誕生地呢，誰曉得呢？我是在講科學的書裡讀到的。然後我就想：如果人的鬼魂可以在房子裡作祟，滅亡多年的生物鬼魂爲什麼不能在牠們棲息過的地方出沒、在幽靈大海裡漂浮呢？」

「你是說有靈魂的魚？」

「格局別這麼小，孩子。聽我說：我跟北方那邊一些印地安人聊過，他們跟我說有一種叫做『曼尼托』（manitou）的東西，也就是靈魂。他們相信所有的東西都有靈魂，不管是岩石、樹、各式各樣的東西。就算岩石被風化成塵土、樹被砍成木材，它們的曼尼托都還是存在。」

「那爲什麼你不會一直看到那些魚？」

「爲什麼我們不會一直看到鬼？爲什麼有些人從來沒看過鬼？時機不對，這就是原因。需要一個珍貴的時機，我想那就像某種精密的定時鎖——銀行用的那種。銀行的定時鎖打開的時候，裡面有錢；這裡的定時鎖打開的時候，我們就會看到魚和早已消失的世界。」

「嗯，這值得思索。」年輕人勉爲其難地說。

老人對他咧嘴而笑。「我不怪你會有那種想法。但我二十年前遇上這件事之後，就再也不曾忘記過。我看著那些魚足足一小時，直到牠們消失。然後馬上有個納瓦荷人開著一輛老皮卡車過來，我就搭他的便車進城。我跟他說了我看到什麼。他就只是看著我，咕噥了一些話。但我看得出來，他知道我在說什麼，他也看到了，而且可能不是第一次看到。

「我聽說納瓦荷族出於某些原因不吃魚，我敢打包票，就是因爲沙漠裡的那些魚。也許他們覺得那些魚是神聖的。爲什麼不可能呢？那感覺就像面對著造物主，就像爬回母親體內，回到出生前的狀態，在液體裡隨意踢動，完全無憂無慮。」

「我不知道。這聽起來有點……」

「可疑？」老人笑了。「沒錯，沒錯。總之，那個納瓦荷人把我載到鎮上。隔天我把車修好，繼續上路。之後我再也沒走過那條捷徑——直到今天，而我認爲這不止是巧合。是我的潛意識在驅使我。那一晚把我嚇壞了，孩子，我不會不承認，但那一晚也非常美妙，讓我無法忘懷。」

年輕人不知該如何回話。

老人看著他，露出微笑。「我不怪你，」老人說：「完全不會。也許是我瘋了。」

他們在沙漠的夜晚中又坐了一會兒，然後老人拿下假牙，倒了點溫水沖洗上面的咖啡和香菸污漬。

「希望我們不會缺水。」年輕人說。

「你說得對。我眞是犯傻了！我們睡一下吧，日出前就開始走。這裡離下一個鎮不遠，最多就十哩。」他把假牙放回嘴裡。「我們會沒事的。」

年輕人點了點頭。

最後半條魚也沒出現。他們沒有多談，雙雙爬進了車子，年輕人在前座，老人在後座。他們用換洗衣物墊在身下，抵禦夜晚的寒意。

將近午夜時，老人突然醒過來，頭枕著雙手，往對面的車窗外看，凝視著清爽的沙漠天空。一條魚游了過去。

魚身又細又長，點綴著世界上所有的繽紛色彩，牠道別般地揮揮尾巴，然後就不見了。

老人坐直起來。外面到處都是魚——有大有小、五顏六色、形狀各異。

「嘿，小子，醒醒！」

年輕人咕噥了一聲。

「醒醒！」

趴在手臂上休息的年輕人翻過身來。「怎麼樣？要出發了嗎？」

「魚。」

「別提了。」

「你看！」

年輕人坐起來，目瞪口呆。各式各樣的魚在車子周圍繞著圈，游得愈來愈快，繞成暗色的漩渦。

「哇，我真是……這怎麼辦到的？」

「你看吧。我就告訴你了。」

老人的手伸向車門，但是他還沒拉動門把，一條魚就慵懶地穿過後車窗，在車裡悠游了一圈、兩圈，穿過老人的胸口，然後拍著鰭浮上去游出車頂。

老人咯咯笑著，打開了車門，在路邊跳起來，伸手掃過五彩繽紛的魚兒。「就像肥皂泡泡，」他說：「不，就像煙一樣。」

年輕人仍震驚得合不攏嘴，也打開車門下車。他連抬頭仰望都能看到魚，外型奇異的魚，他沒在照片裡看過，也不曾想像過。牠們像閃爍的光線般忽隱忽現、到處躍動。

他抬頭看見月亮附近有一大朵烏雲，整片天空就只有這麼一朵雲。那朵雲突然讓他回到了現實，他在心裡謝天謝地——還是有正常的事在發生。整個世界沒有一起發瘋。

過了一會兒，老人不再往魚群裡跳來跳去，走回來靠在車子上，手撫著不斷起伏的胸膛。

「你感覺到了嗎，小子？感覺到大海的存在了嗎？是不是就像你漂浮在子宮裡時一樣，感覺得到母親的心跳？」

年輕人不得不承認他感覺到了。那一陣翻騰的內在節奏，就是生命的潮湧，是海洋搏動的心臟。

「怎麼會……」年輕人說：「……爲什麼？」

「是定時鎖，小子。定時鎖開了，魚兒就自由了。牠們來自人類成爲人類以前的時代，當時我們還沒有被文明所拖累。我知道這是眞的，我心裡一直都知道眞相。我們所有人心裡都知道。」

「就像時空旅行，」年輕人說：「牠們一路從過去來到了未來。」

「對，對，就是那樣……如果牠們可以來到我們的世界，我們爲什麼不能去到牠們的世界呢？讓我們釋放那一部分的靈魂，融入牠們的時代？」

「喂，等等……」

「天啊，就是這樣。牠們是純潔的，小子，是純潔的。潔淨而不受文明的束縛。一定就是這樣。牠們是純潔的，但我們不是。我們被科技拖累了，還有衣服，還有車子。」

老人開始脫下衣服。

「喂！」年輕人說：「你會凍死的。」

「如果你是純潔的，完全地純潔，」老人喃喃說道：「就是這樣……對，這就是關鍵。」

「你發瘋了。」

「我不要看那車子，」老人喊叫著跑過沙地，把身上的最後一些衣物扔在背後，像隻野兔般在沙漠裡跳躍。「神啊，神啊，什麼都沒有發生，什麼都沒有，」他呻吟道：「這不是我的世界。我是屬於那個世界的。我想要在海洋的肚腹裡自由漂流，遠離開罐器、車子還有——」

年輕人喊著老人的名字。老人似乎沒有聽見。

「我想離開這裡！」老人喊道。突然間他又跳了起來。「牙齒！」他叫道：「是牙齒。牙醫、科學，都去死吧！」他用力伸手到嘴裡拔出假牙，往背後一丟。

假牙落地時，老人頓時浮了起來，一點一點往上游，像一隻淺粉紅色的海豹在魚群裡游動。

在月光下，年輕人看到老人張著下巴，不放過最後一絲未來的空氣。老人往上、往上、再往上，奮力泅游在久遠前早已消失的海水中。

年輕人開始脫下自己的衣服。也許他可以抓住老人，把他拉下來，給他穿上衣服，總之做些什麼……天啊，得做些什麼……但是，如果他回不來呢？而且他的牙齒裡有塡補物，背部有因爲機車車禍而裝上的金屬支架。不，他跟老人不同，這裡就是他的世界，他被綁在這裡。他無能爲力。

巨大的暗影飄到了月亮前，製造出蠢蠢欲動的一片黑暗，年輕人見狀愣得放開了襯衫鈕子，抬起頭看。

一個黑色的火箭形物體在無形的海洋中移動：是隻鯊魚，所有鯊魚的祖先，所有人類對深海恐懼的根源。

牠張口咬住了老人，開始向上往散發金光的月亮游去。老人垂晃在那生物的口中，像被家貓咬爛的老鼠。他身上冒出血花，血花在無形的海水裡暗暗地擴散出去。

年輕人顫抖著。「噢，天啊。」他說。

然後那朵厚厚的烏雲飄到了月亮面前。

一時之間天地無光。

那朵雲飄過去後，光線恢復了，照亮空蕩蕩的天際。

魚群不見了。

鯊魚不見了。

老人也不見了。

只剩下夜晚、月亮和星星。

不從底特律來

Not from Detroit

戶外又冷又濕，還颳著風。風暴讓整間破屋搖晃作響，刀鋒般的寒氣鑽進門窗和牆上的縫隙，但是對屋裡的兩個人並沒有差別。他們坐在老舊的壁爐前嘎嘎吱吱的搖椅上，腿上蓋著披毯，十指交扣，兩人都暖暖的。

他們後方的廚房水槽旁，有個水桶盛接著屋頂破洞漏下的雨水。水滴已不再是雨打在鐵皮屋頂上的吵鬧鏗鏘聲，只剩下輕輕的啪答響。

這兩個老人是一對夫妻，已經結縭超過五十年。他們共處起來安心自在，很少需要開口說話。他們多半只是搖著搖椅，看著爐火的光影照在室內。

最終，瑪吉說話了。「艾列克斯，」她說：「我希望我死得比你早。」

艾列克斯停住搖椅。「妳說什麼？」

「我說，我希望我死得比你早。」她沒看他，只是望著爐火。「這很自私，我知道，但我就是這麼希望。我不想在你死後獨活。那會像挖了我的心還指望我走路一樣，跟殭屍似的。」

「還有孩子們啊，」他說：「如果我死了，他們會接妳去住的。」

「我只會礙他們的事。我愛他們，但我不想那樣，他們有自己的生活了。我只想死在你之前，這樣可以簡單得多。」

「對我可不簡單，」艾列克斯說：「我不想要妳比我早死。所以這樣說吧，我們都是自私的，對吧？」

她露出微笑。「嗯，這不是睡前該談的話題，但我心裡就是掛著這件事，不得不說出來。」

「我也在想呢，親愛的。這是自然的。我們都不再是青春少年人了。」

「你還壯得像匹馬呢，艾列克斯．布魯克。你做了一輩子修車工作，身體練得硬朗。我呢，倒是得了滑囊炎和一身病痛，而且總是感到疲累，老得可折騰了。」

艾列克斯又搖起椅子。他們盯著爐火。「我們會一起走，親愛的，」他說：「我有這感覺。像我們這樣的老夫老妻就該如此。」

「不知道我會不會先看到他來。我說的是死神。」

「什麼？」

「我奶奶告訴過我，她在她爹死的那晚看到了死神。」

「妳沒跟我說過。」

「我不愛提這個。但奶奶說，那個男人坐著一輛黑色的馬車，慢慢來到屋前，揮了三下馬鞭，然後才眨眼間的工夫，她爹人就沒了。她還說，她聽她爺爺說過他小時候看過死神。說他清晨醒來，正要做事，到外看見了一個黑衣人走過房子，停在門前，肩上扛著一根桿子，掛著一個格子布包袱。那黑衣人看著房子，彈了三次響指，過了一會兒，他得了天花的叔公就在床上死了。」

「只是故事罷了，親愛的，就只是故事。別爲這些老故事太煩心了。來吧，我來熱些牛奶。」

艾列克斯站起來，把披毯放在椅子上，過去把牛奶倒在鐵鍋裡加熱。他一面忙，一面轉身關照瑪吉。她還在看著爐火，但搖椅沒再搖了。她只是看著火光，而艾列克斯知道，她在思考著死亡。

喝完牛奶，他們上床去，瑪吉很快就睡著了，鼾聲像鋸子似的。艾列克斯發覺自己輾轉難眠。一部分是因爲加劇的暴風雨，但主要還是因爲瑪吉說關於死亡的事，讓他感到寂寞。

他跟她一樣，比起怕死，更怕被留下來孤零零一人。這五十年來，她就像他的心跳，沒有了她，他就只會是度過生活中的種種，而不是活著。

他默默祈禱：上帝啊，等我們時候到了，就讓我們一起走吧。他轉頭看著瑪吉。她的臉看起來沒什麼皺紋，異樣地年輕。他很高興她一睡著就幾乎不會受什麼東西驚擾，他倒是沒辦法。

也許我只是餓了。他心想。

他溜下床，穿上褲子、襯衫和室內鞋；那雙有著兔子臉和兔子耳朵的傻氣鞋子，是他孫女買給他的。他無聲地踏進廚房。那裡不僅是廚房，也是他們的休憩室、客廳和餐廳。這間房子只有三個房間和一個衣帽間，其中一間還是浴廁。這種時候，艾列克斯便覺得他應該讓瑪吉過上更好的日子，例如給她一間更大的房子。他們也是在這間房子裡把小孩養大，嬰兒從前就睡在廚房裡的搖床上。

他嘆了口氣。不管他工作多麼努力，似乎都還是原地踏步，停留在他們這一窮二白的原地。

他從冰箱拿出一盒半加侖裝的牛奶，直接拿紙盒就口喝。

他把牛奶放回去，看著雨水滴進桶子。他看了就生氣。自從退休之後，他就放著這小房子成了間破屋，而且沒有藉口可言。他當然沒有累到打理不了房子的程度。瑪吉對此沒有更常抱怨，就已經是個奇蹟了。

好吧，今晚也沒辦法做什麼。但他發誓，等天氣變乾燥，他絕不會忘記要爬上屋頂修好那該死的漏洞。

他靜靜地從廚具櫃翻出一個鐵鍋。他得去把桶子倒空，免得早上撞倒。他先在鍋裡裝了些水，才拿它去替換桶子，這樣水滴聲才不會太大。

他打開前門，提著桶子到門廊上去。他往外看著泥濘的院子，以及他的紅色老車，側邊車門上的白色商標早已隨時間而褪色：**艾列克斯·布魯克，報廢及修車服務**。

今晚，看著他這匹老戰馬，他感到益發悲傷。他想念以前把它用在該有的用途上，也就是工作。而現在，它就只是交通工具。退休前，他靠工具和雙手維生，但現在他一無所有，只靠著社會安全保險金的支票。

他靠在門廊邊緣，把桶裡的水倒進貧瘠而空無一物的花床。他抬頭再度看向院子、望向五十九號公路時，突然看到了一道光芒。那其實是車頭燈，在雨中看起來霧濛濛的，彷彿表面蓋著一層膜的琥珀色眼睛。車子在遠方的公路上，從南方而來，左彎右拐地朝他迅速接近。

艾列克斯覺得，不管開車的人是誰，肯定都發瘋了。就算是在路面乾燥、陽光普照的天氣裡，那樣開車已經很危險了，而在這種風雨中這樣玩，簡直是自找車禍。

那輛車接近時，他看到狹長的黑色車身，形狀古怪，他從來沒見過，而他對車子可說是非常了解。這看著不像從底特律的工廠生產線出產，一定是外國車。

它奇蹟似地減速了，甚至連抖都沒有抖一下，煞車和輪胎也沒發出刮擦聲。老實說，艾列克斯根本聽不到它的引擎聲響，只有橡膠在濕水泥地上輕如耳語的細微摩擦聲。

那輛車來到跟房子平行的位置時，一道閃電正好劈下，在那一瞬間，艾列克斯清楚看到了車上的駕駛，或至少是那位駕駛在閃光下出現的輪廓：一個嘴叼雪茄、頭上戴著禮帽的男人，頭往房子的方向轉過來。

閃電的光消失了，現在只剩下那輛車的黑影和雪茄的紅色末端對著房子。艾列克斯感覺有道冰柱從他腦門滴下一股冰寒，蔓延到他全身，從腳底流出來。

駕駛按了喇叭，三次銳利的巨響刺進了艾列克斯心裡。

叭。（**盛開的玫瑰凋萎發黑**）

叭。（**記憶中的喪禮，親友躺在棺中降下**）

叭。（**蛆蟲鑽過腐爛的皮肉**）

然後是一陣比喇叭聲更震耳欲聾的寂靜。車子再度加速，艾列克斯看著它的尾燈在黑暗中眨了一下眼。寒意不再那麼刺骨，他腦中的冰柱融散了。

但他站在那裡，一股腦回想起瑪吉那晚稍早說的話：「看到了死神……馬車慢慢到了屋子前來……揮了三下馬鞭……他看著房子彈了三次響指……過了一會兒就死了……」

艾列克斯感覺喉嚨像被松樹的節瘤卡住。水桶從他指間滑落，在門廊上喀噠喀噠地滾進了花床。他轉身進屋，迅速走向臥室——

（不可能，只是老太婆的故事罷了）

他的手因恐懼而顫抖。

（只是個瘋狂的巧合）

瑪吉沒在打鼾了。

艾列克斯抓著她的肩膀搖晃。

沒有反應。

他將她翻成仰姿，大叫著她的名字。

沒有反應。

「噢，寶貝，不。」

他觸摸她的脈搏。

毫無動靜。

他將一邊耳朵靠在她胸前，傾聽她的心跳（他另一半生命的鼓聲），仍舊毫無動靜。

寂靜，全然的寂靜。

「妳不能……」艾列克斯說：「妳不能……我們應該一起走的……應該那樣的。」

然後他想到了。他看到死神駕車經過，看到他繼續駛上公路。

他站起來，從椅背上抓了外套，衝向前門。「你不會帶走她，」他大聲說：「你不能！」

他從門邊的釘子上拿了車鑰匙，奔向門廊，衝進冷雨中。

過了一會兒，他就在公路上飛速前進，瘋狂地追著那輛奇怪的車子。

他的車很老了，而且不是設計來開快的，但他一直有將它好好保養調校，裝上新的輪胎，所以它在濕滑的公路上也跑得很好。艾列克斯把油門逐漸往下踩，踩到底爲止，加速、加速再加速。

過了一個小時，他看到了死神。

不是看到本尊，而是車牌，在車頭燈的照明下清清楚楚，特製的車牌上寫著：**死亡／豁免**。

路上就只有他和那輛奇怪的黑車子。艾列克斯逼近對方，按了喇叭。死神也回按（但喇叭聲跟他在艾列克斯房子前按的不同），從車窗伸出手揮了揮。

艾列克斯繼續前進，當他和對方的車齊頭並進時，他轉過去看死神。他還是無法看清楚，但可以看出對方禮帽的輪廓。當死神轉過來看他時，他也看得見雪茄末端的火光，像子彈打出的血淋淋傷口。

艾列克斯猛力往那輛車逼過去，死神往右閃開，接著又回到路面上。艾列克斯再來一次。黑色車子的輪胎碰到路邊的礫石，艾列克斯逼得更近，不讓它回到公路路面。他又撞了一次，對方開進了路旁的草地，顚簸一陣之後在路堤上滑行、撞上一棵樹。

艾列克斯小心翼翼地煞車，退離路面，下了車。他從座椅下拿出一把小扳手和一把大型的鉤型扳手，將小的那把放進外套口袋裡當作額外保險，然後揮著鉤型扳手衝向路堤。

死神打開車門出來，雨已經停了，月亮從雲層裡探出頭，像個躲在紗簾後的害羞小孩。死神粉紅的圓臉在月光的照耀下，像一顆上了蠟的石榴，雪茄懸吊在他嘴邊的一根菸絲上。

他往路堤上看，看到一個老邁但身形強壯的黑人舉著一把扳手，穿著兔子拖鞋朝他衝來。

死神吐掉撞壞的雪茄，往前一步，抓住艾列克斯的手腕和前臂。老人整個人摔出去，握著的扳手也隨之噴飛；他重重仰躺在地，粗重地喘氣。

死神靠到艾列克斯上方。艾列克斯近看才發現那張粉紅的臉龐有些許坑疤凹洞，一部分的粉嫩光澤來自濃重的化妝。死神對外貌是很講究的。他穿著黑色T恤、長褲和運動鞋，當然還戴著帽子，不管是剛才的車禍或扭打都沒能弄亂它。

「老兄，你這是在幹嘛？」死神問。

艾列克斯吁吁喘氣。「你不能……帶走她。」

「誰？你是在說誰？」

「別跟我……裝傻。」艾列克斯用一邊手肘撐起身體，恢復了呼吸節奏。「你是死神，你帶走了我家瑪吉的靈魂。」

死神直起身。「所以你知道我是誰。好吧。但你想怎樣？我只是盡我的職責。」

「她的時候還沒到。」

「名單上說她的時候到了，我的名單從不出錯。」

艾列克斯感覺到某種硬物抵著他的髖部，然後想到那是什麼，是那把小扳手。就連死神剛才對他那一摔，都沒能讓小扳手摔出他的外套口袋。它好好待在口袋裡，跑到了他髖部下方的位置，讓他這把老骨頭更痛了。

艾列克斯作勢翻身，讓口袋從他身下露出來，然後伸手進去拿出扳手、揮向死神，正中對方帽簷下方，打得他踉蹌後退。這一打把死神的帽子打掉，額頭流出血來。

死神還沒恢復過來，艾列克斯就奮力往前衝，用他的頭去撞死神的肚子，把對方撞得倒地。他用膝蓋壓住死神的手臂，用他老而彌堅的雙手緊掐死神的喉嚨。

「我沒傷害過任何人，」艾列克斯說：「現在也不想。我不想拿扳手打你，但你要把瑪吉還回來。」

死神的雙眼起初沒有任何情緒，但是慢慢有一道光亮了起來。他輕易地將雙臂從艾列克斯的膝蓋下抽出，舉起來抓住老人的手腕，將對方的手拉離自己的喉嚨。

「你這老雜種，」死神說：「竟然被你逮住。」

死神把艾列克斯甩到一旁，然後站了起來，咧嘴笑著轉身正要拾起禮帽，卻一直無法伸手。

艾列克斯像螃蟹般橫著移動，交叉雙腿，抓住死神膝蓋的上方和後面，把他扭得面朝下倒地。

死神用手掌撐著地爬起來，像蛇一樣輕鬆地從艾列克斯腿後遠離。這次他終於拿起帽子戴上，站起身，仔細盯著艾列克斯看。

「我嚇不著你，對吧？」死神問。

艾列克斯注意到死神額頭上的傷口消失了，連一滴血都沒有。「嚇不著，」艾列克斯說：「你沒嚇著我，我只想要我家瑪吉回來。」

「好吧。」死神說。

艾列克斯猛地坐直。

「什麼？」

「我說，好吧。就這一次。沒多少人能智取我、把我壓倒在地。你很有勇氣，對此我要給你點肯定，我喜歡。我會把她還給你一段時間。過來。」

死神走到那輛不從底特律來的車子旁。艾列克斯站起來跟上。死神拔下車鑰匙，走到後車廂，將鑰匙插進鎖孔，後車廂「嘶」地打開了。

裡面放有一落又一落的火柴盒。死神的手在其上挪動，像個在超市裡挑選某種特殊蔬菜的顧客。他的手指停在一個和其他盒子看起來並無二致的火柴盒上。「她的靈魂就在這裡面，老頭。你就站在她床邊，把盒子打開，懂嗎？」

「就這樣？」

「就這樣。現在趁我改變心意前快滾吧。還有記住，我是把她還給你了，但只有一段時間。」

艾列克斯起步走開，小心握著火柴盒。經過死神的車子時，他看到車上撞出的凹洞正在復原。他轉身看著正在關後車廂的死神。

「我想你不用找人幫忙拖吊吧？」

死神微微一笑。「完全不用。」

艾列克斯站在他們的床邊，他們曾經在這張床上歡愛、沉眠、談話、作夢。他手裡拿著火柴盒站在那裡，眼睛看著瑪吉冰冷的臉。他輕手輕腳地將盒子打開。小小一道藍光，像彼得潘的朋友小仙子般飛出來，跳到了瑪吉的嘴唇上。瑪吉急吸一口氣，胸膛鼓脹起來，眼睛睜開了。她轉頭看著艾列克斯，露出微笑。

「天啊，艾列克斯，你衣服穿一半站在那裡做什麼？你跑去幹嘛了……你拿的是個火柴盒嗎？」

艾列克斯試著要說話，但發覺自己說不出話來。他只能咧著嘴笑。

「你發神經了嗎？」她問。

「也許有一點點。」他坐到床上，握著她的手。「我愛妳，瑪吉。」

「我也愛你……你是喝了酒嗎？」

「沒有。」

然後，死神那令人手足無措的喇叭聲傳來。一聲巨響震動了整間房子，車頭燈亮晃晃地照過窗戶和牆壁的裂縫，把他們的破屋變得像廉價夜總會。

「到底是誰啊？」瑪吉問。

「是他。但他說……妳待在這。」

艾列克斯從衣櫥裡拿出散彈槍，到門廊上去。死神的車正對著他們的房子，車頭燈把艾列克斯照得愣在原地，像陷進奶油裡的蒼蠅。

死神站在最底一級臺階上，等待著。

艾列克斯用槍指著他。「你滾。你把她還回來了，你承諾過的。」

「我信守承諾。但我說了，只有一段時間。」

「這根本算不上一段時間。」

「我能給的就這麼多，這是我的一份禮物。」

「這麼短的時間比完全沒有還糟。」

「好好接受吧，艾列克斯，放手讓她走。我這裡有紀錄要做，無論如何我都得帶她走，你懂嗎？」

「今晚不行，你別想。」艾列克斯按住散彈槍的擊錘。「明晚也不行。這一段日子都不行。」

「那把槍幫不上你的忙，艾列克斯。你知道的。你阻止不了死神。我站在這裡彈三次響指，或是咂咂舌頭，或是回到車上按喇叭，她都得跟我走。但是我想跟你講道理，艾列克斯，你是個勇敢的人。因爲你將了我一軍，我想幫你個忙。我不想要沒跟你說一聲就把她帶回去，所以我才來這裡跟你談話。但她還是得走，就是現在。」

艾列克斯放下槍。「難道……難道你不能抓我代替她嗎？你可以這樣吧？」

「我……我不知道。這種事很不尋常。」

「不，你可以。帶我走，把瑪吉留下。」

「好吧，我想也成。」

紗門嘎吱作響地打開了，瑪吉穿著家居外套站在那裡。

「你忘了，艾列克斯，我不想一個人留下來。」

「進屋裡去，瑪吉。」艾列克斯說。

「我知道他是誰；我聽到你的話了，死神先生。我不要你帶走我的艾列克斯。你來找的是我。我應該有權利離開。」

他們停頓了一會兒，沒有人說話。然後艾列克斯開口：「帶我們兩個一起走。可以這樣吧？我知道我也在你的名單上，排得很前面。就我的年紀，我應該也沒多少日子可活了。你可以提早一點帶我走，對吧？不行嗎？」

瑪吉和艾列克斯坐在搖椅上，腿上蓋著披毯。壁爐裡沒有火，他們後方的桶子蓄積著雨水，外面有咻咻的風聲。他們雙手交握。死神站在他們面前，手上拿著一個愛德華國王牌雪茄盒。

「你們確定嗎？」死神問：「你們不用兩個人都走。」

艾列克斯看看瑪吉，然後回過來看著死神。

「我們確定，」他說：「動手吧。」

死神點點頭。他打開雪茄盒，放在一邊手掌上，用另一隻手彈了響指。

一下。（風吹得更大了，呼嘯起來）

兩下。（雨滴像鼓棒般敲在屋頂上）

三下。（閃電疾劈，雷聲咆哮）

「進來囉。」死神說。

艾列克斯和瑪吉的軀體癱軟，頭一起往兩張搖椅中間歪倒，手指依然交扣。

死神將雪茄盒夾在腋下，出門往車子走去。雨點打在他的帽子上，風刮蝕著他裸露的手臂，他似乎並不介意。

他打開後車廂，準備要把盒子放進去，然後遲疑了。

他把後車廂關上。

「媽的，」他說：「我就不能當一回情感豐富的老傻瓜嗎。」

他打開盒子，兩道藍光從裡面升起、拉長、碰到地面，變成了艾列克斯和瑪吉的樣貌，在夜裡微微發光。

「想兜個風嗎？」死神問。

「那太好了。」瑪吉說。

「對，太好了。」艾列克斯說。

死神打開車門，艾列克斯和瑪吉溜進車上。死神爬到前座，檢查了掛在儀表板上的便條夾板。泰勒鎮有間醫院裡的一個女人因腦損傷而垂死，那裡是他的下一站。

他放下夾板，發動那輛不是從底特律來的車。

「引擎聽起來保養不錯。」艾列克斯表示。

「我有盡量照顧好。」死神說。

他們把車開出去，死神沿路唱起歌來。「划呀划呀划小船，輕輕漂呀下小溪，」瑪吉和艾列克斯也加入合唱：「樂陶陶呀樂陶陶，人生不過一場夢。」（注）

他們行駛在公路上，尾燈逐漸遠逝，歌聲也慢慢滅跡。車身的黑色金屬與夜幕融爲一體，只剩下新輪胎摩擦濕滑水泥地的細微聲響，最後更完全歸於寂靜，只剩下風吹雨打。

注 出自美國童謠〈划船曲〉（Row, Row, Row Your Boat）。

六八年夏天的郊遊

Steppin' Out, Summer, '68

巴迪喝了又一口啤酒，他放下瓶子時，對著傑克和威爾森說：「我眞想找個馬子。」

「我們都想，」威爾森說：「問題是我們從來沒找到過。」

「我也這樣覺得。」傑克說。

「是你們找不到，」巴迪表示：「我找到的可多了，我說眞的。」

「嗯哼，」威爾森說：「你說得一口好馬子，但是我們從沒見你跟人約會過。我連看你蹓狗都沒看過，更別說和女生走在一起。你連輛車都沒有，要怎麼追女生？」

「我也這樣覺得。」傑克附和。

「你們愛怎麼覺得就怎麼覺得，」巴迪說：「我很快就要弄到一輛雪佛蘭了。我看中了一輛。」

「是嗎？」威爾森問：「哪一輛？」

「德魯・卡林頓的舊車。」

「要命，」威爾森說：「那輛他媽的破車在街燈旁邊著火了，他開著車掉進溪裡去呢。」

「他們把車撈上來了。」巴迪說。

「他們說他把車開進溪裡之前，引擎蓋冒出來的火竄到二十呎高。」傑克補充。

「溪水把火給滅了。」巴迪說。

「嗯哼，」威爾森說：「然後馬達就爆炸了，整個炸穿引擎蓋。他們是在老茉德・佩奇房子後面的樹上找到那鬼東西，裡面還有個活塞掉出來，在她摘蘋果時砸到她的頭，她住院住了三天咧。」

「是啊，」傑克說：「我還聽說卡林頓現在人在達拉斯，出那場意外之後就一直沒好起來。他差點溺死，還有引擎的零件回彈到車子裡，打到他下面，把他給閹了，腿也打殘了，連路都不能走。他現在是坐輪椅之類的吧，找了個笨蛋幫他推來推去。」

「那都只是編故事，」巴迪說：「馬達還在車子裡。卡林頓在達拉斯找到工作，當修車工。他根本沒受傷。佩奇那老女人也沒被活塞砸到，差了一呎呢，她只是嚇壞了，犯了小中風所以才住院。」

「那你有看到那個馬達嗎？」威爾森逼問：「跟我說你看過啊。」

「沒，」巴迪回答：「但我是從可靠的消息來源那裡聽說的。他們說那車能修得好。」

「乾脆用千斤頂把它頂起來，下面用另一輛車撐著開，」威爾森說：「就會好好的了。」

「我也這樣覺得。」傑克附和。

「你們聽聽自己怎麼說的，」巴迪說：「還自認是萬事通、有眞本事啊。我告訴你們兩個蠢蛋，我今晚有好康的，你們都別想參一腳。」

威爾森和傑克動了動，互使眼色，傳遞著沉默但明確的訊息。他們從不知道巴迪是否眞有過那種經驗，也沒有其他人知道。但他比他們倆大了幾歲，而聽他說的那副模樣，可能眞的搞過。而他們也很明白自己是沒搞頭的，所以只要有機會，就不得不回頭跟他好聲好氣。

「像那樣的車子，」威爾森說：「如果夠努力修，可能還是有辦法讓它跑，換幾個新活塞之類的……你說今晚是怎樣？」

巴迪的臉上擺出一副自命不凡的神色。「我知道有個女生喜歡車輪戰，你們知道我說的什麼意思嗎？」

威爾森不想承認，但他就是不知道。「車輪戰？」

「像火車一樣，」巴迪說：「排隊輪流上。你知道的，一女多男，一個接一個。」

「噢。」威爾森說。

「那個我知道。」傑克表示。

「是啊，」威爾森說：「你當然知道囉。」然後他對巴迪說：「你什麼時候要去見那個女的？」

依舊自命不凡的巴迪喝了一口啤酒，抿著嘴，凝望午後的天空。「我想就天黑了一會兒之後走過去吧。大概要走一哩路。」

「所以說，她喜歡一次搞不止一個男的？」威爾森問。

「我是這麼聽說的，」巴迪說：「她會把他們搞到沒力再做爲止。我親戚巴奇跟我說的。」

巴奇。這是個魔法般的字眼。威爾森和傑克又互看了一下。這次有可能是來眞的。巴奇已經二十歲，有一輛跑得很快的車，會吹點口琴，能自己買啤酒，還敢在大人面前罵髒話，而且最重要的是，有人看過他跟女人待在一起。

巴迪繼續說：「她叫莎莉。巴奇說她收五塊錢。他跟她搞過幾次，是從一間廁所牆壁上看到她名字的。」

「她要收錢？」威爾森問。

「你想會有女孩子跟我們所有人搞一輪還不收錢嗎？」巴迪說。

威爾森和傑克之間再度傳遞著無聲的訊號。這次有可能是來眞的。

「巴奇給了我她的地址，說她的皮條客會坐在前門廊，你就過去跟他講價。如果談得不錯，他可能就只收四塊。」

「我不知道，」威爾森說：「我沒付過錢辦那檔事。」

「我也沒。」傑克說。

「因爲你們兩個就是都沒辦過那檔事，不管有沒有付過錢。」巴迪說。

威爾森和傑克再次面對鐵錚錚又令人痛苦的事實。

巴迪看著他們的臉，露出笑容。他再喝了一小口啤酒。「好吧，你們帶五塊錢來，我想我就可以給你們跟。天黑左右時到我家，我們再一起走過去。」

「好啊，嗯，沒問題。」威爾森說：「要是我們有車就好了。」

「期待著吧，」巴迪說：「你們如果跟著我，很快就可以坐著卡林頓的老雪佛蘭兜風了。很有希望。」

快天黑時，威爾森和傑克抵達巴迪家附近，那裡是長長的一條街，街上的四間房子相隔很遠。巴迪家是其中最醜的一間房子，看起來隨時會從水泥地基上應聲而斷，倒進年久失修的院子裡，變成一堆爛木頭和彎鐵釘。房子上不規則地漆著一塊塊宣偉牌白漆，看起來像得了皮膚病。屋頂是鐵皮搭的，最會吸收陽光，把熱氣積蓄在屋裡慢慢燜熬，直到太陽下山後許久才降溫。就算現在已是傍晚，屋頂仍不斷冒出熱氣，滾滾飄到街上，像核爆後的最後一陣風。

威爾森和傑克從側邊走近房子，不想到門前去。巴迪的母親是個壞脾氣的老太婆，穿著棕色浴袍和兔子造型拖鞋，左腳的兔子還少了一隻耳朵。從來沒人看過她穿別的衣服，只是偶爾會加上一頂浴帽，而且不管戴不戴浴帽，也從來沒人在鐵網門後以外的地方見過她。大家都認爲她足不出戶。她會把廣播的問答競賽節目放出來，整天寸步不離收音機，這樣一來，如果她知道答案才能打電話過去。她聲稱她是在聽廣播裡的家事指南，但也沒人見過她做家事。她也會看她女兒看的肥皀劇，雖然她從不承認。她總是假裝在看書，手邊拿著一本《讀者文摘》（*Reader's Digest*），看電視時放在面前。

她的態度也不友善。以前有幾次，威爾森和傑克上門來，她會在紗門那裡和他們打照面，但不讓他們進去。她甚至不跟他們說話，只會回頭呼喊屋裡的巴迪：「欸，你那些小混混朋友來了。」

威爾森和傑克都不認爲他們和巴迪母親的關係有改善的機會，於是他們果斷放棄。他們會在屋外打開的窗戶下晃來晃去，直到巴迪探頭出來。他們等待時總是會聽到有趣的聲音。威爾森告訴傑克說那是很有教育意義的。

這次一如往常，他們從旁挨近房子，到了能聽見屋內聲音的距離。電視開著，飄出一陣罐頭笑聲，代表巴迪的姊姊露安妲在看。如果電視沒開，就代表她在睡覺。她跟母親一樣領救濟金維生，他們全家都有背部問題，除了巴迪他爸，他的背好得很，但是因搶劫酒舖而進了監獄。他之前做假車牌的生意大概賺不了什麼錢。

現在他們可以聽到巴迪母親的聲音。她的聲音有種特質，會讓你想到受了致命重傷的人拚命試圖講話的樣子；彷彿她被壓在翻倒的冰箱下，或是飛出車外撞到樹。

「露安妲，關小聲點。妳知道我腳不好使。」

「媽，妳的腳又聽不到聲音，」露安妲回應。她講起話緩慢又慵懶，帶著有點尖細的摩擦聲，彷彿有拉軌滑輪從喉嚨裡拉上來。

「對，」巴迪的母親說：「但我得靠那雙又老又累的腳爬起來，到這裡叫妳關小聲一點。」

「妳的收音機要是別開太大聲，妳在房間裡喊的話我就能聽得清清楚楚。」

「但妳還是沒把音量關小。」

「再關小我就聽不到了。」

「妳媽又老又累，值得一點尊重吧。」

「妳把我的救濟金拿走一半，還不夠嗎。」露安妲說：「等我生了小孩就要離開這個家。」

「是啊，看妳跟隨便哪個穿褲子的都能睡，生的小孩肯定了不起喔。」

「我根本沒怎麼出門，哪有機會？」露安妲說：「爸去搶酒舖之前倒是試過呢。」

「年輕小姐，給我管好妳的嘴巴。我知道妳會讓他們從窗戶爬進來。看妳在家亂搞、整天看電視，妳滾出去我倒高興。妳得做些有教育意義的事，跟我一樣看看《讀者文摘》。裡面有日常生活的小訣竅，對妳肯定有幫助。」

「很有幫助喔，」露安妲說：「爸也看《讀者文摘》，他就進了亨茨維爾監獄。他一定喜歡那裡勝過在家，晚上一定過得比較舒服。」

「別再給我提這個，年輕小姐。」

「照他跟我說的，」露安妲說：「他跟我在一起總是比跟妳開心。」

「我可不要聽這種謊話。我不聽。」

「他很會衝吧，對不對，媽？」

「噢妳、妳這小賤貨——我怎麼能說這樣的話。妳會下地獄的，ㄚ頭。」

「我在這裡就過得夠地獄了。」

威爾森在窗下靠著屋子，對傑克悄聲說：「巴迪到底在哪？」

回應他的是巴迪母親尖細的聲音。「巴迪，你不准穿那種黑鬼鞋子出門。」

「噢，媽，」巴迪說：「這不是黑鬼鞋子，我是在K—烏倫斯百貨店買的。」

「那就是黑鬼買東西的地方。」她說。

「吼，媽——」

「別那樣媽來媽去的，立刻給我進去把鞋脫了換別雙。還有，去換一條沒那麼緊的褲子，不然都要給人看光了。」

過了片刻，威爾森和傑克旁邊的一扇窗慢慢往上推開來，一雙拿著鞋子的手伸出窗外，把鞋一扔就不見了。

然後前屋紗門被用力甩上，威爾森和傑克繞到屋角偷看。是巴迪走出了門，他母親的聲音緊隨在後：「不准你帶病菌回家裡來，聽到沒有？」

「——媽！」巴迪整個不耐煩。

巴迪穿著一件長袖的變形蟲花紋襯衫，袖子在二頭肌上捲起來綳緊，看起來像是肌肉很大塊似的，下身則是條紋喇叭褲配網球鞋。他的頭髮梳高，用髮膠抹硬，集中在一側隆起，看起來宛如一隻油膩膩的松鼠攀在他頭部側邊。

巴迪發現威爾森和傑克躲在屋角偷看，於是抬頭挺胸，用酷酷的姿態步下門廊。他母親從屋裡喊道：「還有，走路不要走得像屁股裡插了玉米桿似的。」

那句話讓巴迪的英姿消風了一點點，但他嗤了一聲，繞過屋角，努力表現得像個見多識廣的男人。

「你們兩個小子看起來準備好囉。」巴迪說。他停下腳步，從後面口袋拿出半包幾乎被壓扁的駱駝牌香菸。他抽出一根菸，拿了襯衫口袋裡的火柴，臉上掛著笑容，手搭在臉頰旁邊，用拇指劃燃火柴。火柴亮起火花，他點著菸，吸了一口。「那種有濾嘴的菸是娘娘腔抽的。」

「給我們一根。」威爾森說。

「嗯，好啊，好吧，但是就一根。」巴迪說：「如果欠我錢的人再沒還，我就只剩這包了。」

威爾森和傑克把菸叼上嘴，巴迪又劃了一根火柴幫他們點菸。威爾森和傑克咳出幾團煙霧。

「噓，」巴迪說：「會被老太婆聽到的。」

他們繞到後窗，就是剛才巴迪扔下鞋子的地方。巴迪把鞋子撿起來換上，那是一雙光滑的深色鱷魚皮鞋，鞋頭是尖的。巴迪沾濕拇指，把其中一隻鞋上沾到的一點泥土擦掉。他把換下來的網球鞋藏在屋子底下架高的空間，並從那裡拿一個裝著清澈液體、又扁又小的瓶子。

「私酒，」巴迪眨著眼說：「跟老霍伊特買的。」

「霍伊特？」威爾森問：「他賣私酒？」

「他自己釀的，」巴迪表示：「五塊錢一夸脫。你只要有五塊錢，他就肯賣給小孩子。」

巴迪看到威爾森用讚賞的眼光打量他的鞋子。

「我媽不喜歡我穿這雙鞋，」他說：「得把它偷渡出來。」

「很酷，」傑克說：「眞希望我也有一雙。」

「你得知道要去哪裡買。」巴迪說。

他們步行的同時，夜愈來愈深、愈來愈涼，月亮升起，發出一圈朦朧的光暈，蟋蟀嘰嘰叫著。他們走的街道基本上就只是夯土路，但這裡的房子卻比巴迪住的街上更多、維持得更好，有些院子裡的草坪甚至有被整理過。街道兩旁的房子亮著燈，其中三戶在他們經過時傳出電視上的對話聲。

他們走到街底，轉上另一條與深林相鄰的街道，過了一道橫跨泥溪的窄木橋。他們停下來靠著橋上的欄杆，看著月光下幽暗的溪水。威爾森想起他十歲時，跑出來拿BB槍射小鳥，看到一隻死松鼠面朝下地從橋下漂出來，像在浮潛。他看著牠一路在溪裡漂呀漂，直到漂出視線外。在BB槍射程範圍內，他開槍射擊牠和周圍的水面。這段回憶讓他對童年充滿懷舊之情，並且試圖回想他那把舊的戴西牌空氣槍最後怎麼了。然後他想到，大概是他爸把槍拿去典當了。老爸酒癮犯的時候偶爾就會這樣。突然之間，威爾森想通了過去幾年來一連串不見的東西去了哪裡。他得去弄一個有鎖而且可以釘在地上的箱子，若沒釘住，整個箱子和裡面的東西可能都會流落到當舖裡，讓陌生人翻翻揀揀。

他們繼續走，終於來到一條很長的街，街底有房子，燈火沒那麼亮，窗戶也小得多。

「就是街口前的最後一間房子，」巴迪說：「我們要找的就是那間。」

威爾森和傑克看著巴迪指的方向。那間房子昏暗，只有一盞髒髒的門廊燈隔著厚簾子散發出暗黃的微光。有個人坐在前門廊上，兩手不知道忙著什麼。他們看不清那個人，也看不清他的動作，但從這個距離看過去，對方可能是在削木頭，也可能是在打手槍。

「這條街另一邊不就是黑鬼鎮了嗎？」傑克說：「我們要找的那個女孩子是黑鬼嗎？要幹黑鬼，我不知道我有沒有心理準備呢。我聽我家老頭跟他一個朋友說，克琉森大媽幫人打手槍，一次收一塊五毛。那樣我大概可以，但是不知道能不能放進去。」

「我們找的房子是在街的這一邊，還沒到黑鬼鎮那裡，」巴迪回答：「足足差了四呎遠。她不是黑鬼，是白垃圾。」

「嗯……好吧，」傑克說：「那的確是不一樣。」

「每個人都喝一口吧。」巴迪說著轉開玻璃瓶的瓶蓋，灌了一口。「呼——新鮮又生猛。」

巴迪把瓶子傳給威爾森，威爾森一喝差點吐出來。「媽的，」他說：「媽的，這是從車子的散熱器裡流出來的嗎。」

輪到傑克喝，他喝完全身發抖，抖得像癲癇即將發作的徵兆。他把瓶子還給巴迪。巴迪將瓶蓋轉回去，三人在街上繼續往前走，停在他們要找的那間房子對面，看著門廊上的人。他們現在看清楚那是個男人。他老得掉光了牙，正在把一個大紙袋裡的豌豆剝殼丟進白色小鍋。

「那個就是皮條客。」巴迪悄聲說。他打開瓶子，喝了一口之後蓋好，交給威爾森拿著。「錢給我。」

他們交上了各自的五塊錢。

「我會過去商量，」巴迪說：「我打信號的時候，你們就過來。拉皮條的可能會想要一次只放一個人進去房子。也許你們可以坐在門口等。我不知道。」

三個人相視微笑，熱烈的氣氛醞釀了起來。

巴迪挺直肩膀，拉高褲頭，走過街去，對門廊上的男人打了聲招呼。

「你是哪位啊？」那個老人說。他講話聽起來有點大舌頭。

巴迪大膽地走到房子前，站在門階上。威爾森和傑克雙腳不安地動來動去，從酒瓶裡小口小口地喝，他們所在的位置聽得到巴迪說話。只聽見他說：「我們想來買個小妞。聽說你有做這種生意。」

「什麼鬼？」老人說著站起來。他起立時，明顯可以看出他的卵葩不太正常，褲襠的右邊像塞了顆嬰兒的頭在裡面。

「我要是那傢伙，」傑克悄聲對威爾森說：「就會把我分到的皮肉錢拿去買副疝氣袋。」

「什麼鬼？」那個老人繼續說：「你說的這是什麼話，死小鬼？」

「好吧，」巴迪說，他一隻腳踏在門階上，像個認眞談生意的人。「我不是來討免費的。我這裡有十五塊。是一個人五塊對吧？我們不用什麼高級服務，只要舒服一下就好。」

房子裡亮起一盞蒼白燈光，一個微胖的金髮女孩出現在紗門後方，沒有開門，只站在那裡往外看。

「小子，你到底在說什麼鬼？」老人說：「你找錯房子了。」

「莎莉不是住這裡嗎？」巴迪問。

老人把頭轉向紗門，看著那個胖女孩。

「爸，我不認識他，」她說：「眞的。」

「你這狗娘養的——」老人對巴迪說，然後搖搖晃晃地走下臺階，揮出一記上勾拳打中巴迪的下巴，把他那個像松鼠的髮型打得走樣、整個人跌到前院裡。老人用一隻手托著腫大的下體，朝巴迪追過去，走起路來像是一條腿上綁了重物。巴迪扭身正要跑，但老人一腳踢中他的屁股，把他踢得踉蹌跑到街上。

「你這小雜種，」老人喊道：「別再來我女兒身邊鬼鬼祟祟，不然我就割了你的卵蛋。」

然後老人看到對街的威爾森和傑克。傑克不由自主舉起手來，緊張地揮了一下。

「給我滾！不然我就要把小黑放出來了，」老人說：「牠會把你們咬得屁股開花。」

巴迪來到對街，想保持隨性輕鬆的步伐，卻還是走得匆忙快速。「我一定要找他媽的巴奇算帳。」他說。

老人在院子裡找到了一顆石頭，朝他們丟過來。石頭「咻」地掠過巴迪的耳朵，傑克和威爾森及時閃開。

他們聽到背後傳來紗門甩上的聲音，還有胖女孩邊哭邊說著什麼，然後是一記拍打聲，聽起來就像卡車上的引擎風扇皮帶鬆開。接著他們聽到女孩哭叫著求饒，老人罵了聲「賤貨」，然後他們便連忙過街閃人，跑到了鎮上的黑人區。

他們走了一會兒，傑克開口：「我想我們可以去找克琉森大媽。」

「噢，閉嘴，」巴迪說：「這五塊錢還你，你們兩個的五塊錢都還你們。去找她幫你們擼啊，擼到你們沒錢為止。」

「我只是開玩笑。」傑克表示。

「別給我開玩笑，」巴迪說：「巴奇那傢伙，我一定要揍爛他那張嘴。不管他個子多大、心有多狠，我就是要揍爛他的嘴。」

他們沿街而行，再左轉到另一條街上。「我們快點閃了吧，」巴迪說：「這裡到處都是黑鬼，害我緊張得要命。」

走到靠近街尾時，四周沒有房屋，他們轉上一條捷徑，中間連著一座跨過薩賓河的橋。橋蓋得不大，因爲那段河本身也很窄，橋頭右邊是寬闊的牧草地，左邊是一座教堂。他們過了橋，走到教堂的後院，那裡有棵橡樹，樹下擺著兩排長椅。巴迪過去坐在其中一排長椅上。

「我以爲你不想待在黑鬼區？」威爾森說。

「沒事，」巴迪說：「這裡很好，很不錯。我也喜歡看黑鬼做些好事。眞的。剛才那個老人要不是年紀那麼大、又爛了卵蛋，我一定會踹爆他。」

「我們還在想你怎麼那麼收斂呢。」威爾森說。

巴迪看著威爾森，卻讀不出半點諷刺的意味。

「對，嗯，就是那樣。酒瓶給我。我還知道有其他女人，我們可以等到之後感覺對了再去試。」

但是，當他們在黑夜中喘著氣、喝著瓶裡的私酒時，關於女人這回事，他們之間已有了一股放棄的默契。他們坐著把酒瓶傳來傳去，夜愈來愈深，月光愈來愈亮。他們聽得見背後森林裡的薩賓河正在奔流。街上偶爾有車輛或來或往地通過，過橋時發出隆隆聲，然後開過教堂之後消失，或者往反方向隱沒在樹林裡。

巴迪開始覺得這一晚的風波很是好笑。他輕鬆地說：「那個巴奇眞是誇張對不對？超搞笑的吧？」

「是很好笑，」傑克說：「還有那個老人捧著卵蛋跑下來追你。他那裡要是再多受點拉扯，就得拿台手推車擋在前面托著了。該死，他一定也不會眞的放狗。要是有狗的話，狗早就吠起來了。」

「也許他叫的小黑就是莎莉。」威爾森說：「兄弟啊，幸好她沒有收我們的錢。你們看到她的臉了嗎，連烏鴉都會被她嚇跑。」

「該死，」巴迪說著嗅了嗅酒瓶。「我覺得霍伊特是在這裡面加了髮油吧。你們覺得聞起來像不像偉特立斯髮水？」

他把瓶子輪流湊到威爾森和傑克的鼻子下。

「有像，」威爾森說：「但現在就算它聞起來像下水道我也不管了。再讓我喝一口。」

「不要。」巴迪一邊說，一邊搖搖晃晃地站起來，把半滿的酒瓶舉在面前。「我們搞不好發現了可以拿來賣的養髮水呢。我們跟霍伊特用五塊錢買進，賣十塊給人拿去抹在頭上。我們可以跟老霍伊特一起做生意，大賺一筆。」

巴迪倒了些私酒在手掌上，拿去抹頭髮，把他搖搖欲墜的松鼠髮型弄得更亂。他把瓶子交給傑克，拿出他的梳子，對著頭髮精心雕琢。酒液從他的髮際流下來，流到鼻子和臉頰上。「看，」巴迪說著張開手臂，做出走秀般的姿勢。「跟髮膠一樣能定型呢。」

一時之間，巴迪顯得無比機智。他們全都笑了出來。巴迪接著拿出他那包菸，抖給他們一人一根。他們把菸叼在唇間，相視而笑。他們是超級好朋友，這是他們生命中偉大又重要的一刻，這一夜會永遠銘刻在記憶裡。

巴迪拿出一根火柴，像平常一樣湊到臉邊，一面笑一面用拇指劃燃。點亮的火柴頭碰到他的頭髮，點燃了他剛才抹上去的酒精。他的頭髮瞬間起火燃燒，變成了一個火圈，像惡魔的光環般貼著他的頭皮繞了一圈，然後火舌竄向他的臉，臉上的酒精也隨之點燃。巴迪又是尖叫、又是亂衝，絆到長椅摔倒了，又爬起來繼續跑，看起來像出任務的超級英雄霹靂火（Human Torch）。

威爾森和傑克嚇呆了。他們看著他跑了好一段路，繞了個圈又跑回來，再度被長椅絆住，最後倒了下去。

威爾森叫道：「幫他的頭滅火！」

傑克反射性地把酒瓶裡的液體往巴迪頭上潑，遲了一刻才發現自己犯下大錯。但那就像他跟莎莉的老爸揮手一樣，是不由自主的動作。

巴迪快速翻了個身，爬起來時身上的火仍然在燒；實際上，火燒得比原本更加猛烈。他直直跑向威爾森和傑克，舌頭吐了出來，身上火焰不斷翻飛。

威爾森和傑克往旁退開，巴迪從他們之間穿過，橫越教堂的院子，跑往街上。

「在他頭上撒土！」威爾森說。傑克連忙丟下酒瓶，他們跟在他後面追著跑，沿路尋找有沒有泥土能挖。

以一個身上著火的人來說，巴迪跑得還挺快。他領先威爾森和傑克好一段路，跑到街上時，他們仍然還沒找到能挖的土。只是，巴迪雖跑得快，卻快不過垃圾車。那輛垃圾車的車頭燈最先碰到他，然後保險桿左側撞上他的腿，讓他整個人飛起來翻了一圈，冒火的頭像是某種輪狀的煙火。巴迪掉落在街道另一端的橋梁欄杆上，發出骨頭的碎裂聲，然後帶著滿頭的火焰摔到橋下的河水裡。

垃圾車把煞車踩到底，在路上滑行。

威爾森和傑克停下奔跑的腳步。他們站著看向巴迪掉落的地點，因爲不敢置信而全身癱軟。

垃圾車司機是個穿連身工作服、戴鴨舌帽的瘦長白人。他下了車，停在車尾的位置，看著巴迪掉下橋的地方，然後再左右看看街上。他似乎沒發現威爾森和傑克。他匆匆走回車上，發動引擎，車子迅速開遠，右轉駛上另一條街，而那開車的力道猛得讓輪胎發出抗議聲，像隻尾巴被壓到的貓。垃圾車引擎一度逆火，一時之間只聽見遠方傳來的馬達聲和快速的換檔聲。

「王八蛋！」威爾森大喊。

他和傑克跑到街上，停下來左右看看才過去，以免又有其他垃圾車駛過。他們往橋的欄杆下望。巴迪躺在那裡，下半身在河岸上，左腿形狀扭曲，讓他的鞋尖指向不對勁的角度。他那燒黑焦脆的頭浸在河水裡。他拉長了脖子，想把他焦黑且沒了眼睛的臉從水裡抬起來。他的頭周圍冒出縷縷白煙，散發出烤肉的氣味。他的身體動了動，發出一聲呻吟。

「媽的，」威爾森說：「他還活著。我們下去找他。」

但就在那一刻，水裡揚起一陣水花。一個長條狀的物體沿河而下，直往巴迪的頭而去。那個長條物張開嘴，一口咬住巴迪的頭，把他拖離岸邊。猶如核桃被壓裂的聲音和被悶住的尖叫，傳到了威爾森和傑克耳中。

「是鱷魚！」傑克說，並且依稀察覺牠的皮和巴迪的鞋子多麼相似。

威爾森繞過欄杆往下衝，順著地勢滑到水邊。傑克也跟上，他們沿著河岸跑了起來。河水變得非常淺，他們可以看見鱷魚涉水行進時的陰影和形狀，牠依然咬著巴迪的頭，順著河道行動。巴迪從牠的嘴裡突出來，像老人叼著的雪茄。他的兩隻手臂、沒受傷的那條腿仍在掙扎揮動。

威爾森和傑克停下來，拚命喘氣。深吸了幾口氣之後，威爾森說：「要是被拖到深水區去，就眞的完了。」他抓起一根被沖到岸上的舊柵欄木柱，再度起步奔跑，一面跑一面對著鱷魚喊叫。傑克四下看看，但沒看到任何能拿來打鱷魚的東西。他跟著威爾森繼續跑。

鱷魚被吵鬧的追兵驚動，爬出了淺灘，鑽進河邊牧地上的高草叢裡，躲在一道帶刺鐵絲柵欄的底端。鐵絲勾住了巴迪亂揮的手臂，扯下一片長達六吋的皮肉。被拖到鐵絲柵欄的另一側之後，他沒受傷的腿再踢了一下，腳上的鱷魚皮鞋在月光下一閃，接著便垂下再也不動。

威爾森鑽過鐵絲柵欄，手拿木柱追著鱷魚。鱷魚好整以暇地把巴迪放在前面推著走，沿路留下一排被壓扁的草。威爾森就著月光看到牠的尾巴晃動，所到之處留下像排氣管廢煙般的臭氣。

威爾森把木柱扛在肩上，使勁地跑，努力拉近距離。傑克跟在他後面氣喘吁吁。

威爾森追到鱷魚旁邊，用木柱擊打牠的尾巴。鱷魚尾巴一揮、甩到威爾森的腳踝，威爾森隨即被絆倒。他一屁股重重跌在地上，木柱也弄掉了。

傑克抓起木柱，在鱷魚轉向他時立刻出擊。他擊中那隻野獸的側身，然後再把木柱朝牠頭上一打——打下去之際，巴迪的血從鱷魚嘴裡噴了出來，濺到草地上，也濺到傑克的鞋子上。鮮血在月光下看起來像咳嗽糖漿的顏色。

傑克發了狂，開始朝著鱷魚毫不留情地猛打，跟在牠旁邊跑，追著牠轉彎。他以機械性的動作揮舞木柱，狂敲鱷魚的頭。威爾森在他後面不斷喊：「你會弄傷巴迪！你會弄傷巴迪！」但是傑克停不下來，整個人陷入失控的狂熱。鱷魚的血從頭頂爆出來到處飛濺，但牠還是死咬著巴迪，一吋也不放。巴迪不再抽動和踢腳，雙腿只是垂軟地在鱷魚奔逃時被拖過草地；他看起來就像以前牛仔電影裡被丟下懸崖的假人。

威爾森追上去，開始踢鱷魚的側身。鱷魚滾動抽搐起來，傑克和威爾森又跳又叫。最後鱷魚終於不再滾也不再爬，只剩下側身微微起伏。

傑克繼續用木柱敲牠，威爾森也繼續踢。最終，牠完全沒了動靜。傑克仍然拿著木柱打個不停，直到精疲力盡，往後踉蹌跌坐在草地上。他坐在那裡看著鱷魚和巴迪。鱷魚突然抖了一下，對著草地擠出了鱷魚屎，然後就再也沒動了。

過了幾分鐘，威爾森說：「我不覺得巴迪還活著。」

就在那時，巴迪的身體開始抽動。

「嘿！欸，你有看到嗎？」傑克說。

威爾森靈光一閃。「他如果還活著，鱷魚可能也是。」

威爾森跪著移動到離鱷魚嘴巴大約六呎遠處，彎下身看巴迪還在不在。但他只看得到鱷魚橡膠般的嘴唇和牠牙齒的側面，以及巴迪的頭顱在鱷齒間被碾碎的一小部分，像研磨器上的灰色起司。他既聞到鱷魚的酸臭味，也聞到人肉燒灼的焦臭。

「我不知道他是否還活著，」威爾森說：「如果我們把他從鱷魚嘴裡弄出來，也許比較能判斷。」

傑克試圖把木柱插進鱷魚口中撐開，但行不通，牠的巨顎就像轉了鑰匙般鎖得死緊。

他們謹慎地監看著，但是巴迪沒再顯現出生命跡象。

「我知道了，」威爾森說：「我們把他跟鱷魚一起搬到路上，找一戶人家求救。」

那隻鱷魚又長又重。他們能力所及的最佳做法，就是抓住牠的尾巴，把牠連同巴迪一起拖行。傑克同時還將木柱夾在一隻手臂下，他不相信鱷魚會放棄掙扎。

他們越過一英畝的草地，來到一道帶刺鐵絲柵欄前，柵欄外就是巴迪被垃圾車撞到的那條街，橋仍在他們的視線範圍內。

他們放開鱷魚，爬過鐵絲柵欄。傑克用木柱撐高最底端的鐵絲，威爾森則抓著鱷魚的尾巴，把那隻野獸和巴迪一起拉過空隙。

他們沿路拉著鱷魚和巴迪，留意尋找有燈光的房屋。他們經過了路對面的教堂，然後在垃圾車稍早右轉逆火的那個路口左轉。他們走在那條街的街邊，時不時會讓鱷魚和巴迪滑到路面上。要控制一隻鱷魚和它的午餐是很費力的工作。

他們最後走到一排房子前。第一間房子旁邊停了一輛老福特皮卡車，院子裡堆了不少垃圾，有除草機、繩子、翻倒的冷凍櫃、輪子、釣線和捲線輪盤、腳踏車零件和一個壞掉的便盆。一張油布草率地蓋住高高一疊修車臥板。房子的一扇窗後流出燈光，其餘部分全是暗的。

傑克和威爾森在前院放下鱷魚，威爾森走到門廊上敲門，然後回到院子等著。

稍後，門開了一條縫，一個男人從裡面喊道：「是誰？不知道現在是睡覺時間嗎？」

「我們看到你的燈亮著。」威爾森說。

「我在廁所。你們要是這麼晚來跟我推銷刷子啊、書啊什麼的，我這次可不會那麼好脾氣了。我連屎都還沒拉完咧。」

「有人受傷了，」威爾森說：「被鱷魚咬了。」

門裡安靜了好一會兒。「你們想要我幹嘛。我又不懂處理鱷魚咬傷。我根本不知道你們是誰，你們搞不好跟三K黨是一夥的。」

「他……他有點跟鱷魚纏在一起。」威爾森解釋。

「等我一下。」那個聲音說。

過了片刻，一個胖胖的黑人從門裡出來，他沒穿上衣，打著赤腳，披了一件肩膀上有繫帶的連身工作服，衣襬垂在腰際。他的手裡拿了一根球棒。黑人走下門階，審慎地看著威爾森和傑克，彷彿覺得他們會突然跳起來跑掉。「你拿著那根木柱子給我離遠點，聽到沒？」他說。傑克退了一步，那個男人這才似乎滿意。他查看了一下鱷魚和巴迪。

他回到門廊上，伸手到屋內把燈打開。一個小孩把臉探進門打開的縫，問道：「外面怎麼了，爸爸？」

「快給我回房裡去，不然我就用踢的了。」黑人說。那張小臉消失不見。

黑人再度從門廊上走下來，再度看了看鱷魚和巴迪，繞了他們兩圈，然後用球棒戳戳鱷魚，也戳戳巴迪。

他看著傑克和威爾森。「該死，」黑人說：「你們這些小鬼簡直是發神經。那傢伙死了，死得透透的了，我還沒看過有人死得那麼徹底。」

「他身上著火，」傑克突然解釋起來：「我們想撲滅他頭上的火，然後他被車撞了，掉到河裡，鱷魚咬走他……我們剛才看到他動了幾下……我說動的是人，是巴迪，不是鱷魚。」

「那只是神經反應。」黑人說：「你們最好給他挖個墳，剝了那隻鱷魚的皮拿去賣，有時能賣到不錯的價格。那雙鞋子如果好好清乾淨，應該也能賣到幾個錢。」

「我們需要你幫忙，把他搬上你的皮卡車，載他回家。」傑克說。

「你們不准把那鬼東西放進我的車，」黑人說：「我不想跟你們這些瘋子扯上關係。會有人說是我叫那條鱷魚咬他的。」

「太蠢了，」威爾森說：「你這樣太白癡了。」

「嗯哼，」黑人說：「我在我家想怎樣就怎樣。」

他迅速步上門階，關上門也關掉了燈，將門拴起。

威爾森大叫起來，不假思索地喊出「黑鬼」二字。他跑上門廊使勁敲門，罵出一堆髒話。街上的房子一間接一間打開門，屋裡的人如影子一般移動到門廊上，查看噪音的來源。

傑克帶著他的木柱站在院子裡，看起來就像個手裡拿槍的男人，鱷魚和巴迪則可能被看作鄰居的屍體。那些人影看著傑克，聽威爾森喊叫了好一會兒，然後就回屋裡去了。

「去你的！」威爾森喊道：「給我出來，我要讓你挨鞭子，聽到沒？我要讓你的黑屁股挨鞭子！」

「你進來啊，王八蛋，」門的另一側傳來那個黑人的聲音。「要是覺得自己很行就進來啊。你敢進來，就等著吃十二口徑子彈，就這麼辦。」

一聽到對方提起十二口徑子彈，威爾森覺得一股冷靜重回自己身上。他開始恢復理智。「我們要走了，」他對著門說：「現在就走。」他退下門廊。他用只有傑克聽得見的音量說：「死黑鬼。」

「現在要怎麼辦？」傑克說。他聽起來累壞了，一點力氣也不剩。

「我想，」威爾森說：「我們要把巴迪和鱷魚扛回他家。」

「我不覺得我們抬得了他那麼遠，」傑克說：「我的背已經在痛了。」

威爾森看看房子旁的垃圾。「等一下。」他過去垃圾堆那裡，從油布下搬出三個修車臥板，找到一些繩子。他用繩子把臥板頭尾相連綁在一起。他抬起頭時，傑克站在他旁邊，手裡還拿著木柱。「你過去待在巴迪旁邊，」威爾森指示道：「要是太久沒留意，那些黑鬼會跑出來搶他的鞋子。」

傑克回到他剛才的位置。

威爾森收集了好幾段短繩子和一根彎曲的鐵絲，把它們綁在一起，勾在其中一張臥板上作爲拉把。他把這組物品拉到巴迪和鱷魚的前面。「幫我把他們放上來。」他說。

他們把鱷魚搬到臥板上。大致上放得下，只有尾巴露在外面。巴迪垂在側邊，但身體掉到了臥板下方，讓他們一整個晃動不穩。

「這行不通。」傑克說。

「好吧，那這樣呢——」威爾森說著，接著抓住巴迪的腿把他轉了個方向。他的頭和脖子動起來很有彈性，像口香糖一樣。他把巴迪轉到鱷魚的正前方。「現在我們把鱷魚拉出去一點點，從尾巴拉。這樣他們兩個就都在板子上了。」

他們放好鱷魚和巴迪之後，威爾森將繩子對折，開始拉動臥板。一開始拉著走得很慢，但過了一會兒，他們來到路上，臥板有了更大的動能，就能吱吱嘎嘎地滑著前進了。鱷魚或巴迪掉出板子時，傑克就用木柱把他們推回去。

有一隻老到不行、缺了一隻眼和一條腿的可卡犬跑出來，坐在路邊看著他們經過。鱷魚的尾巴在臥板後方拖過泥地時，那條狗吠了一聲，然後就躲回去門廊下。

他們拖行了一段路，經過莎莉住的那間房子。他們在房子對面停了一下，聽屋裡的動靜。他們沒聽到任何人的喊叫，也沒聽到誰在打人。

他們再度起步，一直走到巴迪住的那條街。街上一片死寂，月亮躲在雲層後不見了，萬物一片漆黑。

巴迪家的客廳窗簾後透出電視的銀白色光線。威爾森和傑克停在街上的另一端，蹲在臥板旁邊，評估著他們的處境。

威爾森伸手探進巴迪的後口袋，拿出他的菸，發現包裝雖然已被水浸濕，但還有兩根菸堪抽。他拿了一根遞給傑克，自己則拿走另一根。他從巴迪的襯衫口袋拿出火柴，劃在臥板上，但是火柴濕得點不著。

「拿去，」傑克說著拿出一個打火機。「我從我家老頭那裡偷來的，這樣我有菸的時候就可以用。通常都點得著。」傑克反覆按了幾次，最後終於打出了足以點菸的火花。他們把菸點起來。

「我們要是去敲門，他媽會生氣的，」傑克說：「我們把巴迪跟鱷魚一起帶回來，巴迪還穿了那雙鞋。」

「對啊，」威爾森說：「你知道的，她還不曉得他是跟我們一起出去。我們可以把他放在院子裡，也許她會以爲是鱷魚跑到這裡攻擊他。」

「幹嘛攻擊他？」傑克說：「因爲他的鞋子嗎？牠認出那是牠阿姨的皮什麼的嗎？」

他被自己的笑話逗得笑起來，但威爾森就算聽懂了笑點，也沒做出任何表示。他似乎在思考。傑克停下笑聲，搔搔頭看著街上。他試著用大人的架勢抽菸。

「鱷魚偶爾會跑到院子裡把狗吃了。」過了好長一段沉默後，威爾森開口：「我們可以把他放著，如果他媽不相信是鱷魚跑來咬他，那就算了。就讓它變成鎮上的不解之謎吧。沒人會知道發生什麼事，那些黑鬼也不會說。就算他們說了，他們也認不出我們。我們白人在他們看來都一個樣。」

「如果我是巴迪，」傑克說：「而這件事又牽扯到我的兩個朋友，我也會希望事情這樣結束。」

「是啊，嗯，」威爾森說：「我不知道我是否有這麼喜歡他。」

傑克想了一下。「他還行。但我敢說他一定弄不到那輛雪佛蘭。」

「就算他弄到手了，」威爾森說：「車裡面也不會有馬達，我敢打包票。而且他一定也沒眞的打過砲。」

他們把臥板拉過馬路，將鱷魚和巴迪一起倒在門廊階梯前的地上。

「這樣就行了。」威爾森悄聲說。

威爾森躡手躡腳溜上門廊，然後溜到窗邊，從窗簾間的一道縫隙往客廳裡看。巴迪的姊姊躺在沙發上睡著了，大大的肚子隨著她的呼吸一起一伏。沙發上還有一袋吃到一半的奇多放在旁邊。電視的光線如聖火般在她身上閃動。

傑克爬上門廊看了一眼。

「她要是可以減點肥、換個髮型就好了。」他說。

「她要是可以變成另一個人就好了。」威爾森說。

黑暗中，他們坐在門廊臺階上把菸抽完，隔著窗簾看著電視微弱的亮光，聽著深夜脫口秀的細微聲響。

傑克抽完菸，把巴迪的鱷魚皮鞋拔下來，跟他自己的鞋比了比鞋底大小。「我覺得我穿得下。我們不能把鞋子留在他腳上。他媽要是看到，可能會不肯幫他下葬。」

然後他和威爾森離開了，身後拖著臥板。

在路上走沒多遠之後，他們把臥板丟進水溝裡，然後繼續步行。傑克把鞋子夾在手臂下。「這挺好的，」他說：「我穿著這鞋子或許還能追到女生呢。我媽沒在管我穿什麼。」

「靠，就算你把自己的頭剁了，她也沒在管。」威爾森說。

「我也這樣覺得。」傑克說。

打鬼王

Bubba Ho-Tep

貓王夢見自己把老二掏了出來，檢查末端的腫塊是否又有蓄膿。如果有，他就要把那個腫塊依他的前妻取名做普芮西拉，然後在打手槍的時候擠爆它。或者說，他喜歡想像自己這麼做，夢境就是能任由你如此想像。事實上，他已經有好幾年硬不起來了。

普芮西拉那個婊子。才做了個新髮型她就跑了，只因爲她抓到他跟一個波霸福音歌手亂搞。那個歌手又不算什麼。普芮西拉應該要懂的，她這麼大驚小怪幹嘛？

還是因爲她高潮時叫出的聲音不如那個福音歌手那麼高、那麼動聽？

普芮西拉離他而去又是什麼時候發生的事來著？

是昨天？去年？還是十年前？

老天爺啊，他瞬間想起來了，就在同時他從夢鄉裡一溜而出，就像一塊軟便從鬆弛的屁眼裡擠了出去——他現在無法用穢物以外的譬喻來思考他的自我或人生，因爲他往往疲累到只能讓排泄物在他睡夢中齊飛，然後在屎尿大海裡醒來，等護士或看護工進來幫他擦屁股。

但現在他想起來了。他突然意識到，現在離他被認定死亡已經過了好幾年，離普芮西拉棄他而去又過了更久。她那時都幾歲了？六十五？七十？

他自己又幾歲了？

耶穌基督啊！他幾乎相信自己老到活不成，肯定已經死了，但很不幸，他沒有眞的相信。他知道他在哪裡，他意會過來的那一刻眞心希望自己是死了。現在這樣比死還不如。

在房間另一頭，他的室友公牛．湯瑪斯低聲喘吼、咳嗽、呻吟，然後又墜入痛苦的沉眠，癌症在他體內囓咬，就像老鼠在西瓜裡頭啃食。

公牛因衰老和病痛發出的吼聲充滿痛苦、憤怒與不平，現在這是他身上唯一猛如公牛的部分了。

貓王看過他年輕時的照片，當時的公牛確實非常勇猛，胸膛厚實，面容嚴峻，人高馬大。當時的他也許以為自己會幸福快樂地活到永遠，直到世界末日都是個千杯不醉、嗜毒如命的大男人。

如今，公牛縮小到只剩這具皺紋滿布、蒼白如紙的空殼，在癌細胞將他蠶食的同時，偶爾隨著血壓搏動。

貓王按住病床的升高按鈕，讓自己坐直。他望著公牛。公牛的呼吸粗重，骨節突出的膝蓋上下移動，彷彿在騎腳踏車，虛弱地頂著被單，像一頂頂搭了又倒、倒了又搭的小帳篷。

貓王低頭看著蓋在自己膝蓋上的被單，心想：*天啊，我待在這裡多久了？我是真的醒著，還是夢見自己醒了？我的計畫怎麼會搞得這麼離譜？他們什麼時候才要送午餐來——但一想到他們都出些什麼菜色，我又何必在乎？如果普芮西拉發現我還活著，她會來看我嗎，她會想來看我嗎，我們還會想上床嗎，或是只會嘴巴上談談？人生到了最後真的還有什麼除了食物、糞便和性愛以外的東西可言嗎？*

貓王把被單往下推，想做他在夢中所做的事。他拉起袍子，往前彎身，細細檢視他的老二。它又皺又小，一點也無法想像它曾經把小牌影星大幹特幹，像大櫛瓜般把她們的嘴巴塞滿，射出像蛋糕糖霜般的精液。他的小弟弟上最健康的地方就是那個邊緣黑了一圈的紅色大腫塊，中間有個積滿了膿的白色凸起。事實上，那個腫塊一直在長大，他接下來就得拉一張椅子放在床邊、擺個枕頭，好讓那個腫塊晚上有地方睡覺。那個要命腫塊裡有著的膿水，比他下體產出的精液還多。他的老傢伙不再是隨時準備對著赤裸美臀發射的人肉加農砲了，現在只是顆小到不宜採收的花生，吊在枝條上逐漸枯萎。他的卵蛋成了兩顆顏色變黑、行將腐爛的葡萄，乾癟到釀不出生命的酒。他的腿瘦成了竹竿，末端是一對體積過大、靜脈腫脹的腳掌。他的肚子大得要命，讓他彎身檢查自己的老二和卵蛋時吃盡苦頭。

貓王把袍子往下拉、重新蓋好被單，往後一躺，但願能吃到用奶油炸的花生醬香蕉三明治。曾經，他和他的演出團隊會坐上私人飛機，飛越國境，只為了吃一份特製的花生醬香蕉炸三明治。他現在彷彿還嚐得到那要命的美味。

貓王閉上眼睛，覺得他的噩夢就要醒了，但並沒有。他緩緩睜眼，看到自己仍在原地，狀況毫無改善。他探出身子，打開抽屜，拿出一面小圓鏡看看自己。

他嚇得魂飛魄散。他的頭髮白得像鹽巴，髮線後退的程度堪稱戲劇化。他的皺紋深到可以讓蚯蚓躲在裡面（而且是大條的那種）。他飽滿的嘴巴不再飽滿，宛若鬥牛犬下垂的皺皮，而且因為他有點流口水，看起來就更像了。他拖著疲憊的舌頭掃過嘴唇，把口水舔掉，因而在鏡中看見自己缺了許多顆牙。

天殺的！他是怎麼從搖滾之王變成這副德行？成了個德州東部安養院裡的老人，屌上還長了個怪東西？

他長的那個怪東西又是什麼？癌症嗎？沒有人談論，好像也沒有人知道。也許那個腫塊代表了他一生中的錯誤，有許多錯誤就是由他的屌所犯下的。

他細細思量。他每天都會問自己這個問題嗎？或者只是偶一為之？時間有點混流在一起，上一刻、當下這一刻和將至的下一刻彷彿都一模一樣。

該死，午餐時間是什麼時候？他睡著的時候錯過了？

他的主責護士要來了嗎？長得很好看、光滑皮膚像巧克力、奶子像葡萄柚的那個？那個幫他用海綿擦澡、隔著手套捧著他可憐的小弟弟、在他的爛瘡上擦藥膏、像修理工幫劣化零件上油般那麼用心的護士？

他希望不是。那種時候再糟不過了。那麼個美人，對待他卻不帶半點溫暖或情感。若是二十年前，僅僅二十年前，他還有辦法用他彎起嘴唇的微笑打動她，讓她連他的屎都肯吃。他的青春跑哪去了？爲什麼名氣不能抵擋衰老和死亡？爲什麼他當時放棄了他的名氣？他想要重獲盛名嗎？他能嗎？就算可以，於他又有何差別？

而最終，當他從人生這條腸道被解放出來、沖進另一個世界的馬桶時，偉大的污水道是否會帶他流向張開雙手歡迎他的上帝（形象是一坨全見全知的大屎塊，有玉米粒作爲眼睛）？下水道裡是否會有他的母親（祝福她那顆胖嘟嘟的心）、父親和朋友，帶著花生醬香蕉炸三明治和甜筒冰淇淋（當然是已消化過的）等待著他？

他省思著死後來生，而此時，撐不下去的公牛發出一聲尖叫——公牛眼睛該死的幾乎要擠出頭顱，弓起了背，放了個像天使加百列的號角般響亮的油屁——他疲憊的靈魂就此離開了泥溪林蔭安養之家，被沖向彼岸的屎坑。

當日稍晚，貓王躺著睡著了，顫動的嘴唇呼出肚子裡午餐（蒸櫛瓜和水煮豆子）的差勁餘味。一陣聲響喚醒了他，他翻身看到一名迷人的年輕女子正在清空公牛的櫃子抽屜。公牛床邊窗戶的窗簾整面被拉開，陽光射進室內，將她照得格外好看。她擁有北歐式的五官，長長的金髮用一個大紅蝴蝶結綁在腦後，一對大金圈耳環在陽光中閃閃發亮。她穿著白上衣、黑短裙，還有黑色褲襪與高跟鞋。鞋跟讓她的屁股在裙子下翹起，就像嬰兒柔軟平滑的頭部蓋在薄毯下。

她拿著一個黃色的塑膠大垃圾桶，並拉出公牛櫃子裡的其中一個抽屜，在其中翻找檢視，彷彿喜鵲在尋找發亮的東西。她找到幾枚硬幣、一把小刀、一隻廉價手錶，將它們拿出來放在櫃子頂端，而抽屜裡的其他物品——公牛本人年輕時的照片、一包已變質的保險套（公牛總是不放棄夢想）、他在越戰贏得的銅星和紫心勳章（注）——都隨著一聲碰撞和一陣抖動被倒進了垃圾桶。

貓王按著病床的升降鈕，把身子抬高，好看得更清楚。那個女人現在背對他，沒有發現他的動靜。她正在把抽屜放回櫃子裡，再拉出下一個。這一層抽屜擺滿了衣服，她拿出幾件襯衫、長褲、襪子和內衣褲，放在公牛的床上。床被重新鋪過了，公牛本人已經不在床上，被送去剝製成標本、防腐、燒掉，諸如此類的。

「既然那些東西妳都要丟掉，」貓王說：「那我可以保留一張公牛的照片嗎？也許連同那個紫心勳章一起？那個是他很引以為豪的。」

年輕女子轉過頭看著他。「我想應該可以吧。」她說。她到垃圾桶旁彎下腰，翻翻找找的同時，貓王看到了她裙下的黑色底褲。他知道她露出底褲既不是有意也不是無意，她只是毫不在乎。她認為他在物理方面和性方面都不構成威脅，她不介意自己被他一覽無遺，這對她而言無異於讓家貓偷看她一眼。

貓王觀察著那件薄薄的底褲撐開繃緊，陷進她的股溝裡，他感覺自己的小弟弟顫動了一下，像一隻心臟病發的鳥，然後它躺了回去，繼續癱軟靜止。

這個嘛，現在它就算只是動一下都頗令人心安。

那個女人從垃圾桶邊冒出來，拿著一張照片和紫心勳章到貓王床邊交給他。

貓王把紫心勳章的緞帶用手指夾著晃了晃，說：「公牛是妳親戚？」

「是我老爸。」她說。

「之前沒看過妳來。」

「我只來過一次，」她說：「就是幫他辦入住的時候。」

「噢，」貓王說：「那是三年前了，對不對？」

「對。你跟他是朋友嗎？」

貓王思考了一下這個問題。他不知道眞正的答案爲何。他只知道，當他說自己是貓王艾維斯．普里斯萊（Elvis Presley）的時候，公牛會聽他說話，而且似乎相信他。就算不相信，至少他也很給面子地沒有大放厥詞。公牛總是叫他貓王，在公牛病得太重以前，他們都會一起打牌、玩跳棋。

「只是室友，」貓王說：「他狀況不好，沒辦法說太多話。我只是看到他的遺物就這麼輕易被丟掉，覺得很難過。他人還不錯。他常常提起妳。妳是卡麗，對吧？」

「對，」她說：「嗯，他還人不錯。」

「但還不足以讓妳想來看他。」

「別想勾起我的罪惡感，先生。我盡力了。要不是有那個什麼醫保，還是健保，他早就躺在不知道哪裡的水溝裡了。我沒那個錢照顧他。」

貓王想到自己早已失聯的女兒。要是她知道他還活著，她會來看他嗎？她會在乎嗎？答案令他害怕。

「妳可以來看他。」貓王說。

「我很忙。別多管閒事了，聽懂嗎？」

注　銅星勳章（Bronze Star Medal）是美軍跨軍種的個人勳獎，表揚受勳者在戰區英勇的行為，其他聯邦單位的成員也能獲得；紫心勳章（Purple Heart）是美軍頒發給對戰事有貢獻或參戰時負傷、陣亡的人員，也是至今授予美國軍人最古老的軍事獎章。

奶子像葡萄柚、膚色像巧克力的護士進來了。她的白制服發出唰唰聲，就像洗牌時一樣。小小的護士帽在她頭上微微偏一邊的模樣，暗示她博愛世人、收入頗豐，而且時常有砲可打。她對卡麗微笑，然後轉向貓王。「你今早還好嗎，赫夫先生？」

「還好，」貓王回答：「但我偏好的稱呼是普里斯萊先生，或是艾維斯。我一直都跟你們這麼說。我不再自稱賽巴斯汀·赫夫。我不再躲躲藏藏了。」

「哎，當然了，」那個漂亮的護士說：「我知道。是我忘了。早安，艾維斯。」

她的嗓音就像淋了高粱糖漿。貓王眞想拿便盆打她。

護士對卡麗說：「瓊斯小姐，妳知道我們這裡有個名人嗎？貓王呢，就是那個搖滾歌手，妳知道嗎？」

「我聽過他，」卡麗說：「我還以爲他已經死了。」

卡麗回到櫃子前，蹲下來繼續清理最底層的抽屜。護士看著貓王，再度露出笑容，但是對著卡麗說：「嗯，對啊，貓王已經死了，赫夫先生也知道。對吧，赫夫先生？」

「見鬼，才沒有，」貓王說：「我就在這裡。我還沒死咧。」

「聽著，赫夫先生，要我叫你艾維斯沒問題，但你有點搞不清楚狀況，或者有時候就是愛鬧著玩。你是貓王的模仿者，記得吧？你從舞臺上跌下來，摔斷了髖骨。那是……二十年前的事了？摔傷的地方受到感染，你昏迷了幾年，醒來之後就有些問題。」

「我是在模仿我自己，」貓王說：「我也不會做別的事。我什麼問題都沒有。妳是想說我腦子糊塗了，對吧？」

卡麗停下了底層抽屜的清理工作。她現在起了興趣，而儘管徒勞無功，貓王還是忍不住再次試圖解釋自己的身分。如此解釋已經成了習慣，就像即使早已無法享受雪茄帶來的樂趣，卻還是想要抽。

「我只是厭倦了那一切。」他解釋著：「妳知道，我嗑過藥，想要解脫。有個叫賽巴斯汀・赫夫的傢伙，是貓王的模仿者，學得再好不過了。於是他取代了我的位置。他心臟不好，也愛嗑藥。死的是他，不是我。我取代了他的身分。」

「你爲什麼會想要放棄如此大的名氣，」卡麗說：「和那麼多的錢？」然後她看看那個護士，像是在說「我們就逗著這老頭玩玩吧」。

「因爲那都不新鮮了。我愛的女人，普芮西拉，她閃人了。其他的女人……就只是尋常女人。音樂不再屬於我。我也不再是我。我只是他們建構出的一個東西。我的朋友都在把我吸乾。我喜歡從中脫身的感覺，我把錢都留給賽巴斯汀，只留了萬一狀況不好時可以支持我生活的金額。我跟賽巴斯汀做了個協議。如果我想回去，他會配合。這些都寫在一份合約裡，以免他太喜歡我的生活，故意爲難我。只不過，我的那份合約在一場拖車火災裡沒了。我的生活很單純，就跟赫夫原本的生活一樣，跑到一個鎭接著一個鎭做貓王模仿秀。但我感覺又重新變回自己了。妳們懂嗎？」

「我們正在搞懂，赫夫……普里斯萊先生。」那個漂亮的護士說。

「我用以前的法子演唱。還唱了一些我寫的新歌，引起的關注不多，但還不錯，有女人對我投懷送抱，因爲她們能把我想像成貓王——只不過我眞的是貓王，扮演著扮成貓王的賽巴斯汀・赫夫。一切都很棒，我不介意合約被燒掉，我甚至沒打算回去說服任何人。然後我出了那場意外。就像我剛說的，我留了一點錢，以免自己生病什麼的。我就是靠那筆錢待在這裡，這麼高級的機構，哈！」

「好啦，艾維斯，」護士說：「別得意忘形了。你要是想，也可以出院去永遠別回來。」

「幹妳娘。」貓王說。

護士格格竊笑。

該死，貓王心想。人老了，連罵髒話別人都不放在心上。不管你做什麼，都是耍嘛一文不值，再不就是可悲得好笑。

「你知道嗎，艾維斯，」漂亮護士說：「我們這裡也有一位迪林傑（Dillinger）先生（注）。還有一位甘迺迪總統。他說自己只是被子彈打傷，腦子裝在一個果醬瓶裡被放在白宮，接了一些電線和電池，只要電池還在運作，他就可以不帶腦子到處走。你知道嗎，他說每個人都參了一腳要暗殺他，包括貓王在內。」

「妳眞是太混帳了。」貓王說。

「我不是要傷害你的感情，赫夫先生，」護士表示：「我只是試著讓你認清現實。」

「妳可以把現實塞進妳漂亮的黑色屁股裡去。」貓王說。

護士發出小小一聲憐憫的嗤笑。「赫夫先生啊赫夫先生，注意你的用詞。」

「你怎麼會跑來這裡？」卡麗問：「你說你從舞臺上跌下來？」

「我當時在快速轉圈，」貓王說：「在唱〈藍月〉（Blue Moon）那首歌，但我的髖骨撐不住了，那個部位一直都有毛病。」此話不假，他是跟一個藍色頭髮的老女人做愛時扭傷的，她的肥屁股上有個貓王的刺青。他實在忍不住想要上她，她看起來就像他母親格拉蒂絲。

「你轉著圈摔下臺？」卡麗說：「這可性感了。」

貓王看著她，她在微笑。聽這麼個瘋子講故事，對她來說很有樂趣，自從把她老爸送進養老院，她就沒體會過這種樂趣了。

「噢，給我閉嘴。」貓王說。

兩個女人互視微笑，交流著心照不宣的笑意。卡麗對護士說：「我要的東西拿到了。」她把公牛櫃子上那些閃亮亮的東西掃進皮包。「衣服可以送給慈善商店或是救世軍。」

漂亮護士對卡麗點點頭。「很好。另外，很遺憾妳父親走了。他是個好人。」

「是啊。」卡麗說著便要走出去。她在貓王的床尾處停下腳步。「很高興認識你，普里斯萊先生。」

「給我滾。」貓王說。

「好了，好了。」漂亮護士一面說，一面隔著被子拍拍他的腳，彷彿他的腳是隻暴躁的小狗。「我晚點再回來做那件……不得不做的小事。你知道吧？」

「我知道。」貓王說，他不喜歡她用「小事」這個詞。

卡麗和護士起步走了出去，她們清麗的臉部線條、秀髮的光澤、胸部和臀部的擺動，都在懲罰著他。她們走出視線範圍之後，貓王聽到她們在走廊上笑著談論些什麼事，然後她們就消失了。貓王感覺自己像身處冥王星的暗面，身上連一件外套也沒有。他將繫在紫心勳章上的緞帶拿起來看。可憐的公牛。到頭來，真的有任何事有意義嗎？

在此同時……

地球繞行著太陽，就像馬桶裡一塊旋轉的糞便（沿用貓王的比喻來說），飽經蹂躪的地球繞著軸

注 John Herbert Dillinger，一九〇三～一九三四年，生涯深富傳奇性的劫匪暨黑幫份子。

心轉呀轉，臭氧層的破洞稍微擴張了一點點，就像一位怕羞的女士用手指撐開自己的陰道；屹立在南美洲數百年的樹木遭到了推土機、電鋸和火柴的毒手，燒成了瀰漫的黑煙，再消散成微小的粒子。煙霧散去的同時，倫敦有北愛爾蘭共和軍的炸彈攻擊，中東地區則有更多戰事。非洲有黑人死於饑荒，HIV病毒感染了數百萬人，達拉斯牛仔隊（Dallas Cowboys）[注1]再度引恨落敗，貓王和珮西・克萊恩（Patsy Cline）[注2]所歌詠的藍月公轉著接近了地球，在泥溪林蔭安養之家上方升起，甜美又苦澀的銀藍色光輝照耀在軌道的交會點上，像手電筒的光線照過某個女人的藍髮。在安養中心裡，邪惡搖擺前行，像一隻尋找地方棲身的鴨子。貓王在睡夢中翻身，被一陣強烈的尿意喚醒。

好吧，貓王心想。*這次我趕上了*。床上沒屎沒尿（可眞適合當成著名遺言）。

貓王直坐起身，雙腳晃到床邊，床反向往左轉，繞了天花板一圈又繞回來，然後就一動也不動。暈眩感退去了。

貓王看著他的助行器，發出嘆息。然後他往前探身抓住把手，幫助自己下床，倚著末端墊有橡膠的腳柱，向前朝廁所而去。

他正在壓榨他長著腫塊的那話兒時，聽見走廊上傳來某種聲音——某種翻攪騷動聲，像一隻大蜘蛛在裝滿碎石的箱子裡亂爬。

平時走廊上總是有聲音，人們來來去去，因爲痛苦或茫然而哭號，但是在凌晨三點這種深夜時段，一般來說都是一片死寂。

他本來應該不會留心那個聲音，但老實說，他起床成功尿在馬桶之後，就睡意全消了；他還在想著卡麗那個小妞，還有那個奶子像葡萄柚的護士（她是叫什麼名字來著？），以及她們之前說的每一句話。

貓王拄著助行器走出洗手間，轉了個方向，朝走廊前進。走廊上半暗著，一部分的燈沒開，開著的燈也弱到只發出蛋黃般水淋淋的黃光。地上的黑白磚看起來像一面巨大棋盤，上蠟拋光後等著下一場生命的棋局展開。而他在這裡是個半殘的小兵，準備出動。

在安養中心另一端的廂房裡，麥基老太太（更廣爲人知的稱號是「眞假音藍調歌后」，她自稱年輕時曾跟一個西部鄉村樂團一起演唱），突然唱起一段她著名的約德爾調（注3），接著歌聲戛然而止。貓王晃著助行器繼續往前走。他已經好久沒有走出房間，連下床都很少。今晚，沒有尿在床上令他感到精神抖擻，而且這會兒他又聽到了那個聲音，像是蜘蛛在碎石箱裡的聲響（是很大的蜘蛛，在很大的箱子、很多的碎石裡）。跟著那個聲音走，能給他一點事做。

貓王繞過轉角，汗珠像燙傷的水泡般在他額頭上冒了出來。老天，他現在一點也不精神抖擻了。光是想到他剛才多有精神，他就覺得疲累。不過，回到房間躺在床上等到早晨、中午，然後是下午、晚上，一點也不是個吸引他的念頭。

他經過傑克．麥勞林的房間，就是那個自稱爲約翰．甘迺迪、說他腦子在白宮裡接著電池的傢伙。傑克的房門開著，貓王經過時往裡面瞄了一眼，心裡很清楚傑克可能不想看到他。有時候，傑克會

注1 美國德州的職業美式足球隊，在全世界的職業運動隊伍中市值排名第一。

注2 一九五〇年代的美國著名鄉村女歌手。

注3 yodel，阿爾卑斯山區的傳統歌唱形式，歌者會用眞假音反覆轉換來演唱歌曲。

相信他眞的是貓王，而這種時候傑克會驚嚇不已，說貓王就是刺殺行動的背後主使者。

其實，貓王希望傑克今晚也如此相信。至少，這樣代表有人認可他眞正的身分，即使這份認可來自一個驚聲尖叫的瘋子。

當然了，貓王心想，或許我也是瘋子。或許我就是賽巴斯汀·赫夫，我跌下舞臺時傷的不止是髖骨，腦袋也摔壞了一部分，遺失了本來的自己，以為我就是貓王。

不，他無法相信。那是他們要灌輸他的想法，要他相信自己瘋了，要他相信他不是貓王，只是個可悲的老傻蛋，因爲沒有人生可言，所以把另一個人的人生片段當成自己的來過活。

他絕不接受那一套。他不是賽巴斯汀·赫夫，是他媽的貓王艾維斯·亞倫·普里斯萊，屌上還腫了一個包。

他當然如此相信。也許他還該相信傑克眞的是甘迺迪總統，而泥溪林蔭安養中心的另一個病人孟絲·迪雷眞的是大盜迪林傑。話再說回來，也許不然，他們的證據並不充分。他至少看起來還像是貓王又老又病的模樣。但傑克卻是個黑人——他聲稱當權者爲了藏匿他而把他染色了——孟絲則是個女的，她說她動過變性手術。

耶穌在上，這裡到底是安養中心還是瘋人院？

傑克的房間相當特別，沒有跟室友共用。某個地方有人幫他出錢。他的房間裡塞滿了書和小件的奢侈品。雖然傑克步行無礙，卻有一台高級的電動輪椅，他偶爾會坐。有一次，貓王看到他坐著電動輪椅繞行在室外的環狀車道上，又是翹孤輪又是甩尾。

貓王往房間裡看，看見傑克躺在地上，病人袍拉高到脖子，在昏暗的光線下，瘦巴巴的黑屁股看起來像是甘草糖般的質地。貓王猜想傑克應該是在去拉屎的路上，或是拉完屎回來時倒下的。也許是他的心臟出了問題。

「傑克？」貓王出聲。

貓王進了房間，把助行器放在傑克身旁，深吸一口氣從助行器後方踏出來，靠著它的一側支撐身體。他跪在傑克旁邊，心裡希望等一下還能站得起來。老天，他的膝蓋和背都在痛。

傑克正在粗重地呼吸。貓王注意到傑克的髮線處有一道長長的疤痕，那裡的膚色比較淺，近乎灰色。（「他們就是從那裡把我的腦子拿出來，」傑克總是如此解釋：「放在那個他媽的罐子裡。現在我頭上那裡被放了一小袋沙子。」）

貓王碰碰地上那個老人的肩膀。「傑克，老兄，你還好嗎？」

沒有反應。

貓王再試了一次。「甘迺迪先生。」

「呃……」傑克（甘迺迪先生）應聲。

「嘿，老兄，你躺在地板上呢。」貓王說。

「少來……你是哪位？」

貓王遲疑了。現在這個時機可不適合讓傑克發作起來。

「賽巴斯汀，」他回答：「賽巴斯汀．赫夫。」

貓王抓著傑克的肩膀將他翻過來，難度就跟把果醬蛋糕捲翻面差不多。傑克現在呈仰躺姿勢。他一隻眼睛瞄向貓王，遲疑地開口要說話。貓王抓著傑克的睡袍，勉力拉低到膝蓋處，讓這老傢伙保留一點尊嚴。

傑克終於喘過氣來。「你看到他從走廊上過去了嗎？急急忙忙跑過去的。」

「誰？」

「他們派來的某個人。」

「他們是誰？」

「你知道的。林登‧詹森（Lyndon Johnson）、卡斯楚（Castro）（注）。他們派了個人來做掉我。我覺得搞不好是詹森本人。他長得很醜。真他媽的醜。」

「詹森死了。」貓王說。

「那也阻止不了他。」傑克表示。

不久後的早晨，陽光穿過百葉窗照進貓王的房間，那個奶子像葡萄柚的黑美人護士幫他的屌擦藥時，他把雙手放在腦後，思索著今天凌晨的事。他通報說傑克跌倒了，看護工過來幫傑克躺回床上，幫他站回助行器後面。被告誡完不該這麼晚出來遊蕩之後，他扛著助行器回到房間，感覺到一股詭異的氣息吹進了安養之家。那是一股昨天還不存在的氣息，雖然現在存在感很低，但肯定還在那裡，在背景裡嗡嗡哼鳴，像某種發電機，已準備好在片刻之間開始以更高功率運轉。

他很肯定那不是自己想像出來的。他昨晚聽到的疾行聲，傑克也聽到了。那是怎麼一回事？那不是助行器、拖著腳走路、或是輪椅的聲音，是別的東西。而現在他仔細一想，那也不盡然像是蜘蛛腿在碎石堆裡弄出的聲響，更像一捲帶刺鐵絲滾過磁磚。

貓王沉浸在這些思緒裡，對護士的存在渾然不覺，直到她說：「赫夫先生！」

「什麼……？」他看到她在微笑，然後低頭看向雙手。他也跟著看過去，她戴著手套的其中一隻手裡躺著一根布滿藍色血管的大傢伙，上面有個胡桃大小的膿包。那是**他的**大傢伙、**他的**膿包。

「你這老不修喔，」她說著並溫柔地把他的老二放低在他雙腿之間。「我想你最好去沖個冷水澡，赫夫先生。」

貓王驚奇不已。這是多年來他第一次這樣勃起。現在是起了什麼變化？

然後，他發覺到那個變化是什麼。他沒有滿腦子想著做不做得到。他在想著讓他感興趣的事，現在他的腦子裡，除了陳年回憶、迷惑混沌、對於下一餐的煩惱，還有上廁所之外，終於有別的東西冒了出來，他又得到了一點生機。他對著護士笑得露出牙齦和僅剩的牙齒。

「妳跟我一起進去，」他說：「我就去沖澡。」

「別傻了。」她說，並把他的睡袍拉下來，站起身脫掉手套，丟進他床邊的垃圾桶。

「妳怎麼不稍微拉拉它呢。」貓王說。

「你這個壞東西。」護士說，但她說話時帶著笑容。

她離開之後讓房門繼續開著，貓王有點介意，但他覺得反正他的床位在一個沒人能探進來看見的角度，如果真有人要看，那就祝他們好運。他才不要跟他好不容易硬起來的老二大眼瞪小眼。他拉過被單蓋住身體，手伸下去把睡袍拉到肚子上。他握住他的大蛇，一隻手逐漸將之掐緊，拇指摸著那個膿包，另一手則撫弄著陰囊。他想著普芮西拉、黑美人護士、公牛的女兒，甚至還有那個屁股上有貓王刺青的藍髮胖女人。他撫摸得愈來愈用力、愈來愈快，而他天殺的愈來愈硬，陰莖上的那個腫包率先投降，爆

注 林登・詹森為當時甘迺迪任下的美國副總統，甘迺迪遇刺身亡後便接任為下一任總統；卡斯楚為古巴政治領導人，在古巴飛彈危機中與象徵自由民主的甘迺迪政府形成對立。

出溫熱的膿液，流下他的大腿；他原本以爲已經空空如也的卵蛋，這下充滿了液體和電力，最後他猛力按下開關，精液潰堤而出。他聽見自己快樂的叫喊，感覺濕熱的液體噴到他的腿，甚至濺到他的腳拇趾上。

「老天爺啊，」他輕聲說：「這我喜歡。這我喜歡。」

他閉上眼睛睡著了，很久以來第一次得到無間斷的好眠。

泥溪林蔭的午餐室裡到了用餐時間。

貓王坐在一盤蒸紅蘿蔔、綠花椰和薄片狀的烤牛肉前面。一塊乾巴巴的麵包捲、少許奶油和一小杯牛奶排排站在旁邊。這一餐令人絲毫打不起精神。

坐他旁邊的眞假音藍調歌后在鼻子裡卡了一塊紅蘿蔔，她正高聲闡揚天父上帝的罪，祂在好馬利亞的睡夢中把她肚子搞大了，在她打著鼾時鑽進了她沒有潤滑的小妹妹，她那副小心腸渾然不知情，陰蒂也沒有舒服到，醒來時肚子就多了個嬰兒，卻對事發過程毫無記憶。

這些貓王全都聽過了，他以前曾覺得這番把上帝比作強暴犯的言論深具冒犯性，但聽久他也就不在乎了。她繼續喋喋不休著。

對面有個戴黑面具、有時配上白牛仔帽的老人，安養院居民和員工都叫他獨行俠（Kemosabe）（注）。他有兩把沒子彈的玩具槍，他拿著其中一把朝地面發射，並且出聲呼喚沒人看得見的夥伴湯頭，叫對方過來彎下腰，他要送對方回家。

在桌面遙遠的另一端，大盜迪林傑在述說他喝過多少威士忌、抽過多少雪茄，但那都是在他切掉老二、僞裝成女人身分躲起來以前。她說她現在不再想到銀行、機關槍、女人和高級雪茄。她現在會想的是碗盤上的污點，還有窗簾、掛布的顏色跟地毯和牆壁配不配。

當周遭環境造成的低氣壓再度籠罩，貓王又深思起昨晚的事，望向長桌遠端的傑克（甘迺迪先生）。他看到那個老人也在看他，彷彿他們倆共享著一個祕密。貓王的鬱悶心情舒緩了一點點。這裡出現了一個貨眞價實的謎團，而今晚夜幕降臨之後，他就要去調查。

地球上，泥溪林蔭安養中心所在的那一面再度轉離了太陽，藍月也再度靠近。髒兮兮的黑色天空上吹來了幾許朦朧的雲朵，現在時間漸漸接近凌晨三點。

貓王驚醒過來，轉頭面向闖入者。傑克站在他的床邊，低頭看著他。傑克的睡袍外罩著一件西裝外套，他還戴了厚厚的眼鏡。他說：「賽巴斯汀，它出來了。」

貓王整理了一下思緒，將腦中的念頭匯集成一幅不至於太混亂的拼貼。「什麼出來了？」

「它。」傑克說：「你聽。」

貓王傾聽著，走廊上又傳來他前一晚聽過的疾行聲。今晚，那聲音讓他聯想到巨大的蝗蟲在小紙箱裡瘋狂振翅，翅膀的尖端刮刺著硬紙板，將紙板劃穿、切割解體。

「耶穌在上，那是什麼東西？」貓王說。

「我本來以爲是林登．詹森，但結果不是。我碰到了新的證據，顯示這是另一個刺客。」

注 Kemosabe是獨行俠的同伴湯頭對其的稱呼，故都譯為「獨行俠」。

「刺客？」

傑克豎起一隻耳朵。那個聲音漸行漸遠，而後停止了。

「它今晚有別的目標。」傑克說：「來吧，我要給你看個東西。我覺得你回去睡覺並不安全。」

「看在老天的份上，」貓王表示：「去跟管理員說吧。」

「那些穿西裝的蠢貨，」傑克說：「不用了謝謝。我在達拉斯的時候就信過他們一次，看看我和我的腦子因此落得什麼下場。我現在只能靠沙子思考，但也許還能接收到我腦子的一點腦波。誰說得準會不會哪天他們就在白宮裡把電池給拔了？」

「好吧，這是挺值得擔心。」貓王說。

「聽著，」傑克繼續說：「我知道你是貓王，而且有傳言說，你知道的……說你有多討厭我。但我已經想通了。你討厭我，但你之前那天晚上大可把我做掉。我想請你做的，就只是看著我的眼睛，向我保證，你和達拉斯那天發生的事沒有半點關係，保證你從來不認識李‧哈維‧奧斯華和傑克‧魯比（注）。」

貓王盡可能誠懇地直視著他。「我跟達拉斯的事沒有關係，我也不認識李‧哈維‧奧斯華和傑克‧魯比。」

「很好。」傑克說：「我可以不叫你賽巴斯汀，改叫你貓王嗎？」

「可以。」

「好極了。你讀東西的時候需要戴眼鏡嗎？」

「我眞的想看清楚東西時才會戴。」貓王說。

「去拿眼鏡，然後快過來吧。」

貓王晃著助行器輕鬆地走著，感覺今晚不怎麼需要這項輔具。他滿心興奮。傑克很瘋，也許他自己也瘋了，但現在有一場冒險正在展開。

兩人來到走廊上的廁所，就是保留給男性訪客使用的那間。「就在這裡面。」傑克說。

「等等，」貓王問：「你不是要把我騙進去然後想玩我的小鳥吧？」

傑克瞪著他。「老兄，我跟賈姬（Jackie）、夢露（Monroe）還有一堆美女做過，你覺得我會想玩你的臭老雞巴？」

「有道理。」貓王承認道。

他們進到廁所裡。空間很大，有好幾個隔間和小便斗。

「在這邊。」傑克說。他到其中一個隔間，推開門，站在馬桶旁，讓位給貓王的助行器。貓王擠進去看著傑克指的東西。

是塗鴉。

「就這個？」貓王問。「我們在調查走廊上的怪聲，要找出昨晚襲擊你的人，你卻帶我進來這裡看廁所牆壁上畫的火柴人？」

「仔細看。」傑克指示。

注 李・哈維・奧斯華（Lee Harvey Oswald）目前被普遍認為是刺殺甘迺迪的刺客；傑克・魯比（Jack Ruby）則是當眾開槍擊斃奧斯華的凶手。

貓王往前靠近。他的視力大不如前，眼鏡可能也該重配了，但他看得出來那些塗鴉不是文字，而是一連串簡化的圖示。（注）

一陣顫慄傳來，像美酒帶來的醉意般流竄貓王全身。他曾經瘋狂熱愛古老祕教傳說，例如《埃及死者之書》（*The Egyptian Book of the Dead*）和《H．P．洛夫克拉夫特全集》（*The Complete Works of H. P. Lovecraft*），他立刻認出了眼前的東西。「埃及象形文字。」他說。

「一點也沒錯。」傑克說：「嘿，你不像某些人講的那麼笨嘛。」

「謝了。」

傑克伸手進西裝外套口袋，拿出一張摺疊起來的紙，然後攤開貼在牆上。貓王看到紙上畫滿了和廁所隔間牆上同樣的圖案。

「這是我昨天抄下來的。我來這裡大便，因爲他們沒有掃我的廁所。我在牆上看到這東西，就回房查書，然後抄下來。第一行翻譯後的意思大概是：法老王吃驢蛋。底下那行是：克麗奧佩脫拉（Cleopatra）幹了骯髒事。」

「什麼?」

「嗯，差不多就是這樣。」傑克說。

貓王一頭霧水。「好吧，」他做出結論：「所以這裡除了我們以外的某個瘋子，自以爲是圖坦卡門（Tutankhamun）什麼的，在牆上寫象形文字。然後呢？我是說，這有什麼關聯？我們爲什麼要跑來廁所裡？」

「我也不知道確切的關聯，」傑克回答：「目前還不知道。但這個……這個東西昨天在我睡覺時找上我，我醒過來的時候剛好……嗯，他把我弄到地上，他的嘴巴貼著我的屁眼。」

「是個吃屎鬼？」貓王說。

「我不覺得，」傑克表示：「他是來要我的靈魂。你可以從人體上主要的幾個洞孔把靈魂吸出來。我讀到的。」

「在哪讀到的？」貓王問：「《好色客》（*Hustler*）雜誌嗎？」

「大衛・韋伯的《寫給平凡男女的靈魂之書》（*The Everyday Man or Woman's Book of the Soul*）。書後面還針對一些關於靈魂失竊的電影寫了不錯的影評。」

「噢，聽起來可信度很高呢。」

他們回到傑克的房間，坐在他的床上，翻閱他關於占星術、甘迺迪暗殺案、祕教典籍的許多藏書，還有《寫給平凡男女的靈魂之書》那本哲學著作。

貓王發覺那本書特別吸引他。書裡不但指出人擁有靈魂，還說靈魂有可能被偷走；有一個段落專

注 為配合中文直書閱讀的排版，以及不更動各圖形之間的方向關係，故將原本橫式的象形文字整段直接轉九十度，原文著作裡是分成上下兩行。本篇出現的象形文字皆如此調整。

門探討吸血鬼、食屍鬼、夢魔、魅魔等吸食靈魂的怪物。重點是，如果這些傢伙出沒在你周遭，你就得看緊身上的孔洞：嘴巴、鼻孔、屁眼。如果妳是女的，那還有額外一個洞要留心。尿道孔和耳孔（無分男女）就不重要，靈魂不會出現在那裡，它們不算人體主要洞孔是有原因的。

書的後面有一份商品清單，不知道和書本身的內容有無關係：小型塑膠金字塔、調頻時戴的帽子、幫助你學習阿拉伯文的冥想錄音帶。售價含郵資。

「這本書收錄了各式各樣的食魂者，除了政客和科幻迷。」傑克說：「我覺得出沒在泥溪林蔭的就是這種東西，食魂者。你翻到埃及的段落。」

貓王照做。那個章節的開頭是《十誡》（*The Ten Commandments*）的一張電影劇照，尤·伯連納（Yul Brynner）扮演法老，站在戰車上一臉嚴肅。這個表情看起來相當合理，因爲剛被摩西分開的紅海即將要流回來淹沒他和他的軍隊。

貓王慢慢讀著文章，同時傑克則用插電式加熱器煮水，泡了即溶咖啡。「我叫我姪女把這東西偷渡進來的，」傑克說：「或者說她宣稱是我姪女。她是個女黑人。我在達拉斯中槍、腦子被他們拿出來那天之前從沒見過她。她也包含在他們給我的新身分裡。她的屁股有夠辣。」

「該死，」貓王說：「這裡寫說，你把某個人埋了之後，如果他身上有塔納葉(注)，又有人對他唸了咒語什麼鬼的，他就可以在數千年後死而復生，靠吸食活人的靈魂維持生命；如果吸取的靈魂太渺小，他的生命力就無法持續。渺小？這是什麼意思？」

「繼續往下讀……哎算了，我直接跟你說吧。」傑克把咖啡遞給貓王，坐到他旁邊的床上。「聽我開始講以前，要先吃根巧克力棒嗎？不是我的棒棒，是巧克力蛋糕棒那種。啊，但我想既然我被染色了，我的棒棒現在也是巧克力色了。」

「你有巧克力蛋糕棒？」貓王問。

「還有花生焦糖棒和貝比魯斯巧克力棒，」傑克說：「想吃哪種？我們放縱一下吧。」

貓王舔舔嘴唇。「我吃個巧克力蛋糕棒吧。」

貓王享用著蛋糕棒，吃得一塌糊塗，中間穿插幾口咖啡。傑克則把咖啡擺在腿上，一隻手套裡拿著貝比魯斯巧克力棒，然後開始講述。

「渺小的靈魂就是指生命之火不夠熱烈。」傑克問：「你知道有哪種地方是這樣嗎？」

「如果靈魂是火焰，」貓王回答：「這裡的火跟熄掉差不了多少。我們這裡的人只燒得起小小的火焰。」

「完全沒錯。」傑克同意。「跑來我們泥溪林蔭這裡的，就是某種埃及食魂者。有個木乃伊躲進來，獵食沉睡的人們。你懂嗎，這個選擇很完美。這裡的靈魂都很渺小，提供不了多少能量，如果那東西兩、三次回來把嘴巴貼著某個老傢伙的屁眼，那個老人很快就會沒命，你說聰不聰明？這個木乃伊如此獲得的能量不多，比不上吸食強大的靈魂，但是獵物很容易到手。說眞的，木乃伊的力氣也不可能太大吧，多半就只是具空殼。不過我們自己也差不多，離變成木乃伊沒多遠。」

「而且一直有新的人進來，」貓王接下去說：「它可以一直這樣搶奪他們的靈魂，直到永遠。」

「沒錯。因為那就是我們被送來這裡的原因：找個地方讓我們不礙事地待著等死。那些沒有先死

注 Tanna leaves，此為虛構的植物，最早源出自一九四〇年的電影《木乃伊之手》（*The Mummy's Hand*），之後被挪用到許多木乃伊相關的影視作品中，例如九〇年代的動畫影集《夜行神龍》（*Gargoyles*）裡，該植物就被用來召喚埃及神祇阿努比斯。

於疾病或衰老的人，就成了它的獵物。」

貓王思考著這一切。「所以它才不去惹那些護士、看護工和行政人員？這樣才不會引人懷疑。」

「對，而且他們沒有睡在這裡。它得在你睡覺或失去意識時才能接近你。」

「好吧，但是傑克，我搞不懂的地方是，一個古埃及人是怎麼跑到德州東部的安養院來？它又為什麼要在廁所牆上寫字？」

「它去拉屎，覺得無聊了，就在牆上寫字。幾百年前它可能也在金字塔的牆壁上寫過字。」

「它會拉出什麼來？」貓王說：「它又不用吃東西，對吧？」

「它吃靈魂，」傑克表示：「所以我猜，它拉出來的就是靈魂的殘渣。對我來說意思就是，如果你在它口中死掉，你的靈魂就不會前往另一個世界，或是一般靈魂去的不管什麼地方。它會把靈魂消化到不復存在——」

「然後你就只能當馬桶水裡的添加物了。」貓王說。

「我推敲出來的就是這樣。」傑克做出結論。「它想大號的時候就跟普通人一樣，想找個有沖水馬桶、舒服又乾淨的地方。它的時代還沒有這種東西，我相信它一定覺得這挺方便的。牆上寫的字只是出於習慣。法老王和克麗奧佩脫拉對它來說可能只是昨天的事而已。」

貓王吃完巧克力蛋糕棒，啜著咖啡。糖分帶來一陣欣快感，他愛死了。他想跟傑克再討一根剛才說的花生焦糖棒，但他克制住自己。甜食、油炸物、熬夜和毒品，就是他原本人生走向惡性循環的起點。他這次得管好自己。他得準備好迎戰這個來自古埃及、會吸食靈魂的危險威脅。

吸食靈魂的危險威脅？

老天。他眞的是閒得發慌了。現在他該回房睡覺、拉屎在床上，回歸常軌。

但是，耶穌和太陽神在上，現在這件事可是前所未有！這一切可能全是鬼扯，但是比起他生活中其他的動態，這是個非常有吸引力的鬼扯。把這個遊戲玩到底也許會值回票價，哪怕他的黑人玩伴自認爲是甘迺迪總統，還相信有個埃及木乃伊出沒在林蔭安養之家的走廊上，在廁所隔間塗鴉，從活人的屁眼吸食靈魂，消化之後拉進訪客專用的馬桶裡。

突然之間，貓王從思緒中被喚醒。走廊上又傳來了那道聲音。每一次聽到那聲音，他都有不同的聯想。這次，他想到玉米乾燥後的空殼，在大風中被吹得喀喀響。他感到一陣雞皮疙瘩從脊椎往上竄，後頸和手臂上汗毛倒豎。他往前傾身，雙手放在助行器上，準備撐起身體站直。

「別去走廊上。」傑克警告。

「我又沒睡著。」

「這不代表它不會傷害你。」

「屁股是我的，而且根本沒有什麼埃及來的木乃伊。」

「很高興認識你，貓王。」

貓王把助行器往前推了一點點。在前往敞開房門的半途上，他瞄到了走廊上的那個形影。

那個東西移動到跟門口平行時，走廊上的燈暗了下來，發出劈啪聲。那個靈體四周圍繞著扭曲顫動的陰影，猶如一群寵物烏鴉。它走動、踉蹌、拖步、滑行，雙腿就像貓王一樣不太靈光，但它的行動姿態中有些無以名狀的特質。很僵硬，但又像幽靈般行雲流水。它穿著一件骯髒不堪的牛仔褲、黑色上衣，戴著黑色牛仔帽，壓低到蓋住了眉毛應該在的位置，腳踏一雙鞋尖捲起的大牛仔靴。它的身上傳來一股混成一團的臭味：泥巴、腐葉、樹脂、爛掉的水果、灰塵和帶沼氣的污水。

貓王發現自己寸步難行。他整個人怔住了。那個東西停下腳步，警戒地用蘋果樹枝般的脖子轉頭過來，用空空如也的眼窩看著貓王。果然，它真的比林登．詹森醜多了。

貓王訝異地發現自己正在往前滑，彷彿在攝影機滑軌車上，他正在往那東西的右眼窩裡面衝，那個眼窩快速擴張成一座寬闊的峽谷，底部是一片黑暗。

貓王一路旋轉下降，虛空之中湧出了關於金字塔、河上小船、炎熱藍天的記憶，帶著樹脂的氣味，還有一輛被黑雨打著的銀色大巴士、一座搖搖欲墜的橋梁、一道陰暗的流水，以及一抹銀光。然後是那片濃重到用「黑」還不足以形容的黑暗，貓王的口中嚐到泥巴的味道，感覺到一股難以言喻的幽閉恐懼。他可以感知到那個東西的飢餓，像燒熱的針般戳刺著他的飢餓，然後——

——然後在快速下降的途中傳來一陣**啵啵**聲，貓王感覺自己旋轉得更快了，從那個塵埃滿布的頭顱中、幽深的記憶峽谷裡倒轉退出，現在他又站回了他的助行器劃出的框框裡，而那個木乃伊——貓王再也無法否認——轉開了頭，重新開始移動，在走廊上拖步、飄移、踉蹌、滑行著，那些寵物陰影在它的頭部四周用沙啞的喉嚨呼嘯。**啵！啵！啵！**

那個東西繼續移動的同時，貓王強迫自己舉起助行器，往走廊前進。傑克也跟到他旁邊，他們看著那個穿牛仔裝的木乃伊遊蕩前往安養中心後方的出口。它來到上鎖的門前，靠向門板和門框相接處，一面扭動一面縮小，擠進那道看不見的縫隙；它帶著的那些陰影也追隨在後，彷彿被一台吸塵器吸了進去。

啵啵聲繼續響著，貓王將頭轉向聲音的來源——獨行俠站在那裡，蒙著面，腰間繫著帶鉚釘的雙槍皮套，左右手各拿一把銀色的Fanner 50玩具槍。他往木乃伊消失的位置快速按下扳機，帶著黑點的紅色火藥彈匣，從手槍的擊錘後方隨煙霧不斷飛出。

「混蛋！」獨行俠說：「王八蛋！」

然後獨行俠整個人發抖起來，雙手垂下，朝地面各開了一槍，然後全身僵硬地倒了下去。

貓王知道，對方在還沒碰到黑白地磚前就已死於心臟破裂；獨行俠倒下時，他的兩把槍都冒著熊熊火花，但是靈魂完好無損。

走廊上的電燈燈光抖了幾下，恢復正常。

之後，管理人員、護士和看護工們都來了。他們將獨行俠翻身，用掌根猛壓他的胸口，但他再也沒有恢復呼吸。他再也不會高喊「嗨唷」來呼喚他的銀駒了。他們咋舌嘆息，最後有個看護工伸手過去拿下了獨行俠的面罩，漫不經心且毫不尊重地扔在地上，暴露了他的身分。

沒人真正認識面罩下的那個人。

貓王又被訓斥了一次，這次他和傑克都被問到獨行俠出了什麼事，他們兩人都沒說實話。誰會相信兩個瘋子的說詞？貓王和傑克．甘迺迪說獨行俠持槍追擊一個穿牛仔裝的木乃伊，而那個埃及鬼王（Bubba Ho-Tep）戴著牛仔帽的頭還環繞著一群黑影？

所以，他們只好說謊。

「他一邊按扳機一邊走過來，然後就倒下了。」貓王說，傑克也幫著他圓謊。獨行俠被抬走的時候，貓王吃力地用助行器支撐著自己，蹲下去拾起被扔掉的面罩並將其帶走。他也想拿那兩把槍，但被一個看護工先拿回去給她四歲的兒子了。

稍後，他和傑克透過口耳相傳聽說獨行俠的室友，一個處於半昏迷狀態好幾年的八旬老翁，陳屍在房間的地板上。根據推測，獨行俠發了狂，把他的室友從床上拉下來，而那位八旬老翁在摔到地上時就當場嗝屁。至於獨行俠，他們認為他發覺到自己做了什麼事之後就瘋了，才會在走廊上一面遊蕩一面開槍，然後心臟病發作。

貓王知道實非如此。是那個木乃伊來了，而獨行俠試圖用他唯一知道的方式保護他的室友。然而，他的槍射出的不是銀子彈，而是硫磺。貓王為那個老傢伙感到一陣驕傲。

之後，他和傑克碰了面，聊了聊他們看到的事，然後就再也無話可說。

夜晚遠離，太陽露臉，完全沒闔眼的貓王也起身下床，穿上卡其褲和卡其襯衫，撐著助行器去外面。他已經很久沒有出門，外界的一切顯得甚是奇怪：陽光、花香、高遠的德州天空、潔白的雲朵。

難以置信他竟然在床上待了那麼久。過去這幾天，光是撐著助行器動動他的兩條腿，就讓他的肌肉得以緊實起來。他發覺自己的行動能力變好了。

奶子像葡萄柚的漂亮護士來到室外，對他說：「普里斯萊先生，你看起來健朗多了。但是你可不能在外面待太久。午睡時間快要到了，而且你知道的，我們還要……」

「滾開，妳這愛說教的賤人，」貓王說：「我受夠妳了。我會自己來。妳要是再把我當小娃娃看待，我就把這該死的助行器砸到妳頭上。」

漂亮護士驚愕地站在原地，然後一言不發走開了。

在圍繞安養中心的環形車道上，貓王帶著助行器緩緩前進。過了半個小時，他來到安養中心的後方，也就是木乃伊離開的那扇門所在的位置。門仍然鎖著，他站在那裡驚訝地看著它。那個木乃伊是怎麼做到的，竟然能滑出門和門框之間幾乎不存在的空隙？

貓王低頭看著門後的水泥地。毫無線索。他撐著助行器走向後方的樹叢，那裡有沼生櫟、楓香、山胡桃樹，並排聳立在流過安養中心後方的一條寬溪兩側。

那裡的地勢很陡，令他遲疑了一會兒，然後又回心轉意。*他媽的有何不可？*他心想。

他將助行器往地上一壓，開始往前走。地面的斜度又更陡峻了。抵達溪床邊樹叢中的一處空地時，他已經精疲力盡。他有股衝動想要呼救，但又不想出醜，尤其是在對那個護士發過脾氣之後。他知道自己恢復了以往的一部分自信。他的咒罵和惡劣態度在她眼中不再可愛了。不管程度如何輕微，他的話還是刺傷了她。老實說，他會懷念她幫他的老二抹潤滑油的樣子。

他看向溪床。溪谷很深，溪水本身則淺淺的，兩側是散布著碎石的岸濱，大約六呎寬。溪水在他左手邊流過一座橋下，他看到那裡積著經年累月的雜草和泥巴，其中還有某個閃亮亮的東西。

貓王在助行器後面緩緩坐到地上，看著溪水流動。一隻大啄木鳥在附近的樹上發出笑聲般的鳴叫，還有一隻松鴉吼叫著把一隻體型較小的鳥逐出牠的勢力範圍。

埃及鬼王跑哪去了？它是從哪裡來的？它到底是怎麼跑來這裡的？

他回想自己在木乃伊的內心看見的景象。銀色巴士、大雨、斷裂的橋梁、流水和泥巴。噢等等，他心想。這裡不就有水、泥巴和橋嗎？雖然橋沒斷，而且那些落葉和垃圾堆中間還有個什麼發亮的東西。這些都是他在埃及鬼王的腦袋裡看過的物體。其中顯然有所關聯。

但關聯是什麼？

體力恢復之後，貓王撐起自己的身子，把助行器轉了個方向，走回安養中心去。他回房鑽進床鋪時已經滿身大汗，全身僵硬得像根鐵絲。屌上的膿包一陣抽痛，於是他解開褲頭，脫下內褲。只見膿包又脹滿了，看起來比原本更嚴重。

他判定：這是癌症。他用一種肯定、決絕且急促的態度下了結論。他們不讓我知道，是因爲我老了，而且這件事對他們無關緊要。他們認爲我的年紀會先要了我的命，而他們可能是對的。

這個嘛，去他們的。我知道這是什麼東西，就算不是，也相去不遠。

他拿了藥膏擦在蓄膿的腫塊上，然後把藥膏收起來，拉上內褲和長褲、繫上皮帶。

貓王從櫃子上拿起電視遙控器，一面等著午餐一面按呀按。轉臺的過程中，他看到了一段「貓王週」的廣告。他驚呆了。這種事並非第一次發生，但在這個時間點對他的衝擊格外強烈。廣告中出現了他主演的電影片段，《新潮沙灘》（*Clambake*）、《流浪歌手》（*Roustabout*），以及其他幾部。都是爛片。他這會兒埋怨著自己如何失去了自傲、人生如何苛待他，然而他從來就沒有多少自傲可言，人生也待他不薄，那些壞事多半是他自己的錯。現在，他但願自己在轉戰影壇時就開除掉他的經紀人，科洛內爾·帕克（Colonel Parker）。那老傢伙是個蠢貨，而對那傢伙言聽計從的他更是蠢上加蠢。他也希望自己當初有好好對待普芮西拉。他希望自己能夠告訴女兒說他愛她。

問題一直有，從來沒答案；願望一直許，永遠不實現。

貓王關掉電視，將遙控器扔到櫃子上，此時傑克正好進了房間。他的手臂下夾著一個檔案夾，看起來彷彿準備好要在白宮做簡報。

「我找了那個自稱我姪女的女人來接我，」傑克說：「她載我去市區的『報紙停屍間』（注）。她一直有在幫我做些研究。」

「研究什麼？」貓王說。

「研究我們的木乃伊。」

「你對他有所了解？」貓王問。

「還不少。」

傑克把一張椅子拉到床邊，貓王用病床的升降鈕撐直背部和頭部，以便看到傑克檔案夾裡的東西。

傑克打開檔案夾，拿出幾張剪報攤在床上。傑克一面說話，貓王一面看著剪報。

「由埃及政府出借的其中一具價值較低的木乃伊，之前在美國巡迴展出。你知道，就是在博物館之類的地方。雖不是像前幾年的圖坦卡門王那種大展覽，但還是頗有吸引力。木乃伊以飛機或火車在各州之間運送，而它來到德州的時候失竊了。

「證據顯示，木乃伊是在夜裡被兩個開銀色巴士的人偷走。有個證人目擊了一切，大概是出來蹓狗的人之類的。總之，那兩個賊闖進博物館偷走木乃伊，可能是想要勒索贖金。但是當時發生了德州東部史上最猛烈的風暴，又是龍捲風，又是下雨下冰雹的，應有盡有。溪水和河水暴漲，沖走了移動式房屋，淹死了牲畜。也許你還記得……但沒差，總之那是一場超大的洪水。

「兩個竊賊成功逃脫，再也沒人聽說他們的下落。你跟我說你在木乃伊腦袋裡看到的那些東西——銀色巴士、暴雨、橋梁等等——我之後想到了一個更有趣，而且我相信也更符合實情的可能性。」

「讓我猜猜。巴士被沖走了。我想我今天有看到它，就在後面的溪裡，一定是好幾年前就被沖到那裡了。」

「那這就證實了我的猜想。你看到的橋是斷掉的，所以巴士才會在水裡，當時的水勢一定跟暴漲的大河一樣深，把巴士沖到下游。巴士擱淺在附近的某個地方，木乃伊被困在車體殘骸裡，而最近它設法脫困了。」

注 newspaper morgue，報紙機構或新聞組織保存紙本舊報紙和檔案的庫房。

「但它是怎麼復活的？」貓王問：「我又怎麼會跑到它的記憶裡去？」

「我對這部分的猜測比較空泛了，但就我讀到的資料顯示，有些木乃伊下葬時沒有名字，它們的石棺——或者就叫棺材也行——上面被施了詛咒。我猜我們遇到的傢伙就是這樣。它在棺材裡的時候只是具乾屍。但是當巴士被沖下路面，棺材翻覆過來、或是破開了，這傢伙就重獲自由，不再受制於棺材和詛咒。或者，更有可能是棺材經久腐爛裂開，上面的咒語被打破。想想看，它在下面待了那麼久，等待著自由，沒死但又不算眞正活著，飢腸轆轆卻又無法進食。雖然我說它不再受制於詛咒，但也不盡然；它掙脫了牢籠，但還是需要靈魂。

「現在，它可以自由地吸取靈魂，它會一直大吃特吃，直到自己被摧毀爲止……你知道嗎，雖然挺奇怪，但我覺得有一部分的它是想要融入周遭的，想要再度成爲人類。它並不完全知道自己變成了什麼東西，只是回應著自己舊有的欲望，還有因現況而生的新欲望。所以它才披上那身幻象衣服，也許是在模仿它某個獵物的穿著。」

傑克繼續說：「靈魂會給它力量，增強它的靈能，其中一種功用就是在某種程度上催眠你，把你拉進它的腦海中。它沒辦法用那種方式偷走你的靈魂，除非你失去意識；但是它可以削弱你的體力、分散你的注意。」

「它周圍的那些影子又是什麼？」

「它的守護者。它們會對木乃伊示警。它們自己也有某種有限的能力。我在《寫給平凡男女的靈魂之書》裡有看到。」

「我們要怎麼辦？」貓王問。

「我覺得換間安養院住是個好主意。」傑克表示：「坦白說，我想不太到其他的辦法了。我們這個木乃伊是夜貓子，精確來說是在凌晨三點出沒。所以我現在要去睡了，午餐後再睡一覺，鬧鐘設在天黑前，讓我有時間幫自己泡兩杯咖啡。如果它今晚跑來，我可不要它再把嘴唇貼上我的屁眼。我想它前幾晚要對我動手時，正好聽到你從走廊上經過，於是它就逃跑了。不是因爲害怕，而是它不想要任何人發現自己。它在這裡就好像擁有一群甕中之鱉。」

傑克離開之後，貓王決定以傑克爲榜樣睡午覺。當然，到了這個年紀，他本來就很常睡午覺，隨時都可能睡著，但也可能輾轉難眠好幾個小時，沒有節奏可循也沒有理由可言。

他把頭往枕頭上靠著試圖睡覺，但是睡意並未來襲。他反而想事情想個不停。比如說，除了這個地方之外，他此生還有何處可去？這裡不太算是個家，卻是他的所有。如果他放任一個來自外國、胡亂塗鴉、吸人靈魂的王八蛋，戴著過大的帽子、踩著尖頭牛仔靴奪走他家人的靈魂，再把殘渣拉進訪客專用馬桶，那也眞是太扯了。

他在電影裡一向扮演英雄型的角色。但是舞臺燈光一暗，上場的就變成他的毒品、蠢事和拈花惹草。現在，他應該讓自己一直以來的幻想實現一小部分了。

當個英雄。

貓王伸出身子拿電話，撥了傑克的房號。「甘迺迪先生，」傑克接聽時，貓王如此說道：「別問你的安養院能爲你做什麼，要問你能爲你的安養院做什麼。」

「嘿，你在亂用我的最佳名言。」傑克說。

「好吧，那麼用我自己的名言來說：『我們來辦正事吧。』」

「你有什麼打算？」

「你知道我有什麼打算。我們要去殺木乃伊。」

太陽像個腫包，長在猶如亮藍色屁股的天空上。天空緩緩往前翻動，大大張開雙腿，露出了宛若私處的夜色、一片帶著毛邊的黑暗，爬上來的星星就像蝨子，而慢慢蟹行上升的月亮則像隻得了白化症的蟑蟲拚命往股溝裡鑽。

在天色緩慢改變之際，貓王和傑克討論著他們的計畫，然後睡了一會兒，吃了午餐的水煮包心菜和肉片，又多睡了些，晚餐吃白麵包、蘆筍和奶油醬牛肉麵包（但少了麵包的部分），再睡一覺，醒來時差不多就是夜色露臉、蝨子般的星星爬出來的時刻。

雖然夜晚已經降臨，他們要做的事情還是得等到午夜才能動手。

傑克在眼鏡後方瞇著眼，檢視他的清單。「兩瓶擦拭用酒精？」

「有了，」貓王確認道：「而且我們不必用投擲的。你看這裡。」貓王拿起一罐噴漆。「我在儲藏室裡找到這個。」

「我以爲他們把儲藏室上鎖了。」傑克說。

「是啊。但是我從大盜迪林傑那裡偷了根髮夾，把鎖撬開了。」

「太棒了！」傑克繼續確認清單：「火柴呢？」

「有了。我還找了個打火機。」

「很好。制服呢？」

貓王拿出他的白西裝，稍微有些灰點，前面有一塊被辣醬沾到的污漬。床上擺著白色的絲巾，還有搭配成一套的寬皮帶，是金銀兩色，還鑲著紅寶石。拉鏈式的靴子也從大賣場買來了。「也有了。」

傑克拿起一套掛在衣架上的商務西裝。「我房間有一雙好鞋和領帶可以搭配。」

「很好。」貓王說。

「剪刀？」

「有了。」

「我幫電動輪椅上過油，已經準備好出動。」傑克說：「我也從我的一本魔法書裡查到了幾句咒語，據說是能夠驅邪，雖然不知道擋不擋得住木乃伊。我把咒語抄在紙上了。」

「有什麼就用什麼吧。」貓王表示。「就這樣了。兩點四十五分前往安養院後方。」

「考慮到我們的行動速度，還是兩點半就動身比較好。」傑克說。

「傑克，」貓王問：「我們知道自己在做什麼嗎？」

「不知道，但人家說火焰可以淨化邪惡。我們姑且希望這個不知道是誰的『人家』說得沒錯吧。」

「那這也沒問題了。」貓王說：「來幫手錶對時。」

他們對了錶，貓王補上一句：「記住。今晚的關鍵字是『小心可燃物』。還有『顧好屁股』。」

前門有警報系統，但是從門內可以輕易解決。貓王一用剪刀切斷電線，他們就按下門上的按壓開關；傑克把他的輪椅推出門外，然後扶著門讓貓王拄著助行器出去。貓王把剪刀丟進灌木叢，傑克夾了一本平裝書在門縫裡，好讓他們稍後能再度進門——如果他們還有這個機會的話。

貓王戴著一副大眼鏡，鏡框是巧克力色，鑲了五顏六色的寶石，身上穿著有污漬的白色套裝，搭配絲巾、皮帶和拉鏈靴。這身衣服是前開式，鬆垮地掛在他身上，只有肚子的地方緊貼。而且他還做了個類似印地安藥包的東西，塞在套裝內側，於是腰身就顯得更緊了。藥包裡有獨行俠的面罩、公牛的紫心動章，還有他第一次看到自己死訊的新聞剪報。

傑克穿上他的灰西裝，黑紅條紋的領帶小心繫在喉頭，腳上套著黑色尼龍襪和好走的黑鞋。他穿起那套西裝很合身，看上去真的像個前總統。

輪椅的座位上放著噴漆罐，裡面裝了酒精，旁邊還有一個打火機和一包火柴。傑克把噴漆罐遞給貓王，罐子上還加了一條撕下床單做成的吊掛帶。貓王將罐子掛在肩上，伸手到皮帶裡拿出一根抽了一半、壓扁的雪茄，這是他爲特殊場合保留的。他原本已經認爲再也不會有特殊場合來臨。他將雪茄咬在齒間，從輪椅上拿了火柴點燃，抽起來的味道活像狗屎，但他照樣吞雲吐霧。他把火柴包丟回輪椅上，看著傑克說：「我們上吧，好兄弟。」

傑克將火柴和打火機放進西裝口袋。他坐上輪椅，將腳墊踢到定位，再將腳擱上去。他微微往後靠，在把手上按了個鈕，電動馬達嗡嗡運轉起來，輪椅緩緩前進。

「等等在那邊見。」傑克說。他滑下水泥坡道，爬上環形車道，然後身影消失在建築物邊緣。

貓王看看錶，快要兩點四十五分了。他得趕點路。他雙手緊握著助行器，開始行動。經過了疲累的十五分鐘，貓王抵達安養院後方，靠著門，那裡就是埃及鬼王先前出入的位置。陰影像一把傘似地籠罩住他。他把噴漆罐掛在助行器上，用絲巾擦掉額頭上的汗。

在從前的日子裡，他表演結束後也會用絲巾擦臉，再扔給群眾裡的某個女人，看著她興奮到濕。這時會有內褲、飯店鑰匙朝舞臺飛來，還有玫瑰花束。

今晚，他希望埃及鬼王把他拉出來之後不會拿這條絲巾擦屁股。

貓王看著環形的水泥車道形狀稍微朝右隆起，傑克就在那裡；他坐在輪椅上，非常有耐心、非常沉著。月光灑在傑克身上，讓他看起來像一尊花園裡的水泥地精塑像。

一陣憂慮像痲疹般擴散到貓王全身。他心想：*埃及鬼王會從溪床裡出來，它會又餓又氣，而我試圖阻止它時，它會拿這罐噴槍來對付我，然後再拿我和輪椅來對付傑克。*

他抽雪茄的速度快得令自己頭暈。他看向溪床邊樹林間的空地，有道身影像白蟻群般升起，爬行的樣子像螃蟹，滑行的樣子像流水，鏗鏗鏘鏘的響聲像一堆鑽油工具滾下坡。

它空洞的眼窩捕捉了月光，讓光線停駐片刻，然後才穿過它的後腦，散射成不規則的金光。那道身影同時像在蹣跚搖晃又像在順暢滑行，一會兒看起來只是一個被其他更蠢蠢欲動的陰影所包圍的影子，另一會兒又像是一堆扭曲的棕色樹枝和乾泥巴塑成的人形。又有一刻，它變成了一個戴牛仔帽、穿靴子的物體，走出的每一步都像是最後一步。

走近安養中心的半途中，它發現了站在後門陰影輪廓裡的貓王。貓王感覺自己的腸子一鬆，但他決心不能在自己唯一的好西裝裡拉屎。他的膝蓋併攏起來發出喀喀聲，像在大風裡搖晃作響的甘蔗，味同狗屎的雪茄從他的唇間滑落。

他拿起噴漆罐，確認了下噴嘴隨時可以噴灑，接著把罐底靠在自己腰上，等待著。

埃及鬼王一動也不動。它不再前進。貓王的汗流得更多了，臉龐、胸口和卵蛋統統濕透。如果埃及鬼王不前進，他們的計畫將就此告吹。他們必須讓它進到噴漆罐的射程內。他們計劃讓它身上沾滿酒精，然後傑克坐輪椅從後面衝下來，把火柴或打火機朝鬼王丟，讓它著火。

貓王輕聲說：「來抓人啊，你這個死王八。」

傑克打了一會兒盹，但現在清醒過來。他身上又刺又麻，好像有小小的圓珠在他皮膚下滾動。他抬起頭，看見埃及鬼王停在溪床、他自己和門邊的貓王中間。

傑克深吸一口氣。這和他們計劃的不一樣。木乃伊原本應該朝貓王的方向過去，因爲他擋住了門。但是事與願違。

傑克從外套口袋中拿出火柴和打火機，放在坐輪椅的腿上。他的手放上輪椅的控制器，讓輪椅加速往前。他得推動進展，讓埃及鬼王來追他，從而接近貓王的噴漆罐射程範圍。

埃及鬼王伸出一隻手臂，橫著撞向傑克·甘迺迪。一聲像來福槍開火的巨響傳來（不用懷疑了，華倫委員會(注)，這記攻擊來自前方）——輪椅應聲翻倒，傑克飛了出去，翻滾到車道對面；水泥路面磨破他的西裝膝部，刮擦他的皮肉。沒人坐的電動輪椅倒下之後再次翻正，繼續行進往下坡滑，朝向在門口倚著助行器、拿著噴漆罐的貓王。

輪椅撞上了貓王的助行器。貓王往門的方向一跳，往前及時抓住助行器，但是弄掉了噴漆罐。

他抬眼看到埃及鬼王傾身靠向不省人事的傑克。鬼王的嘴巴越張越寬，變成一個沒有牙齒的黑色虛空，在月光下陣陣散發新鮮傷口般的粉紅色。然後鬼王轉開頭，那股粉紅色就看不見了。鬼王的嘴往下靠向傑克的臉，它吸取靈魂的同時，周圍的黑影像火雞般拍動咯叫。

貓王靠著助行器彎腰撿起噴漆罐。他拿著罐子直起身，把助行器丟到一旁，繞出來坐上輪椅。他在輪椅上找到了火柴和打火機。傑克已經用他的方式引開鬼王的注意，試圖把對方帶到更靠近門的地方。他失敗了，但卻在無意間提供了貓王毀滅木乃伊的工具。兩人原本希望一起做到的事，現在只能靠貓王了。貓王將火柴放進自己的開襟連身衣，打火機則塞在屁股下。

貓王讓自己的手在輪椅控制開關上舞動，就像曾經在錄音室裡演奏電子琴那樣靈活。他讓輪椅呼嘯著衝向埃及鬼王，心中驚嚇不已但十分堅定；他一面前進，一面用沙啞但猶寶刀未老的嗓音唱起了

〈別如此殘酷〉（Don't Be Cruel）。瞬間他就來到埃及鬼王和那群騷動的黑影面前。

當貓王一面唱歌一面衝來，鬼王抬起頭，張開的大口縮回正常尺寸，原本還不存在的牙齒從牙齦裡冒了出來，像一棵棵黑色小樹樁。它空洞的眼窩裡有蝗蟲在窸窣跳動。它用埃及語喊了某些話。貓王看到那些字詞從鬼王的嘴裡跳出來，變成形似甲蟲與樹枝的象形文字：

「太陽神永遠睜開的血紅之眼在上！」

貓王往埃及鬼王衝過去，距離夠近時，他停止歌唱，對噴漆罐的壓把用力一按——酒精從噴霧罐裡噴射出來，正中鬼王的臉。

貓王把輪椅急轉彎，繞了鬼王一圈，回到原位時手裡拿著打火機。他靠近鬼王時，盤旋在木乃伊頭部的黑影分散開來，像受驚的蝙蝠般飛向高空。

鬼王戴著的黑帽子也搖晃著展開翅膀，飛離它的頭頂，變回了一道有生命的陰影。那些黑影疾衝向下，像鳥身女妖般尖嘯，朝貓王的臉一擁而上；貓王感覺身上像是被剝下來的獸皮抹過，而且是帶血的那一面接觸到他。

注　Warren Commission，林登・詹森下令成立的總統委員會，專門調查甘迺迪遇刺事件。

鬼王像個癱軟的布偶般向前彎腰，頭撞上了水泥車道。它的黑蝙蝠帽從黑暗中降臨，迅速地延展，覆住鬼王的身體，將它的形體變得像灑出的墨水般四處飛濺。鬼王流往貓王的輪椅底下，像一陣黑潮從座椅下、輪輻間冒起，接著湧向輪椅前方，往上爬升。它破敗不堪又變幻多端的臉穿過飛動的黑影，湊到貓王的正前方。

透過黑影之間的空隙，貓王看見一張活像萬聖節南瓜燈的臉龐，發黑腐爛，眼、鼻、口的輪廓都歪扭破碎。那張嘴巴像隧道一樣寬，隧道底端是黑暗而恐怖的永恆，那就是鬼王的命運。貓王按下打火機點火，火焰躍動起來；酒精點燃了鬼王的臉，它的整顆頭顱變成淺藍色，迅速地往上流動飛衝，像一陣黑色波浪，帶著油亮的閃光。然後鬼王化作一堆火光中的枝幹和污泥，倒了下來，成了一具著火的瀝青娃娃，越過水泥車道往溪流方向逃竄。守護著它的黑影振翅跟上，唯恐被拋棄。

貓王坐著輪椅過去傑克那邊，靠近他輕聲說：「甘迺迪先生。」

傑克的眼瞼顫動。他的頭幾乎動不了，脖子轉動時似乎有什麼東西在刮擦。「總統就要死了，」傑克說，握緊的拳頭抖動然後張開，掉出了一張紙。「你得去逮住它。」

傑克的身體鬆弛下來，頭連著受傷的脖子往後一垂，月亮在他的眼中映出疊影。貓王吞了吞口水，向傑克行了個禮。「總統先生。」他致意道。

好吧，至少他沒讓埃及鬼王奪走傑克的靈魂。貓王傾身向前，撿起傑克弄掉的那張紙。他在月光下大聲唸給自己聽：「你這來自冥界的髒東西。不管你怎麼圖謀，良善之物都不會落入你手。如果你邪惡的心天生黑漆漆，光明者絕對與你誓不兩立。」

就這樣？貓王心想。這就是《靈魂之書》裡的驅邪咒語？好的，遵命，老大。它有附什麼解碼工具可以解讀嗎？要命，它連韻腳都押得很彆扭。

貓王抬起頭。埃及鬼王剛才在一陣藍色火光中倒下了，但是這會兒它又爬了起來，準備前往溪口，逃去它不知藏在何處的庇護所。

貓王繞過傑克，讓輪椅馬力全開。他發出一聲戰吼，白色圍巾在他飛馳前進時飛揚於風中。

埃及鬼王身上的火焰熄滅了，它站起來，頭部嘶嘶冒出灰煙，飄入涼爽的夜晚空氣裡。它轉過來和貓王正面相對，桀驁不馴地挺立，舉高一隻手臂揮著拳。它大吼起來，貓王再度看見象形文字從它嘴裡躍出。那些字詞短暫地排成一列舞動著——

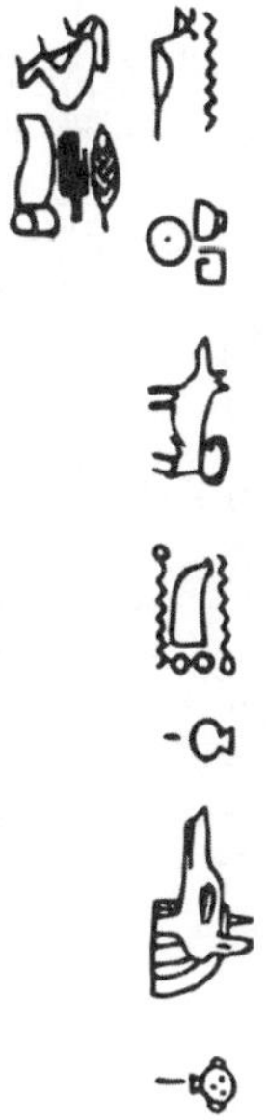

「去給阿努比斯狗幹吧，你這廢物！」

——然後就消失了。

貓王放開那張寫著保護咒的紙條。咒語什麼的都是狗屁。現在需要的是行動。

埃及鬼王看到輪椅開到高速、手上拿噴漆罐的貓王朝它而來時，正想轉身要逃，但貓王逮住了它。

貓王伸出一隻腳，踢向鬼王的背，那隻腳直直踢穿過鬼王的身體。木乃伊扭動著對貓王的腿吐口水。貓王用噴漆罐發射，在此同時，他、鬼王和輪椅都在一抹月光和一群黑影中滾落溪床。

貓王大聲哀叫，堅硬的地面和銳利的石頭像敲打皮納塔人偶般撞擊著，同時鬼王還黏在他的腿上。終於，他沒有再繼續滑落，最後停在靠近溪邊的地方。

埃及鬼王像是橡膠做成的物體般，扭轉纏繞在貓王腿上，眼睛看著他。

貓王仍拿著噴霧罐，像握著救生索一樣緊抓住，對著鬼王又噴了一發。鬼王的右臂伸得老長、往外揮出去，在地上找到一段被沖上溪岸的木頭，然後再縮回來，拿著那段木頭重擊貓王的頭側。

貓王往後仰倒，噴漆罐從他手中飛了出去。鬼王彎身看著他，繼續拿那段木頭打他。貓王感覺自己要暈厥了。他知道如果自己昏倒了，不但必死無疑，靈魂也會一起遭殃。他會變成僅僅一堆屎，沒有來生，沒有投胎輪迴，沒有拿著豎琴的小天使。他不會見識到另一個世界。艾維斯．普里斯萊就將在此徹底終結，除了被馬桶沖掉，什麼也不留。

埃及鬼王的嘴巴懸在貓王的臉龐上方，看起來像個巨大的排水孔，冒出陣陣的下水道臭氣。

貓王伸手到前襟鬆開的連身衣裡，握住了那包火柴。他躺回去，假裝伸出下巴，而當鬼王的大嘴靠得更近時，他用拇指打開火柴包裝，拿住其中一根火柴，推著火柴頭摩擦過黑色的磷帶。

正當貓王感覺到鬼王令人作嘔的大嘴像捕蠅草般逼近時，整包火柴在他手裡點燃了，燙得他不禁哭喊。

鬼王身上的酒精引火燃燒，全身成了一根藍色的火柱，燒光了貓王頭上的頭髮，他的眉毛被燒成熔化的團塊，讓他除了灼熱的白光以外什麼也看不見。

但貓王發覺到鬼王現在不再靠在他身上、也沒有伏在他上方，而視野中的那抹白光開始出現一些污點，然後變成灰光，最後整個世界終於回到他的視線裡；像沖洗中的拍立得負片，一開始帶著綠色調，接著變回了夜晚的各種顏色。

貓王翻過身見水裡浮著月影，還看到一具稻草人也浮在水中，身上的稻草分崩離析，被流水沖走。不，那不是稻草人，是埃及鬼王。即便它有一身黑魔法本領、能夠變形（或是表現出變形的樣貌），火焰還是打敗了它，或者那是傑克那本靈魂之書的咒語的功勞？或兩者皆是？

不重要了。貓王用一隻手肘把自己撐起，看著那具屍體。溪水讓它解體得更快了，流水將殘餘物紛紛帶走。

貓王躺倒下去。他感覺體內某種東西磨蝕著某個軟軟的組織。他覺得自己像顆被戳了洞的水球。他知道，這將是自己最後一次倒下。

但我保住了我的靈魂，他心想。我的靈魂仍屬於我，完全屬於我。林蔭泥溪安養中心的人們，大盜迪林傑、眞假音藍調歌后，他們所有人也都將保有自己的靈魂。

透過橡樹分岔歪扭的枝幹，貓王凝望著天上繁星。他看見好多美麗的星星，他現在發現星座看起來有點像在勾勒出一個個巨大的象形文字。他從原本看著的地方往旁邊轉，溪床的右邊似乎有著更多星星、更多象形文字。

他轉頭背向天上的那些圖案，翻向右側，看著溪邊的星星象形文字，在心中將它們組合起來。

他露出微笑。突然間，他想到他還是讀得懂象形文字的，而它們在美麗的暗夜中拼出的意涵十分簡單，但也十分深遠。

一切都好。

貓王的眼睛閉上，再也沒有睜開。

（完）

感謝

（馬克·尼爾森）翻譯東德州的「埃及」象形文字。

救火犬

Fire Dog

吉姆應徵調度員的工作時，被消防隊婉拒了，但是消防隊長提供了他另一項職務。

「我們的救火犬雷克斯要退休了。你也許會想要那份工作，薪水不錯，退休福利很棒。」

「救火犬？」吉姆說。

「沒錯。」

「這個嘛，我不知道……」

「隨便你囉。」

吉姆考慮了一下。「也許我可以試試看——」

「老實說，我們對員工的投入程度有更高的期待。我們不想要只是來試試看的人。救火犬是一份重要的工作。」

「沒問題，」吉姆說：「交給我吧。」

「很好。」

隊長打開一個抽屜，取出一件帶尾巴和獸耳的斑點花紋連身服，推到桌子另一端。

「我得穿這個嗎？」

「你不穿這衣服，是要怎麼當救火犬？」

「當然了。」

吉姆研究了一下那套衣服。上面爲臉和屁股各開了一個洞，還有另一個洞給他媽媽所說的「小雞雞」。

「老天爺，」吉姆說：「我不能這樣把……呃，你知道的，我的那個東西晃在外面跑來跑去。」

「你看過哪條狗有穿褲子？」

「這個嘛，我想到高飛狗。」

「那是卡通。我沒時間在這邊跟你瞎耗，這份工作你到底要還不要？」

「我要。」

「順帶一提，你確定高飛真的是狗嗎？」

「嗯，他看起來像狗。他還養了一條狗，布魯托。」

「而布魯托呢，並沒有穿褲子。」

「你辯倒我了。」

「去試穿吧，我們看看需不需要修改。」

衣服非常合身，只不過吉姆覺得有點暴露。但是，他不得不承認，這種暴露給他一種新鮮感。他穿著那套衣服，跟著隊長走進休息室。

現任救火犬雷克斯四仰八叉地躺在椅子上看警匪劇。他的衣服看起來又破又舊，甚至還有點菸漬。他的眼周疲態盡顯，下巴皮膚鬆垮。

「這是我們的新任救火犬。」隊長說。

雷克斯轉頭看著吉姆說：「我都還沒走出門，你就讓這傢伙穿好衣服了？」

「雷克斯，這不是針對你。你也就剩兩、三天了吧？我們得準備好，你知道的。」

雷克斯在沙發上坐起身，調整了幾個抱枕的位置，然後靠在上面。

「對，我知道。但是我做這份工作已經九年了呢。」

「以狗的歲數來看，那是很長一段時間。」

「我不懂爲什麼我不能繼續當救火犬。我覺得我工作表現不錯。」

「你是我們有史以來最棒的救火犬。吉姆要趕上你可不容易。」

「這份工作我只能做九年嗎？」吉姆說。

「以狗的歲數來看，九年後你就很老了，而且你會有很優渥的退休條件。」

「他也會沿用我的名字嗎？」雷克斯說。

「不，」局長說：「當然不會。我們會叫他斑斑。」

「噢，眞棒，」雷克斯說：「你想這名字肯定費了不少心思。」

「不比雷克斯差啦。」

「嘿，雷克斯是個好名字。」

「我不喜歡斑斑，」吉姆表示：「我不能想個別的名字嗎？」

「狗沒有在幫自己取名的，」隊長說：「你就叫斑斑。」

「斑斑，」雷克斯說：「你是不是該過來聞聞我的屁股，當作開工啊？」

剛上工的那幾天，斑斑發現坐消防車很不舒服。每次都有人給他一個工具箱，要他坐在上面，從車外才看得到他。消防隊就是這樣辦事的。他們喜歡讓救火犬給人看得清清楚楚，狗耳在風中拍動。吉祥物出現在大眾眼前是很有宣傳效果的。

斑斑露出來的屁股坐在工具箱上，冷得要命，而且風不但把他的狗耳吹來吹去，還吹動了他的另一個器官，相當惱人。

不過，他倒是很喜歡自動搖尾巴的裝置，只要手指一按就能啓動。他發現搖尾巴可以幫他掙得更多消防員給的零嘴。他特別中意用肝臟做的那種零嘴。

到職三個星期之後，斑斑發現他太太雪拉變得非常友善。有一天吃完晚餐，他進臥室脫掉狗狗裝的時候，發現雪拉躺在他們的床上，身穿性感睡衣，戴著狗耳髮箍。

「想不想來玩呀，斑斑？」

「是吉姆。」

「隨便啦。想不想來玩呀？」

「嗯，好啊。讓我先去把衣服脫了、沖個澡⋯⋯」

「沖澡就不必了⋯⋯還有，寶貝，你就把衣服穿著好嗎？」

他們上陣開戰。

「你知道我喜歡怎樣做。」她說。

「知道。狗爬式。」

「眞乖。」

完事後，雪拉喜歡搔搔他的肚子和耳後。他用搖尾巴裝置表達他的雀躍。這也不壞，他想。他是人類的時候，還沒有這麼好的待遇呢。

雖然性生活品質有所提升，但斑斑發現自己常常被留在屋外，得在院子的角落解放。他太太會轉開視線，手中拿著塑膠袋，準備清理他的排泄物。

現在，只有雪拉不在的時候，他才會把狗狗裝脫掉。她喜歡他隨時都那樣穿。一開始他備感侮辱，但因爲性愛實在美好，生活也舒適順心，他便屈服了。他甚至任由她隨時都管他叫斑斑。

她不在的時候，他會小心地把狗狗裝清洗、烘乾、熨燙。但除此以外，他不再穿別的衣服。他搭公車上班途中，每個人都想逗逗他。甚至有個女人問他喜不喜歡貴賓狗，因為她養了一隻。

在工作場合，他很受尊重，也喜歡被消防隊長帶著去學校。隊長會宣導防火觀念，斑斑就搖著尾巴，坐直起來汪汪叫，頭一左一右擺來擺去裝可愛。

有一次，他甚至被帶去他女兒的班上。他聽到她驕傲地對臨座的孩子說：「那是我爸爸。他是救火犬。」

他滿懷自豪，讓尾巴熱情地搖來搖去。

這份工作實在不可多得。火災不會每天都發生，所以斑斑通常整天躺著。有時他會躺在沙發上，雖然某些消防員進來就會把他趕下去，讓他只能躺地板，但是地上也有鋪地毯。電視整天開著，只不過他不能轉臺。這是大家一致認同的某種規矩：救火犬不能也不會幫電視轉臺。

確實，他很討厭吃驅蟲藥，強制一年一次的獸醫檢查也不好玩，尤其是被溫度計插進屁股的環節。但是去他的，這就是生活，而這種生活並不壞。還有另一件好事：他嘗試了幾個月之後，終於有辦法舔到自己的蛋蛋了。

到了晚上，大家都在上下鋪睡覺、又沒有火警的時候，斑斑會看《野性的呼喚》（*Call of the Wild*）、《白牙》（*White Fang*）、《好狗文摘》（*Dog Digest*）之類的讀物，或是四腳朝天仰躺在地，試圖裝可愛。

他喜歡消防員走進來看到他時的樣子，發出「喔喔喔喔」和「哇啊啊啊」的驚呼，然後搔他的肚子或拍他的頭。

如此的日子過了快要九年。然後，有一天，當他躺在沙發上舔著自己的屁股（這招是他到職三年後練成的），隊長和一個穿著狗狗裝的男人一起走進來。

「他是來接替你工作的，斑斑。」隊長說。

「什麼？」

「這個嘛，已經九年了。」

「你又沒告訴我。眞的九年了嗎？你確定？你不是應該先提醒我嗎？雷克斯就知道他的時間差不多了。你記得嗎？」

「不太記得。但隨你說吧。斑斑，這位是哈爾。」

「哈爾？這是哪門子的狗名字？哈爾？」

但此舉徒勞無功。在那一天的最後，他打包了特製的狗餅乾、《好狗文摘》的剪報，以及他的驅蟲藥。此外還有一個噴霧罐，是消防員用來噴他的狗屎、避免他去吃。那個噴霧罐並非眞的算是屬於他的物品，但他還是帶走了。

他拿了舊衣服走進更衣間。他已經好幾年沒穿過除了救火犬狗狗裝以外的衣物，套上自己舊衣服的感覺很奇怪。他幾乎記不得自己有穿過這些東西。他發現衣服有些蟲蛀痕跡，而且他胖得有點穿不下了。鞋子依舊合腳，但他無法忍受穿上去的觸感。

他繼續穿著狗狗裝。

他搭了公車回家。

「什麼？你丟了工作？」他太太說。

「我沒有丟掉什麼東西。他們是讓我退休。」

「你不是救火犬了？」

「不是了。現在的救火犬是哈爾。」

「我眞不敢相信。我給了你九年的青春——」

「我們結婚十一年了。」

「我只有算你當狗的時間。那才是美好的時光，你知道的。」

「嗯，我並不一定要停止當狗。該死，我就是條狗。」

「你不是救火犬了。你失去了地位，斑斑。噢，我連想都不敢想。你給我滾出去，去呀，快，滾到外面去。」

斑斑出去了。

過了一會兒，他去抓抓門，但他太太不讓他進去。他繞去後門再試一次，也沒成功。他往窗戶裡面看，但看不到她。

他在院子裡躺下。

那天晚上下了雨，他睡在車子底下，早上及時醒來才沒被他要去上班的太太倒車壓扁。

下午，他等待著，但是他太太沒有按平常的時間回來。他以前從消防隊下班回家的時間是五點鐘，那時她都已經在家裡等待了。不知怎地，他感覺到現在已經超過五點，最後他看到太陽下山，知道時間已經很晚了。

他太太還是不見蹤影。

終於，他看到車頭燈，有一輛車駛進了車道。雪拉下了車，他跑過去跟她會合，表現得興致勃勃，往她的腿蹭。

她把他踢開。他注意到她牽著一條鏈子。哈爾從車上下來。

「看看我帶了什麼回來。是一條眞狗呢。」

斑斑目瞪口呆。

「我今天在消防隊遇到他，嗯，我們一拍即合。」

「妳去了消防隊？」

「當然。」

「那我怎麼辦？」斑斑問。

「這個嘛，斑斑，你有點老了。有時候情況就是會變，需要新人登場。」

「我跟哈爾要住在同一間房子裡？」

「我可沒這麼說。」

她把哈爾帶進屋去，而就在他們關上門之前，哈爾偷伸出一隻狗爪到雪拉背後，對斑斑比了個中指。

他們進去之後，斑斑意興闌珊地抓抓門。毫無作用。

隔天早上，雪拉呼喊著他的名字，把他從矮樹叢裡趕出來。她沒有帶著哈爾一起。

好極了。她還想他。他往外跑，舌頭像濕襪子般吊在嘴巴外面。「過來，斑斑。」

他聞聲過去，狗就是這樣，主人一叫就非去不可。毫無疑問。

「過來，小子。」她把他趕上車。

他爬到後座、她爲他關上車門時，他看到哈爾跑出房子伸展身體。哈爾看起來挺開心的，還走到車子這邊拍了一下雪拉的屁股。

「晚點見啦，寶貝。」

「好喔，你這乖狗狗。」

哈爾從街上走到公車站去。斑斑看著他，先是透過後擋風玻璃，再來從側邊的照後鏡看。

雪拉上了車。

「我們要去哪？」斑斑問。

「給你一個驚喜。」她說。

「妳可以把後車窗搖下來一點嗎？」

「當然。」

他們開車途中，斑斑把頭探出去，狗耳啪啪拍動，舌頭吐垂在外。

他們開上一條小路，轉彎之後進了巷弄。

斑斑覺得他認得這個地方。

怎麼會不認得呢，就是獸醫院。他們是從不同的路線過來，所以他才沒有一看認出，不過就是這地方沒錯。

他拿下項圈上掛的小吊牌，檢查上次接種預防針的日期。

沒有，都沒逾期。

他們停了車，雪拉笑著拉開後門，握著狗鏈。「來吧，斑斑。」

斑斑爬出車外，但動作變得審慎。他不再像原本那樣雀躍了。

有兩個男人站在後門，一個是獸醫師，一個是助手。

「這是斑斑。」她說。

「他看起來挺好的。」醫師說。

「我知道。但是……嗯，他老了，有些毛病，而且我養的狗太多了。」

她把他留在了那裡。

獸醫幫他做了全身檢查，然後打給動物收容所。「他其實沒什麼問題，」醫師對來接他的收容所員工說：「只是老了，而且，那個女人不想再照顧他。他跟小孩子會處得很好。」

「你知道事情會怎麼進行，醫師，」收容所員工說：「我們那邊狗滿爲患。」

稍後，在動物收容所，他站在冰冷的水泥地上，聞著其他狗的氣味。他對著他聞到的貓味猛吠。其實，他發現只要有人走到獸欄的走廊上，他就會吠叫。

偶爾會有男人、女人和小孩過來看著他。

他們全都沒有選他。他搖尾巴的裝置出了問題，所以不能再隨心所欲地猛搖尾巴。他的狗耳無精打采，頰肉也太垂了。

「他的斑點好像褪色了。」有個女人說。她的小女兒把手指伸過欄杆，讓他舔她的手。

「他嘴巴好臭。」她說。

日子一天一天過去，斑斑試圖隨時保持活潑的樣子，希望能被收養。

但是有一天，來找他的人穿著白袍，一臉陰沉，手裡舉著的是狗鏈、嘴套和皮下注射針。

致命一擊

The Big Blow

一九〇〇年九月四日，星期二，下午四點

華盛頓特區氣象局中央辦公室致德州加爾維斯頓氣象站埃薩·克萊恩之電報訊息：

熱帶風暴正經過古巴北移。

下午六點三十八分

這個下午炎熱異常。身高六呎一吋半（一百八十七公分）、體重兩百二十磅（約九十九公斤）、身強體壯、體格和個性都有如野牛的約翰·麥博萊從德州搭乘渡輪抵達加爾維斯頓島（注1），大衣下蓋著一把六發左輪手槍，鞋子裡藏著剃刀。

渡輪停泊時，麥博萊放下行李箱，脫下圓頂硬帽，從大衣內袋拿出一條潔白乾爽的手帕，擦擦帽簷吸汗帶，再抹抹額頭，拂過逐漸稀疏的黑髮，再把帽子戴回去。

舊金山有個中國老人跟他說，他會掉髮是因爲一直戴著帽子。麥博萊覺得對方說的也許沒錯，但他現在反而得戴帽子來遮掩禿頭。他才三十歲，現在掉髮眞是太早了。那個中國人收了他一筆可觀的金額，給他一罐生髮水。麥博萊虔心用生髮水塗抹頭皮，不過目前唯一可見的效果是，禿的地方變亮了。等他回弗里斯科市，就要去查查那個中國人的底細，也許能解開他腦中的若干疑惑。

麥博萊提起行李箱，跟其他人一起步下渡輪。他看看天空，綠得像撞球桌一樣。西沉的太陽彷彿探進海灣飲水，麥博萊幾乎覺得會在島嶼後方看到蒸氣騰起。他深吸一口海濱空氣，覺得味道挺不錯，讓他胃口大開。他就是爲此而來。他飢渴不已，首先要找個女人，再來份牛排，然後休息一下再迎接最後的大餐——他此行的眞正目的。去痛扁某個黑鬼。

他招了一輛馬車，載他去他雇主（他從芝加哥一路來到這裡的旅費都是雇主付的）跟他說的一間娼館。據傳那裡有個紅髮美女，技巧好、下面緊，能讓你舒服到唱出男高音來。他覺得只要那位小姐眞的是紅髮、是個女的、準備好上陣，他就沒問題了，管他什麼唱不唱歌的。反正花費都算在別人帳上。

馬車往前行駛，麥博萊將加爾維斯頓島的風景盡收眼底。這裡就是南方版的紐約，帶著一點熱帶風情。房屋用支架——其實是粗壯的支撐柱——架高，避開風暴和雨水的沖刷。市區的房子看起來就像從深南方（注2）的墾殖園搬來的。

設計市政廳的建築師顯然有摩爾人（注3）的背景。建築物有圓頂和螺旋梯，最高點是一座尖塔，裡面擺著巨大的時鐘，就像大笨鐘的縮小模型。眞是英格蘭遇上中東風格。

街上的電動街車在行進間發出嘶嘶聲，此外還有眾多單車、雙人馬車、單人馬車和行人。麥博萊甚至還看到一台汽車。

街道的地面嵌了枕木，麥博萊看出那些木材原本是船上的壓載。還有幾條邊街是用白色貝殼鋪成，還有些路面是壓硬的沙子。他喜歡眼前的景象，心裡想：也許扁完了黑鬼，我可以在這裡多待一會兒，去海邊曬曬太陽，找些門路撈一筆。

注1　美國德州加爾維斯頓郡東南方的狹長列島，位於墨西哥灣，需要靠船或棧橋往返於德州本土。

注2　Deep South，指美國南部更南方的諸州腹地，最具南方特色也最保守。

注3　伊比利半島和北非地區於中世紀曾受伊斯蘭政權統治，這些征服者被稱為摩爾人（Moors），後來在歐洲也被當作穆斯林的代稱。

麥博萊終於抵達那間娼館時，天色已經全暗了。他給黑人司機一大筆小費，然後頂著帽子、拿著行李箱，走進裝飾華麗的鐵門，爬上階梯，進門去舒服一下。

身材豐滿的老鴇看起來風韻猶存，似乎還能自己應付一、兩個客人，麥博萊對她報上姓名，得到了皇家般的招待。老鴇親自帶他上樓，幫他脫衣沐浴，撫弄了他幾下。洗乾淨之後，她幫他擦乾，讓他上床蓋好被子，親一下他的額頭才走，像是對待自己的兒子一般。她一離開，他就爬下床，到梳妝臺的鏡子前梳頭，盡量試著把頭髮蓋住禿掉的地方。他剛梳好、回到床上時，那位紅髮小姐正好進來。

她生著一雙綠眼，腰有點粗，但長相不難看。她的秀髮紅如烈焰，美腿白如床單、光滑如初生豬崽，腿間的毛髮同樣豔紅如火，比頭髮顏色深一些。

起初他弄得她有點痛，捏了捏她的乳頭，讓她知道誰是老大。她假裝喜歡。他雇主付了那麼大一筆錢，他覺得就算要她拉屎在地上、用鼻子推來推去，她也會假裝喜歡。

麥博萊打了她屁股幾下，然後就位衝刺了一會兒。稍後，當她對他的要求反應變慢了，他就打黑了她一邊眼睛。

加爾維斯頓運動俱樂部的代表現身時，他跟那位紅髮小姐正一起躺在床上，一絲不掛，讓窗戶吹進來的熱風吹乾他們身上的體液。

老鴇把俱樂部成員帶進來之後就離開了。他們一行四人，都穿著正式的晚裝，手裡拿著高帽。其中兩人灰髮灰鬚，其餘兩名年紀較輕的男子之中，有一位體格高大，那張臉看起來像是常被拿去擋加農砲，而且兩眼都在近期被打得烏青，鼻子塌塌地歪向左邊。他用嘴巴呼吸，前排的牙齒掉光了。

另一個年輕人個子比較小，打扮得花俏時髦。麥博萊猜想，這位應該就是隆納・畢姆斯，也就是代表俱樂部寫信給他的人。

畢姆斯全身上下都惹得麥博萊不爽。他的西裝不像其他人那樣起皺鬆垮，而是新燙好的，完全不受午後的濕氣影響。他聞起來微微帶著樟腦丸和石腦油的氣味，以及某種以薑味爲基底的養髮液。他留著一點鬍髭，頭髮更是令麥博萊欣羡——烏黑、茂密，留得有點長，左右帶著延伸到臉頰的鬢毛。他的臉蛋完好，沒挨過拳頭。他僵硬地站著，彷彿屁眼裡插了一根木柄。

畢姆斯和其他人一樣甚感訝異地看著麥博萊和那位紅髮小姐。麥博萊雙腿張開，背靠著枕頭，看起來尺寸傲人。他的腿、肩、手臂都肌肉粗壯，汗水閃閃發光。他的肚子有點凸，但看上去十分結實。那個妓女熱得滿身是汗，一隻眼睛烏青，張開雙腿，乳房下垂，樣子比麥博萊還要難爲情。她想遮住身體，但是沒有動作。她對眼睛被揍的那一拳還記憶猶新。

「看在老天的份上，」畢姆斯說：「你也遮掩一下吧。」

「不然你以爲我們在這幹嘛？」麥博萊回道：「難道在下棋不成？」

「不用這麼公開。男人的娛樂應該在私下享受。」

「你們又不是沒看過卵蛋。」麥博萊說著伸手去拿放在桌上的雪茄，就在槍和火柴旁。然後他微笑著打量畢姆斯。「也許就你沒有吧……話說回來，也許你近距離看過不少。在我看來，你像是那種寧可聽胖男孩放屁，也不喜歡聽美姑娘唱歌的人。」

「你這噁心的老粗。」畢姆斯說。

「說得沒錯，」麥博萊說：「眞傷人呢。該死的，快講重點。」麥博萊拍了拍紅髮女子的大腿內側。「這回事你懂吧？要是不懂，我解釋給你聽。我們男人管這叫女人，她兩條腿中間的那個就是鮑魚。」

「我們不用這種方式談事情。」畢姆斯說。

麥博萊微笑著拿出盒裡的火柴，點燃雪茄。他呼了一口氣說：「是你們這些打扮稱頭的廢物把我遠從芝加哥找過來，可不是我自己要來的。你們提給我工作邀約，我接受了，現在也可以取消，隨我高興。我已經跟你們拿了來回的旅費。你們找我，我就來了，你們付錢幫我找了個婊子，安排在妓院開會，但現在你們倒說你們地位特殊，見不得我的卵蛋，還拘謹到不敢看女人的屄。那你們就出去吧，讓我把眞正想幹的事幹完。我明天就閃人，你們自己抓你們的黑鬼去。」

片刻之間，只聞一陣拖來拖去的腳步聲，其中一名老年男子靠向畢姆斯，悄聲說了些話。畢姆斯深吸一口氣，像條離水的魚，他說：「很好。沒什麼話要說的，我們想要那個黑鬼被揍扁，狠狠揍扁。就我們所知，你上一場對戰裡的對手死了。」

「對啊，」麥博萊說：「我宰了他，然後當晚就上了他老媽。」

這是謊話，但麥博萊喜歡這話聽起來的感覺。他喜歡他說話時他們露出的表情。他上的那個女的，其實只是那男人的半個姊妹，而那男人在挨打之後三天才死。

「你說的那是個白人？」畢姆斯說。

「白得像雪，死透得像石頭。談談錢的部分吧。」

「我們解釋過我們提議的金錢報酬了。」

「再講一次，我喜歡聽錢的聲音。」

「你跟那個黑鬼上擂臺之前先拿一百塊。如果打敗他，再拿兩百。如果你打死他，額外再加五百。這場比賽很短，沒有那麼多回合。獎金拳擊手沒人能做這麼少事卻領這麼多錢的，連約翰·蘇利文（注）也不行。」

「這黑鬼肯定很惹人厭吧。爲啥？他幹了你們的狗？」

「那是我們自己的事。」

「好吧。但是錢我現在要先拿一半。」

「我們談的條件不是這樣。」

「現在是了。還有，我在這兒的花費也都記你們帳上。」

更多腳步拖動聲傳來。最後，兩個老的交頭接耳，拿出皮夾，湊了錢給畢姆斯。「是這兩位紳士在我們背後贊助，」畢姆斯介紹：「這一位是——」

「我不在乎他們姓啥名誰，」麥博萊說：「錢給我。」

畢姆斯將錢丟在床腳。

「撿起來拿到這來。」麥博萊對畢姆斯說。

「我可不要。」

「你會的，因爲你想要我打敗那個黑鬼，想得不得了。還有另一個原因：如果你不撿，我就要起來把你漂亮的小屁股揍得開花。」

畢姆斯抖了一下。「但你爲什麼要這樣?」

「因爲我可以。」

畢姆斯的臉紅得像發炎似的，他從床腳撿起鈔票，拿到麥博萊面前猛推過去。麥博萊以迅雷不及

注 John L. Sullivan，十九世紀末美國著名的拳擊手，世界上第一位公認的重量級拳擊冠軍，被視為現代拳擊的奠基人之一，拳擊界的傳奇人物。

掩耳的速度抓住畢姆斯的手腕往前拉，讓他鬆手弄掉了錢，並且摔在麥博萊的胸膛上。麥博萊用空著的那隻手拿出嘴裡的雪茄，摁在畢姆斯的拇指背面。

畢姆斯尖叫著說：「佛瑞斯特！」

嘴裡缺牙、眼睛烏青的那個大塊頭走向床上的麥博萊。麥博萊說：「退後，大個子，不然你還得再請人把這傢伙從你屁眼裡拉出來。」

佛瑞斯特遲疑了，一度看起來像是要繼續前進，接著就往後退，低下了頭。

麥博萊拉著畢姆斯的手到自己雙腿之間，在汗濕的下體抹了幾把，然後把他推開。畢姆斯張口結舌地站著瞪視自己那隻手。

「現在是我作主，」麥博萊說：「從現在開始都是。你們要用尊重的態度對我。我要是叫你在我尿尿的時候提著褲子，你就得提。我怎麼說，你就得怎麼做。」

畢姆斯說：「你這混蛋。我大可把你殺了。」

「那就來啊。我討厭你這種人。我討厭我眼中跟你屬於同一類的人。我討厭那些喜歡你的類型、或是想要加入你這群的人。就算是喜歡與你為伍的狗我都會殺掉。我討厭你們這些貴氣的王八蛋，有錢無膽。我討厭你們，因為你們自己打不贏黑鬼，我也很高興你們打不贏，因為我行，而且你們要為此付錢給我。所以儘管派你的殺手來吧，看看他們下場如何，你自己下場又會如何。還有，我討厭你天殺的頭髮，畢姆斯。」

「等這件事結束，」畢姆斯說：「你就立刻離開。」

「我會離開，但不是因為你，而是因為我受不了你們和你們這些狗屎爛事。」

缺牙的大個子抬起頭瞪著麥博萊。麥博萊說：「你被黑鬼打得落花流水了是吧，佛瑞斯特？」

佛瑞斯特一語不發，但他的表情倒是說了不少。麥博萊繼續說：「你打不贏黑鬼，你老闆才要找我來。我能打趴那個黑鬼，所以你別想打過我了。」

「來吧，」畢姆斯說：「我們走吧。這人眞讓我想吐。」

畢姆斯加入其他人的行列，手伸得離身體遠遠的。兩位老紳士看起來像是剛發現自己在森林裡迷了路。他們整頓一下精神，恢復到能夠起步走出房門的程度。畢姆斯跟在後頭，出門之前轉身瞪了麥博萊一眼。

麥博萊對他說：「你那隻手就別洗了吧，畢姆斯。你可以跟人說，『你握的這隻手也握過約翰·麥博萊的雞巴』。」

「下地獄去吧你。」畢姆斯說。

「保持聯絡。」麥博萊說。畢姆斯離開了，麥博萊在他和同伴背後喊道：「各位先生，跟你們合作非常愉快。」

晚間九點十二分

當晚稍後，那個紅髮女人惹得麥博萊不高興了，他把她另一隻眼睛也打黑，壓在躺平的她身上睡著了。他夢見自己長了一頭跟隆納·畢姆斯一樣的頭髮。

外面風勢稍稍增強，將燠熱而帶著海水鹹味的空氣吹向加爾維斯頓的街道，也吹進娼館的窗戶。

晚間九點三十四分

比爾·庫柏在外頭忙著他在打造的二樓陽臺。他就快完工了，只剩最後的一點修整。稍早天就已經黑了，他嘗試藉著油燈光線把工作做完。他正在將一片側牆板釘到定位時，感覺到一滴雨點。他停下鎚子，抬頭望天。夜空看起來相當不尋常，讓他停頓下來，又多看了天空一陣子，最後判斷天候看起來沒那麼糟，剛才那只是星光造成的效果。他沒有再被雨滴打到。

比爾將鎚子扔在陽臺上，留下釘到一半的釘子，進屋去陪他的老婆和小兒子。今天的工作進度做得夠了。

晚間十一點零一分

浪濤大聲地拍在岸上。這麼晚了，空氣卻凝重得異乎尋常，綽號「小亞」的亞瑟·約翰·強森赤裸的胸膛被熱得汗涔涔。他吸氣、吐氣，然後第一百次使盡全身力氣揮拳打向鐵軌枕木。他的右拳擊中枕木，讓它在沙子裡移位。他再揮出一記左勾拳，然後又一次右直拳，將整個人六呎高、兩百磅重的力量都貫注進去。枕木被打得退離原位，從沙子裡脫落出來，倒在海灘上。

亞瑟後退一步，伸出他寬大的黑色手掌，在月光下細細檢視。手上有擦傷，但沒有大礙。他走向水邊，蹲下去讓手被波浪淹沒。他的雙手早已硬韌如皮革，連鹽分都不會引起刺痛。他搓搓手，讓兩隻手都沾了滿滿的海水，然後以掌捧水抹臉，擦洗自己子彈形的光頭。

他已經這樣練了幾個月，兼做其他幾種打擊練習，讓他的手跟臉習慣鍛鍊和鹽分。根據謠傳，要跟他對打的這個麥博萊，拳頭就像剃刀一樣，能割穿手套、刺得人皮破血流。

小亞又吸了一口氣，這次吸進的空氣中不但充滿鹹水和死魚味，還有未處理的污物，常常有人把這種東西拋進海灣。

他拿了鏟子在沙地上重新挖洞，將枕木插進去，填平地面之後便回去鍛鍊。這次他只打了兩拳，枕木就倒了。他重複洗手和洗臉的動作，然後抬起枕木，扛在一側寬厚的肩膀上，開始沿著海灘練跑。跑了一段距離之後，他換邊扛再跑回來，甚至連喘都不覺得喘。

他拾起鏟子，肩上扛著枕木，走向他家位於平頂區的小屋。那一區也被人叫做黑鬼鎮。

小亞將枕木放在屋前，鏟子擱在凹陷的露臺上。他正要進門時，看到一個男人正要越過小院子走來。那是個白人，身著正裝，頭戴高帽。

他走近前門露臺時停下腳步，脫下帽子。來者是佛瑞斯特．湯瑪斯，三週前在比賽只進行到第三回合中途時，就被小亞打得不省人事。

即使在朦朧月光下，小亞也看得出佛瑞斯特很狼狽。有那麼個短短的時刻，他心裡幾乎過意不去把對方打成如此重傷。但接著，他就開始懷疑此人是否帶槍而來。

「亞瑟，」佛瑞斯特：「我來是想跟你說幾句話，如果不麻煩的話。」

這和小亞與他一起爬上擂臺的那晚截然不同。當時，佛瑞斯特．湯瑪斯驕矜自負、渾身是勁，而且老把「黑鬼」這詞掛在嘴邊。他在氣他老闆把他降格到要跟黑人對打。聽他那副口氣，像是不甘心自己的待遇低於約翰．蘇利文，那個曾經拒絕和黑人對打的傳奇拳手；他認爲那有辱重量級冠軍的地位。

「好啊，」小亞說：「你想怎樣？」

「我沒有要跟你作對。」佛瑞斯特說。

「就算有也沒差。」小亞說。

「你把我打得落花流水。」

「我知道，而且我可以再打一次。」

「我之前不這麼想，但現在我知道你做得到。」

「那你現在要來說什麼？這麼盛裝打扮，就爲了來跟一個打敗過你的黑鬼說話？」

「不只是這樣。」

「要說快說吧。我累了。」

「麥博萊過來了。」

「這說了等於沒說。我猜他遲早會來的。他要是不來，我要怎麼跟他打？」

「你對麥博萊一點也不了解。他在芝加哥打最後一場比賽時，在擂臺上殺了一個人。這是畢姆斯找他來的原因，爲了殺掉你。畢姆斯和他那一夥人要你死，因爲你打敗了白人。他們在乎的不是你打敗我，而是你打敗了一個白人。畢姆斯認爲，被有色人種打敗，是對白人種族的侮辱。這個麥博萊打進過世界冠軍賽，很強的。」

「你這是在說，你爲我操心嗎？」

「我是在說，畢姆斯和運動俱樂部的成員無法接受這件事。他們也賭輸了錢。他們要扭轉情勢，你懂嗎。我跟你不是朋友，但我想我有這個責任，來告訴你麥博萊是個殺手。」

小亞靜靜聽了一會兒蟋蟀聲，然後說：「如果我擔心這個男的會殺人，不跟他打，那樣不就稱了你老闆的意嗎？畢姆斯可以說是壞黑鬼怕了白人，不敢現身。」

「你如果跟麥博萊打，他很有可能把你打死或是打殘。拳賽本來就是非法的，所以不會有執法人員來調查，不會眞的查。在場的觀眾也什麼都不會說，反正他們本來就不該在那裡。你會死，或是受重傷，老二被綁塊水泥丟進海灣裡，就這樣了。」

「所以是說我該跑路的意思嗎？」

「你跑了，畢姆斯就有面子，你也不用挨打，不用冒上被殺的危險。你想想吧。」

「你沒幫上我的忙。你只是在幫畢姆斯操作這一切，想靠一張嘴就打敗我。哎，我可不會挨打，管他皮膚是白的、黑的、黑白相間的，都沒差。麥博萊進了賽場，我就會把他打趴。你回去跟畢姆斯說，我不怕，我也不會跑，你們這招一點也不管用。」

佛瑞斯特把帽子戴回去。「你自個兒看著辦吧，黑鬼。」他轉身走了。

小亞準備進屋，但是還沒來得及開門，他父親亨利就走了出來。亨利走路時拖著左腿，拄著拐杖，身穿破舊的內衣和工作褲，滿頭大汗，整個人疲憊又灰敗，在黯淡的月光下更顯灰暗。

「你不該跟白人那樣子說話，」亨利說：「那些三K黨會跑來的。」

「我才不怕什麼三K黨。」

「對，但我怕。我們就看看你被繩子吊起來、老二被垃圾白人割掉的時候，你有什麼話好說。你還沒好好活過，你才二十二歲。坐下吧，孩子。」

「爸，你跟我不一樣。我腿沒壞，我不怕任何人。」

「我這條腿不是生來就壞的。坐下吧。」

小亞坐在他父親身邊。亨利說：「一個黑人若是想要贏，就得按遊戲規則玩。你聽懂嗎？」

「我看你也沒贏多少。」

亨利快手打了小亞一巴掌，疾如閃電。小亞這才發覺自己的手速是從哪裡遺傳來的。「給我住口，」亨利說：「不許跟你爸這樣講話。」

小亞抬起手摸摸臉頰，不是因為被打痛了，而是因為他仍然有點驚訝。亨利說：「對一個黑人來說，贏就代表活下來過完上帝賜給你的壽命。」

「但是爸，你在世的時間要怎樣度過，就不是上帝來決定了。總有一天，我會當上世界重量級冠軍，等著瞧吧。」

「世界冠軍輪不到黑人的，小亞。你眞是講不聽，笨哪，我遲早哪天早上得把你被吊斷的脖子從樹上解下來。扶我起來吧，我要上床去睡了。」

小亞扶著他起身，老父親就支著拐杖，拖著身子進到小屋裡去了。

過了片刻，小亞的母親緹娜走了出來。她生得一張寬臉，身材矮小敦實，比丈夫年輕了快要二十歲。

「你沒必要用那種方式跟你爸說話。」她說。

「他無所作爲，而且也想要我跟他一樣無所作爲。」小亞說。

「他經歷過的事只有他才知道，亞瑟。他生來是個奴隸，被逼著像鬥雞一樣聽白人的話去打架，戰爭時因爲不得不爲叛軍打仗而瘸了一條腿。你想想看，他的遭遇太慘了，一個黑人要出去對著北佬開槍，因爲不是你死就是我活，如果他不肯跟北佬打仗，叛軍也會讓他吃子彈。」

「我也不是那麼喜歡北佬。他們並沒有比其他人對黑人更友好。」

「是沒錯。但是你爸啊，說對了一件事。你活得還不夠長，什麼都不懂。你想當白人想得要命。但孩子，你就是個非洲來的。你就是奴隸，來自非洲的奴隸所生。」

「妳是在同意他說的話嗎？」

「不，我沒有。我是說，你打敗了那個傢伙，打得他屁滾尿流。你記不記得以前有惡霸追著你回家時，我跟你說，你要是不打一架就回來，我就打你打得比他們還狠？」

「媽，我記得。」

「記不記得你把他們打得有多慘，就爲了自己不要挨我的揍？」

「媽，我記得。」

「是了，現在那些白人找了人來對付你、恐嚇你，他們就是惡霸。你就上場去，揍扁那個傢伙，好好利用上帝賜給你雙手的力量，打出一條生路來。但你要記得，這件事絕不輕鬆。要白人尊重你，你就得打敗他，聽懂了嗎？你要在賽場裡打敗他，而不是這裡，不然你就只是個會被他們吊死的壞黑鬼。不過呢，你就是不該跟你爸那樣說話。他已經比大多數人好了，他有一份穩定的工作，撐住了一家子。」

「他是個清潔工。」

「那也比你強。」

「而且這個家是妳在撐。」

「這是兩人合力的工作，孩子。」

「是的，媽。」

「晚安，孩子。」

小亞摟了摟她，親親她的臉頰，然後她便進屋去了。他也跟進去，但是狹小的兩房格局、還有這麼多躺在棧板上的人體——他爸媽、三個姊妹、兩個兄弟、一個妹夫——都讓他感到擁擠。鴿子也令他作嘔。老是有這些鴿子，會找到用瀝青油紙蓋起的屋頂破洞，飛進來在屋椽上做窩。到了明天，半個屋子都會被鳥糞滴到。他得爬上去拿新的油紙補屋頂。他一直有打算去做，但他自己的時間都拿來鍛鍊了，爸又不能代勞。除了靠打拳賺的那幾個錢，他還得多爲家裡貢獻一些才行。

小亞拿起門邊的棍子，那是專門用來戳鴿子趕牠們走的。長遠來說，趕鴿子也沒用，牠們會飛到屋頂的高度，再慢慢降下來築巢。但是，突然迸發的鳥翅拍動聲、牠們從屋頂破洞飛向天空的姿態，都讓他精神一振。

他妹夫克雷蒙在棧板上用手肘支起身子，他的太太、亦即小亞的妹妹露西則動了一下、翻了個身，手臂伸過克雷蒙的胸膛，但是沒有醒來。

「你在幹嘛，亞瑟？」克雷蒙悄聲說：「你不知道人是需要睡覺的嗎，我明天還要工作啊。不是每個人都可以睡一整天。」

「那你就睡啊。還有，離我妹遠一點。露西現在不急著生小孩，我們家已經人滿爲患了。」

「她是我的妻子。我們本來就該做那檔事，多多繁衍。」

「那你們就自己找個地方去繁衍。我們這裡擠得要命。」

「你眞是瘋了，亞瑟。」

亞瑟舉起趕鴿子的棍棒。「躺好，閉嘴。」

克雷蒙躺下，亞瑟把棍子放回原位，搬了他睡覺的棧板出門。他檢查棧板上有沒有鳥屎，確認完後就躺在露臺上，試圖入睡。他想到要拿吉他回海灘上去彈，但是他太累了，累得做不了任何事，但是又清醒得睡不著。

他媽一次又一次告訴他，當他還是個小嬰兒時，有個能通靈的黑人老太太曾抓起他的小手說：「這孩子將來會在好多個國家吃麵包。」

這一直支持著他。但是現在，他開始懷疑了。他只搭火車嘗試離開加爾維斯頓一次，並且在篷車裡睡著了，結果發現火車只是在鐵路網上繞了一整夜的圈子，到處卸貨。他沒有參與過任何冒險，仍然只在加爾維斯頓吃麵包。

他整夜都在對抗著蚊子、高熱和他自己的野心。到了早上，他已精疲力盡。

九月五日星期三，上午十點二分

華盛頓特區氣象局中央辦公室致德州加爾維斯頓氣象站埃薩．克萊恩之電報訊息：

暴風中心靠近西礁島並往西北方移動。前往佛州及古巴港口的船隻應提高警覺。風暴可能增強至危險層級。

上午十點二十三分

麥博萊醒了，幹了那個紅髮妓女，然後坐在床上把指關節壓得叩叩響，並且說：「我要去吃飯和鍛鍊了，紅毛的。我回來的時候，妳給我好好等著，帳就掛在運動俱樂部名下。還有，看在老天的份上，去洗個澡。」

「是的，麥博萊先生。」她說。

麥博萊起床，倒水進洗臉盆，洗了下體和胳肢窩，在臉上潑了點水。然後他坐在梳妝臺鏡子前，花了二十分鐘抹上中國人給他的藥水，梳好頭髮。一切都搞定之後，他戴上帽子。

他穿了寬鬆的長褲、短袖襯衫和軟鞋，指關節纏上綳帶，後口袋裡放了小筆記本和鉛筆，最後套上柔軟的皮手套。他趁紅髮妓女沒在看的時候，將手槍和剃刀用毛巾包起，塞在自己肚子和襯衫之間。

下樓後，他確認四下無人，便將包著手槍和剃刀的毛巾藏進一株綠意盎然的茂盛盆栽裡，然後走了出去。

他在街上散步，走進一間餐館，點了牛排、蛋和大量的咖啡。他用餐時仍戴著手套和帽子。他付完帳，但要了張收據。

吃飽喝足之後，他便出發去鍛鍊。

他從碼頭開始尋找對象。那裡有幾個人正在辛苦工作，把一袋袋的棉花籽搬上船。他雙手負後，站著旁觀他們。海的氣味十分強烈，海水激烈地拍打著碼頭樁基，空氣凝重得和棉花貨袋一樣沉。

過了一會兒，他走到一個光頭的大個子身旁，此人的手臂和雙腿粗如莊園的柱子，穿著褪色的連身工作服，裡面沒穿襯衫，胸前像熊屁股般長滿了毛。他穿著沉重的工作靴，鞋面側邊已經裂開了，麥博萊可以從裂口裡看到他的赤腳。麥博萊討厭不修邊幅的男人，就算在工作時也不能例外。驕傲這種東西就像條狗，一旦沒有規律餵養就會餓死。

麥博萊說：「你叫什麼名字？」

那男人左右手臂下各夾著一袋棉花籽，停下腳步看著他，驚得後退一步。「凱臣，」他說：「華納・凱臣。」

「是了，」麥博萊說：「我想也是。所以，你就是那個人。」

那男人瞪著他。「什麼人？」

其他人停下工作轉頭看過來。

「我只是想見見你，」麥博萊說：「沒錯，你符合描述。我只是沒想到，竟然有白人淪喪到做得出那種事。老實說，任何人淪喪到做出那種事，都令我難以想像。」

「你在說什麼鬼話，老兄？」

「這個嘛，有傳言說，大家都知道在碼頭工作的華納・凱臣會吸黑鬼的小屌。」

凱臣的兩袋棉花籽掉到地上。「你他媽的是誰？你從哪聽來的？」

麥博萊將戴著手套的手放在負在身後交握。「他們說，夜裡氣氛好的時候，你玩黑鬼的屌比貓玩毛線球還起勁。」

那男人火冒三丈。「你把我跟別人搞混了，你這一口北佬腔的龜兒子。」

「沒，我沒搞錯。你是叫做華納‧凱臣。你看起來就跟那些被你吹過簫的黑鬼描述的一樣。」

華納的右腳往前一跨，揮出一記右拳，弧度像鐮刀一樣彎。麥博萊閃過拳頭，放在背後的手動也沒動。接著他向內側滑步，扭轉腰臀，對著華納的軀幹送出一個右上勾拳。

華納大口喘氣，踉蹌後退，然後麥博萊再次出擊，一記左勾拳打向對方的肋骨，再一個右直拳打在其腹腔上。華納頓時彎腰跪倒在地。

麥博萊靠過去親了一下他的耳朵說：「告訴我，黑鬼的屌是不是跟甘草糖同個味道啊？」

華納爬起來，狂野地左右揮拳。麥博萊俯身躲避。華納用腳踹他，他轉向側邊讓華納踢空，然後伸出左手抓住華納的下巴，接著用右手打出一聲像彈殼衝撞物體的聲音。

華納單膝跪倒。麥博萊抓著他的頭，用膝蓋撞他的臉，在碼頭上打得他鼻子支離破碎。華納最後臉朝下倒在地上，用手支撐身體，幾乎一度要爬起來了。然後，他非常緩慢地癱躺下去，沒有再移動。

麥博萊看著那些圍觀的人，說：「他沒有吸黑鬼的屌，是我胡謅的。」他拿出筆記本和鉛筆，寫道：欠款，對打陪練員費用，五元。

他把筆記本和鉛筆收起來，從皮夾裡拿了五塊錢，摺好放進那個男人的後口袋。他轉向其他人，他們全都站著直瞅他，彷彿他是耶穌帶來的奇蹟。

「坦白說，我覺得你們都是些可悲的混帳，但一次解決一個就夠了。我可以把你們這幫南方白人垃圾全都收拾乾淨。有人要來挑戰嗎?」

「才不幹,」人群前排的一個矮壯男人說:「你是拳擊手呢。」他拿起一袋剛才扔下的棉花籽,繼續往船上走去,其它人也陸續跟進。

麥博萊說:「好喔。」然後走開了。

他想著,也許能在碼頭上再找到另一個陪練的對手。

下午五點二十三分

到了一天的尾聲、天快要黑的時候,麥博萊檢視他本子上記錄的支出。運動俱樂部總共欠了他四十五元的陪練費和一雙新手套,以及早餐與稍後晚餐的餐費。他還要加上一筆擦鞋的費用。有個笨手笨腳的王八蛋把他的一隻鞋磨壞了。

擦完鞋、吃完牛排,他回到娼館時伸展了一下肌肉。他仍然覺得餘裕十足,似乎還能再打趴幾個鄉巴佬。

他走進室內,從盆栽裡取出自己藏的東西,爬上了樓梯。

九月六日星期四,下午六點

華盛頓特區氣象局中央辦公室致德州加爾維斯頓氣象站埃薩·克萊恩之電報訊息:

暴風中心位於西礁島西北。

晚間七點三十分

這一夜，小亞跑到運動俱樂部前面站著，雙手插在褲子的口袋裡。風很涼爽，但氣味盡是一股酸臭。

星期六，他將迎戰一位重量級冠軍挑戰者，雖然人選還沒正式公布，而且麥博萊只是爲了拿錢才過來，但小亞很高興有機會跟有朝一日將問鼎冠軍賽的選手對打。如果他能打贏，就算麥博萊的賽績紀錄不受影響，他還是會擁有打敗世界重量級冠軍競逐者的成就。這跟他一開始參加的生存拳賽（注1）有天壤之別。他一度還對那種泯滅人性的比賽方式感到認同。

他還記得自己參加的第一場生存拳賽，是他朋友厄尼斯特遊說他去的。那些白人「運動家」喜歡召集一群有色人種的男孩或成年男子，到俱樂部舉行無規則自由賽，每個月至少一場。他們會把九或十人放進賽場，有時還要求他們脫光、戴小黑桑波（注2）的面具。他自己也做過一次這種事。

他們互相搏鬥的同時，白人就在一旁扔錢，叫囂著要他們把彼此往死裡打。有時，他們會把兩個人的腳踝綁在一起，讓兩人近距離互搏。滿地的鮮血濃稠得像鬆餅上的糖蜜；有人骨折，有人皮開肉綻。對白人而言，看著這些黑鬼互毆是有趣的娛樂。

小亞發現自己很擅長打架，甚至能擊敗厄尼斯特，這也導致兩人的友誼告終。他也沒辦法。他一上場、熱血一沸騰起來，不管是誰接近，他都照打不誤。

他開始規律地練拳，學會了一些技巧，也不再打生存賽。他在黑人拳手之間建立起名聲，不久也

注1 Battle Royale，又稱為「大逃殺」，指一群人被迫參與一場生存遊戲或比賽。所有人被困在封閉的區域，必須互相對抗直到只剩一人存活為止。

注2 Sambo，英國兒童繪本《小黑桑波》（*The Story of Little Black Sambo*）的主角。

傳到白人耳裡。

運動俱樂部推出了他們的新科冠軍挑戰者，一個叫佛瑞斯特·湯瑪斯的白人，並給小亞二十五元要他來打，因為他們覺得黑人和白人對戰很新鮮，而且認為白人的戰鬥技巧和節奏都會證明他們是優越種族。

出賽前，小亞做了禱告。由於他是要在憤怒又凶惡的白人面前打鬥，還第一次遇到有白人女人（是運動俱樂部的女人，但終究是女人）在場，他們都想要看他這個黑人被打得落花流水。於是他用繃帶把自己的陰莖包纏起來，纏得像棍子一樣粗。他想給那些白人一個好看，展現出他們最害怕的東西──黑得像煤炭的黑鬼種馬。

他把佛瑞斯特·湯瑪斯打得像個挨揍的小孩，戰況慘烈到他們不得不中止比賽，免得大家看到一個黑人把白人活活打昏。

運動俱樂部心不甘情不願地把冠軍獎章交給了亞瑟·約翰·強森，他們寶貝的拳擊桂冠落到了一個黑人手裡，讓他們感覺如鯁在喉。畢姆斯尤其不爽。他是運動俱樂部的現任主席，那場比賽一開始就是他的主意，佛瑞斯特·湯瑪斯也是他的人馬。

麥博萊就此登場。畢姆斯側面說服俱樂部裡兩個財力更雄厚的會員來資助一場比賽，找一個眞正的重量級冠軍挑戰者來打敗小亞，讓地區冠軍寶座回到白人手中──即使這位贏家回到芝加哥後就要放棄冠軍資格，空留寶座虛懸。小亞知道，到了那時，他絕不會再有任何機會參加運動俱樂部的冠軍賽。不管來明的、來暗的，他們都要讓他滾蛋。

小亞沒見過麥博萊，也不熟悉對方的打法，只聽說這傢伙像石頭般強硬、膽子跟潑猴一樣大。但他覺得自己也不差。他不打算讓出冠軍寶座，到了週六，他就會知道結果如何了。

晚間九點

那個紅髮妓女的嘴唇腫了，兩隻眼睛烏青，肚子上有塊瘀傷。她小心翼翼地將手臂伸到麥博萊毛茸茸的胸前。「您滿意了嗎？」

「我滿意的時候，我就會說。」

「我只是在想，我想下樓去找點東西吃，幾分鐘就回來。」

「我回來之前妳明明有時間吃。妳偏不吃，光在那裡亂搞。我可是付了錢的。或者說運動俱樂部是付了錢的。」

「你要引擎跑，就得給它添煤啊。」

「是嗎？」

「是啊。」紅髮妓女伸手要耙梳麥博萊的頭髮。

麥博萊的手伸過胸前打了她一巴掌。「別碰我的頭髮。不准碰我的頭髮。還有，給我閉嘴。我才不管妳想不想幹。我要是想幹，我們就得開幹。懂了沒？」

「懂了，先生。」

「給我聽好，我去拉個屎，等我回來，我要妳把妳髒兮兮的小穴洗好。妳覺得妳那裡要是不乾淨，我會想把我的老二放進去嗎？給我好好洗乾淨。」

「天氣太熱了，我才會流汗的。而且，你橫豎還是會把我身上弄髒。」

「我才不管。妳就是要把那裡給我洗乾淨。我那根要是這樣放進去，怕是會絕子絕孫咧。丫頭，我要是得了什麼病，絕對要跑回來把妳的屁眼和臭屄踢得前後反過來。」

「我沒有病，麥博萊先生。」

「很好。」

「你爲什麼非要這麼惡劣？」紅髮妓女突然問，不敢相信自己竟然把這話說出了口。這不但會惹麥博萊生氣，她也發覺這個問題本身就很蠢。就像在問一隻雞爲什麼會啄屎，沒有爲什麼，牠就是會。麥博萊的惡劣不爲什麼，只因爲他就是個惡劣的人。

但在她瑟縮的同時，麥博萊卻突然哲理起來。「重點不是惡劣。這是因爲我可以做我想做的事，而其他人不能。妳懂了嗎，妹子？」

「當然懂。我說這話沒什麼意思。」

「我對別人做的事，也有人能對我做。沒差，事情就是這樣。地球上不管哪個男人、女人、畜牲都是一文不值，妳懂嗎？」

「懂，您說得是。」

「當然。這世上唯一純潔的東西就是嬰兒。不管人類或動物的嬰兒，都是生來飢餓又無辜，無法自立自保。然後他們會長大，漸漸變得跟其他人一樣。嬰兒大概在兩歲之前都很好，過了那個年紀，就該抓去悶死、給世上留點空間了。我妹妹兩歲左右的時候也好得很，之後就只會跟我媽要這要那，我媽也有求必應。後來，我媽就跟我一樣不理她了。過了兩歲，她就只是個麻煩，跟我一樣，跟其他每個人一樣。」

「沒錯。」紅髮妓女說。

「噢閉嘴，妳懂什麼屁。」

麥博萊下床走到廁所。他拿出手槍、皮夾和剃刀。他不信任妓女——其實是不信任所有女人，她們只有挨他揍的份。

他在試用嶄新的沖水馬桶時，紅髮妓女披著一張被單下了床，溜出門，下樓到了外面的街上。她攔住一輛馬車，跟車上的男人談好用一砲換一程，然後就離開了，去了哪裡並不重要。

晚間九點四十九分

稍後，因紅髮妓女跑掉而生氣不已的麥博萊索性上了老鴇，當她說運動選手比賽前一晚不宜縱慾時，他就把她兩隻眼睛給打黑了。

老鴇躺在床上，豐滿的胸部被麥博萊肌肉發達的手臂壓著。她嘆著氣，看著煤氣街燈的光暈在天花板上舞動。

她心想：唉，做生意就是這樣。

九月七日星期五，上午十點三十五分

華盛頓特區氣象局中央辦公室致德州加爾維斯頓氣象站埃薩．克萊恩之電報訊息：

暴風警報。德州加爾維斯頓。預備防災。

加爾維斯頓氣象站的主管埃薩．克萊恩在李維大樓的三樓，坐在桌前讀電報。他下樓去到外面目視觀測。

天氣顯然是狂風暴雨，但看起來並不像嚴重的颶風。他已經在氣象站待了八年，他覺得如果有颶風，應該現在就判斷得出來。他判斷不是，天空的顏色不對。

他一路走到海邊。此時，風勢增強了，海水也高漲起來，雲層像是破枕頭裡的羽絨。他在海灘上又走了一段，發現一隻被海草纏住的海龜。他用棍子戳了戳，牠已經死透了。

埃薩回到李維大樓，他回程時，風勢已經增強得相當可觀。他爬樓梯上去屋頂。屋頂的氣壓計讀數迅速下降，風也很強。他估計風速是每小時二十哩，而且持續增加中。他頂著強風來到風向標桿前面，升起兩面旗子。上方的旗子是一面白色三角旗，在風中不斷拍動，像隻喋喋不休的舌頭，看到的人都會知道這代表風從西北方吹來。其下還有一面紅旗，中央是黑色，代表強風正席捲而來，狂烈的暴風在幾小時內就會來襲。

空氣潮濕且帶著腥味。一時之間，克萊恩還以為自己可能有摸到那隻死海龜，才把臭氣也帶了回來。但並非如此，那股味道來自風中。

約莫在同一時間，由詹姆斯．史雷特船長掌舵的汽船「彭薩科拉號」從加爾維斯頓港口的三十四號碼頭啓程，前往佛羅里達州的彭薩科拉市。

史雷特前一天看到颶風的消息，雖然風勢增強、濕度高得異常，他在天空中卻看不出預期會有的颶風跡象——那種灰撲撲的磚紅色，確切代表颶風將至。他覺得氣象局這東西全靠瞎猜和運氣，就像其他的一切。他覺得就算換他來猜，準度也差不多。

他下令將彭薩科拉號駛入海灣。

下午一點零六分

鴿群振翅穿過強森家的屋頂破洞，油紙被頂開、撕裂，然後隨風飄走，在空中翻飛，黑黑小小的，猶如建築物的靈魂碎片。

「又是那些鳥。」小亞的媽媽說。

在做伏地挺身的小亞停下來，看向天花板。屋椽上擠滿了鴿子，還布滿鳥糞。透過屋頂的破洞，可以清楚看到天空。天色漆黑，彷彿暗藏劇毒。

「該死。」小亞說。

「沒事，」她說：「隨牠們去吧。牠們在害怕。我也怕啊。」

小亞站起來說：「沒什麼好怕的，我們什麼樣的暴風雨沒見過。而且這裡地勢高，水絕對不會淹上來。」

「我從來就不喜歡暴風雨。等你爸和弟妹們回到家，我就放心了。」

「爸有一塊舊油布，我也許可以拿來把洞蓋起來，擋住雨水。」

「你覺得行的話，就去吧。」

「我已經要去了。」小亞說。

小亞到屋外去，爬進架高的露臺底下，拿到了那塊舊油布。布已經相當破爛，但也許還派得上用場，至少暫時應急沒問題。他把油布拖到院子裡，又爬回露臺下，搬出一把不穩的梯子和生鏽的鐵鎚。他正要進屋拿釘子時，聽到某種奇怪的咆哮聲。他停下腳步傾聽，認出了那個聲音。是海浪。他肯定聽過這聲音，但從來不曾這麼大聲、在離海灘這麼遠的地方還聽得到。他拿到了釘子，將梯子放在屋側，把油布拿上屋頂。他費了好大一番工夫，終於用油布封住那個洞，把還沒飛出去的鴿子困在屋內。

下午兩點三十分

在娼館裡，除了眼睛烏青之外嘴唇也被打腫的老鴇，從床上看著麥博萊全身赤裸地坐在梳妝臺鏡子前，小心將頭髮抹油梳順，蓋住禿掉的那一塊。窗戶關上了，被風吹得喀喀響，宛如賭徒手裡搖晃的骰子。娼館室內的空氣就跟官夫人一樣沉悶。

「那是什麼味道？」她問。

她指的是中國人給他的那瓶生髮水。他說：「妳要不想被我擰奶子，就他媽的閉嘴。」

「好吧好吧。」她說。

窗戶再度震動作響，玻璃上出現了點點雨滴。

麥博萊走到窗邊，垂軟的那話兒靠在窗臺上，幾乎要碰到窗玻璃，像一隻皺巴巴的大雞母蟲想找路爬出去。

「暴風雨要來了。」他說。

老鴇心想：**不會吧**。

麥博萊打開窗戶。風把梳子和髮刷從梳妝臺上吹落。有個男人在沙土路面的街上走著，一隻手按著帽子免得被風吹走，他抬頭望向麥博萊。麥博萊抓著自己的老二朝他晃了晃。那個人別開頭，加快腳步走開。

麥博萊說：「甜心，把妳那雙肥腿張開來，大船要入港下錨囉。」

老鴇嘆著氣翻身仰躺，麥博萊騎上她的身。「這次別再亂碰我頭髮了。」他說。

下午四點三十分

書房聞起來有雪茄的菸臭和汗味，另外參雜一點點嬰兒油的味道。老爺鐘在四點三十分響了一聲報時。氣流穿過敞開的窗戶、吹動暗色窗簾，潮濕又黏膩。陽光時隱時現，被雲層染上了一抹微綠，照得牆上十幾個動物頭部標本的假眼和黃牙光澤閃亮。牆上有熊、有野豬、有鹿，甚至還有狼。

汗味的主要來源是畢姆斯。他想：離我老婆回家至少還有一個鐘頭。很好。

佛瑞斯特猛力抽送，讓畢姆斯的額頭撞上了牆，撞得牆上掛的野豬獸頭搖搖晃晃，看起來彷彿在轉頭回應一個遙遠的聲音、一個特定的畫面。

「我做這事，不是因爲我是他們那種人，」畢姆斯說：「只是，噢，寶貝……老婆嘛，你知道的，她不會爲我做這種事。我是說，你能享受一點小小娛樂的時候，就要好好享受。男人娛樂一下總沒錯吧……喔對，就是這樣……男人就是要好好享受，對不對？就算他身上沒有任何不正常的地方？」

佛瑞斯特將雙手放在畢姆斯赤裸的肩膀上，將他往下壓，直到他的頭靠在沙發坐墊的頂端。佛瑞斯特抬起腰，咬緊牙關往前衝刺，深深插進畢姆斯的後庭。他說：「是啊，當然。」

「你是說眞的吧？我這樣不算是基佬？」

「不算，」佛瑞斯特喘氣道：「以前不是，現在也不是。這沒有代表任何意思，天殺的完全沒有。你是男人中的男人。讓我好好專心吧。」

佛瑞斯特必須專心。他討厭這檔事，偏偏這是他職務的一部分。而且，當然，畢姆斯並不知道，他也在跟畢姆斯的老婆搞七捻三。如果他想維持現狀，就得好好伺候老闆。畢姆斯太太當然也不曉得他在操她丈夫的小菊花，更不曉得她丈夫對女人的性致根本不比一頭豬對銀茶具的興趣高。

眞是個笑話。他幹了畢姆斯的老婆，爲了豐厚的報酬幫畢姆斯做髒活，還要一面操畢姆斯的屁眼、一面向他保證他不是個屁精。另外一點加分的是，他明晚不用跟那個黑人打了。這可是大加分。那狗娘養的傢伙打起來像驢子踢人一樣瘋。他希望麥博萊好好給那傢伙一個教訓。要是那個黑鬼死了，他會去他墳上拉屎致意，就拉在墓碑上。

佛瑞斯特猛力前挺、讓畢姆斯小聲喊叫出來，同時心想，好吧，也許他沒有這麼討厭這檔事。不是完全討厭。他受了畢姆斯這麼多氣，現在他可以讓這混帳趴在沙發上、被幹得連頭都撞到牆，這樣也挺好的。這天殺的、沒卵蛋的基佬，竟然當眾羞辱他，想打腫臉充胖子。

佛瑞斯特拿起桌上的嬰兒油，倒了一點到畢姆斯的屁股上。他把瓶子放回去時，發覺自己軟掉了。他試圖想像自己在畢姆斯太太體內抽插，她有著他所見過最光滑的屁股、最金亮的恥毛。「我快到了。」佛瑞斯特說。

「衝啊，佛瑞斯特！衝啊，給我衝啊！」

在高潮的那一刻，畢姆斯幻想插進他多毛屁股的是小亞那個黑鬼的大屌。他老是想著小亞，自從看到他在生存拳賽全裸上陣、戴著小黑桑波面具娛樂觀眾之後，就一直想著他。

還有，小亞跟佛瑞斯特打得那麼漂亮、那麼高明。到那時爲止，佛瑞斯特都是他心目中的硬漢，引發他的渴望，但現在，他想要的是那個黑鬼。

畢姆斯心想：噢，上帝啊，要是能被他戴著那個面具插進來，絕對終生難忘，就一次，或是兩次，耶穌啊，我太想要了，想要到非得確保那個黑鬼送命不可。我得確保自己不會付錢叫那個黑鬼這樣做，要是他能活到跟麥博萊打完，我肯定會忍不住要試一試。要是我忍不住，但他不肯，而消息傳了出去；或是他做了，然後消息傳出去，或是我被抓到……這我無法忍受。現在這樣就已經夠糟了。要是換成個黑鬼……？

還有那個麥博萊。他也想過麥博萊，他碰過麥博萊的卵蛋，當時他裝出作嘔的樣子，但他的確像麥博萊說的還沒洗過那隻手。

如果麥博萊打贏了，或甚至殺了那個黑鬼，也許就是換麥博萊跟他做了。麥博萊是個愛錢的傢伙，喜歡把挨他幹的對象弄痛。畢姆斯從那個紅髮妓女被打的樣子就看得出來。那樣很好，那樣沒問題。麥博萊是那種不管什麼人或什麼東西都照幹不誤的人。畢姆斯看得出來。

他想像在他背後幹活的不再是佛瑞斯特，而是麥博萊。光著身子、只戴了禮帽的麥博萊。

佛瑞斯特在高潮的那一刻咕噥了「噢耶」一聲，差點喊出畢姆斯太太的名字。完事時，他抬起頭，看著野豬標本堅硬的玻璃眼睛，其中盈滿了陽光。然後窗簾一陣翻動，那雙眼睛變成一片黑暗。

下午四點四十五分

汽船彭薩科拉號駛出加爾維斯頓，抵達了墨西哥灣，一陣風朝船上襲來。史雷特船長感到心臟揪緊。東方的海水高漲而狂暴，船忽而被推高、忽而下降，暗綠色的海浪被天上厚厚的雲層蒙上陰影，在汽船兩側暴起暴落，彭薩科拉號也隨之起伏。

引水人傑克·柏納到了艦橋上來，臉色跟海浪一樣慘綠。這趟航程裡，他是史萊特的客人，而現在他但願自己乖乖待在家。他不敢相信自己竟會這麼不舒服。他跑船這麼多年，從來沒看過如此的海象，之前他都以爲自己對暈船是免疫的。

「我不知道你是怎麼想，史雷特，」柏納說：「但自從我爸被鬥牛犬開膛剖肚之後，就沒遇過這麼大的刺激了。」

史雷特試圖微笑，但是笑不出來。他看著同樣試圖說笑但也不怎麼愉快的柏納。史雷特說：「看看玻璃那邊。」

柏納檢視氣壓計。讀數一路下滑。

「從沒看過降到這麼低的。」柏納說。

「我也是。」史雷特說。他接著對船員下了命令，叫他們收起遮棚，嚴陣以待，預防進水。

還在氣壓計前的柏納說：「老天，看看這個！」

史雷特看了看。氣壓計的讀數是二十八點五五。

柏納說：「我聽說氣壓這麼低的時候，你就只能跪下來跟世界說再見了。」

下午六點三十分

比爾與安琪莉可·庫柏夫婦和他們一歲半的小寶寶泰迪，正搭著馬車要去餐廳吃晚餐。拉車的貝絲是一匹漂亮的巧克力色母馬，牠突然衝向浪濤滾滾的大海。

那匹馬是被海浪嚇著的，但是在惶恐之中，牠卻想一頭衝向牠恐懼的來源。比爾不得不相信，馬眞的是上帝創造出最愚蠢的動物。

比爾扯緊韁繩，對馬咒罵一聲。貝絲猛然轉彎，用力拖動馬車，比爾感覺車都要翻了，但幸好馬車最後重新轉正，他也把貝絲駕馭回原本的方向。

一頭黑髮、長相標緻的安琪莉可說：「我好像都尿褲子了……我有聞到味道……噢，是泰迪。謝天謝地。」

比爾將馬車停在海灘高杜附近的餐廳外，安琪莉可幫寶寶換了尿布，將髒尿布放在馬車後。換完之後，他們拴好韁繩，進餐廳享用牛排。他們坐在窗邊看得見馬車的地方。馬兒一直亂踏亂動，比爾實在怕牠會掙脫韁繩衝出去。他們聽得見鋪在平面屋頂上的碎石又滾又跳，像老鼠在爭食。泰迪坐在餐廳提供的嬰兒椅上，拿著一根湯匙拍著盤子盛裝的蘋果泥。

「早知道天氣這麼糟，我們留在家裡算了。」安琪莉可說：「對不起，比爾。」

「我們太常待在家了，」比爾說，同時發覺海浪聲已經大得讓他必須拉高嗓音說話。「幫房子加蓋那個陽臺也對我的心情沒啥幫助。我開始發現自己不是個好木匠了。」

安琪莉可睜大深褐色的眼睛。「什麼？你說你不是個木匠的料？」

比爾對著她微笑。

「我應該早點告訴你的，光是聽你工作時發出的那些咒罵聲啊。你敲到自己拇指多少次了呢，親愛的？」

「多到數不清。」

安琪莉可嚴肅了起來。「比爾，你看。」

餐廳裡許多客人已經放下了餐點，站在大窗戶前看著海。海潮漲得很高，沖上餐廳的架高基柱，猛力地拍擊，將水花濺上窗玻璃。

「天啊，」比爾說：「幾分鐘前還沒有這麼糟。」

「是颶風嗎？」安琪莉可問。

「是啊，就是颶風。我看到旗子升起來了。」

「爲什麼要這麼緊張？我們之前也遇過颶風。」

「我不知道。這回感覺不一樣，我猜……沒關係，我只是容易不安。」

他們速速吃完，駕著馬車回家，貝絲一路疾速拉著車。他們背後有海浪猛襲，頭上有幽靈般的烏雲席捲翻湧。

晚間八點

史雷特船長估計風速一定有八十節，是颶風的等級。彭薩科拉號像青蛙似地跳上跳下。甲板下的陶器撞碎了，重到兩個人都抬不動的醫藥箱也被震彈離地、撞破艦橋的窗戶，滑過甲板，撞上圍欄之後高高彈起，掉進波濤洶湧的海裡。

史雷特和柏納猛然相撞，差點把對方給撞昏。史雷特從地上爬起來時，從架子拿了一條粗繩，在一根支撐柱上繞了兩圈，然後用兩端在他和柏納的腰上繫了稱人結（bowline）綁住。如此一來，他和柏納若有必要可以在艦橋上移動，但不會慘遭跟醫藥箱相同的命運。

史雷特試圖想點辦法，但他知道能做的事都已經做了。他叫船員將錨拋進海灣，沉到一百尋（約一百八十二公尺）的深度，並吩咐他們盡量在靠近桅桿的地方找到遮蔽處，然後祈禱。

彭薩科拉號被拉往錨的方向，像身縛鐵鏈的公牛般掙扎。史雷特可以聽見維持船身完整的螺栓和板材痛苦地哀嚎。螺栓斷了、板材裂了，不用亞哈船長（注）告訴他，他就知道他們要沉進深海魔王的地盤了，速度快到連一口氣都來不及喘。

史雷特靠著牆面支撐，貼壁走向艦橋窗戶被醫藥箱撞破的地方。海浪的水沫打向他，就像加農砲的火花。他專注於前甲板，看著雨水侵入，此時他聽見柏納發出一個聲音，不成字句，但又比咕噥聲多了些意思。

史雷特轉身，看見柏納緊抓著艦橋其中一面窗戶的窗閂，緊得就要把它扭斷。然後他看到了柏納所見的景象。海面變得像鑄鐵鍋一樣黑，天空則呈現壞疽的顏色，海天交際之處出現了某種從水中騰起的東西，巨大又奇形怪狀，史雷特意會過來那是什麼。一道巨大的水牆，比船高了好幾倍，直直朝他們撲來。

九月八日星期六，凌晨三點三十分

比爾・庫柏睜開眼睛。一陣怖懼感淹沒他全身。他小心翼翼地起來，唯恐吵醒安琪莉可，然後到走廊對面的臥室查看泰迪。小男嬰睡得很熟，嘴巴吸吮著拇指。

比爾對著孩子微笑，伸手輕輕碰了碰他。男孩身上出了汗，比爾也發現房間裡的氣味不太好聞。他打開一扇窗戶，探出頭往上看。天空恢復了清朗，月色明亮。他突然覺得自己眞蠢。也許是因爲暴風雨，還有二樓正在搭建的陽臺，讓他坐立難安又憂心焦慮。現在看來，暴風雨肯定已經過境了。

然後，他的滿足感一閃而逝。因爲他看向院子的時候，看到地面彷彿變成一片熔化的白銀。然後他發覺那是映照在水上的月光，海水已經淹到了家門口。一艘脫離泊位的小船在水上漂呀漂。

上午八點零六分

埃薩・克萊恩駕著馬車，在海邊沿路警告靠海的居民疏散。有些人乖乖遵從，有些人完全不理。大部分人都撐過許多次暴風雨，覺得這次也能撐得過去。

不過，仍有許多居民和遊客啓程要去走長長的木棧橋，前往德州本土。海水已不斷拍擊著棧橋的基座，考驗著它的強度。

篷車、馬車、馬匹和行人在橋上密密麻麻，就像薑餅上的螞蟻。當天清晨還格外清朗明亮、月光皎皎的天空，此時轉爲一片灰暗，還下起了雨。通往本土的三座鐵路橋之中，已經有一座被水淹沒。

注 Captain Ahab，小說《白鯨記》（*Moby Dick*）的主角。

下午三點四十五分

在小亞的幫助之下，亨利．強森爬上了篷車，坐在他太太旁邊。緹娜在他們頭上撐著把傘。家裡其他人坐在篷車後面，靠著四角的支柱和原本鋪在房子屋頂的油布保護。

一整天下來，亨利都在跟家人爭論該不該撤離。但是到了下午兩點鐘，他理解到這不是又一場普通的暴風雨。這將是一場摧枯拉朽的大颶風。他把家人集合起來，而現在不管如何，一定都要撤離了。他看著他的小屋，看著雨水從屋頂的破洞灌入，宛如尼加拉瓜瀑布。這屋子沒什麼了不起，卻是他擁有的一切。他懷疑它能否承受暴風雨的侵襲，他努力不去想。他還有更需要擔心的事。

他對小亞說：「你得跟我們一起走。」

「我有比賽要打。」小亞說。

「你哪還有得打。暴風雨會把你這兔崽子捲進海裡去。」

「我得上場，爸。」

緹娜說：「也許你爸說得對，寶貝。你得跟著一起來。」

「妳知道我不能去。比賽一結束，我就會出發。我保證。而且老實說，天氣這麼糟，我可以早點打敗那個麥博萊。」

「你一定要做到。」緹娜說。

小亞爬上篷車，抱了抱媽媽，握了一下爸爸的手。亨利沒看向小亞，只速速說了一句：「祝你好運，孩子，狠狠打敗他。」

小亞點頭。「謝了，爸。」他爬下車，繞到車後面掀開油布，一一擁抱他的姊妹們，也握握妹夫克雷蒙的手。他把克雷蒙拉近，對他說：「你別碰我妹，聽懂沒？」

「是啊，亞瑟，當然。但我想有點遲了，她的肚子已經漸漸大起來。」

「唉，該死。」小亞說。

下午四點零三分

亨利．強森駕著馬，駛上連接加爾維斯頓和內陸的木橋時，突然感到一陣不適。兩側都有海水沖刷，直直淹上篷車的輪子。馬兒很緊張，橋上的逃難人群更是大排長龍。他們要花很久時間才過得了橋，也許要好幾個小時。而從目前的狀況看來，水勢上漲得如此急，要不了多久，橋就會被淹沒了。

他暗自禱告：「上帝啊，請照顧我的家人，尤其是我那個笨兒子小亞。」

他沒有想到要在禱詞裡提及他自己。

下午四點三十七分

比爾與安琪莉可．庫柏把所有拿得動的貴重物品移上二樓。水已經淹到門口，雨勢大到把窗戶打得顫抖搖晃，屋頂上的瓦片也喀喀作響。

比爾停下動作，涉過及踝深的積水到窗邊往外看。他說：「安琪莉可，我覺得我們不該再搬東西了。」

「但我還沒拿——」

「我們要撤離了。」

「撤離？有這麼糟？」

「目前還沒。」

要把貝絲套上馬車並不容易。牠雙眼睜大、焦躁不安。穀倉漏水漏得厲害。安琪莉可撐著傘等待馬車備好。她感覺得到水位正在淹過她的高跟釦帶鞋。

比爾停下動作來安撫馬匹，同時望向安琪莉可。他覺得她看起來異樣地美麗，雨水從傘上川流而下，她懷裡緊抱著泰迪。泰迪熟睡著，對周遭種種渾然不覺。其他時候，這孩子通常愛鬧愛生氣，現在的風雨卻哄睡了他。比爾心想：至少對於這點，我很感恩。

馬車備好的時候，他們已經站在深及小腿的積水中。比爾吃力地打開穀倉門，看到院子已被淹得看不見面貌，街道也是。他只能用猜的來判斷方向。更糟的是，街上流淌的不是雨水，而是海水；墨西哥灣的海水暴漲起來，彷彿要吞沒加爾維斯頓，就像傳說中海洋吞沒亞特蘭提斯一樣。

比爾幫著安琪莉可和泰迪上了馬車，自己握好韁繩，出聲喚貝絲起步。貝絲又扭又退，但最後，比爾成功用韁繩和聲音安撫好牠。牠在黑暗又強勁的水流中開始往前跑。

下午五點

麥博萊醒了。狂風呼嘯，即使窗戶開著，窗玻璃仍猛烈地搖晃。涼爽的空氣令人感到煥然一新，但是夾帶著濕氣。房間裡陰暗無比。

老鴇以棉被裹身，坐在靠著最遠端牆壁的椅子上。她轉過來看著麥博萊，說：「天下大亂了。」

「可不是嗎？」麥博萊起床，裸身走到窗邊。猛烈的風勢一股腦往他推來。「要命，」他說：「黑得像半夜似的。看起來不妙。」

「不妙？」老鴇笑道：「這是我看過最慘的颶風，而且我看它的戲還沒完呢。」

「妳不覺得他們會取消比賽吧？」

「難道你能在船上打嗎？」

「去你的，我在船上還能邊打邊幹呢。認眞想想，我連在滾動的圓木上都能邊打邊幹，肯定行的。我以前在北方是做伐木工的。」

「我要是你呢，就會找條圓木趕快滾。」

一道白如永恆的閃電將天空劈得一分爲二，在那一瞬間，外面的黑暗退散了。麥博萊看到街道已被及腰深的積水淹沒。

「看來我最好趕緊出發，」他說：「路程可久了。」

老鴇心想：**那就去吧，甜心，祝你活活淹死。**

下午五點二十分

小亞站在露臺上，正在判斷自己應不應該涉過已漲到臺邊的積水，而此時，他還看到一艘沒繫緊的船在水上漂流而過。

突然之間，他整個人變成置身於水中。他連忙奮力泅游，水流的力量把他帶到那艘船後方，他不久便設法抓住了船。爬到船上時，他才發現船已有三分之一進了水。

他找到一根槳，還有一個桶子，裡面積了半桶泥土。泥土已經變成泥漿，開始從桶緣溢出來，裡面還有幾隻死掉的蠕蟲。強風、大水和黑暗讓整個世界天翻地覆。

小亞拿起水桶，倒掉泥漿和蟲子，開始把水往外舀。他不時將桶子放下，換成拿槳划船。但他也不怎麼需要划，水流已經將他送往他想去的方向——上城區。

下午五點四十六分

上城區的積水沒有那麼深，但麥博萊還是花了將近一小時才抵達運動俱樂部。他涉過及腰深的積水走了一個街區，接著水深變成及膝，最後變成及踝。他到場時，硬頂禮帽已經完全走樣變形，衣服也毀了。這場大水也沒放過他的手槍和剃刀。

到了樓房前，他意外發現有一群人聚集在臺階上，大部分撐著傘，但也有許多人無傘無帽。群眾中有幾個女人，大多是娼妓。良家婦女是不會看拳賽的。

麥博萊走上臺階，群眾擋住了他。他大聲說：「都給我看過來，我就是麥博萊，我是來跟那個黑鬼打的。」

群眾分開讓道，麥博萊帶著他們的鼓勵和拍肩，獲准進了門。室內仍然聽得見風聲，但聽起來很遙遠，雨聲則只剩微微的雜音。

畢姆斯、佛瑞斯特和兩個老人站在前廳，看起來像中午的胖母雞般緊繃。他們一看見麥博萊，臉色輕鬆下來，兩位老紳士便走開了。畢姆斯說：「我們還怕你沒辦法趕到。」

「擔心你們的投資血本無歸？」

「我想是吧。」

「就算得用游的，我也會來。」

「那個黑鬼如果沒出現，頭銜和獎金就是你的了。」

「我才不要這種贏法，」麥博萊說：「我要跟他好好打。當然，如果他沒出現，我會把錢拿了。你們遇過這麼糟的天氣嗎？」

「沒。」畢姆斯說。

「我沒預期這裡會有人。」

「有下賭的一定會來，」佛瑞斯特插話：「他們賭錢，也賭命。」

「去找點事做，佛瑞斯特。」畢姆斯說：「我帶麥博萊先生去更衣室。」

佛瑞斯特看看畢姆斯，偷笑了一下，表示他知道畢姆斯心裡在打什麼主意。畢姆斯見狀七竅生煙。佛瑞斯特走開了。畢姆斯搭著麥博萊的手肘，開始幫他指路。

「我又不是狗，不用給人牽。」麥博萊說。

「很好。」畢姆斯說。麥博萊跟著他穿過一扇側門，走進一間更衣室，裡面積了兩吋高的水。

「我的老天，」畢姆斯說：「我們一定是哪裡漏了水。」

「像這種水勢，」麥博萊說：「這種勢頭……會沖走磚頭裡的砂漿，滲透牆壁的縫隙……該死，不過這不影響我要做的事。」

「那裡的置物櫃裡有短褲和靴子，」畢姆斯表示：「你可以過去換。」

麥博萊涉水而過，坐在一張長椅上，脫掉鞋襪，將雙腳擱在椅上。畢姆斯站在原地，看著水位升高。

麥博萊從一隻鞋子的側邊取出剃刀，拿起來給畢姆斯看，說：「墨西哥式拳擊手套。」

畢姆斯咧嘴而笑。他看著麥博萊脫下帽子、大衣、襯衫，又仔細看著他脫掉長褲和內褲。麥博萊伸手到畢姆斯說的置物櫃時，停下了動作，轉頭盯著畢姆斯。

「你看得很高興嘛，是不是啊，小兄弟？」

畢姆斯一語不發。他的心臟都要跳到喉嚨了。

麥博萊對他咧開笑容。「我一看到你就曉得了，你是個娘砲。」

「不，」畢姆斯說：「沒那回事。才沒有那種事。」

麥博萊微笑起來。他在那一刻看起來非常溫柔。他對畢姆斯說：「沒事的。過來，我不介意。」

「這個嘛……」

「哎，我說眞的。只是啊，你知道，你得小心。不能搞得人盡皆知。不是所有人都理解，懂嗎。」

畢姆斯幾乎要舔起嘴唇來，他走向麥博萊。他走近時，麥博萊笑得更開了。接著，麥博萊猛然往他肚子直送了一記右上鉤拳。麥博萊的力道大到讓畢姆斯跪進水裡，頭往前敲上長椅。畢姆斯的帽子掉了，在水面上沿著一排置物櫃漂流，漂到牆邊之後往右轉，消失在一張長椅後方。

麥博萊揪著畢姆斯的頭髮，把他的頭拉向自己的那話兒，並且說：「就給你看一下，因爲你也只能看了。」

然後麥博萊抓著畢姆斯漂亮的頭髮、拉他站起來，開始對他飽以痛揍，左右都打，雖然打得不算太狠，但已經比畢姆斯這輩子挨過的打都狠。他打完之後，放著畢姆斯躺在長椅邊的積水裡咳個不停。

麥博萊說：「你等等就準備尿出血來了，娘砲。」麥博萊從置物櫃拿出一條毛巾，坐在長椅上，把腳抬高擦乾。他穿上拳擊短褲。置物櫃內側有一面鏡子，麥博萊看到自己的頭髮一團亂，很不高興。他花了好幾分鐘讓頭髮恢復原狀。大功告成之後，他往下看著正在裝死的畢姆斯。

麥博萊說：「起來，死屁精。帶我去看我要在哪比賽。」

「不要說出去，」畢姆斯說：「我還有太太，有名聲。不要說出去。」

「我答應你一件事，」麥博萊說著關上置物櫃門。「如果那個天殺的黑鬼打敗我，我就跟你幹砲。操，我還可以讓你幹我。但是你可別太興奮急著洗屁股。我才不會輸。就我的感覺，我今晚連約翰．蘇利文都打得垮。」

麥博萊走出更衣間，拿著襪子和拳擊鞋。畢姆斯躺在積水裡，讓他先走了好一段路。

下午六點

亨利不敢相信隊伍竟然移動得這麼慢。數百人緩緩拖行了好幾個小時。強森家接近棧橋尾端、幾乎抵達陸上的時候，深褐色的滾滾大水把他們前面的馬車沖下了橋。強森家的篷車也感受到浪潮的衝擊，被沖得滑到欄杆邊。前面那輛馬車撞上欄杆，彈起來整個翻倒，也把馬匹拉了過去。一時之間，馬匹被吊在那裡，後腿滑出欄杆，前腳還在掙扎，接著——欄杆斷裂，他們連人帶車摔下了橋。

「噢，耶穌啊。」緹娜說。

「不要慌。」亨利說。他知道他們得趕快，趁下一波海浪來襲之前快走；如果下一波海浪更大，或是他們屆時剛好經過前面那輛馬車撞出的破口，他們也會掉下去。

強森家還聽見背後有逃離暴風雨的人們連聲尖叫。大水迅速高漲淹過棧橋，還在橋中央和後半的人發覺，如果他們過橋的速度不夠快，就不可能逃得成了。他們奮力前進的同時，棧橋也發出如同人聲的嘎吱呻吟。

強風扯開篷車上的油布，將它吹走。「該死，」克雷蒙說：「這也太誇張了吧？」

有匹馬載著一男一女，女人戴著一頂大草帽，帽沿垂在頭的兩側。他們迅速從強森家的旁邊經過。橋面太滑了，馬又跑得太快，牠的腿一拐，倒了下去並開始滑行，滑出了被馬車撞破的欄杆，立刻消失在水面下。亨利往那個方向看，只見那女人的草帽浮上來一次，然後又沒入水中。

亨利的篷車接近破口時，新的一陣褐色浪潮湧向棧橋，比先前更高更猛，波及了他的馬和篷車側面。那個聲音、那股衝擊力，讓亨利想起他在南北戰爭中搭乘的一輛篷車，被北佬的砲火打中。那陣衝擊令他暈頭轉向，他試圖起身時，一條腿已經廢了。他以為這輩子不會再感受到那樣的害怕。然而現在，他的恐懼更勝當時。

篷車斜向打滑，撞到了破口，但因為車身太寬而沒有掉出去，只是懸在斷裂的欄杆上，車側板因撞擊而破裂。亨利的家人驚恐尖叫，在篷車裡趴平，大水像一隻手重重向他們撲來。水壓讓篷車的輪軸折斷，讓車底撞上橋面，但車側板還堅持著。

「大家出來！」亨利說。

亨利拖著一隻無力的腿，跌跌撞撞下了篷車到橋上，此時橋面已經積了一呎高的水。他抓著車側板作為支撐，幫緹娜爬下車，然後伸手上去將他的拐杖從座位上拿走。

克雷蒙和其他人跳下車，趕緊開始徒步往橋尾走。他們和亨利碰頭時，他說：「繼續走啊，快點，別擔心我。」

緹娜抓著他的手臂。「走啊，老婆，」他說：「妳還要照顧那些小的。我要來把馬放開。」他拍了拍她的手。她跟其他人一起只好繼續前進。

亨利拿出小刀，開始割斷馬匹的韁繩。那兩匹蠢畜牲一掙脫，就直接往欄杆的方向衝。其中一匹跳躍起來，猛然轉向，跳往橋尾，激起一陣水花。但是另外一匹馬撞擊欄杆的力道太大，翻得四腳朝天，落水之後就消失了。

亨利轉頭尋找他的家人。他們已經不在視線內，一定是已經抵達陸上了。

其他人們已經過來補上強森家留下的空位，有的坐篷車，有的駕馬車，有的騎馬，有的徒步。這些人看起來就像在水面上泅泳，因爲橋身現已完全低於海平面。

然後，亨利聽見一聲咆哮。他將頭轉向橋的東邊。一大波海水湧到他上方，然後一洩而下，像一支駭人的、水淋淋的蒼蠅拍。海水拍向亨利和棧橋，還有橋上的一切，將他們打得扁扁的，送進大海翻湧的肚腹裡。

下午六點十四分

比爾與安琪莉可·庫柏的馬車已經半淹在水裡，他們在滂沱大雨中看到那座棧橋，但突然間，橋就再也看不到了。棧橋和橋上的人全數被淹沒。

過了片刻，棧橋在波浪中重現，像一條扭曲的脊椎。橋上還有人緊抓不放。橋身往前一晃、掉進水中，末端在空中揮舞，然後連橋帶人全部消失。

「願上帝垂憐他們的靈魂。」安琪莉可說。

比爾說：「也就只能這樣了。」

他吃力地在水中調轉馬車回家去。他四周盡是建築物屋頂的瓦片和石材，如彈片般亂飛。

晚間七點三十九分

小亞往鎮上的方向漂流，發現這裡的積水沒有那麼深。但大雨仍舊持續打進他的船裡，使船上積滿水，他舀水和划槳的速度根本不夠快。他從船側爬下來，讓水流把船漂走。

洪水的力量讓他爲之一驚。他幾乎整個人被捲走，幸好水還算淺，讓他能找到踏腳處與水流對抗。他涉水走到運動俱樂部，要從後門的有色人種出入口進去。他到後門時，一個叫做庫特叔叔的黑人老先生幫他開門，對他說：「天啊，我要是你，乾脆留在家算了。」

「什麼，」小亞說：「那豈不是浪費這趟船了嘛。」

「這趟船？」

小亞告訴他自己是怎麼過來的。

「這都是遭天譴啦，」庫特叔叔說：「上帝要把這座島沉進水裡，因爲這是個邪惡之地，就像索多瑪與娥摩拉。」

「那我和你對上帝做錯了什麼？」

庫特叔叔微笑了。「唉，我們是上帝唯二的好孩子，祂會看顧我們。這個嘛，至少看顧了我。你要去跟那個麥博萊先生打，他是個壞胚子啊，小亞。上帝在場上可幫不了你。這個麥博萊先生不講理的。他還打了畢姆斯先生，這場比賽就是畢姆斯先生安排的，還付了他錢。」

「他爲什麼要打他？」

「要命，白人就是讓人搞不懂對吧，都是些喪心病狂的傢伙。但總之，畢姆斯先生看起來就像隻浣熊似的，兩隻眼睛都黑了，嘴唇也腫得往外翻。」

「我要去哪換衣服？」

「去清潔工的衣物櫃。他們把你的短褲和鞋子放在那，還有給你包手的繃帶。」

小亞找到了又舊又褪色的短褲，拳擊鞋的狀況也不怎麼好。他找到幾塊髒布，擦乾身體，用繃帶包好雙手和下體。他心想，一旦有了某種習慣，就要堅持下去。

晚間七點四十五分

比爾、安琪莉可和泰迪回到家時，看到的是被狂暴洪水沖破的前門。比爾抬起頭，看到一盞燈在樓上亮著。他們走的時候太匆忙，忘了把燈滅掉。

貝絲哼了一聲氣衝出去，馬車被往前拉，撞到路緣，轠繩突然綳斷。比爾和家人沒有摔下座位，而是被忽前忽後地甩來甩去。皮質轠繩在比爾的手中疾速拉動，磨傷了他的手。

貝絲疾速奔過院子，穿過房子敞開的門，然後緩慢而小心地開始爬上階梯。

安琪莉可說：「天啊。」

仍有些震驚的比爾爬下座位，繞過去幫安琪莉可和寶寶下車。寶寶尿濕了，哭個不停，安琪莉可試圖用傘幫他擋雨，但現在好像四面八方都有風雨襲來，雨傘的功用不比一塊布強多少。

他們涉水進屋，試圖將門關上，但最後不敵水勢只好放棄。

貝絲已經跑到二樓，不見蹤影。他們跟著上去。臥室門開著，牠跑進房裡，站在放著煤油燈的桌旁，顫抖不已。

「可憐的東西，」安琪莉可說著從衣櫥拿了些毛巾。「牠比我們還害怕。」

比爾解下貝絲身上殘餘的轠繩，撫摸著牠，試圖舒緩牠的緊張。他走到窗邊往外看時，牠也跟著過去。洪水沒有奇蹟似地退去，反而還顯著地上漲。

「也許我們待在這裡就會沒事。」安琪莉可說。她正在擦乾泰迪，他因爲又濕又冷而哭得聲嘶力竭。「水不會漲到這麼高，對不對？」

比爾心不在焉地撫摸貝絲的鬃毛，回想著那座棧橋像木頭玩具般斷掉的景象。他說：「當然不會。」

晚間八點十五分

比賽開始的時間延遲了，之前有兩名獨腿的黑人男孩打了幾回合，他們戴著過大的拳擊手套，單腳跳著要把對方打昏。

觀眾人數不多，但聲量很大，大到讓亞瑟都忘了外面的猛烈暴風。眾人不停喊著「宰了那個黑鬼」，同聲唱著「天下黑鬼一般黑」——出自一首小亞不禁覺得好聽的流行小曲（注1）。

那些喊叫和合唱是要打擊他的士氣，但他反而覺得自己被激起鬥志。他喜歡逆轉勝，喜歡讓那些混蛋跌破眼鏡。更何況，他才是加爾維斯頓的冠軍，不是麥博萊，不管那些觀眾怎麼想。他會是今晚踏出擂臺圍繩的贏家。而且他要做點改變。他不會再讓別人以「小亞」的綽號介紹他。之前，播報員只是聽命行事，叫出這個綽號，讓他半不情願地領下加爾維斯頓體育俱樂部冠軍。從現在開始，播報員會用他想要的名字稱呼他，不是小亞·強森，不是亞瑟·約翰·強森，而是他自稱的名字，傑克·強森。

但是目前爲止，雙方勢均力敵，他不得不承認麥博萊是眞的能打。他擅長往對手的肋骨短促而凌厲地揮擊，出拳就像拿刀捅人。

比賽開始之前，「傑克」用拇指盡可能調整過拳擊手套裡的棉花，麥博萊肯定也有這麼做。這是爲了讓自己的指節抵住皮革，結實地打在對方的皮肉上。但目前爲止，他的出擊大部分都被麥博萊躲開了。這傢伙實在是躲拳高手。傑克從沒看過這樣的招數。麥博萊還能靠前臂迅速地動作來擋住對手的攻擊，非常專業級，非常有啓發性。

即便如此，傑克仍然接招接得不錯，而且他有了些驚人發現。他打到麥博萊的那幾次，都是情緒激昂，身體往前傾，腳掌平貼地面，接著揮出上勾拳。這不是他常練習的招式，就算有練，通常也是用踮腳尖的姿勢扭轉身體，再打出上勾拳，就像一般既定的打法。但是現在他發現，雖然這違背了一般觀念，但他可以平踩地面出拳，身體前傾，這樣可以打得很有力。

他如此打中麥博萊的時候，覺得在對方臉上看到一絲訝異。總之，他自己肯定是很訝異的。

直到第四回合開始，情況都是如此。麥博萊出場時說：「我讓你讓夠了，黑鬼。現在你得好好打。」

接著，傑克看到了自己前所未見的景象。這傢伙動移動的方式獨樹一格，像貓一樣靈活跳動，像他聽說的紳士吉姆（Gentleman Jim）（注2）打法，而且手也動得快，不僅快得像子彈，而且攻勢比先前狠得多。傑克意識到麥博萊之前是在隱藏實力，想讓比賽更精采。然後他又有了另一個發現，關於他自己的重要發現：他對拳擊的了解並不如自己以爲得多。

他嘗試對麥博萊出勾拳，但被麥博萊用手臂擋開。然後傑克祭出他的驚天武器——上勾拳，傑克發現這可以讓麥博萊出其不意、打中他的肚子，但還不足以打到他倒地。第五回合展開時，傑克開始害怕了，而且身上痛得要命。裁判是個瘦巴巴的混帳東西，留著捲捲的小鬍子，而且只會扯後腿。他每次擒住麥博萊，裁判就會把他們拉開。然後麥博萊擒住他、要挖他眼睛、坐在他身上的時候，裁判倒是笑容滿面。

傑克心想自己也許該放手了。麥博萊下次用力連出短拳時，他乾脆倒地躺平，求個解脫。然而緊

注1 即一八九六年發行的爭議性熱門歌曲〈天下黑鬼一般黑〉（All Coons Look Alike to Me）。

注2 即詹姆斯・J・科比特（James J. Corbett，一八六六～一九三三年），職業拳擊手，重量級世界冠軍。

接著這回合的結束鈴聲響起，他只好坐回到長椅上。他這一邊只有庫特叔叔，幫他往嘴裡噴水，拿桶子給他吐出血污。

庫特叔叔說：「我要是你，孩子，我就學負鼠裝死。他媽的就往擂臺上一躺，被像打趴一樣。你要是不這樣，那個瘋子會把你大卸八塊。裝一下吧，你還是拿得到一點錢，還不用死翹翹。拿的錢還算可以，而且人眞的不用趕著去死。」

「老天，他是眞的厲害。我要怎麼打贏他？」

「肯定有辦法。」

庫特叔叔揉揉傑克的肩膀。「你打不贏。裝死吧。」

「是啊，」庫特叔叔說：「也許他會突然掛掉。唯一能讓你打贏的方法就是這個，他只要掛掉就行了。」

「謝了，庫特，你眞是幫了個大忙喔。」

「不客氣。」

傑克深怕鈴聲響起。他看向麥博萊所在的角落，麥博萊坐在凳子上享受地喝啤酒，跟一名男觀眾聊天，要對方幫他弄個三明治來。

佛瑞斯特．湯瑪斯也在麥博萊那個角落，手臂上掛著摺好的毛巾，以便麥博萊取用，儘管需要好好流一身汗的麥博萊似乎不太會用到。

佛瑞斯特看著傑克，伸出一根手指向前指，然後拇指像手槍扳機一樣下壓。傑克看得出佛瑞斯特用唇語說了一個字：砰！

裁判信步晃到麥博萊的角落，靠著擂臺柱，兩人不知對什麼話題有說有笑。

回合鈴聲再次響起。麥博來把啤酒瓶拿給佛瑞斯特，從角落走出來。傑克起身，看到畢姆斯坐在前排座位，被打黑了眼圈，一副狼狽樣。但撇開狼狽與否，畢姆斯看起來很開心。他看向傑克，笑得滿臉開懷。

這回合傑克重重挨了一頓打。他就是擋不住麥博萊連發的短勾拳，似乎也無法用上勾拳以外的招式擊中麥博萊，就算擊中了力道也不夠。麥博萊暖好了身，越打越順手。等他再喝瓶啤酒、吃個三明治，該死，他可能就會一舉把傑克打昏，然後等著享用咖啡配派了。

傑克決定不再嘗試攻擊頭部和肋骨，只管往麥博萊的手臂打。這樣他至少還有東西可打，然後他訝異地發現，到了那回合尾聲時，麥博萊的戒備開始鬆懈下來。

傑克回到他的角落時，庫特叔叔說：「繼續打他的手臂。他受影響了，你傷了他的工具。」

「我想也是。太感謝啦。」

「不客氣。」

傑克細看了一下運動俱樂部看臺上的觀眾。他們沒有在看擂臺。眾人的頭全都轉往東邊那面牆，原因顯而易見。那面牆在震動。洪水正在滲入，擂臺下的地板已經積水六吋深。在擂臺的四周，那些坐後排的人都不得不把腳抬高。傑克還聽見上方傳來一陣噪音，彷彿某個巨大而凶惡的東西在把一隻大象的頭給剝掉皮。

鈴聲再次響起、傑克拖著腳步走出來時，他發現積水又加深了兩吋。

晚間八點四十六分

比爾把燈籠舉在面前一條手臂長的距離，蹲在樓梯頂端。水已經淹到樓梯的一半高，整座房子像胖子的屁股般搖搖晃晃。他可以聽到屋瓦脫落、被風吹走的聲音。

他回到臥室。狂風尖聲呼嘯，窗戶震動不已，有兩片窗玻璃已經被吹掉了。寶寶放聲啼哭，安琪莉可坐在床的中央，試著餵寶寶，但是泰迪不肯聽她的哄慰。貝絲面對著臥室的一處角落，頭在牆上撞了一下。牠的尾巴緊張地來回甩動，發出嘶哼聲。

比爾過去把窗戶全都打開，以減輕風造成的壓力。他知道自己早就該這麼做了，但他原本想避免寶寶聽到狂風的呼嚎、感受到雨水的潮濕。

風穿過打開的窗戶，挾帶雨水而來，強勁得幾乎讓比爾站也站不住。

十五分鐘後，他聽見樓下的家具敲叩著天花板，已經浮到觸及他腳下地板的高度。

晚間九點

傑克心想：我的天啊，還要打幾回合？他的頭在痛，肋骨更痛，體內的感覺像是他呑進了灼熱的鐵釘，還試圖要反芻。他的雙腿雖然健壯，但也漸漸開始被磨得沒力氣。他以爲這是一場十五回合的賽事，這才發現已經打到了第二十回合，如果他還沒輸，可能會再打到二十五回合。

傑克戴著手套揍上麥博萊的左手肘，看到麥博萊面目猙獰地垂下手臂。傑克隨即追加一記上勾拳，這次他不但打到了麥博萊，還打得紮紮實實。麥博萊被打得放了個屁。現在看來，他在休息時間吃三明治不是個好主意。

傑克再用了一次組合技，結合上勾拳打法。麥博萊後退，傑克跟上去往他的手臂揮拳，時不時送一記上勾拳，漸漸開始連平勾拳和右直拳也打得中了。

接著，整棟樓房裡的燈全滅了。整面牆壁應聲而垮，看臺被一陣大水沖起來，拳賽的觀眾被拋入溼淋淋的黑暗裡。擂臺本體也開始移動，往天花板升高。就在擂臺從傑克腳下往外滑的同時，麥博萊猛力狠揍他一拳，揍得他覺得前世今生都要不復存在。那一拳彷彿讓淤泥中的祖先們都要被震抖出來，衝擊力造成的迴響像漣漪般擴散回現在、傳到未來，又再回到當下。一陣狂風掀翻了屋頂，傑克伸出手，抓到了某個東西，像握著保命符一樣死不放手。

「你這王八羔子，」庫特叔叔說：「你他媽抓到我的頭了。」

晚間九點零五分

史雷特船長覺得他們現在應早已置身於墨西哥灣的海底，但大爲吃驚地發現實情並非如此。昨夜，一陣大浪猛襲讓船錨的鐵鏈斷了。船一路往下沉，然後彷彿全世界的水都沖向了他們，讓他們陷入完全的黑暗和驚怖。然後，感覺像經過了幾小時、但其實只有幾秒的時間之後，彭薩科拉號破水而出，猶如被加農砲臺發射出來，接著又往下墜，傾斜得連側舷都碰到水面，然而船最後竟奇蹟似地校正了自己的位置。在那之後，大海仍然波濤起伏、狂野不羈。

史萊特從褲腳抖出糞便和海水，連同腰上綁的繩子走向支撐柱。他抓住柱子，在黑暗中摸索繩子的其餘部分，大喊道：「柏納，你還在嗎？」

「我想還在……」柏納的聲音從黑暗中傳來。接著，他們聽到一、兩聲螺栓爆開的聲音，就像來福槍開火。然後柏納說：「噢，耶穌啊。有感覺到那股漲勢嗎？又要來了。」

史雷特轉頭往外看。只見眼前一道漆黑的高牆往他們逼近，讓先前的第一波浪顯得只像普通的漲潮。現在這道浪比中國的長城還要巨大。

晚間十點

比爾和安琪莉可跟泰迪一起躺在床上。水湧到羽毛床墊的邊緣，又濕又冷的風往他們吹來。他們原本打開了唱機，播放一張福音唱片，但風雨最後還是打進機器裡，把它給毀了。

唱機停擺時，對面的牆龜裂傾斜，一波碎裂的木屑灑過地板，天花板開始往下陷，床也跟著一起。貝絲突然掉進地上的一個洞消失了，上一刻還在，下一刻便掉到水面下不見蹤影。

比爾抓著安琪莉可的手臂，在及膝深的積水裡拉著她站起來。她緊抱著泰迪。地板在位移，他拉著妻兒穿過房間，到外面還沒完工的陽臺上。他被水下的一把鐵鎚絆住，但還是勉力穩住腳步。

比爾忍不住想到自己為這座陽臺下的所有工夫。現在永遠不可能完工了。他討厭把任何事放著不做完。陽臺開始傾斜時，他的厭惡感更強烈了。

房子中央有一根柱子似乎還立得很穩，他們便在柱後就定位。那根柱子是房屋起造時主要的結構柱之一，把整座房子撐高到正常水位以上，構成臥室和陽臺之間的連接。

比爾試圖望穿滂沱大雨，但他能看見的除了水還是水。整個加爾維斯頓被大海淹沒了。上漲的海水吞噬了城市和島嶼。

房子開始猛烈搖晃，他們聽見木材碎裂聲，感覺到建築物在晃動，陽臺更是搖得厲害。

「我們活不成了，對不對，比爾？」安琪莉可說。

「對，親愛的，活不成了。」

「我愛你。」

「我愛妳。」

他和她擁吻。她說：「我們沒關係，但是泰迪，他什麼都還不知道，什麼都不懂。上帝啊，為什麼會是泰迪？他只是個小寶寶……如果我溺死，那會是什麼情形，親愛的？」
「就只是一個深呼吸，然後就結束了。只是被水一把往下拉，不要掙扎。」
安琪莉可哭了起來。比爾蹲著伸手到水中，在陽臺上摸索。他找到那把鐵鎚。它卡在未完工的陽臺上一處縫隙裡。比爾將鐵鎚拔了出來。主支撐柱上突出一根大鐵釘，是他前一天釘進去的，以便能輕易找到它。他釘的最後一根大釘子，他打算留住它。
他用鐵鎚上的拔釘爪將釘子拔出來，然後看著安琪莉可。
「我們可以給泰迪一個機會。」
安琪莉可在黑暗中無法清楚看見比爾，但不知怎地，她能感覺到丈夫臉上表露的神情。「噢，比爾。」
「這是個機會。」
「但是……」
「我們撐不過這種洪水，但是支撐柱——」
「天啊，比爾。」安琪莉可頹然倒下，把泰迪緊抱在胸前。
比爾抓著她的肩膀說：「把兒子給我。」
安琪莉可啜泣著，然後房子往右塌陷——只有支撐柱還屹立著。其他的支撐結構都已被沖得不穩固，但目前爲止，這根主柱還沒投降。
安琪莉可將泰迪交給比爾。比爾親了親那孩子，把他舉到柱子上盡可能最高的位置，讓他背靠著木頭，雙臂舉起。安琪莉可突然出現在一旁，幫忙扶著孩子。比爾吻了她。他拿著鐵鎚和釘子，將釘子對準泰迪的小小手腕，迅速一敲，將釘子敲進那孩子的皮肉裡。

然後，暴風雨更加猛烈，陽臺晃得像果凍一般。比爾緊抱著安琪莉可，安琪莉可正要喚出一聲「泰迪」之際，大自然的力量便將他們兩人和單薄的房子捲走了。

洪水在柱子周圍繼續拍打，高處的泰迪又濕又冷，痛苦地哭叫著。貝絲在木材和垃圾之間冒出水面。牠猛力踩水，從鼻子擤出水來。一片木板上的鐵釘在她的口鼻割出一道深深的傷口。牠嘶叫著，拚命踢腿抬頭，努力維持漂浮狀態。

九月九日星期日，凌晨四點

波利瓦燈塔周圍的燈光機械裝置停擺了。通往燈塔的樓梯漸漸聚滿了逃離暴風的人群，隨著水位上漲，這些人也愈躲愈高。有個男人帶著一個小男孩，他是最後一個進來的逃難者，在樓梯的末尾不斷往上爬。他一直說：「往上，往上，往上！除非你們想看著一個男人和兒子一起淹死。」大家聽了就會往上移動。而不久後，水位再次上漲，他就得再重複說一次。

燈塔裡愈來愈擁擠，塔樓開始搖晃。燈塔管理員吉姆·馬林和太太伊莉莎白點亮了煤油燈，置於圓形放大鏡中央，試圖徒手轉動燈光裝置。夫妻倆希望讓人知道這裡有避難處，雖然已是人滿爲患，而且也許很快就將不復存在。最好的做法是熄掉燈，祈禱他們救得了那些已經逃進來的人，還有他們自己。但是吉姆和伊莉莎白無法那麼做。伊莉莎白說：「照我看，吉姆，要嘛全部救，要嘛就不救，上帝也會想要這樣的。我想要這麼做。」

他們整夜不斷聽見求救的尖叫和哭號，有一次，在燈塔的燈光裝置運作時，他們看到一個年輕人攀著浮木，但等燈轉回來的時候，他已經消失了。

現在，他們嘗試徒手轉動燈光裝置，但實在太過費力。最後，他們讓燈光只往同個方向照，而在光線中，他們看見兩具屍體被一大塊帆布拖著，布上掛有許多繩子，就像水母的觸手。繩子絞扭在一起，纏繞著那兩具屍體，而帆布像是有機關一樣，如龐大的翅膀一收一張，彷彿某種特異稀有的海洋生物，要將屍體帶回隱祕的巢穴裡吃掉。

吉姆與伊莉莎白．馬林並不認識這兩具被繩子糾纏在一起的浮腫男屍，也不知道他們兩人的名字是隆納．畢姆斯和佛瑞斯特．湯瑪斯。

凌晨五點

一絲亮光出現，黎明降臨。吉姆和伊莉莎白稍早靠在大燈的底座睡著了。當第一道曙光照下時，他們醒過來，透過燈塔的窗戶看見一艘船的船首，而站在船首望著他們的，是一位身穿制服、又濕又髒的男人，哭得不能自已。

吉姆走到窗邊去查看。那艘船被一堆堆沙子和碎木推了上來，他看到船首寫著「彭薩科拉號」。船首的男人倚著玻璃，頭戴船長帽，手心朝上伸了出去。吉姆的手放在玻璃上，試著呼應那個哭泣船長的手勢。

船長背後出現幾個全身濕透的男人。男人們看到燈塔時，全都紛紛跪了下去，抬頭望天禱告，忘了也是那同一片天空爲他們帶來如此劫難。

凌晨六點

天空在閃亮的水面上方破曉，洪水開始迅速退去。約翰．麥博萊舒適地坐在市政廳大鐘殘骸的時針位置，手臂抓著大鐘的其他碎片。夜裡，有一根大彈簧從鐘面上彈出來，狠狠打中他的頭，一時之間，他以為自己仍在跟那個黑鬼打拳。這場颶風、那個黑鬼，他真不知道哪一個比較難對付。但是一整夜下來，他漸漸感激有這根彈簧給他抓住。

他在下方看到運動俱樂部的殘餘部分，包括放了他個人物品的置物櫃。天殺的整棟樓房都被沖到了鐘塔下方。

麥博萊用牙齒弄開拳擊手套的綁繩，讓雙手重獲自由。這雙手套一整夜都是他的負擔。他深怕缺乏抓握力會讓他摔落。雙手掙脫又濕又緊的皮革，感覺眞好。

麥博萊冒險去抓大鐘的分針，懸在上面晃了一下下，讓分針把他垂降到一堆瓦礫上。他爬到廢木和垃圾上，發現一大堆腫脹的屍體，有男有女，也有小孩，大部分的屍體都被瓦片割入。他翻他們的口袋要找錢，什麼也沒找到，但有個女人戴了枚戒指（他只能從頭髮和洋裝判斷那是個女的，她的臉已經腫得面目全非）。他試著把戒指從她的手指取下，但就是拔不下來，周圍的皮肉因泡水都發腫了。

他涉水走到那堆置物櫃旁，到處搜尋，直到找著他放衣服的那個櫃子。櫃子已被泥巴弄得髒兮兮，於是他決定放棄，但拿到了剃刀和手槍。手槍裡進了沙子，他拿出子彈，把沙子搖出來，再將子彈塡充回去。他把槍塞進濕透的拳擊短褲。他打開剃刀，拿出刀片，回到剛才那個女人旁邊，開始割她的手指。刀刃輕易割開了皮肉，直抵人骨。他把戒指套在自己小指上，收起剃刀，塞在褲腰的手槍旁邊。

這可眞是件大事。他的錢藏在娼館，他猜那筆錢和那個胖嘟嘟的老鴇，應該都漂到海上去了，老鴇搞不好還被魚叉捅得全身是洞。

而且，那些本來要付錢給他的王八蛋都嗝屁了，包括帶頭的那個，那個基佬畢姆斯。就算沒死，他們肯定也不再是呼風喚雨的人物。

這趟旅程眞是爛透了。他現在沒了衣服、沒了錢、也沒打贏那個黑鬼，現在也沒女人可上了。他來的時候，擁有的還比現在要離開時多。

還能再發生什麼爛事？

他決定涉水走到娼館去，也許那地方沒垮，他途中也可以洗劫一些屍體，多少彌補他的損失。

他開始往那個方向走時，看到一條狗在漂浮的狗屋上。狗被鐵鏈跟狗屋拴在一起，鏈條上還纏到一些漂散的瓦礫，把那條狗緊緊卡在屋頂上。牠抬起眼睛看到麥博萊，無力地吠叫求救。麥博萊判斷牠位在射程之內。

麥博萊舉起手槍，扣下扳機。扳機發出喀響，但除此之外什麼也沒發生。他再試一次，懷抱著不抱希望的期望。然而這次手槍成功擊發，那條狗被一槍爆頭，掛著鐵鏈滾下了狗屋，然後就漂出了視線範圍。

麥博萊說：「可憐的東西。」

上午七點零三分

洪水迅速退回大海，在原處留下了上千具屍體，還有加爾維斯頓的殘骸廢墟，惡臭撲鼻。傑克和庫特躲在一間小孩的樹屋裡度過前一夜，醒來時很驚訝自己還活著。

他們所在的大橡樹被捲走了葉子和樹枝，但是樹屋本身完好無傷，相當驚人。他們當時是被水沖到樹屋旁，趕緊爬下他們當時攀附的廢木，躲進樹屋。樹屋裡仍然乾燥，他們還找到鐵盒裡的三片硬餅乾，以及三瓶溫熱的Dr Pepper汽水。牆上有一具電話，但只是用木頭和鐵罐做的玩具。傑克有股衝動要試著撥號看看，把那當成連向上帝的線路，因爲肯定是上帝把他們帶到這裡來。

庫特已經幫傑克脫下手套，他們吃了餅乾，各自喝了一瓶汽水，又分掉最後一瓶，然後入睡。

天候恢復平靜明亮之後，他們決定爬下樹。釘在樹上的木板爬梯已被沖走，但是他們成功地像消防員爬竿般滑下來到地上。

到了地面，他們在泥水中涉足而行，水已退到及踝深。他們過去認識的世界消失了。加爾維斯頓變成一片堆滿腫脹屍體的潮濕污泥——屍體有人、有狗、有騾子、有馬，混合著朽爛的建材。在一段距離外，他們看到又濕又髒的一家子人，像鴨子般排成一隊行走。傑克認出了那家人，他在鎮上看過他們，是埃薩．克萊恩、他弟弟喬瑟夫，以及埃薩的妻兒。他不知道他們是否曉得自己在往哪裡走，還是就跟他和庫特一樣，他們也才剛逃出來？他判斷應該是後者。

傑克和庫特決定往高處走，回到上城區域。不久，他們就看到市政廳的鐘塔，那裡已是一副慘狀，但依然聳立。大鐘上彈出一根大彈簧，從機械裝置的表面凸出來，像一條扭曲的金屬舌頭。

他們往塔樓方向走沒多久，就遇到一個男人朝他們而來。他穿著跟傑克一樣的短褲和鞋子，直接騎在一匹巧克力棕色的母馬背上。他在馬匹的口部繞了一段散掉的繩子，作爲簡陋的韁繩。那人的頭髮梳得無懈可擊，是麥博萊。

「該死，」庫特說：「竟然有這種事？好吧傑克，你保重，我們之後見。」

「混帳。」傑克說。

庫特的雙手插在口袋，往右轉彎，途中經過一堆堆垃圾和屍體，天曉得他能往哪裡走。

麥博萊看到傑克，大喊道：「你還滿有料的嘛，黑鬼。來了場颶風也沒淹死你。」

「你也不錯。」傑克回喊。

他們現在相隔不到二十呎。傑克看得到麥博萊褲腰上插著的手槍和剃刀。他騎的那匹馬很漂亮，口鼻部有一道深深的傷口，牠突然四腳一彎倒在地上，頭垂進了泥巴裡。

麥博萊下了馬說：「你相信嗎？這匹天殺的馬活過了這一切，卻不肯載我。」

麥博萊拔出槍，射中了那匹馬的頭。牠輕輕翻過身側躺著，腹部最後一次起伏微乎其微。麥博萊回頭轉向傑克，手槍垂掛在他手中。他說：「要是開火沒成功，我就得拿木板把這匹馬打死了。我可不贊成虐待動物。我這把槍泡過水，每射三發只有兩發管用。你相信嗎？」

「那匹馬本來好好的。」傑克說。

「不，哪裡好了，」麥博萊說：「不然你要不要試試，看它會不會管用？」麥博萊將手槍塞回短褲褲腰。「你跟我的比賽呢，要把剩下的打完嗎？」

「你在開玩笑吧。」傑克說。

「你聽我有在笑嗎？」

「我不知道你這白垃圾怎麼想，但我剛躲過一場颶風，戴著拳擊手套游了好幾哩，在樹屋裡睡了一整夜，早餐是餅乾和汽水。」

「我還沒早餐可吃呢，黑鬼。聽好，要是沒搞清楚我打不打得贏你，我不會回家。要命，我搞不好也根本回不了家了。我想知道我能不能打敗你。你也想知道。」

「對，我想。但我不想跟手槍和剃刀打。」

麥博萊取出褲腰裡的手槍和剃刀，尋了一塊乾燥處放著。他說：「來啊。」

「在哪打？」

「只能在這裡了。」

傑克轉頭四顧。他看到一堆堆殘骸後方有塊稍微隆起的土地，原本曾矗立著一棟房子。房子的其中一根大柱依然可見。

「到那裡去。」傑克說。

他們過去找到一塊面積和拳擊擂臺相當的空地，下方兩側都是成堆的屍體，和成堆的海鷗在啄食屍體的軟組織和眼球。麥博萊研究著那堆屍體，以及加爾維斯頓的殘骸，並轉向傑克說：「別管那些幹他媽的規則了。」

他們沒戴手套、露出指節，吃力地涉水攻向對方。才過了一下子，兩人顯然就已精疲力盡。他們不是互相出拳，而是互捶，擊打的聲音跟海鷗的嚎叫混合在一起。麥博萊的頭鑽到傑克的下巴底下往上頂，傑克的雙手則將麥博萊鎖喉，膝蓋撞擊他的胯下。

兩人滾到地上的泥巴裡，然後又分開，重新站穩，再度展開攻勢。然後，他們的打鬥聲和海鷗的尖嘯突然都被一陣奇異而野性的哭聲蓋過。兩人不由得停下了拳腳。

「暫停。」傑克說。

「那是什麼鬼？」麥博萊說。

他們走向哭聲的來源，靠在那根大柱上。矗立在這裡的曾經是一棟好房子，現在卻是這般光景。麥博萊說：「我不知道你怎麼樣，黑鬼，但我累翻了。」

哭聲再度響起，是從他上方傳來。一個嬰兒被釘在靠近柱頂處，舉起來被釘住的雙臂上覆蓋著凝固的血。海鷗在他的頭部四周振翅，彷彿組成一圈光環。

「老天在上，」傑克說：「給我搭把手，麥博萊。」

「什麼？」

「搭把手撐我上去。」

「你在開玩笑吧。」

傑克抬起腿。麥博萊嘆氣一聲，拱起手給他做成腳蹬。傑克站上去，抓住了柱子，痛苦地往上爬。待在柱子底下的麥博萊撿起垃圾，丟向那些海鷗。

「你會打到那孩子的，你這蠢貨。」傑克說。

傑克爬到柱頂，發現釘子在嬰兒的手腕上突出了大約一吋長。他用腿纏緊柱子，一隻手支撐、另一手抓著釘子想把它拔掉。釘子文風不動。

「這東西弄不鬆啊！」傑克往下喊道。他自己就快要掉下去了，雙腿雙臂都軟得像奶油。

「撐著點。」麥博萊說著走開了。

他過了彷彿一輩子那麼久才回來，帶著手槍。他抬頭看著傑克和嬰兒，看了許久。傑克也看著他，動也不動。麥博萊說：「聽好了，黑鬼，你接住這個，用它把釘子弄出來。」

麥博萊清空槍裡的子彈，把槍往上丟，試到第三次時傑克才接到。他試圖用扳機護環拔釘子，但只是把嬰兒的手腕弄得血肉模糊。那孩子已經不哭了，而是發出某種嗚咽聲，像是垂死的羊。

釘子終於鬆脫，傑克差點來不及抓住嬰兒，而他趕緊攫住那隻被釘傷的小手臂時，感覺到、也聽到嬰兒的肩膀脫臼了。他正在逐漸虛弱，就快要掉下去。

「麥博萊，」他說：「接住。」

嬰兒掉了下來，手槍也是。麥博萊伸出手抓出那孩子。孩子被接住時放聲尖叫，麥博萊把他舉高過頭，自己笑了出來。他把嬰兒放在一塊大木板上看了看。

傑克從柱子的中段跌了下來，仰躺著地，跌得喘不過氣。他恢復過來之後，起身找回了槍，蹣跚地走向麥博萊。此時麥博萊已經幫那孩子的肩膀復位，正在哄著他玩。

傑克說：「他活不成的，失血太多了。」

麥博萊站起來，嬰兒坐在他肩上。他說：「沒有的事，他跟疣豬一樣命硬呢，不過就是留個疤而已。他柔軟度這麼好，沒受什麼重傷，血也沒有流得那麼多。他很有氣概，再過十五、六年，就會追著姑娘跑了咧。當然，最好是他長到兩歲就給宰掉，不然他只會變成跟我們一樣的大人。」

麥博萊把孩子抱下來，舉在遠一點的距離，打量一番。那孩子的小雞雞翹起來尿了他一身。麥博萊大笑起來。

「哎，去他的，黑鬼，我想我今天就是不走運，我們今天就是沒運氣打個你死我活。來吧，我在這裡誰也不認識，你帶著他吧。」

傑克接過那孩子，把麥博萊的手槍還他，並且說：「我不知道我認識的人都還在不在。」

「我告訴你，你這黑鬼很幸運，」麥博萊說：「我免了你一頓打，也許還讓你逃過一死。」

「眞的？」

「嗯哼，總有人得把這孩子送到安全的地方，如果給我照顧，我搞不好一個鐘頭就膩了，把他的頭壓進水裡去。」

「你是認眞的，對吧？」

「我可能會啊。而且你知道嗎，你把槍還給我也太蠢了。」

「不蠢。我拔釘子時把槍弄壞了。」

麥博萊咧嘴而笑。他把槍扔進泥巴裡，垂下視線，然後又抬頭望天。「你信嗎？看起來又要是個不錯的一天了。」

傑克點點頭。嬰兒吸咬著他的肩膀。他斷定麥博萊說得沒錯，這孩子命硬。孩子蹭在他身上想吸奶，彷彿先前的一切都沒發生過。傑克想著這孩子的家人，也想著他自己的家人。他們在哪裡？還活著嗎？

麥博萊咧嘴笑道：「黑鬼，你的上勾拳不錯嘛。」然後他便轉身走遠了。

傑克拍拍嬰兒的背，看著麥博萊找回他的剃刀，然後又繼續往前走。傑克看著他消失在一大堆的廢木和屍體後方，再也沒有見到他。

白騾子與斑點豬

White Mule, Spotted Pig

一九〇九那年夏天，法蘭克的老爸在臨死前跟他說，他大有機會贏得一年一度的被提營騾子競跑大賽。他之所以這樣告訴法蘭克，是因爲他需要錢繼續買醉，而且他自己胖成那副德行，也沒打算騎騾子了。法蘭克猜想，假如這老傢伙知道自己即將一命嗚呼，就會省下談騾子賽跑的力氣，改跟人討威士忌或香菸。但既然他說都說了，騎騾出賽致勝的欲望就此深植於法蘭克的腦海。

法蘭克很討厭自己這一點。一個念頭要是鑽進了他的腦袋，就甩也甩不掉。他一旦踏上了某條路，就非走到底不可。當然，這有可能是一項正面特質，但法蘭克也知道問題所在，通常都是些餿主意在他腦裡揮之不去、驅策他行動。就算能感覺到那些點子不妙，他還是無法不被它們拖著往前跑。他也想到，他老媽說得沒錯：他們這家子人就像鞋子上沾的狗屎，不管走到哪，臭味都如影隨形。

可是，贏得賽騾這件事，總是有些好處的吧。主要來說就是錢。

他回想他老爸說話的內容和方式，還有當時那老傢伙是如何在片刻之間抓緊床單、發出一聲呻吟、流出口水，然後就去了某個他該去的地方。也許去的是火堆前面跟魔鬼並肩而坐的酒吧凳上。

他留給法蘭克的，只有一間又老又破的房子、一片乾枯的玉米田、一隻騾子、一匹老是滑倒且一隻腳已經踏進墳墓的馬。他還在床單上留了自己的大便給兒子清理，兩腿一伸離開人世的同時，就留給了法蘭克這項禮物，而他也只會送給人這種東西——骯髒、痛苦、爛得像屎。

法蘭克不得不燒了床墊和床單，所以其實也沒什麼好清理的。然後他挖了一個大坑，挖的過程中還把樹根給挖斷了。接著他得把老傢伙光溜溜的遺體用髒帆布裹起來，搬進坑底之後蓋上土。這頗費了一番工夫，因爲他的體重大約有三百磅（約一百三十六公斤），而且就算穿著沾有乾牛糞、鞋裡墊了紙的靴子，他的身高也只有五呎三吋（約一百六十公分）。把這死透的老屁股從屋子裡拖出來，簡直讓法蘭克累爆一顆卵蛋。

埋完之後，法蘭克靠著一棵病奄奄的楓香樹，給自己捲了根菸，心裡想：該死，我應該把老傢伙放在油布上拖過來的，或是把他綁在騾子身上，面朝下光溜溜地拖過泥地。那樣可就輕鬆許多，不必累個半死。

但現在事情已經做完了，一如往常地，他的腦筋總是動得太慢。

法蘭克在拇指甲上劃了一根火柴，靠著楓香樹，一邊抽菸一邊思考。他沒有多喜歡他家老頭子，但還是在某種程度上希望自己讓對方驕傲，或是讓記憶中的父親驕傲。他想：眞好笑，那人自己一文不值，我卻還是想討他歡心。更好笑的是，老頭子以前還把他揍得多慘啊。法蘭克也看過他把老媽打倒在地，一腳踩著她的脖子，拿皮帶抽她屁股，罵她把玉米麵包烤焦了。她不止挨過那麼一次打，但那次打得肯定是最狠的。

在之後不久，她就帶走家裡那匹好馬、一袋玉米、一些肉乾和一把廚刀開溜了。她還對著老頭子的酒瓶撒了一泡尿，法蘭克覺得她瞄準的功力實在厲害得令人難以置信。老頭子拿起酒喝了一大口之後才發現。

老爸騎著騾子追出去，但是沒找到她。這也不意外，因爲老爸就只擅長找威士忌酒瓶和妓女——被綁在原地而且索價不高的那種。也許他還是靠她們的臭味找到人的。

追了那一趟回來，老爸又醉又氣、兩手空空，他說法蘭克的媽雖然是個偷馬賊和偷飯賊，但好在她沒有把騾子一起帶走，而且話說回來，她煮的東西本來就不怎麼樣。

那隻騾子名叫魯伯特，跑起來可以像尾巴著火一樣快。有一陣子，老爸把這騾子當成比賽選手，付了一小筆錢請雷洛伊來訓練牠。雷洛伊雖然缺點不少，還幹過一頭山羊，被六個獵人當場抓到，但他訓練騾子和馬眞的很有一套。

法蘭克埋了老頭子之後的那一晚，他喝了點玉米釀的威士忌，醉得在幻想地板底下有黃鼠狼爬出來。為了醒腦和解放膀胱，他跑到外面對著他爸的墳墓做了些不太體面的事。他站在那裡給土地澆水，心裡想著獎金，還有拿到獎金該怎麼花。他看著房子、穀倉和屋外的空地，一排排枯死的玉米株宛若脫水的士兵。房子往左傾斜，其中一面窗臺都快碰到地面了。他晚上睡覺時，床有一邊要用扁石墊著才夠高，但就算墊起來，那種高度也不會讓他滾下床。而穀倉有一側整個沒了，土地上滿是轍痕。

除了他們帶家畜去吃草的小山丘之外，這塊地寸草不生，讓人聯想到的盡是一些枯黃、衰亡的事物。但還是有幾隻髒兮兮的雞在院子裡，像野蠻的印地安人般亂走，不管找到什麼都吃，若是其中一隻餓死或累死而倒下，牠們甚至還會同類相食。法蘭克看過不止一次，五、六隻雞朝著躺在地上的弱雞一擁而上，將牠撕成碎片，像一群搶食免費午餐的礦工。

法蘭克抽著菸，想著如果他贏了比賽，就要搬出這個屎坑，把地買給某個傻瓜，搬到鎮上，找一份養得起自己的工作。他再也不要看著騾子的屁股，手也絕對不要再碰到耕犁。他一面想，一面望著山丘上的騾子魯伯特。

山丘周邊圍著一圈搖晃的欄杆，要讓騾子待在裡面，靠的比較像是榮譽制度而非實際作用。丘頂有一堆橡樹、松樹和其他各種熬過嚴酷環境活下來的樹木。當法蘭克看著太陽在山丘後西沉時，樹木的枝椏被風吹得交錯在一起，就像聚成一團爬動的影子。有棵可憐的柿子樹，樹上的果實和大部分的葉子都被騾子扯咬光了，魯伯特的輪廓在樹旁清晰可見。

法蘭克覺得魯伯特在山丘上的模樣看起來十分高貴，驢耳豎得高高的，襯著陰暗樹影後的紅太陽。整個世界看起來奇異而美麗，彷彿才剛創造出來。在那一刻，法蘭克感覺自己比實際年齡老了好多歲，不像這世界這麼清新鮮嫩，反而衰老滄桑，就像在印地安人的大土丘遺跡上耕田時挖到的舊印地安陶器。而現在，就在他看著的同時，他注意到太陽似乎暗了下去，就像一道紅腫的傷口因感染而發黑。變涼的風開始呼嘯。法蘭克轉頭面向北方，看著雲層在陽光漸逝的天空中推移。刹那間，光源完全消失，只剩陰影在天際呑吐扭動，讓強勁的風中充滿濕土的氣味。

法蘭克再度轉頭去留意魯伯特時，牠仍在原地，但就只是在殘破的柿子樹旁一道形狀特殊的形影。若非法蘭克早知道那是一隻騾子，他大有可能會將之誤認爲地勢的隆起，或是樹木斷倒成奇怪的角度。

從北方而來的風暴現在正往西吹，雷聲轟隆，形狀像長豆莢的閃電在髒髒的天空中爆出，猶如被潑熄的營火啪滋作響。就在那一刻，法蘭克知道是魯伯特的那個形影抬起了頭，口鼻對向天空，一副不馴的姿態。這時，一道像狗的後腿般彎弧的閃電從空中一躍而下，落向那隻騾子，在它鼻尖打出一團白熾的光芒，讓牠全身微亮——法蘭克以爲自己看到牠從體內發光，一根根骨頭都亮了起來。接著魯伯特的頭爆開來，身體著火，柿子樹也被火焰點燃，而在一團從天而降的烈焰和亂飛亂射的騾屎之中，牠倒了下去，屍體引燃一片乾草。火焰圍著屍體燒成一個正圓，然後熄滅，留下一圈煙霧升向天空。

「要命……」法蘭克說：「該死的……」

雲層裂開一道縫，如撒尿般的雨落在山坡上，而這陣他媽的雨一滴也沒下在山丘以外的地方。雨水就只下在那個定點，澆熄了騾子和柿子樹的火，冒出嘶嘶聲，然後雨雲繼續前進，帶走了黑暗、雨水和涼風。

法蘭克在那裡站了許久，往上看著山丘，看著屬於他的幾百美金劈啪冒煙。不久，烤騾肉的味道就飄下山丘，充斥他的鼻腔。

「該死，」法蘭克說：「該死，該死，該死。」

上午，法蘭克終於逼自己起床，去找他家被拴在樹上、綁了鐵鍊的馬兒杜賓，騎著牠到騾子的陳屍地去。他把騾子的一隻後腿綁在索具上，杜賓便拖著屍體往丘頂爬，穿過樹叢，到了另一側的山坡。法蘭克覺得就讓屍體在這裡腐爛吧，這一側的山坡比較不會有風把氣味帶出去。

然後，法蘭克渾渾噩噩閒晃了幾天，醉到又看見黃鼠狼跑出來，然後他想到一個點子。他要去找雷洛伊，就是魯伯特之前的訓練師，看看能不能跟對方打個商量。

法蘭克騎著杜賓到雷洛伊的家，那地方比他自己家還不堪，因爲滿院子跑的不止是雞和羊，還有小孩。雷洛伊有五個小孩，法蘭克騎著馬一接近，就立刻看到他們跑來跑去，在院子裡大鬧特鬧，其中一個沒穿褲子，小鳥晃來晃去，像熱鍋上的毛蟲。雷洛伊的老婆在門廊上，胖嘟嘟、油滋滋，頭髮綁了起來，正在對小孩吼叫，恐嚇要把他們宰了拿去餵雞。其中有個十歲的男孩大喊大叫地跑過門廊，而那位體型雖大但行動敏捷的太太，見狀便拖著腳步走到廊邊，伸出一隻腳，剛好絆到他腰部上方一點點，讓男孩翻倒在地，跌得不輕。她狂笑得像瘋子似的。男孩流著鼻血爬起來，一面尖叫，一面穿過院子跑進森林。

法蘭克從杜賓背上爬下來，過去找院子前坐在一個桶子上的雷洛伊。雷洛伊拿著一把大到可以拿來鬥劍的刀，削著一根翠綠的樹枝。他看著兒子跑進綠林裡，見法蘭克牽著杜賓走近時，說：「一直是這樣。有時候呢，她是拿東西朝他扔。她可眞不是蓋的，很擅長丟東西。有一次，我還看她從門廊用平底鍋丟到馬路和自家土地交界處，丟中一個種子推銷員，把他打倒在地，連帽子都被打掉。種子樣品灑滿一地，全被雞吃了。他大概躺在那裡一小時才爬起來走掉，還忘了帽子。那帽子現在就戴在我頭上了，雖然裡面得塞點報紙戴起來才合。」

法蘭克對此無話可講，於是直接說：「雷洛伊，魯伯特被閃電打中了，打在頭上。」

「頭上？」

「就算打在屁股上也沒什麼差別了。牠當場就死透，整隻被燒焦。」

「媽的。真是太可惜了。」雷洛伊說，削樹枝的動作停了下來。他把種子推銷員的帽子推了推，露出額頭上幾綹油膩的棕髮。他端詳著法蘭克。「你有什麼事要找我嗎？還是只是來串門子的？」

「我在想，或許你能幫我弄到一隻騾子，回去參加比賽。」

「騾子要錢的。」

「我知道。也許我們能想個辦法，如果成了，又贏了比賽，我拿到獎金就給你四分之一。」

「我幫鎮上的人刷刷牲口的毛就能賺得到那四分之一。」

「我說的是一百塊的四分之一，二十五塊。」

「我懂了。好吧，要搞定動物，找我就對了。我天賦異稟。我可以像同類一樣對牠們說話。但雞除外，沒有人能跟雞說話。」

「牠們是鳥類。」

「那就是問題之所在。牠們跟動物不夠像。」

「我知道你有在跟騾子飼主和懂騾子的人打交道。」法蘭克說：「所以我才覺得你也許能幫我。」

雷洛伊拿下種子推銷員的帽子放在腿上，把刀往土裡一丟，讓樹枝從手中掉落。「我可以試試一、兩個點子。老托倫斯有隻騾子想要賣，據他所說，那隻騾子很能跑的。他自己沒騎過，但是給別人騎的時候說是牠很會跑。」

「那又是買賣的問題了。我其實沒錢。」

「想賺錢就得先花錢。」

「想花錢也得先有錢。」

雷洛伊把種子推銷員的帽子戴回頭上。「嗯，我們可以問問看他肯不肯把騾子租給你。距離比賽還有很久，所以我們還有時間可以好好訓練。你大概一百二十五磅（約五十六公斤）吧，夠輕，當騎手不錯。」

「我很常騎。我騎魯伯特滿穩的，所以騎別的騾子大概也不成問題。」

「我們還得談個條件：如果贏了比賽，我們賽後就要把騾子買下來。他可能會想這樣。」

「把騾子買下來？」

「用公道的價錢。」

「多公道？」

「姑且說是二十五塊吧。」

「這佔了獎金很大一部分。而且二十五塊買一隻騾子算很便宜了。」

「我知道托倫斯買那隻騾子的價錢也很便宜，是有個欠他錢的人跟他談了條件。而且現在時機不好，他們會便宜賣出。如果開價更高，我們就靠場邊下注多賺一點，下注在自己身上。或是如果覺得我們沒機會贏，那就賭自己輸。」

「我不知道。要是我們輸了，他們可能會說我們是故意的。」

「我們可以找人幫忙下注。」

「這樣除非我們同時賭自己會贏。我這輩子什麼都沒贏過，沒做過什麼對的事，我想我的機會就是這一次了。」

「你覺得這是天意？」

「我只是覺得累了。」法蘭克說。

東德州沒有眞正的山可言，只有幾座矮丘，但老托倫斯就住在一座大丘上，名不符實地被稱作「巴羅狗山」。法蘭克不知道這個巴羅是誰，也不知道狗是哪條狗，但從他有記憶以來，這座大山丘就是叫這名字，可能從他出生之前就是如此。那裡有一道山脊，可以俯瞰下方的道路。法蘭克和雷洛伊騎著杜賓上山時，覺得那裡的視野很不錯。他握著韁繩，雷洛伊坐在他後面。

丘頂的景觀也很漂亮，空氣清新，紅、藍、黃色的花朵到處綻放，萬里無雲的晴空藍得像一座從天而降的湖。小徑兩旁的樹木開枝展葉出一片鮮綠，而在靠近丘頂處的一處平坦地段，就是老托倫斯家的所在地。屋子由乾燥的木柴搭成，還有個蓋得方方正正的雞圈、一座豬舍，以及一間堅實的木造穀倉，屋頂上的瓦片鋪得齊全。還有一座不小的園圃順著丘頂開闢，長滿了高大翠綠的玉米株，高得在植株之間的走道投下陰影。走道上沒有草，土看起來剛翻過。地上有瓜果、蔬菜和玉米株並排著茂盛生長，還有數排長長的豆苗叢。

穀倉隔壁的一座大畜欄裡，有隻十五手（約一百五十二公分）高的巧克力色騾子，是法蘭克看過最漂亮的一隻。牠的耳朵豎得直直的，在法蘭克和雷洛伊騎馬接近時對他們哼了一聲。

「個頭眞大。」雷洛伊說。

「牠個頭這麼大，不會跑得比較慢嗎？」法蘭克問。

「大個頭的騾子肌肉也大。牠沒問題的，看起來訓練得也很好，肌肉結實，拖得動貨，而且可能速度就跟魯伯特一樣快。」

「現在肯定是比牠快了。」法蘭克說。

他們騎馬前進，看到老托倫斯在前門門廊上，身邊跟著妻子和兩男一女共三個小孩。托倫斯是個臉色紅潤的胖子，他太太也有點豐腴，但挺漂亮的；小孩們都長得好看，而且梳洗乾淨，不像雷洛伊的孩子。兩人接近時，法蘭克看出那些孩子都沒有挨打挨到怕的樣子，被母親講的話逗得笑呵呵。他們受的教養肯定和他家不一樣，也和雷洛伊家不同。他們家沒有人會絆倒對方、罵髒話、丟平底鍋、威脅要打斷誰的腿或戳瞎誰的眼睛。想到這一點，法蘭克感覺自己體內有些什麼在扭動，像一條蛇想找塊石頭躲在下面。

他和雷洛伊從杜賓背上下來，把牠綁在屋前的一根柱子，脫帽爬上門階。

他們婉拒了主人家提供的檸檬水，然後老托倫斯從門廊走下來，途中摸了摸其中一個孩子的頭髮。他對妻子微笑，然後跟法蘭克和雷洛伊走向關騾子的畜欄。雷洛伊說明了他的提議。

「你們想租我的騾子？要是我想騎牠比賽呢？」

「這個嘛，我不知道，」雷洛伊說：「我沒有想過這個可能。你沒出賽過，雖然我聽說牠很能跑。」

「牠是頭好騾子，」托倫斯表示：「跑得是眞的快。」

「你騎過牠？」法蘭克問。

「不，我還沒有過這個榮幸，但我弟弟和他家兒子們騎過。他們三不五時會來借牠，今年考慮騎他出賽。只是想想而已，不是很認眞。他們是說牠很會跑。」

「法蘭克他呢，」雷洛伊說：「打算要參加騾子競跑大賽，而我們想要租你的騾子。如果我們贏了，獎金會分你一些。我們付十塊錢租牠，如果贏了再付你十五塊，這樣如何？你總共能拿到二十五塊。」

法蘭克聽著這段話，心想自己還沒贏到這筆錢，金額就已經愈來愈少。

「那要是他沒贏呢？」托倫斯問。

「你就賺了十塊。」雷洛伊說。

「而我還要負擔騾子可能會跛腳、受傷之類的風險。這個嘛，以你的要求來說，十塊錢實在不多。騾子甚至不是你的呢。」

「所以我們才出價十塊錢。」雷洛伊表示。

他們過去靠在柵欄上，看著那隻厲害的騾子，牠在畜欄邊踱步，巧克力色的毛皮下肌肉搏動。

「牠看起來挺容易激動的。」法蘭克說。

「羅勃特．李牠呢，只是精力特別旺盛。」托倫斯說。

「牠名字叫做羅勃特．李？」法蘭克問。

「就是史上最他媽偉大的將軍（注）。跟你們說吧，你們給我二十五塊租金，贏了再另外給我二十五塊，這樣就可以成交。」

「但如果我給你那筆錢，雷洛伊也拿了分成，我自己就幾乎一毛不剩了。」

「你現在就是身無分文。」托倫斯說。

注　Robert E. Lee，一八〇七～一八七〇年，美國南北戰爭期間南軍的將軍、總司。

「不如這樣吧，」雷洛伊商量：「我們這麼談：我們給你十五塊租金，贏了之後再給十五塊，總共是三十，拿來租一隻騾子算是很公道了。要命，我們大可用買的，花二十五塊直接買一隻騾子，而就算牠沒贏，騾子還是我們的，不去比賽也能耕田。」

老托倫斯抿起嘴。「聽來不錯。好吧，」他伸出手說：「成交。」

「那麼，」法蘭克沒回握他的手。「握手成交之前，我要先確定牠眞的能跑。讓我騎牠看看。」

老托倫斯收回了手，在褲子上擦一擦，彷彿手掌沾上了什麼東西。「我看是沒問題，不過既然我們還沒成交，十五塊錢也還沒付款，不如就由我騎牠給你看吧。」

法蘭克和雷洛伊同意了。他們隔著柵欄看托倫斯幫羅勃特·李上好鞍具，牽著牠走過空地，去到丘頂突出的一塊牧草地。那塊牧地很大，青草翠綠得像在愛爾蘭，周圍用帶刺鐵絲網緊拉在堅固的竿子上做成圍欄。

「我會騎牠繞一圈，先慢慢走，然後快速往牧地邊緣跑，再折回來。我沒帶懷錶，所以時間給你們自己判斷吧。」

托倫斯爬上騾鞍。「你們準備好了嗎？」

「起跑吧。」雷洛伊說。

老托倫斯用鞋跟輕踢了一下羅勃特·李。騾子飛快衝出去，讓老托倫斯的帽子都飛掉了，而雷洛伊下意識地抓住自己頭上那頂種子推銷員的帽子，彷彿羅勃特·李的衝勢也會弄掉他的帽子。

「要命，」雷洛伊說：「你看那隻騾子壓得離地面有多近，草都快要碰到牠的肚子了。」

騾子就這麼奔跑著接近鐵絲網柵，老托倫斯拉了韁繩要牠轉頭，但牠不聽從，速度愈來愈快，離網柵愈來愈近——

雷洛伊說：「噢喔。」

——羅勃特・李猛力撞上柵欄，力道大得讓牠的頭鑽過最高的鐵絲，屁股高高抬起，彷彿想要倒立。牠整隻翻了出去，扯破鐵絲網。一截斷裂的鐵絲打中了被騾子往前摔的老托倫斯。老托倫斯掉出了牧地，摔出了視野。騾子最後確實是倒立了，以這個姿勢落在地面，後腿旋在空中扭動掙扎。有那麼一刻，牠看起來還能撐在原地，但隨後牠失去了平衡，像主人一樣摔了出去。

「媽的。」雷洛伊說。

「媽的。」法蘭克說。

他們一同跑向被撞破的柵欄，抵達時法蘭克遲疑了，不敢逼視。他將目光轉向鮮綠的田野。雷洛伊跑到山崖邊看了一眼，花了好一段時間研究眼前景象。

「怎樣？」法蘭克說著終於轉頭回去看雷洛伊。

「羅勃特・李遇上了他的蓋茨堡之役（注），老托倫斯被夾在蓋茨堡和羅勃特・李中間……其實你很難分辨哪個是哪個，騾子、蓋茨堡、老托倫斯，全都混在一起了。」

法蘭克和雷洛伊花了許久爬下山，沿著一條小徑徒步往下，他們發現老托倫斯算是走了某種好運。他掉到沙地裡，羅勃特・李的蠻力把他深深甩進沙子，但他的鼻子仍然突出在外面能夠呼吸。然而羅勃特・李整隻死透了，尾巴像一面斷了桿的旗子，騾毛被風微微吹動。

注 南北戰爭中的一場關鍵戰役，李將軍率領的南軍在此慘敗。

法蘭克跟雷洛伊過去把老托倫斯挖出來，先從頭開始挖，讓他呼吸順暢些。托倫斯嘴裡的沙子吐得差不多了，便抬頭對他們說：「你們這兩個狗娘養的。都是你們的錯。」

「我們的錯？」雷洛伊說：「騎騾子的是你耶。」

「你這個幹山羊的王八蛋，快把我拉出來。」

雷洛伊有點洩氣。「我就知道這事總會傳出去，沒人守得住祕密。就只有那麼一次，那些獵人偏要抓包我。」

他們把被壓在騾子下的托倫斯挖出來，法蘭克爬上小徑，騎了老杜賓去找醫生。法蘭克帶著醫生回來時，托倫斯見了他也沒多高興。雷洛伊跑到旁邊獨自坐著，法蘭克覺得應該是山羊的話題又被搬出來過。

老托倫斯大致無礙，但他從此責怪法蘭克和雷洛伊，尤其是後者。而且他走路時右腳踏步的樣子，總是看起來像要彎腰綁鞋帶的姿勢。就算過了幾年，法蘭克每次看到他，都仍會改道走避；雷洛伊避他像在避瘟神，不想再聽到山羊的話題。

但在當時，對法蘭克來說，重點在於他還是沒有騾子，而比賽愈來愈近。

那晚，法蘭克躺在他凹陷的床上，看著房間傾斜的牆壁，聽屋裡屋外的蟋蟀同時合奏。他閉上眼睛，回想老托倫斯家的外觀。他看見自己跟豐腴漂亮的妻子、乾淨有禮貌的小孩坐在一起。然後他看見自己跟妻子置身於那間漂亮的房子裡，來到床上。他想像這一幕想了許久。

有妻有床，這是個令人愉快的念頭，但更愉快的是，想像托倫斯的房子屬於他。那整片綠地、高高的玉米株、茂盛的瓜果、飽滿的豆苗藤蔓。那間房子、穀倉和牧地。並且，在他夢中，那隻大騾子活生生的，還沒變成一團模糊的骨頭、血肉和毛皮，尾巴還沒變成斷桿的旗子。

接著他想到了他的母親，他唯一記得她的模樣，就是頭髮往後束起、滿臉冒汗、雙眼烏青。他最後一次看到她時，她就是這副模樣，就在她帶著馬、玉米和廚刀跑掉之前。他好奇著她如今人在何處，是否住在一個房子穩固端正、綠草如茵、玉米株高聳的地方。

過了一陣子，他爬起身來，對著窗外撒尿，聞著前幾晚他給土地「澆灌」的氣味飄上來。他心想：我比老爸好。他只會在房間角落撒尿，拉屎在窗外，弄得房子四周都是。我才不會那樣。我對窗外撒尿，但不會拉屎，而且不會在房間角落尿。這可是一大進步。我會去外面。要是我有間好房子住，我就會用夜壺，會去廁所。

想著這一切的同時，他還是尿完了那一泡。撒尿這回事，他眞的很擅長。他尿得像馬一樣多，又噴得遠。這項能力甚至幫他贏過錢呢，也是他父親唯一以他爲豪的理由。「我兒子法蘭克啊，撒起尿來像匹天殺的馬。掏出來啊，法蘭克，表演給他們看看。」

他便會照辦。

但是，跟他對人生的期待相比，從小雞雞射出水的能力就顯得失色了。

法蘭克覺得參加比賽的計畫得喊停了，但一如他想到許多其他點子那樣，他就是放不下這個念頭；它在他腦裡開花結果，完全佔據了他的心思。然後他又迷上了一個更瘋狂的計畫，一件他先前聽說過的故事，現在像隻身上抹油的豬在他腦海裡跑來跑去。

他要找到傳說中的白騾子，捕獲牠、騎牠出賽。那隻騾子是免費的，而且大家都知道牠雖然野性難馴，但跑得奇快。而且，當然地，他會一起抓到牠的伙伴斑點豬。雖然他猜想那隻豬現在已經不是小豬了，而是一隻大野豬，騾子也長到三歲甚或四歲大。

假使牠們眞的存在。

這是他過去三年來一直聽到的故事，說的人全都堅稱是眞人眞事，包括他老爸。但如果他自己喝了酒會看到黃鼠狼鑽出地板，那麼他老爸看到白騾子和斑點豬大搖大擺上街也不意外。然而這不僅是他老爸講的故事，他也聽其他人講過，內容是這樣的：

從前，有一隻漂亮的白騾子，眼睛是粉紅色，健康又強壯，早早就被用來犁田，但牠一點也不喜歡。這個故事的奇怪之處是，騾子遇上了一隻農場小豬，跟牠成了朋友。這種事沒有道理可言，但時不時會發生。馬匹或騾子養了自己的寵物，白騾子和斑點豬就是這樣。

法蘭克問過他老爸，一隻騾子怎麼會跟豬混在一起，他爸說：「沒有理由。不然我又是怎麼會跟你媽混在一起？」

法蘭克覺得這個問題應該反過來問，不過他聽故事聽得很入迷，而且那天晚上他老爸又正好醉到心情不錯的程度。如果再多喝一杯，他就要開始對法蘭克或他媽媽拳打腳踢了。他把握機會，試著問出多一點故事的精采情節，因爲除了擔心枯死的玉米和下陷的穀倉，生活中實在沒有太多值得他興奮的事。

在他老爸說的故事裡，有個從來沒人知道名字的農夫養了這隻騾子，農夫想必是發現，只要豬沒有在場領著騾子走過一排排作物，騾子就不肯工作。若是豬走在前面，騾子就能把田犁得很好；要是豬不在，騾子就不拖犁具。

這讓農夫想到一個更好的點子。要是豬被催著跑，騾子會怎樣？農夫幫騾子裝好鞍具，叫他的一個兒子把豬放在騾子前面，拿打結的犁繩抽打一下，豬便跑了起來，白騾子也隨之開跑。然而豬過沒多久就不跑了，騾子卻一開跑就停不下來，跑得好快好快，除非精疲力盡，否則無法停止。然後牠又會回到起點去找豬，屢試不爽。

有天晚上，騾子掙脫了束縛，踢倒了豬欄，這一騾一豬就像大盜傑西和法蘭克．詹姆斯（注），跑進山裡去了。牠們深入東德州的野地，在林木之間穿梭，農夫再也找不到牠們。從此以後，牠們只出現在匆忙一瞥之間，還有似眞似假的傳聞故事裡。那些故事說牠們洗劫玉米田，大吃特吃；說騾子踢倒畜欄，把豬、牛、羊都放出來。

白騾子和斑點豬，在外面的世界，到處逃亡。除了洗劫作物和解放家畜之外，就是做著白騾子和斑點豬會做的事。

法蘭克思考了許久，然後幫杜賓裝上馬鞍，騎到雷洛伊家去。法蘭克抵達時，雷洛伊躺在外面院子裡不省人事，種子推銷員的帽子掉在一旁，被一隻好奇的雞推來推去。雷洛伊這副樣子一點也沒嚇著法蘭克。他常常看到雷洛伊這德性，喝醉之後像具屍體，或是被他老婆從背後用柴薪敲昏。他們家就是這麼粗魯。

他老婆從門廊上出來，對法蘭克晃著拳頭，法蘭克不知如何是好，便揮了揮手。她朝著他把一串棕色的菸草吐到門廊外，進了屋去。過了一會兒，有個孩子被打得哭號慘叫，接著傳來某種像是一條大魚被摔在地上的聲音，然後屋裡安靜下來。

法蘭克彎身把雷洛伊搖醒。雷洛伊咒罵著，法蘭克將他拖到一個倒置的桶子邊，幫他坐上去，並

注　Jesse and Frank James，十九世紀美國西部惡名昭彰的犯罪兄弟檔，其事蹟曾被翻拍成電影。

問：「發生什麼事了？」

「我老婆從背後偷襲我。我不夠留意背後。」

「她幹嘛這樣？」

「她就是這樣子。她有毛病。」

「你還好吧？」

「我頭痛。」

法蘭克切入正題。「我來是要說，也許騾子的事我們還有機會。」

「這是什麼意思？」

法蘭克跟他說了騾子和豬的故事，還有他的點子。

「噢，是啊。騾子跟豬的故事是真的。我自己就看過牠們一次，在打獵的時候。我一抬頭，牠們就在小徑的末端盯著我。我驚訝極了，就只是站在那裡望著牠們。」

「牠們做了什麼？」

「這個嘛，法蘭克，牠們就跑了啊。不然你覺得呢？但這有點有趣，牠們不慌不忙，只是轉頭沿著小徑走，屁股對著我，豬的尾巴捲捲的，輕輕甩動，騾子的尾巴則揮得像在趕蒼蠅似的。牠們就只是在小徑上拐彎到一些橡樹和黑莓藤後面，然後不見了。我跟了一段路，但牠們下到一條溪邊涉水過去。我本來在溪裡有找到牠們的足跡，但整條溪很快就被泥巴弄得濁濁的，我找不到牠們上岸的地方，牠們就像午時的沼澤霧氣一樣消失了。」

「那隻騾子真的是白色嗎？」

「有點髒，但確實是白的。即使我站的地方只有一點光線穿過林子，還是能看到牠有雙粉紅色的眼睛。傳聞說，那就是爲什麼牠不喜歡在白天出來，喜歡待在樹林裡，晚上才出來偷吃作物，因爲陽光會傷害牠的皮膚。」

「這可能是個弱點。」

「你講得好像已經把牠關在哪個畜欄裡了。」

「我想看看我能不能抓到牠。傳說牠跑得很快，但要有那隻豬牠才會跑。」

「故事是這麼說，但不一定都是眞的。我還聽過說豬會騎騾子，什麼樣的版本我都聽過，也許根本沒有半點是眞的。不過，這想法是有點吸引我。當然，你知道的，我們很可能抓到那隻騾子後才發現牠根本不能跑。也許牠就只會在森林裡鬼鬼祟祟、偷吃作物。」

「嗯，但這就是我的想法。」法蘭克說，他爲此感到十分擔憂。他知道自己總是有這種抱著壞主意不放的天賦，就像發情的狗死命抓著人腿。但是，他也像狗一樣，一旦起了頭就非得堅持到終點。

「所以你要說的是，」雷洛伊說：「你想抓到那隻騾子，還有那隻豬，這樣騾子就有牠的跟班作伴。並且，你想騎那隻騾子去比賽？」

「就是這樣。」

雷洛伊停頓了一下，揉著自己的後腦杓。「我想我們應該請黑鬼老喬來幫我們找騾子。要是想抓到那隻騾子，就得用這個辦法。黑鬼老喬抓到牠，然後我們會訓練牠，你就可以騎牠去比賽。」

黑鬼老喬有一部分印地安人、一部分愛爾蘭人，以及一部分黑人的血統。他的膚色介於棕和紅之間，髮型怪異的頭髮帶著一抹紅色，臉上有草莓似的雀斑，長著一雙綠眼。但他的名字來自他的黑人血統，他也就以「黑鬼老喬」自稱。

據說他能追著一隻鳥越過天空，隔著院子就能追蹤到一聲屁。有兩個女人跟他同居，他把她們都稱作妻子。其中一個是黑人，另一人是黑人和切羅基人的混血。他管那個黑女人叫甜心，紅黑混血的那個叫小派。

法蘭克和雷洛伊共騎著杜賓停在黑鬼老喬的院子時，有隻公雞正在上母雞，很快就完事了，過了一會兒，那隻公雞昂首闊步走過院子，彷彿牠高人一等、刀槍不入。

他們爬下杜賓的馬背，腳才剛落地，黑鬼老喬就出現在他們旁邊，身材高大、肩膀寬厚，臉上滿布雀斑。

「媽的，老兄，」法蘭克說：「你是從哪冒出來的？」

黑鬼老喬指了某個靠東邊的方向。

「該死，」雷洛伊說：「像這樣偷偷摸摸冒出來，會害人心臟病發哩。」

「你是想要什麼嗎？」黑鬼老喬問。

「對，」雷洛伊說：「我們想要你幫忙找出白騾子和斑點豬，因為這邊的這位法蘭克，要騎著牠去比賽。」

「騎豬還是騎騾子？」黑鬼老喬問。

「騾子，」雷洛伊說：「他是要騎騾子。」

「然後把豬吃了？」

「這個嘛，」雷洛伊繼續扮演著發言人的角色。「不是立刻吃，但可能到了某個時間點會吃。」

「他吃豬的時候，我要分半隻。」黑鬼老喬說。

「如果他吃了豬，沒問題。」雷洛伊說：「該死，如果他吃了騾子，也會分你半隻。」

「我的女人喜歡騾肉，」黑鬼老喬說：「我吃過，但不合我口味。馬肉好多了。」他上下打量了杜賓一陣，以加強自己的論點。

「我們在想，」雷洛伊說：「我們可以雇請你來找騾子和豬，跟我們一起抓牠們。」

「除了吃那些畜牲的肉時分我一半，你們想給我什麼？」

「十塊錢如何？」

「十二塊怎樣？」

「十一塊。」

「十一塊五毛。」

雷洛伊看向法蘭克。法蘭克嘆著氣點頭，伸出手，黑鬼老喬跟他握手，然後再去握雷洛伊的。

黑鬼老喬說：「先說好，要是那騾子不能跑，可別怪我。我還是要拿到那十一塊五毛。」

法蘭克點頭。

「好吧，明天早上，」黑鬼老喬說：「天亮前，我們就去努力找一找。」

「我很好奇，」法蘭克問：「難道沒有其他人想抓過那騾子和豬嗎？你爲什麼這麼有自信？」

黑鬼老喬點點頭。「那些人都不是黑鬼老喬。」

「你之前也可以自己去找牠們，」法蘭克說：「爲什麼現在才去？」

黑鬼老喬看著法蘭克。「因爲那十一塊五毛。」

在黎明前的微光中、沼澤的低地上，霧氣穿過林木飄動，就像有人慢慢從棉花株上抽出棉絮。白霧繚繞在低垂近地的枝椏間，也有一些飄到了靠近岸邊的水面上。法蘭克、雷洛伊和黑鬼老喬站在那裡，看到沼澤邊有些東西，像十幾根棍子豎著，沿岸快速移動。

黑鬼老喬說：「水蝮蛇。牠們會昂起頭，尋找任何接近那一帶的蠢東西。你一游到那兒，牠們很快就會像跳蚤一樣一擁而上，還會把你咬得全身是傷，噴出綠色的毒液，害你送命。我親眼見過。」

「我沒打算要游泳。」法蘭克說。

「小心腳邊，」黑鬼老喬提醒：「今年蛇很多，那些水蝮蛇和銅頭蛇。尤其水蝮蛇特別兇。」

「我們看過蛇。」雷洛伊說。

「我知道，」黑鬼老喬說：「但我告訴你，我們要去的地方，蛇可不是只有少少兩、三隻。騾子和豬躲的地方，到處都是蛇和黑莓藤，樹也長得跟綿羊身上的毛一樣密。你幹的那隻是山羊還是綿羊啊？」

「老天在上，」雷洛伊說：「連你也聽說這件事？」

「我老婆昨天看到你的時候說起，說這個人幹了一隻綿羊還是山羊什麼的，還說你沒女人愛。」

「噢，去你的。」雷洛伊說。

「你就跟我說嘛，」黑鬼老喬說：「到底是山羊還是綿羊？」

「山羊。」雷洛伊說。

「那眞挺噁心的。」黑鬼老喬說著踏出腳步，帶他們沿著一條緊鄰水邊的狹窄小徑走。法蘭克看著水蝮蛇往前游，邪惡的蛇頭抬高起來，像某種水中魔鬼。

天氣漸熱，樹木悶住熱氣，讓四周溫度變得更高，使人像被羊毛和絨布蒙住般喘不過氣。法蘭克和雷洛伊的衣服全部都濕透了，頭髮變成濕黏的一束束。黑鬼老喬雖然也滿身大汗，整個人卻顯得清新爽快。

「你的帽子是哪來的？」他們停下來喝水時，黑鬼老喬突然問雷洛伊。

「是一個種子推銷員的。我老婆把他打昏，我拿了他的帽子。」

「呵，眞的假的？」黑鬼老喬拿下他舊舊的大帽子搧風。「我的是一個聖經推銷員的。他跟我說我會下地獄，我就揍了他一頓，拿走他的帽子，拉屎在他的聖經盒裡。」

「哇，這樣挺過分。」法蘭克說。

「他說我會下地獄，我聽了可氣的。我講這件事，是要提醒你們別忘了我的十一塊五毛。我算帳算得很清楚。」

「你可以相信我們，我們會贏。」法蘭克表示。

「不，無論輸贏，你們都欠我十一塊五毛。」黑鬼老喬說著，小心將帽子戴回去，看著比他矮小的另外兩人，像是在挑要抓哪隻雞擰斷脖子當成週日大餐。

「當然，」法蘭克說：「不管輸贏，就是十一塊五毛。我們找到豬和騾子的時候就付。」

「這就對了。」黑鬼老喬說：「我跟我女人說是八塊錢，我賺來喝威士忌的。黑鬼老喬昨天沒起床，沒，等他起床的時候，頭上就戴了聖經推銷員的帽子。」

法蘭克心想：什麼鬼？他到底在說什麼東西？

他們涉水越過沼澤，再穿過森林，花了好一段時間後，就在天黑前，黑鬼老喬發現了那騾子未釘蹄鐵的腳留下的足跡。他彎身查看，說：「等我們抓到牠，牠的蹄得好好修一修、釘上蹄鐵。這裡都是軟沙土和沼澤，岩石沒有多到會磨損牠的蹄。還有這邊，是豬的腳印，要命，牠塊頭很大呢。從腳印看來有三百磅重（約一百三十六公斤），可能還不止。」

「那不是小豬了呢，」雷洛伊說：「是完全長成的大豬。」

「媽的，」法蘭克說：「牠們眞實存在。」

「但牠能出賽嗎？」雷洛伊問：「還有，那隻豬會合作嗎？」

他們跟著足跡走，直到天色轉黑。他們紮營生火，讓火勢燒旺到冒出濃煙，因爲到處都是飢渴的蚊子，煙可以稍微將牠們驅離。夜裡，三人坐在火堆前，被煙薰得直咳嗽，望著濃煙升起，飄出樹林。天際露出一片明月，看上去彷彿棲靠在樹枝上。

他們最後一次把火生大，然後轉身縮進遮蔽處，試著入睡。他們最終成功睡著了，但還不到早上，法蘭克就帶著脹滿的膀胱醒來，思緒就像睡過一晚好覺般清明。他起身給火堆添了燃料，然後在黑暗中走了幾步去解放。他扣褲子的時候抬頭一看，越過樹林和沼澤水域，他看到某些東西在動。

他小心翼翼地探看，但是那東西停止了動作。他靜悄悄地站了好一會兒，終於又看到它動起來。一開始他以爲那是一頭鹿，但並不是。此時升起的太陽正好有足夠的光線穿過林木，讓他把那東西看了個清楚。

是那隻白騾子。牠站在兩棵大樹之間，就這麼看著他，頭抬得高高的，一雙長耳警戒地豎直。那是一隻很高的騾子，有十五手高，跟羅勃特·李一樣，前胸寬大，腿很長。牠身邊有東西動了動。是斑點豬，牠長得又大又醜，一隻耳朵上翹、另一耳往下扭。牠咕嚕了一聲，騾子則哼了一下氣，但牠們都沒有移動。

法蘭克不確定自己該怎麼做。他無法穿過大片的沼澤去追牠們，因爲不知道水有多深，水底下又有什麼在等著他——鱷魚、蛇或坑洞。如果他去叫醒其他人，到時騾子和豬早就跑了。於是他就只是站在那裡，眼巴巴瞪著牠們。過了許久，豬終於轉身開始走開，走到樹叢後面，而騾子一甩頭，也轉身跟了上去。

法蘭克心想：我的天，那隻騾子真美，那隻豬也真是火爆，從牠嘟囔的樣子就看得出來。他心中有種難以言喻的奇怪感受，就像經歷了一個比他此生任何一刻都更偉大的時刻，帶給他一股激動。

他走回火邊，躺在毯子上，試著把那股感覺的原因想清楚，但只得到了頭痛和更多的蚊子叮咬。他閉上眼睛，又再睡了一會兒，想著騾子和豬，想著牠們自由又美麗的模樣，然後就被黑鬼老喬踩在他肋骨上的靴尖喚醒。

「時間到了。」黑鬼老喬說。

法蘭克坐起來。「我看到牠們了。」

「什麼？」雷洛伊說著鑽出了毯子。

法蘭克把看到的景象告訴他們，也說了他當時什麼也沒辦法做。他把這些全說了出來，但沒有告訴他們那隻騾子和豬帶給他的感覺。

「該死，」雷洛伊說：「你應該把我們叫起來。」

黑鬼老喬搖了搖頭。「沒差。我們去牠們站的地方看看，找牠們留下了什麼足跡，然後偷偷跟著。」

他們繞到沼澤的對岸，一路上都在打蚊子、殺蝮蛇，抵達騾子和豬稍早所在的地方時，他們發現了足跡和騾糞。

「你不像我想的那樣滿口胡扯呢，」黑鬼老喬說：「你真的看到牠們了。」

「當然。」法蘭克說。

黑鬼老喬彎下身，弄了點騾糞在手指上抹了抹，聞一下。「不到兩個小時前。」

「你應該叫我們起來的。」雷洛伊說。

「白天比較容易追蹤牠們，」黑鬼老喬說：「牠們有住的地方，有個藏身處。」

蚊子現在叮得沒那麼凶了，他們終於來到一塊清淨的空地，雖然地上仍是沼澤的土質。足跡在這裡消失了，但黑鬼老喬說：「牠們倆可能在這裡渡過沼澤了。這裡是個好地點。去那邊樹林裡的軟土上找牠們的腳印吧。」

他們越過沼澤之後，來到一片柳樹叢，在那裡探看。找到足跡的是黑鬼老喬。

「就是這裡，」他說：「就是這裡。」

他們穿過森林和更多的沼澤地，途中幾度跟丟足跡，但黑鬼老喬總是能重新找到。有時候，法蘭克根本看不到黑鬼老喬看見的東西。但黑鬼老喬就是有看到，他一直盯著地面，還會停下腳步趴著、將臉貼在地上。有時他會用兩指捏起土壤摩擦。法蘭克不確定爲什麼要那樣做，也沒有問。他跟雷洛伊一樣只管跟著走。

中午，他們來到一個讓法蘭克大感訝異的地方。在原本應該是沼澤的中央地帶，竟有一大片至少一百畝的空地。他們走出一片茂密的橡樹林之後發現了這裡，林間空氣更加甜美，樹蔭下也更涼爽，而空地遠端是一道約莫五十呎的下坡，下方有一塊很大的天然牧地。過去可能有一場因酷熱或閃電引起的火，把這裡燒過一遍，而重新長出的植被中沒有樹木，只有高高的青草長在幾處被螞蟻佔領的腐爛樹根之間。空地周圍長滿了橡樹，一側高、一側矮，遠端的橡樹延伸出去與楓香、無花果、山胡桃及一些松樹形成混合林。

從他們所在之處，可以將這一切盡收眼底，也看到另一側樹林中的陰涼樹蔭。

一隻老鷹翱翔而過，法蘭克看見牠的鳥喙叼著一條蛇。法蘭克感到體內一陣翻攪，但他確定那不是自己上一餐吃的東西在搗亂。「你有印地安人血統，」法蘭克對黑鬼老喬說：「那隻老鷹和那條蛇，這有代表什麼意思嗎？」

「代表那條蛇要被吃掉了啊。」黑鬼老喬說：「這些他媽的樹，可以做成不少堅固的好木材呢……安靜。往那邊看。」

從樹林裡跑向那片大牧地的，正是騾子和豬。豬負責帶路，騾子緊跟在後。牠們來到陽光下，不久，豬就開始挖地，騾子則開始吃草。

「這是牠們專屬的樂園呢。」法蘭克說。

「偏偏我們來了。」雷洛伊表示。

他們在那裡等著，坐在橡樹間監看。稍晚，豬和騾子漫步走進了對面的樹林裡。

「我們難道就只管看，不做別的？」雷洛伊問。

「牠們走了，明天會再回來。」黑鬼老喬說：「我們已經找到牠們的出沒地，明天回來時，我們會做好準備。」

就在天黑之前，他們循著一條小徑從藏身處出來，穿過牧地，走到騾子和豬步出樹林的地點。黑鬼老喬四下勘查了一陣子，說：「找到路線了。都是相同的路徑，相同的地點。從這邊出來，到牧地上去。我們要做的是爬到樹上，或是我自己帶著繩子爬上樹，用繩子套住騾子綁著，等牠掙扎到沒力。」

「牠那樣掙扎，可能會害死自己。」法蘭克說。

「牠那樣掙扎，可能會害死我。我想最好是把牠綁在一棵樹上，各位。」

法蘭克在腦裡翻譯了黑鬼老喬奇怪的說話方式，然後說：「牠要是死了，你就拿不到那十一塊五毛了。」

「我理解的不是這樣。」黑鬼老喬說。

「就是這樣。」法蘭克說，接著意識到，這也許形同在挑釁對方一刀捅得他肚破腸流。反正在這裡也不會有其他人知道。黑鬼老喬或許也覺得自己可以這麼做，把雷洛伊一起殺了，拿走他們的錢。當然囉，他們一毛錢也沒有，至少在這裡沒有。他家房子後面埋了一個罐子，裡面裝了十五塊錢，其中的十一塊五毛要給黑鬼老喬，如果他沒有先殺了他們。

黑鬼老喬端詳了法蘭克良久。法蘭克將重心從一隻腳換到另一腳，他努力阻止自己，卻仍不由自主地這麼做。

「好吧，」黑鬼老喬最後說：「這樣也行。」

「豬肉先生怎麼辦呢？」雷洛伊問。

「那就是你們兩個的工作了。我去綁那隻他媽的騾子，你們兩個去抓那隻該死的豬。首先，我們聞起來的味道得要跟泥土一樣。」

「什麼？」法蘭克說。

黑鬼老喬在自己全身上下抹滿黑土，也叫法蘭克和雷洛伊抹了一身土。雷洛伊討厭這麼做，抱怨個不停，但是法蘭克發覺土壤的氣味就像將臨的雨水，聞起來很怡人，碰觸在身上的感覺也很舒服。他突然有個奇怪念頭：當他死去，他就會跟土壤合而爲一。他心想，不知道現在抹到身上的泥土，是由多少死去的動物、甚至死去的人所構成。這種想法讓他感到很古怪，不管怎麼想都讓他覺得古怪。

他們睡了一會兒，然後黑鬼老喬就踢醒了他和雷洛伊。他們髒兮兮地滾出被褥時，天色還是黑的。

「我們就不能等晚點再抹土嗎，」雷洛伊說著從毯子下爬出來。「土沾得我睡袋上都是。」

「土需要時間跟你相處，讓你聞起來像它的味道。」黑鬼老喬說：「我們現在再抹一點，抹在頭髮上，然後準備出發。」

「天還暗著，」法蘭克問：「牠們會在天黑時出來嗎？你怎麼知道牠們什麼時候要出來？」

「牠們會來，但我們得準備好。牠們在農夫的玉米田裡享用了一整晚，可能很快就會撐飽肚子回來。從地上的跡象看起來，牠們會在這裡站著，也會打滾。看來這隻豬老是在打滾。而且牠們在這裡到處拉屎，這裡是牠們的地盤。牠們如果沒玉米或豆子那些東西可以吃，就會回來這裡，離水源不遠，又有很棒的草。樹下有橡實給豬吃。豬喜歡橡實。我老婆甜心有時還拿橡實泡咖啡。」

「何不讓我拿眞的咖啡來煮點咖啡？」雷洛伊說。

「不行。我們不能弄出煙味，不能有我們自己的味道。要是想撒尿拉屎，別在這裡，去牧地對面最遠那端處理。尿在那裡，用鞋跟推土蓋住，要蓋很多土。」

「要走到那麼遠？」雷洛伊說。

「想抓豬和騾子，」黑鬼老喬說：「就得走那麼遠。現在，吃點肉乾，去對面拉完屎，多用點土埋好，然後就等吧。」

太陽升起，氣溫炎熱起來，皮膚上的泥土令他們發癢，或至少法蘭克如此覺得。他看得出雷洛伊也覺得癢，但黑鬼老喬似乎毫無感覺，只靜靜坐著。當高溫逐漸吞噬清晨，黑鬼老喬讓他們看了行動地點，他在地上挖出凹溝，再用樹葉和泥土掩蓋，並加上一點豬糞和騾糞，味道非常恐怖。他們帶著繩子等待。拿著套索的黑鬼老喬爬上一棵橡樹，找一根粗枝跨坐著，背靠著樹幹，繩子放在腿上。

時間緩慢前進，蟲子也慢慢爬動，到處都是蟲子，法蘭克只能使盡渾身解數避免自己跳起來尖叫。他不是怕蟲，他抓過很多蟲刺在魚勾上作餌釣魚，但如今他是躺在那裡任由牠們在手臂和脖子上蠕動，而且他覺得這裡有某種會咬人的東西，是豬屎裡面冒出來的。

法蘭克聽到一個聲音，一個不同的聲音，對靠近地面的他而言猶如天搖地動。那是騾蹄緩慢謹慎的踩踏聲，以及另一個聲音，也許就是那隻豬吧。

他們邊聽邊等，那個聲音愈來愈近，躺在地上的法蘭克努力不讓自己期待得發抖。他聽到一陣咻咻聲，是繩子，然後是一聲騾叫，以及一陣扭動掙扎。

法蘭克微微抬起頭。

那隻大白騾就在離他不到十呎的地方，脖頸套著從樹上一路拉下來的繩子。法蘭克看到黑鬼老喬，他將繩子繞在樹枝上，抓著拉緊，等騾子自己耗盡精力。

豬黏在騾子身旁，彷彿要跳起來抓住繩子、把它咬斷。牠的確有一度靠著後腿人立起來。法蘭克知道時候到了。他衝出藏身處，雷洛伊也是，豬往雷洛伊的方向直衝而去。法蘭克箭步跑到躍起的騾子前面，拋出繩索、套住了豬脖子。牠立刻調轉方向衝往他。

雷洛伊撲過去抓住豬的後腿，豬不斷往他的臉踢，但他沒有鬆手。接著，豬把雷洛伊拉在地上拖行，奔向了法蘭克，而當手中的繩索愈來愈鬆時，法蘭克便往一棵樹跑過去。

法蘭克碰到樹幹時，雷洛伊終於將他的繩子綁住豬後腿，現在他們各拉著豬的一端，像在拔河。

「別傷了牠！」黑鬼老喬從樹上喊道：「留著牠，牠會給騾子領路，讓騾子跑。」

「他該死的說了什麼？」法蘭克問。

「別傷到那隻他媽的豬。」雷洛伊說。

「哈。」法蘭克說著將他那一端的繩子綁在樹幹上。雷羅伊把他那端的繩子拉伸開來，綁在另一棵樹上，給豬多一點空間。騾子在一旁又撞又踢。

雷洛伊作勢要把綁騾子的繩索拉短，但是騾子用北佬鈔票上的那種姿勢跳起來，踢了雷洛伊胸前一記，讓他飛過豬的上方，狠狠摔進樹叢裡。豬本來要去找他算帳，但是牠脖子和後腿上的繩子剛好綁得牠碰不著雷洛伊，只能對著他的臉吐出一連串的口水和鼻涕。

「媽的。」雷洛伊一邊說，一邊慢慢遠離那隻豬。

有好長一段時間，他們就只是看著騾子踢腿、亂撞、哼氣和齜牙咧嘴。

接近晚上，騾子才氣脫委頓地讓前腳先彎下，然後整隻往側邊一倒。豬跑過泥地，挨在大騾子旁邊，口鼻靠在牠的側腹。

「誰想得到，」雷洛伊說：「這隻豬還眞娘里娘氣。」

回程足足花了三天，因爲騾子很不合作，豬也相當難搞。他們不得不在豬身左右兩旁綁上圓木，迫使牠拖著走，消耗牠的體力，但是人的體力也同時被消耗，因爲圓木會卡在藤蔓和雜草間，不斷需要人幫忙解開。騾子被繩索鬆鬆地綁著，讓牠能夠走路，但無法暴衝。黑鬼老喬負責牽騾，騾子的腰上纏了一圈繩子，兩端往後拉，綁在一根笨重的圓木上，既是要避免牠衝刺向前去襲擊黑鬼老喬，也是爲了累垮牠，就像豬一樣。

晚上，他們讓圓木繼續綁在牲口身上，用藤蔓、樹枝和一些皮繩搭了一座臨時畜欄。

走出森林和沼澤地時，騾子與豬早已渾身是泥，邊走邊喘，法蘭克不禁害怕牠們會就此倒地死亡。

但牠們撐過來了，騾子被帶到黑鬼老喬的住處，那裡有一座畜欄，雖然不大，但是很堅固，可以關住騾子。豬被關進一座小型圍欄，空間狹窄到牠幾乎無法轉身。把豬安置好之後，法蘭克站在圍欄邊端詳著牠。這頭野獸用一雙狂暴的眼睛望向他。這不是一隻被豢養在家裡吃喝不愁的胖豬，而是一頭在仍是小豬時就逃到野外、自力成長的動物。牠的斑紋毛皮上傷疤密布，雖然周身有一層脂肪，但體型很長、肌肉結實，牠抖肩趕走蒼蠅時，肌肉在皮膚下起伏的模樣就像蛇爬過塞緊的毯子下。

過了第一天後，騾子就振作了起來，但沒做什麼事，大多時候只是站著；只要人一走遠，牠就會繞著畜欄踱步，時常停下來望著牠被關在圍欄裡的豬朋友。騾子出個聲，豬也會發聲回應。

「媽的，我眞要覺得牠們是在跟彼此講話了。」雷洛伊說。

「對啊，當然，牠們肯定會。」黑鬼老喬說。

比賽時間逐漸接近，雷洛伊和黑鬼老喬在一週之內就把騾子的蹄修好，但沒釘蹄鐵。他們判斷不需要，因爲這個時節的地面還很軟。他們爲牠加了騎鞍，雷洛伊被牠撞過、踢過、咬過，右手肘腫了一大塊。

「眞兇啊，」黑鬼老喬說：「這騾子實在是隻小王八蛋，強壯得很，要是時間足夠，牠就會把雷洛伊給吃了。」

「你覺得牠能跑嗎？」法蘭克問。

「我們很快就知道了。」黑鬼老喬說。

那晚，鞍座扣好之後，騾子開始乏力了，讓黑鬼老喬坐在牠背上。黑鬼老喬餵牠一些穀物當作獎勵，但是飲水只給一點點。他餵了豬一些雜草、一點玉米，給牠喝水。

「要騾子吃壯，但豬要弱，」黑鬼老喬說：「可不要豬壯到挖倒圍欄，萬萬不可。」

法蘭克聽著這番話，心裡好奇黑鬼老喬是在哪學講美國話的。

晚上，黑鬼老喬進屋去，兩個老婆喊他去吃晚餐。雷洛伊走路回家。法蘭克幫杜賓裝上馬鞍，但是離開前，他把馬牽到畜欄邊，看著那隻騾子。在星空下，光線圍繞著騾子的頭，讓牠更顯潔白。騾子被梳理清洗過，身上的泥土已不復見，在森林裡鉤上的荊棘也弄掉了，看起來雄壯昂揚。法蘭克看過一本書，除了媽媽的聖經之外，他見過的書就只有那一本。他是在市鎮的雜貨店櫥窗裡看到的，他沒翻開書，就只是隔著櫥窗看。書的封面上有一匹長了翅膀的白馬。這個嘛，雖然騾子跟馬長得不像，而且背上沒有翅膀，但牠肯定跟那本書封面上的奇獸有幾分相似，彷彿來自遙遠的他方，彷彿天空裂了一道縫，那隻騾子就此降世。

法蘭克把杜賓牽到豬的圍欄旁。斑點豬身上就沒有任何美麗之處可言。牠抬眼瞪著他，眼裡充滿星光，像彈片一樣銳利又閃亮。

法蘭克騎馬離開時，聽到騾子出了個聲，然後是豬的叫聲。牠們來來回回了不止一次，直到他騎出聽力所及範圍內都還沒停止。

費了一些工夫和時間後，法蘭克感覺自己每天就像去上工，雖然他多半就只是旁觀。這對他而言是種全新的感受。他老爸生前常使喚他幹活，但隨著年紀漸長他就不做了，跟他爸一個樣。他們的田地鮮少有人照料，買醉對他們而言比鋤玉米和挖馬鈴薯更要緊。可是現在，他不但一早就到，還會待上一整天，幫著黑鬼老喬和雷洛伊遞鞍繩、搬飼料、倒水什麼的。

過不久，黑鬼老喬已能順利幫騾子裝上鞍座，牠只會哼一聲氣。他也能騎著騾子繞畜欄走，牠不再轉身試圖咬他，或弓背把他摔下去。黑鬼老喬和牠最討厭的雷洛伊走進畜欄時，牠甚至不會再踢他們了。

豬從圍欄的空隙看著這一切，晶亮的眼睛瞇成細線，飽經風霜的耳朵抖動著驅走蒼蠅，捲捲的尾巴揪得更緊。法蘭克納悶著這隻豬在想什麼，但不管如何，他覺得都不會是在想什麼好事。

很快地，黑鬼老喬就讓法蘭克進到畜欄，爬上鞍座。騾子感覺到來的是個新的騎手，於是把他甩了下去，但他第二次騎上去時，牠就載著他繞畜欄快走，用騾子那種滾桶似的步伐輕輕跑了起來。

「牠準備好要跑一跑了，眞的。」黑鬼老喬說。

法蘭克領著騾子走出畜欄來到路上，雷洛伊跟在後頭，黑鬼老喬則牽著杜賓。「我看牠會往那邊跑，一開始不會太快。」黑鬼老喬說：「我和這隻只剩半條命的馬會跟上去找你，不會讓你斷了脖子躺在不知名的陰溝裡。」

法蘭克戒愼地爬到白騾子背上，做了個深呼吸，然後在鞍上坐穩，對騾子輕踢一下。

騾子動也不動。

他再踢一下。

騾子在路上快步走了大約二十呎，然後轉了個彎，頭鑽進紅泥路邊的草叢裡，咬了一口草。

法蘭克又踢了騾子幾下，但牠理都不理。牠在路上只前進幾哩，就越過路面走上草地，接著到樹叢間去，一扭頭、一咬牙把葉子咬下來。

黑鬼老喬騎著杜賓接近。

「你動得不怎麼快呢。」

「我想也是，」法蘭克說：「牠一文不值。」

「我們還沒把豬帶來加入。」

「那要怎樣才行得通？我是說，要怎麼讓牠待好，不要跑掉？」

「也許讓豬跑進他媽的森林裡再也不出來，這樣能行。不過，就算沒別的辦法，你就把騾子抓去耕田或賣掉。等你付給我十一塊五毛。」

「你的工作還沒完成。」法蘭克說。

「對，也許你說得對，但我們還有豬這張牌。牠打不過A，我們就叫牠鬼牌吧。說我們混帳也沒關係，對這隻騾子，我們要想盡辦法利用。我們得把野豬射死然後吃了，最好先多養牠幾天，讓牠吃點玉米，長得比現在好、比現在肥。至於騾子，我跟你說過怎麼辦了。該死，如果別的方法都行不通，就把騾子也吃掉算了。」

他們把豬放出圍欄。

或者說是雷洛伊放出了牠。他一抽起柵門，豬就出來了，不是狂奔，而是往法蘭克騎著的騾子挨過去。騾子低下頭，用鼻子和豬相碰。

「誰想得到呢。」法蘭克說，心裡想著他不曾有過像這樣的朋友。雷洛伊已經算是最接近朋友的一個，但他得小心提防雷洛伊。雷洛伊會騙人，還可能會幹你養的羊。雷洛伊算不上眞朋友，法蘭克覺得雷洛伊就像他生活中大部分的東西，都只是眞品出現之前的暫時替代。目前，他還在等眞朋友出現。這讓他感到一陣寂寞。

黑鬼老喬從法蘭克手中拿走騾子的轡繩，把他們領到路上，豬快步走在騾子旁邊。

「現在呢，故事裡說，豬喜歡跑，」黑鬼老喬說：「牠一跑，騾子就會跟上。豬的速度會落後，但騾子就像箭一樣跑出去了，跑得像有人在牠的子孫袋裡灌了松節油。或者至少我聽到的故事是這樣。你呢？」

「差不多。」法蘭克說。

法蘭克拿回轡繩，豬站在騾子旁邊。什麼事也沒發生。

「我要喊起跑了，現在就要。我一喊，你就使盡吃奶的力氣踢騾子，我呢，就用靴子踹這隻豬的大屁股。聽到沒，法蘭克？」

「聽到了。」

「我一邊喊信號，一邊踢豬屁股，好嗎？」

「好。」

「準備好沒？」

「好了。」

黑鬼老喬喊道：「衝啊蠢豬！」然後使盡全身力氣一踹豬屁股。豬腿離地一跳之後衝了出去。一般的豬可以在短距離內用和體型不相稱的高速衝刺，拖得動頗重的貨物；而這隻老斑點豬，衝得可真是快，簡直拖得動一整列載貨火車了。法蘭克預期豬會衝進森林，一溜煙跑不見，但牠沒有，反而在路上跑了起來。法蘭克的鞋跟還來不及踢到騾子，騾子就高高躍起。只能這麼形容：那騾子不是衝出去，而是突然變成了一顆白色子彈往前射出，速度快得讓法蘭克差點從鞍座上被甩飛，但他緊緊抓穩。騾子在跑，豬也在跑，過了一會兒，騾子把頭壓低，豬的身影開始模糊了。騾子完全不再跟著豬跑，牠哼一聲氣，鼻子彷彿拉長了，雙耳往後壓平，超速衝過那頭肥豬，把四腳伸得更長。法蘭克感覺到風冷冷打上他的臉。騾子的身體就像滾動的圓桶，法蘭克心想：老天，這王八蛋可眞能跑。

但有個問題：法蘭克無法讓牠轉彎。即使他覺得騾子已經跑得夠遠了，牠還是跑個不停，不論怎麼拉韁繩都沒有用。這混蛋眞是沒救了。法蘭克只能往前靠著騾子的脖頸抓穩，任憑牠跑。

終於，騾子停下腳步，就這麼靜止下來，頭往地上垂低，然後左看看、右看看。法蘭克猜牠是在找那隻豬。彷彿是騾子剛才著了什麼魔咒，現在清醒了，只想找牠的朋友。

他現在能讓騾子轉彎調頭了。他沿路慢慢走，不再設法催騾子跑，就只任由牠漫步。當他們遇到站在路中央的黑鬼老喬和雷洛伊時，豬從森林裡跑出來，跟在騾子身旁一起快步向前。

黑鬼老喬把手伸高、接過騾子的韁繩時說：「我看到了。那頭豬跟牠是好兄弟，一直待在附近不願跑開，想跟騾子在一起。眞是隻他媽的蠢豬。牠大可以在森林裡跑得遠遠的，找一隻別的野豬相幹，吃橡實，安享天年。牠現在說不準哪時候就要被宰來吃了。」

「操他的笨豬。」雷洛伊說。

騾子扯扯韁繩，低下頭，鼻子跟豬鼻碰在一起。騾子哼氣一聲，豬則發出某種吱叫。

他們用同樣的方式訓練了好幾天。首先讓豬起跑，然後騾子跟著狂奔。晚上他們把騾子鬆鬆地關在畜欄，而豬根本不需要圍欄了，牠自願選擇陪騾子待在一起。

有一天的練習完之後，法蘭克說：「牠好像跑得挺快。」

「沒看過跑這麼快的，」黑鬼老喬說：「牠表現不錯。」

「你覺得牠能贏嗎？」雷洛伊說。

「要是他們准我們帶豬進場，牠就能贏。不准帶豬的話，就沒什麼戲唱了。那頭豬是一定要的。但麻煩的還有另一隻騾子，炸藥。牠也跑得很快，搞不好更快。」

「你眞這麼覺得？」

「可能。我聽說牠健步如飛哩。明天我們就會知道啦，嗯？」

這裡的世界是由男人、騾子、狗和一隻豬構成的，也有女人，她們大多撐著洋傘，還有些坐在起點線旁的一排排座位上，雙腿拘謹地交疊，洋裝裙襬密密實實蓋到腳踝。空氣中有夏日清晨的氣息，混雜著新鮮的騾糞、汗水、香水、雪茄煙、啤酒和屁味。下方的帳篷裡，有另一群帶著不同氣味、穿得比較清涼的女人。撐洋傘的女人跟她們不會對上視線，但有些男人會，多半是趁他們的妻子或女伴不注意時。

法蘭克對她們不感興趣。除了比賽之外，他什麼事都無法去想。雷洛伊跟他一起，當然黑鬼老喬也在。他們帶了騾子進來，由黑鬼老喬牽韁繩，法蘭克和雷洛伊一起騎著老杜賓。那隻豬沒有牽繩，自己走著，昂首闊步的模樣彷彿整場盛會是牠主辦的。

群聚在賽會上的騾子彼此處得並不好，互相咬來咬去、哼氣踢腿。騾子的腿可以後踢，也能像牛一樣側踢，可要特別小心牠們。

白騾子意外地溫馴，像是給閹了一樣。牠走路時頭低著，豬慢慢跟在牠旁邊。

當他們接近其他騾子正在排整的隊伍時，法蘭克看了看那些騾子。牠們大都比白騾子矮，但是有一隻墨黑色的長得特別高大，眼神狂野，彷彿在尋找獵物。牠粗大的陰莖勃起，在陽光下搏動的樣子就像一隻肥碩的水蝮蛇。

「那邊那隻大屌騾子，」黑鬼老喬說：「牠是那種一要比賽或打架就興奮的，可能比幹砲還興奮呢，你懂吧。得多留意牠。只要是喜歡賽跑或打架勝過母獸的，都得特別小心。」

「那隻就是炸藥，」雷洛伊說：「長了滿身肌肉，這點是肯定的。」

白騾子看到炸藥，抬高了頭，耳朵往後壓，哼了一聲氣。

「噢，眞的，」雷洛伊說：「牠們這會兒就要鬥起來了。」

「總有一隻會跑贏，或是把對方幹得屁滾尿流，我跟你們保證。搞不好牠們還會打架呢，那樣場面可就大了。」

白騾子想要快步走走，黑鬼老喬得要小跑步才跟得上牠。他們穿過一群正要排隊的騾子，迅速移動，讓白騾子和炸藥比肩而站。兩隻騾子互相看了看，從鼻孔噴氣。在那一刻，炸藥的主人幫牠的頭套上一副眼罩和轡頭，把舊韁繩丟給一個同行的伙伴。

斑點豬溜到牠的好兄弟四腳中間，從騾腿間探出頭，醜陋的臉向上仰望、鼻孔歙張，黑如洞穴的眼睛瞇起來。

炸藥的主人名叫李維・柯榮，是個大塊頭，穿著撕掉袖子的髒兮兮白襯衫。他長著一張大紅臉，肌肉肥碩，肚子像個大鐵鍋，戴著的帽子簡直大到夠讓你進去泡澡。他跟黑鬼老喬一樣高，至少有六呎二吋（約一百八十八公分），雙手粗大如火腿，腳則像小船一樣。他看著白騾子說：「這不就是故事裡那隻騾子嗎？」

「如假包換。」法蘭克說，彷彿這騾子是他從小養大的。

「我聽說牠給人養了，有人抓到牠。你把牠抓來訓練？」

「我跟我的伙伴一起。」

「你是說雷洛伊跟那個黑鬼？」

「對。」

「我猜猜，豬也是故事裡的那隻囉？」

「沒錯。」法蘭克說。

「牠要幹嘛？當墊腳凳？」

「牠會跟騾子一起跑，跑一段路。」

「不准這樣的。」

「哪裡有說不准這樣？」黑鬼老喬問。

柯榮想了一下。「沒有哪裡說，但這是個合理的規定。」

「那有沒有規定說老二硬了的騾子不能比賽？」黑鬼老喬一邊說，一邊指著炸藥的那話兒。

「沒有這種規定，」柯榮說：「騾子無法控制那個。」

「那也沒有什麼他媽的管到豬的規定。」黑鬼老喬說。

「沒差，」柯榮說：「你這隻騾子是從地獄來的，是惡魔把牠交到你手上，那隻肥豬也一樣，但這都不要緊。炸藥會跑贏牠，等跑完比賽，牠會操死你騾子的屁股，在牠身上拉屎。」

「那要下注賭一賭嗎？」黑鬼老喬說。

「當然。」柯榮說：「我拿全副身家跟你賭。要是那樣還不夠，我跟你比腕力、比摔角，或是比誰打手槍射得遠，隨你這黑鬼挑。」

黑鬼老喬端詳著柯榮，彷彿在思考要從哪裡下刀割肉，但最後他只是咧嘴而笑，從他的十一塊五毛裡拿出十塊。「這是我下的注。你呢？」

「十塊錢。我看到了，我信你的話，你最好別食言。」柯榮說。

「你的錢呢？」雷洛伊說。

柯榮從胸前口袋裡拿出一捆鈔票，放在攤開的手掌上，像在送蘋果給老師(注)。他看著雷洛伊說：「你要拿羊來賭嗎？我聽說你挺喜歡羊。」

「好啦好啦，」雷洛伊說：「我是幹過一隻該死的羊，想怎樣？」

柯榮對他大笑，並拿著錢在黑鬼老喬面前晃了晃。「如何？」

「好。」黑鬼老喬說。

「我這裡下注三塊錢。」法蘭克說著從口袋裡掏出錢，拿著讓柯榮看到。

柯榮點點頭。

法蘭克將錢放回口袋。

「這個嘛，」雷洛伊說：「我啥錢都沒有，只能給你我的誠心祝福啦。」

「你們可以拿那隻騾子來賭。」柯榮提議。

「也許是個方法。」雷洛伊表示。

「不，」法蘭克說：「我們沒這打算。」

「我們不是合作伙伴嗎？」雷洛伊說著，將種子推銷員的帽子從頭上拿下來。

「我們談了條件，」法蘭克說：「但是我付錢給黑鬼老喬捕獸和訓練，所以我來做決定。我們的

注 美國有在教師節致贈蘋果給老師的傳統。

合作伙伴關係最多就是這樣。」

雷洛伊聳聳肩，將種子推銷員的帽子戴回去。

一隻隻騾子排成隊，但要牠們乖乖保持隊形並不容易。胯下依然堅挺的炸藥排在白騾子旁邊，高出了至少一個肩膀。兩隻騾子現在都被戴上眼罩，但還是轉頭相對。炸藥對著白騾子啐了一口，白騾子則猛然一動，差點把法蘭克從鞍上甩下來。牠往側邊小力一踢，逼得炸藥往右挪。

從裁判的方向傳來喊叫聲，威脅要取消比賽資格，但這並非大家的期待。觀眾已經摸清了這場比賽的看點。森林中的傳奇白騾子、晃著烏黑大屌的炸藥，就是最值得關注的兩大戰將。

雷洛伊和黑鬼老喬原本用繩子把豬拉著，但現在放牠站在騾子前面。他們已經跟裁判談過這件事，做了解釋。比賽規則沒有准許也沒有禁止。有個裁判說他不喜歡這個點子，另一個說那隻豬不管怎樣都會被活活踩死。還有一個說，去它的，有何不可。最後他們的決議是讓豬留在賽場上。

於是騾群、豬和騎手們排成一列，豬就靠在白騾子的旁邊。豬偏過頭看了看站在牠後面的黑鬼老喬，牠已經知道接下來會發生什麼事了——屁股將要被快腳一踢。

法蘭克爬上白騾子，另一個臉長得像斧頭的小個子爬到柯榮的騾子炸藥身上。

在列隊前方，有個穿寬鬆襯衫和吊帶褲的小禿子，褲管下露出嚴重磨損又斷了鞋帶的靴子。他嗓音洪亮，手裡拿著一把槍。

「各位女士、各位先生，我們為您帶來今天的騾子競跑大賽。禁止作弊行為，否則不僅取消參賽資格，還要當眾打一頓屁股，保證讓在場每一個人都記得你。騾子上的各位騎手，我要的是一場乾淨的比賽。賽道夠寬，容得下你們一共二十組選手，你們不能往左或往右越界太多，我們會派人沿道監視，你們得好好守規矩。比賽進行中，騾子之間有些互咬互踢是難免的，但騎手請盡量保持文明。小小的越線無妨，但是動刀動槍那類的不行。如果大家都明白了，沒有問題，就喊個聲。」

列隊中傳來一聲喊叫。騾子不安地蠢動，腳步進進退退。

「我剛才說的有人聽不懂嗎？參賽者中有人不懂德州話嗎？」

沒有回應。

「那就好。請留心婦女和兒童，也請盡量不要撞到男士和娼妓。我稍後會站到一旁，舉起這把槍，你們聽見槍響就出發，願最優秀的騾子和最優秀的騎手旗開得勝。我們這場比賽裡也有一頭豬，但牠應該撐不久，只是來領跑的。大家都沒問題，對吧？」

沒有人提出異議。

「那好。」

裁判俐落地退到賽道側邊，將老舊的點三六海軍型手槍舉向天空，臉上掛著一副慎重的表情。黑鬼老喬解下豬脖子上的繩索，在多隻騾子之間和豬的後面找了個穩當的地方站著。他把腳往後抬高。

裁判開槍。黑鬼老喬往豬屁股踢下去，一整列騾子同時往前衝。

豬也拚了命地跑，甚至領先在前，而白騾子和炸藥難分軒輊。整群騾子使勁地跑，揚起一陣煙塵，吞沒了所有的騾子、人和豬。法蘭克除了塵土什麼也看不見，他瞇著眼睛，嘴裡又是咳嗽又是咒罵，雙手緊緊抓著白騾子的脖頸。他擔心白騾子要是看不見豬，可能會暴衝，去撞別的騾子，或把他甩下來讓他被踩扁。但是他們奔跑時，塵土逐漸被甩在背後，法蘭克咳嗽著脫離塵霧瀰漫的範圍時，驚訝地看見那頭豬竟然遙遙領先，彷彿可以一路就這樣跑到墨西哥。

法蘭克看到炸藥和那個斧頭臉騎手在右側。騎手看著他，對他齜牙咧嘴地笑。「你準備摔死吧，臭小鬼。」

「吃屎吧你。」法蘭克說。他想不到更好的回應了，但這句話他也是罵得眞心誠意。

現在炸藥取得領先，把白騾子和其他選手拋在後頭，塵土飛得他們滿臉。白騾子看到炸藥在自己面前直行無阻，便往左移動，差點撞倒旁邊的騾子。法蘭克猜想牠是爲了要看得到豬，豬還在賽道前方動著牠的斑點屁股。

「快追上牠啊，白騾子。」法蘭克說。他靠近騾子的左耳，頭抵著騾頸上的鬃毛。白騾子專注看著豬，開始高速衝刺。牠身體壓低，步伐跨得更長，背和腹部動個不停。法蘭克抬頭時，只見豬往左衝，橫過十幾隻騾子的去路，在被騾蹄踩扁之前千鈞一髮地跑下了路面。牠跌倒在地，在草地上滾了好幾圈。

法蘭克心想：完了，白騾子要跟著豬衝過去了。但是出乎意料地，騾子竟專心致志跑在賽道上，拉近了跟炸藥的距離。魔法依舊持續著。現在，其他騾子也加速趕上，牠們挨了鞭子，側身被打的聲音響亮得連法蘭克也聽見了，那就像他老爸的皮帶打在他背上。

「上啊，白騾子，你不必挨打，不必被人踢。你會爲了自己，跑贏前面那個硬著老二的傢伙。」白騾子彷彿聽懂了他的話，將身體壓得更低，步伐跨得更大。法蘭克使盡全身力氣抓穩，唯恐鞍座一甩就被摔下來。

但顯然不用擔心。雷洛伊雖然會跟山羊亂搞、偷種子推銷員的帽子，但是綁韁繩和鞍帶的技術比任何人都好。

他們跑到一處左右種有橡木的路段，光線暗了下來，有頗長一段時間，陰影濃重到讓他們幾乎是在全黑的環境裡奔跑。然後疏落的光點穿過枝葉，塵土不再飛得那麼高，路面被陽光曬乾變硬，呈現毒藤皮疹般的土紅色。

觀眾三三兩兩地沿路分散，有的坐在椅子上，大部分人則是站著。

法蘭克冒險往後一看。其他的騾子和騎手遠遠落後，有的已經開始舉步維艱。他發現有兩隻騾子背上沒有騎手，有一隻乾脆跟騎手分道揚鑣、跑出路面，越過草地跑向一道蜿蜒穿過柳樹叢的小溪。

白騾子追得離炸藥愈來愈近時，對著炸藥的尾巴猛咬一下，咬了滿嘴的毛之後把頭往後扭。

炸藥試圖轉身去看，但是騎手把牠的頭拉回前方。白騾子向前衝刺，身體壓得比之前更低，是法蘭克前所未見、無法想像得低。現在，白騾子從炸藥的左側迎頭趕上，但炸藥的騎師將炸藥扭過去擋住白騾子前方的路線。法蘭克往炸藥的右邊轉。在奔跑途中，炸藥轉過來踢了一腳，重重踢在白騾子的側身，讓牠猛然大喘一口氣，法蘭克以爲自己的騾子就要倒下了。

炸藥領先在前。

白騾子現在不再壓低身體，跑起來甚至有點搖晃。

「放輕鬆，小子，」法蘭克說：「你做得到。你是有史以來最他媽棒的騾子。」

白騾子再度以穩定的腳步奔跑，或至少是以騾子的標準來說算平穩。牠重新伸展開來，壓低身體，法蘭克驚訝地看著他們再次逼近炸藥。

法蘭克往後一看。

視線內一個人也沒有，只有幾道煙塵和熱浪造成的波動。這一路上就只剩下白騾子和炸藥。

法蘭克和白騾子超車趕過炸藥的時候，他發現炸藥已不再晃著勃起的老二奔跑。炸藥的騎手任由牠轉過頭，對白騾子大啐一口。法蘭克不假思索地將一隻腳滑出腳鐙，踢了牠的下巴。

「喂，」炸藥的騎師喊道：「別亂來！」

「喂，吃屎的，」法蘭克說：「你最好小心……那根樹枝。」

炸藥和騎師被白騾子逼到賽道右側，旁邊就是樹，一根山胡桃樹枝就垂在他們面前。騎師以半吋之差低頭閃過，只被打掉了帽子。

法蘭克心想：我不該告訴他的。那個混蛋撞上樹枝的同時，法蘭克正希望自己能說出些聰明的話。要是能看到那個小斧頭臉給撞歪了牙，實在是大快人心。但是他聰明反被聰明誤。

「該死。」法蘭克說。

現在，他們奔騰繞過彎路，左右都有好多群眾，之前路邊也零星有些人出現，但現在人多得到處都是。

一定是快到終點了，法蘭克心想。

炸藥稍早失足了片刻，讓白騾子得以領先，但現在牠又逼近了。法蘭克抬頭看見前面拉著一條長長的紅緞帶。終點就快到了。

炸藥加緊衝刺。

牠從左邊強勢追擊，開始要超車。斧頭臉騎手把長韁繩用力往外揮，打中了法蘭克的臉。

「你他媽的混帳——」法蘭克說著用自己的韁繩回擊，但差了六吋沒有打中。炸藥和斧頭臉超前了。

法蘭克的注意力轉回到終點線，心裡想：就是現在了。白騾子已經無法再壓低，不然騾腹就會擦到路面，牠也無法再伸長肢體，否則全身可能就要解體。牠只能拿第二名，沒有獎金。

「你盡力吧。」法蘭克將嘴巴湊近騾子一上一下擺動的頭，如此說道，並且用指尖揉揉牠的頭側。

白騾子再加了把勁。牠的重心已經很低，身體也伸展得很開，但現在牠的四條腿動得更快，而在那漫長又詭譎的一刻裡，法蘭克幾乎以爲騾子張開了翅膀，就像他好久以前看到那本書上的馬。他和白騾子彷彿飄浮在空中。

法蘭克不敢置信。炸藥竟然開始逐漸落後，又哼又喘，滿身都是汗沫，像被抹了肥皂一樣。

白騾子一躍跳過紅緞帶，整整贏了三個騾身！

法蘭克讓白騾子跑過觀眾，直到牠減速成小跑步，然後變成步行。他讓騾子走了好一會兒，然後溫柔地拉一拉韁繩，從鞍座上下來。他牽著騾子走了一陣子，然後停下來解開束在牠腹部的鞍帶，將鞍座丟到地上。他拉掉騾子頭上的轡頭。

騾子轉過頭看著他。

「你的工作完成了。」法蘭克說，然後用轡頭輕拍騾子的屁股。「走吧。」

白騾子用某種小跳步般的姿勢向前，然後在路上跑了起來，再轉入樹林，消失不見了。

法蘭克一路走回賽道起點，觀眾都驚訝他沒帶著騾子。

但他還是贏了。

「你把牠放走了？」雷洛伊說：「我們吃了這麼多苦頭，然後你把牠放走了？」

「對。」法蘭克說。

黑鬼老喬搖搖頭。「牠本來可以再騎來比賽，抓來耕田，拿來吃。」

法蘭克從裁判手裡接下獎金，還有柯榮的場邊賭金。他付錢給雷洛伊，並且看著黑鬼老喬跟隨柯榮從起點線走遠，跟到柯榮的馬和篷車邊。低著頭的炸藥被斧頭臉牽到篷車那邊去。

法蘭克知道接下來會發生什麼事。黑鬼老喬沒拿到錢，何況他脾氣壞又愛記仇。他看著黑鬼老喬把柯榮打倒在地，旁人毫無反應。

最好別惹黑鬼老喬，不管他到底是不是黑人。

黑鬼老喬從柯榮的皮夾裡拿了錢，對斧頭臉騎手的鼻子狠狠揍了一下，然後走回他們這裡。

法蘭克沒有等他。他跑到豬躺著的草地上。牠的前後腿都被綁住，一個十三歲左右的小孩拿著一根棍子正在戳牠。法蘭克往那個小孩的後腦打了一掌，打掉了他的帽子。那個小孩像鹿一樣拔腿就逃。

法蘭克牽了杜賓，然後把黑鬼老喬叫過來。「幫幫我。」

黑鬼老喬和法蘭克把豬搬到杜賓背上，彷彿在搬一袋馬鈴薯。豬的重量讓他們動作困難，而且牠的頭垂向一邊，腳則歪往相反的方向。牠看起來很洩氣，甚至根本不掙扎了。

「牠想那隻騾子了。」黑鬼老喬說。

「你跟我得把這件事辦完，老喬。」法蘭克請求道。

黑鬼老喬點頭。

法蘭克握著杜賓的韁繩，牽著牠走開。

「等等。」雷洛伊說。

法蘭克轉向他。「不等。我跟你沒瓜葛了，我們兩不相欠。」

「什麼？」雷洛伊說。

法蘭克拉著韁繩繼續走。他往後瞥了一眼，看到雷洛伊仍站在他們說最後一次話的地方，站在路中間看著他，戴著種子推銷員的帽子。

法蘭克把豬放在家裡的舊豬圈，好好餵過了牠。然後他吃完飯，倒光他所有的酒，等待天黑。夜晚降臨時，他坐在屋後的一塊大岩石上。風吹來了多年來在屋外小便留下的尿味，鑽進他的鼻孔。他留在那裡不動。

那一晚的月亮幾乎是滿月，高高懸在全世界之上，發出明亮的銀光。就連這又老又醜的房子在月光下看起來也挺不錯的。

法蘭克在那裡坐了許久，最後打起盹來。吵醒他的是木頭的喀喀聲。他猛然抬頭，看向豬圈。騾子在那裡踢著豬圈的木板條，想要放牠的朋友自由。

法蘭克起身走過去。騾子看到他，往後跑了幾步，直盯著他瞧。

「就知道你會來，」法蘭克說：「只是想再見你一面。好傢伙，你今天長了翅膀呢。」

騾子偏過頭哼了一聲。

法蘭克抽起豬圈的木門，豬跑了出來，停在騾子旁邊，牠們雙雙看著法蘭克。

「沒關係的，」法蘭克說：「我不會阻攔你們。」

騾子將鼻部垂低，和豬鼻相碰。法蘭克微笑了。騾子和豬突然轉身，彷彿接收到共同的信號，跑向靠近小山丘搖搖欲墜的柵欄。

騾子優美地一躍，跳過了柵欄，牠彷彿被月亮的光線攫住，在空中停格。在奇異的一剎那間，月光灑落的樣子讓牠看起來像長出一對輕又薄的翅膀。

豬從最低的柵條下鑽出，然後牠們倆一起跑過牧地，穿過樹林，失去了蹤影。法蘭克不用看也知道，騾子如法炮製跳過另一側的柵欄，豬也鑽了過去，牠們一起消失了。

太陽出來的時候，法蘭克確認了當下沒有起風，然後用火柴點燃一把掃帚，引火燒了房子，然後再燒穀倉和爛光的屋外廁所。他用腳踢著豬圈的木板條，直到其中一側整片倒下。

他走到杜賓被繫在樹上的地方，牠的馬鞍已經裝好，隨時可以出發。他騎上馬，轉頭看著柵欄和小山丘，看了很久很久。他用鞋跟輕輕頂了一下杜賓，啓程離開，朝馬路和市鎮前進。

在凱迪拉克沙漠深處與死者同行

On the Far Side of the Cadillac Desert with Dead Folk

I

經過一個月的追逐，韋恩某晚在一間叫小羅莎的廉價酒館追上了卡宏。這不是因爲卡宏終於大意疏忽，而是他根本已經不擔心這個了。他目前已擊斃四名賞金獵人，韋恩知道就算來了第五個，他也不以爲意。

上一位賞金獵人是著名的粉紅女士馬瑰爾——很不好惹的大媽，身上有三百磅重、晃來晃去的醜陋肥肉，帶著一把十二口徑雷明頓散彈槍和一副凶惡的態度。據說，卡宏從背後偷襲她，割了她的喉嚨，還在她失血而死之前玩笑似地幹了她一頓。這不但對韋恩證明了卡宏是個危險的渾球，也證明了那人品味很糟。

韋恩踏出他的復刻版五七年雪佛蘭，把帽子戴回前額，打開後車廂，拿出雙槍管鋸短的散彈槍和一些子彈。他側身的皮套裡已經有一把點三八手槍，兩隻靴子裡各有一把獵刀，但是進到小羅莎這種地方，備用武器還是多準備一些爲佳。

韋恩在襯衫口袋裡放了一把子彈，蓋上口袋蓋，抬頭看著閃爍的紅藍兩色霓虹燈寫著「小羅莎：冰啤酒、死人熱舞」，然後像禪學說的那樣定下心來，走了進去。

他把散彈槍貼著腿拿，而由於室內很暗，大家又都忙著講話、喝酒或跳舞，一時之間並沒有人發現他和他帶的武器。

他立刻發現了身材鈍重、頭戴黑帽的卡宏本人。他和一個年約十二歲、全身赤裸的墨西哥死女孩在舞籠裡。他一手緊摟著她的腰，另一手按摩著她橡膠般的屁股，彷彿在幫枕頭捏塑形狀。死女孩缺了手掌的雙臂搭在卡宏兩側，小小的奶子貼著他厚實的胸膛。她被戴上鐵絲嘴套的臉反覆磕碰著他的肩膀，嘴裡流出牽絲的口水，黏答答地一路滴到他的腿，留下一塊濕印。

就韋恩看來，那個死女孩都可以當卡宏的妹妹甚至女兒了。這裡就是如雨後春筍般誕生的「那種地方」。上州的實驗室流出了讓死人復活的細菌，細菌在空氣中到處散布，使死人們能發揮基本運動功能，也讓他們對人肉如飢似渴；於是，如果一個男人的妻子、女兒、姊妹或母親送了命，而他又想賺點錢，他可能就會想：「該死，貝蒂．蘇是挺慘的，可是她都死透了，不再需要任何東西，而她體內的那些細菌又會讓她從地底爬起來給我找麻煩。房子後面的土地要挖開，比解微積分問題還難，所以我何不就把冷冰冰的她丟進皮卡車貨斗，跟鏈鋸和成捲的帶刺鐵絲放在一起，越過國界去把她交給『人肉男孩』，賣去酒吧跳舞。

「賣掉自己的家人是很難過，但去你的，有什麼辦法呢。我只要跟酒吧保持距離，直到她們的肉全爛得從骨頭上掉下來、他們不得不把她扔掉爲止。那樣我就不會在喝酒的地方看到她晃著死掉的奶子，搞得我多愁善感又眼睛泛淚，在哥兒們或是某個小太妹面前出洋相。」

拜這種想法所賜，舞者的供應源源不絕。在國內其他地區，可能也有男人或小孩成爲舞者，但在這裡大多都是女人。男人是拿來做打獵和瞄準練習用的。

人肉男孩帶走屍體之後，會切掉手掌讓她們無法抓取東西，用螺絲在她們的下巴鎖上鐵絲嘴套，好讓她們無法咬人，然後在細菌開始蠢蠢欲動時將她們賣給廉價酒館。

酒館老闆會把她們放在店前面的鐵絲圍籬裡，放點音樂，男人付五塊錢入場，抓著她們做出跳舞的樣子。雖然那些女的都只想抓人咬人，但因爲被套住嘴、切掉手而做不到。

如果某個男人對他的舞伴夠有好感，他可以再多付點錢，把她綁在後面的一張小床上，他就可以爬上去辦事了。不用吵架、不用買禮物、不用做承諾，也不用讓她們高潮，只要幹了就走。只要這個地方會幫死人噴藥除掉除掉身上的蛆、讓她們香香的，而且不要把她們久放到會掉下肉塊來黏在男人的老二上，那麼客人就會像大便上的蒼蠅一樣滿意。

韋恩查看是否會有人來找他麻煩。他估計在場所有人都是潛在客人，而他立即需要顧慮的只有六呎二吋（約一百八十八公分）高、兩百五十磅（約一百一十三公斤）重的保鑣。

但是，除了著手辦事、遇到問題再處理之外，也沒有別的選擇。他走進卡宏所在的舞籠，用肩膀推開其他舞者，朝他而去。

卡宏背對著韋恩，加上音樂很大聲，韋恩並不擔心自己能否無聲接近。但卡宏感應了到他。那隻握著一把小型點三八手槍的手轉了過來。

韋恩連忙用散彈槍的槍管當棒子打向卡宏的手臂。卡宏手中的小手槍飛了出去，滑過地面，鏗啷撞上金屬籠。

卡宏沒被他打敗。他把面前的死女孩轉了一圈，並從靴子裡抽出一大把獵豬刀，從女孩的腋下舉出來，樣子很有威脅性，畢竟那把刀大得驚人。

韋恩從下方射擊死女孩的左膝，她應聲倒地，胳肢窩卡住了卡宏的刀。其他的男客紛紛拋下舞伴，像松鼠般急忙爬出鐵絲網。

卡宏還來不及甩開死女孩，韋恩就踏上前，用散彈槍的槍管打他的頭。卡宏踉蹌倒地，死女孩開始在地上爬，彷彿在找遺失的東西。

保鑣從韋恩後面跑進來，抓著他手臂底下，打算對他來一招尼爾森式鎖喉。

韋恩往後踢保鑣的小腿，然後用靴子碾壓他的腳背，再踩下去狠踩他的腳。保鑣鬆手了。韋恩又轉過身來往他的胯下踹，再用散彈槍打了他一個耳光。

保鑣倒了下去，看似沒有想要起來的樣子。

韋恩不禁發覺到自己喜歡現正播的音樂。結果，他轉身時就多了個共舞的對象。是卡宏。

卡宏衝過來，用頭撞韋恩的肚子，撞得他倒在保鑣身上。他們雙雙翻滾倒地，韋恩的散彈槍飛離手中，磨過地面，打中了那個爬行中的女孩的頭。她根本沒有發現，只繼續像蛇一般地繞圈，拖著那條被打爆的腿，像正在蛻掉的蛇皮。

其他沒了舞伴的女人在籠裡四處遊走。音樂換了，韋恩沒這麼喜歡這一首，太慢了。他把卡宏的一邊耳垂咬了下來。

卡宏頓時慘叫，兩人在地上扭打，卡宏手臂架住韋恩的喉嚨，試圖將他活活勒死。

韋恩咳著吐出那塊耳垂，抬起腿抽出靴子裡的刀，將刀倒轉過來，用刀柄敲向卡宏的太陽穴——卡宏痛得放開韋恩，搖搖晃晃地跪倒，然後整個人癱在他身上。

韋恩從他身下爬出來，起身對著他的頭踢了幾下。踢完之後，他將獵刀歸位，拿走卡宏的點三八手槍。而那把獵豬刀呢，管它去死。

一個死女人想抓他，他手掌一推就把她揮開。他揪著卡宏的領子，開始把他往門口拖。一張張臉貼在鐵絲網上圍觀，眞是一場好戲。一位牛仔模樣的友善人士爲他打開門，他拖著卡宏經過時，群眾紛紛分開讓道。有個傢伙感覺樂於助人，追了上去說：「先生，他的帽子在這裡。」然後將帽子扔在他膝蓋上掛著。

酒館外有個專業的醉鬼站在兩輛車中間撇尿。韋恩拖著卡宏經過時，那個醉鬼說：「你兄弟看起來不太妙啊。」

「等我把他帶到執法鎮去，他看起來會更不妙。」韋恩說。

韋恩停在他的五七年雪佛蘭旁邊，清空卡宏的手槍，盡可能將它丟遠，然後花了幾分鐘猛踢卡宏的肋骨和屁股。卡宏又是咕噥、又是放屁，但是沒有醒來。

韋恩踹得腳瘦之後，就將卡宏搬上乘客座，用手銬把他鎖在門上。

他走向卡宏的六二年雪佛蘭羚羊復刻版轎車，引擎蓋上立著塑膠喇叭——他當初就是靠著這輛著名的車鎖定卡宏——然後踢碎駕駛座的車窗玻璃，再用散彈槍射掉喇叭。他接著拿出手槍射破四個輪胎，在駕駛座車門上撒尿，再踢凹它一塊。

此時他已經沒有力氣在車後座拉屎，所以只做了幾下深呼吸，回到自己的五七年雪佛蘭，爬進駕駛座。

他伸手越過卡宏，打開置物箱，拿出一根黑色細雪茄放進嘴裡。

他把點菸器推進去，在等待加熱的同時拿起腿上的散彈槍裝填子彈。

有兩個人從酒館的門探出頭，韋恩將散彈槍戳出車窗外，往他們頭頂上方開槍。他們迅速消失回酒館裡，彷彿是一開始就不曾眞正出現的光學幻象。

韋恩將點菸器湊上雪茄，拿起放在座位上的通緝海報點了火。他考慮把燒著的海報放在卡宏腿上鬧鬧他，但最後沒這麼做。他把燃燒中的海報丟出車窗。

他駛近酒館，用散彈槍剩餘的彈藥射向小羅莎的霓虹招牌，玻璃碎片鏗鏘灑落酒館屋頂，再灑到礫石路上。

要是現在有條狗給他踢就好了。

他逐漸開遠，前往凱迪拉克沙漠，終點是沙漠另一端的執法鎮。

2

凱迪拉克車陣綿延數哩，提供了沙漠中唯一的遮蔭。這些車頭朝下斜插在沙裡，幾乎被掩埋到擋風玻璃的高度，韋恩還能看見其中一些車裡化爲骷髏的駕駛；有的在方向盤後，有的躺在儀表板和玻璃中間。車頂和引擎蓋上的槍早就沒了，車窗全都搖上關起，除了那些被旅行者破壞、被覓食的死人敲破的之外。

想到在如此高溫下待在關上窗的其中一台車裡，韋恩就感到加倍地不舒服。熱成這樣，他敢肯定連骷髏都在流汗了。

他對著雪佛蘭的車輪撒尿，尿完後看到液體幾乎已經乾了。他抖乾淨，看著尿滴在灼燙的沙子上灑落蒸發。他拉起拉鏈，想到了卡宏，也想到他稍早靠邊停車讓那個王八蛋撇尿時，看到他的龜頭上穿了一個小小的金屬環，吊著德州的州徽。他能理解德州州徽的部分，他也是那裡人，但是他想都想不透怎麼會有人對自己的命根子做那種事。在自己小鳥頭上穿環的白癡統統活該去死，有罪無罪都一樣。

韋恩拿下他的牛仔帽，抹抹後頸，手往上摸到頭頂，再摸回來。他手上沾的汗像潤滑油一樣厚，而且他髮線上逐漸稀疏的位置有點腫痛；就算戴著棕色呢帽，高溫還是快把他的頭皮烤熟了。

把帽子戴回去之前，他手指上的汗已經乾掉。他打開散彈槍膛，將子彈放進口袋，然後開啓雪佛蘭的後車門，將槍扔在後座車底板上。

他坐回駕駛座，背後和屁股下的座椅燙得像烤盤。太陽照過些微染黑的車窗，像擦亮的鉻金屬輪圈蓋，亮得他瞇起眼。

他瞥向卡宏，觀察著對方。這個王八蛋仰頭大睡，黑色禮帽顫巍巍地掛在頭上——看起來幾乎顯得俏皮。卡宏的一張紅臉上冒著汗，流到眼皮和脖子上，淌下白色的椅套，迅速被蒸乾。他的左手放在兩腿間，抓著胯下，右手擱在扶手上，由於他被手銬鎖在車門上，那隻手也沒別的地方可放了。

韋恩心想，他應該把這混帳轟個腦袋開花，跟上帝說他死了。這傢伙就是欠人賞他一槍，但是韋恩不想失去額外的一千元賞金。如果他想買下那座廢車廠，就不能放過每一分錢。廢車廠這個夢想就像驢子面前的紅蘿蔔般懸在他眼前，他再也不想延遲。就算要他再跑一趟、穿越這要命的沙漠，他也沒問題。

老爹會讓他用手邊現有的錢買下這個地方，餘款之後再付清，但這不是他的打算。賞金獵人這一行終究失去了新鮮感，他媽的再也沒有樂趣可言，他想做點別的事。而且，你把那些王八蛋壓倒在地上了銬之後，還要隨時小心自己背後，睡覺也得一隻眼睜著、一隻手放在槍上，直到把他們交出去為止。人不該這樣過日子。

而且他想要有個機會好好照顧老爹。老爹對他而言就像親生父親。小時候，當他媽媽為了付房租跟邊境外的老墨亂搞，老爹就會讓他在廢車場裡亂晃，讓他爬到生鏽的車子上，也讓他看著老爹修理狀況好點的車，把那些小寶貝調校得直打呼嚕，像被操得正爽的女人似的。

等他長大一些，老爹就拖著他去加爾維斯頓尋花問柳，去海灘上掃射海灣裡那些游來游去、又醜又瘋的怪物。有時，老爹還會帶他去奧克拉荷馬參加死人圍捕行動。這個老傢伙拿輪胎撬棒猛打那些死人，打爛他們染病的腦子，讓他們永遠倒下。他肯定從中獲益不少，而且這也是一項挑戰。因為，如果你被哪個死老兄咬到，就要準備跟這個狗屁倒灶的世界說再見啦。

韋恩的思緒離開老爹和廢車廠，轉向音響系統。他最喜歡的其中一首西部鄉村歌曲對著他悄聲唱起，是比利．康提嘉斯的歌，韋恩一面跟著哼，一面開進凱迪拉克車陣所提供的、宜人卻不太有實效的陰影裡。

「我的寶貝離開我，
就只爲一頭母牛，
我哪管它什麼鬼，
現在她滿身是輻射，
是啊，我的寶貝離開我，
爲一頭六顆奶的牛。」

康提嘉正要唱到精彩處，從喉嚨裡發出著名的顫音，這時卡宏卻睜開眼睛說話了。

「我要忍受這他媽的熱天、忍受你他媽的哼哼唱唱，這些還不夠慘嗎？還要聽這什麼怪腔怪調？你難道沒有漢克．威廉斯（Hank Williams）的東西，或以前那種黑鬼音樂也好？你知道，就是那種嗚嗚嗚地合聲，其中一人唱得像卵蛋被割掉的那種？」

「你實在不懂得什麼是好音樂，卡宏。」

卡宏將沒被銬住的那隻手移到帽子飾帶上，找到僅剩的幾根菸和火柴。他在膝蓋上劃燃火柴，點燃菸，咳了幾聲。韋恩想不透，這麼熱的天，卡宏怎麼還有辦法抽菸。

「這個嘛，我可能不懂什麼是好音樂，但是能一聽到爛音樂就曉得它爛，你這娘砲。這就是爛音樂。」

「你就是沒半點文化品味，卡宏。你太忙著強暴小孩了。」

「人總是要有點嗜好，」卡宏說著把煙吹向韋恩。「嫩妹就是我的嗜好。何況，她又不是還在包尿布的年紀，那麼小的要找也找不到。她十三歲了。你也知道人家說的：會流血就會生。」

「那要長到多大的小孩你覺得可以殺？」

「她叫得太吵的時候。」

「你夠了，卡宏。」

「只是打發時間嘛，娘砲。你這做賞金獵人的最好自己小心點，等你最不注意的時候，我就爆了你的頭。」

「你最好別再逞口舌之快，卡宏，不然你就等著躺在後車廂裡、身上爬滿螞蟻坐完這趟車。你沒有寶貴到不能讓我一槍轟了你。」

「你在酒館只是走了運，小子。但總是還有明天，小羅莎的那種事不是每天都有。」

韋恩露出微笑。「問題是，卡宏，你的明天就快沒了。」

3

他們駛過一輛輛凱迪拉克之間，天光像壞掉的電燈泡般漸暗。韋恩看著那些車，試著想像當年的雪佛蘭—凱迪拉克戰爭是怎樣一番光景，也想著他們爲什麼要在這鳥不生蛋的沙漠裡開戰。聽說當時打得好不激烈，戰況膠著，但最終由雪佛蘭陣營得勝，於是現在底特律就只生產他們的車。而就他所知，那也是底特律唯一值得一提的東西——汽車。

他對所有的城市都是相同的感覺。與其開車經過城裡，他寧可躺下來讓染病的狗在他臉上拉屎，更別提要住在城裡。

執法鎮是例外。他會去那裡，不是爲了住下來，而是去把卡宏交給當局、領取賞金。執法鎮的人總是很開心看到罪犯被逮捕歸案。公開處決一向深受歡迎、花招百出，而且帶來穩定的收入。

他上一次去執法鎮的時候，買了一場公開處決第一排座位的票，看一個滿頭紅髮、獐頭鼠目的男人因慣竊罪而被活活車裂，行刑方式是在他兩邊各鏈上一台加滿油的牽引機。處決過程本身很簡短，但是此前有大量的鋪陳，有小丑、氣球和波霸脫衣舞孃，可以跟著音樂把奶子往不同方向甩。

韋恩對這整場體驗很失望。因爲安排得不夠有組織，食物和飲料又很貴，而且第一排座位離牽引機太近了。他看得到那個人比頭髮還豔紅的內臟，而且內臟也飛濺出一點到他的新襯衫上，就算用冷水也洗不掉。他跟管理團隊裡的某個人建議加上大片的塑膠護簾，這樣第一排就不會被濺到，但他不認爲自己的建議會有什麼作用。

他們一直開到天色全黑。韋恩停下車，從他的存糧裡拿了一條肉乾和一點水餵給卡宏，然後把對方銬在車子的前保險桿。

「要是看到蛇、毒蜥、蠍子之類的東西，」韋恩說：「就大聲喊。也許我能及時趕來。」

「我會讓那些鬼東西爬到我屁股上再叫你。」卡宏說。

韋恩留下頭靠在保險桿上的卡宏，自己爬到雪佛蘭的後座睡下，但仍保持警戒。

黎明前，韋恩把卡宏弄上車，再度啓程。在灰濛濛的清晨中奔馳了幾分鐘後，一陣風颳了起來，是那種莫名其妙跑出來的沙漠怪風，氣流中挾著碎石以子彈般的速度打向他們的車，聲音像發狂的貓在亂抓。

沙地輪胎繼續艱辛向前，韋恩打開擋風玻璃吹氣裝置、雨刷和車頭燈，堅定地前行。

日出時刻到了，但他們沒看到太陽，沙子太多了，風吹得比以往更厲害，雨刷和吹氣裝置都擋不住開始堆積的沙子。韋恩甚至連路上的凱迪拉克都看不清楚了。

他正要停車時，陰影中一個像鯨魚般的物體從他前面橫過，他猛踩煞車，好好操練了沙地輪胎一番。但煞車力道顯然不夠。

這輛五七年老車打了個旋，從卡宏坐的那側撞上那個物體。韋恩聽見卡宏的喊叫，然後感覺自己被甩向車門，頭撞到了金屬——車外的黑暗根本比不上他墜入的那片漆黑。

4

韋恩猛然醒來，速度跟他墜入黑暗時一樣快。血液從他額頭上一道淺傷口滴進了眼睛，他用袖子擦掉。

他看到的第一個清晰影像是在他這一側車窗外的一張臉；一張膚色蠟黃、如月球表面般坑坑疤疤的臉龐，眼球暴凸，表情像個在冥想梵文的白癡。這個人的頭上戴著一頂附有大圓耳朵的奇怪黑帽，帽子正中央凸出一個大螺絲頭，像銀色的腫瘤。風沙吹打著那張臉，沙子卡在臉上，入侵那雙眨也不眨的眼睛，把帽子上的圓耳朵吹平。然而這個人完全沒有注意到。韋恩雖然仍處於迷眩狀態，但他知道原因：這是個死人。

韋恩看往卡宏的方向。卡宏那側的車門被往內撞凹，彎折變形的金屬讓扶手上的手銬一分爲二，衝擊的力道更把卡宏甩到座位中央；卡宏捧著自己的手，看著垂掛的手銬和鍊條，彷彿那是一只銀手環配上一串珍珠。

有另一個死人趴在引擎蓋上，用手抹掉擋風玻璃上的沙子。他也戴著同樣的圓耳朵帽。他將殘破的臉貼在那塊乾淨的玻璃上看著卡宏。一條鼻涕綠的唾液從他嘴裡流到玻璃上。

其他的死人抹掉了更多的沙子，車窗外很快就顯現出他們慘白而腐爛的臉。死人們盯著韋恩和卡宏，彷彿他們是水族館裡的兩條珍奇魚類。

韋恩將點三八手槍的擊錘向後扣住。

「那我呢？」卡宏說：「我有什麼能用的？」

「你的魅力啊。」韋恩說。就在那一刻，那群死人彷彿收到信號，從擋風玻璃前逐漸退開，只留下一個手拿球棒、站在引擎蓋上的人。那人一打，玻璃就碎成了上千顆小星星。球棒又一揮，這下連天也塌了，星星般的碎玻璃如雨落下，風沙也呼嘯著朝韋恩和卡宏吹進車內。

死人重新集結，拿球棒的那個開始穿過擋風玻璃上的洞，不顧碎玻璃的邊緣撕裂他襤褸的衣服，將他的皮肉像濕紙板一樣割開。

韋恩一槍射穿那個打擊手，打擊手倒下來，身體壓住了韋恩的手臂。

韋恩還來不及把槍抽出來，一個女人的手就伸過洞來抓住他的衣領。其他的死人包圍住擋風玻璃，拳腳並用地將它整面敲開。他們的手在韋恩全身上下亂抓，觸感乾燥又冰冷，就像皮製椅套。他們把他拉往方向盤和儀表板，然後拉出車外。沙子像起司研磨器一樣刮擦著他的皮肉。他聽到卡宏大喊：「吃我啊，去你媽的，看你會不會吃到噎死啊！」

他們把韋恩拋在車子引擎蓋上。一張張臉俯在他上方，發黃的牙齒和缺牙的牙齦湊得無比近。一股路殺動物的臭味湧進他的鼻腔。他心想：大餐要開動囉。唯一的慰藉是，這群死人這麼多，不會讓他有機會剩下足夠的部位復活。他們可能會把他的腦子當甜點吃了。

但這情況沒有發生。他們抓起他，把他抬走。而他意識到的下一樣事物，就是他的車子撞上的那個鯨魚狀物體的清晰樣貌與顏色。那是一台黃色的校車。

校車的門發出斷斷聲打開。死人把韋恩面朝下往車裡丟，隨後也把他的帽子丟進去。他們退後讓車門關上，差點夾到韋恩的腳。

韋恩抬頭看到一個坐在駕駛座上的男人對著他微笑。那不是死人，只是個又胖又醜的傢伙，大概五呎高，禿掉的頭上只剩下薄薄一圈頭髮環著亮閃閃的頭頂，髮色像是馬桶上環形的穢物污垢。他的鼻子又長又黑，看起來像個腫瘤，彷彿隨時會跟過熟的香蕉一樣從臉上掉落。韋恩起初以為他身上穿的是浴袍，但原來是件像僧侶的那種袍子，又破又舊，被蟲蛀了洞，韋恩可以從洞中看到蒼白的皮膚。這個胖子身上散發出一股異味，介於汗臭、起司球和沒擦的屁股之間。

「很高興見到你。」胖子說。

「幸會。」韋恩也說。

校車後半部傳來一陣難以辨識的奇怪聲音。韋恩把頭探過座椅看了看。

在座椅中間大約排數位置的走道上有個修女，或是某種類似修女的人，她背對著他，穿戴著黑白色的修女頭巾。包住頭部的部分是傳統造型，但以下的部分就不太標準了。她的衣服在大腿一半的高度裁短，腿上穿著黑色網襪，足蹬厚底高跟鞋。她身材苗條，腿很好看，屁股又小又翹，就算在這種處境下，韋恩仍忍不住欣賞起來。她一隻手舉在頭頂上方動來動去，彷彿在空氣中縫東西。

走道兩旁的座椅上坐的是死人，全都戴著圓耳朵帽，那聲音是他們發出來的。

他們試著要唱歌。

他從來不知道死人能發出咕噥和呻吟以外的聲音。但他們此刻確實在唱著歌。當然唱得不成調沒錯，含糊地吐出一些字詞，也有的死人只是無聲地開闔嘴巴，但是老天爺啊，他竟聽得出那旋律，唱的是〈耶穌愛我〉（Jesus Loves Me）。

韋恩回頭看那個胖子，並且讓手滑向右腳靴子裡的獵刀。胖子從袍裡掏出一把點三二自動手槍，指著韋恩。

「槍的口徑雖小，」胖子說：「但我射得很準，子彈能打出整齊俐落的小洞。」

韋恩不再往靴子裡伸手。

「噢，沒關係的，」胖子繼續說：「把刀拿出來，放在你前面的地板上，推過來給我。而且你剛動作的同時，我想我看到你另一隻靴子裡的刀柄了。」

韋恩轉頭回來。因爲被丟進校車，他的褲腳拉高到靴筒以上，露出了兩把獵刀刀柄，就像閃著的燈一樣明顯。

今天看起來將是糟糕透頂的一天。

他將兩把獵刀滑向胖子，對方敏捷地將刀從地上撈起來，扔到座位的另一側。

校車門開了，卡宏被丟到韋恩身上，卡宏的帽子隨後被丟過來。

韋恩甩開卡宏，拿回自己的帽子戴上，卡宏也找到他的帽子，如法炮製。他們都還跪著。

「兩位先生請幫我移動到校車的中央好嗎？」

韋恩走在前面帶路。卡宏這下子注意到了那個修女，說：「老天，看看她那屁股。」

胖子在他們背後喊道：「現在的位置就可以了。」

韋恩溜進那個胖子揮著手槍示意的座位，卡宏坐到他旁邊。死人也進來了，坐滿了前排的座椅，只留下中段的幾個零星空位。

卡宏說：「後面那些討厭鬼這樣製造噪音是在幹嘛？」

「他們在唱歌，」韋恩說：「你沒上過教堂嗎？」

「真的？」卡宏轉向修女和那些死人喊道：「你們知道漢克・威廉斯的歌嗎？」

修女沒有轉頭，死人也沒有停止他們不成調的歌唱。

「我猜是沒有。」卡宏說：「看來好音樂都被遺忘了。」

校車後方的噪音停止了，修女走過來看著韋恩和卡宏。她的正面也很好看。她的修女服從頸部到胯部都被剪開，用一條緞帶交叉繫起，露出一點胸部和一部分又緊又薄的黑色底褲，包不住濃密蔓生的恥毛。韋恩拚命抬起視線看著她的臉時，看到她有深濃的膚色、咖啡色的眼眸、飽滿的嘴唇。

卡宏的視線沒移到她臉上，他不在乎臉。他吸吸鼻子，對著她的胯下說：「這屄不錯。」

修女的左手伸過來，往卡宏的頭摸了一下。

他抓住她的手腕說：「胳膊也不錯。」

修女用右手做了個魔法般的動作；她的手伸到背後，拉起衣服，拿出一把雙管迪林格手槍，抵住卡宏的頭。

韋恩往前彎身，希望她不會開槍。在這個距離下，子彈可能會穿過卡宏的頭然後也打中他。

「不會射偏的。」修女說。

卡宏微笑。「妳當然不會。」他說著放開她的手。

她坐在他們對面，露出笑容，高高蹺著腿。韋恩感覺自己的那話兒脹起來，貼著大腿內側蠕動。

「親愛的，」卡宏說：「爲了妳，簡直連吃顆子彈都値得呢。」

修女的笑容依舊。校車動了起來，吹氣裝置和雨刷開始運作，擋風玻璃變成藍色，有個白點在上面移動，周圍還有一連串較小的白點。

是雷達。韋恩在沙漠裡的車上看過這東西。如果他活得過這一次，把他的車弄回來，他可能也會裝個這種東西。但也可能不會，他受夠沙漠了。

不論如何，在這一刻，未來計畫都顯得有點不搭調。

然後他突然想到某件事。雷達。那就代表這些王八蛋早就曉得他們在接近，故意停在他們面前。

他在座位上往前靠，檢視校車和他的五七年雪佛蘭撞擊的大概位置。連個凹痕都沒看到。這想必是一輛裝甲校車，這年頭大部分的校車都是。它的車窗可能是防彈玻璃，輪胎是防刺沙地胎。校車變成這樣，是因爲種族暴動頻傳，還有人把變種生物的幼體當成一般人類送去學校，也因爲那些所謂的「怪老頭」——那些老混蛋認爲兒童是合適的性慾對象，而且在想紓壓時可以拿來當沙包打。

「把這手銬解開行嗎？」卡宏表示：「反正現在也沒什麼屁用。」

韋恩看著修女。「我要把手銬鑰匙從褲子口袋找出來。別開槍。」

韋恩找出鑰匙、解開手銬，卡宏讓手銬滑到地上。韋恩看到修女好奇的表情，於是說：「我是個賞金獵人。幫我把這個人送到執法鎭，我可以設法讓你們也賺上一筆。」

她搖搖頭。

「這樣就對了，」卡宏說：「我喜歡少管閒事的修女……妳眞的是修女嗎？」

她點頭。

「妳一向都這麼健談嗎？」

又點了一下頭。

韋恩說：「我從來沒看過像妳這樣的修女，穿這種衣服，還拿著槍。」

「我們屬於一個小規模的特殊教團。」她說。

「妳是這些死人的什麼主日學老師嗎？」

「算是。」

「但他們都死了，這不是很沒意義嗎？他們也沒有靈魂了，不是嗎？」

「沒有，但他們的事功能為上帝增添光榮。」

「他們的事功？」韋恩看著那些僵硬地坐在椅子上的死人。他發現其中一人腐爛的耳朵快要掉了。他嗅了嗅。「他們也許能為上帝增添光榮，但是對空氣品質沒什麼好處。」

修女伸手進口袋裡拿出兩個圓形物體，分別丟給卡宏和韋恩。「薄荷糖。能幫助你們忍受那股味道。」

韋恩打開包裝，將糖放進口裡吮了吮。它的確蓋過了臭味，但薄荷味也不是那麼好聞，反而讓他想起了生病的時候。

「你們是哪個教團的？」韋恩問。

「耶穌愛馬利亞。」修女說。

「祂老媽？」

「是抹大拉的馬利亞。我們認為他上過她，他們是愛人。聖經裡有證據。她是個娼婦，所以我們依隨她的形象。她放棄了原本的生涯，成為耶穌的娼婦。」

「很遺憾告訴妳，修女，」卡宏說：「但是老好人耶穌已經死透了，如果妳要等他來臨幸，下面會等到乾掉喔。」

「謝謝你的情報，」修女說：「但我們不是跟祂本人相幹，而是跟祂的聖靈。我們讓聖靈進入男人的身體，讓他們佔有我們，就如同耶穌佔有馬利亞一樣。」

「認眞的？」

「認眞的。」

「跟妳說，我覺得我感到聖靈在我體內動來動去了。妳何不把衣服脫了、在椅子上躺著，讓我老卡宏給妳一發滿滿的耶穌？」

卡宏往修女的方向移動。

她用槍指著他說：「給我待在那別動。如果你眞的被耶穌充滿，我會立刻獻身於你。但你體內充滿的是魔鬼，不是耶穌。」

「要命，修女，妳就放過魔鬼他老人家吧，他很有趣的。就讓我們一起攀上顛峰……之類的。如果妳改變主意了，我可以隨時皈依信仰。我眞心很愛打砲。我幹過……所有弄得到手的東西，除了鸚鵡之外，但如果我找得到牠的洞，鸚鵡我也照幹不誤。」

「我從來不曉得死人可以接受訓練。」韋恩決定介入，試圖將修女的談話往一個可能有幫助的方向引導，告訴他現在是什麼情況、他陷入了什麼樣的麻煩。

「就像我說的，我們是一個非常特殊的教團。拉撒路弟兄，」她朝校車司機揮揮手，司機看也沒看，但舉起一隻手示意。「就是教團的創立者。我想他不會介意我分享他的故事，好說明我們的作爲和動機。將這些話語散播給異教徒是很重要的。」

「他媽的別說我是異教徒，」卡宏說：「跟一堆戴著怪帽子的發臭死人搭著一輛他媽的校車，這才是異端。該死，他們連調子都唱不準。」

修女沒理他。「拉撒路弟兄曾有過另一個名字，但那個名字已經無關緊要了。他當時是個科學研究人員，任職的地點就是那個將病毒散布到空氣中、讓死人只要還保存著腦部就無法眞正死掉的實驗室。

「拉撒路弟兄當時拿著一盤實驗物品，就是那些細菌，有個實驗室助理開玩笑假裝絆倒他，而他不知道對方在開玩笑，為了閃開對方的腿而把實驗物品盤弄掉了。瞬間，空調系統將細菌吹遍了整座研究中心。有人開了門，細菌就散布到世界上了。

「拉撒路弟兄愧疚不已，不止因爲弄掉了實驗物品盤，也因爲是他起初幫忙創造出那種細菌。他辭掉實驗室的工作，開始在國內到處流浪。他來到這裡時，除了基本的食物、飲水和書之外一無所有。他帶的書有《聖經》、《次經》和《新約》中許多被刪減的章節。他在閱讀時想到，這些被刪節的篇章其實是聖經的一部分。他解讀出其中更高層的意涵，而一位天使在他的夢中現身，對他說了另一部書，他便執筆記錄直接來自上帝的天使話語，這部書解開了一切的奧祕。」

「例如跟耶穌打砲。」卡宏說。

「例如跟耶穌打砲，以及人不應害怕代表性愛的詞彙，不應害怕同時將耶穌視爲神與人。崇敬耶穌且開啟心靈的性愛是激越的宗教體驗，而不是兩頭野獸的苟合。」

修女繼續說：「拉撒路弟兄在沙漠和山地遊蕩，思考著上帝給他的啓示，看啊，上帝又立刻對他顯示了一項神蹟。拉撒路弟兄發現了一座大型遊樂園。」

「我都不知道耶穌喜歡遊樂園呢。」卡宏說。

「遊樂園廢棄已久，過去曾經屬於一個叫做迪士尼樂園的地方。拉撒路弟兄知道，以前曾經有好幾座迪士尼樂園蓋在全國各地，這一座的位置正好在雪佛蘭—凱迪拉克戰爭的戰場中，因此遭到摧毀，大部分都被沙子掩埋了。」

修女伸出雙臂。「在這片斷垣殘壁中，他看到了新的開始。」

「冷靜點，寶貝，」卡宏說：「別中風了。」

「他召集了志同道合的男女，將福音傳給他們，包括《舊約》、《新約》、《失落祕典》（*The Lost Books*）和他的《拉撒路書》（*Book of Lazarus*）。這個名字象徵了新的開始，從死者之中復生，看見事物眞實的樣貌。」

修女說話時飛快地比劃著手勢，前額和上唇都冒出了汗珠。

「於是他重拾了科學家的技能，但將之應用於更崇高的使命——上帝的使命。成爲拉撒路弟兄之後，他發現了死人的用途。死人們可以透過教導而學會工作、爲上帝的榮光建造紀念碑，就是這座提供修士和修女同修的教育中心，將來要叫做『耶穌樂園』。」

講到「耶穌」的名字時，修女在句中多加上了一聲顫音，死人聽到提示便怪腔怪調地同聲說：「原祂的名收讚沒。」

「你們到底是用什麼方法訓練死人的？」卡宏問：「像馴狗一樣嗎？」

「方法就是將科學供我們的主耶穌基督爲用。拉撒路兄弟製造了特殊的裝置，能夠直接從頭頂植入死人的腦部，控制特定的幾種欲求，讓他們變得被動、能夠回應簡單的命令。拉撒路弟兄稱之爲調節器，而在這種裝置的協助之下，我們便能夠與死人展開許多正面的工作。」

「你們上哪找到這些死人的？」韋恩問。

「我們從生肉男孩手裡買下他們，使他們免於被投入不道德的用途。」

「他們應該挨槍爆頭，埋進他媽的地底下。」韋恩說。

「如果我們使用調節器和死人只是爲了自己的好處，那麼我會同意你的話。但我們不是爲了自己，我們在服事上帝。」

「你們的修士會幹修女嗎？」卡宏說。

「在他們受基督聖靈附體時會。」

「那我敢打包票，他們一定很常被附體。這個設計也不壞，讓死人在遊樂園工作——」

「那裡現在不是遊樂園了。」

「——還有幹不完的鮑鮑。聽起來眞愜意，我喜歡。那個老混蛋比表面上聰明呢。」

「我們和拉撒路弟兄的行事動機沒有自私的成分。事實上，拉撒路弟兄爲了替他散布細菌的行爲悔罪，在他的鼻子注射了一種病毒，導致它慢慢腐爛。」

「我還以爲他裝了個大呼吸管呢。」韋恩說。

「我收回我的話，」卡宏說：「他跟表面上一樣笨。」

「爲什麼死人要戴那種蠢帽子？」韋恩問。

「拉撒路弟兄在遊樂園的舊址找到一倉庫的帽子，上面是老鼠耳朵，代表迪士尼樂園某個曾經流行的卡通動物角色，叫做米老鼠。我們用這種方式區分哪些死人是我們的、哪些不受調節器的控制。時不時會有流浪的死人晃進我們的區域，像是被謀殺的死者、被遺棄在沙漠的小孩，或是在穿越沙漠途中死於高溫或疾病的人。我們有些弟兄姊妹遭到他們的攻擊。帽子是防範措施。」

「那我們呢？」韋恩問。

修女甜甜地笑了。「我的孩子，你們要來增添上帝的榮光。」

「孩子？」卡宏說：「妳這是把老虎當病貓嗎，賤人？」

修女在座椅上往後滑，將槍放在腿上，雙腿抬高一些，讓她的底褲陷在陰部縫隙的深谷裡，那道深谷看起來眞是個値得一遊的好地方。

韋恩的視線從如此美景上轉開，頭回到原位，閉上眼睛，並拉下帽子蓋在眼上。此刻他沒有什麼能做了，而既然有修女幫他盯著卡宏，他要來睡覺養神，再想想下一步該怎麼走，如果還有下一步的話。

他逐漸沉入夢鄉，同時尋思著修女說的「我的孩子，你們要來增添上帝的榮光」是什麼意思。

韋恩有種感覺，等他發現答案的時候，恐怕不會喜歡。

5

他睡睡醒醒，看到隔著風暴的陽光將萬物染上一層帶綠的色彩。卡宏看到他醒來，便說：「這顏色豈不是很漂亮嗎？我以前有一件這種顏色的襯衫，喜歡得很，但是我跟一個裝木腿的墨西哥婊子爲了錢打起架來，她就把襯衫給撕了。我狠狠揍了她一頓。」

「眞是謝謝你的分享。」韋恩說，又睡了回去。

他每回醒來，陽光都更明亮一些，最後他醒過來看到太陽下山，風暴也平息了。但他沒醒多久，就逼自己再度閉上眼睛，儲備能量。他聽著車子馬達的哼鳴助眠，想到了廢車廠、老爹和他們可以找的樂子——喝啤酒、打牌、幹邊境上的那些女人，也許還可以幹幹那裡賣的變種母牛。

不了，不要母牛，也不要任何基因改造過的畜牲。人總要有底線，而他的底線就是不幹畜牲，即使牠們的培育方式讓牠們擁有人類的特徵。但做人一定要有標準。

當然，人的標準常常敗壞。他記得自己以前說過只幹漂亮的女人，但找的最後一個妓女就醜得嚇人。如果再不小心留意，他就要變得像卡宏那樣拚命想在鸚鵡身上找洞了。

卡宏用手肘推他的肋骨把他叫醒，修女拿著槍站在他們的座椅旁。韋恩知道她沒有睡，可是她看起來雙眼發光、精神抖擻。她對著窗外點一下頭說：「耶穌樂園。」

她的聲音中再次多了特別的強調語調，死人齊聲應道：「原祂的名收讚沒。」

現在天已經黑了，是個涼爽的夜晚，大大的月亮有著黃銅箔的顏色。校車行過白色沙地，像一艘縱帆船，風灌了滿帆。校車開上高得不可思議的山丘，前方的光亮像是極光中的北極星，接著，它在七彩虹光中俯衝下坡，車內充滿了閃爍的光點。

韋恩的眼睛習慣光線之後，校車往右轉了個急彎。他往下看著山谷，就連空中俯瞰也比不上他隔著車窗的視野清楚。

山谷裡是個由亮面金屬和扭曲霓虹燈構成的宇宙。山谷中央有一尊巨大的受難耶穌雕像，想必有二十五層樓高。身體的部分大多由金屬和彩色霓虹燈組成，是光線的主要來源。雕像的鉻金屬額頭和鐵鏽色的霓虹燈管頭髮上，繞了好圈帶刺鐵絲作爲荊冠。這位救世主的眼睛是又大又綠的球體，像旋轉風扇般精準地左右來回轉動。祂的臉上咧開大大的微笑，一塊塊閃亮的金屬做成牙齒，之間留著缺牙的黑洞。雕像還安著一根由纜線和燈管交織塑形而成的巨大陰莖，比兩旁用金屬管製成、像得了關節炎的腿還要粗厚結實。陰莖頂部是一盞巨大的聚光燈，搏動時彷彿散發出紅腫的色澤。

校車一圈一圈地下坡繞進山谷，像隻死蟑螂緩緩流入排水孔。開著的路最終來到平地，直直帶領他們通往耶穌樂園。

他們穿過耶穌雙腿間，從祂搏動的龜頭下通過，前方的目標物看似一座由金磚築成的城堡，還有一道嵌著寶石的拱橋。

除了城堡之外，還有其他幾座高樓建築看似用貴金屬和寶石建成，包括金、銀、祖母綠、紅寶石和藍寶石。但他們愈接近那些建築物，精緻的外觀愈是失色、愈恢復本來的眞貌：灰泥、紙板、螢光漆、彩色聚光燈和霓虹燈管。

韋恩在左邊看到一排長長的開放式車庫，裡面停滿車輛，大部分都是舊校車。還有幾間沒亮燈的棚舍，用鐵皮和油紙搭成，也許是死人住的地方。在棚舍和車庫後方立著幾座骨架，襯著夜空和糖果色的燈光顯得高聳荒涼，像是擱淺鯨魚的枯骨。

在右邊，韋恩則瞥見一座前方開敞、作爲舞臺使用的樓房。舞臺前的椅子坐滿了修士和修女。臺上有六位修士，一個坐在鼓組後，一個吹薩克斯風，其餘彈著吉他，他們演奏出喧鬧的搖滾節奏，震得校車抖動起來。一位袍服前襟打開、頭巾散亂的修女，對著麥克風唱出有如受難天使的歌聲。刺耳的聲音透過揚聲器傳進校車車窗，蓋過了引擎聲。修女又長又響地號叫出的「耶穌」聽起來就像來自地獄的哭求。然後她跳起來、劈腿降落，衝擊力把她反彈得又站起來，簡直像屁股上裝了彈簧。

「那個女的肯定能那樣從地上撿硬幣呢。」卡宏說。

拉撒路弟兄按了一個鈕，嵌著假寶石的拱橋在護城河上放下來，他們的車開了進去。

裡面的光線沒那麼亮，牆壁看起來淒冷又灰暗。拉撒路弟兄停住校車並走下車，另一位修士上了車。他又高又瘦，歪曲的暴牙把下唇壓凹了一塊。他也帶著一把十二口徑散彈槍。

「這位是弗瑞德弟兄，」修女說：「他會幫你們導覽。」

弗瑞德弟兄將韋恩和卡宏趕下校車，離開了戴著鼠耳帽的死人和穿著黑色緊身底褲的修女。他推著他們走上一條陰暗的走廊，爬上螺旋梯，再走進一條更長的走廊。兩旁都是敞開的門，房間裡有的暗、有的亮，有腐壞的肉、掛在尖勾上的內臟、四處散落如核桃殼和斷掃把的骷髏頭及骨頭；有的房間裡堆滿死人（眞死了的），排得像柴薪一樣整齊；有些房間的石製層架上堆滿燒杯，燒杯裡有火焰紅、污水綠和小便黃的液體，以及玻璃螺旋管，內有彩色液體飛快流動、騰騰冒煙，最後瀉進大燒瓶內；有些房間裡有檯面、桌子、箱子、凳子和椅子，上面堆滿樂器、死人或屍塊，或是有修士、修女的屁股坐在上面，他們手拿圖表、試管或身體部位，專注地皺著眉頭、抿著唇，彷彿即將宣布什麼石破天驚的大發現。最後，他們來到一間小房間，裡面有未裝玻璃的高窗，俯瞰著明亮、閃耀而混亂的耶穌樂園。

房間裡的陳設很簡單。一張桌子、兩張椅子、兩張床——各在房間左右兩端。石壁上毫無裝飾，右手邊有一小間無門的廁所。

韋恩走向窗邊，眺望著耶穌樂園；它不斷搏動震顫，像一顆瘋狂跳動的心臟。他聽了一會兒音樂，然後靠向窗子，將頭往外伸。

他們身處高處，窗外只有一面垂直的高壁，如果往下跳，肯定會跌個屍骨無全。

韋恩對著那令人敬畏的高壁吹了聲口哨。弗瑞德弟兄覺得那是對耶穌樂園的讚美，便說：「眞是個奇蹟，對不對？」

「奇蹟？」卡宏說：「你是指這個怪胎燈光秀嗎？這才不是什麼奇蹟，跟屎一樣。給我把校車上那個修女叫回來這裡，彎下腰從二十步外拉一團正圓形的屎、飛過一個圈，我才說那是奇蹟，歪牙先生。耶穌樂園這鬼東西眞是繼狗毛衣之後最他媽蠢的主意了。」

卡宏繼續說：「而且你看看這個地方，總可以擺設布置一下下吧，掛個裸女跟驢子搞、或是兩隻豬相幹的圖，什麼都好。屎坑外面加一扇門也不錯。我討厭撇條的時候知道有人可以看到我，太不體面了。人大號的時候應該要有隱私。這個地方讓我想到在韋科住過一晚的汽車旅館，我還叫那該死的經理退我錢。那鬼地方裡的蟑螂大到可以用我的淋浴間了。」

弗瑞德弟兄眨也不眨眼地聽完這段話，彷彿卡宏的發言就像青蛙唱歌般令人驚奇。他只說：「好好睡，別讓臭蟲咬了，明天你們就要開始工作。」

「我他媽的才不要工作。」卡宏說。

「晚安，孩子們。」弗瑞德弟兄說著關上門。兩人聽著門鎖上，像絞刑臺上活板門打開的聲音般響亮，帶有終結的意味。

6

黎明時，韋恩起來撒了泡尿，然後到窗邊往外看。昨晚有修士演奏和修女狂跳的舞臺現在空空蕩蕩。他先前看到的骨架是早已廢棄的遊樂設施留下的軌道和外框。他腦中突然出現一幅畫面，是耶穌與門徒搭著雲霄飛車，他們的長髮與袍子在風中翻飛。

少了燈光和神祕的夜色，巨大的耶穌受難雕像顯得平凡無奇，就像掉了妝、弄亂了假髮的妓女來到光天化日下。

「有想到我們該怎麼逃出這裡嗎？」卡宏問。

韋恩看向卡宏。他正坐在床上穿靴子。

韋恩搖頭。

「眞想抽根菸。你知道嗎，我覺得我們先該一起合作，之後再來殺個你死我活。」

卡宏無意識地摸摸耳朵上被韋恩咬掉一塊的地方。

「只要我還有力氣踹你一腳，就不會信任你。」韋恩說。

「我懂。但是我跟你保證。我的保證是靠得住的，我不會耍詐。」

韋恩審視著卡宏，心裡想：嗯，現在也沒什麼可以損失了。他只要小心留意就好。

「好吧，」韋恩說：「跟我保證，你會和我一起合作，讓我們逃出這個鬼地方。等我們安全重獲自由，你也遵守承諾，到時候我們再談和。」

「成交。」卡宏說著伸出手。韋恩看著他的手。

「一言爲定。」卡宏說。

韋恩抓住卡宏的手跟他握了握。

7

過了一會兒，門被解鎖打開，有個滿臉笑容、頭髮質地和顏色都像黴菌菌絲的修士，跟著依然手持散彈槍的弗瑞德弟兄一起走進來。他們旁邊跟了兩個死人，一男一女。他們穿著破爛的衣服，戴著鼠耳帽。兩人看起來都死沒多久，味道也不太難聞。事實上，那兩個修士還比較臭。

弗瑞德弟兄用散彈槍的槍管推著他們經過走廊，走進一個有金屬桌和醫療器械的房間。

拉撒路弟兄在房間遠端的一張桌子旁，面帶微笑，鼻子在今天早上看起來特別像惡性腫瘤。一個跟拇指指尖同樣大小的白色膿包長在他的鼻子左側，看起來就像一坨屎上的珍珠洋蔥。

一位修女站在旁邊。她個子矮小，腿雖然瘦但好看，衣著跟校車上的修女一模一樣，只是她穿起來顯得更女孩子氣，也許是因爲她身材細瘦，胸部又小。她有張清秀的臉蛋，眼珠很大，頭巾下露出幾縷金髮。她臉色蒼白羸弱，彷彿累得形銷骨立。她的右臉頰上有個胎記，形狀看起來像是遠處一隻飛翔中的小鳥。

「早安，」拉撒路弟兄說：「希望兩位紳士有睡好。」

「工作的事是怎麼樣？」韋恩問。

「工作？」拉撒路弟兄說。

「我是那樣跟他們描述的，」弗瑞德弟兄說：「也許有點草率了。」

「我會說，」拉撒路弟兄表示：「這裡沒有你們的工作，紳士們。我向你們承諾。所有工作都由我們來做。躺到桌上，我們會抽一份你們的血樣。」

「爲什麼？」韋恩說。

「爲了科學。」拉撒路弟兄解釋：「我想爲這種導致死者復生的細菌找到解藥，因此，我必須用活人來做研究。聽起來很像瘋狂科學家是吧？但我跟你們保證，除了幾滴血之外，你們不會有任何損失。好吧，也許比幾滴更多一些，但不會有嚴重的損失。」

「用你自己他媽的血啊。」卡宏說。

「我們有在用。但是我們一直在找新鮮的實驗樣本，這裡找一點，那裡找一點。如果你們不肯配合，我們會殺了你們。」

卡宏一個轉身，打中了弗瑞德弟兄的鼻子，打得很實在，讓弗瑞德弟兄一屁股跌在地上，但他抓起散彈槍指著卡宏。「來啊，」他說，鼻子流著血。「再打一次啊。」

韋恩反射性地想去助陣，但是遲疑了。他所在的位置踢得到弗瑞德弟兄的頭，但那樣可能阻止不了他對卡宏開槍，而且如此一來他額外的賞金就飛了。再說，他跟這個王八蛋保證過會幫忙彼此活下來，直到他們從這裡脫身。

另一位修士雙手交疊，往卡宏的頭側揮打，將他打倒在地。弗瑞德弟兄爬起來，在卡宏試圖起身時用槍托打他的後腦，打得他額頭碰地。卡宏滾了一圈，整個人側躺著，眼皮如蛾翼般顫動。

「弗瑞德弟兄，你得學著把另一邊臉也轉過來，」拉撒路弟兄說：「把那個廢物搬到桌上來吧。」

弗瑞德弟兄打量了一下韋恩，看他會不會惹麻煩。韋恩雙手插在口袋，面露微笑。

弗瑞德弟兄叫了兩個死人過來，讓他們把卡宏抬到桌上。拉撒路弟兄則用束帶將他固定。

修女拿來一托盤的針頭、針筒、棉花和瓶子，放在卡宏頭旁邊的桌面上。拉撒路弟兄捲起卡宏的衣袖，拿了一根針刺進卡宏的手臂，抽滿一管血。他在其中一個瓶子的橡膠瓶口裡插進針筒，將抽到的血注入瓶中。

他看著韋恩說：「我希望你不用那麼費事。」

「我抽完血之後可以拿到柳橙汁和小餅乾嗎？」韋恩問。

「你走出去的時候頭上可以不用腫一個包。」拉撒路弟兄說。

「我想這樣也行吧。」

韋恩爬上卡宏旁邊的桌子，拉撒路弟兄用束帶將他綁住。修女端來托盤，拉撒路弟兄用處理卡宏的手法在他身上照做一次。修女站在韋恩旁邊，往下看著他的臉。韋恩試圖從她的五官中解讀出些什麼，但完全沒有頭緒。

拉撒路弟兄抽完血之後，抓著韋恩的下巴搖了搖。「嗯哼，你們兩個小子看起來挺健康的。但是用看的總是不準，我們得把血樣拿去做些檢驗。在此同時，沃思修女要在你身上再做幾項額外的檢查。還有，」他朝著不省人事的卡宏點頭。「我會在這裡照顧好你朋友。」

「他才不是我朋友。」韋恩表示。

他們將韋恩抬下桌子，然後沃思修女和帶著槍的弗瑞德弟兄指引他經過走廊進了另一個房間。

房間裡有一排排的架子，放著許多器械和瓶罐。房內照明很差，雖然頭頂上方有盞黃色燈泡，但大部分的光源是從百葉窗照進來的室外光，空氣中有塵埃飄動。

房間中央立著一個有輻條的大輪子，頂端有兩條束帶，底部也有兩條，底部的束帶下放著木塊。輪子背面連接著一根立起的金屬條，上面裝滿了控制開關和按鈕。

弗瑞德弟兄讓韋恩脫光衣服，背對著控制板，腳踩木塊，身體貼在輪子上。沃思修女將他的腳踝用束帶綁緊，再讓他舉高雙手，將他的手腕束在輪子的上半部。

「希望這會很痛。」弗瑞德弟兄說。

「把你臉上的血擦掉，」韋恩說：「看起來蠢得要命。」

弗瑞德弟兄比了個不太合乎教規的中指，接著離開房間。

8

沃思修女碰了碰一個開關，輪子就開始旋轉，一開始很慢，照進窗裡的微光穿過橫槓，塵埃在他眼前飛舞，輪子和輪上的輻條在牆上投出扭曲的影子。

轉圈的同時，韋恩閉上眼睛，這樣可以讓他不那麼暈，尤其是往下轉的時候。

有一次他在往上轉時睜開眼，瞄到沃思修女站在輪子前盯著他看。他說了聲「爲什麼？」，就在輪子下沉時再度閉眼。

「因爲拉撒路弟兄如此交代。」這句回答過了很久之後才傳來，韋恩幾乎都忘了他有提問。其實他根本不期待得到回應。他很訝異這個問題就這麼脫口而出，讓他對自己感到有點失望。

在另一次上升途中，他又睜開眼，看到她往輪子後面走，走出他的視線。他聽到「唰」的一聲，像是一個開關被撥開了，然後一陣閃電竄過他的身體，他不由自主驚叫出來。小小一道叉狀的電流竄出他口中，像爬蟲類的舌頭舔舐著空氣。

輪子轉得愈來愈快，電流愈來愈頻繁，他的喊叫愈來愈微弱，最後終於沒了聲音，他整個人麻木無比。他飄流在太空中，身上只戴著牛仔帽、穿著靴子，快速地遠離地球。廢棄的車輛漂浮在他周圍，他看了看，其中有一輛是他的五七年雪佛蘭，坐在駕駛座上的人正是老爹。老爹旁邊坐著一個墨西哥人，後座有另兩個人，他們看起來都有點醉。

後座的一個妓女將洋裝高高拉起，讓他看到她的屄，看起來需要刮個毛。

他笑著伸手去抓，但是那輛五七年雪佛蘭正在漂遠，轉了個大彎，車尾對著他。他從後車窗看到一張臉，是老爹。他爬到後車窗旁，緩慢而哀傷地揮著手。一個妓女把老爹拉出他的視線。

其他的廢車也在漂遠，彷彿被捲進了那輛五七年雪佛蘭的尾流。韋恩振臂泅泳，腳也使勁地踢，想追上他的車和其他廢車。但他只是懸浮在原本的位置，像一隻被釘在標本板上的蛾。那些車飄出他的視野，留下他在那裡手腳攤開，在冰寒冷漠的無盡繁星之間旋轉。

「……檢驗進行的方式……會標示出你的所有徵象……做成圖表……心電圖、腦波、肝功能……所有一切……會痛是因爲拉撒路弟兄如此安排……他覺得我不懂這些……覺得我遲鈍……遲鈍，但不是笨……其實頗聰明的……曾是個科學家……在意外之前……拉撒路弟兄並不神聖……他是瘋狂……因爲宗教審判……他很了解宗教審判……認爲我們需要復興它……用來對付像你們這樣的人……他說你們不神聖……但他只是喜歡傷人……我知道。」

韋恩睜開眼。輪子停了。沃思修女用單調的聲音跟他說著話，解釋輪子的功用。他記得自己問她「爲什麼？」，那感覺彷彿已經是三千年前的事了。

沃思修女再次盯著他看。她走開到一旁，他以爲她又要啓動輪子，但她回來時手臂下夾著一面又長又窄的鏡子。她將鏡子靠在他對面的牆上。她跟他一起靠在輪子上，小小的腳踩著他旁邊的木塊。她將袍子下襬往上推，拉下黑色的底褲。她的臉貼到他旁邊，彷彿在尋找什麼。

「他打算要奪取你的身體……一點接著一點……血液、細胞、腦部、陽具……全部……他想永生不死。」

她把底褲拿在手裡，然後拋開。韋恩看著它飛起來然後飄落在地上，像隻垂死的蝙蝠。

她握住他的老二拉了一下。她的手掌冰冷，他感覺也不在最佳狀態，但他還是硬了起來。她把他夾在雙腿間，用大腿摩擦他的陰莖。她的腿跟手一樣冰冷且乾燥。

「我現在知道了……知道他在做什麼……死人、細菌、病毒……他想創造出讓他永生不死的東西……它讓死者復生……但無法讓活人延續生命，免於衰老……」

儘管她身體冰冷，他的陰莖還是鼓脹搏動著。

「他解剖死人……在他們身上做實驗……但是永生的祕密在活人身上……所以他才想要你……你是外人……他可以對住在這裡的人做實驗……但他必須讓他們活著才能供他利用……不能讓他們知道他實際上是什麼樣的人……他需要你和另外那個人的器官……他想成爲神……搭著他的小飛機居高臨

下……他喜歡把自己想成造物主，我敢說……」

「飛機？」

「超輕型飛機。」

她將他的陽具推進自己體內，她的裡面又冷又乾，像是在瀝乾板上放了隔夜的肝臟。但他仍然發覺自己蓄勢待發。到了這個點上，他連蕪菁上的洞都能插。

她吻著他的耳朵和脖子，又冷又輕的吻，像吐司一樣乾燥。

「……以為我不知道……但我知道他不愛耶穌……他只愛他自己和權力……他對他的鼻子感到很難過……」

「一定的吧。」

「那是他在宗教狂熱之下的行為……在他喪失信仰之前……現在他想恢復過去的身分……科學家。他想長出一個新鼻子……知道該怎麼做……我看過他讓一隻手指從培養皿裡長出來……從一位弟兄指節的皮膚裡長的……這些事他都會做。」

她現在擺動著臀部。他越過她的肩膀看見靠在牆上的鏡子，看到她白皙的屁股扭動著，黑袍捲在上方，隨時要像簾子一樣掉下來。他開始緩慢但使勁地前後抽動。

她轉頭看著鏡子，看著自己幹他，臉上的表情比起歡愉更像在研究。

「我想感覺到生命力，」她說：「感覺到健康硬挺的屌……等了太久了。」

「我盡力，」韋恩說：「雖然這算不上太浪漫的地點。」

「往前推，讓我感覺到。」

「好。」韋恩說。他使盡全力。他的勃起開始消退了。他感覺像在面試一份工作，卻沒有給人留下最好的印象。他覺得連木材上的瘤孔對他都不會滿意。

她從他身上爬下來。

「不怪妳。」他說。

她走到輪子後面，碰了碰上方的某些東西。她再度騎到他身上，腳踝跟他互相勾著。輪子轉了起來，短暫的電擊在他身上一陣陣竄過，不像之前那麼強，而是激發了他的精神。他親吻她的時候，舌頭就像碰著了電池。彷彿電流在他的血管裡奔馳，從他的龜頭飛出，他覺得他可能會在她體內射滿閃電，而不是精液。

輪子慢慢停下來，上面想必裝了計時器。韋恩在鏡中看到他們的倒影，他們頭下腳上，看起來像兩隻在窗戶上相幹的蜥蜴。

他無法判斷她完事了沒，所以他繼續做完。沒了電流的刺激，他也失去了慾望。她的確不是最頂級的對象，但是，該死，這就像老爹總是說的：「更糟的我也不是沒幹過。」

「他們要回來了，」她說：「很快……別讓他們發現我們這樣子……還有其他檢驗。」

「妳爲什麼要這麼做？」

「我想脫離這個教團……離開這個沙漠……我想要生活……而且我想要你幫我。」

「我願意，但是我的血全部往腦門衝，暈得要命，也許妳應該先從我身上下來。」

過了漫長如亙古的一段時間之後，她開口：「我有個計畫。」

他們交纏的身體分開，她走到輪子後面按下開關，讓韋恩恢復正立。她碰碰另一個開關，他便緩慢地旋轉起來，當他一面轉著、體內有閃電在舞動時，她一面將計畫告訴他。

9

「我覺得那個弗瑞德弟兄想上我，」卡宏說：「他一直想把手指往我屁眼裡伸。」

他們回到了房間。弗瑞德弟兄帶他們回去，讓他們拿了衣服，現在他們再度獨處，各自更衣。

「我們要逃出這裡，」韋恩說：「那個沃思修女，她要幫我們。」

「她的動機是什麼？」

「她討厭這個地方，而且喜歡我的屌。主要是她討厭這個地方。」

「她有什麼計畫？」

韋恩先告訴他拉撒路弟兄的盤算。明天，他會把他們送到那個有鋼桌的房間，他們會躺到桌上，如果檢驗的結果理想，他們就會被認定爲合適的工具，拉撒路弟兄會慢慢把他們的皮膚從身體上剝下來，而根據沃思修女的說法，他喜歡那樣做。然後他會抽乾他們的血，過濾之後加進他的配方，像咖啡一樣。他會挖出他們的腦子，放在缸子裡，把他們的血管和器官放進冷凍庫。

這一切都會以上帝和耶穌基督之名（原祂的名收讚沒），僞稱是爲了找到治癒活死人細菌的解藥。但這其實全是爲了拉撒路弟兄自己，他想要一個新鼻子，想要坐著超輕型飛機翱翔在耶穌樂園上空，想要永生不死。

沃思修女的計畫是這樣的：

她會在解剖室裡，把槍藏著。她會做出第一步行動，聲東擊西，然後接下來就看他們了。

「這次，」韋恩說：「我們其中一個人得拿到那把散彈槍。」

「要不是你今天袖手旁觀，我們可能早就拿到了。」

「我們這次要發動突襲，眞的來個出其不意。他們不會料到沃思修女跟我們一夥。我們可以到屋頂上去，搭超輕型飛機起飛，開到沒油之後，我們就改用走的。也許走回去找我的五七年雪佛蘭，希望它還能跑。」

「我們之間的帳到時候再算。贏的人可以得到車和那個妹子。如果是明天，我很有勝算。」

卡宏把靴子套上，扭動其中一隻的鞋跟。鞋跟被轉開來，一把小刀從中落到他的手上。「很利，」卡宏說：「我用過這把刀把一個中國佬從肚子割到腮幫子，就像拿棍子在新鮮的屎堆裡劃過去一樣順。」

「如果你今天有備著它，那就太好了。」

「我想先探探狀況。而且老實說，我原本以爲往弗瑞德弟兄嘴巴上揍一拳，他應該就沒戲了。」

「你打的是他的鼻子。」

「對啊，要命，但我本來瞄準的是他的嘴巴。」

IO

翌日黎明，那間擺著金屬桌的房間看起來仍一模一樣。沒有人拿花來點綴布置。

拉撒路弟兄的鼻子倒是有點變化：現在上面的珍珠洋蔥變成了兩顆。

站在一旁的沃思修女看起來只比昨天多了一點點活力。她端著一個放滿器械的托盤，這次上面放的是手術刀。照在刀鋒上的光線彷彿在眨眼睛。

弗瑞德弟兄站在卡宏背後，菌絲弟兄則在韋恩後面。他們今天肯定是自信滿滿，沒把死人帶來。

韋恩看著沃思修女，心想情況也許不妙。也許她慢條斯理地跟他說了謊，只是想用用他的小兄弟，並且讓他閉嘴。爲了達成目的，她也許什麼承諾都敢做。也許她根本不在乎拉撒路弟兄對他們的所作所爲。

但就算這是騙局，韋恩也要衝一發，就算他必須跳到弗瑞德弟兄的槍口前。這種死法總好過被人活活剝皮。拉撒路弟兄頂著那醜鼻子俯在他身上的這個念頭，實在一點也不吸引人。

「看到你們眞是高興，」拉撒路弟兄表示：「希望我們不要再發生昨天那種不愉快了。現在就躺到桌上去吧。」

韋恩看向沃思修女。她的表情沒有透露任何訊息。她全身唯一顯得有生命力的，是臉頰上那個鳥形胎記折起的翅膀。

韋恩心想：好吧，我就走到桌子那裡，然後我就要來做點什麼，就算做錯也罷。

他向前一步，接著，沃思修女將托盤裡的東西猛地揮翻在拉撒路弟兄臉上——一把手術刀刺中了他的鼻子，牢牢插在那裡。托盤和盤裡其餘的器械掉了一地。

拉撒路弟兄還沒來得及慘叫，卡宏便跳下桌猛衝。他鑽到弗瑞德弟兄的槍底下，用前臂將槍管往上轉，槍隨之走火，對著天花板轟了一陣，石膏碎片如雨落下。

卡宏將小刀藏在掌中，揮向弗瑞德的胯下。刀鋒穿過袍子，直直沒入到刀柄。

卡宏一出手，韋恩便立刻收回手臂，架住菌絲弟兄的喉嚨，把對方轉過來，抓著對方的頭往下一扭，用膝蓋連撞幾下，手肘壓著他的後頸把他按倒在地。

卡宏現在拿到了散彈槍，地上的弗瑞德弟兄試圖從他的卵蛋裡把小刀拔出來。卡宏隨即開槍轟向弗瑞德弟兄的頭，然後也給了菌絲弟兄一槍。

臉上掛著手術刀的拉撒路弟兄試圖要跑，但是腳踩到托盤，整個人飛了出去，趴倒在地。卡宏跨了兩大步過去踢他的喉嚨。拉撒路弟兄發出掙扎聲，試著起身。

韋恩趕過去助陣。他抓住拉撒路弟兄的長袍後頸，把他拉起來，甩在一張桌子上，手術刀還插在他的鼻子裡晃來晃去。韋恩抓住手術刀一扭，順帶割下了一塊肉。拉撒路弟兄尖聲慘叫。

卡宏將散彈槍塞進拉撒路弟兄嘴裡，堵住他的叫聲。卡宏將子彈上膛，說了聲「給我吃下去」，然後扣下扳機——拉撒路弟兄的腦漿隨著一塊顱骨碎片從後腦飛濺出去。腦漿和顱骨濺到桌上、滑過地面，像被推過餐館檯面上的一盤炒蛋。沃思修女動也沒動。韋恩猜想她已經把所有的專注力都拿來用托盤打拉撒路弟兄了。

「妳說妳會帶槍。」韋恩對她說。

她轉過去背對他，拉起袍子，她底褲上方的腰帶上插著兩把點三八手槍。韋恩拔出槍，左右手各拿一把。

「雙槍韋恩。」他說。

「超輕型飛機呢？」卡宏說：「我們弄出的聲音跟監獄暴動一樣大了，得趕緊閃人。」

沃思修女轉向房間後方的門，她還沒說任何話、做任何指引，韋恩和卡宏就起步衝刺，抓住她推著一起過去。

門外就是樓梯，他們一步跨兩階，穿過一道活板門，到了屋頂上，超輕型飛機就被彈力繩和金屬環繫在那裡。機上用金屬桿撐起藍白兩色的帆布，兩側各束了一把十二口徑機關槍，還有一袋食物和一罐水。

他們解開繫繩，爬進雙人座飛機，用繩子將沃思修女固定在他們中間。這樣並不舒適，但還是能飛一趟。

他們坐了一會兒，然後卡宏說：「如何？」

「見鬼，」韋恩說：「我不會開這東西。」

他們看著沃思修女。她盯著控制面板。

「說話啊，該死。」韋恩說。

「那個是啓動開關，」她開口：「那根控制桿……往前是向上，往後是機鼻下壓……左右兩邊是……」

「懂了。」

「好吧，讓這鬼東西一飛衝天吧。」卡宏說。韋恩一推油門，飛機往前滑動，有點顛簸。

「超重了。」韋恩表示。

「把這個婊子丟下去。」卡宏說。

「要嘛一起走，要嘛都別走。」韋恩說。超輕型飛機繼續左右晃動，但是在他們衝過屋頂邊緣時恢復平穩。

他們飛出一百碼，然後做了個韋恩無力控制的急轉彎，直直墜落在耶穌的雕像上，撞到它頭上的荊冠。聚光燈被撞得粉碎，金屬嘎吱呻吟，鐵絲糾纏住超輕型飛機的尼龍機翼，使它動彈不得。耶穌的頭往前傾倒，然後連著內部的電線一下子墜落，電線像溜溜球般把雕像頭部和飛機懸在離地一百呎高處。然後鐵絲荊冠開始解體，讓飛機繼續下墜，而隨著一陣壓碎和撕裂聲後，飛機在煙塵中落了地。

耶穌的頭在超輕型飛機的殘骸上前後搖晃，像一隻準備啄蟲吃的鳥。

II

韋恩爬出殘骸，試著動動腿。還能動。

卡宏站著一面咒罵，一面解下機上的槍枝和補給品。

沃思修女躺在殘骸中間，尼龍布和鋁製支架在她四周猶如蝴蝶翅膀。

韋恩著手拉開她身上的雜物。他看到她的一條腿斷了，大腿上有一根斷骨突出，像削尖的樹枝。沒有血跡。

「信徒來了。」卡宏說。

拉撒路兄弟和其他人的事傳了出去。一群修士、修女和死人衝過吊橋，其中一些修士修女帶著槍，死人則全都拿著木棒。神職人員大聲喊叫。

韋恩向著車庫點了個頭。「我們坐校車吧。」韋恩抬起沃思修女，將她抱在懷中跑了起來。卡宏拿著槍和補給品趕到他們前面。他跳進一輛校車敞開的車門，消失不見。韋恩知道他在扯鬆電線，想用短路點火把車發動。韋恩希望他的技術又好又快。

韋恩跑到校車那裡，先把沃思修女放在車旁，然後拔出兩把點三八手槍，站在她面前。如果要死，他就要死得像狂野比爾（注）：兩手各握著一把冒火的槍，還有個女人由他保護。

事實上，他更希望校車能順利發動。

譯註 Wild Bill Hickok，一八三七～一八七六年，美國淘金小鎮「枯木城」的傳奇槍手兼執法官。

它發動了。

卡宏拉動排檔，倒車出了車庫，繞到韋恩和沃思修女的面前。修士修女們開始對著裝甲校車發射子彈。

卡宏從車內喊道：「該死的快點上車！」

韋恩將槍插進皮帶，拉起沃思修女跳上車。

卡宏將車扭轉向前，韋恩和沃思修女飛出座位、撞到一起。

「我還以爲你要走人了。」韋恩說。

「我想走，但我保證過了。」

韋恩讓沃思修女躺平在座椅上，查看她的傷腿。經過卡宏剛才那樣一甩，斷骨突出得更多了。

卡宏關上車門，看看後照鏡。修女、修士和死人塞滿了兩輛校車，正在追上來。其中一輛開得很快，像是加滿了油全速前進。

「我大概是挑到車庫裡的老爺車了。」卡宏說。他們爬過一座沙堆，然後來到一條蜿蜒向上的窄路。他們後面有一輛校車落後，也許出了某些機械問題，但另一輛還在加速。

路漸漸寬了，卡宏喊道：「我想那些混帳就是在等這個。」

就在卡宏說話的同時，他們的追兵急忙加速往左一甩，跟他們並駕齊驅，試圖偏過來把他們擠出路面、讓他們跌下愈來愈深的山谷。但是卡宏努力與彎道搏鬥，沒有退讓。

另一輛校車的門被甩了開來，那個一開始跟他們同車來到耶穌樂園的修女，正岔開雙腿站在那裡，露出被黑色底褲包裹的胯下。她的一隻手臂環扣著立柱，雙手抓著廣受歡迎的宣教神器——十二口徑機關槍。

他們過彎時，修女對著卡宏旁邊的車窗發射一輪子彈。車窗發出碎裂聲，淺淺的蛛網裂痕往各個方向擴散，但玻璃還撐在原處。

她在槍膛裡補了一輪彈藥，再度發射。不論是不是防彈材質，車窗玻璃的第一層碎落了。若是再有一輪子彈瞄準正確的位置，整片玻璃就要沒了，卡宏也得跟他的項上人頭說再見。

韋恩跪在座椅上，搖下車窗。修女一看到他，立刻轉過來開火。子彈位置很低，紛紛打到車窗的底部，製造出星形的裂痕，然後擊中校車底盤。

韋恩將一把點三八手槍探出窗外，趁修女正在裝填另一輪彈藥時開槍——他的子彈正中她頭部，她的右眼變成濕淋淋的一個大窟窿。她繞著立柱轉了一圈，手上的槍掉落、飛出車門。她靠著掛在立柱上的手肘撐了一會兒，然後手臂伸直，整個人掉出車外。校車碾過了她，她身體兩端爆出紅色的液體，就像被人踩到的果醬蛋糕捲。

「浪費了個好馬子。」卡宏說。他挨近另一輛校車，對方也推回來，但卡宏推得更用力，讓它碰上山壁，發出豹鳴般的刮擦聲。

那輛校車又移回來，把卡宏往懸崖的方向擠，鳴了兩聲喇叭讚美耶穌。

卡宏接著換成低速檔，放開油門，讓另一輛校車超前他半個車身。然後他猛轉方向盤，撞向對方的車尾，推著它橫過路面。他用自己的車頭衝撞對方的側邊，讓對方旋轉起來。它轉著切到了卡宏的車，狠狠削開保險桿。卡宏踩下煞車，另一輛車繼續打轉，轉出了路面，隨著一陣哭喊聲的合奏落入了山谷。

三十分鐘後，他們來到了峽谷頂端，置身於沙漠中。校車的前端開始吐出煙霧，還發出像狗哽到雞骨頭般的聲音。卡宏把車停下來。

12

「該死的保險桿被絞下去，磨掉了一點輪胎。」卡宏說：「我想我們可以把保險桿拔下來，輪胎還能跑。」

韋恩和卡宏抓住保險桿不斷拉扯，但是無法完全拉下來。最後，它被擠壓變形的一部分終於斷開，和其餘的桿身分離。

「這樣應該就能讓它別磨到輪胎了。」卡宏表示。

沃思修女從校車裡喊了一聲。韋恩過去查看她。「把我抱下車，」她說：「……我想感受自由的空氣和陽光。」

「外面感覺沒有什麼空氣，」韋恩說：「陽光就跟平常一樣，很熱。」

「拜託你。」

他將她抱起，來到車外並找到一座沙堆，把她放下來靠著頭。

「我……我需要電池。」她說。

「妳說什麼？」韋恩說。

她躺著直視太陽。「拉撒路弟兄最偉大的作品……能夠思考的死人……擁有過往的記憶……曾經也是個科學家……」她的手一個步驟、一個步驟地舉起來，最後終於碰到了頭巾，將它抓下來。

在她糾結的金髮中間，有一個銀色旋鈕發亮著。

「他……不是好人……我是好的。我想感受生命……就像從前一樣……電池沒了……但是有帶其他的。」

她的手在袍子的口袋裡翻找。韋恩幫她打開口袋，拿出裡面的物品，是四顆電池。

「用兩顆……很簡單的。」

卡宏現在過來站在他們旁邊。「這解釋了一些問題呢。」他說。

「別那樣看著我……」沃思修女說。韋恩這才發覺，他沒告訴過她自己的名字，她也沒問過。

「轉開……把電池放進去……沒了電池我就會變成食人怪物……不能等太久。」

「好。」韋恩說。他到她後面，讓她靠著沙堆，轉開她顱骨上的金屬鈕。他想著她在輪子上幹他的時候，她多麼急於想要得到某些感覺；她的身體是多麼冰冷如石、毫無肉慾。他想起她看著鏡子時，彷彿期望看到某些不存在的事物。

他把電池丟在沙裡，拿出其中一把手槍，靠近她的後腦，扣下扳機。她的身體微微扭動，然後倒下，臉轉過來面向他。

子彈從她臉頰上鳥形胎記的位置射出，完全打穿了那隻鳥兒，留下一個沒有血跡的洞孔。

「再好不過了，」卡宏說：「世上活生生的婆娘夠多了，你不用拖著一個斷了腿的死人到處跑。」

「閉嘴。」韋恩說。

「男人若是爲女人和小孩傷神，就是要出局的時候了。」

韋恩站了起來。

「好吧小子，」卡宏說：「我想時候也到了。」

「我想也是。」韋恩說。

「我們來用高級一點的做法如何？拿一把手槍給我，我們背對背走，數到十就轉過來開槍。」

韋恩將其中一把槍給了卡宏。卡宏檢查完膛室，說：「我有四發。」

韋恩從他的手槍裡拿出兩顆子彈扔在地上。「現在公平了。」他說。

他們背對著背，將槍拿在腿側。

「我猜如果你殺了我，你會帶我去領賞。」卡宏說：「也就是說，若有必要，你會在我頭上打一發子彈。我不想像那些死人一樣復活，你可以答應我嗎？」

「行。」

「我也會爲你做一樣的事，我保證。你知道我言出必行。」

「我們是要比槍法還是要聊天？」

「你知道的，小子，若是在不同的情況下，我會喜歡你的。我們也許還能交上朋友。」

「不太可能。」

卡宏開始數數，他們起步走，在他數到十的時候一同轉身。

卡宏的槍聲率先響起，韋恩感覺到子彈擊中自己的右下胸，讓自己整副身軀輕微地轉動。但韋恩拿起手槍，好整以暇地等到卡宏開下一槍的同時發射。

卡宏的第二顆子彈從韋恩的頭側呼嘯而過。韋恩的子彈擊中卡宏的腹部。

卡宏跪倒在地，呼吸困難。他試圖再度舉槍，卻辦不到，彷彿槍變得重如鐵砧。

韋恩又一槍打中卡宏的胸口，把他往後擊倒，他的腿蜷曲在身下。

韋恩走到卡宏身邊，單膝跪地，拿走他手中的槍。

「該死，」卡宏說：「我怎麼就想不到呢。你中槍了嗎？」

「擦到一點。」

「該死。」

韋恩將槍舉到卡宏額前，卡宏閉上眼睛，然後韋恩按下了扳機。

13

那槍傷不只是擦到一點。韋恩知道他應該把沃思修女留在原地，把卡宏搬到校車上，載著他去領賞金。但韋恩已經不在乎賞金了。

他用斷裂的保險桿挖了一座淺墳，將他們並排放入。完成之後，他在他們之間豎起一塊擋泥板，用其中一把手槍的鐵瞄在上面刻寫：**沃思修女與言出必行的卡宏長眠於此**。

刻上去的字不是很清楚，而且他知道只要颳一陣大風就會把板子吹倒，但他覺得這讓自己感覺好了些，儘管無法指明那是什麼感覺。

他的傷口裂開了，太陽現在又非常熾熱，加上他弄丟了帽子，感覺腦子在顱骨裡加熱，就像鍋中煮沸的肉。

他走上校車發動引擎，日以繼夜地開，直到時間又接近早晨，他來到凱迪拉克沙漠，轉入車陣之間，一直行駛到發現他的五七年雪佛蘭爲止。

他停下來想要下車時，發現自己幾乎動彈不得了。他腰帶上的兩把手槍被傷口流出的血黏在他的襯衫和腹部之間。

他撐著方向盤起身，拿了一把散彈槍作爲拐杖，帶著食物和飲水走去檢查他的車。

車子狀況慘透了，不但沒了擋風玻璃，車頭整個凹陷，一個輪胎還歪成誇張的角度，看就知道是輪軸斷了。

他把身子靠在那台雪佛蘭上。校車的狀況還行，而且還有一些油，他可以把雪佛蘭後車廂的管子拿出來，吸出油桶裡的油給校車使用，這樣可以讓他再開好幾哩好幾哩。

他感覺自己甚至連二十呎也走不了，更別說專心開車。

他放下散彈槍、食物和水，爬到雪佛蘭的引擎蓋上，努力躺上車頂，在那裡仰望著天空。

這是個清朗的夜晚，星光閃耀，周圍沒有雜雲。他覺得好冷。再兩個鐘頭，星光就會消逝，太陽會露臉，涼爽的天氣也會變得酷熱。

他轉頭看著其中一輛凱迪拉克，以及擋風玻璃後貼著的一張骷髏臉，它永恆地凝望著沙地。

他蹺起腳，伸展雙臂，審視著天空。他現在感覺沒那麼冷了，痛楚也幾乎停止了。他的麻木多過於其他感受。

他拔出一把手槍上了膛，舉到太陽穴邊，然後繼續看著星空。他閉上眼睛，發現自己依舊看得到星星。他又懸浮在繁星之間的虛空裡，只穿戴著帽子和牛仔靴，一輛輛廢車和他完好無損的五七年雪佛蘭飄浮在他周圍。

這次，所有的車都朝他而來，而不是遠離他。那輛五七年雪佛蘭在最前面帶頭，它愈飄愈近時，他看到駕駛座上坐著老爹，旁邊坐著個墨西哥妓女，後座又有兩個。他們全都面露笑容，老爹一面按喇叭一面揮手。

五七年雪佛蘭飄到他旁邊，開了後車門。

沃思修女坐在那兩個妓女中間。她剛剛還不在的，但現在突然就出現了。他從沒發覺過那輛車的後座有那麼大。

沃思修女對著他微笑，她臉頰上的那隻鳥飛得更高了。她的頭髮梳得又長又直，看起來臉色紅潤又快樂。她腳邊的地板上放著一箱冰啤酒。老天爺啊，是孤星啤酒呢。

老爹探出前座，伸出了手，而沃思修女和那些妓女在招他上車。

韋恩挪挪手腳，發現自己這次能動了。他游進敞開的車門，碰了碰老爹的手，老爹說：「看到你眞開心，孩子。」在韋恩扣下扳機的那一刻，老爹把他拉進了車裡。

擋風玻璃外的地獄

Hell through a Windshield

我們是汽車電影怪人。
不像其他人。
我們有病。
我們噁心。
我們信的是血腥。
是奶子、還有怪獸。
我們信的是「功夫之城」。
如果用嘔吐計算生命，
我們將會指數超標無法估計。
只要這顆地球上，
汽車電影院還有一家，
我們就會像叢林野獸繼續開趴，
我們會跳舞跳到吐，
腦子會開花。
汽車電影將永生不止。
阿門。

——〈汽車電影院誓詞〉，喬·鮑伯·畢格

汽車電影院或許是在紐澤西誕生的，但它聰明到知道要來德州安身立命。拜發情的青少年和不敢傳說中「一晚一元」或「一車兩元」誘惑的家庭所賜，它在整個五〇到六〇年代如同眞菌一般，在當地飛也似地繁榮發展。

就連現在亦然。儘管有些人說汽車電影院在人口較多的地區已經開始沒落，不管星期幾去都能找到位子，享受一場有時精采到連螢幕上播的東西都相形失色的盛況——尤其是在「特別放映夜」和星期六。

你會看到一堆戶外摺疊椅被放在皮卡車後方或音響旁邊，男女牛仔個個生根在椅子上，啤酒罐從他們拳頭裡長出來，還會有烤肉爐的劈啪聲，烹煮肉類的香氣隨著煙霧向上翻騰，慢慢和德州清澈的天空融爲一體。

就算三層樓高的銀幕上正在放電影，偶爾還是會有些傢伙開著那種吱吱叫的錄音機，讓附近的人拚了老命在ZZ Top樂團的〈衝浪板舞〉（Tube Snake Boogie）樂聲裡豎起耳朵，聽喇叭中斷斷續續的對白。

也會有情侶攤在毯子上，兩側各擺一個落地式音響，親熱得有夠火辣又鹹濕，簡直該就繼續搞下去然後收費開放圍觀才對。

車子裡的「動作戲」也很多。開去小吃攤的路上，如果你眼睛夠利，就能看到牛仔褲被脫下來，宛若白色月亮的屁股露了出來，在用穩定的節奏搖擺起伏，上油的避震器跟四層輪胎幾乎都快擋不住。

現在在你們眼前上演的，是一種瘋狂酷異的次文化。

事實上，它可能還是引領著一波新浪潮的先驅。

或是換個方式講吧：汽車電影瘋是瘋，但也真的是好玩。

汽車電影院有超過五十年的歷史，最早是誕生在一九九三年六月六日的紐澤西州肯頓縣，由一位著實富有遠見的傢伙——理查・米爾頓・賀林雪（Richard Milton Hollingshead）——所創發。

你們可能曉得，肯頓縣是華特・惠特曼（Walt Whitman）生前最後的居住地，一位如此受人尊崇的美國詩人的安息之所。汽車電影院——或是用我爸以前的說法：戶外電影秀——這樣一個別具詩意、又如此具有美國風格的場所，在這裡誕生是再適合不過。

全美曾有超過四千家汽車電影院，現存數量約有三千，而且根據一些專家說法，這數字正在迅速下降。

然而，以前夯到爆的老玩意在德州這邊有復興的趨勢，引來很多新的關注，變成幾乎像穿山甲一樣神聖的存在。

單算「孤星州」就有兩百零九家戶外電影院在營業，其中還有非常多家有若干面並列的大銀幕，同時放映不同的電影。「汽車電影業之王」高登・麥蘭頓（Gordon McLendon）不久前就在休斯頓四五號州際公路，蓋了一家可容納高達三千台汽車的汽車電影院。事實上，它宣稱自己就是有史以來最大的汽車電影院。

為什麼汽車電影在其它地方沒落，卻在德州紅起來？原因有三個。

（一）氣候。一般來講，德州整年氣候都還挺宜人的。（二）汽車文化。德州的汽車登記數量在全美排名第一，德州人對他們的車子也有種情感在。汽車取代馬匹的同時，取代的不止是一種交通方式，還創造了某種新神話的起源。如果說老德州人是半人半馬，那麼現代德州人就是半人半車。試把一個德州人和他的車分開，或強迫他用大眾運輸工具移動，結果八成會是汽車格柵以六十五哩的時速朝你親上來。（三）就是喬・鮑伯・畢格斯（Joe Bob Briggs）。

來，背景音樂可以放下去了。麻煩輕柔點，就放低吟版的〈德州之眼〉（The Eyes of Texas）吧。然後，有請所有眞正的德州人脫帽，讓我們稍微談一下喬・鮑伯・畢格斯，德州汽車電影院的守護神，一排排音響背後的驅動者，同時也是《達拉斯先驅時報》（*Dallas Times Herald*）的專欄作家。事實上，他的專欄「喬・鮑伯看汽車電影」是該報最受歡迎的專欄。這也是實至名歸，因爲喬・鮑伯——可能爲該報常駐影評人約翰・布魯姆（John Bloom）的化名——沒在鬼扯的，他也不屑寫什麼「硬頂」影評。他純粹就是個汽車電影咖，而老天，他也眞夠酷的。

這邊舉個例子，摘錄自電影《鬼玩人》（*The Evil Dead*）的影評：「五個青少年在前往樹林的途中，開始變成食肉殭屍，最後成爲小屋裡的肉排。本片提出許多的道德提問，像是：如果你女友變成殭屍，你要怎麼辦？把她大卸八塊還是轉頭不管？有個女孩被樹林強暴。不是在樹林裡被強暴，而是被樹林強暴。把殭屍殺死的唯一方法是：徹底分屍。《奪魂鋸》（*Saw*）跟這比起來都可以在迪士尼頻道上播了。」

他一個人靠他那瘋狂的專欄爲汽車電影新添了某種神祕感——不只寫電影，也寫喬・鮑伯自己生活的喜怒哀樂。或者說得更具體一點，他吸引了不看汽車電影的人來關注，並提醒我們其他人，戶外電影秀可以有多好玩。

喬・鮑伯的人氣甚至催生了每年（今年有點污辱人地辦在室內）一次的汽車電影節，許多大咖都曾經出席，像是B級片之王羅傑・柯曼（Roger Corman），還有今年的「金爺」，就是有些人認得的史蒂芬・金。（你們這些看電影的要是不認識，他是個寫書的傢伙。）一九八四年，「金爺」獲得無比殊榮，朗誦喬・鮑伯的〈汽車電影院誓詞〉爲電影節典禮揭開序幕，出場時還穿著一件寫了「喬・鮑伯・

畢格斯是我好麻吉」的T恤。

電影節本身還有很多特色節目，像是客製車隊集結、靈豬雷夫占卜秀（錯過那傢伙的表演眞讓我恨死了）、《德州電鋸殺人狂》（*The Texas Chainsaw Massacre*）的演員們、一九八三年客製車選美、非官方客製車活動，以及喬·鮑伯本人出席。還有最後——但也絕對舉足輕重的，就是許多新片會在這場時髦盛宴上全球首映，比如《吸血外星人》（*Bloodsuckers from Outer Space*）跟《未來殺手》（*Future-Kill*）。

你對喬·鮑伯還需何求？

卡掉音樂吧。把帽子戴回去。

我從小到大去的汽車電影院有幾間，像是「阿帕契」、「雙松」、「河路」等等。雖然它們長得不完全一樣，但基本上就都是塞滿音響的大型停車場——其中很多是沒音響的，因爲心不在焉的觀眾會在音響還連著窗戶時就要把車開走，或是有心人把音響偷走。場地內會有一個販賣部攤位，以及至少三層樓高（有的高達六層樓）的銀幕，最前排有一組盪鞦韆、蹺蹺板和旋轉木馬讓小孩子玩，而這些東西全部被一座六呎高、醜不拉機、映著月光發亮的鐵柵欄圍在裡面。

它們的販賣部攤位賣的都是一樣難吃的食物。淋著水水的芥末醬、吃起來像橡膠水管般的熱狗堡；口感跟包裝紙盒差不多的爆米花；基本上就是水跟冰塊的飲料；還有陳年的糖果，裡面的蟲已經死於高齡、或是死於糖尿病。

而且它們廁所都是一樣的。彷彿「阿帕契」、「雙松」、「河路」都配有同款穿越裝置，在你越過木製「遮羞柵欄」的那一刻就會啓動。突然間，在僅僅一個念頭掠過腦海的片刻內，你就被傳送到一個水泥空間裡，地板要嘛黏答答地巴著你的鞋子，像蜂蜜黏到貓毛似的；要嘛就是淹滿了水，得踩著滑雪板才能去到小便池或廁所隔間，而隔間永遠都沒有門，鉸鏈猶如磨壞的肌腱，無用地掛著。並且，這兩種公眾設施都被漂浮的菸頭、糖果紙和用過的保險套給塞爆，無一例外。

比起在髒成這樣的空間裡自尋死路，我通常會冒著便祕的風險硬是忍住便意，或是尿在可樂杯裡，再把寶貝倒到窗外。站在那些臭氣熏天的小便池——上面每次都有用蠟筆塗鴉的箴言：「記住，螃蟹是會撐竿跳的」——讓某隻毛絨醜陋又飢餓的多腳生物跳到我身上，這種念頭永遠會第一個出現在我腦海裡。我也不覺得那些被人刻上姓名縮寫和塗鴉的馬桶——如果現場還有馬桶的話——有比較吸引人。我想，不管每次怎麼努力用不穩的姿勢把身體架在上面，某些無名的恐怖生物都會從下水道的深處，想辦法進到我身體最珍貴的部位裡。

但儘管有那些令人討厭的不便，每到星期六，我們一幫人——沒對象可約會的那些——就會開車去汽車電影院，在四分之一哩（約四百〇二公尺）外停車，把其中一個夥伴塞進後車廂裡，而被塞的永遠是分擔最少入場費的傢伙，因爲他花光了錢買啤酒、色情雜誌和肯定會在他錢包裡擺到爛掉的保險套。然後我們會開車到收費亭，立刻就被問：「後車廂有人嗎？」

顯然，我們這群人看起來就是很可疑，但我們從來不會承認後車廂有人，而不曉得出於什麼原因，我們也不會被迫打開廂蓋接受檢查。在我們異口同聲否認之後，收費員會把我們上下打量一陣，試圖突破我們的心防，然後才收走我們的錢，讓我們開進去。

我的那輛普利茅斯「薩沃伊」有改裝過，讓躲在後車廂的小氣鬼可以帶著一身油膩施展軟骨功，推平後座椅背爬出來，加入我們的派對。

那輛薩沃伊眞是了不起，是專爲汽車電影院誕生的車，同時也危險得要命。開那輛車需要兩人一組，因為它的油門踏板總是會卡在地板上，當你遇到紅燈時，得趕快把腳拽去踩煞車，並且大喊「油門！」這時，你的副駕駛要趕緊彎身靠近地板，抓著油門踏板拉起來，才能恰好及時阻止車子側面犁田、撞上不疑有他的用路人。然而，可推平的後座椅背讓油門這項缺點顯得無關緊要，而且薩沃伊在汽車電影院是很熱門的車款。

汽車電影院帶給了我許多的「第一次」紀錄。我第一次見證的性行為就發生在那裡，我可不是指銀幕上的。阿帕契汽車電影院的前排有微微下坡傾斜的地形，如果你前面的車正好停在正確的位置，你又躺在自己的車頂上，而且月光明亮、當時播放的電影光線也足夠，那麼前排車輛後座中發生的各種活動，都會被你一覽無遺。

我第一次參與的性行為也發生在汽車電影院，但那是私人事務，講到這裡就夠了。

我第一次見識的鬥毆是在河路汽車電影院。事情就發生在我的薩沃伊正前方，一個戴牛仔帽的傢伙和一個沒戴帽子的人大打出手。我不知道衝突的起因是什麼，但他們打得很精采，只有棉花盃（Cotton Bowl）的摔角冠軍賽能媲美。

不管如何，戴帽子的那傢伙佔了上風，因為他帶了一塊三呎長的木板，他的對手則只有一袋爆米花。就在銀幕上《活死人之夜》（*Night of the Living Dead*）裡的殭屍拖著腳步前進時，帽子男在沒帽子的對手頭上敲了一記，聲音像河狸的尾巴拍擊水面。爆米花飛了滿天，打鬥正式開始。

帽子男從領子揪住那個沒帽子的，對他的頭一陣痛打，速度快到數都來不及數。雖然沒帽子的使盡全力，還是被打得不像樣，他的手臂越過帽子男的肩膀往背部打，手打起來卻像義大利麵一樣軟趴趴。燈暗時，他對帽子男罵了各種難聽話，把對方祖宗十八代全都侮辱過一輪，說他的家族成員互相幹過哪些骯髒事，說得帽子男更加生氣。

帽子男一度像武士電影裡的主角一樣打個沒完，但他原本像鼓手金格·貝克（Ginger Baker）獨奏一樣厲害的攻勢漸漸減弱，在我看來這代表他累了。如果我是沒帽子的那個，我就會在此時尖叫一聲，然後倒在帽子男腳邊翻肚裝死。但那個男生要嘛笨到不行、要嘛被打到昏了頭，竟然不知道要閉嘴。他罵人的詞彙還愈來愈鮮活，讓帽子男再度找回了力氣——木板打在顱骨上的聲音無比接近，像條憤怒的菱背響尾蛇。

最後，沒帽子的試圖把帽子男扭到地上，結果整個人摔過我的引擎蓋，無恥地撞壞了我的寶貝裝飾品（一隻展翅姿勢的大天鵝，開車燈時會跟著亮），同時把帽子男的半件牛仔襯衫也撕扯下來。

幾名汽車電影院的工作人員出現了，想把這兩個男生拉開。眞正的混亂這時才開始。兩個鬥毆者的親友突然紛紛攪和進來，到處都是被摔飛的人。有個傢伙發了狂，把一台喇叭連著電線從一根柱子上扯下來，不管看到任何人或任何東西都照打不誤。剛好他也很會打，他揮著喇叭的狠勁，讓拿雙截棍的李小龍相比之下都像在三流嘉年華表演。

這一切混亂進行的同時，我們右手邊車裡的一位仁兄對外界渾然不覺，沉浸在《活死人之夜》裡，可能也受了雷鳥牌葡萄酒的催化，他爲殭屍大聲喝采：「把他們給吃了，把他們給吃了！」

終於，打鬥轉移到停車場上，然後人群逐漸散去。大約過了半個小時，我往下看著前排，看到沒帽子的那個人從一輛白色凱迪拉克下面鑽出來，那輛車裝了一大堆路緣感測器，看起來簡直像隻蜈蚣。他手腳並用地爬了幾碼遠，然後半蹲半跑，接著消失在迷宮般的車陣裡。

這些汽車電影的觀眾眞是太瘋了。

汽車電影院也啓發了我最黑暗的幻想——我不會稱之爲噩夢，因爲過了這麼多年，那個夢境已變得相當熟悉，成了我陰沉的朋友。這麼多年來，我一直在等待那場夢繼續，等它寫下新的篇章，但它總是結束在同一段謎樣的尾聲。

試想這個畫面：一個清爽的德州夏夜，一輛輛車在汽車電影院的收費亭外排隊，一路排到公路邊、四分之一哩或更遠的地方。喇叭按得叭叭響，小孩在吼叫，蚊子嗡嗡地飛。我在一輛皮卡車上，同行的兩個朋友姑且就叫他們戴夫和鮑伯好了。鮑伯負責開車，我們後面的貨架上有一把十二口徑散彈槍和一根球棒，說服力滿點。我們車子的貨斗上放了一個露營箱，裡面有戶外椅、用冰桶冰著的汽水，還有多到讓人血糖爆表的垃圾食物。

這是多麼精采的一夜，從黃昏到黎明的特別節目，每車收兩塊錢入場費，有《工具箱殺手》（*The Toolbox Murders*）、《活死人之夜》、《生人末日》（*Day of the Dead*）、《生人迴避》（*Zombies*）和《我把媽媽肢解了》（*I Dismember Mama*）這些超讚的電影。

隊伍終於慢吞吞地通過收費亭，我們疾駛進去。這是個巨大的汽車電影院，就像I—45公路一樣寬闊，容納得下至少三千輛車。空紙杯、爆米花盒、沾了辣醬和芥末的熱狗包裝紙輕舞飛動，像紙做的風滾草。而那襯著墨黑夜空的一片雪白，就是通往異次元的入口：六層樓高的大銀幕。

我們在前面的一個空位安頓好，算起來大概是第五排。戶外椅、冰桶和零食紛紛出籠，電影的第一陣光點還沒閃爍起來、卡梅倫·米契爾（Cameron Mitchell）還沒打開恐怖的工具箱，我們就已吃完一包經濟包的洋芋片、喝掉一夸脫的可樂，巧克力餅乾也吃了半袋。

電影開始了，我們喪失了時間感，全神投入於《工具箱殺手》帶來的驚怖浮誇的愉悅之中。我們看到米契爾準備拿工業用釘槍來對付一名被他偷窺洗澡的年輕女子，而就在這一瞬間——出現了一道光，又紅又亮，亮到讓銀幕上的影像顯得褪色。我們抬頭看到一顆巨大的猩紅色彗星朝我們而來，眼看就要撞上汽車電影院，或至少看起來是如此。接著，那顆彗星突然微笑了，它的中央裂開一條縫，露出一口兇惡的鋸齒狀尖牙，看起來和電鋸不無相似。我們的生命似乎會在嚼碎聲中結束，而不是終結於「砰」的一聲撞擊。那張嘴咧得愈來愈開，然後，讓我們訝異的是，彗星突然升高，拖著一度令我們目盲的火焰掃把尾。當紅光終於被洗出我們的視野時，我們四下張望，一切都和先前相同——但只有第一眼的時候是如此。仔細一觀察，就會發現汽車電影院以外的一切，包括公路、樹木、原本可以從鐵柵欄上方望見的屋頂和大樓，全都消失了。四周只剩下黑暗，而且我們這裡說的是那種讓巧克力布丁相形之下都顯白的漆黑。這個汽車電影院彷彿像被連根拔起，塞進了某個介於生死之間的境界。但即使真是如此，我們也毫髮無傷，電力也運作如常。販賣部攤位的燈仍亮著，放映機也依舊在銀幕上投影著《工具箱殺手》的畫面。

約莫此時，有個坐在旅行車裡的傢伙，旁邊是胖老婆，後座是三個小孩，他老兄慌了起來，發動車子就往出口衝。他的車燈照不透那片黑暗，而當車子碰到暗處時，那片虛空便將它一吋一吋地吞蝕，過了片刻後丁點不剩。

有個帽子上插著牙籤和羽毛的牛仔，下了他的皮卡車走到那邊去。他站在阻車柵的虎牙上，伸出手臂……然後我聽到了一聲不管在電影或現實生活中都聞所未聞的尖叫。他往後跌在地上打滾，那隻手臂從手掌到手肘都不見了。我們趕到時，那隻手臂剩餘的部分正在癱軟，彷彿骨骼和組織都化成糊狀。他的頭原本還在，但片刻之後帽子下就只壓著一坨軟趴趴的東西。他的整個身體往內縮，然後變成黏答答的嘔吐物狀，從衣服裡露出。我小心地伸出手拿住他的一隻靴子，倒過來，裡面流出一堆噁心的物質，落地時發出啪答聲響。

我們被困在汽車電影院裡了。

時間逐漸流逝，沒人知道過了多久，就像艾格·萊斯·布洛那一系列關於空心地球的故事一樣。沒有了藉以計時的太陽和月亮，時間便不復存在。手錶也幫不上忙，全都停止運作。我們累了就睡，餓了就吃。而電影還是繼續播放，甚至沒人提議要切掉。電影和販賣部的燈光是僅有的光源，若是滅掉，我們或許就將永遠迷失在如同汽車電影院柵欄外的虛空裡。

一開始大家人都很好。販賣部的人把食物拿出來，我們這些有帶食物的人也樂於分享，所有人都吃得飽。

但隨著時間過去，大家就不再那麼好了。販賣部的人鎖起攤子、安排守衛，我和朋友們只剩最後一點爆米花屑，得靠冰桶裡的冰塊和融冰解渴。整個地方聞起來都是人類排泄物的味道，因爲廁所已經完全停止運作了。幫派開始形成，甚至還有根據電影內容創立的邪教。有個「殭屍邪教」的教徒會踉蹌搖晃地走路，對銀幕上的「死人」做宗教性的仿擬。而由於食物短缺造成嚴重問題，他們開始採行活人獻祭和同類相食。鮑伯拿了散彈槍，我拿起球棒，戴夫則開始把他從車上置物箱找出的獵刀隨身佩戴。

強暴和謀殺層出不窮，而就算你有心想管，也沒多少使得上力的地方。你還得保護你的小小一方領地、你的車子、你的宇宙。但天不從人願，我們還是在一個逃離父母和哥哥的少女跑向我們的卡車時，成爲救星的角色。鮑伯把她拉進車裡，用散彈槍嚇阻她的家人——全是殭屍邪教的成員，跑起來的模樣像得了嚴重的佝僂病。他們開口解釋，說最年幼的家族成員應該要犧牲自己，供應其他人存活。我聞言，感到一陣顫慄竄上背脊。不是因爲他們恐怖的主張，而是因爲我也飢餓不堪，一度感覺他們說得有理。

飢餓吞噬了這家人的理智，做父親的往前一躍，鮑伯肩上的槍一震，那人就倒下了，頭部中彈，這就是殺殭屍的方法。那個母親襲向我，用牙齒和指甲攻擊，我一揮球棒她就倒地，在我腳邊像隻沒了頭的雞般抽動。

我顫抖著把球棒舉在面前，上面凝著鮮血和腦漿。我往後跌靠向卡車，嘔吐起來。銀幕上的殭屍正在一輛皮卡車爆炸後大肆享用屍體。

地主隊戰況艱困。時間悄悄流逝，我們力虛體弱，沒有食物和飲水。我們發現自己盯著車外腐爛的屍體看了太久。我們逮到那個少女在吃他們的屍骸，但我們什麼也沒做；不知怎地，她的行爲看起來沒有那麼糟，事實上還挺吸引人的。車外的地上就有食物，拿起來就可以吃。

但就在我們似乎要去加入她之際，天空中出現了一道紅光。彗星回來了，它再次往下俯衝，撞擊看起來已不可避免——它露出鋸齒狀的牙齒微笑，甩甩燦亮的尾巴離開了。我們眼中燒灼的微光消失後，天色漸亮，汽車電影院以外的世界恢復了。

某種正常狀態重新回歸。有人試著發動引擎，電池並未因久放而失效。車子紛紛起動，排成一列移往出口方向，彷彿什麼事也沒發生。

外面，我們開車來時走的公路仍舊如昔，只有黃色標線褪了色，混凝土路面上有幾塊隆起。但除此之外再也沒有任何東西和原本相同。公路兩旁全是廣袤陰濕的叢林，看起來就像失落世界電影裡的場景。

我們開著車，在車隊中大概排在第五輛，沿途看見右前方有東西在移動。一個巨大的形影步出了樹林，來到公路上。那是一隻霸王龍。牠身上布滿了狀似蝙蝠的寄生蟲，牠們的翅膀緩緩開闔，猶如蝴蝶滿足地吸食著花朵中的蜜液。

那隻恐龍什麼也沒做。牠看了我們這隊金屬蟲子一眼，就越過公路，再度被叢林包圍。

車隊再次起動。我們開著車，繼續深入這個被我們記憶中的公路一分為二的史前世界。

我坐在副駕駛座，看著自己這一側的後照鏡。我在其中能看見汽車電影院的銀幕，雖然最後一部電影應該還在播放，我卻看不出銀幕上有任何動態。它看起來不過就像一片大得不成比例的白麵包。

畫面淡出。

那個夢就是這樣。而即使時至今日，只要一去到汽車電影院，不管去的是本地有廉價鐵皮銀幕的老舊伐木工電影院，或是別的地方，我都會偶爾不由自主地望向夜空，一時間唯恐那顆紅色大彗星會從太空深處飛來，帶著它一口鋸子般的牙齒對我微笑，揮動它的尾巴。

錯過恐怖電影的那一夜

Night They Missed the Horror Show

如果他們照計畫去汽車電影院，那麼這一夜的事都不會發生了。但是里歐納只要沒有女伴，就不喜歡去汽車電影院，而且他聽說過《活死人之夜》那部片，他知道裡面有個黑鬼。他不想看黑鬼演的電影。黑鬼專門摘棉花、修車、給黑妞拉皮條，但他就是沒聽過有黑鬼會殺殭屍。而且，他還聽說那部電影裡有個白人女孩讓黑鬼碰她，他覺得噁心死了。肯讓黑鬼碰的白女人都是世界上最低等的垃圾，大概都是出身自好萊塢、紐約或韋科那些不敬上帝的地方。

如果是史提夫·麥昆（Steve McQueen）來殺殭屍、把馬子，那就好得很，他肯買票去看。但換成個黑鬼？不用了謝謝。

天啊，那個史提夫·麥昆有夠酷的。他在電影裡講的那些話太讚了，總讓你忍不住想到是有人幫他寫的，但他腦子肯定也動得夠快，能當場想出那些臺詞來，而且他的眼神眞是又酷又殺。

里歐納眞希望自己是史提夫·麥昆，甚至是保羅·紐曼（Paul Newman）（注）。他希望自己是那種總是知道該說什麼話的人，而且他認爲他們一定很受女人歡迎。他們一定不會像他這麼無聊。他覺得今晚還沒過完，自己就會先無聊而死。無聊，無聊，無聊。在這間冰雪皇后速食店的停車場裡，靠在他的六四年雪佛蘭羚羊前頭看著公路，就是沒有半點刺激可言。里歐納心想，也許在中學當清潔工的瘋子老哈利說的飛碟一事是眞的。哈利總是看到怪東西，大腳雪怪、六條腿的黃鼠狼，各式各樣的怪物。但也許飛碟這回事，他是說對了。他說他兩天前的晚上看到一架飛碟懸浮在泥溪上空，還射出光波，看起來就像濕掉的薄荷棒。里歐納覺得，如果哈利眞看到了飛碟和光波，那一定是無聊光波；外星人攻擊地球人的方式，要把他們活活無聊死。被高溫光波熔化都還比較好，那樣至少快多了，但無聊而死就像是被鴨子慢慢咬到斷氣。

里歐納繼續看著公路，試圖想像飛碟和無聊光波，但他無法專注。最後，他終於聚焦在路上的某個東西：一條死狗。

那不僅是一條死狗，還死得有夠慘。撞死那畜牲的少說是輛聯結車，搞不好還不止一輛。屍塊零落地散布在水泥路面上，像下雨似的，一條腿還插在對面的路邊，豎起來的樣子像在招手說哈囉。就算是《科學怪人》裡的弗蘭肯斯坦博士拿了約翰霍普金斯大學的經費、有了太空總署的幫助，都沒辦法把那條倒楣狗拼回原狀。

里歐納靠向他醉醺醺的忠實好友比利——在他們這夥人裡面綽號「屁王」，因爲他是泥溪鎮的放屁點火冠軍——對他說：「看到那邊那條狗了嗎？」

屁王看著里歐納指的地方。他之前本來沒看到那條狗，這下注意到了，態度遠不如雷歐納那麼輕鬆。那條死無全屍的狗喚起了他的回憶。他想起十三歲時養的狗，一條又大又好看的德國牧羊犬，比他老媽還愛他。但那條狗娘養的畜牲在一道鐵絲柵欄上把狗鏈弄得打結，就這麼害自己吊死了。屁王發現牠時，牠的舌頭像一條被塞得鼓鼓的黑色襪子，爪子剛剛好刮得到地，卻沒低到能把腳站穩。

那條狗看起來就像用爪子在泥土上寫著什麼密碼訊息。屁王稍後一邊哭、一邊把這件事告訴他老爸時，他爸笑著說：「寫的可能是段他媽的遺言吧。」

現在，他眺望著公路，肚子裡暖暖地裝著摻了威士忌的可樂，他感到眼裡冒出了一滴淚。他上一次這麼想哭，是榮獲放屁點火冠軍的時候，當時那把四吋的噴槍把他的屁股毛都點著了。他的狐群狗黨送給他一條彩色拳擊短褲，是棕色配黃色的，這樣他穿了也不用常換洗。

注 史提夫・麥昆和保羅・紐曼皆為美國知名影星。

里歐納和屁王就這麼在冰雪皇后外面，靠在里歐納車子的引擎蓋上，小口喝著可樂加威士忌，無聊、煩悶又心癢癢的。兩人一起盯著一條死狗，除了去看黑人演的電影之外，再沒別的事可做。一開始，如果有女伴跟他們約會的話，看電影這回事還不壞。和女生約會可以抵銷許多罪過，或是創造些罪惡的滿足，取決於你用什麼角度看。

然而這晚簡直無聊得罪無可赦。他們沒有女伴，更糟的是，整間中學根本沒半個女生肯跟他們約會。連那個好像得了什麼病的瑪莉露・佛勞斯都不肯。

這一切都讓里歐納感覺糟透了。他看得出屁王的問題就是長得醜，生了一張專門吸引蒼蠅的臉，而且泥溪鎮放屁點火冠軍雖然在他們這夥人之中有點地位，對於吸引女生卻起不了作用。

但是，里歐納一輩子也想不透他自己有什麼問題。他長得帥，有些好衣服穿，如果加的不是便宜的舊汽油，他的車也會跑得很順。他的牛仔褲口袋裡還有從自助洗衣店偷來的幾塊錢。但是，靠北，他用右手臂擼管都快擼得跟大腿一樣粗了。上一次他跟女生出去，已經是一個月前的事，而且還是跟另外九個男生一起，他不太確定那樣算不算是約會。他納悶到忍不住跑去問屁王。當時排隊排在第五個的屁王說他覺得不算，但如果里歐納要說是，也不會少一塊肉。

但里歐納不想說那是約會，他就是沒那種感覺，缺少了某種特別的成分，沒有半點浪漫。

的確，他把那話兒放進去的時候，大紅喊他甜心，但是她對每個人都喊甜心——除了史東尼。她對史東尼喊「寶貝甜心」，也是他哄著她把眼部和嘴部剪了洞的牛皮紙袋套在頭上。史東尼就是這樣的人。他的甜言蜜語甚至能從阿拉伯人手裡把駱駝哄走。他跟大紅說完話之後，她可是高高興興地在頭上戴了紙袋。

終於輪到他上大紅的時候，里歐納出於好意讓她把袋子拿下來。這眞是大錯特錯。他就是不懂得見好就收。史東尼的點子是對的，袋子一拿下來，就把一切都破壞了。她套著袋子時，你還可以假裝自己是在跟河馬搞，但是拿下袋子之後，你就對自己正在做的事再清楚不過，而那場面並不好看。

就連閉著眼睛也無濟於事。他發覺那張醜陋的臉已經烙印在他眼球上，他甚至無法透過想像把袋子套回她頭上。他滿腦子想的都是那張妝化太濃的胖臉，難看的膚色簡直從骨子裡透出來。

他實在太失望了，不得不趁他的屌軟掉、保險套滑落之前，趕緊假裝高潮完事。

里歐納一面回想，一面嘆氣。如果他的對象能換成一個不會給人排隊輪流操、兩腿間的洞沒有大得像人孔蓋的女孩，那就太好了。有時，他希望自己可以像屁王那麼樂天，對任何事都感到興奮。只要給他一罐狼牌辣醬、一個棉花糖巧克力派，配上可樂加威士忌，他就可以幹大紅幹一輩子，放屁點火點一輩子。

天啊，但那算是哪門子生活。沒有馬子，沒有樂子。無聊，無聊，無聊。里歐納發覺自己抬頭在尋找天上的太空船和薄荷色無聊光波，但看到的只有在冰雪皇后的店面燈光下如喝醉般搖搖晃晃的幾隻飛蛾。

里歐納放低視線，回去看公路和那條狗。他突然靈光一閃。「我們要不要把後車廂的鏈子拿出來，把狗狗拖在車後面？帶牠兜兜風？」

「你是說拖著牠的屍體到處跑？」屁王問。

里歐納點頭。

「總比踩到釘子好。」屁王咕噥著。

他們找了個安全的時間點，把雪佛蘭羚羊開到公路正中央，下車查看。那條狗近看之下更慘了。牠的內臟從嘴巴和屁眼被擠出來，臭不可聞。狗脖子上戴著一個有金屬鉚釘的粗項圈，他們於是把十五呎長的鏈子一端扣在項圈上，另一端固定在後保險桿。

冰雪皇后的店經理鮑伯從窗戶探出頭，喊道：「你們兩個他媽的白癡在搞什麼？」

「帶這隻狗去看獸醫啊，」里歐納說：「我們覺得這畜牲看起來有點不好，可能被車撞了呢。」

「還他媽的眞好笑，我都要尿褲子了。」鮑伯不以爲然。

「老人總有這種毛病。」里歐納說。

里歐納坐到方向盤後，屁王爬進乘客座，及時帶著他們的車和狗閃過一輛聯結車。他們開走時，鮑伯在他們後面大叫：「祝你們兩個廢物在哪根他媽的柱子上把那輛雪佛蘭撞得稀巴爛。」

當他們在路上呼嘯而過，那條狗身體上的一個個部分開始像麵包上的屑屑般散落，這裡掉一顆牙齒，那裡掉一些毛、一截腸子、一根爪子，還有一些無法辨識的粉紅色組織。鉚釘項圈和鐵鏈時不時像鞭炮般擦出火花。最後，他們的時速達到七十五哩，那條狗被鐵鏈甩動的幅度愈來愈大，看起來像在找機會要超車他們。

他們一面開車，屁王一面幫兩人倒了可樂加威士忌。他把紙杯遞給里歐納，里歐納一飲而盡，表現得比稍早之前快樂多了。也許這一晚到頭來不會那麼糟。

他們經過路邊的一群人，還有一輛古銅色的旅行車，以及一輛被撞爛、用千斤頂架起來的福特。他們瞄了一眼，看到人群中間有個黑鬼，火燒屁股似地跳來跳去，想在那些白人男孩中間找個空隙跑掉。但是他找不到空隙，而且對方人數太多，他打不過。那九個白人男孩把他推來推去，彷彿他是彈珠，而不懷好意的他們是彈珠臺遊戲機。

「那不是我們隊上的黑鬼嗎？」屁王問：「那些白樹隊的足球員是要宰了他嗎？」

「史考特。」里歐納說，這名字在他口中有著狗屎般的味道。正是史考特贏過了他，搶下隊上的四分衛位置。那該死的傢伙比一罐蠕蟲還難纏，但他的戰術幾乎每次都行得通，跑起來還像猩猩一樣快。

他們經過時，屁王說：「我們明天就會在報紙上看到他了。」

但里歐納往前開了一小段之後就猛踩煞車，倏地將雪佛蘭羚羊調頭，車尾的狗狗往外一掃，像鐮刀般切掉了幾株高高的、已經乾枯的太陽花。

「要回去看嗎？」屁王問：「如果我們就只是看，我想那些白樹隊的男生不會找我們麻煩。」

「他也許是個黑鬼，」里歐納不大喜歡自己這樣說：「但他是我們隊的黑鬼，我們不能讓他們那樣。他們要是殺了他，足球賽就會踢贏我們了。」

屁王立刻聽出了這話中的道理。「對耶，該死。他們不能這樣對我們隊的黑鬼。」

里歐納再次穿越馬路，直直往白樹隊的男生開去，並且用力按喇叭。白樹隊放下正在挨他們打的獵物，瞬間四散跑開了，簡直跟牛蛙差不多。

史考特驚恐又虛弱地站在原地，膝蓋併在一起，睜大的眼睛像披薩盤。他之前從沒發現車子的水箱格柵有這麼大，在夜裡看起來就像一排牙齒，車頭燈則像眼睛。他感覺自己就像一隻即將被鯊魚吃掉的笨魚。

里歐納用力踩煞車，但是車子衝下公路路面、壓到泥地之後，煞車不足以阻止車子撞上史考特，史考特被撞得飛上引擎蓋、臉重擊在擋風玻璃上之後滾到一旁，襯衫勾住並扯下了一支雨刷。

里歐納打開車門，對躺在地上的史考特喊道：「現在快來，不然就來不及了！」

一個白樹隊的男生已朝他們的車衝回來，里歐納從座椅底下拿出一把纏上膠帶的鎚柄，拿下車毆打對方。白樹隊男生被打得跪倒在地，說了些聽起來像法文但其實不是的話。里歐納抓著史考特的襯衫後領，把他拉起來，拉進打開的車門裡。史考特七手八腳從前座往後面爬。里歐納把斧柄擲向白樹隊其中一個男生，後退一步，飛快閃進車裡的駕駛座。他再度換檔，踩下油門。雪佛蘭羚羊往前衝，里歐納一手搭在車門上，把門推得更開，像伸展翅膀般揮倒一個白樹隊男生。車子顛簸地開回公路上，綁著狗狗的鐵鏈掃過兩個白樹隊男生，他們就像乾枯的太陽花一樣乾淨俐落地倒下。

里歐納看看後照鏡，兩個白樹隊的男生把那個被斧柄打到的傢伙扶上旅行車。被他和狗鏈撞倒的那幾個人正在爬起來。其中一人踢掉史考特車子下的千斤頂，砸碎車頭燈和擋風玻璃。

「希望你那輛有保險囉。」里歐納說。

「那是我借來的，」史考特說著把他T恤上的雨刷拿下來。「拿去，你可能會想要。」他把扯掉的雨刷扔過座椅，掉在里歐納和屁王中間。

「那是借來的車？」屁王說：「更慘了。」

「不會，」史考特表示：「車主不知道我有借。如果那傢伙有在車上放備胎，我就可以把那個爆胎給換了，但是我到後車廂一看，竟然就只有一個輪框。是說，謝謝你們讓我沒有被宰掉，不然我們就沒機會一起放倒那些蠢豬了。當然你也差點把我撞倒，我胸口好痛。」

里歐納再度查看後照鏡。白樹隊那些男生正在迅速追來。「你還抱怨啊？」里歐納說。

「沒有。」史考特說著轉身往後車窗外面看。他看到那條狗被短短的、弧線狀的鏈子甩來甩去，殘骸到處亂飛。「別忘了你們的狗還綁在保險桿上。」

「該死，」屁王說：「他也發現了。」

「不好笑，」里歐納說：「白樹隊那些人愈追愈近了。」

「那就加速啊。」史考特說。

里歐納齜牙咧嘴。「你知道嗎，我可以丟掉一點多餘的行李。」

「把雨刷丟出去也沒幫助的。」史考特說。

里歐納從後照鏡看著後座那個滿臉笑容的黑人。嘻皮笑臉的黑鬼最討厭了，而且看起來連點感激的樣子都沒有。要是他跟這黑鬼一起被殺掉了怎麼辦？光是被殺掉就夠慘了，但如果明天有人在邊溝裡發現他和屁王還有這個黑鬼？或是如果白樹隊那些人在下手之前逼他跟這黑鬼做些噁心的事？像是逼他吸黑鬼的屌之類的。里歐納把油門踩到底，經過冰雪皇后時，他往左來了個急轉彎，車子千鈞一髮地轉過去，後面的狗狗被甩得撞上路燈柱，然後又被拖回他們車後。

白樹隊的人開的旅行車過不了那個彎，他們連試都沒試。他們隨著一陣尖銳的摩擦聲開進停車場，迴轉之後再出來。而到了那時，雪佛蘭羚羊的車尾燈早已迅速遠離他們，看起來猶如黑漆漆的屁眼裡兩顆紅腫的痔瘡。

「下一個路口右轉，」史考特說：「然後你會看到左邊有一條小路，把車燈關掉，開那條路。」

里歐納討厭在球場上聽史考特發號施令，但現在這樣更討厭。眞是侮辱人。但的確，史考特在球場上很有策略，而聽從四分衛的指示是個很難改掉的習慣。里歐納右轉，後面的狗狗在水溝裡沾了一下之後繼續被拉著跑。

里歐納看到了那條小路，關掉車頭燈開上去。小路兩旁有好幾排鐵皮大倉庫，里歐納轉到兩間倉庫中間，沿著一條小巷開，小巷兩側又是更多的倉庫。他停下車，三人等著、聽著。過了五分鐘後，屁王開口：「我想我們甩掉那些王八蛋了。」

「我們眞是最佳隊伍。」史考特說。

里歐納不禁生出一股滿足感。感覺就像那黑人在比賽時發動一次成功的戰術之後，他們全都互拍屁股表示鼓勵，不在意彼此是什麼膚色，因爲他們都只是穿著足球衣的動物。

「喝點東西吧。」里歐納說。

屁王從地板上撿起一個紙杯遞給史考特，倒了些變溫的可樂和威士忌。上次他們去長景市時，他就是拿那個杯子尿尿，因爲他中途不想停車。但是尿早就倒掉了，而且這杯是要給黑鬼喝的。他用里歐納和他自己原本的杯子斟了他們的飲料。

史考特喝了一口，表示：「要命，這味道有點怪。」

「像尿一樣。」屁王說。

里歐納舉起杯子。「敬泥溪野貓隊，幹爆白樹隊那些傢伙。」

「你眞把他們幹爆了。」史考特說。他們舉杯互碰。猛然間，車裡突然亮成一片。

這組三劍客舉著杯子，眨眼轉向光亮的來源。光線來自一間倉庫打開的門，那道光的中間站著一個肥胖的男人，像是檸檬片上的蒼蠅。他背後有一大面用床單掛成的銀幕，上面播著某種電影。雖然強光把影像照得模糊，但視野最好的里歐納還是看到了一段內容。他看到的部分似乎是一個跪在地上的女孩在吸一個胖子的屌（男的只有肚子以下入鏡），胖子用一把黑色的短手槍指著她的額頭。她的嘴巴從他身上移開一會兒，那個男的就湊到她面前開了槍。她的頭被震出鏡頭外，床單銀幕上似乎出現了血，像窗玻璃上的深色污漬。接著，里歐納就什麼都看不到了，因爲門口出現了另一個男人，跟剛才那個一樣胖。兩人身形看起來都像是穿了鞋子的保齡球。接著更多人出現在他們倆背後，但其中一個胖子轉過身，舉起一隻手，其他人便移動到看不見的地方。兩個胖子往倉庫外走，把門關上近乎掩緊，只留下細細一條縫，讓縫裡的光線投射在雪佛蘭羚羊的前座上。

胖子一號走到車子這邊來，打開屁王那一側的車門說：「你們兩個蠢蛋跟黑鬼給我出來。」那個聲音宛如末日。他們還以爲白樹隊的男生已經很危險了，但現在發現那不過是個玩笑，現在這才是來眞的。這個男的簡直能把斧頭柄吞下去，再拉出打人的木棍出來。

他們陸續下了車，那個胖子揮著手叫他們在屁王坐的那側排成一列，就像列隊的囚犯。

胖子二號看著這三個人，然後笑了。這對胖子顯然是雙胞胎，他們的肥臉上有同樣的醜陋五官，身上的夏威夷衫只有鸚鵡花紋的顏色不同，而且下半身都穿著白襪和過短的黑色垮褲，以及閃亮亮的黑色義大利皮鞋，鞋頭尖到可以穿針引線。

胖子一號拿走史考特手上的杯子嗅了嗅。「黑鬼喝酒，」他說：「就像婊子長腦袋。根本不搭嘎。看來你是在壯膽，準備找個巧克力布丁把你的小黑蛇捅進去。或也許你是想來點香草口味的，這兩個男孩子在幫你找。」

「我什麼都不想，我只想回家。」史考特說。胖子二號看了看胖子一號，然後說：「他要回家幹他老媽。」

兩個胖子盯著史考特，看他有什麼要說，但他一言不發。就算他們說他跟狗相幹也沒關係。該死，現在帶一條狗過來，他也肯當場幹，只要他們肯放他走。

胖子一號說：「你們兩個男孩跟這野蠻的色胚一起鬼混，眞是令人噁心。」

「他只是學校裡的一個黑鬼，」屁王說：「我們又不喜歡他。只是因爲白樹隊的人在打他，我們才把他接上車，他是我們的四分衛，所以我們不想他被打死。」

「啊，」胖子一號說：「我懂了。個人來說，我和威尼不愛看黑鬼跑去運動。他們這會兒跟白人男生一起沖澡，接著就會想要跟白人女生上床了。這中間只差一步遠。」

「不是我們讓他踢球的，」里歐納說：「我們在學校也沒一起混。」

「不是你們，」胖子一號說：「都怪那個大耳朵詹森（注）。但是你們跟他一起到處跑，一起喝酒。」

「他用的是裝過尿的杯子，」屁王說：「你懂吧，這是在整他。他不是我們的朋友，我發誓。他只是個踢足球的黑鬼。」

「在他杯子裡撒尿啊？」那個叫威尼的傢伙說：「我喜歡。你說呢，阿豬？他媽的撒尿在杯子裡。」

阿豬把史考特的杯子扔在地上，對他露出笑容。「過來，黑鬼。我有事要告訴你。」

史考特看著屁王和里歐納。他們沒有伸出援手。他們突然對自己的鞋尖產生了興趣，目不轉睛地研究著，彷彿在欣賞世界奇觀。

史考特走近阿豬，依然面帶笑容的阿豬用手臂摟著史考特的肩膀，帶著他走向偌大的倉庫建築。史考特說：「我們要幹嘛？」

阿豬把史考特轉過來，兩人一起面對著里歐納和屁王，他們手裡仍拿著飲料，眼神依然研究著自己的鞋子。「我不想把新鋪的車道弄髒。」阿豬說著，把史考特的頭往自己的方向拉近，另一隻手伸進夏威夷衫下拿出一把黑色短手槍，抵在史考特的太陽穴上，扣下扳機。一陣像膝蓋受傷的爆裂聲傳來，史考特的雙腳一併彈起，然後往旁一倒。他的頭噴出某種深色的物質，腳往阿豬的方向晃了一下，鞋子滑了幾下、微微踢動，然後互相扭著停在建築物前的水泥地上。

「眞是有意思，」阿豬說，史考特掛在他的手臂上全身癱軟。「人體的動作節奏是最後消失的。」

里歐納發不出聲音，五臟六腑全擠到了喉嚨。他想就此融化，想溜到車子底下。史考特死了，他那能夠想出難纏戰術的腦子，指使他的雙腳在足球場上來去自如的腦子，像早餐的炒蛋一樣被攪爛了。

屁王出聲：「天殺的。」

阿豬放開史考特。史考特的腿張開著滑坐下去，頭往前垂，磕在雙膝間的水泥地上，臉部下方積了一灘深色液體。

「他這樣倒好，」威尼說：「黑鬼是該隱和人猿生的雜種，不是猴子也不是人，他在這個世界沒有地位，只是頭畜牲。你訓練他們做開車和踢足球這類的事，只是讓他們和白人都麻煩。你的襯衫有弄髒嗎，阿豬？」

「一點點。」

威尼進到倉庫裡，跟裡面的人說了些什麼，聲量從外面聽得到，但無法判讀內容。然後他拿著一些舊報紙回來。他到史考特那邊去，把他血淋淋的頭包起來，再讓它垂回水泥地上。「你等襯衫乾了再沖一沖它吧，阿豬。車道就不用擔心了，一點事也沒有。」

然後威尼對屁王說：「打開後車門。」屁王開門的時候差點扭了腳踝。威尼拎著史考特的後頭、抓著他的褲底，把他摔在雪佛蘭羚羊的地板上。

阿豬用手槍的短槍管撓撓下體，然後把槍收在背後，用夏威夷衫蓋住。「你們兩個小子要跟我們一起去河谷，把這個黑鬼處理掉。」

「是的，先生，」屁王說：「我們會幫你們把這傢伙扔進薩賓河。」

「你呢？」阿豬問里歐納：「你這會兒要耍娘娘腔嗎？」

注 美國總統詹森任內通過《民權法案》，禁止了多項行之有年的種族歧視行為，包括學校的黑白隔離政策。

「不，」里歐納啞聲說：「我跟你們一起去。」

「很好，」阿豬說：「威尼，你開卡車帶路。」

威尼從口袋拿出鑰匙，打開倉庫的另一扇門，就在剛才發光的門旁邊。他進去把一輛很稱頭的金色道奇皮卡車退出來，倒車到雪佛蘭羚羊前面，然後繼續開著引擎坐在車裡。

「你們兩個小子安分點。」阿豬說。他進到亮著燈的建築物裡待了一會兒。他們聽到他對裡面的人說：「繼續看電影吧。留點啤酒給我們，我們等等就回來。」然後燈關掉了，阿豬走出來，把門關緊。他看著里歐納和屁王說：「把東西喝完，小子。」

里歐納和屁王仰頭將變溫的可樂加威士忌飲盡，把紙杯丟到地上。

「現在，」阿豬說：「你去後座跟黑鬼坐，我坐前座。」

屁王坐到後座，腳踩在史考特的膝蓋上。他努力不去看那顆包在報紙裡的頭，卻還是忍不住。阿豬打開前車門時，頂燈亮了，屁王看到報紙中間有一條縫，從那裡能看得見史考特的眼睛。額頭上的報紙顏色變深了，包住嘴巴和下顎的報紙上有魚貨特賣的廣告。

里歐納坐到方向盤後，將車子啓動。阿豬伸手過去按了喇叭。威尼將皮卡車緩速往前開，里歐納跟著他開到河谷。一路上沒有人說話。里歐納發覺自己全心全意地希望，當初要是去戶外電影院看那部有黑鬼演的電影就好了。

近處茂密的樹林和岸上與水下的植物，讓河谷裡熱氣蒸騰。里歐納在密林間的紅土窄路上駕駛雪佛蘭羚羊蜿蜒而行，感覺自己的車像一隻在陰毛裡爬行的螃蟹。他可以從方向盤的手感判斷出，那條狗和狗鏈三不五時勾到樹叢和樹枝。他原本都忘了那條狗，現在想到後突然擔心起來。要是狗被纏住了，讓他不得不停車怎麼辦？他不覺得阿豬會寬心接受，因爲後座地板上還有個死掉的黑人，他想扔掉屍體。

最後，他們來到森林中的一塊空地，把車沿著薩賓河開。里歐納一向討厭水，在月光下，河裡流動的東西看起來就像下了毒的咖啡。里歐納知道，河底有鱷魚、和小型鱷魚一樣大的雀鱔，還有數以千計的水蝮蛇；想到它們滑不溜丟、游來游去的身體，他就覺得想吐。

他們來到了所謂的「斷橋」。那是一座老舊失修的橋梁，從中間斷開，只有他們所在的這一側還跟陸地相連。偶爾有人會在斷橋上釣魚，但今晚沒有釣客。

威尼把皮卡車停下來，里歐納也停在旁邊，車頭朝向橋口。他們全都下車，阿豬指示屁王抓著史考特的腳拉他出來。史考特頭上的幾張報紙鬆開了，露出他的耳朵和一部分的臉。屁王把報紙按回原位。

「去他的，」威尼說：「他把這裡他媽的地上弄髒又不會怎樣。你們兩個白癡，去找些重的東西綁在黑鬼身上，好讓他沉下去。」

屁王和里歐納開始像松鼠般翻翻找找，搜尋石頭或夠大夠重的樹幹。突然間，他們聽到威尼大喊：「老天爺啊，操他媽的。阿豬。過來看看這個。」

里歐納看過去，看到威尼發現了狗狗。他手扠腰站著往下看。阿豬過去跟他站在一起，然後轉過身來看著他們。「欸，你們兩個廢物，過來。」

里歐納和屁王過去跟他們一起看著那條狗。現在牠差不多只剩一顆頭了，還有一點點連在脊椎上的肉跟毛，以及幾根斷掉的肋骨。

「這是我他媽這輩子看過最他媽病態的事。」阿豬說。

「老天爺啊。」威尼說。

「把一條狗搞成這樣，該死，你們沒有良心嗎？那是一條狗耶，人類最他媽忠實的朋友，你們兩個竟把牠這樣弄死了。」

「我們沒有弄死他。」屁王說。

「你他媽的是想告訴我，牠把自己弄成這樣嗎？牠過了超他媽糟糕的一天，然後幹了這種事？」

「老天爺啊。」威尼說。

「不是，先生，」里歐納解釋：「我們是在牠死了之後用鐵鏈把牠綁在那裡。」

「我相信，」威尼說：「相信你說的都是屁話。你們兩個謀殺了這條狗。老天爺啊。」

「想想看，牠拚命想追上速度，你們兩個廢物卻愈開愈快，光想我就氣到發瘋。」阿豬說。

「不，」屁王說：「不是那樣的。牠死了，我們喝醉了又沒事做，所以我們——」

「幹，閉嘴，」阿豬說，他用一根手指用力頂著屁王的額頭。「你他媽的給我閉嘴。我們看得出來你們他媽的幹了什麼好事。你們拖著這條狗跑，跑到它全身的皮肉都掉光了……你們的媽媽是怎麼教你們的，沒告訴你們要怎麼對待動物嗎？」

「老天爺啊。」威尼說。

所有人都沉默下來，站著看向那條狗。

最後屁王說：「你們要我們回去找東西，把黑鬼沉在水底嗎？」

阿豬瞪著屁王，彷彿他是剛剛突然從地上長出來。「你們這樣對待一條狗，比黑鬼還不如。給我回車上去。」

里歐納和屁王走到雪佛蘭羚羊車邊，站在那裡低頭看著史考特的屍體，就像看著那條狗一樣。在遭到林木遮蔽的微弱月光下，包在史考特頭部的報紙讓他看起來像個巨大的紙糊人偶。阿豬過來敏捷地踢了史考特的臉一腳，讓報紙飛了出去，使得河水上起了一陣怪聲，把青蛙嚇得驚跳起來。

「別管黑鬼了，」阿豬說：「你的車鑰匙給我，賤貶。」里歐納拿出鑰匙遞給阿豬，阿豬繞到後車廂，把它打開。「把黑鬼拖過來。」

里歐納拉著史考特的一條手臂，屁王拉另一邊，兩人一起把他拉到車後。

「把他放進後車廂。」阿豬說。

「爲什麼？」里歐納問。

「因爲我他媽說了算。」阿豬說。

里歐納和屁王把史考特放進後車廂。史考特躺在備胎旁邊、臉被報紙蓋住一部分的模樣看起來悲慘極了。里歐納心想，如果這個黑鬼偷到的是一輛有備胎的車，他今晚也許就不會出現在這裡了。他也許會在白樹隊的男生過去之前，早早就換掉爆胎，繼續開走了。

「好，你跟他一起進去。」阿豬用手勢比向屁王說。

「我？」屁王說。

「幹，不是說你，難道是說你肩膀上的大象嗎？就是你，進後車廂去，我可沒一整晚的時間等你。」

「天啊，我們對那條狗什麼都沒做，先生。我們跟你說過了。我發誓。我和里歐納是在牠死掉之後才把牠綁在那裡……那是里歐納出的主意。」

阿豬一語不發。他就只是站在那裡，一隻手搭在車廂蓋上，看著屁王。屁王看看阿豬，再看後車廂，又看回阿豬。最後他看了看里歐納，然後爬進後車廂，背對著史考特。

「像兩根湯匙似的。」阿豬說著關上車廂蓋。「現在換你，你叫什麼來著，里歐納？你給我過來。」但阿豬沒等里歐納動身，他用一隻肥短的手抓著里歐納的後頸，把他推到鏈子末端狗的位置，威尼仍然站在那裡看著。

「你怎麼想，威尼？」阿豬問：「你知道我有什麼點子嗎？」

威尼點頭。他彎身把狗的項圈拿下來，繫在里歐納脖子上。里歐納的鼻孔裡聞到死狗的臭味。他彎下頭吐了一地。

「我的鞋子白擦了。」威尼說，然後在里歐納的肚子上踢了一腳。里歐納跪倒在地，吐出更多變熱的可樂加威士忌。

「你們兩個賤胚是世上最低等的廢物，竟然這樣對待狗，」威尼說：「黑鬼都沒你們這麼下賤。」

威尼從卡車後面拿出一些強力釣魚線，把里歐納的手反綁在背後。里歐納哭了起來。

「噢，閉嘴，」阿豬說：「哪有那麼糟。才沒有那麼糟。」

但里歐納閉不了嘴。他現在大聲哭號，哭得樹林裡都是回音。他閉上眼睛，試圖假裝自己去看了那部黑鬼演的電影，在車上睡著，做了個噩夢。但他沒辦法想像。他想到清潔工哈利說的飛碟和薄荷色光波，他知道飛碟射出的不是無聊光波，哈利一點也不無聊。

阿豬扯掉里歐納的鞋子，把他往後推倒在地上，脫下里歐納的襪子塞進他嘴裡，緊得讓他吐不掉。阿豬並不是擔心有人聽到里歐納的聲音，他只是不喜歡這麼吵，吵得他耳朵痛。

里歐納躺在一地的嘔吐物上，旁邊就是那條狗，他無聲地哭泣。阿豬和威尼過去雪佛蘭羚羊旁邊，打開車門，站著以便施力推車。威尼伸手進去把停車檔打成N檔，然後跟阿豬一起往前推著車。車一開始動得很慢，但到了通往舊橋的緩坡時，車子就加速起來。後車廂裡的屁王輕輕敲了敲車廂蓋，好像不太認真似的。鏈條逐漸扯緊，里歐納感覺自己的脖子被又扭又拉。他開始像蛇一樣在地上滑行。

威尼和阿豬往兩旁跳開，看著車子走上橋，從斷口掉出去，消失在河水裡，兩人都安靜得不可思議。里歐納被車子的重量拉著，窸窸窣窣地經過他們。他撞上橋身時，裂開的木頭勾住他的衣服，撕裂了他的長褲和內褲，幾乎一路破到膝蓋。

鐵鏈一度往外甩向橋梁邊緣爛掉的欄杆，里歐納試圖用一條腿勾住一塊立起來的木板，但是此舉徒勞無功。車子的重量將他的膝蓋拉得脫臼，木板也隨著釘子和木材的尖銳摩擦聲被扯得移位。

里歐納繼續加速，鏈子在橋邊鏗啷響，然後掉進水中看不見了，鏈上連接的東西也像玩具一樣被拉著消失。里歐納看到的最後一個畫面是自己赤裸的腳底，白如魚肚。

「底下很深，」威尼說：「我有次在那裡抓到一條老鯰魚，記得嗎？超大的。我敢說那裡一定超過五十呎深。」

他們坐上卡車，威尼發動引擎。

「我覺得我們是幫了那兩個小子一個忙，」阿豬說：「他們那樣跟黑鬼一起混，又虐待那條狗什麼的，實在是爛得一文不值。」

「我知道，」威尼說：「我們應該錄下來的。阿豬，那應該會很讚。車子和那個愛黑鬼的傢伙一起掉進水裡的那一幕。」

「哪裡讚，又沒有女人。」

「說得也是。」威尼說，他倒車開上山徑，蜿蜒駛出河谷。

中英名詞對照表

A

Alex Brooks 艾列克斯・布魯克
Amarillo 阿馬里洛
Angelique 安琪莉可・庫柏
Arthur John Johnson (Lil / Jack) 亞瑟・約翰・強森／小亞／傑克
Atlanta 亞特蘭大

B

Barrow Dog Mountain 巴羅狗山
Batman 蝙蝠俠
Bess 貝絲
Betty Sue 貝蒂・蘇
big monster recreation center 大型怪獸娛樂中心
Big Red 大紅
Bilgewater 畢吉沃特鎮
Bill 比爾
Bill Cooper 比爾・庫柏
Bill Smoote 比爾・史穆特
Billy 比利
Billy Conteegas 比利・康提嘉斯
Billy Gold 比利・高德
Blackie 小黑
Bloodsuckers from Outer Space《吸血外星人》
Blue Moon〈藍月〉
Bob 鮑伯
Bolivar lighthouse 波利瓦燈塔
Book of Lazarus《拉撒路書》
Brer Rabbit 布雷爾兔
Broken Bridge 斷橋
Brother Mold Fuzz 菌絲弟兄
Bruce 布魯斯
Bruce Lee 李小龍
Bubba Ho-Tep 埃及鬼王
Buck Rogers《地球保衛戰》
Buddy 巴迪
Bull Thomas 公牛・湯瑪斯
Buster Crabbe 巴斯特・克拉布
Butch 巴奇

C

Cadillac Desert 凱迪拉克沙漠
Cal Fields 卡爾・費爾茲
Calhoun 卡宏
Call of the Wild《野性的呼喚》
Callie Jones 卡麗・瓊斯

Camels 駱駝牌
Cameron Mitchell 卡梅倫・米契爾
Camp Rapture 被提營
Carol 卡蘿
Carson McCullers 卡森・麥卡勒斯
Castro 卡斯楚
Cecil Chambers 塞西爾・錢伯斯
Cheeta 奇塔
Cherokee 切羅基人
Chevy-Cadillac Wars 雪佛蘭—凱迪拉克戰爭
Chickasaw 奇克索人
Clambake《新潮沙灘》
Classics Illustrated《經典畫報》
Clem Sumption 克蘭・桑普遜
Clement 克雷蒙
Cleopatra 克麗奧佩脫拉
Clyde Barrow 克萊德・巴洛
Codger 怪老頭
Colonel Parker 科洛內爾・帕克
Comanche 科曼奇族
Connie 康妮
Cooper 庫柏
Cotton Bowl 棉花盃

D

Dairy Queen 冰雪皇后
Daisy 戴西牌
Dalí 達利
Dallas 達拉斯
Dallas Cowboys 達拉斯牛仔隊
Dallas Times Herald《達拉斯先驅時報》
Dashiell Hammett 達許・漢密特
Dave 戴夫
David Webb 大衛・韋伯
Day of the Dead《生人末日》
Derringer 迪林格
Disneyland 迪士尼樂園
Dobbin 杜賓
Doctor Frankenstein 法蘭肯斯坦博士
Dodge 道奇
Dog Digest《好狗文摘》
Don't Be Cruel〈別如此殘酷〉
Drew Carrington 德魯・卡林頓
Dynamite 炸藥

E

Edgar Rice Burroughs 艾格・萊斯・布洛
El Paso 艾爾帕索
Elizabeth 伊莉莎白
Ellen 愛倫

Elvis Aaron Presley 貓王／艾維斯・艾倫・普里斯萊
Ernest 厄尼斯特
Esau 伊薩
Ethan Nation 伊森・奈遜

F

Farto 屁王
Fitzgerald 費茲傑羅
Flannery O'Connor 芙蘭納莉・歐康納
Flash Gordon 《飛天大戰》
Forbidden Planet 《禁忌星球》
Forrest Thomas 佛瑞斯特・湯瑪斯
Frank James 法蘭克・詹姆斯
Fred 弗瑞德
Freddie Clover (Fred) 佛雷迪・柯洛弗
Frederic Remington 弗雷德里克・雷明頓
Fury 《寶馬神童》
Future-Kill 《未來殺手》

G

Galveston 加爾維斯頓
Galveston Sporting Club 加爾維斯頓運動俱樂部
Gamera 卡美拉
Gentleman Jim 紳士吉姆
Gerald 傑洛
Gettysburg 蓋茨堡
Ginger Baker 金格・貝克
Gladewater 格拉德沃特
Gladys 格拉蒂絲
Goat Man 山羊人
Godzilla 哥吉拉
Gordon McLendon 高登・麥蘭頓
Gordon Scott 戈登・史考特
Gorgo 格果
Green Lantern 綠光戰警

H

Hal 哈爾
Hank Williams 漢克・威廉斯
Harlequin 禾林
Harry 哈利
Heat Wave 〈熱浪〉
Hemingway 海明威
Henry 亨利・強森
Holy Inquisition 宗教審判
Hoyt 霍伊特
Human Torch 霹靂火
Huntsville 亨茨維爾
Hustler 《好色客》

I

I Dismember Mama《我把媽媽肢解了》

Impala 雪佛蘭羚羊

Invaders from Mars《火星人入侵記》

Invasion of the Body Snatchers《天外魔花》

Issac Cline 埃薩・克萊恩

It Came from Outer Space《外太空來客》

J

Jack McLaughlin 傑克・麥勞林

Jack Ruby 傑克・魯比

Jackie 賈姬／賈桂琳・甘迺迪

Jacob 雅各

Jake 傑克

Jake Bernard 傑克・柏納

Jake Sterning 傑克・史德寧

James Cain 詹姆斯・凱恩

James Clover 詹姆斯・柯洛弗

James Slater 詹姆斯・史雷特

Janice Jane Willman 珍妮絲・簡・魏曼

Jasmine 潔絲敏

Jelda May Sykes 潔達・梅・賽克斯

Jesse 傑西

Jesus Land 耶穌樂園

Jesus Loved Mary 耶穌愛馬利亞教團

Jesus Loves Me〈耶穌愛我〉

Jim 吉姆

Jim Marlin 吉姆・馬林

Joe Bob Briggs 喬・鮑伯・畢格斯

John Bloom 約翰・布魯姆

John F. Kennedy 約翰・甘迺迪

John L. Sullivan 約翰・蘇利文

John McBride 約翰・麥博萊

Johnny Weissmuller 強尼・維斯穆勒

Johns Hopkins 約翰霍普金斯

Joseph 喬瑟夫

K

Kemosabe 獨行俠

Key West 西礁島

King Edward 愛德華國王牌

King Tut 圖坦卡門王

Know Why Things Happen to You《了解你的遭遇為何發生》

Kong 金剛

K-Woolens K－烏倫斯百貨店

L

LaBorde 拉波德

M

N

O

Old Lady McGee 麥基老太太

Old Man Crittendon 老克里騰頓

Old Man Torrence 老托倫斯

Oregon 奧瑞岡郡

P

Patsy Cline 珮西・克萊恩

Paul Newman 保羅・紐曼

Pellucidar 空心地球

Pensacola 彭薩科拉號

Peter Max 彼德・馬克斯

Peter Pan 彼得潘

Pink Lady McGuire 粉紅女士馬瑰爾

Plebin Cook 普雷賓・庫克

Plymouth 普利茅斯

Pop 老爹

Popular Mechanics 《大眾力學》

Popular Science 《大眾科學》

Pork 阿豬

Priscilla 普芮西拉

Q

Quanah Parker 夸納・帕克

R

Ralph 雷夫

Raymond Chandler 雷蒙・錢德勒

Reader's Digest 《讀者文摘》

Reptilicus 史前異形

Rex 雷克斯

Richard Milton Hollingshead 理查・米爾頓・賀林雪

Ringling Brothers 玲玲馬戲團

Robert E. Lee 羅勃特・李

Ronald Beems 隆納・畢姆斯

Rosalita's 小羅莎

Roustabout 《流浪歌手》

Rupert 魯伯特

S

Sabine River 薩賓河

Sally 莎莉

Sally Redback 紅背莎莉

Sam 山姆

Savoy 薩沃伊

Scott 史考特

Sebastian Haff 賽巴斯汀・赫夫

Shella 雪拉

Sherwin-Williams 宣偉牌

Sister Worth 沃思修女

Spot 斑斑

Star Wars 《星際大戰》

Stephen F. Austin State University 史蒂芬奧斯汀州立大學

Steve McQueen 史提夫·麥昆

Stoney 史東尼

Superman 超人

T

Tarzan 泰山

Teddy 泰迪

Telly 泰利

The Apache 阿帕契

The Beatles 披頭四

The Blue Yodeler 真假音藍調歌后

The Complete Works of H. P. Lovecraft 《H·P·洛夫克拉夫特全集》

The Day the Earth Stood Still 《當地球停止轉動》

The Drive-In Oath〈汽車電影院誓詞〉

The Egyptian Book of the Dead 《埃及死者之書》

The Everyday Man or Woman's Book of the Soul 《寫給平凡男女的靈魂之書》

The Evil Dead 《鬼玩人》

The Eyes of Texas 〈德州之眼〉

The Flash 閃電俠

The Jim Dandy Three Ring Circus 吉姆·丹迪大馬戲團

The Lost Books 《失落祕典》

The Riverroad 河路

The Ten Commandments 《十誡》

The Texas Chainsaw Massacre《德州電鋸殺人狂》

The Toolbox Murders 《工具箱殺手》

The Twin Pines 雙松

This Island Earth 《飛碟征空》

Thomasina (Tom) 湯瑪絲娜／湯姆

Thor 《索爾》

Thunderbird 雷鳥牌

Tina 緹娜

Toby 托比

Tom 湯姆

Toni 童妮

Tonto 湯頭

Tube Snake Boogie 〈衝浪板舞〉

Tyler 泰勒鎮

Tyler newspaper 《泰勒晨報》

U

Uncle Cooter 庫特叔叔

Uriah 烏瑞亞

V

Vinnie 威尼

Vitalis 偉特立斯

W

Waco 韋科

Waldo the Great 華多大師

Walt Whitman 華特・惠特曼

Wanda Petroleum 汪達石油

Warner Ketchum 華納・凱臣

Warren Commission 華倫委員會

Wayne 韋恩

White Fang《白牙》

White Tree 白樹隊

Wild Bill Hickok 狂野比爾

William Faulkner 威廉・福克納

William S. Burroughs 威廉・布洛斯

Wilson 威爾森

Wolf Brand Chili 狼牌辣醬

Wonder Woman 神力女超人

Y

Yul Brynner 尤・伯連納

Z

Zombie Cult 殭屍邪教

Zombies《生人迴避》

BEST嚴選 147
魚夜：喬・蘭斯代爾小說精選集

原著書名／The Best of Joe R. Lansdale
作　　者／喬・蘭斯代爾（Joe R. Lansdale）
譯　　者／葉旻臻
企畫選書人／張世國
責任編輯／劉瑄

版權行政暨數位業務專員／陳玉鈴
資深版權專員／許儀盈
行銷企畫／陳姿億
業務協理／范光杰
總 編 輯／王雪莉
發 行 人／何飛鵬
法律顧問／元禾法律事務所　王子文律師
出版／奇幻基地出版
城邦文化事業股份有限公司
台北市 104 民生東路二段 141 號 8 樓
電話：(02)25007008　傳眞：(02)25027676
網址：www.ffoundation.com.tw
e-mail：ffoundation@cite.com.tw
發行／英屬蓋曼群島商家庭傳媒股份有限公司城邦分公司
台北市 104 民生東路二段 141 號 11 樓
書虫客服服務專線：(02)25007718・(02)25007719
24 小時傳眞服務：(02)25170999・(02)25001991
服務時間：週一至週五 09:30-12:00・13:30-17:00
郵撥帳號：19863813　戶名：書虫股份有限公司
讀者服務信箱 e-mail：service@readingclub.com.tw
歡迎光臨城邦讀書花園　網址：www.cite.com.tw
香港發行所／城邦（香港）出版集團有限公司
香港灣仔駱克道 193 號東超商業中心 1 樓
電話：(852) 2508-6231　傳眞：(852) 2578-9337
e-mail：hkcite@biznetvigator.com
馬新發行所／城邦（馬新）出版集團
【Cite(M)Sdn. Bhd】
41, Jalan Radin Anum, Bandar Baru Sri Petaling,
57000 Kuala Lumpur, Malaysia.
Tel: (603) 90578822 Fax:(603) 90576622
email:cite@cite.com.my

封面設計／木木 Lin
排　　版／HAMI
印　　刷／高典印刷有限公司
■ 2023 年 7 月 27 日初版

售價／550 元

國家圖書館出版品預行編目資料

魚夜：喬・蘭斯代爾小說精選集 / 喬・蘭斯代爾（Joe R. Lansdale）著；葉旻臻譯. -- 初版. -- 臺北市：奇幻基地出版, 城邦文化事業股份有限公司出版：英屬蓋曼群島商家庭傳媒股份有限公司城邦分公司發行, 2023.07
面：　公分. -（Best嚴選；147）
譯自：The Best of Joe R. Lansdale
ISBN 978-626-7210-59-8（平裝）

874.57　　112008197

ISBN　978-626-7210-59-8

Printed in Taiwan.

廣　告　回　函
北區郵政管理登記證
台北廣字第000791號
郵資已付，免貼郵票

104台北市民生東路二段141號11樓

英屬蓋曼群島商家庭傳媒股份有限公司城邦分公司 收

請沿虛線對摺，謝謝

奇幻基地

每個人都有一本奇幻文學的啓蒙書

奇幻基地官網：http://www.ffoundation.com.tw
奇幻基地粉絲團：http://www.facebook.com/ffoundation

書號：1HB147　　書名：魚夜：喬．蘭斯代爾小說精選集

請於此處用膠水黏貼

奇幻基地

讀者回函卡

謝謝您購買我們出版的書籍！請費心填寫此回函卡，我們將不定期寄上城邦集團最新的出版訊息。

姓名：______________________________ 性別：□男 □女

生日：西元__________年__________月__________日

地址：____

聯絡電話：____________________傳真：____________________

E-mail ：____

學歷：□1.小學 □2.國中 □3.高中 □4.大專 □5.研究所以上

職業：□1.學生 □2.軍公教 □3.服務 □4.金融 □5.製造 □6.資訊

□7.傳播 □8.自由業 □9.農漁牧 □10.家管 □11.退休

□12.其他____

您從何種方式得知本書消息？

□1.書店 □2.網路 □3.報紙 □4.雜誌 □5.廣播 □6.電視

□7.親友推薦 □8.其他______________________________

您通常以何種方式購書？

□1.書店 □2.網路 □3.傳真訂購 □4.郵局劃撥 □5.其他

您購買本書的原因是（單選）

□1.封面吸引人 □2.內容豐富 □3.價格合理

您喜歡以下哪一種類型的書籍？（可複選）

□1.科幻 □2.魔法奇幻 □3.恐怖 □4.偵探推理

□5.實用類型工具書籍

有更多想要分享給
我們的建議或心得嗎？
立即填寫電子回函卡

您是否為奇幻基地網站會員？

□1.是□2.否（若您非奇幻基地會員，歡迎您上網免費加入，可享有奇幻基地網站線上購書75 折，以及不定時優惠活動：http://www.ffoundation.com.tw/）

對我們的建議：____

____

____

請於此處用膠水黏貼